U0646813

诗词探玄

第一册

王光铭 选编

天部

ZHEJIANG UNIVERSITY PRESS
浙江大学出版社

王光铭　1928年出生，浙江省平阳县人，晚年寓居杭州。离休干部，中华诗词学会会员，浙江省诗词学会第二届理事，平阳县诗词学会首届会长。曾主编地方诗词刊物《东瓯诗讯》（平阳专辑，后改名为《南雁荡诗讯》）达十四年。对当代诗词的成就和不足之处深有体会。著作有《扣舷居诗稿》、《寒岁集》（与人合著）等。主编《鳌江志》，已由中华书局出版。酷爱书法，其主要作品有草书长卷《杜甫秋兴八首》，并撰有《论书绝句十八首》等书法理论文章。

王光铭先生在“扣舷居”编写文稿

王光铭先生《诗词探玄》的部分手稿

王光铭先生在查阅资料

王光铭先生在撰写书稿

王光铭先生和夫人在一起

王光铭先生在进行书法创作

序

王欣欣

父亲编撰的《诗词探玄》终于出版了，这厚厚的七大册，凝聚着一位老人的毕生心血。80岁开始编撰，用六年时间完成初稿。那一页页稿纸，一行行钢笔字，透出的是对诗词的酷爱，对历代诗人的敬畏，那份执着和坚毅，真是我们小辈所不及。

父亲对诗词的爱需追溯到他的青年时代。他一生坎坷，16岁起便挑起一家人的生活担子，21岁参加革命。平生爱好文学，与中国传统文化结下不解之缘。1957年因写了《滩头杂感》："潮浸滩头野草稀，斜看鹭鸟浴斜晖。荒沙岂是长栖地，应向碧空高处飞。"被视为对社会主义的不满，被扣上"右派"帽子，打入另册。

为了生计，不谙水性的父亲不得不靠外出打渔为生，一叶扁舟，击楫扣舷，承载着无处伸张的冤屈漂泊水中。此后，又经历了"文革"的摧残，已经家徒四壁，仅剩的藏书也付之一炬。万幸的是，尽管母亲也遭连累被下放到畜牧场，养猪种田，但她仍默默支持着父亲；我的爷爷、奶奶及叔叔、姑姑等家人始终认为父亲是清白的，也从精神上、生活上予以支持。这在当时的背景下真的是难能可贵的。经过"反右"、"文革"的人一定深有体会。

我们三姐妹虽然也遭遇了许多不公平和歧视，甚至被学校拒之门外，可是父亲总是叮嘱我们："做人必须力求知识，人来世上走一回不容易，总要做点对人类有益的事。"我小学毕业适逢"文革"，辍学在家，就当起了父亲的捕鱼助手，父亲撑船我散网。泛舟时，父亲会给我讲很多很多历史故事，给我讲名著，用平阳土话讲述得栩栩如生。每当船行形胜之处，父亲就会有一首古诗触景而吟。小船成了我的流动

课堂。在那年代，外面环境轰轰烈烈，我们家里却和风细雨。因此常常有和父亲同样遭遇的伯伯们喜欢聚在我家，并将父亲极简陋的书房冠名“扣舷居”，在这儿或吟诗排遣心中郁闷，或研习书法以平躁动不安，或探讨中国文史，真是“躲进小楼成一统，管它春夏与秋冬”。后来父亲的诗稿就以《扣舷居诗稿》命名。父亲还有幸结识被贬归乡的华东师范大学教授苏渊雷先生。苏先生被誉为“文史哲兼擅，诗书画三绝”，父亲得到他数年的指导，真是受益匪浅，真如老子所谓“祸兮福所倚”也。

这特殊的二十一年间(至父亲1978年平反为止)，诗词、文史、书法便是父亲的精神食粮，这种不白之冤反而使他感到“脱屣从今身属我”的自由快感。可是当时书籍极度匮乏，只能是借阅，记得伯伯们每次来我家，一般都带着一本书，互相传阅。我也沾了点光，书荒时仍有好书可读。而父亲更是有心人，遇有好诗、好文章便手抄成卡片，以便今后学习和查找，并作了系统的归类。久而久之卡片堆积几箱，2008年父亲移居杭州，一辈子的笔记、卡片如何处理成为一大问题，不加以好好利用便是一堆废纸。踌躇再三，然后父亲下定决心把它整理出来，或许对子孙后代学习理解诗词有帮助。从80岁起，他开始天天打更起床，选取自唐至清的格律诗和词，手抄编纂，整理卡片，增添内容，分门别类，并附以历代学者评述，这就是这套七卷本《诗词探玄》产生的来由。如此浩大的文字工程竟出自一耄耋老人之手，诚非有过人的毅力不可。孙子辈开他玩笑说：“比我们高考还用功哩!”

父亲是平凡的，但在我们眼里又极不平凡。父亲喜欢荷花的不染泥，喜欢红梅的傲霜雪。他虽命运多舛，但始终有理想，能坚持，这已经给我们小辈留下了丰厚的精神财富。在这里，我替父亲自豪地说一句：“二十一年时间，失去工作，没有工资，还要挨批斗，但光阴没有虚度!”

同时，这套《诗词探玄》也是献给所有的诗词爱好者、初学创作者的书，让他们能登门入室，一窥“中华诗词殿堂之美之富”；也

献给那些在繁忙的世俗中不停地奔走却不忘让心灵做一个深呼吸的人，让他们在滚滚红尘中依然保持一种美丽的古典情怀。

最后，本书自始至终得到曾建林、张小苹、田程雨等编辑老师勤勤恳恳、一丝不苟的反复校对、查证，令人感动。在此一并表示衷心的感谢！由于时间匆促，书中差漏之处难免，敬请读者谅解指正。

二〇一四年八月十日于钱塘江畔金棕榈寓所

出版说明

一、本书是一部面向业余爱好者的诗词选集。

二、本书只收近体诗（即格律诗）和词。考虑到诗的文体特殊性，部分繁体字未作简化。

三、诗按类分为天、地、人、事、物、意六部。

四、每首诗词一般含三部分：（一）所选诗词之本体；（二）有重点地对本篇诗词的个别词语加以注解和分析（引用典籍或前人之说一般只指明出处，力求从简）；（三）选编历代学者对本篇诗词之评论。

五、本书选录历代诗词、注解与评论时，不同版本记载的诗词正文、注解与评论文字有异文处，本书择善而从，不拘于某一固定版本。

六、每诗中凡正文句中夹注均用小字，夹注或采用前人之说，或由编者所撰。

七、文中选用的诗评或注释，均为历年来摘寻所得，供爱好者参考，有未注明出处的地方，请读者见谅。

总目录

第一册　天　部

第二册　地部上

第三册　地部下

第四册　人　部

第五册　事　部

第六册　物　部

第七册　意　部

目　录

第一　天部

(一)昼　夜

一、晴(霁)

途中遇晴 …………………………………………… (唐)孟浩然/003
新晴野望 …………………………………………… (唐)王　维/003
晴二首 ……………………………………………… (唐)杜　甫/004
雨　晴 ……………………………………………… (唐)杜　甫/004
雨后晓行,独至愚溪北池…………………………… (唐)柳宗元/004
清都春霁寄胡三、吴十一…………………………… (唐)元　稹/005
晚　晴 ……………………………………………… (唐)李商隐/005
晴　诗 ……………………………………………… (唐)雍　陶/006
雨过偶书 ………………………………………… (北宋)王安石/006
新　晴 …………………………………………… (北宋)刘　攽/006
雨晴后,步至四望亭下鱼池上,遂自乾明寺前东冈上归二首
…………………………………………………… (北宋)苏　轼/007
定风波并引 ……………………………………… (北宋)苏　轼/007
少年游·雨后 …………………………………… (北宋)周邦彦/008
虞美人·雨后同干誉、才卿置酒来禽花下作………… (北宋)叶梦得/008
雨后至城外 ……………………………………… (南宋)吕本中/008

雨　晴 ………………………………………………（南宋）陈与义/009
次韵子文雨后思归 ………………………………（南宋）范成大/009
西江月·久雨新霁,秋气益清,与二三子登高赋之 ………（金）段克己/010
雨　后 …………………………………………………（清）王　庭/010
秋雨乍晴 ………………………………………………（清）鲍之钟/010
久旱雨霁,丘逢甲有诗兼慨近事,次韵和之 ……………（清）黄遵宪/010
久旱得雨初霁,饮人境庐,时闻和局将定二首 …………（清）丘逢甲/011

二、朝(早)

奉和圣制早发三乡山行 ………………………………（唐）张九龄/012
春　晓 …………………………………………………（唐）孟浩然/012
唐城馆中早发,寄杨使君………………………………（唐）孟浩然/013
将晓二首 ………………………………………………（唐）杜　甫/013
早　起 …………………………………………………（唐）杜　甫/014
晓　望 …………………………………………………（唐）杜　甫/014
冬日晨兴寄乐天 ………………………………………（唐）刘禹锡/015
途中早发 ………………………………………………（唐）刘禹锡/015
商山早行 ………………………………………………（唐）温庭筠/016
早　起 …………………………………………………（唐）李商隐/016
板桥晓别 ………………………………………………（唐）李商隐/017
早发洛中 ………………………………………………（唐）许　棠/017
晨　起 …………………………………………………（唐）曹　松/017
早　发 …………………………………………………（唐）罗　邺/018
太白山下早行至横渠镇,书崇寿院壁……………………（北宋）苏　轼/019
沁园春·赴密州早行,马上寄子由………………………（北宋）苏　轼/019
早　起 …………………………………………………（北宋）陈师道/019
晨　起 …………………………………………………（北宋）张　耒/020
早　行 …………………………………………………（北宋）僧惠洪/020
湖堤晓行 ………………………………………………（明）李　晔/021
北地晓征 ………………………………………………（明）归子慕/021
早　行 …………………………………………………（清）李　渔/021
晓　起 …………………………………………………（清）恽　格/021

客 晓 …………………………………………………… (清)沈受弘/021
早过淇县 ………………………………………………… (清)查慎行/022
晓 行 …………………………………………………… (清)胡天游/022

三、暮(晚)

晚次乐乡县 ……………………………………………… (唐)陈子昂/022
落 日 …………………………………………………… (唐)杜 甫/023
日 暮 …………………………………………………… (唐)杜 甫/024
暝 ………………………………………………………… (唐)杜 甫/024
晚 ………………………………………………………… (唐)杜 甫/025
夕阳楼 …………………………………………………… (唐)李商隐/025
落日怅望 ………………………………………………… (唐)马 戴/025
村中晚望 ………………………………………………… (唐)陆龟蒙/026
仆射陂晚望 ……………………………………………… (唐)罗 邺/026
夕 阳 …………………………………………………… (唐)郑 谷/027
夕 阳 ………………………………………………… (北宋)僧宇昭/027
城隅晚意 ……………………………………………… (北宋)宋 祁/027
玉楼春 ………………………………………………… (北宋)宋 祁/028
泗州东城晚望 ………………………………………… (北宋)秦 观/028
金山晚眺 ……………………………………………… (北宋)秦 观/029
晚游九曲院 …………………………………………… (北宋)陈师道/029
湖上晚归,寄诗友……………………………………… (北宋)陈师道/029
后湖晚出 ……………………………………………… (北宋)陈师道/030
晚 坐 ………………………………………………… (北宋)陈师道/030
晚 望 …………………………………………………… (金)周 昂/031
夕 阳 …………………………………………………… (明)林 鸿/031
踏莎行·晚景 …………………………………………… (明)陈 霆/031
晚 景 …………………………………………………… (清)华 岩/031
题夕阳诗后 ……………………………………………… (清)赵怀玉/031
罗浮观日图 ……………………………………………… (清)黎 简/032

四、夜

遣意二首(其二) ……………………………… (唐)杜　甫/032
倦　夜 ……………………………… (唐)杜　甫/032
夜 ……………………………… (唐)杜　甫/033
中　夜 ……………………………… (唐)杜　甫/033
夜二首 ……………………………… (唐)杜　甫/034
客　夜 ……………………………… (唐)杜　甫/034
夜 ……………………………… (唐)杜　甫/034
阁　夜 ……………………………… (唐)杜　甫/035
夜　半 ……………………………… (唐)李商隐/036
夕次洛阳道中 ……………………………… (唐)崔　涂/036
西陵夜居 ……………………………… (唐)吴　融/036
长安夜坐寄怀湖外嵇处士 ……………………………… (唐)郑　谷/037
山东兰若遇静公夜归 ……………………………… (唐)唐　求/037
章台夜思 ……………………………… (五代)韦　庄/038
夜　直 ……………………………… (北宋)王安石/038
菩萨蛮 ……………………………… (北宋)孙　洙/039
倦　夜 ……………………………… (北宋)苏　轼/039
侄安节远来,夜坐三首……………………………… (北宋)苏　轼/039
次韵王诲夜坐 ……………………………… (北宋)苏　轼/040
霁　夜 ……………………………… (北宋)孔平仲/040
宿济河 ……………………………… (北宋)陈师道/041
宿合清口 ……………………………… (北宋)陈师道/041
冬　夜 ……………………………… (北宋)张　耒/041
夜　坐 ……………………………… (南宋)吕本中/042
雨　夜 ……………………………… (南宋)曾　幾/042
夏　夜 ……………………………… (南宋)范成大/043
月夜书怀 ……………………………… (南宋)陈傅良/043
西江月・夜行黄沙道中 ……………………………… (南宋)辛弃疾/043
清平乐・独宿博山王氏庵 ……………………………… (南宋)辛弃疾/044
南歌子・山中夜坐 ……………………………… (南宋)辛弃疾/044
冷泉夜坐 ……………………………… (南宋)赵师秀/044

夜　深 …………………………………………………… (南宋)周　弼/045
寒　夜 …………………………………………………… (元)揭傒斯/045
夜长不寐,戏效诚斋体 ………………………………… (清)曹　寅/045
与许谨斋都谏夜话 ……………………………………… (清)陈鹏年/046
静　夜 …………………………………………………… (清)姚元之/046
夜行遣怀・寄内 ………………………………………… (清)林则徐/046
寒　夜 …………………………………………………… (清)樊增祥/046
独　夜 …………………………………………………… (清)梁鼎芬/047

五、月

望月怀远 ………………………………………………… (唐)张九龄/047
峨眉山月歌 ……………………………………………… (唐)李　白/048
月三首 …………………………………………………… (唐)杜　甫/048
月　圆 …………………………………………………… (唐)杜　甫/049
月 ………………………………………………………… (唐)杜　甫/049
东屯月夜 ………………………………………………… (唐)杜　甫/050
一百五日夜对月 ………………………………………… (唐)杜　甫/050
初　月 …………………………………………………… (唐)杜　甫/051
江　月 …………………………………………………… (唐)杜　甫/051
江边星月二首 …………………………………………… (唐)杜　甫/052
舟月对驿近寺 …………………………………………… (唐)杜　甫/052
玩月呈汉中王 …………………………………………… (唐)杜　甫/052
夜宴左氏庄 ……………………………………………… (唐)杜　甫/053
裴迪书斋望月 …………………………………………… (唐)钱　起/053
春山夜月 ………………………………………………… (唐)于良史/054
夜　月 …………………………………………………… (唐)刘方平/054
十五夜望月寄杜郎中 …………………………………… (唐)王　建/054
酬娄秀才寓居开元寺,早秋月夜病中见寄 ……………… (唐)柳宗元/055
月 ………………………………………………………… (唐)杜　牧/056
嫦　娥 …………………………………………………… (唐)李商隐/056
月　夕 …………………………………………………… (唐)李商隐/056
霜　月 …………………………………………………… (唐)李商隐/057

台头寺步月得人字 …………………………………… (北宋)苏　轼/057
永遇乐·寄孙巨源 …………………………………… (北宋)苏　轼/057
念奴娇 …………………………………………………… (北宋)黄庭坚/058
满庭芳 …………………………………………………… (北宋)周邦彦/059
念奴娇 …………………………………………………… (北宋)朱敦儒/059
采桑子 …………………………………………………… (南宋)吕本中/060
醉落魄 …………………………………………………… (南宋)王千秋/060
好事近 …………………………………………………… (南宋)杨万里/061
一剪梅·中秋无月 ………………………………………… (南宋)辛弃疾/061
清平乐·五月十五夜玩月 ………………………………… (南宋)刘克庄/061
清平乐 …………………………………………………… (南宋)刘克庄/062
济南杂诗 ………………………………………………………… (金)元好问/062
中秋月蚀感赋 …………………………………………………… (清)杭世骏/062
盼　月 ……………………………………………………………… (清)童　钰/063
咏新月 ……………………………………………………………… (清)方正澍/063
净业湖待月二首 ………………………………………………… (清)法式善/063
晓发看月 ………………………………………………………… (清)何绍基/063
病起玩月园亭感赋 ……………………………………………… (清)陈三立/064
月 ………………………………………………………………… (清)金兆蕃/064

(二)气　象

一、风

风 ……………………………………………………………………… (唐)李　峤/067
风 ……………………………………………………………………… (唐)李　峤/067
咏　风 ………………………………………………………………… (唐)王　勃/067
竹窗闻风,寄苗发、司空曙 ……………………………………… (唐)李　益/068
秋风引 ………………………………………………………………… (唐)刘禹锡/068
始闻秋风 ……………………………………………………………… (唐)刘禹锡/068
风 ……………………………………………………………………… (唐)李商隐/069

春　风 ………………………………………………………（唐）罗　邺/069
风 …………………………………………………………（唐）李山甫/070
秋　风 ……………………………………………………（北宋）王安石/070
春　风 ……………………………………………………（北宋）王安石/070
次韵耿天骘大风 ………………………………………（北宋）王安石/071
舶趠风并引 ……………………………………………（北宋）苏　轼/071
连遇大风，舟行甚迟，戏为二绝（录一） ………………（清）汪　琬/071
伊犁记事诗 ……………………………………………（清）洪亮吉/072
满江红 ………………………………………………（清）纳兰性德/072
东　风 ………………………………………………………（清）李　绂/072
嘲春风 ………………………………………………………（清）张鹏翀/073
春　风 ……………………………………………………（近代）李叔同/073

二、雨

黎拾遗昕、裴秀才迪见过，秋夜对雨之作 ………………（唐）王　维/073
对　雨 ……………………………………………………（唐）杜　甫/074
雨 …………………………………………………………（唐）杜　甫/074
陪诸贵公子丈八沟携妓纳凉，晚际遇雨二首………………（唐）杜　甫/074
雨 …………………………………………………………（唐）杜　甫/075
雨四首 ……………………………………………………（唐）杜　甫/075
对雨书怀，走邀许十一簿公……………………………（唐）杜　甫/076
晨　雨 ……………………………………………………（唐）杜　甫/077
夜　雨 ……………………………………………………（唐）杜　甫/077
春夜喜雨 …………………………………………………（唐）杜　甫/078
雨 …………………………………………………………（唐）杜　甫/079
雨不绝 ……………………………………………………（唐）杜　甫/079
秋雨叹三首 ………………………………………………（唐）杜　甫/079
夏日对雨 …………………………………………………（唐）裴　度/080
雨中寄张博士籍、侯主簿喜……………………………（唐）韩　愈/080
梅　雨 ……………………………………………………（唐）柳宗元/080
江上雨寄崔碣 ……………………………………………（唐）杜　牧/081
雨 …………………………………………………………（唐）杜　牧/081

长安夜雨 …… (唐)薛　逢/081
细　雨 …… (唐)李商隐/082
微　雨 …… (唐)李商隐/082
雨 …… (唐)李商隐/083
细　雨 …… (唐)李商隐/083
春　雨 …… (唐)李商隐/083
春雨即事寄袭美 …… (唐)陆龟蒙/084
新秋雨后 …… (唐)僧齐己/084
谒金门 …… (五代)韦　庄/085
赋得秋雨 …… (北宋)晏　殊/085
新秋雨夜西斋文会 …… (北宋)梅尧臣/086
和小雨 …… (北宋)梅尧臣/086
西　楼 …… (北宋)曾　巩/087
宿　雨 …… (北宋)王安石/087
江　雨 …… (北宋)王安石/088
舒州七月十七日雨 …… (北宋)王安石/088
苦　雨 …… (北宋)王安石/088
次韵朱光庭喜雨 …… (北宋)苏　轼/088
六月二十七日望湖楼醉书二首 …… (北宋)苏　轼/089
有美堂暴雨 …… (北宋)苏　轼/089
九月八日夜大风雨寄王定国 …… (北宋)秦　观/090
青玉案 …… (北宋)贺　铸/090
暑　雨 …… (北宋)陈师道/091
和寇十一同游城南,阻雨还登寺山 …… (北宋)陈师道/092
夜　雨 …… (北宋)陈师道/092
和黄预久雨 …… (北宋)陈师道/093
雨中二首 …… (北宋)张　耒/093
夜闻风雨有感 …… (北宋)张　耒/094
大酺·春雨 …… (北宋)周邦彦/094
悯　雨 …… (北宋)唐　庚/096
仲夏细雨 …… (北宋)曾　幾/096
苏秀道中自七月二十五日夜大雨三日,秋苗以苏,喜而有作

…………………………………………………………（北宋）曾　幾/097
雨 ……………………………………………………（南宋）陈与义/097
连雨书事四首 ………………………………………（北宋）陈与义/098
雨 ……………………………………………………（南宋）陈与义/099
雨 ……………………………………………………（南宋）陈与义/099
雨 ……………………………………………………（南宋）陈与义/099
雨　中 ………………………………………………（南宋）陈与义/100
春　雨 ………………………………………………（南宋）陈与义/100
岸　帻 ………………………………………………（南宋）陈与义/101
细　雨 ………………………………………………（南宋）陈与义/101
雨中对酒，庭下海棠经雨不谢……………………（南宋）陈与义/101
观　雨 ………………………………………………（南宋）陈与义/102
十一月四日风雨大作 ………………………………（南宋）陆　游/102
秋雨初晴有感 ………………………………………（南宋）陆　游/103
临安春雨初霁 ………………………………………（南宋）陆　游/103
邗郱驿大雨 …………………………………………（南宋）范成大/104
听　雨 ………………………………………………（南宋）杨万里/104
昭君怨·咏荷上雨 …………………………………（南宋）杨万里/104
鹧鸪天·棋败，罚赋梅雨…………………………（南宋）辛弃疾/104
绮罗香·咏春雨 ……………………………………（南宋）史达祖/105
虞美人·听雨 ………………………………………（南宋）蒋　捷/106
张主簿草堂赋大雨 …………………………………（金）元好问/107
点绛唇 ………………………………………………（元）刘敏中/107
点绛唇 ………………………………………………（明）陈子龙/107
续哀雨诗三首 ………………………………………（清）王夫之/107
喜雨口号 ……………………………………………（清）蒲松龄/108
采桑子·咏春雨 ……………………………………（清）纳兰性德/108
夜雨与友人感赋 ……………………………………（清）沈元沧/108
雨 ……………………………………………………（清）符　曾/109
秋雨次陶篁村韵 ……………………………………（清）王又曾/109
山行遇雨 ……………………………………………（清）杨潮观/109
雨　过 ………………………………………………（清）蒋士铨/109

潇潇江上雨 …………………………………………………… (清)黎　简/110
雨后同子培、子封对月怀苏龛兼寄琴南…………………… (清)陈　衍/110
题潘兰史山塘听雨图 …………………………………… (清)徐　鋆/110

三、云　雾　露　霜　雷

露 …………………………………………………………… (唐)李　峤/111
雷 …………………………………………………………… (唐)杜　甫/111
云 …………………………………………………………… (唐)杜　甫/111
闻春雷 ……………………………………………………… (唐)司空曙/112
凌雾行 ……………………………………………………… (唐)韦应物/112
咏　云 ……………………………………………………… (唐)姚　合/112
咏　露 ……………………………………………………… (唐)李正封/112
云 …………………………………………………………… (唐)杜　牧/113
咏　云 ……………………………………………………… (唐)李商隐/113
云 …………………………………………………………… (唐)来　鹄/113
孤　云 ……………………………………………………… (唐)张　乔/113
雷　公 ……………………………………………………… (唐)韩　偓/114
云 …………………………………………………………… (唐)郑　准/114
巫山一段云 ……………………………………………… (五代)毛文锡/114
露 ………………………………………………………… (五代)成彦雄/114
秋　露 …………………………………………………… (北宋)王安石/114
望云楼 …………………………………………………… (北宋)苏　轼/115
玉楼春·戏赋云山 ……………………………………… (南宋)辛弃疾/115
烟 …………………………………………………………… (明)孟　洋/116

四、雪

春　雪 ……………………………………………………… (唐)东方虬/116
和张丞相春朝对雪 ………………………………………… (唐)孟浩然/116
赴京途中遇雪 ……………………………………………… (唐)孟浩然/117
冬晚对雪忆胡居士家 ……………………………………… (唐)王　维/117
终南望余雪 ………………………………………………… (唐)祖　咏/118
舟中夜雪,有怀卢十四侍御弟……………………………… (唐)杜　甫/119

对　雪 …………………………………………………………（唐）杜　甫/120
对　雪 …………………………………………………………（唐）杜　甫/120
长安喜雪 ………………………………………………………（唐）朱　湾/121
和祠部王员外雪后早朝即事 …………………………………（唐）岑　参/121
霁　雪 …………………………………………………………（唐）戎　昱/122
春　雪 …………………………………………………………（唐）刘方平/122
会稽郡楼雪霁 …………………………………………………（唐）张　继/122
天津桥望洛阳残雪 ……………………………………………（唐）阎济美/123
和少府崔卿微雪早朝 …………………………………………（唐）王　建/123
春　雪 …………………………………………………………（唐）韩　愈/123
夜　雪 …………………………………………………………（唐）白居易/124
问刘十九 ………………………………………………………（唐）白居易/124
终南秋雪 ………………………………………………………（唐）刘禹锡/125
早春对雪奉寄澧州元郎中 ……………………………………（唐）刘禹锡/125
雪晴晚望 ………………………………………………………（唐）贾　岛/125
汴河阻冻 ………………………………………………………（唐）杜　牧/126
对雪二首 ………………………………………………………（唐）李商隐/126
忆　雪 …………………………………………………………（唐）李商隐/127
残　雪 …………………………………………………………（唐）李商隐/127
喜　雪 …………………………………………………………（唐）李商隐/128
春　雪 …………………………………………………………（唐）秦韬玉/128
雪中偶题 ………………………………………………………（唐）郑　谷/129
夜雪泛舟 ……………………………………………………（五代）韦　庄/129
望远行 ………………………………………………………（北宋）柳　永/130
猎日雪 ………………………………………………………（北宋）梅尧臣/130
欲　雪 ………………………………………………………（北宋）王安石/130
次韵和甫咏雪 ………………………………………………（北宋）王安石/131
读眉山集次韵雪诗五首 ……………………………………（北宋）王安石/131
读眉山集，爱其雪诗能用韵，复次韵一首 …………………（北宋）王安石/133
和钱学士喜雪 ………………………………………………（北宋）王安石/134
正月一日，雪中过淮谒客回，作二首 ………………………（北宋）苏　轼/134
次韵参寥咏雪 ………………………………………………（北宋）苏　轼/135

雪后书北台壁二首 …………………………………… (北宋)苏　轼/135
谢人见和二首 ………………………………………… (北宋)苏　轼/136
雪后至乾明寺,遂宿…………………………………… (北宋)苏　轼/137
十二月十四日夜微雪,明日早,往南溪小酌至晚 …… (北宋)苏　轼/137
和子瞻北台书壁二首 ………………………………… (北宋)苏　辙/137
咏雪奉呈广平公 ……………………………………… (北宋)黄庭坚/138
春雪呈张仲谋 ………………………………………… (北宋)黄庭坚/138
次韵张秘校喜雪三首(其二) ……………………… (北宋)黄庭坚/139
雪中寄魏衍 …………………………………………… (北宋)陈师道/139
雪 ……………………………………………………… (北宋)陈师道/140
次韵无斁雪后二首 …………………………………… (北宋)陈师道/141
雪后黄楼寄眉山居士 ………………………………… (北宋)陈师道/141
雪意二首 ……………………………………………… (北宋)陈师道/142
雪　作 ………………………………………………… (南宋)曾　幾/143
次韵雪中 ……………………………………………… (南宋)曾　幾/143
雪 ……………………………………………………… (南宋)尤　袤/144
小　雪 ………………………………………………… (南宋)陆　游/144
雪 ……………………………………………………… (南宋)陆　游/145
雪中作 ………………………………………………… (南宋)陆　游/145
大　雪 ………………………………………………… (南宋)陆　游/146
雪夜感旧 ……………………………………………… (南宋)陆　游/146
雪霁独登南楼 ………………………………………… (南宋)范成大/147
春后微雪一宿而晴 …………………………………… (南宋)范成大/147
霰 ……………………………………………………… (南宋)杨万里/147
雪　夜 ………………………………………………… (南宋)葛天民/148
鹧鸪天·用前韵和赵文鼎提举赋雪 ………………… (南宋)辛弃疾/148
上西平·会稽秋风亭观雪 …………………………… (南宋)辛弃疾/148
满江红·和廓之雪 …………………………………… (南宋)辛弃疾/149
念奴娇·和韩南涧载酒见过雪楼观雪 ……………… (南宋)辛弃疾/149
东风第一枝·咏春雪 ………………………………… (南宋)史达祖/150
春　雪 ………………………………………………… (金)史　肃/151
无闷·雪意 …………………………………………… (南宋)王沂孙/151

雪　望 …………………………………………………… (清)洪　昇/152
采桑子·塞上咏雪花 ……………………………… (清)纳兰性德/152
齐天乐·吴山望隔江霁雪 ………………………… (清)厉　鹗/152
霁雪晓行 ……………………………………………… (清)蒋士铨/153
对　雪 …………………………………………… (清)骆绮兰(女)/153
秋雪四首 ……………………………………………… (清)林则徐/153
途中大雪 ……………………………………………… (清)林则徐/154
总宜山房晓起看雪 ………………………………… (清)翁心存/154
咏雪用坡公北台书壁韵 …………………………… (清)陆以湉/154
园居看微雪 …………………………………………… (清)陈三立/155

(三)山　川

一、山(石)

山　中 …………………………………………………… (唐)王　勃/159
山行留客 ……………………………………………… (唐)张　旭/159
山　中 …………………………………………………… (唐)王　维/160
鹿　柴 …………………………………………………… (唐)王　维/160
竹里馆 …………………………………………………… (唐)王　维/161
早秋山中作 …………………………………………… (唐)王　维/161
山中问答 ……………………………………………… (唐)李　白/161
山　行 …………………………………………………… (唐)杜　牧/162
自阆州领妻子欲赴蜀山行三首 …………………… (唐)杜　甫/162
西山三首 ……………………………………………… (唐)杜　甫/163
宿石邑山中 …………………………………………… (唐)韩　翃/163
孤　石 …………………………………………………… (唐)戴叔伦/164
望夫石 …………………………………………………… (唐)刘禹锡/164
山中寄友生 …………………………………………… (唐)姚　合/164
山中述怀 ……………………………………………… (唐)姚　合/165
题乌龙山禅居 ………………………………………… (唐)方　干/165

山　行 …………………………………………………… (唐)项　斯/166
经麻姑山 ………………………………………………… (唐)刘　沧/166
山中言事 ………………………………………………… (唐)曹　松/167
分水岭 …………………………………………………… (唐)吴　融/167
鲁山山行 ……………………………………………… (北宋)梅尧臣/168
度麾岭寄莘老 ………………………………………… (北宋)王安石/168
宿九仙山三首(录一首)……………………………… (北宋)苏　轼/169
始于文登海上得白石数升,如芡实,可作枕。闻梅丈嗜石,
　故以遗其子子明学士,子明有诗,次韵 ………… (北宋)苏　轼/169
云涛石 ………………………………………………… (北宋)黄庭坚/169
度　岭 ………………………………………………… (南宋)陈与义/170
登东山 ………………………………………………… (南宋)陆　游/170
生查子・山行,寄杨民瞻……………………………… (南宋)辛弃疾/171
生查子・杨子见和复用前韵 ………………………… (南宋)辛弃疾/171
鹧鸪天・石门道中 …………………………………… (南宋)辛弃疾/171
绝　句 ………………………………………………… (南宋)赵师秀/171
浪淘沙・云藏鹅湖山 ………………………………… (南宋)章谦亨/172
少室南原 ………………………………………………… (金)元好问/172
丙辰九月二十六日挈家游龙泉 ………………………… (金)元好问/172
近望牛头山 ……………………………………………… (清)王　铎/173
东雾山诗 ………………………………………………… (清)陈鹏年/173
自题画石 ………………………………………………… (清)曹雪芹/173
题老莲浸骨芭蕉石 ……………………………………… (清)法式善/173
己亥杂诗・别西山 ……………………………………… (清)龚自珍/174
冬日山行二首 …………………………………………… (清)樊增祥/174
山　行 …………………………………………………… (清)宋伯鲁/174

二、海　洋

赋得海边树 ……………………………………………… (唐)皇甫冉/175
东　海 …………………………………………………… (唐)胡　曾/175
望　海 …………………………………………………… (唐)周　繇/175
送僧游南海 ……………………………………………… (唐)李　洞/176

六月二十日夜渡海 …………………………… (北宋)苏　轼/176
泛　海 …………………………………………… (明)王守仁/176
通州望海 ………………………………………… (清)屈大均/177
浪淘沙·望海 …………………………………… (清)纳兰性德/177
渡海作 …………………………………………… (清)郑孝胥/178
澄台观海 ………………………………………… (清)六十七/178
题海外归槎图卷 ………………………………… (清)丘炜萲/178
黄海舟中感怀二首 ……………………………… (清)秋　瑾/178

三、黄　河

与永乐诸公夜泛黄河作 ………………………… (唐)阎　防/179
黄　河 …………………………………………… (唐)罗　隐/179
黄　河 …………………………………………… (北宋)苏　轼/179
壶中天·夜渡黄河,与沈尧道、曾子敬同赋 ………… (南宋)张　炎/180
临江仙·孟津河山亭同钦叔赋,因寄希颜兄……… (金)元好问/180
水调歌头·赋三门津 …………………………… (金)元好问/181
水龙吟·过黄河 ………………………………… (元)许有壬/181
渡黄河二首 ……………………………………… (清)宋　琬/182
河　塞 …………………………………………… (清)李国宋/182
黄　河 …………………………………………… (清)童　钰/182
夜　济 …………………………………………… (清)林则徐/183
出潼关渡河 ……………………………………… (清)谭嗣同/183

四、江

早寒江上有怀 …………………………………… (唐)孟浩然/183
长江二首 ………………………………………… (唐)杜　甫/184
渡　江 …………………………………………… (唐)杜　甫/184
夜渡江 …………………………………………… (唐)柳中庸/185
自巩洛舟行入黄河即事寄府县僚友 …………… (唐)韦应物/185
忆江上吴处士 …………………………………… (唐)贾　岛/186
送白舍人渡江 …………………………………… (唐)殷尧藩/187
西江怀古 ………………………………………… (唐)杜　牧/187

楚江怀古三首 …………………………………………… (唐)马 戴/188
惠崇春江晚景 ………………………………………… (北宋)苏 轼/189
临江仙·夜归临泉 …………………………………… (北宋)苏 轼/189
江神子·江景 ………………………………………… (北宋)苏 轼/190
发长平 ………………………………………………… (北宋)张 耒/190
襄邑道中 ……………………………………………… (南宋)陈与义/191
舟行遣兴 ……………………………………………… (南宋)陈与义/191
满江红·江行,简杨济翁、周显光 ………………… (南宋)辛弃疾/191
清平乐·丹阳舟中作 ………………………………… (南宋)刘克庄/192
苏武慢·江亭远眺 …………………………………… (明)韩守益/193
江 宿 ………………………………………………… (明)汤显祖/193
晚 泊 ………………………………………………… (清)洪 昇/193
舟夜书所见 …………………………………………… (清)查慎行/194
江 晴 ………………………………………………… (清)郑 燮/194
江上杂诗 ……………………………………………… (清)王又曾/194
渡 江 ………………………………………………… (清)赵 翼/194
江行杂诗五首 ………………………………………… (清)魏 源/195

五、溪 湖 泉 池(沟)

兴庆池侍宴 …………………………………………… (唐)沈佺期/196
桃花溪 ………………………………………………… (唐)张 旭/196
青 溪 ………………………………………………… (唐)王 维/197
和尹谏议史馆山池 …………………………………… (唐)王 维/197
与鄠县群官泛渼陂 …………………………………… (唐)岑 参/198
温泉即事 ……………………………………………… (唐)皇甫冉/198
龙昌寺荷池 …………………………………………… (唐)白居易/198
题韦家泉池 …………………………………………… (唐)白居易/198
溪 居 ………………………………………………… (唐)柳宗元/199
夏初雨后寻愚溪 ……………………………………… (唐)柳宗元/199
同沈驸马赋得御沟水 ………………………………… (唐)李 贺/200
盆 池 ………………………………………………… (唐)杜 牧/200
西 溪 ………………………………………………… (唐)李商隐/200

西　溪 …………………………………………………… （唐）李商隐/200
池　边 …………………………………………………… （唐）李商隐/201
自缙云赴郡，溪流百里，轻棹一发，曾不崇朝，叙事四韵寄献段郎中
…………………………………………………… （唐）方　干/201
题令狐处士溪居 …………………………………………… （唐）项　斯/201
和袭美重题后池 …………………………………………… （唐）陆龟蒙/202
泉 …………………………………………………… （唐）崔　涂/202
题豪家故池 …………………………………………… （唐）吴　融/202
听　泉 …………………………………………………… （唐）僧齐己/203
御沟水 …………………………………………………… （五代）王贞白/203
夜雪泛舟游南溪 …………………………………………… （五代）韦　庄/204
忆溪居 …………………………………………………… （五代）李　中/204
东　溪 …………………………………………………… （北宋）梅尧臣/204
仙游潭 …………………………………………………… （北宋）苏　轼/205
六和寺冲师闸山溪为水轩 ………………………………… （北宋）苏　轼/205
寿州李定少卿出饯城东龙潭上 …………………………… （北宋）苏　轼/205
好事近・湖上 …………………………………………… （北宋）苏　轼/206
西江月并序 …………………………………………… （北宋）苏　轼/206
春游湖 …………………………………………………… （北宋）徐　俯/207
如梦令 …………………………………………………… （北宋）李清照（女）/207
小　池 …………………………………………………… （南宋）杨万里/207
观书有感二首（其一） ……………………………………… （南宋）朱　熹/207
南歌子・新开池戏作 ……………………………………… （南宋）辛弃疾/207
鹧鸪天・席上再用韵 ……………………………………… （南宋）辛弃疾/208
生查子・独游雨岩 ………………………………………… （南宋）辛弃疾/208
满江红・淀山湖 …………………………………………… （南宋）吴文英/208
水龙吟・惠山酌泉 ………………………………………… （南宋）吴文英/209
龙潭夜坐 …………………………………………………… （明）王守仁/210
夜　泉 …………………………………………………… （明）袁中道/210
溪　上 …………………………………………………… （清）申涵光/210
游黄花谷 …………………………………………………… （清）申涵光/211
法雨泉 …………………………………………………… （清）吴祖修/211

溪 声 …… (清)赵 俞/211
竹 屿 …… (清)吴 雯/211
溪行杂咏 …… (清)潘 耒/211
题陈章侯莲鹭图 …… (清)查慎行/212
渡五里湖 …… (清)查慎行/212
引流泉过水西亭 …… (清)袁 枚/212
湖上晚归 …… (清)蒋士铨/212
湖 晓 …… (清)苏廷魁/213
翠微山第一高峰名虎头,灵光寺废池在其下,夜坐待月,忆竹坡先生 …… (清)陈 衍/213
玄武湖 …… (清)徐 鋆/213

六、水(舟行)

武陵泛舟 …… (唐)孟浩然/214
舟中晓望 …… (唐)孟浩然/214
放 船 …… (唐)杜 甫/215
陪王使君晦日泛江就黄家亭子二首 …… (唐)杜 甫/215
江上值水如海势聊短述 …… (唐)杜 甫/216
水槛遣兴二首 …… (唐)杜 甫/216
水 …… (唐)张 籍/217
流 水 …… (唐)罗 邺/217
新安道中玩流水 …… (唐)吴 融/218
秋夜晚泊 …… (唐)杜荀鹤/218
水 …… (唐)郑 谷/219
二十三日立秋夜行泊林里港 …… (北宋)张 耒/219
渔家傲 …… (北宋)李清照(女)/219
南浦·春水 …… (南宋)王沂孙/220
南浦·春水 …… (南宋)张 炎/221
次韵答牧斋冬日泛舟 …… (清)柳如是(女)/222
灯 船 …… (清)查慎行/222
锦云川 …… (清)毕 沅/223
舟行杂诗 …… (清)石韫玉/223

流　水 ……………………………………………………… （清）曾　燠/223

（四）时　序

一、春

和晋陵陆丞早春游望 ……………………………… （唐）杜审言/227
绝句二首 …………………………………………… （唐）杜　甫/228
春日江村五首 ……………………………………… （唐）杜　甫/228
酬刘员外见寄 ……………………………………… （唐）严　维/230
春日客舍晴原野望 ………………………………… （唐）陈　羽/231
和大夫边春呈长安亲故 …………………………… （唐）杨巨源/231
早春呈水部张十八员外 …………………………… （唐）韩　愈/232
春望词四首（录二首） ……………………………… （唐）薛　涛（女）/232
和乐天春词 ………………………………………… （唐）刘禹锡/233
早春独游曲江 ……………………………………… （唐）白居易/233
和乐天早春见寄 …………………………………… （唐）元　稹/233
游春二首 …………………………………………… （唐）姚　合/233
感　春 ……………………………………………… （唐）李　贺/235
春日野步 …………………………………………… （唐）温庭筠/235
江南春 ……………………………………………… （唐）杜　牧/236
春日题山家 ………………………………………… （唐）李　郢/236
江亭春霁 …………………………………………… （唐）李　郢/237
春宵自遣 …………………………………………… （唐）李商隐/237
春　日 ……………………………………………… （唐）李商隐/237
早春池亭独游三首 ………………………………… （唐）刘　象/238
早　春 ……………………………………………… （唐）司空图/238
春　阴 ……………………………………………… （唐）唐彦谦/239
春　夕 ……………………………………………… （唐）崔　涂/239
春日山居寄友人 …………………………………… （唐）杜荀鹤/240
春　日 ……………………………………………… （唐）李咸用/240

春　日 …………………………………………………… (五代)韦　庄/241
春夕言怀 ………………………………………………… (五代)张　泌/241
清平乐 …………………………………………………… (五代)欧阳炯/242
春日野望 ………………………………………………… (五代)李　中/242
小圃春日 ………………………………………………… (北宋)林　逋/242
青门引·春思 …………………………………………… (北宋)张　先/243
破阵子·春景 …………………………………………… (北宋)晏　殊/243
玉楼春·春景 …………………………………………… (北宋)宋　祁/244
春　寒 …………………………………………………… (北宋)梅尧臣/245
春　日 …………………………………………………… (北宋)王安石/245
春　寒 …………………………………………………… (北宋)王安石/246
春　阴 …………………………………………………… (北宋)王安国/246
正月二十一日病后,述古邀往城外寻春………………… (北宋)苏　轼/247
蝶恋花·春景 …………………………………………… (北宋)苏　轼/247
清平乐 …………………………………………………… (北宋)黄庭坚/247
诉衷情 …………………………………………………… (北宋)黄庭坚/248
春　日 …………………………………………………… (北宋)秦　观/249
满庭芳 …………………………………………………… (北宋)秦　观/249
早　春 …………………………………………………… (北宋)陈师道/250
绝　句 …………………………………………………… (北宋)吴　涛/250
眼儿媚 ……………………………………………… (北宋)朱淑真(女)/251
谒金门·春半 ……………………………………… (北宋)朱淑真(女)/251
初春杂兴 ………………………………………………… (南宋)陆　游/251
春　日 …………………………………………………… (南宋)朱　熹/252
卜算子·寻春作 ………………………………………… (南宋)辛弃疾/252
踏莎行·春日有感 ……………………………………… (南宋)辛弃疾/252
春　夕 ……………………………………………………… (金)元好问/252
醉桃源·春景 …………………………………………… (南宋)严　仁/253
踏莎行·初春 ………………………………………… (清)徐　灿(女)/253
卜算子·春愁 ………………………………………… (清)徐　灿(女)/253
春日绝句 …………………………………………………… (清)魏　禧/253
春日题邑城碧霞精舍 ……………………………………… (清)孙　郁/254

春日漫兴绝句二首 …………………………………………（清）姚　鼐/254
春　郊 ……………………………………………………（清）黎　简/254
南西门外游春即事 …………………………………………（清）宋　湘/254
春　闺 ……………………………………………………（清）骆绮兰（女）/255
感春四首 …………………………………………………（清）陈宝琛/255
和李亦元春寒四首 …………………………………………（清）曾习经/256
星坡春郊游眺 ……………………………………………（清）丘炜萲/257
春游杂诗四首 ……………………………………………（清）胡怀琛/257

二、春暮（惜春）

晚春严少尹与诸公见过 ……………………………………（唐）王　维/258
晚春闺思 …………………………………………………（唐）王　维/258
伤春五首 …………………………………………………（唐）杜　甫/259
春　归 ……………………………………………………（唐）杜　甫/260
苏溪亭 ……………………………………………………（唐）戴叔伦/261
春晓曲 ……………………………………………………（唐）温庭筠/261
即　日 ……………………………………………………（唐）李商隐/261
春　尽 ……………………………………………………（唐）韩　偓/262
残春旅舍 …………………………………………………（唐）韩　偓/263
鹊踏枝 ……………………………………………………（五代）冯延巳/263
浣溪沙 ……………………………………………………（五代）毛熙震/264
踏莎行 ……………………………………………………（北宋）寇　准/264
浣溪沙 ……………………………………………………（北宋）晏　殊/265
蝶恋花 ……………………………………………………（北宋）欧阳修/266
暮　春 ……………………………………………………（北宋）王安石/266
清平乐·春晚 ……………………………………………（北宋）王安国/267
送　春 ……………………………………………………（北宋）苏　轼/267
蝶恋花·暮春别李公择 ……………………………………（北宋）苏　轼/268
浣溪沙 ……………………………………………………（北宋）苏　轼/269
次韵刘敏殿丞送春 …………………………………………（北宋）苏　辙/269
倦寻芳慢 …………………………………………………（北宋）王　雱/270
蝶恋花 ……………………………………………………（北宋）秦　观/270

画堂春 ……………………………………………………（北宋）秦　观/271
千秋岁 ……………………………………………………（北宋）秦　观/272
清平乐 ……………………………………………………（北宋）赵令畤/273
清平乐 …………………………………………………（北宋）朱淑真（女）/273
蝶恋花·送春 ……………………………………………（北宋）朱淑真（女）/274
如梦令 …………………………………………………（北宋）李清照（女）/274
蝶恋花·河中作 ……………………………………………（南宋）赵　鼎/275
暮春二首（其二） …………………………………………（南宋）陆　游/276
桃源忆故人 ………………………………………………（南宋）陆　游/276
暮春上塘道中 ……………………………………………（南宋）范成大/277
临江仙·暮春 ……………………………………………（南宋）赵长卿/277
满江红·饯郑衡州，厚卿席上再赋…………………………（南宋）辛弃疾/278
摸鱼儿·淳熙己亥，自湖北漕移湖南，同官王正之置酒小山亭，
　为赋 ……………………………………………………（南宋）辛弃疾/279
祝英台令·晚春 ……………………………………………（南宋）辛弃疾/280
虞美人·春愁 ……………………………………………（南宋）陈　亮/281
水龙吟·春恨 ……………………………………………（南宋）陈　亮/282
点绛唇·访牟存叟南漪钓隐 ………………………………（南宋）周　晋/283
喜迁莺 ……………………………………………………（南宋）许　棐/283
点绛唇·长安中作 …………………………………………（金）元好问/284
青玉案·次贺铸凌波不过横塘路原韵 ………………………（金）元好问/284
风入松·晚春感怀 …………………………………………（南宋）吴文英/285
沁园春·送春 ……………………………………………（南宋）刘辰翁/285
夏初临 ……………………………………………………（明）杨　基/286
偶　成 ……………………………………………………（清）舒　瞻/286
暮　春 ……………………………………………………（清）翁　格/286
惜　春 …………………………………………………（清）席佩兰（女）/287
相见欢 ……………………………………………………（清）张惠言/287
卜算子 ……………………………………………………（清）蒋春霖/287
点绛唇·饯春 ……………………………………………（清）王鹏运/287
春感二首 …………………………………………………（清）吴庆坻/288

三、夏

夏日南亭怀辛大 …………………………………… (唐)孟浩然/288
苦　热 ……………………………………………… (唐)王　维/289
敕借岐王九成宫避暑应教 ………………………… (唐)王　维/289
热三首 ……………………………………………… (唐)杜　甫/290
多病执热奉怀李尚书 ……………………………… (唐)杜　甫/290
刘驸马水亭避暑 …………………………………… (唐)刘禹锡/291
仲夏斋居偶题八咏,寄微之及崔湖州……………… (唐)白居易/291
夏昼偶作 …………………………………………… (唐)柳宗元/292
夏　夜 ……………………………………………… (唐)贾　岛/292
闲居晚夏 …………………………………………… (唐)姚　合/293
夏日登信州北楼 …………………………………… (唐)李　郢/293
南歌子 …………………………………………… (五代)张　泌/294
夏日即事 ………………………………………… (北宋)林　逋/294
夏　日 …………………………………………… (北宋)寇　准/294
过涧歇近 ………………………………………… (北宋)柳　永/295
临江仙 …………………………………………… (北宋)欧阳修/295
夏　意 …………………………………………… (北宋)苏舜钦/296
苦　热 …………………………………………… (北宋)王安国/296
中　夏 …………………………………………… (北宋)王安国/297
首夏官舍即事 …………………………………… (北宋)苏　轼/297
次韵朱光庭初夏 ………………………………… (北宋)苏　轼/298
阮郎归・初夏 …………………………………… (北宋)苏　轼/298
贺新郎・夏景 …………………………………… (北宋)苏　轼/299
夏日龙井书事四首 ……………………………… (北宋)僧道潜/300
南乡子・夏日作 ………………………………… (北宋)李之仪/301
纳　凉 …………………………………………… (北宋)秦　观/301
夏日即事 ………………………………………… (北宋)陈师道/302
次韵夏日江村 …………………………………… (北宋)陈师道/302
夏日二首 ………………………………………… (北宋)张　耒/303
夏日杂兴 ………………………………………… (北宋)张　耒/303
夏日三首 ………………………………………… (北宋)张　耒/304

满庭芳·夏日溧水无想山作 ……………………（北宋）周邦彦/305
夏夜闻雨 ……………………………………（南宋）曾 幾/306
乌夜啼 ………………………………………（南宋）陆 游/307
纳 凉 ………………………………………（南宋）范成大/307
初夏二首 ……………………………………（南宋）范成大/307
次韵耿时举苦热 ……………………………（南宋）范成大/307
闲居初夏午睡起二首 ………………………（南宋）杨万里/308
惜红衣 ………………………………………（南宋）姜 夔/308
夏夜怀友 ……………………………………（南宋）徐 玑/309
夏夜同灵晖有作，奉寄翁赵二丈……………（南宋）徐 玑/309
满江红 …………………………………………（明）文徵明/310
金缕曲·初夏 …………………………………（清）朱彝尊/310
蝶恋花·夏夜 ………………………………（清）纳兰性德/311
夏日杂句十七首（录二首）…………………………（清）杭世骏/311
和樊山少朴治芗夏日杂兴 ………………………（清）左绍佐/312

四、秋

秋宵月下有怀 …………………………………（唐）孟浩然/312
秋夜独坐 ………………………………………（唐）王 维/312
秋 尽 …………………………………………（唐）杜 甫/313
秋夜泛舟 ………………………………………（唐）刘方平/314
秋夜寄丘二十二员外 …………………………（唐）韦应物/314
秋夜船行 ………………………………………（唐）严 维/315
长安卧病秋夜言怀 ……………………………（唐）陈 羽/315
秋夕不寐寄乐天 ………………………………（唐）刘禹锡/315
秋中暑退赠白乐天 ……………………………（唐）刘禹锡/315
秋词二首 ………………………………………（唐）刘禹锡/316
酬娄秀才寓居开元寺，早秋月夜病中见寄…………（唐）柳宗元/316
秋夜宿西林寄贾岛 ……………………………（唐）僧无可/317
长安秋望 ………………………………………（唐）杜 牧/318
早 秋 …………………………………………（唐）杜 牧/318
江亭晚望 ………………………………………（唐）李 郢/319

凉　思 …………………………………………（唐）李商隐/319
访　秋 …………………………………………（唐）李商隐/320
秋日晚思 ………………………………………（唐）李商隐/320
端　居 …………………………………………（唐）李商隐/320
到　秋 …………………………………………（唐）李商隐/320
宿骆氏亭寄怀崔雍崔衮 ………………………（唐）李商隐/321
摊破浣溪沙 …………………………………（五代）李　璟/321
早秋闲寄宇昭 ………………………………（北宋）僧保暹/322
原上秋草 ……………………………………（北宋）僧古怀/322
秋夜二首 ……………………………………（北宋）王安石/323
千秋岁引 ……………………………………（北宋）王安石/323
秋晚客兴 ……………………………………（北宋）苏　轼/324
江上秋夜 ……………………………………（北宋）僧道潜/324
秋日三首(录二首)……………………………（北宋）秦　观/324
风流子 ………………………………………（北宋）张　耒/325
四园竹 ………………………………………（北宋）周邦彦/326
次韵向君受感秋 ……………………………（北宋）汪　藻/326
秋　夜 ………………………………………（南宋）陈与义/327
秋夜纪怀 ……………………………………（南宋）陆　游/327
西楼秋晚 ……………………………………（南宋）范成大/327
七月二日上沙夜泛 …………………………（南宋）范成大/328
声声慢・秋声 ………………………………（南宋）蒋　捷/328
数　日 ………………………………………（南宋）赵师秀/328
秋　日 ………………………………………（南宋）高　翥/329
天净沙・秋 …………………………………（元）白　朴/329
玉京秋 ………………………………………（南宋）周　密/329
唐多令・秋暮有感 …………………………（南宋）陈允平/330
秋　尽 …………………………………………（元）戴表元/330
秋　日 …………………………………………（明）沈　彬/330
秋日杂感 ………………………………………（明）陈子龙/331
初秋八首 ………………………………………（明）陈子龙/331
初秋八首 …………………………………（清）柳如是(女)/332

和张昊东秋圃闲吟 ……………………………… (清)吴　骐/335
秋日西郊宴集 ……………………………… (清)陈恭尹/335
秋暮吟望 ……………………………… (清)赵执信/335
野　步 ……………………………… (清)赵　翼/336
秋　夜 ……………………………… (清)吴文溥/336
秋　夕 ……………………………… (清)黄景仁/336
秋夜作 ……………………………… (清)钱　泳/336

五、秋兴(秋怀)

秋兴八首 ……………………………… (唐)杜　甫/337
感　秋 ……………………………… (唐)姚　伦/343
秋　思 ……………………………… (唐)杜　牧/343
灞上秋居 ……………………………… (唐)马　戴/343
秋　怀 ……………………………… (北宋)欧阳修/344
秋兴和冲卿 ……………………………… (北宋)王安石/344
秋兴三首 ……………………………… (北宋)苏　轼/344
拜星月慢·秋思 ……………………………… (北宋)周邦彦/345
次韵周教授秋怀 ……………………………… (南宋)陈与义/346
郁　郁 ……………………………… (金)元好问/346
秋　怀 ……………………………… (金)元好问/347
和姚子敬秋怀 ……………………………… (元)赵孟頫/347
新秋感兴 ……………………………… (清)王崇简/347
秋　怀 ……………………………… (清)李长祥/348
秋心三首 ……………………………… (清)龚自珍/348
秋感二首 ……………………………… (清)吴庆坻/349
秋怀八首 ……………………………… (清)丘逢甲/349

六、冬

酬乐天初冬早寒见寄 ……………………………… (唐)刘禹锡/351
小雪后书事 ……………………………… (唐)陆龟蒙/351
山村冬暮 ……………………………… (北宋)林　逋/352
岁　晚 ……………………………… (北宋)王安石/352

次韵昌叔岁暮 …………………………………………… (北宋)王安石/352
赠刘景文 ………………………………………………… (北宋)苏 轼/353
十 月 …………………………………………………… (南宋)陈与义/354
石州慢 …………………………………………………… (南宋)张元幹/354
舍北摇落景物殊佳偶作五首 ………………………… (南宋)陆 游/355
冬日感兴十韵 …………………………………………… (南宋)陆 游/356
南乡子·冬夜 …………………………………………… (南宋)黄 昇/357
乙巳九月二十八日作 …………………………………… (金)元好问/357
冬日感怀四首 …………………………………………… (清)陈鹏年/357

(五)节 序

一、元 日

新年作 …………………………………………………… (唐)宋之问/361
元 日 …………………………………………………… (北宋)王安石/362
次韵秦少游、王仲至元日立春三首…………………… (北宋)苏 轼/362
次韵曾仲锡元日见寄 ………………………………… (北宋)苏 轼/362
元日过丹阳,明日立春寄鲁元翰……………………… (北宋)苏 轼/363
正月三日点灯会客 …………………………………… (北宋)苏 轼/363
元 日 …………………………………………………… (北宋)陈师道/364
宜章元日 ………………………………………………… (南宋)吕本中/364
元 日 …………………………………………………… (南宋)陈与义/365
新年书感 ………………………………………………… (南宋)陆 游/365
乙未元日用前韵书怀,今年五十矣…………………… (南宋)范成大/366
丁酉正月二日东郊故事 ……………………………… (南宋)范成大/366
探春令·早春 …………………………………………… (南宋)赵长卿/367
辛巳元日 ………………………………………………… (清)柳如是(女)/367
甘州·甲寅元日,赵敬甫见过……………………………… (清)蒋春霖/367

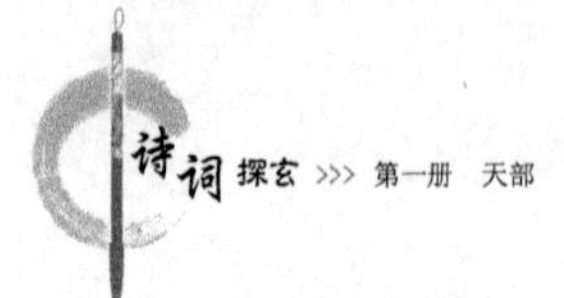

二、立 春

立春日晨起对积雪 ……………………………………… (唐)张九龄/368
立 春 ……………………………………………………… (唐)杜 甫/368
立春日,内出彩花树应制……………………………… (唐)武平一/369
立 春 …………………………………………………… (五代)韦 庄/369
次韵仲卿除日立春 ……………………………………… (北宋)王安石/370
立春谢赐幡胜口号呈子瞻、冲元内翰、子开、器资舍人
…………………………………………………………… (北宋)刘 攽/370
次韵刘贡父春日赐幡胜 ………………………………… (北宋)苏 轼/370
立春次刘贡父韵 ………………………………………… (北宋)孔武仲/371
木兰花·立春日作 ……………………………………… (南宋)陆 游/371
汉宫春·立春日 ………………………………………… (南宋)辛弃疾/371
蝶恋花·戊申元日立春席间作 ………………………… (南宋)辛弃疾/372
喜迁莺 …………………………………………………… (南宋)胡浩然/373

三、人 日

奉和人日宴大明宫,恩赐彩胜、人胜应制 ……………… (唐)马怀素/373
人日登南阳驿门亭子,怀汉川诸友……………………… (唐)孟浩然/374
人日二首 ………………………………………………… (唐)杜 甫/374
和汴州李相公勉人日喜春 ……………………………… (唐)戴叔伦/375
人日即事 ………………………………………………… (唐)李商隐/375
人日立春 ………………………………………………… (唐)陆龟蒙/376
庚辰人日作二首 ………………………………………… (北宋)苏 轼/376
人 日 …………………………………………………… (北宋)唐 庚/377
人日雪 …………………………………………………… (南宋)陆 游/377
一萼红 …………………………………………………… (南宋)姜 夔/378
人日有怀愚斋张兄纬文 ………………………………… (金)元好问/379
南歌子 …………………………………………………… (金)元好问/379
寅严寺人日雨雪 ………………………………………… (清)李国宋/379

四、上元(元宵)

正月十五夜 …………………………………… (唐)苏味道/380
上　元 …………………………………………… (唐)郭利贞/380
上元夜六首 …………………………………… (唐)崔　液/381
观　灯 …………………………………………… (唐)张萧远/381
生查子·元夕 ……………………………… (北宋)欧阳修/382
上　元 ………………………………………… (北宋)曾　巩/382
上元戏呈刘贡父 ………………………… (北宋)王安石/383
上元侍饮楼上三首呈同列 ………… (北宋)苏　轼/383
上元夜过赴儋守召,独坐有感………… (北宋)苏　轼/384
解语花·上元 ……………………………… (北宋)周邦彦/384
临江仙·都城元夕 ……………………… (北宋)毛　滂/386
永遇乐 ……………………………………… (北宋)李清照(女)/387
鹧鸪天·建康上元作 …………………… (南宋)赵　鼎/387
青玉案·元夕 ……………………………… (南宋)辛弃疾/388
鹧鸪天·元夕有所梦 …………………… (南宋)姜　夔/389
浣溪沙·别纬文张兄 ……………………… (金)元好问/389
传言玉女·钱塘元夕 …………………… (南宋)汪元量/390
看灯词 ………………………………………… (清)沈大成/390
踏莎行·元夕 ……………………………… (近代)王国维/390

五、上　巳

上巳洛中寄王九迥 ………………………… (唐)孟浩然/391
上巳日徐司录林园宴集 ………………… (唐)杜　甫/392
三月十日流杯亭 …………………………… (唐)李商隐/392
海南人不作寒食,而以上巳上冢。余携一瓢酒,寻诸生,皆出矣。
独老符秀才在,因与饮,至醉。符盖儋人之安贫守静者也
…………………………………………………… (北宋)苏　轼/392
上巳晚泊龟山作 ………………………… (北宋)贺　铸/393
上　巳 ………………………………………… (南宋)刘克庄/394
癸巳春日禊饮,社集虎丘,即事四首 ……… (清)吴伟业/394
上巳雨中看花作 …………………………… (清)余　怀/395

六、寒　食

寒食汜上作 ……………………………………………… (唐)王　维/396
小寒食舟中作 …………………………………………… (唐)杜　甫/396
寒　食 ……………………………………………………… (唐)韩　翃/398
寒　食 ……………………………………………………… (唐)孟云卿/399
寒食行次冷泉驿 ………………………………………… (唐)李商隐/399
寒食山馆书情 …………………………………………… (唐)来　鹄/399
寒食二首(其一) ………………………………………… (唐)李山甫/399
寒食都门作 ……………………………………………… (唐)胡　曾/400
寒食夜 ……………………………………………………… (唐)韩　偓/401
旅寓洛南村舍 …………………………………………… (唐)郑　谷/401
丙辰年鄜州遇寒食,城外醉吟七言五首………… (五代)韦　庄/402
寒食寄郑起侍郎 ……………………………………… (北宋)杨徽之/403
寒　食 …………………………………………………… (北宋)王禹偁/403
木兰花・乙卯吴兴寒食 ……………………………… (北宋)张　先/403
寒食假中作 …………………………………………… (北宋)宋　祁/404
壬辰寒食 ……………………………………………… (北宋)王安石/404
寒食夜 …………………………………………………… (北宋)苏　轼/405
寒食日答李公择三绝次韵 …………………………… (北宋)苏　轼/405
诉衷情・寒食 ………………………………………… (北宋)僧仲殊/406
寒食赠游客 …………………………………………… (北宋)张　耒/406
应天长・寒食 ………………………………………… (北宋)周邦彦/407
生查子 …………………………………………………… (北宋)周紫芝/408
道中寒食二首 ………………………………………… (南宋)陈与义/408
寒食郊行书事二首 …………………………………… (南宋)范成大/410
临江仙・即席和韩南涧韵 …………………………… (南宋)辛弃疾/410
淡黄柳 …………………………………………………… (南宋)姜　夔/410
丁未寒食归自三泉 ……………………………………… (金)元好问/411
沁园春・寒食郓州道中 ………………………………… (宋)谢枋得/411
寒食诗话楼感怀四首 …………………………………… (清)周亮工/412
寒食二首 ………………………………………………… (清)李　因/413

寒食途次 …………………………………………………… (清)许廷鑅/413

七、清　明

阊门即事 …………………………………………………… (唐)张　继/414
长安清明 …………………………………………………… (五代)韦　庄/414
蝶恋花 ……………………………………………………… (五代)冯延巳/415
醉桃源 ……………………………………………………… (五代)冯延巳/415
蝶恋花 ……………………………………………………… (五代)李　煜/416
清明辇下怀金陵 …………………………………………… (北宋)王安石/417
庆清朝慢·踏青 …………………………………………… (北宋)王　观/417
清　明 ……………………………………………………… (北宋)黄庭坚/418
清　明 ……………………………………………………… (南宋)陈与义/418
清　明 ……………………………………………………… (南宋)陆　游/419
行香子·三山作 …………………………………………… (南宋)辛弃疾/419
庚辰西域清明 ……………………………………………… (辽)耶律楚材/420
风入松 ……………………………………………………… (南宋)吴文英/420
清　明 ……………………………………………………… (清)王　岱/421
石桥扫墓 …………………………………………………… (清)鄂尔泰/422
传言玉女 …………………………………………………… (清)张惠言/422
春日杂感 …………………………………………………… (清)杨　圻/422

八、端　午

端午赐衣 …………………………………………………… (唐)杜　甫/423
端　午 ……………………………………………………… (唐)僧文秀/423
南歌子·钱塘端午 ………………………………………… (北宋)苏　轼/423
喜迁莺·端午泛湖 ………………………………………… (北宋)黄　裳/424
临江仙 ……………………………………………………… (南宋)陈与义/424
忆秦娥·五日移舟明山下作 ……………………………… (南宋)陈与义/425
贺新郎·端午 ……………………………………………… (南宋)刘克庄/426
澡兰香·淮安重午 ………………………………………… (南宋)吴文英/426
午日观竞渡,寄怀家兄兼答辟疆感旧之作…………… (清)王士禛/427

九、七　夕

他乡七夕 ……………………………………………… (唐)孟浩然/427
七　夕 ……………………………………………… (唐)祖　咏/428
七　夕 ……………………………………………… (唐)李　贺/428
池塘七夕 ……………………………………………… (唐)温庭筠/428
七夕偶题 ……………………………………………… (唐)李商隐/429
壬申七夕 ……………………………………………… (唐)李商隐/429
海　客 ……………………………………………… (唐)李商隐/429
壬申闰秋赠乌鹊 ……………………………………… (唐)李商隐/430
七　夕 ……………………………………………… (唐)李商隐/430
辛未七夕 ……………………………………………… (唐)李商隐/430
银河吹笙 ……………………………………………… (唐)李商隐/430
织女怀牵牛 …………………………………………… (唐)曹　唐/431
鹊桥仙 ……………………………………………… (北宋)欧阳修/431
鹊桥仙·七夕送陈令举 ……………………………… (北宋)苏　轼/432
乞　巧 ……………………………………………… (北宋)李　朴/432
鹊桥仙 ……………………………………………… (北宋)秦　观/433
和黄预七夕 …………………………………………… (北宋)陈师道/434
鹊桥仙·七夕 ………………………………………… (南宋)范成大/434
感皇恩 ……………………………………………… (金)党怀英/435
绿头鸭·七夕 ………………………………………… (南宋)辛弃疾/435
西江月·新秋写兴 …………………………………… (南宋)刘辰翁/435
七夕二首 ……………………………………………… (明)陈子龙/436
浪淘沙·七夕 ………………………………………… (清)董元恺/436
七　夕 ……………………………………………… (清)马朴臣/436
七　夕 ……………………………………………… (清)徐暎玉(女)/437
沪上味莼园晚坐,时为七夕 ………………………… (清)陈三立/437
七月七夕在谢秋云妆阁有感,诗以谢之 …………… (近代)李叔同/437

十、中　秋

八月十五夜月二首 …………………………………… (唐)杜　甫/438
十六夜玩月 …………………………………………… (唐)杜　甫/438

十七夜对月 …………………………………………………… (唐)杜　甫/439
八月十五夜玩月 ……………………………………………… (唐)刘禹锡/439
八月十五日夜半云开,然后玩月,因咏一时之景寄呈乐天
…………………………………………………………… (唐)刘禹锡/440
鹤林寺中秋夜玩月 …………………………………………… (唐)许　浑/440
八月十五夜玩月 ……………………………………………… (唐)僧栖白/441
中秋待月 ……………………………………………………… (唐)陆龟蒙/441
中秋月 ………………………………………………………… (唐)僧齐己/442
中秋月 ……………………………………………………… (五代)成彦雄/443
中秋月 ……………………………………………………… (五代)廖　凝/443
中秋月 ……………………………………………………… (北宋)王禹偁/443
和永叔中秋月夜会不见月酬王舍人 ……………………… (北宋)梅尧臣/444
酬王君玉中秋席上待月值雨 ……………………………… (北宋)欧阳修/444
中秋题诗 …………………………………………………… (北宋)孔周翰/445
中秋月 ……………………………………………………… (北宋)苏　轼/445
和鲁人孔周翰题诗二首并引 ……………………………… (北宋)苏　轼/445
水调歌头·明月几时有 …………………………………… (北宋)苏　轼/446
临江仙 ……………………………………………………… (北宋)郑无党/447
水调歌头·中秋 …………………………………………… (北宋)米　芾/448
洞仙歌·泗州中秋作 ……………………………………… (北宋)晁补之/448
癸未八月十四至十六夜月色皆佳 ………………………… (北宋)曾　幾/449
壶中天慢·中秋应制 ……………………………………… (南宋)曾　觌/449
水调歌头 …………………………………………………… (南宋)范成大/450
菩萨蛮 ……………………………………………………… (南宋)高观国/450
齐天乐·中秋宿真定驿 …………………………………… (南宋)史达祖/450
婆罗门引·望月 ……………………………………………… (金)元好问/451
水龙吟·中秋 ………………………………………………… (金)元好问/452
八月十五夜二首 ……………………………………………… (明)陈子龙/452
壬寅伊江中秋 ………………………………………………… (清)邓廷桢/453
中秋夜无月 …………………………………………………… (清)樊增祥/453

十一、九 日

蜀中九日 ……………………………………………………（唐）王 勃/453
九日龙沙作，寄刘大慎虚……………………………………（唐）孟浩然/454
秋登兰山寄张五 ……………………………………………（唐）孟浩然/454
九月九日忆山东兄弟 ………………………………………（唐）王 维/455
九月九日作 …………………………………………………（唐）王 缙/455
九日登望仙台呈刘明府容 …………………………………（唐）崔 曙/456
九日杨奉先会白水崔明府 …………………………………（唐）杜 甫/456
九日曲江 ……………………………………………………（唐）杜 甫/457
九日登梓州城 ………………………………………………（唐）杜 甫/457
登 高 ………………………………………………………（唐）杜 甫/457
九日蓝田崔氏庄 ……………………………………………（唐）杜 甫/458
九日五首（原缺一首）…………………………………………（唐）杜 甫/459
九日齐安登高 ………………………………………………（唐）杜 牧/461
重阳日寄浙东诸从事 ………………………………………（唐）李 郢/462
九 日 ………………………………………………………（唐）李商隐/462
十日菊 ………………………………………………………（唐）郑 谷/463
九日水阁 …………………………………………………（北宋）韩 琦/463
九日和韩魏公 ……………………………………………（北宋）苏 洵/463
九日登东山寄昌叔 ………………………………………（北宋）王安石/464
和晁同年九日见寄 ………………………………………（北宋）苏 轼/464
次韵张十七九日赠子由 …………………………………（北宋）苏 轼/465
九日次韵王巩 ……………………………………………（北宋）苏 轼/465
明日重九，亦以病不赴述古会，再用前韵 ………………（北宋）苏 轼/465
九日邀仲屯田，为大水所隔，以诗见寄，次其韵………（北宋）苏 轼/466
南乡子·重九涵辉楼呈徐君猷 …………………………（北宋）苏 轼/466
满庭芳·重阳前席上次元直韵 …………………………（北宋）舒 亶/467
满庭芳·后一日再置酒次冯通直韵 ……………………（北宋）舒 亶/467
定风波·次高佐藏使君韵 ………………………………（北宋）黄庭坚/468
满庭芳 ……………………………………………………（北宋）秦 观/468
次韵李节推九日登山 ……………………………………（北宋）陈师道/469
九日寄秦觏 ………………………………………………（北宋）陈师道/469

九日怀舍弟 ……………………………………………… (北宋)唐 庚/470
醉花阴 ………………………………………………… (北宋)李清照(女)/470
重 阳 ……………………………………………………… (北宋)陈与义/471
九日登天湖,以"菊花须插满头归"分韵赋诗,得归字
…………………………………………………………… (南宋)朱 熹/472
蓦山溪·寄宝学 ………………………………………… (南宋)刘子翚/472
丁酉重九药市呈坐客 ………………………………… (南宋)范成大/473
踏莎行·庚戌中秋后二夕,带湖篆冈小酌……………… (南宋)辛弃疾/473
风雨中诵潘邠老诗 …………………………………… (南宋)韩 淲/473
贺新郎·九日 …………………………………………… (南宋)刘克庄/474
蝶恋花·九日和吴见山韵 ……………………………… (南宋)吴文英/475
扫花游·九日怀归 ……………………………………… (南宋)周 密/475
九日作 ……………………………………………………… (清)柳如是(女)/476
津门九日 ………………………………………………… (清)沈用济/476

十二、至 日

冬 至 …………………………………………………………… (唐)杜 甫/477
小 至 …………………………………………………………… (唐)杜 甫/478
邯郸冬至夜思家 ………………………………………… (唐)白居易/478
和王子安至日 …………………………………………… (北宋)陈师道/478
冬至后 …………………………………………………… (北宋)张 耒/479
长至日述怀兼寄十七兄 ……………………………… (南宋)曾 幾/480
辛酉冬至 ………………………………………………… (南宋)陆 游/481

十三、除夕 岁暮

岁暮海上作 ……………………………………………… (唐)孟浩然/481
岁暮归南山 ……………………………………………… (唐)孟浩然/482
岁除夜会乐城张少府宅 ……………………………… (唐)孟浩然/483
除夜有怀 ………………………………………………… (唐)孟浩然/483
除夜作 ……………………………………………………… (唐)高 适/483
除 夜 ……………………………………………………… (唐)王 諲/484
杜位宅守岁 ……………………………………………… (唐)杜 甫/484

除夜宿石头驿 ………………………………………………（唐）戴叔伦/485
岁夜咏怀 …………………………………………………（唐）刘禹锡/485
客中守岁 …………………………………………………（唐）白居易/486
和刘梦得岁夜怀友 ………………………………………（唐）卢　贞/486
乐天梦得有岁夜诗聊以奉和 ……………………………（唐）牛僧孺/486
隋宫守岁 …………………………………………………（唐）李商隐/486
巴山道中除夜书怀 ………………………………………（唐）崔　涂/487
旅舍除夜 …………………………………………………（唐）皮日休/488
除夜野宿常州城外二首 ……………………………（北宋）苏　轼/488
阮郎归 ……………………………………………………（北宋）秦　观/488
除　夜 ……………………………………………………（北宋）陈师道/489
除夜对酒赠少章 ……………………………………（北宋）陈师道/490
岁晚有感 ……………………………………………（北宋）张　耒/490
除　夕 ……………………………………………………（北宋）唐　庚/490
壬戌岁除作，明朝六十岁矣……………………………（南宋）曾　幾/491
除　夜 ……………………………………………………（南宋）陈与义/491
除　夜 ……………………………………………………（南宋）陈与义/492
除夜书怀 ……………………………………………（南宋）范成大/492
浣溪沙·丙辰岁不尽五日，吴松作……………………（南宋）姜　夔/493
送　穷 ………………………………………………………（金）元好问/493
除　夜 ………………………………………………………（金）元好问/494
汴梁除夜 ……………………………………………………（金）元好问/494
沁园春·除夕 ………………………………………………（金）元好问/494
高阳台·除夜 ………………………………………（南宋）韩　𣈶/495
除夕七绝 ……………………………………………………（清）吴祖修/495
馈岁赠殷彦来 ………………………………………………（清）田　雯/495
除夕泊舟北郭 ………………………………………………（清）洪　昇/496
癸巳除夕偶成二首 …………………………………………（清）黄景仁/496
伊江除夕书怀三首 …………………………………………（清）林则徐/496
和仙槎除夕感怀四篇 ………………………………………（清）谭嗣同/497

（一）昼夜

一、晴(霁)

途中遇晴 (唐)孟浩然

已失巴陵雨,犹逢蜀坂读板,上声。斜坡。泥。天开斜景遍,山出晚云低。余湿犹霑草,残流尚入溪。今宵有明月,乡思远凄凄。

(元)方回:三、四壮浪,五、六细润,形容雨晴妙甚。——《瀛奎律髓汇评》

(清)纪昀:通体细润。以为"壮浪"非是。——同上

(清)许印芳:凡客路诗,制题有"途中"、"道中"字,上文标出地名界限方清。此题尚欠分明,不可为式。——同上

(清)屈复:一、二虚破全题,三、四实写遇晴,五、六初晴景,七总上四,八应途中。一从上写,二从下写,三、四从上写,五、六从下写,七、八从途中写旅寓,法细如丝。一有幸喜意;二有不足意;三、四景佳,极有幸喜意;五、六亦景佳,却有不足意;七从途中想到有明月,亦有幸喜意;八从明月又想到乡思。抑扬曲折,无一直笔,但重"犹"字。——《唐诗成法》

(清)沈德潜:状晚霁如画。——《唐诗别裁集》

新晴野望 (唐)王 维

新晴原野旷,极目无氛垢。氛垢,尘埃也。郭门临渡头,村树连溪口。白水明田外,碧峰出山后。农月农忙月份。无闲

人，倾家事南亩。南亩，谓农田。南坡向阳，利于农作物生长，古人多向南开辟，故称。

晴二首 （唐）杜 甫

久雨巫山暗，新晴锦绣纹。碧知湖外草，红见海东云。二句远景。竟日莺相和，摩霄鹤数群。野花干更落，风处急纷纷。四句近景，《镜铨》："新晴妙景如画。"

啼乌争引子，鸣鹤不归林。下食遭泥去，承一。久雨乍晴，故泥尚湿。高飞恨久阴。承二。鸟亦如己之谋食，而己却不如鹤之高飞，即兴起末二句。雨声冲塞尽，日气射江深。回首周南客，太史公留滞周南，不得与于封禅，乃执迁手而泣。驱驰魏阙魏阙，借指朝廷。《庄子》："身在江海之上，心居魏阙之下。"心。

雨 晴一作秋霁。 （唐）杜 甫

天际秋云薄，从西万里风。今朝好晴景，久雨不妨农。塞柳行疏翠，山梨结小红。二句亦从日光乍映中看出。胡笳楼上发，谓笳声因晴而倍响也。一雁入高空。此喜边塞初晴也。上四雨后新晴，下四晴时景物。上是一气说，下是四散说。西风起，则秋气晴。不妨农，可收获也。柳疏梨结，深秋物候。或翠或红，雨后色新。末二，当分合看。笳遇晴而倍响，雁因晴而向空，此分说也。雁在塞外，习听胡笳，今忽闻笳发，而翔入空中，此合说也。

雨后晓行，独至愚溪北池 （唐）柳宗元

宿云散洲渚，晓日明村坞。坞读舞，上声。小型城堡或村落。高

树临清池，风惊夜来雨。予心适无事，偶此成宾主。

(明)唐汝询：宿雨初霁，树间余点未消，风触之而散洒若惊之使然。对此景而心无挂碍，所遇之物皆良朋也。——《唐诗解》

清都春霁寄胡三、吴十一　(唐)元　稹

蕊珠宫殿经微雨，草树无尘耀眼光。白日当空天气好，暖风吹面柳阴凉。蜂怜宿露攒房久，燕得新泥拂户忙。蜂怜连日未霁之露，燕得今朝新霁之泥也。时节催年春不住，武陵花谢忆诸郎。

晚　晴　(唐)李商隐

深居俯夹城，春去夏犹清。天意怜幽草，人间重晚晴。并添高阁迥，微注小窗明。越鸟巢干后，归飞体更轻。

(清)顾安：三、四妙在将"天意"突说一句，然后对出晚晴。"并添"、"微注"、"晴"字说得深细。结句有意无意，亦是少陵遗法。——《唐律消夏录》

(清)何焯：但露微明，已觉心开目舒，五、六是倒装句，酷写望晴之极也。——《李义山诗集辑评》

(清)叶矫然：(义山)咏物入微，写照妙语，则如咏云云"潭暮随龙起，河秋压雁声"。咏雨云"并添高阁迥，微注小窗明"。……是皆象外之趣，尤不可及。——《龙性堂诗话》

晴 诗 (唐)雍 陶

晚虹斜日塞天昏，一半山川带雨痕。新水乱侵青草路，残烟犹傍绿杨村。胡人羊马休南牧，汉将旌旗在北门。行子喜闻无战伐，闲看游骑猎秋原。

(清)金人瑞：此虽写晴，然言外实是寓意边事。言晚虹在东，斜日在西，独有"塞天"，其色未快，因特出大判云，一半未放人意也。"新水"句亦寓新恩已沛，"残烟"句又寓余忧未靖，此皆"一半山川"四字中之深忧远虑也(首四句下)。此诗题是咏晴，乃前解因带有"塞天昏"之三字，人亦遂窥其是安边新喜，然实则笔笔皆细写晴色也。至此后解则竟忍俊不住，一口直吐出来。看他前解犹写忧，此解纯写喜，固已更忍不住也(末四句下)。——《贯华堂选批唐才子诗》

(清)陆次云：与牧之《晚晴赋》争妍角秀。——《五朝诗善鸣集》

(清)屈复："一半山川"写初晴，神妙。三、四写景真切，承二。五、六边境清宁。七、八之从五托下，写太平气象，行人安稳如在眼中。——《唐诗成法》

雨过偶书 (北宋)王安石

霈然甘泽洗尘寰，南亩东郊共慰颜。地望岁功还物外，天将生意与人间。霁分星斗风雷静，凉入轩窗枕簟闲。簟读店，去声。谁似浮云知进退，才成霖雨便归山。

新 晴 (北宋)刘 攽

青苔满地初晴后，绿树无人昼夜余。惟有南风旧相识，偷开门户又翻书。李白："春风不相识，何事入罗帏。"薛能："昨日春风欺不在,就床吹落读残书。”清人又有:“清风不识字,何必乱翻书。”至此已四见矣。

雨晴后,步至四望亭下鱼池上,遂自乾明寺前东冈上归二首 (北宋)苏 轼

雨过浮萍合,蛙声满四邻。海棠真一梦,梅子欲尝新。拄杖闲挑菜,秋千不见人。殷勤木芍药,《开元天宝遗事》:“禁中呼牡丹为木芍药。”独自殿余春。纪昀:“寓意迟暮。”

高亭废已久,下有种鱼塘。陶朱公《养鱼经》云:“凡种鱼池,中有数洲,令鱼循环无穷,如在江湖。”暮色千山入,春风百草香。市桥人寂寂,古寺竹苍苍。鹳鹤来何处,号鸣满夕阳。纪昀:此章纯乎杜意,结尤似。

定风波并引 (北宋)苏 轼

三月七日,沙湖道中遇雨。雨具先去,同行皆狼狈,余独不觉。已而遂晴,故作此词。

莫听穿林打叶声,何妨吟啸且徐行。竹杖芒鞋轻胜马,谁怕?一蓑烟雨任平生。 料峭春风吹酒醒,微冷,山头斜照却相迎。回首向来萧瑟处,归去。也无风雨也无晴。

(清)郑文焯:此足证是翁坦荡之怀,任天而动。琢句亦瘦逸,能道眼前景。以曲笔直写胸臆,倚声能事尽之矣。——《手批东坡乐府》

少年游·雨后　（北宋）周邦彦

朝云漠漠散轻丝。楼阁淡春姿。柳泣花啼，九街泥重，门外燕飞迟。　而今丽日明金屋，春色在桃枝。不似当时，小桥冲雨，幽恨两人知。

（近代）俞陛云：此在荆州听雨怀旧之作。“不似当时”句，淡语也，而得力全在此句，使通篇筋骨俱动。——《宋词选释》

虞美人·雨后同干誉、才卿置酒来禽花下作

来禽即林檎，亦作林禽。植物名。又名花红、沙果。

（北宋）叶梦得

落花已作风前舞，又送黄昏雨。晓来庭院半残红，惟有游丝，千丈罥读绢，去声。挂也。晴空。　殷勤花下同携手，更尽杯中酒。美人不用敛蛾眉，我亦多情，无奈酒阑时。

（明）沈际飞：下场话头偏自生情生姿，颠播妙耳。——《草堂诗余正集》

（清）彭孙遹：词以自然为宗，但自然不从追、琢中来，亦率然无味。如所云绚烂之极，仍归平淡。若使语意淡远者稍加刻划，镂金错彩者渐近天然，则骎骎乎绝唱矣。若《无住词》之“杏花疏影里，吹笛到天明”，《石林词》之“美人不用敛蛾眉。我亦多情，无奈酒阑时”，自然而然者也。——《金粟词话》

雨后至城外　（南宋）吕本中

日日思归未就归，只今行露已沾衣。江村过雨蓬麻

乱,野水连天鹳鹤飞。尘务却嫌经意少,故人新更得书稀。鹿门纵隐犹多事,苦向人前说是非。

(清)纪昀:吕公难得此深稳之作。三、四清远,七、八沉着,此居仁最雅洁之作。——《瀛奎律髓汇评》

(清)无名氏(甲):鹿门,司马徽、庞德公隐处,而伏龙、凤雏于此著见,所谓人间是非也。——同上

雨　晴　(南宋)陈与义

天缺西南江面清,纤云不动小滩横。墙头语鹊衣犹湿,楼外残雷气未平。尽取微凉供稳睡,急搜奇句报新晴。今宵绝胜无人共,卧看星河尽意明。

(清)冯舒:宁取简斋。——《瀛奎律髓汇评》

(清)纪昀:三、四眼景,而写来新警。——同上

(清)许印芳:"尽"字复。眼前真景,道来便佳,然须古人未道者方可谓之"新"。取径新矣,又须看措语如何。措语不工,终不警策。"新警"二字,未易言也。——同上

次韵子文雨后思归　(南宋)范成大

断云将雨洗松篁,昨夜痴龙"痴龙"典出南朝刘义庆《幽明录》。起蛰藏。人自无情孤乐事,天犹有意作新凉。尊前不见凌波袜,"凌波袜"泛指美女,(三国魏)曹植《洛神赋》:"凌波微步,罗袜生尘。"楼下空闻拜月香。万事安能尽如意,且来相伴压糟床。谓来相伴饮酒也。

西江月·久雨新霁，秋气益清，与二三子登高赋之 （金）段克己

人与寒林共瘦，山和老眼俱青。琤然玉相击之声。形容树叶落地之声。一叶不须惊。叶本无心人听。　　气爽云天改色，潦收烟水无声。夕阳洲外片霞明，涵泳涵泳，犹沉浸。一江秋影。

雨　后 （清）王　庭

落日残雨余，林树半昏黑。南山白云闲，澹然见秋色。冷风何凄凄，微微野烟息。归巢鸟更鸣，当户虫还织。惆怅独坐时，悠悠思何极。

秋雨乍晴 （清）鲍之钟

箬帽芒鞋准备秋，稍晴便拟看山游。江潮入郭无三里，溪水到门客一舟。亭午即正午。语出（晋）孙绰《游天台山赋》。白云开野径，夕阳黄叶下僧楼。闲身自笑如闲鹤，欲度前峰却又休。

久旱雨霁，丘逢甲有诗兼慨近事，次韵和之

（清）黄遵宪

生菱碎尽剩湖光，未落秋花半染霜。举目山河故无

恙,惊心风雨既重阳。麻鞋衮衮趋天阙,华盖迟迟返帝乡。话到黄龙清酒约,唏嘘无语忍衔觞。

蒹葭秋老卧江湖,有客敲门梦乍苏。苏,醒也。语始出《左传》。海外瀛谈指谈论海外事,李白诗:"海客谈瀛洲,烟涛微茫信难求。"劳炙輠,輠读果,上声。车上盛膏器具。炙輠,左思注《齐都赋》:"言其多智难尽,如炙膏之有润泽也。"事见《史记·孟子荀卿列传》及刘向《别录》。诗句有推崇丘逢甲之意。电中天笑诧读权,去声。惊讶也。投壶。《神异经》:"东荒山中有大石室,东王公居焉。与一玉女投壶,谓有入不出者,天为之笑。"自循短发羞吹帽,相对新亭喜雨珠。太白孤云高两角,不知曾湿汉旌无?

久旱得雨初霁,饮人境庐,时闻和局将定二首

(清)丘逢甲

忍把乾坤付醉乡,登楼休负好秋光。黄龙约改清钟酒,白雁声催故国霜。老树半调开远目,菊花无恙展重阳。美人消息来何暮,怅望秦云各尽觞。

得雨虽迟也胜无,东皋预计麦苗苏。青天转粟趋行在,黄海传烽迫上都。已叹鳌翻难立极,岂容龙醒更遗珠。至尊薪胆劳明诏,醉抚横腰玉鹿庐。鹿庐,古剑名。玉鹿庐,剑首以玉装饰。

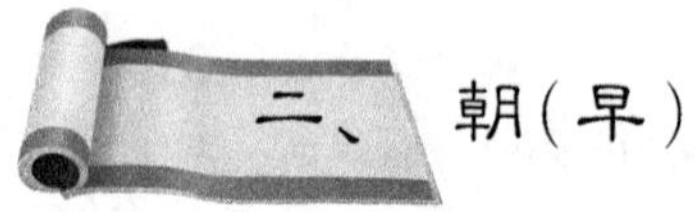

二、朝(早)

奉和圣制早发三乡山行 (唐)张九龄

羽卫森森西向秦，山川历历在清晨。晴云稍卷寒岩树，宿雨能销御路尘。圣德由来合天道，灵符即此应时巡。遗贤一一皆羁致，犹欲高深访隐沦。

(清)金人瑞：看他写山川，只用“历历”二字；看他写山川历历，只用“在清晨”三字。唐初人应制诗，从来人人骂其板重，又岂悟其有如是之俊爽耶？——《贯华堂选批唐才子诗》

(清)李因培：“晴云”、“宿雨”承“清晨”来写“早”；“寒岩”、“御路”承“山川”来写“发”，大家心细乃尔，气体尤极高浑。——《唐诗观澜集》

(清)黄叔灿：描写情景皆是轻轻着笔，秀媚异常，非可几而及也。五、六句一低一昂，赞颂有体，不落色相。七、八一顿一宕，规讽自然，不露痕迹，亦是轻轻着笔，秀媚异常，非可几而及也。——《唐诗笺注》

春　晓 (唐)孟浩然

春眠不觉晓，处处闻啼鸟。夜来风雨声，花落知多少。

(清)吴瑞荣:朦胧意想,构此幻境。“花落知多少”可以不说,又不容不说,诚非妙语,不能有此。——《唐诗笺注》

(清)徐增:做上二句便煞住笔,复停想到昨夜去,又到花上来,看他用笔不定,瞻之在前,忽然在后矣。或问:何不写“夜来”在前?曰:看题中“晓”字。“处处闻啼鸟”下若再连一笔,则便不算晓矣,故特转到晓之前下“夜来”二字。“风雨声”紧跟上“闻”字,“晓”字便隔寻丈。其作“晓”字,精微有若此。——《而庵说唐诗》

唐城馆中早发,寄杨使君 (唐)孟浩然

犯霜驱晓驾,数里见唐城。旅馆归心逼,荒村客思盈。访人留后信,策蹇读剪,上声。劣马也。赴前程。欲识离魂断,长空听雁声。

将晓二首 (唐)杜甫

石城除除,停也。击柝,柝读托,入声。古代巡夜敲以报更的木梆。铁锁欲开关。鼓角悲荒塞,星河落曙山。巴人常小梗,蜀使独无还。垂老孤帆色,飘飘犯百蛮。

军吏回官烛,《镜铨》:当是县邑,主人遣吏相送。舟人自楚歌。寒沙蒙薄雾,落月去清波。壮惜身名晚,衰惭接应多。归期日簪笏,筋力定如何。上篇从时事结到己身,后篇从己身结到朝列,亦倒转写。

(元)方回:前一诗中四句,两句晓景,两句时事。后一首中四句,两句晓景,两句身事。拘者欲句句言晓,即不通矣。——《瀛奎律髓汇评》

(清)纪昀:古人题目多在即离之间,无句句刻画之法。——同上

(清)冯舒:何必句句说将晓?只是此等诗不用照应,自成起结。他人学此,非宽即撒矣。——同上

(清)纪昀:一首说时事,一首说身事,乃章法也。首篇之末,即带起次篇,章法尤密。○结言无论不见用,即见用,亦不堪用矣。语意委婉而沉郁。——同上

(清)何焯:"去"字百炼。晚色既起,波中月影甚微。若作"失"字,便味短。○第七句以早朝暗收"晓"字。——同上

早　起　　(唐)杜　甫

春来常早起,幽事颇相关。帖石防隤同颓。岸,开林出远山。一丘藏曲折,缓步有跻攀。童仆来城市,瓶中得酒还。

(元)方回:此乃老杜集之晚唐诗也。起句平,入晚唐也。三、四著上"帖"、"防"、"开"、"出"字为眼,则不特晚也。五、六意足,不必拘对而有味,则不止晚唐矣。尾句别用一意,亦晚唐所必然也。——《瀛奎律髓汇评》

(清)冯舒:以一字为眼,宋人诗法,唐人不拘定如此,非诗人妙处。○晚唐多紧结破题。——同上

(清)纪昀:平入不必晚唐。○"帖"、"防"、"开"、"出"四字,却开晚唐法门。——同上

(清)纪昀:杜诗之最平易者。○一结少力、少意。——同上

晓　望　　(唐)杜　甫

白帝更声尽,阳台曙色分。高峰寒上日,张溍汪:"谓高峰寒气直逼初上之日。"叠岭宿霾读埋,平声。云。《镜铨》:"谓将晓时云未尽出

也。”**地坼**读彻，入声。裂开之意。**江帆隐**，谓崖岸峻峻，舟行其中时隐也。**天清木叶闻**。《镜铨》：“天清无风雨，故木叶声落可闻。”**荆扉对麋鹿，应共尔为群**。

(清)查慎行：中间两联二十字无一字放松，又多是写景。杜律中变体。——《瀛奎律髓汇评》

(清)李天生：尝早行东望，始悟此诗之工。“天清木叶闻”更为微妙。——同上

(清)浦起龙：一、二晓之候，三、四晓之景，五、六景中带情，引动末联。——《读杜心解》

冬日晨兴寄乐天　(唐)刘禹锡

庭树晓禽动，郡楼残点声。灯挑红烬落，酒暖白光生。发少嫌梳利，颜衰恨镜明。独吟谁应和，须寄洛阳城。

途中早发　(唐)刘禹锡

中途望启明，促促事晨征。寒树鸟初动，霜桥人未行。水流白烟起，日上彩霞生。隐士应高枕，无人问姓名。

(元)方回：刘宾客诗中精也。自颔联以下，无一句不佳。且是首尾不放过。——《瀛奎律髓汇评》

(清)纪昀：五句拙，六句俗，结入习径滑调，殊非佳作。虚谷好矫语高尚，故曲取尾句耳。——同上

(清)冯班:"高树鸟已去,古原人未耕",不知其出于此。唐山人又云:"沙上鸟犹睡,渡头人未行。"——同上

(清)查慎行:较"人迹板桥霜"觉此首第四句胜,学者于此理会,过半矣。——同上

商山早行　(唐)温庭筠

晨起动征铎,客行悲故乡。鸡声茅店月,人迹板桥霜。槲叶落山路,枳花明驿墙。因思杜陵梦,凫雁满回塘。

(宋)欧阳修:温庭筠"鸡声茅店月,人迹板桥霜",贾岛"怪禽啼旷野,落日恐行人",则道路辛苦,羁愁旅思,岂不见于言外乎!——《六一诗话》

(宋)魏庆之:如"鸡声茅店月,人迹板桥霜",则羁旅穷愁,想之在目。——《诗人玉屑》

(明)李东阳:"鸡声茅店月,人迹板桥霜",人但知其能道羁愁野况于言意之表,不知二句中不用一二闲字,止提掇出紧关物色字样,而音韵铿锵,意象具足,始为难得。——《麓堂诗话》

(明)胡应麟:盛唐句如"海日生残夜,江春入旧年",中唐句如"风兼残雪起,河带断冰流",晚唐句如"鸡声茅店月,人迹板桥霜",皆形容景物,妙绝千古。而盛、中、晚界限斩然,故知文章关气运,非人力。——《诗薮》

(清)何焯:"人迹"二字,亦从上句"月"字一气转下,所以更觉生动,死对者不解也。——《唐三体诗评》

早　起　(唐)李商隐

风露澹清晨,帘间独起人。莺花啼又笑,毕竟是谁春。

板桥晓别　(唐)李商隐

回望高城落晓河，长亭窗户压微波。水仙欲上鲤鱼去，《列仙传》:"琴高，赵人也。行涓彭之术，浮游冀州涿郡间二百余年。后入涿水中取龙子，与诸弟子期曰……明旦皆洁斋候于水旁，果乘赤鲤来，留月余，复入水去。"一夜芙蓉红泪多。《拾遗记》:"薛灵芸别父母，以玉壶承泪，皆为红色。"纪昀：此狭邪留别之作，妙不伤雅。

早发洛中　(唐)许　棠

半夜发清洛，不知过石桥。云增中岳大，树隐上阳遥。堑黑初沉月，河明欲认潮。孤村人尚梦，无处暂停桡。

(元)方回：此一早发诗，"不知"二字便佳，盖曙中船过桥下也。"中岳""上阳"以"云增"而大，以"树隐"而"遥"，极有味。第六句亦佳。末句则予尝夜航浙河，熟谙此况也。与许浑全不同——《瀛奎律髓汇评》

(清)冯班：未见胜许。——同上

(清)冯班：较之大历以前，家数便小。——同上

晨　起　(唐)曹　松

晓色教不睡，卷帘清气中。林残数枝月，发冷一梳风。并鸟含钟语，欹荷隔雾空。莫徒营白日，道路本无穷。

(元)方回:三、四世称名句。——《瀛奎律髓汇评》

(清)纪昀:前四句一气涌出,意境甚高。得力全在起二句,不止三、四之工。虚谷惟知造句,于此等处多不解。五、六太造作,七句尤生拗。——同上

(明)周敬等:"教"字奇。"清气中"三字,爽然有身分。残月在林,冷风飘发,已是妙景;曰"数枝",曰"一梳",不独咏早句法,更饶萧疏清洒之趣。并栖林鸟,闻钟动而相鸣;斜流天汉,当雾起而旋没。虽写晨起物象,亦是由夜趋晓,从寂趋喧,营营日务,无有息期。故末复"道路本无穷",所谓"世事茫茫难自料"者;玩"莫徒"二字,欲人自知生惜,莫徒为白日所驰也。——《唐诗选脉会通评林》

(清)冯班:起二句好。——《瀛奎律髓汇评》

(清)查慎行:起句轻率无味,试思老杜"客睡何曾着,秋天不肯明"是何等手法。——同上

早发　(唐)罗邺

一点灯残鲁酒鲁国出产之酒,其味淡薄。后作为淡酒、薄酒的代称。醒,已携孤剑事离程。愁看飞雪闻鸡唱,独向长空背雁行。白草近关微有露,浊河连底冻无声。此中来往本迢递,况是躯羸客塞城。

(元)方回:第六句好。第五句"露"字疑当作"路",先已言雪故也。——《瀛奎律髓汇评》

(清)查慎行:第二联,晚唐之壮浪者。——同上

(清)纪昀:五、六雄阔,五代所难。——同上

(清)许印芳:此题宜标出地名,"发"字方有着落。——同上

太白山下早行至横渠镇，书崇寿院壁

(北宋)苏　轼

马山续残梦，不知朝日升。乱山横翠嶂，落月澹孤灯。奔走烦邮吏，安闲愧老僧。再游应眷眷，聊亦记吾曾。

沁园春·赴密州早行，马上寄子由

(北宋)苏　轼

孤馆灯青，野店鸡号，旅枕梦残。渐月华收练，晨霜耿耿，云山摛读痴，平声。铺开也。锦，朝露团团。世路无穷，劳生有限，似此区区长鲜欢。微吟罢，凭征鞍无语，往事千端。

当时共客长安，似二陆初来俱少年。有笔头千字，胸中万卷，致君尧舜，此事何难。用舍由时，行藏在我，袖手何妨闲处看。身长健，但优游卒岁，且斗尊前。

早　起　(北宋)陈师道

邻鸡接响作三鸣，残点连声杀五更。寒气挟霜侵败絮，宾鸿将子度微明。有家无食违高枕，百巧千穷只短檠。翰墨日疏身日远，世间安得尚虚名。

(元)方回："有家无食"、"百巧千穷"，各自为对，乃变格。要见字字锻炼，不遗余力。——《瀛奎律髓汇评》

(清)查慎行:第二句老气。——同上

(清)纪昀:通体老健。——同上

(清)许印芳:三、四句虚实互换,固是变体。五、六句各自为对,即就句对,一名当句对,此家常格,非变体也。○杀,音晒。——同上

晨起 (北宋)张耒

晓色淡朦胧,园林白露浓。寒丛蛩读穷,平声。蟋蟀的别名。响畔,秋屋叶声中。更老心犹在,虽贫樽不空。浮生仗天理,不拟哭途穷。

(元)方回:第五句最古淡。——《瀛奎律髓汇评》

(清)纪昀:亦常语。——同上

(清)查慎行:第四句奇拔。——同上

(清)纪昀:三、四故倒转说,有意求新。○七句腐甚。——同上

早行 (北宋)僧惠洪

失枕惊先起,人家半梦中。闻鸡凭早晏,占斗认西东。辔湿知行露,衣单觉晓风。秋阳弄光影,忽吐半林红。

(元)方回:欧公诗有"夜江看斗辨西东",此句似落第二。然五言简,亦胜七言。《山谷集》有此诗,《甘露灭集》亦有之。谷集为觉,恐非。——《瀛奎律髓汇评》

(清)查慎行:欧句有韵。——同上

(清)纪昀:《山谷集》句,不成语。意以《山谷集》中诗为觉范之作,恐非是耳。——同上

(清)纪昀:无大意味。——同上

湖堤晓行湖，指杭州西湖。　　(明)李　晔

宿云如墨绕湖堤，黄柳青蒲咫尺迷。行到画桥天忽醒，谁家茅屋一声鸡。

北地晓征　　(明)归子慕

夜半寒鸡不忍听，主人炊熟梦初醒。出门不复知南北，马上持鞭数七星。

早　行　　(清)李　渔

鸡鸣自起束行装，同伴征人笑我忙。却更有人忙过我，蹇蹄先印石桥霜。

晓　起　　(清)恽　格

连夜深山雨，春光应未多。晓看洲上草，绿到洞庭波。

客　晓　　(清)沈受弘

千里作远客，五更思故乡。寒鸦数声起，窗外月如霜。

早过淇县

淇县为古朝歌地，淇水流经此地，附近有淇园，以产竹称著，《诗·卫风》"瞻彼淇园，绿竹猗猗"即此处。　　(清)查慎行

登高桥下水汤汤，汤读商，平声。汤汤，水流盛大貌。登高桥在城南。《诗·卫风·氓》："淇水汤汤，渐车帷裳。"朝涉河边露气凉。朝涉河亦在县城南。行过淇园天未晓，一痕残月杏花香。马祖熙先生云："有此一句，境界全出，全篇俱见精采，其佳妙之处，在于诗中处处涵有凌晨的清气。"

晓　行　　(清)胡天游

梦阑莺唤穆陵西，驿吏催时雨拂衣。行客落花心事别，无端俱趁晓风飞。

三、暮(晚)

晚次乐乡县　　(唐)陈子昂

故乡杳读窈，上声。深远也。无际，日暮且孤征。川原迷旧国，道路入边城。野戍读庶，去声。边防也。荒烟断，深山古木平。如何此时恨，噭噭读叫，去声。噭噭形容哭声，见《庄子·至乐》。夜

猿鸣。

(清)纪昀:此种诗当于神骨气脉之间,得其雄厚之味。若逐句拆看,即不得其佳处。如但摹其声调,亦落空腔。——《瀛奎律髓汇评》

(清)许印芳:论诗工拙,能见其大,足破流俗猥琐之谈。至逐句拆看,起联点题,峭拔而有神。三承首句,"迷"字应"杳"字。四承次句,"入"字应"征"字。五、六承"边城"说,"深山"句景真语新,"平"妙在浑老。七、八回应起联,结归旅况,用"如何"字,便不平直。如此拆开细讲,方见句法、字法,以及起伏照应诸法。而章法之妙,因此可见。气体神骨,亦不落空矣。凡古人好文字,大者含元气,小者入无间,合看大处见好,拆看细处又见好,方是真正妙手。若不耐入细,便是粗材,本领必多欠缺处。推之为人行事,无不皆然。后人学诗,果能如古人细针密缕,丝丝入扣,必有自出精神,逼肖古人处,断不至徒摩声调,堕落空腔。凡学盛唐而落空腔者,由于自矜,眼大如箕,而不能心细如发也。兹特于纪批外更进一解,以示后学。——同上

落　日　(唐)杜　甫

落日在帘钩,溪边春事幽。《镜铨》:"句领下。"芳菲缘岸圃,樵爨读窜,去声。烧火做饭。倚滩舟。啅读罩,去声。鸟鸣也。雀争枝坠,飞虫满院游。浊醪谁造汝,一酌散千忧。

(明)谢榛:五言律首句用韵,宜突然而起,势不可遏,若杜子美"落日在帘钩"是也。若许浑"天晚日沉沉"便无力矣。逊轩子曰……唐人中识锋犯者,莫如子美。其"落日在帘钩"之作,亦难以句匹者也,故置之首句,俊丽可爱;使束于联中,未必若首句之妙。学者观其全篇起结雄健,颈颔微弱可见矣。——《四溟诗话》

(明)王嗣奭:草堂中卷帘独酌,忽见落日正照帘钩,因用发兴,遂有此作……情与景合,乐以忘忧,融融泄泄,不自知其乐之所自,而归功于酒曰,是谁造汝,一酌而千忧俱散乎?——《杜臆》

日暮 (唐)杜甫

牛羊下来久，各已闭柴门。杨伦《镜铨》云："淡语隽永，游子不堪多读。"风月自清夜，江山非故园。石泉流暗壁，草露滴秋根。头白灯明里，何须花烬繁。

(明)王嗣奭："风月自清夜"一联，其意极悲而不着色相……至结语尤悲，意在济时而伤于头白，自怪花烬而繁也，与"待尔嗔乌鹊"同妙。——《杜臆》

(清)纪昀：寂寞之景都从次句生出。——《瀛奎律髓汇评》

(清)何焯：起二句破"日暮"，即笼起"非故园"。○作倒装句，流水对看更有意("石泉"二句下)。——《义门读书记》

(清)浦起龙：一、二"暮"之候，三、四诗之骨；五、六申"自清夜"，七、八申"非故园"。自嫌头白不归，反嗔灯烬相照，无聊而错怪，情绪如见。○五、六大是鬼话。——《读杜心解》

暝 (唐)杜甫

日下四山阴，山庭岚气侵。谢灵运诗："夕曛岚气阴。"牛羊归径险，鸟雀聚枝深。正枕当星剑，言剑在床头，借剑光以照暝也。收书动玉琴。因收书而误触动所挂之琴，亦以暝色故。半扉开烛影，欲掩见清砧。顾注："捣衣声恒在初夜，闻砧声清彻于耳，不知在何处？今门已掩，而半扉开处，烛影所照，仿佛见之。正反言暝不能见，赖烛影而见耳。"

(清)浦起龙：上四，山间暝色；下四，暝中人事。——《读杜心解》

(清)杨伦："险"字"深"字，俱从"暝"字生出。——《杜诗镜铨》

晚 (唐)杜 甫

杖藜寻晚巷,炙背即晒背。典出嵇康《与山巨源绝交书》。近墙暄。人见幽居僻,吾知拙养尊。朝廷问府主,邵注:"府主,太守也。"《晋书·孙登传》:"参军不敬府主。"耕稼学山村。归翼飞栖定,寒灯亦闭门。

(清)浦起龙:一、二幽居之事,三、四幽居之情,五、六一起一落,七、八鸟定门闭,一概不受也,收合"晚"字。——《读杜心解》

(清)杨伦:归翼应"晚巷",寒灯应"墙暄"。——《杜诗镜铨》

夕阳楼 (唐)李商隐

花明柳暗绕天愁,上尽重城更上楼。欲问孤鸿向何处,不知身世两悠悠。不仅身世悠悠与孤鸿相似,且孤鸿独飞必在夕阳也。

落日怅望 (唐)马 戴

孤云与归鸟,千里片时间。念我何留滞,辞家久未还。微阳下乔木,远烧入秋山。临水不敢照,恐惊平昔颜。

(元)方回:诗话谓"微阳下乔木,远烧入秋山"为一实一虚,似体贴句。今考戴集,乃不然,只如此十字自好。——《瀛奎律髓汇评》

(明)周敬:诗有用事琢句法,妙在言其用,不言其名也。如马戴"微阳下乔木,远烧入秋山",是"微阳"比"远烧"也……比物以意,而不指言一物,谓

之象外句。〇以云鸟起兴，自伤久滞他乡，不能如其倏聚倏归也。五、六写落日望中之景，奥浑。结以李益《饮马泉》意，见怅望远情，所谓高寂中宽然有余韵者也。——《唐诗选脉会通评林》

(清)吴乔：唐僧无可“听雨寒更尽，开门落叶深”，以雨声比落叶也。又马戴云“微阳下乔木，远烧入秋山”。以远烧比微阳也。比物以意而不指其物，谓之象外句，非苦吟者不能也。——《围炉诗话》

(清)何焯：前四句“怅望”、“归鸟”二词中已双关落日。〇五、六佳，诗家所谓影对，是以上句对下句。——《瀛奎律髓汇评》

(清)纪昀：起得超脱，接得浑劲。五、六亦佳句。〇晚唐诗人马戴，骨格最高，不但世所称“猿啼洞庭树，人在木兰舟”也。此诗亦略见一斑。——同上

村中晚望　(唐)陆龟蒙

抱杖柴门立，江村日易斜。雁寒犹忆侣，人病更离家。短鬓看成雪，双眸旧有花。何须万里外，即此是天涯。

仆射陂晚望　(唐)罗邺

离人到此倍堪伤，陂读悲，平声。高诱注《淮南子》云：“畜水曰陂。”水芦花似故乡。身事未知何日了，马蹄唯觉到秋忙。田园牢落东归晚，道路辛勤北去长。却羡无愁是沙鸟，双双相趁下斜阳。

(宋)吴开：近时称陈去非诗“案上簿书何时了，楼头风月又秋来”之句，或者曰，此东坡“官事无穷何日了，菊花有信不吾欺”耳。予以为本唐人罗邺《仆射陂晚望》诗“身事未知何日了，马蹄唯觉到秋忙”。——《优古堂诗话》

(清)朱三锡:此亦不得志而东归之作。故首曰“离人到此倍堪伤”也,三、四皆倍堪伤处也。五、六忽作自商自量语,以见进退之两难,反不如沙鸟之随在自得耳。上六句俱写望,末二句写晚望。——《东岩草堂评订唐诗鼓吹》

夕 阳 (唐)郑 谷

夕阳秋更好,敛敛蕙兰中。极浦明残雨,长天急远鸿。僧窗留半榻,渔舸透疏篷。莫恨清光尽,寒蟾即照空。

夕 阳 (北宋)僧宇昭

向夕江天迥,微微接水平。带帆归极浦,随客上荒城。云外僧看落,山西鸟过明。何人对幽怨?苒苒败莎并。

(元)方回:宇昭,宋初九僧之一,江东人。“夕阳”著题诗也。中四句皆工。——《瀛奎律髓汇评》

(清)查慎行:中四句虽工,少远神。若只如此说“夕阳”,何物不可。——同上

(清)冯班:次联好。——同上

(清)纪昀:刻画自工。——同上

城隅晚意 (北宋)宋 祁

寥寥天意晚,稍觉井闾闲。水落呈全屿,云生失半

山。牛羊樵路暗，灯火客舟还。暝思输凫鹄，鹄读斛，入声。俗称天鹅。归飞沆漭皆读上声。水面辽阔天际貌。间。

(元)方回：三、四工巧。——《瀛奎律髓汇评》

(清)纪昀：妙在自然，所以不纤。——同上

(清)纪昀：不失雅言。——同上

(清)许印芳：骨味格律，真近老杜，高于《长安道中》诗。——同上

玉楼春　(北宋)宋 祁

东城渐觉风光好，縠读斛，入声。縠皱，有皱纹的丝织物，此指水的波纹。皱波纹迎客棹。棹读罩，去声。船桨，代指船。绿杨烟外晓寒轻，红杏枝头春意闹。　　浮生长恨欢娱少，肯爱千金轻一笑。为君持酒劝斜阳，且向花间留晚照。

(清)王士禛："红杏枝头春意闹"尚书，当时传为美谈。吾友公勈极叹之，以为卓绝千古。然实本花间"暖觉杏梢红"，特有青蓝冰水之妙耳。——《花草蒙拾》

(清)刘熙载：词中句与字似有触著者，所谓极炼如不炼也。……宋景文"红杏枝头春意闹"，"闹"字触著之字也。——《艺概》

(近代)王国维："红杏枝头春意闹"，着一"闹"字，而境界全出。——《人间词话》

泗州东城晚望　(北宋)秦 观

渺渺孤城白水环，舳舻读祝卢，入平声。原指船头和船尾，泛指船。人语夕霏间。林梢一抹青如画，应是淮流转处山。

金山晚眺读跳，去声，远望也。　　(北宋)秦　观

西津江口月初弦，水气昏昏上接天。清渚白沙茫不辨，只应灯火是渔船。

晚游九曲院　　(北宋)陈师道

冷落丛祠晚，回斜峡路赊。平荷留夜雨，惊鸟过邻家。云暗重重树，风开旋旋花。病身无俗事，待得后归鸦。

(元)方回：此钱塘九曲院也。后山游吴时在三十岁以前，元丰五年壬戌诗。——《瀛奎律髓汇评》

(清)纪昀：完炼。——同上

(清)许印芳："旋"去声。——同上

湖上晚归，寄诗友　　(北宋)陈师道

功名违壮志，戒律负前身。刘德长欺客，王融却笑人。残年憎受岁，病眼怯逢春。杖屦读句，去声。鞋也。知何向，知公未厌频。

(元)方回：此钱塘西湖也。后山元丰中游吴。任渊注本不收此诗，三十岁所作，乃谢克家本添入者。"憎受岁"、"怯逢春"，亦老苍矣，未可以少作视之。——《瀛奎律髓汇评》

(清)冯班：邓禹笑人，如此用亦不好。——同上

(清)纪昀:语自老洁。“受”字是。——同上

后湖晚出　(北宋)陈师道

水净偏明眼,城荒可当山。青林无限意,白鸟有余闲。身致江湖上,名成伯季间。目随归雁尽,坐待暮鸦还。

(元)方回:“沧江万古流不尽,白鸟双飞意自闲。”东城赏欧公诗,谓敌老杜。后山三、四一联,尤简而有味。不到身于庙堂,而致身于江湖之上。“名成伯季间”,谓在苏门六君子中,亚于黄而高于晁、张也。——《瀛奎律髓汇评》

(清)查慎行:“意自闲”从“双飞”衬出。——同上

(清)冯舒:第六句费解,亦接不下。——同上

(清)纪昀:冯云“第六句费解,亦接不下”。余谓费解有之,却无甚接不下。此诗颓然自放,傲然自负,觉眼前无可语者,惟看雁去鸦还耳。语不接而意接,不可以“昆体”细碎求之。——同上

晚　坐　(北宋)陈师道

柳弱留春色,梅寒酿雪花。溪明数积石,月过恋平沙。病减还增药,年侵年纪渐老。却累家。后归栖未定,不但只昏鸦。

(元)方回:六句下六字为眼,尾句尤高古。——《瀛奎律髓汇评》

(清)冯舒:虚字俱在中间,然六句相同亦不好。——同上

(清)纪昀:虽非极笔,亦自清整。——同上

晚　望　　(金)周　昂

烟抹平林水退沙，碧山西畔夕阳家。无人解得诗人意，只有云边数点鸦。无理而妙。

夕　阳　　(明)林　鸿

抹野衔山影欲收，光浮鸦背去悠悠。高城半落催鸣角，远浦初沉促系舟。几处闺中关绣户，何人江上依朱楼。凄凉独有咸阳陌，芳草相连万古愁。

踏莎行·晚景　　(明)陈　霆

流水孤村，荒城古道。槎牙老木乌鸢噪。夕阳倒影射疏林，江边一带芙蓉老。　　风暝寒烟，天低衰草。登楼望极群峰小。欲将归信问行人，青山尽处行人少。

晚　景　　(清)华　岩

晓月淡长空，新岚浮远树。数峰青不齐，乱插云深处。此诗并无新意，纯以境界清幽见胜。

题夕阳诗后　　(清)赵怀玉

人间谁重晚晴时，多事参军自咏诗。绝唱肯教孤雁占，新愁惟许夕阳知。

（清）法式善：鲍以文廷博有《夕阳》诗，和者甚众，时有“鲍夕阳”之称。——《梧门诗话》

罗浮观日图　（清）黎 简

罗浮欲雨无突兀，暮云晚山辨不得。不知一夜云化水，洗出东南半天碧。

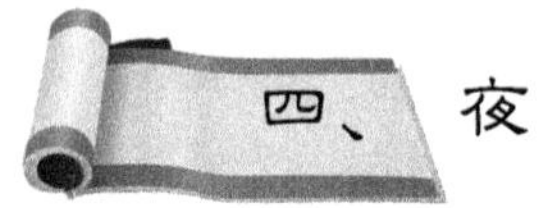

四、夜

遣意二首（其二）　（唐）杜 甫

檐影微微落，津流脉脉斜。野船明细火，宿鹭起圆沙。云掩初弦月，香传小树花。邻人有美酒，稚子夜能赊。杜甫《遣意二首》其一为春日景，此为春夜景。

倦　夜　（唐）杜 甫

竹凉侵卧内，野月满庭隅。重露成涓滴，稀星乍有无。暗飞萤自照，水宿鸟相呼。万事干戈里，空悲清夜徂。徂读粗，平声。消逝也。

(宋)苏轼：司空表圣自论其诗，以为得味外味。“绿树连天暗，黄花入麦稀”此句最善……若杜子美“暗飞萤自照，水宿鸟相呼”……则才力富健，去表圣之流远矣。——《东坡志林》

(明)王嗣奭：题曰《倦夜》，是无情无绪，无可自宽，亦无从告语，故此诗亦比兴，非单咏夜景也，但不宜逐句贴解。——《杜臆》

(清)查慎行：前六语俱写景，极其细润。结处无限感慨。——《瀛奎律髓汇评》

(清)何焯：前三句上半夜，后三句下半夜，以“徂”字结裹，是彻夜不寐，悲而且倦也。——同上

(清)纪昀：体物入神而不失大方。视姚合、贾岛之体物，有仙凡之别。○五、六寓飘零之感。——同上

(清)李天生：写倦俱在景上说，不用羁孤疲困之意，所以为高。——同上

夜　(唐)杜　甫

绝岸风威动，寒房烛影微。岭猿霜外宿，承首句。江鸟夜深飞。独坐亲雄剑，承次句。哀歌叹短衣。《淮南子》：“宁戚饭牛车下，击牛角为商歌曰：‘南山粲，白石烂。短布单衣适至骭，长夜漫漫何时旦。’”烟尘绕阊阖，白首壮心违。感物、悲身、忧时、恋阙，意相承而词不杂。

中　夜　(唐)杜　甫

中夜江山静，危楼望北辰。长为万里客，有愧百年身。故国风云气，高堂战伐尘。胡雏胡人小儿，指安禄山。负恩泽，嗟尔太平人。

夜二首　（唐）杜　甫

白夜《杜臆》:"佛家以前半月为白夜。"当指上弦之月。月休弦，灯花半委眠。号山无定鹿，落树有惊蝉。《镜铨》:"只写景而乱离奔窜之意自寓。"暂忆江东鲙，兼怀雪下船。《镜铨》:"二句思乡而兼怀友也。"蛮歌犯星起，空觉在天边。顾注:"上二句忽忽神往，几忘身在异域，及听蛮歌夜起，始知尚滞天边也。"

城郭悲笳暮，村虚过翼稀。甲兵年数久，承首句。赋敛夜深归。承次句。谓人尽往纳赋，至夜深始归也。暗树依岩落，明河绕塞微。斗斜人更望，月细鹊休飞。应转起句。末句翻用魏武诗意，亦自寓无枝可依之感。

客　夜　（唐）杜　甫

客睡何曾着，秋天不肯明。入帘残月影，高枕远江声。计拙无衣食，途穷仗友生。老妻书数纸，应悉未归情。

夜　（唐）杜　甫

露下天高秋气清，空山独夜旅魂惊。疏灯自照孤帆宿，新月犹悬双杵鸣。杨慎《丹铅录》:"古人捣衣，两女子对立，执杵如舂米然。"南菊再逢人卧病，所谓丛菊两开他日泪也。北书不至雁无情。

步檐依杖看牛斗，银汉遥应接凤城。所谓“每依北斗望京华”也。自秦穆公女吹箫而凤降其城后京城便曰凤城。

(清)杨伦：清丽亦开义山。——《杜诗镜铨》

(清)浦起龙：一、二，一景一情，三、四景由情出，五、六情就景生，七、八情景双融。——《读杜心解》

阁　夜　(唐)杜　甫

岁暮阴阳催短景，天涯霜雪霁寒宵。五更鼓角声悲壮，三峡星河影动摇。野哭千家闻战伐，夷歌几处起渔樵。卧龙跃马终黄土，《镜铨》：“诸葛、公孙皆因夔州有庙而及之。”人事音书漫寂寥。《镜铨》：“言贤愚同归于尽，则寂寥何足计哉。”末二乃借古人以自解也。

(元)方回：老杜夔州诗，所谓“阁夜”，盖西阁也。“悲壮”、“动摇”一联，诗势如之。“卧龙跃马终黄土”，谓诸葛、公孙述贤愚共尽。“孔丘、盗跖共尘埃，玉环、飞燕皆尘土”一意，感慨豪荡，他人所无。——《瀛奎律髓汇评》

(清)冯舒：无首无尾，自成首尾；无转无折，自成转折。但见悲壮动人，诗至此而《律髓》之选法于是乎穷。——同上

(清)陆贻典：五六妙绝，盖言天下皆干戈，唯此一隅尚有安稳渔樵耳。——同上

(清)浦起龙：“天涯”、“短景”，直呼动结联。而流对作起，则以阴晴不定，托出“寒宵”忽“霁”。三、四从“霁寒宵”生出。“鼓角”不值“五更”则声不透；“五更”最凄切时也，再著“悲壮”字，直刺睡醒耳根也。“星河”不映“三峡”则“影”不烁；“三峡”，最急湍处也，再著“动摇”字，直闪蒙胧眼光也。……彼定乱之“卧龙”，起乱之“跃马”，总归黄土。则“野哭”、“夷歌”，行且贬时变灭，顾犹以耳“悲”目“动”，寄虚愿于纷纷漠漠之世情，天涯短景，其与几何？曰“漫寂寥”，任运之旨也。噫！其词似宽，其情弥结矣。——《读杜心解》

夜　半　（唐）李商隐

三更三点万家眠，露欲为霜月堕烟。斗鼠上堂蝙蝠出，玉琴时动倚窗弦。何焯："万家眠时独己不能眠，是愁以景生非缘情起，说愁更深。"

夕次洛阳道中　（唐）崔　涂

秋风吹故城，城下独吟行。高树鸟已息，古原人尚耕。流年川暗度，往事月空明。不复叹歧路，马头尘夜生。

（元）方回：陈简斋"高原人独耕"，似胜"古原人尚耕"。为第四句下"古"字，第一句却只作"秋风吹故城"，"故"字不甚好。若曰"秋风吹古城"，此一句既妙，第四句却作"故原人尚耕"，亦可也。——《瀛奎律髓汇评》

（清）冯舒：接上"已息"，自然应下"尚"字。"古"与"故"相去几何？此等评俱同梦魇。前四句名句。——同上

（清）冯班："原"如何说"故"？——同上

（清）查慎行：崔诗气力自弱，不如陈诗。若只换字，抑末矣。——同上

（清）纪昀："故城"字《水经注》多用之，何以谓之不好。前四句有气格，后四句不佳。——同上

西陵夜居　（唐）吴　融

寒潮落远汀，暝色入柴扃。漏永沉沉静，灯孤的的青。林风移宿鸟，池雨定流萤。尽夕成愁绝，啼蛩莫近庭。

（元）方回：五、六妙绝，两字眼用工。——《瀛奎律髓汇评》

（清）纪昀：四句尤有神味。——同上

（清）何焯：从初暝逐层细写，六句奔注“尽夕”二字。○首句“西陵”起；二句见，三句闻；四句见，五句闻；六句见，八句闻。五、六言不复成痳也；“定”与“流”字反衬妙。——同上

长安夜坐寄怀湖外嵇处士　（唐）郑　谷

万里念江海，浩然天地秋。风高群木落，夜久数星流。钟绝分宫漏，萤微隔御沟。遥思洞庭上，苇露滴渔舟。

（明）钟惺：此等高贵起句，中、晚唐最不易得，勿轻视之。——《唐诗归》

（明）周敬等：中四句总吟长安夜坐之景，承“浩然天地秋”句来。结见湖外嵇处士，应“万里念江海”句。大抵谷诗真至，一气森远，中多温厚。——《唐诗选脉会通评林》

（清）黄生：首尾相应。夜坐时所见所闻秋气之可悲如此，因动念江海之士远隔万里。既下“江海”字，则不得不下“天地”字；既下“天地”字，则不得不下“浩然”字，以衬其气势。笔端有此二句，便觉挑灯夜坐之人精神魂魄，一夜皆遍万里之内，如亲见洞庭处士孤篷独宿也。——《唐诗摘钞》

山东兰若遇静公夜归　（唐）唐　求

松门一径微，苔滑往来稀。半夜闻钟后，浑身带雪归。问寒僧接杖，辨语犬衔衣。钟惺：“如见”，又云：“妙景一气”。又是安禅去，呼童闭竹扉。

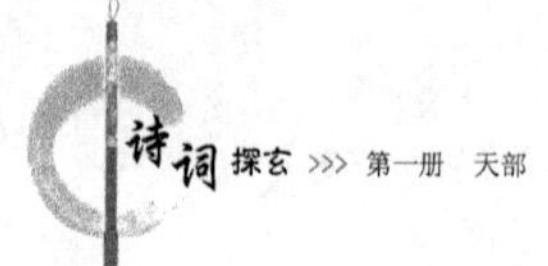

(明)唐汝询等:结极静。首言兰若幽僻,向少人迹。中联咏其夜归情景,俱本真实妙趣,佐以雅淡新语。结美静公禅深本性,见己得遇之亲睹其行藏也。——《唐诗选脉会通评林》

(清)陆次云:何其真婉详悉至此!——《五朝诗善鸣集》

(清)屈复:"微"字一层,"滑"字、"稀"字一层,"半夜"字一层;三句跌下已妙,又添"雪"字更有势。五、六停笔写情景。结应归字,合法。——《唐诗成法》

章台夜思

章台即章华台,春秋时楚灵王所建,在今湖北省监利县西北。

(五代)韦 庄

清瑟怨遥夜,绕弦风雨哀。孤灯闻楚角,残月下章台。芳草已云暮,故人殊未来。乡书不可寄,秋雁又南回。

(清)王士禛:律诗贵工于发端,承接二句尤贵得势……"古戍黄叶落,浩然离故关",下云"高风汉阳渡,初日郢门山"。"清瑟怨遥夜,绕弦风雨哀",下云"孤灯闻楚角,残月下章台"。此皆转石万仞手也。——《带经堂诗话》

(清)朱庭珍:(五、七律)起笔得势,入手即不同人,以下迎刃而解矣。如……温飞卿云"古戍黄叶落,浩然离故关",韦端己之"清瑟怨遥夜,绕弦风雨哀",李玉溪之"高阁客竟去,小园花乱飞"……以上诸联,或雄厚,或紧遒,或生峭,或恣逸,或高老,或沉着,或飘脱,或秀发,佳处不一,皆高格响调,起句之极有力,最得势者,可为后学法式。——《筱园诗话》

夜 直

(北宋)王安石

金炉香烬漏声残,翦翦轻风阵阵寒。春色恼人眠不得,月移花影上栏干。

菩萨蛮 (北宋)孙 洙

楼头上有三冬鼓，何须抵死催人去。上马苦匆匆，琵琶曲未终。　　回头肠断处，却更廉纤雨。漫道玉为堂，玉堂今夜长。

(宋)胡仔:《夷坚志》云:“孙洙，字巨源，元丰间为翰苑，名重一时……会一日锁院，宣召者至其家，则已出，数十辈迹之，得于李氏。时李新纳妾，能琵琶，孙饮不肯去，而迫于宣命，李不敢留，遂入院，已二鼓矣。草三制罢，复作长短句寄恨恨之意。迟明，遣示李，其词曰(略)。”——《苕溪渔隐丛话》

(清)王士禛:孙巨源“楼头尚有三通鼓”，偶然佳兴。然亦李义山“嗟予听鼓应官去，走马兰台类转蓬”。——《花草蒙拾》

倦 夜 (北宋)苏 轼

倦枕厌长夜，小窗终未明。孤村一犬吠，残月几人行。衰鬓久已白，旅怀空自清。荒园有络纬，昆虫名，俗称“纺织娘”。虚织竟何成。

侄安节远来，夜坐三首 (北宋)苏 轼

南来不觉岁峥嵘，坐拨寒灰听雨声。遮眼文书《传灯录》:“有僧问药山惟俨禅师:‘和尚寻常不许人看经，为什么却自看?’师曰:‘我只图遮眼。’”原不读，伴人灯火亦多情。嗟予潦倒无归日，今汝蹉跎已半生。免使韩公悲世事，白头还对短灯檠。韩愈有《短灯檠歌》。

心衰面改瘦峥嵘，相见惟应识旧声。永夜思家在何处，残年知汝远来情。畏人默坐成痴钝，问旧惊呼半死生。梦断酒醒山雨绝，笑看饥鼠上灯檠。

落第汝为中酒味，李廓《落第诗》："气味如中酒，情怀似别人。"吟诗我作忍饥声。便思绝粒真无策，苦说归田似不情。腰下牛闲方解佩，解佩买牛见《汉书・龚遂传》。洲中奴长足为生。用三国时丹阳太守李衡橘奴事。见《襄阳记》。大弨一弛何缘彀，彀读构，去声。张满弓弩也。已觉翻翻不受檠。《扬子》："见弓之张兮，弛而不失其良兮。何谓也？"曰："檠之而已矣。"注："檠，正弓之器。"

次韵王诲夜坐　（北宋）苏　轼

爱君东阁开东阁以延贤人，用汉公孙弘事。能延客，顾我闲官不计员。策杖频过如未厌，卜居相近岂辞迁。莫将诗句惊摇落，渐喜樽罍省扑缘。扑缘，附着的意思，词出《庄子・人间世》。待约月明池上宿，夜深同看水中天。

霁　夜　（北宋）孔平仲

寂历帘栊深夜明，睡回清梦戌墙铃。狂风送雨已何处，淡月笼云犹未醒。早有秋声随堕叶，独将凉意伴流萤。明朝准拟南轩望，洗出庐山万丈青。

宿济河　(北宋)陈师道

烛暗人初寂,寒生夜向深。潜鱼聚沙窟,坠鸟滑霜林。稍作他年计,初回万里心。还家只有梦,更着晓寒侵。

(元)方回:句句有眼,字字无瑕,尾句尤浑幽。——《瀛奎律髓汇评》

(清)纪昀:尾句沉着,用意颇近义山。——同上

(清)许印芳:"初"字、"寒"字俱复。——同上

宿合清口　(北宋)陈师道

风叶初疑雨,晴窗误作明。穿林出去鸟,举棹读罩,去声。船桨也。有来声。深渚鱼犹得,寒沙雁自惊。卧家还就道,身计岂苍生。

(元)方回:此亦赴棣州教授时作。所以去鸟穿林而出者,以举棹者有桨声也。上问下答。起句十字,尽客夜之妙。末句叹喟出处无补苍生,远矣。——《瀛奎律髓汇评》

(清)纪昀:五、六托意,非写景。〇后山诗多真语,如此尾句,虚者必不肯道。——同上

(清)许印芳:结意沉着,不但真挚。——同上

冬　夜　(北宋)张　耒

岁晚转无趣,席门谁驻车。涧泉分当井,山叶扫供

厨。谋拙从人笑，身闲读我书。幸知霜霰晚，时得灌园蔬。

(元)方回：三、四亦自然。"从人笑"、"读我书"，各有出处，非杜撰。——《瀛奎律髓汇评》

(清)查慎行："身闲读我书"陶句也。——同上

(清)纪昀：平妥。——同上

(清)许印芳："厨"字借韵。"晚"字复。〇律诗对偶，贵铢两相称。不称而上轻下重犹可，上重下轻则不可。此诗上句"从"字轻，下句"读"字重，无大妨碍，不必苛责。——同上

夜　坐　(南宋)吕本中

所至留连不计程，两年坚卧厌南征。荒城日短溪山静，野寺人稀鹳雀鸣。药裹向人闲自好，文书到眼病犹明。较量定力差精进，夜夜蒲团坐五更。

(清)纪昀：瘦硬而浑老，"江西"诗之最佳者。——《瀛奎律髓汇评》

(清)许印芳："向人"意不醒豁，"人"字又复上句，故易作"关心"。"量"平声。"差"读疵。——同上

雨　夜　(南宋)曾　幾

一雨遂通夕，安眠失百忧。窗扉淡欲晓，枕簟凛生秋。画烛争棋道，金尊数酒筹。依然锦城梦，忘却在南州。

(元)方回:起句健,后四句又豪放。——《瀛奎律髓汇评》
(清)纪昀:五、六所谓锦城梦也。——同上

夏　夜　(南宋)范成大

脉脉惜佳夜,泠泠成浩歌。倘无诗句了,将奈月明何。露气蒙花重,风声入树多。清欢殊未办,桂影堕江波。

月夜书怀　(南宋)陈傅良

送客门初掩,收书室更虚。新篁高过瓦,凉月下临除。妇病才扶杖,儿馋或馈鱼。今朝吾已过,莫问夜何如。

(元)方回:尾句高不可言。——《瀛奎律髓汇评》
(清)冯班:亦好,恨未工。——同上
(清)纪昀:高老,可逼后山。——同上

西江月·夜行黄沙道中　(南宋)辛弃疾

明月别枝惊鹊,清风半夜鸣蝉。稻花香里说丰年,听取蛙声一片。　七八个星天外,两三点雨山前。旧时茅店社林边,路转溪桥忽见。

(清)许昂霄:后叠似乎太直,的确是夜行光景。——《词综偶评》

(清)陈廷焯:的是夜景。所闻所见,信手拈来都成异采,总由笔力胜故也。——《词则·别调集》

清平乐·独宿博山王氏庵　(南宋)辛弃疾

绕床饥鼠,蝙蝠翻灯舞。屋上松风吹急雨,破纸窗间自语。　平生塞北江南,归来华发苍颜。布被秋宵梦觉,眼前万里江山。

(清)许昂霄:后段有老骥伏枥之慨。——《词综偶评》

(清)陈廷焯:数语写景逼真,不减昌黎《山石》诗。语奇情至。《云韶集》又云,短调中笔势飞舞,辟易千人。结尾更悲壮精警,读稼轩词胜读魏武诗也。——《词则·放歌集》

南歌子·山中夜坐　(南宋)辛弃疾

世事从头减,秋怀彻底清。夜深犹道枕边声。试问清溪底事、未能平。　月到愁边白,鸡先远处鸣。是中无有利和名。因甚山前未晓、有人行。

冷泉夜坐　(南宋)赵师秀

众境碧沉沉,前峰月正临。楼钟晴听响,池水夜观深。清净非人世,虚空见佛心。却寻来处宿,风起古松林。

(元)方回：三、四下一字是眼，中一字是眼之来脉，作诗当如此秤停。——《瀛奎律髓汇评》

(清)纪昀：就彼法论之，实是如此。自然清妥，"四灵"诗之意境宽阔者。○《诗人玉屑》谓"听"字初作"更"字，"观"字初作"如"字，后乃改定，便觉精神顿异。——同上

(清)许印芳：虚谷此说颇精，可备炼字炼句之一法。——同上

(清)冯班："四灵"诗首尾多平，此篇最妙。——同上

(清)查慎行：三、四妙句，从静中得。——同上

夜　深　(南宋)周　弼

虚堂人静不闻更，独坐书床对夜灯。门外不知春雪霁，半峰残月一溪冰。

寒　夜　此"寒"字非寻常冷热之寒，而是"荒寒"、"孤寒"之寒也。

(元)揭傒斯

疏星冻霜空，流月湿林薄。草木丛生之谓也。虚馆人不眠，时闻一叶落。

夜长不寐，戏效诚斋体　(清)曹　寅

有情恒与睡为仇，灯烬香寒合罢休。赚得红蕤音瑞，读平声。红蕤枕为传说中的仙枕。见张续《宣室志》。刚半熟，不知残梦散扬州。

与许谨斋都谏夜话 （清）陈鹏年

琪树琳宫锁寂寥，逢君烧烛坐寒宵。三春华发栖江表，五夜丹心恋圣朝。禁闼似闻怜谠直，湖山自合老渔樵。鲤鱼风里桃花水，共听南徐早晚潮。

静　夜 （清）姚元之

静夜无声客梦赊，朝来寒色在人家。纸窗似剪吴淞水，尽作春江白浪花。

夜行遣怀·寄内 （清）林则徐

古驿寒宵梦不成，一灯如豆逐人行。泥翻车毂随肠转，风送驼铃贴耳鸣。好月易增圆缺感，断云难绾别离情。遥知银烛金闺夜，数到燕南第几程。

寒　夜 （清）樊增祥

谯门画鼓已三敲，倦听茶声半夜潮。炉取微温方适手，带非甚暖不宜腰。空心砚滴中无水，照眼琉璃上有桥。试取茸裘较分数，羊羔美酒也。宋伯仁《酒小史》："汾州乾和酒，山西羊羔酒。"程度浅于貂。

独　夜　(清)梁鼎芬

笛声幽怨在天涯，但忆春时不忆家，一月照人即月照一人，突出“独”字。凄欲绝，寺墙开满海棠花。此花开于暮春，而且是“寂寞开无主”。作者在中法战争时因疏劾北洋大臣李鸿章，被降五级调用，光绪十一年(1885)谪归。十六年春，独居镇江焦山海西庵，谢客读书。

五、月

望月怀远　(唐)张九龄

海上生明月，天涯共此时。情人怨遥夜，竟夕起相思。灭烛怜光满，披衣觉露滋。不堪盈手赠，还寝梦佳期。

(明)陆时雍：起结圆满，五、六语有姿态，八为踯躅彷徨。——《唐诗镜》

(明)周敬等：通篇全以骨力胜，即“灭烛”、“光满”四字，正尽月之神。用一“怜”字，便含下结意，可思不可言。——《唐诗选脉会通评林》

(清)屈复：“共”字逗起情人，“怨”字逗起相思。五、六亦是人月合写，而“怜”、“觉”、“滋”、“满”大有痕迹。七、八仍是说月，说相思，不能超脱，不过挨次说出而已，较射洪，必简去天渊矣。——《唐诗成法》

(清)黄叔灿：首二句领得妙。“情人”一联，先就远人怀念言之，少陵“今夜鄜州月”诗同此笔墨。——《唐诗笺注》

峨眉山月歌　（唐）李　白

峨眉山月半轮秋，影入平羌江水流。“入”和“流”两个动词，谓月影入江又随江水流去。因作者的船随流而去，而月影也跟着随流而去了。此以动写不动。若陈与义《襄邑道中》诗：“飞花两岸照船红，百里榆堤半日风。卧看满天云不动，不知云和我俱东。”则是以动写不动。夜发清溪向三峡，思君不见下渝州。

（明）王世贞：此是太白佳境，然二十八字中有峨眉山、平羌江、清溪、三峡、渝州，使后人为之，不胜痕迹矣。益见此老炉锤之妙。——《艺苑卮言》

（明）唐汝询：“君”者，指月而言。清溪、三峡之见，天狭如线，即半轮亦不复可睹矣。——《唐诗解》

（明）周敬等：王右丞《早朝》诗五用衣服事，李供奉《峨眉山月歌》五用地名字，古今脍炙。然右丞用之八句中，终觉重复，供奉只用四句，而天巧浑成，毫无痕迹，故是千秋绝调。——《唐诗选脉会通评林》

（清）李瑛：此就月写出蜀中山峡之险峻也。在峨眉下犹是半轮月色照入江中。自清溪入三峡，山势愈高，江水愈狭，两岸皆峭壁层峦，插天万仞，仰眺碧落，仅余一线，并此半轮之月亦不可见，此所以不能不思也。“君”字，指月也。——《诗法易简录》

月三首　（唐）杜　甫

断续巫山雨，天河此夜新。若无青嶂月，愁杀白头人。《镜铨》：“俊爽似太白。”魍魉移深树，明处。虾蟆动半轮。暗处，是上弦之月。故园当北斗，直指照西秦。

并照巫山出，新窥楚水清。亦是雨后。羁栖愁里见，二十四回明。言客夔已两年。必验升沉体，如知进退情。不违银汉落，亦伴玉绳横。银汉至天晓始殁，二句言玩月常至终夜也。

万里瞿塘月，春来六上弦。《镜铨》："亦通两年计之。"时时开暗室，故故满青天。爽合风襟静，高当泪脸悬。南飞有乌鹊，夜久落江边。《镜铨》："结用魏武诗意，正是羁栖之感。"

月　圆　　(唐)杜　甫

孤月当楼满，寒江动夜扉。委波金不定，《郊祀歌》："月穆穆以金波。"照席绮逾依。仇注：月注波中，金光摇而不定；月临席上，绮文依而愈妍。将"金波"、"绮席"四字拆开颠倒，赵汸谓得诗家用古语之法。未缺空山静，高悬列宿稀。故园松桂发，万里共清辉。

(清)浦起龙：一、二句，月、楼、江、渚上下交辉。三承江，四承楼，五、六点题，七、八超脱，不涉愁思而愁思自见。——《读杜心解》

(清)杨伦：结处思乡，意不说尽。——《杜诗镜铨》

月　　(唐)杜　甫

四更山吐月，残夜水明楼。尘匣《镜铨》："尘匣喻暗山。"元开镜，承首句。风帘自上钩。承次句。兔应疑鹤发，蟾亦恋貂裘。《镜铨》："谓月相随不去也。"斟酌姮娥寡，羿请不死之药于西王母，其妻姮娥窃以奔月。天寒耐九秋。《镜铨》："姮娥独处而耐秋，亦同己之孤寂矣。"黄生注曰："寡妇孤臣，情况如一，故借以自比。"

(元)方回：东坡以"四更山吐月"为绝唱，西湖涌金门观月用韵衍为五

首。末句言嫦娥而秋寒，亦酷矣。——《瀛奎律髓汇评》

(清)查慎行：东坡五首在惠州作，非西湖涌金门也。注讹。——同上

(清)冯班：义山多学此等句。——同上

(清)查慎行：三、四用“镜”、“钩”两字，与康令之作大有雅俗之别。——同上

(清)何焯：落句以奔月自比窜身在远。——同上

(清)纪昀：起笔自高。中二联字句本俗，全入恶趣，赖笔力好耳。月诗终须避此等字，勿以杜为藉口也。——同上

(清)浦起龙：一、二心境双莹，东坡曾叹为绝唱。三、四分项而申之，五、六贴身用意，借用暗伤。——《读杜心解》

东屯月夜　(唐)杜　甫

抱疾漂萍老，防边旧谷屯。《杜臆》：“东屯之田，本公孙述所开以积谷养兵者。”春农亲异俗，岁月在衡门。《镜铨》：“先写东屯。”青女霜枫重，黄牛峡水喧。泥留虎斗迹，月挂客愁村。次写月。乔木澄稀影，轻云依细根。《镜铨》：“石为云根，依细根，谓云起石边也。”数惊闻雀噪，暂睡想猿蹲。次写月夜。日转东方白，风来北斗昏。二句向晓。天寒不成寐，无梦寄归魂。结应归首句。何焯云：“此非玩月，乃彻夜不寐之况也。”黄生云：“此因月夜不寐而作，妙在先安首五字，觉全篇字字写景，字字写情。”

一百五日夜对月《荆楚岁时记》：去冬至一百五日，即有疾雨甚雨，谓之寒食。　(唐)杜　甫

无家对寒食，有泪如金波。《汉郊祀歌》：“月穆穆以金波。”斫却月中桂，清光应更多。谓可照见家中也。仳离仳，读丕，上声。仳离，分

别也。语出《诗·王风》。**放红蕊**，红蕊，丹桂花也。**想像颦青娥**。借姮娥以影闺中人。**牛女漫愁思**，思读去声。**秋期犹渡河**。

(宋)沈括：此诗首二对起，三、四散承，谓之偷春格，如梅花偷春色而先开也。按此格起六朝初，唐人亦多用之。梁简文《夜听妓诗》："合欢蠲忿叶，萱草忘忧条。何如明月夜，流风拂舞腰。"乃此体所托始也，大家偶一用之。——《梦溪笔谈》

(明)王嗣奭：此诗须溪评不中窾……余谓"无家"二字，乃一篇之骨，故先提出。唯无家而对寒食，月如金波而泪亦如之；此时直欲斫却月中之桂，令其清光更多。何也？吾妇孤居，是谓"有女仳离"，而桂放红蕊，想像此际，能无颦眉？所以欲斫月中之桂也。……金波、斫桂，不必符其本来；而牛女渡河，不必目前所有也。起语十字作一句读，才是对月，不然是对寒夕，不符诗题兮。——《杜臆》

初　月　(唐)杜　甫

光细弦初上，影斜轮未安。微升古塞外，已隐暮云端。河汉不改色，关山空自寒。庭前有白露，暗满菊花团。起联赋其体，次指其地，三咏其光，结联带上时序，笔笔俱到，应看其层次。

江　月　(唐)杜　甫

江月光于水，高楼思杀人。天边长作客，老去一沾巾。玉露团清影，银河没半轮。谁家挑锦字，灭烛翠眉颦。曹植诗："明月照高楼，流光正徘徊。上以愁思妇，悲叹有余哀。"所以寓思君之意也。

江边星月二首 （唐）杜 甫

骤雨清秋夜，金波耿玉绳。天河元自白，江浦向来澄。映物连珠断，缘空一镜升。余光隐更漏，况乃露华凝。

江月辞风缆，江星别雾船。鸡鸣还曙色，鹭浴自清川。历历竟谁种，悠悠何处圆。客愁殊未已，他夕始相鲜。前首以星月写江边，后首以江边写星月。

舟月对驿近寺 （唐）杜 甫

更深不假烛，月朗自明船。金刹青枫外，朱楼白水边。城乌啼眇眇，以夜静城高，其声远而微也。野鹭宿娟娟。皓首江湖客，钩帘独未眠。李云："法度森然。"起言舟月，颔联对驿近寺也。五、六分顶上二句，语定亦自推开。结仍说到舟中，又进一层寄寓感慨矣。

（清）仇兆鳌：乌啼鹭宿，月下见闻。钩帘而望，借此遣怀也。——《杜诗详注》

（清）浦起龙：船窗对月，不寐得句。——《读杜心解》

（清）杨伦：一结含情无限（末四句下）。——《杜诗镜铨》

玩月呈汉中王 （唐）杜 甫

夜深露气清，江月满江城。浮客谓四处漂泊之人。语出鲍照诗。转危坐，归舟应独行。关山同一照，乌鹊自多惊。欲得淮王术，风吹晕已生。《广韵》："月晕则多风。"末二句言风吹晕生正可验淮王之术也。

夜宴左氏庄 (唐)杜 甫

风林纤月落，衣露净琴张。暗水流花径，春星带草堂。检书烧烛短，看剑引杯长。诗罢闻吴咏，扁舟意不忘。

(明)陆时雍：中联精卓，是大作手。——《唐诗镜》

(明)王嗣奭："风林"应作"林风"才与"衣露"相偶，而夜景殊胜。……衣已沾露，净琴犹张，见主人高兴。琴未弢衣，故用"净"字，新而妙。……束语触景生情，豪纵萧散。——《杜臆》

(清)黄生：夜景有月易佳，无月难佳。此句就无月时写景，语更精切。上句妙在一"暗"字，觉水声之入耳；下句妙在一"带"字，觉星光之遥映。——《唐诗摘钞》

(清)浦起龙：此诗意象都从"纤月落"三字涵咏出来，乃春月初三四间，天清黑夜时作也……三、四中有诗魂，"烛短"、"杯长"，已到半酣时节，知前半皆宴时景也。……(诗)自然流出，静细幽长。——《读杜心解》

裴迪书斋望月 (唐)钱 起

夜来诗酒兴，月满谢公楼。影闭重门静，寒生独树秋。鹊惊随叶散，萤远入烟流。今夕遥天末，清辉几处愁。

(元)方回：姚合《极玄集》取此诗"月满"作"独上"，予以"独"字重，改从元本。“鹊”元本作“鹤”，予改用姚本。（按：查清康熙扬州诗局本《全唐诗》亦作“月满”、“鹊”，唯末句却作“清光”。）——《瀛奎律髓汇评》

（清）冯舒：诗酒发兴，故接“独上”，不嫌其重用“独”字也。“月满”则呆矣。“独上”二字绝妙。且“谢公楼”内已含“月”字，不必再赘。——同上

（清）冯班：仲文不避重字，《湘灵鼓瑟》可证。——同上

（清）纪昀：“月”乃题眼，不可不点，不但“独”字重也。——同上

（清）何焯：“诗酒兴”与“愁”字反对。——同上

春山夜月 （唐）于良史

春山多胜事，赏玩夜忘归。掬水月在手，弄花香满衣。兴来无远近，欲去惜芳菲。南望鸣钟处，楼台深翠微。“掬水”把水和月合并，“弄花”把香从花里分出来。“兴来”句说远处也愿去游玩，“欲去”句说近处不愿离开。这即是“多胜事”和“忘归”，并逗引后面的“南望”远处的“楼台”。

夜　月 （唐）刘方平

更深月色半人家，北斗阑干南斗斜。今夜偏知春气暖，虫声新透绿窗纱。

（清）黄叔灿：写意深微，味之觉含毫邈然。——《唐诗笺注》

（清）王士禛：写景幽深，含情言外。——《唐人万首绝句选评》

十五夜望月寄杜郎中自注：时会琴客。 （唐）王　建

中庭地白树栖鸦，冷露无声湿桂花。今夜月明人尽

望,不知秋思读去声。在谁家。“秋思”,琴曲名。此处双关。

(明)唐汝询:地白,月光也。明则鸦惊,今既栖鸦,则夜深矣,是以见露之湿花。此时望者众,感秋者谁?恐无如我耳。——《唐诗解》

(清)黄生:《秋思》琴曲名,蔡氏《清溪五弄》之一。非自注,则末句不知其所谓矣。选诗最当存其自注。通首平仄相叶,无一字参差,实为七言绝句之正调。凡音律谐,便使人诵之有一唱三叹之意。今作者何可但言体制,而不讲声调也?朱之荆补笺,琴客在此地作《秋思曲》,月下听琴者不知在谁家也。——《唐诗摘钞》

(清)沈德潜:不明说己之感秋,故妙。——《重订唐诗别裁》

(近代)俞陛云:自来对月咏怀者,不知凡几,佳句亦多,作者知之,故著想高踞题头。言今夜清光,千门共见,《月子歌》所谓“月子弯弯照九州,几家欢乐几家愁”。秋思之多,究在谁家庭院,诗意涵盖一切。且以“不知”二字作问语,笔致尤见空灵。前二句不言月,而地白疑霜,桂枝湿露,突然月夜之景,亦经意之笔。——《诗境浅说续编》

酬娄秀才寓居开元寺,早秋月夜病中见寄

(唐)柳宗元

客有故园思,思读去声。潇湘生夜愁。病依居士室,梦绕羽人丘。味道怜知止,遗名得自求。壁空残月曙,门掩候虫秋。谬委双金重,难征杂佩酬。碧霄无枉路,徒此助离忧。

(宋)叶少蕴:蔡天启“尝与张文潜论韩、柳五言警句,文潜举退之‘暖风抽宿麦,清雨卷归旗’、子厚‘壁空残月曙,门掩候虫秋’皆为集中第一”。——《石林诗话》

(清)薛雪:贾长江“独行潭底影,数息树边身”,只堪自爱;柳河东“壁空残月曙,门掩候虫秋”,怅少人知。——《一瓢诗话》

月　　(唐)杜 牧

三十六宫秋夜深,昭阳歌断信沉沉。唯应独伴陈皇后,照见长门望幸心。陈皇后与长门事见《汉书》。

嫦　娥　　(唐)李商隐

云母屏风烛影深,长河渐落晓星沉。嫦娥应悔偷灵药,碧海青天夜夜心。

(明)高棅:意谓嫦娥有长生之福,无夫妇之乐为悔,前人未道破。——《唐诗品汇》

(明)敖英:此诗翻空断意,从杜诗"斟酌嫦娥寡,天寒耐九秋"变化而来。——《唐诗绝句类选》

(明)钟惺:语想俱刻,此三字(指"夜夜心")却下得深浑。——《唐诗归》

(清)沈德潜:孤寂之况,以"夜夜心"三字尽之。士有争先得路而自悔者,亦作如是观。——《唐诗别裁集》

月　夕　　(唐)李商隐

草下阴虫指蟋蟀。孟浩然诗:"阴虫鸣夜阶。"叶上霜,此句极言环境的凄冷。朱栏迢递压湖光。绘出远处的繁荣来作对照,所谓冷眼看人富贵。兔寒蟾冷桂花白,与第一句意同,加强第一句语意。此夜姮娥应断肠。不说自己凄凉,却从对面落笔,因此笔触灵妙,最饶远韵。然此诗连用月中的兔、蟾、桂树三物来加强月下的萧索气氛,就句法上讲未免嫌杂。

霜 月 (唐)李商隐

初闻征雁已无蝉,百尺楼高水接天。青女《淮南子》注:"青女,天神,主霜雪。"素娥谢庄《月赋》注:"嫦娥,窃药奔月,月色白,故云素娥。"俱耐冷,月中霜里斗婵娟。叶葱奇《疏注》云:"首句表明时已深秋,二句极意勾勒出高寒寥落的境地。三、四妙在从对面落笔,好像只是在赞叹。'青女'、'素娥'的'耐冷',其实乃慨叹自己的不能忍受。寄兴遥深,遣词却极含蓄。"

(宋)周必大:李义山《霜月》绝句"青女素娥俱耐冷,月中霜里斗婵娟"。本朝石曼卿云"素娥青女原无匹,霜月亭亭各自愁"。意相反而句皆工。——《二老堂诗话》

(清)纪昀:首二句极写摇落高寒之意,则人不耐冷可知。却不说破,只以青女、素娥对照之,笔意曲深。——《玉溪生诗话》

台头寺步月得人字 (北宋)苏 轼

风吹河汉扫微云,步屟读泄,入声。木板拖鞋。中庭月趁人。李白《把酒问月》:"月行却与人相随。"浥浥炉香初泛夜,离离花影欲摇春。遥知金阙同清景,想见毡车辗暗尘。苏味道《上元夜》:"暗尘随马去,明月逐人来。"回首旧游真是梦,一簪华发岸纶巾。纶读关,平声。纶巾,冠名。古代配有青色丝带的头巾。

永遇乐·寄孙巨源 (北宋)苏 轼

长忆别时,景疏楼上,明月如水。美酒清歌,留连不住,月随人千里。别来三度,孤光又满,冷落共谁同醉。卷珠帘,凄然顾影,共伊到明无寐。 今朝有客,来从

淮上，能道使君深意。凭仗清淮，分明到海，中有相思泪。而今何在，西垣清禁，夜永露华侵被。此时看，回廊晓月，也应暗记。此词以离别时的明月为线索抒写友情，别具一格。全篇五次提到月："明月如水"，写离别时刻之月；"月随人千里"，写随友人而去之月；"别来三度，孤光又满"，写时光流逝之月；"共伊到明无寐"，写陪伴我孤独之月；"回廊晓月"，写友人望月。上片以写月始，下片以写月终，月光映衬友情，使作品词清意达、格高情真。〇此词天衣无缝地安排了一个贯穿全词的线索——月。这月自始至终，或隐或现，无处不在。它把"别时"、"别来"至今夜的不同时段，海州"景疏楼"、"千里"旅程以及京城禁中的不同空间，词人与友人两个异地人物，都连成一片，既见出全词构思缜密，又见出作品诗意的浓郁。〇若无上片的"冷落共谁同醉"，则下片之"暗记"的复杂感情难出。

念奴娇　（北宋）黄庭坚

八月十七日，同诸甥步自永安即白帝城。在四川奉节县西。蜀先主刘备在此建永安宫。城楼，过张宽夫园待月。偶有名酒，因以金荷荷叶形金杯。酌众客。客有孙彦立善吹笛。援笔作乐府长短句，文不加点。

断虹霁雨，净秋空，山染修眉新绿。桂影扶疏，谁便道，今夕清辉不足。万里青天，姮娥何处，驾此一轮玉。寒光零乱，为谁偏照醽醁。读 líng lù，美酒名。古代衡阳东有醽湖，其水酿醽醁酒，味甚甘美，故后人以醽醁代称美酒。　年少从我追游，晚凉幽径，绕张园森木。共倒金荷家万里，难得尊前相属。老子平生，江南江北，最爱临风笛。孙郎微笑，坐来声喷霜竹。

（宋）陆游：鲁直在戎州作乐府曰："老子平生，江南江北，爱听临风笛。孙郎微笑，坐来声喷霜竹。"予在蜀见其稿，今俗本改"笛"为"曲"以协韵，非也。然亦疑"笛"字太不入韵。及居蜀久，习其语音，乃知泸、戎间谓"笛"为"独"。故鲁直得借用，亦因以戏之耳。——《老学庵笔记》

满庭芳　(北宋)周邦彦

白玉楼高，广寒宫阙，暮云如幛褰读千，平声。意为揭起。开。银河一派，流出碧天来。无数星躔读禅，平声。指星辰运行之轨迹。玉李，李星。《史记·天官书》："左角李，右角将。"冰轮动、光满楼台。登临处，全胜瀛海，弱水浸蓬莱。　云鬟，香雾湿，月娥韵压，云冻江梅。江梅指人，非指花也。韦庄《浣溪沙》："暗想玉容何所似，一枝春雪冻梅花，满身香雾簇朝霞。"况餐花饮露，莫惜裴徊。坐看人间如掌，《后汉书·岑彭传》："辛臣谏(田)戎曰：今四方豪杰各据郡国，洛阳地如掌耳，不如按甲以观其变。"山河影、倒入琼杯。归来晚，笛声吹彻，九万里尘埃。

念奴娇　(北宋)朱敦儒

插天翠柳，被何人、推上一轮明月？照我藤床凉似水，飞入瑶台琼阙。雾冷笙箫，风轻环佩，玉锁无人掣。掣读尺，入声。闲云收尽，海光天影相接。　谁信有药长生，素娥新炼就、飞霜凝雪。打碎珊瑚，争似看、仙桂扶疏横绝。洗尽凡心，满身清露，冷浸萧萧发。明朝尘世，记取休向人说。

(宋)胡仔：凡作诗词，要当如常山之蛇，救首救尾，不可偏也。如晁无咎《铜仙歌》，其首云"青烟羃处，碧海飞金镜，永夜闲阶卧桂影"，固已佳矣。其后云“待都将许多明，付于金樽，投晓共流霞倾尽。更携取胡床上南楼，看玉做人间，素秋千顷”，若此可谓善救首救尾者也。至朱希真作中秋《念奴娇》则不知出此。其首云“插天翠柳，被何人、推上一轮明月？照我藤床凉如水，飞入瑶台琼阙”，亦已佳矣。其后云“洗尽凡心，满身清露，冷浸萧萧发。明朝尘世，记取休向人说”，此两句全无意味，收拾得不佳，遂并篇之气索然矣。——《苕溪渔隐丛话》

（宋）张瑞义：朱希真南渡，以词得名。月词有“插天翠柳，被何人推上，一轮明月”之句，自是豪放。——《贵耳集》

（明）吴从先：上一段有月到天心之景色，下一段有月冷人心之情怀。——《草堂诗余隽》

采桑子　（南宋）吕本中

恨君不似江楼月，南北东西，南北东西，只有相随无别离。　　恨君却似江楼月，暂满还亏，暂满还亏，待得团圆是几时？

（明）卓人月：章法妙。叠句法尤妙。似女子口授，不由笔写者。情不在艳，而在真也。——《古今词统》

醉落魄　（南宋）王千秋

惊鸥扑簌。萧萧卧听鸣幽屋。窗明怪得鸡啼速。墙角烂斑，一半露松绿。　　歌楼管竹谁翻曲？丹唇冰面喷余馥。遗珠满地无人掬。归着红靴，踏碎一街玉。一、二两句先从听觉落笔，那是人刚醒来时的第一感觉。“卧听”两字，带起全篇。○ 苏轼《西江月》：“可惜一溪风月，莫教踏碎琼瑶。”行人的“红靴”与街上的“白月”互相辉映，色彩鲜明；与上片的“烂斑”、“松绿”恰成对照。一静一动，一淡一浓，分别表现了各异的情趣。

好事近　　(南宋)杨万里

七月十三日夜登万花川谷望月作。

月未到诚斋,先到万花川谷。不是诚斋无月,隔一庭修竹。　如今才是十三夜,月色已如玉。未是秋光奇艳,看十五十六。同是月光,在万花川谷朗照,在“一庭修竹”当是疏淡,在诚斋的当是浓阴下的幽明——同样月色竟有这许多情态,明暗层次又是这样分明,难怪上片无一字直接写月,却叫人处处感到月的媚态。○下片明显地以十三之月衬托十五、十六之月。然而由于本篇的作意是咏写今夜月色,所以句中又含有用十五、十六的满月衬托十三月色的意思:现实的月同遥想的月两相辉映,更见其妙。

(清)王奕清:杨万里不特诗有别才,即词亦有奇致。其《好事近》云(词略)。昔人谓东坡词是曲子中缚不住者,廷秀词又何多让,乃知有气节人,笔墨自然不同。——《历代词话》

一剪梅·中秋无月　　(南宋)辛弃疾

忆对中秋丹桂丛,花在杯中,月在杯中。今宵楼上一尊同,云湿纱窗,雨湿纱窗。　浑欲乘风问化工,路也难通,信也难通。满堂惟有烛花红,杯且从容,歌且从容。

清平乐·五月十五夜玩月　　(南宋)刘克庄

纤云扫迹,万顷玻璃色。醉跨玉龙游八极,历历天青海碧。　水晶宫殿飘香,群仙方按《霓裳》。消得几多风露，变教人世清凉。“醉跨玉龙”句化用李白《元丹丘歌》“身骑飞龙耳生风”，和李贺《秦王饮酒》“秦王骑虎游八极”诗句。而且“醉跨”二字形象生动，有酒后狂放不羁神态；而“玉龙”较“飞龙”色彩更为鲜明，与开头所写的光明世界配合起来，不仅色调谐和而且给全词增添了神话色彩。○八极见《淮南子》：“九州之外有八殡，八殡之外有八纮，八纮之外有八极。”即现在所说的宇宙世界。○变教是“教（使）变”的倒文。农历五月中旬，将进入盛暑。当仙女们在水晶宫里歌舞时，人世间正忍受炎暑之苦，所以作者设问，还需花费多少风露，才能驱散炎热，换得人间的清凉呢？○此词没一个“月”字，但满纸月情月意，并幻想出月光遍照下的九州大地与天宫的凉热意境。

清平乐　（南宋）刘克庄

风高浪快。万里骑蟾背。曾识姮娥真体态。素面元无粉黛。　身游银阙珠宫。俯看积气蒙蒙。醉里偶摇桂树，人间唤作凉风。“曾识姮娥”的“曾”字下得好。意谓我本是天上来的，与姮娥本来相识。这与苏轼《水调歌头》“我欲乘风归去”的“归”字同妙。○“积气蒙蒙”出《列子·天瑞篇》杞人忧天的故事：“天，积气耳。”

济南杂诗　（金）元好问

白烟消尽冻云凝，山月飞来夜气澄。且向波间看玉塔，不须桥畔觅金绳。此写水中之月也。

中秋月蚀感赋　（清）杭世骏

顽云竟野失重轮，何药能医奔月人。想见蚌胎空溢泪，不图琼户易生尘。开筵坐待将苏魄，对镜谁怜痛定身。拟到广寒相问讯，一天风露转凄神。张维屏云：“月蚀后每风露蒙蒙,一结足令月姊含颦,素娥掩泣。”先生有感于亡姬,故不觉情词凄切如此。

盼　月　(清)童　钰

佳绝娟娟月,秋窗逼晓开。卧看桐竹影,渐上卧床来。

咏新月　(清)方正澍

云际纤纤月一钩,清光未夜挂南楼。宛如待嫁闺中女,知有团圆在后头。

净业湖待月二首　(清)法式善

缓步出柴门,天光隔桥滃。滃读雍,上声。形容水盛。溪云没酒楼,林露滴茶笼。秋水忽无烟,红蓼读了,上声。植物名。一枝动。

抠读扣,平声。抠衣,提起前襟。古人迎趋时的动作,表示恭敬。衣踏藓花,满头压星斗。溪行忽有阻,偃蹇读宴剪,皆上声。犹困顿。来醉叟。攘臂欲扶持,枕湖一僵柳。

晓发看月　(清)何绍基

梦魂飞越度重关,千里长安半夜还。明月不知归路熟，十分圆与照江山。

病起玩月园亭感赋 （清）陈三立

羸读嫘或累，平声。瘦弱也。骨瑳瑳读搓，平声。瑳瑳，鲜明洁白貌。夜吐铓，起披月色转深廊。花丛络纬虫名，即纺织娘。旋围座，石罅虾蟆欲撼床。近死肺肝犹郁勃，作痴魂梦尽荒唐。初知豹縠关轻重，仰睇青霄斗柄长。

月 （清）金兆蕃

藏珠通内忆当年，风露青冥忽上仙。重咏景阳宫井句，菱乾月蚀吊婵娟。此吊光绪珍妃之诗也。

（二）气象

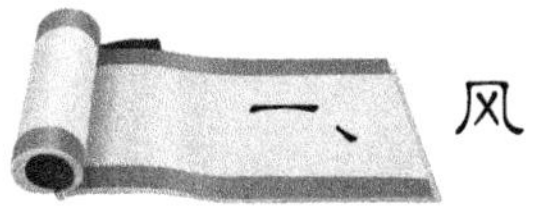

一、风

风　(唐)李 峤

解落三秋叶,能开二月花。过江千尺浪,入竹万竿斜。

风　(唐)李 峤

落日生苹末,摇杨遍远林。带花疑凤舞,向竹似龙吟。月动临秋扇,松清入夜琴。若至兰台下,还拂楚王襟。

咏 风　(唐)王 勃

肃肃凉风生,加我林壑清。驱烟寻涧户,卷雾出山楹。去来固无迹,动息如有情。日落山水静,为君起松声。

（元）杨士弘：子安五言，独此篇语意皆到，可法。——《批点唐音》

（清）屈复：此首本五言古诗，然气味纯乎是律，姑录于此，识者味之。“加”字有斟酌，“寻”字妙，“君”字遥应“我”字，有情。——《唐诗成法》

竹窗临竹之窗。闻风，寄苗发、司空曙

（唐）李　益

微风惊暮坐，临牖思悠哉。开门复动竹，疑是故人来。时滴枝上露，稍沾阶下苔。何当一入幌，幌读恍，上声。帘幔也。张相《诗词曲语辞汇释》：“何当，商量之辞，犹云何妨或何如也。……李益《竹窗闻风》诗‘时滴枝上露，稍沾阶下苔。何当一入幌，为拂绿琴埃’。言风既已滴露沾苔矣，何妨入幌，为拂尘埃也。”为拂绿琴埃。司马相如有琴名绿绮。琴满尘埃，说明久已不弹，曲折地表现思友之情。

秋风引　（唐）刘禹锡

何处秋风至？萧萧送雁群。朝来入庭树，孤客最先闻。瞿蜕园《笺证》云：诗以四句写万千情绪，有感慨而无哀飒之意，是其独胜处。

（清）黄叔灿：谁不闻而曰“最先闻”，孤客触绪惊心，形容尽矣。若说“不堪闻”，便浅。——《唐诗笺注》

（清）吴烶：风无形，随四时之气而生，曰“何处”，惊之也。秋风秋雁并在一起，若风送之者然，况万物经秋，皆将黄落，逐臣孤客，无难为情，曰“入庭树”、曰“最先闻”，惊心更早。宋玉悲秋，略与仿佛。——《唐诗选胜直解》

始闻秋风　（唐）刘禹锡

昔看黄菊与君别，今听玄蝉我却回。五夜飕飗枕前

觉,一年颜状镜中来。马思边草拳毛动,雕眄读免,上声。斜视。青云睡眼开。天地肃清堪四望,为君扶病上高台。瞿蜕园《笺证》云:禹锡初贬在永贞元年(785)九月,责授官依例即日发遣,故云"昔看黄菊与君别",君谓秋风也。今阅二十三年,方得再到北方。初闻秋风,其意谓昔别正在秋时,今又因秋风而复有奋飞之意,以示用世之志曾未稍衰也。禹锡以大和元年(827)六月除主客分司,犹不免失望,逾夏及秋,不复自馁矣。

(元)方回:痛快。——《瀛奎律髓汇评》

(清)冯舒:"君"字何属?第二句不紧拍。——同上

(清)冯班:腹联痛快。二"君"字相唤甚明,何以不属。——同上

(清)何焯:后四句衰气一振,"扶病"二字又照应不漏。——同上

(清)纪昀:题下有脱字,当云"始闻秋风寄某人"。后半顾盼非常,极为雄阔。——同上

风　(唐)李商隐

迥拂来鸿急,斜催别燕高。已寒休惨淡,更远尚呼号。楚色分西塞,夷音接下牢。归舟天外有,一为戒波涛。纪昀:纯是寓意,字字沉着,字字唱叹,绝无粘滞之痕。

春　风　(唐)罗　邺

每岁东来助发生,舞空悠扬遍寰瀛。暗添芳草池塘色,远遭同递,去声。传送也。高楼箫管声。帘透骊宫偏带恨,花催上苑剩多情。如何一瑞车书日,吹取青云道路平。

风 (唐)李山甫

喜怒寒暄直不匀，终无形状始无因。能将尘土平欺客，爱把波澜枉陷人。飘乐递香随日在，绽花开柳逐年新。深知造化由君力，试为吹嘘借与春。

秋 风 (北宋)王安石

掔读鸠，平声。聚也，纳也。敛一何饕，饕读叨，平声。极贪婪。天机亦自劳。墙隈小翻动，屋角盛呼号。漠漠惊沙密，纷纷断柳高。江湖岂在眼，昨夜梦波涛。

(元)方回：八句无一字不工，第一句下"饕"字，二句下"天机"字，尤于"秋风"为切也。——《瀛奎律髓汇评》

(清)冯舒：何谓？——同上

(清)纪昀："饕"字、"天机"字，何以切"秋风"？——同上

(清)冯舒：此乃入魔。——同上

(清)陆贻典：前四句伤于太刻，后四句佳。——同上

(清)查慎行：结句有余力，有转换。——同上

春 风此作者使辽时作也。 (北宋)王安石

一马春风北首燕，《韩信传》："北首燕路。"却疑身得旧山川。阳浮谓鱼浮于水面以受阳光。语出《荀子·荣辱》。树外沧江水，尘涨原头野火烟。日借嫩黄初着柳，雨催新绿稍归田。回头不见辛夷树，北方无辛夷树。始觉看花是去年。

次韵耿天骘大风 (北宋)王安石

云埋月缺晕《淮南子》:"画随灰而月晕缺。"杜甫诗:"不得淮王术,风吹晕已生。"寒灰,飚读标,平声。狂风也。发齐如巨象豗。豗读灰,平声。相斗也。纵勇万川冰柱立,纷披千障土囊土囊,大洞穴。李善注宋玉《风赋》:"土囊,大穴也。"开。鲁门未怪爰居爰居,海鸟也。见《左传·文公二年》至,郑圃何妨御寇来。郑圃为郑国圃田,在今河南中牟县西南。相传为列子所居,示以代表列子,这与以漆园代表庄子相似。《庄子·逍遥游》:"列子御风而行,泠然善也。"列子名御寇。终夜不眠谁与共?坐忘道家谓物我两忘,与道合一的精神境界,称为"坐忘"。唯有一颜回。作者自指。

舶读魄,入声。趠读罩,去声。风并引 (北宋)苏 轼

吴中梅雨既过,飒然清风弥旬,岁岁如此,湖人谓之舶趠风。是时海舶初回,云此风自海上与舶俱至云尔。

三旬已过黄梅雨,万里初来舶趠风。几处萦回度山曲,一时清驶满江东。惊飘蔌蔌先秋叶,唤醒昏昏嗜睡翁。欲作兰台快哉赋,却嫌分别问雌雄。"快哉赋"指宋玉《风赋》。赋中又有大王之雄风与庶人之雌风之说。

连遇大风,舟行甚迟,戏为二绝(录一)

(清)汪 琬

怊怅篙师色似灰,怊怅即忧郁,篙师指撑船的熟手。数重雪浪

竞吹豗。豗读灰，平声。喧闹也。李白《蜀道难》诗：“飞湍瀑流争喧豗。”老夫别有伤心处，新自风波宦海回。

伊犁记事诗　（清）洪亮吉

毕竟谁驱涧底龙，高低行雨忽无踪。危崖飞起千年石，压倒南山合抱松。嘉庆四年(1799)八月，洪亮吉上书言事，因言词切直，皇帝震怒，被流放到新疆伊犁，次年四月赦还。在伊犁期间共写了《伊犁记事诗》四十二首。

满江红　（清）纳兰性德

为问封姨，封姨为古代神话传说中的风神。见谷神子《博异志》。何事却、排空卷地。又不是、江南春好，妒花天气。叶尽归鸦栖未得，带垂惊燕飘还起。甚天公、不肯惜愁人，添憔悴。

搅一霎、灯前睡，听半晌、心如醉。倩碧纱遮断，画屏深翠。只影凄清残烛下，离魂缥缈秋空里。总随他，泊粉与飘香，真无谓。

东　风　（清）李　绂

山静东风日夜闻，落花辞树各纷纷。无端吹动垂杨影，飞入空阶一阵云。

嘲春风　(清)张鹏翀

封姨十八封姨又称封十八姨。正当家，墙角朱幡弄影斜。扫尽乱红无兴绪，强将余力管杨花。

春　风　(近代)李叔同

春风几日落红堆，明镜明朝白发摧。一颗头颅一杯酒，南山猿鹤北山莱。秋娘颜色娇欲语，小雅文章凄以哀。昨夜梦游王母国，夕阳如血染楼台。

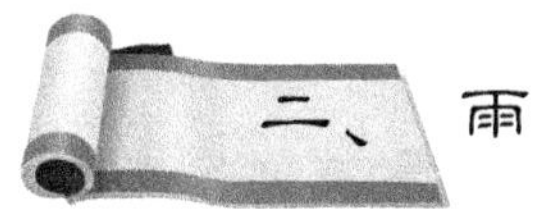

雨

黎拾遗昕、裴秀才迪见过，秋夜对雨之作

(唐)王　维

促织鸣已急，轻衣行向重。寒灯坐高馆，秋雨闻疏钟。白法佛教总称。一切善法为白法。调狂象，玄言问老龙。何人顾蓬径，空愧求羊踪。谢灵运诗："唯开蒋生径，永怀求羊踪。"李善注："蒋诩舍中三径，唯求仲羊、仲从之游。"

对　雨　　（唐）杜　甫

莽莽天涯雨，江边独立时。不愁巴道路，恐湿汉旌旗。雪岭防秋急，绳桥战胜迟。西戎甥舅礼，未敢背恩私。

（宋）刘克庄：杜五言感时伤事……如“不愁巴道路，恐湿汉旌旗”……八句之中，着此一联，安得不独步千古。——《后村诗话》

（明）王嗣奭：雨湿则行迟，故以为恐；而题云《对雨》，非无为也。战胜云“迟”；“背恩”云“未敢”，委婉含蓄。——《杜臆》

（清）冯舒：此等诗俱无与“晴”、“雨”。——《瀛奎律髓汇评》

（清）何焯：首联领得起。〇恃其不背恩私而不薄我于险，则吾与将皆不足用，因雨而危虑可知矣。——同上

（清）纪昀：三、四高唱，非老杜无此胸怀。——同上

（清）浦起龙：五、六竟顶“汉旌旗”。——《读杜心解》

雨　　（唐）杜　甫

始贺天休雨，还嗟地出雷。骤看浮峡过，密作渡江来。牛马行无色，公《秋雨》诗：“去马来牛不复辨。”蛟龙斗不开。干戈盛阴气，未必自阳台。浦起龙云：“三、四正笔写，五、六旁笔写，七、八借神女翻落生新，用法又别。”

陪诸贵公子丈八沟携妓纳凉，晚际遇雨二首

（唐）杜　甫

落日放船好，轻风生浪迟。竹深留客处，荷净纳凉

时。公子调冰水，佳人雪藕丝。片云头上黑，应是雨催诗。

雨来沾席上，风急打船头。越女红妆湿，燕姬翠黛愁。缆侵堤柳系，幔宛浪花浮。归路翻萧飒，陂塘五月秋。

雨　　(唐)杜　甫

冥冥甲子雨，已度立春时。轻箑读霎，入声。高诱注《淮南子》："楚人谓扇为箑。"烦相向，纤絺恐自疑。潘岳《秋兴赋》："于是乃屏轻箑，释纤絺，藉莞蒻，御袷衣。"烟添才有色，风引更如丝。直觉巫山暮，兼催宋玉悲。宋玉之悲，正从上句"暮"字生来。

雨四首　　(唐)杜　甫

微雨不滑道，断云疏复行。紫崖奔《镜铨》："公诗'闻道奔雷黑'，'奔'字当属云言。"处黑，白鸟去边明。秋日新沾影，寒江旧落声。蒋云："写微雨，意思宛然。"柴扉临野碓，半得捣香秔。秔读京，平声。"紫崖黑"是云行处，"白鸟明"是云疏处，亦与"野径云俱黑，江船火独明"二句同意。

(清)浦起龙：中四句乍晴乍雨，结就山家风物点出"半湿"与起应。——《读杜心解》

江雨旧无时，天晴忽散丝。暮秋沾物冷，今日过云迟。上马迥休出，看鸥坐不辞。高轩当滟滪，滟滪即滟滪堆。长江瞿塘峡口的险滩。润色静书帷。李云："上首写雨，此兼写对雨之人，以下情感更逐层推出。"

(清)浦起龙：一、二泛言平时，三、四入题，五、六一事一景，七、八就所居处设色。——《读杜心解》

(清)何焯：第八句"静"字妙。——《瀛奎律髓汇评》

物色岁将晏，天隅人未归。朔风鸣淅淅，寒雨下霏霏。多病久加饭，衰容新授衣。时危觉凋丧，故旧短书稀。较次首则步步推开，结处因怀朋旧，以无书、忆有凋丧，然倒用之而意始安，否则近于诅词。

(清)浦起龙：此与下章，对雨而志感也。本章就心事言，阻归期也。——《读杜心解》

(清)何焯：风雨思友朋，落句深浑。——《瀛奎律髓汇评》

楚雨石苔滋，京华消息迟。承上启下。山寒青兕读是，上声，野牛。叫，子山丽句。江晚白鸥饥。《杜臆》：二句亦寓凶人得志，贤人失所意。神女花钿落，蛟人织杼悲。繁忧不自整，终日洒如丝。

(清)浦起龙：此就世事言。一出题，二出意，中四貌写题而神写意。结"繁忧"与"消息"应。——《读杜心解》

对雨书怀，走邀许十一簿公 (唐)杜甫

东岳云峰起，溶溶满太虚。震雷翻幕燕，骤雨落河鱼。座对贤人酒，《魏略》："太祖时禁酒而人窃饮之，故难言酒，以浊酒为贤人，

清酒为圣人。"门听长者车。用陈平事。《汉书·陈平传》:"平家负郭穷巷,以席为门,然门外多长者车辙。"相邀愧泥泞,骑马到阶除。八句一滚而下。上四由"云"而"雷"而"雨",从雨前递到对雨也。

(清)杨伦:张上若云:起四写山中暴雨景,次第如画。五、六写对雨怀人,工雅。末结到走邀,意又甚真。——《杜诗镜铨》

(清)王士禛:骤雨落河鱼,亦是即目妙境。——《带经堂笔记》

晨　雨　　(唐)杜 甫

小雨晨光内,初来叶上闻。雾交才洒地,风逆旋随云。暂起紫荆色,轻沾鸟兽群。麝香山一半,夔州有麝香山。亭午未全分。李子德云:看去只在月前,然非公则指不出。

(清)何焯:句句是晨雨,句句是小雨。"光"字涵后四句。——《瀛奎律髓汇评》

(清)纪昀:五、六颇拙。——同上

夜　雨　　(唐)杜 甫

小雨夜复密,回风吹早秋。野凉浸闭户,江满带维舟。仇兆鳌注:野气骤凉而侵户,见秋风之早,江水添满而系舟,见夜雨之密。通籍谓记名于门籍,可以进出宫门。此指初作官。恨多病,为郎忝读舔,上声。此谦词,意谓有愧。薄游。天寒出巫峡,醉别仲宣楼。此因雨而动出峡之兴也。

(清)杨伦:在夔则思峡,往荆又思别楼,意在急于北归也。——《杜诗镜铨》

（清）浦起龙：三承“早秋”，四引下半。五、六滞峡之由，七、八出峡不停留，一径别“楼”北归也。——《读杜心解》

春夜喜雨　（唐）杜　甫

好雨知时节，当春乃发生。随风潜入夜，《镜铨》：是春雨。润物细无声。野径云俱黑，江船火独明。邵云：“十字咏夜雨入神。”《镜铨》：“上二属闻，此二属见。”晓看红湿处，花重锦官城。

（元）方回：“红湿”二字，或谓惟海棠可当。此诗绝唱。——《瀛奎律髓汇评》

（清）何焯：第五明，第六暗，皆剔“夜”字。结“春夜”工妙。——同上

（清）纪昀：此是名篇，通体精妙，后半尤有神。○“随风”二句虽细润，中、晚唐人刻意或及之。后四句传神之笔，则非余子所可到。——同上

（清）无名氏（甲）：成都有贡锦，设官主之，故为“锦官城”。——同上

（清）黄生：三、四紧着雨说，五、六略开一步，七、八再绾合。杜咏物诗多如此，后学之圆规方矩也。○五、六写雨境妙矣，尤妙能见“喜”意，盖云黑则雨浓可知。六衬五，五衬三，三衬四，加倍写“润物细无声”五字，即是加倍写“喜”字，结语更有风味。——《唐诗摘钞》

（清）仇兆鳌：雨骤风狂，亦是损物。曰“潜”、曰“细”，写得脉脉绵绵，于造化发生之机，最为密切（“随风”二句下）。——《杜诗详注》

（清）张谦宜：“野径云俱黑，江船火独明”，此是借“火”衬“云”。“晓看红湿处，花重锦官城”，此是借“花”衬“雨”。不知者谓止是写花，“红”下用“湿”字，可见其意。——《茧斋诗谈》

（清）浦起龙：起有悟境，于“随风”、“润物”悟出“发生”，于“发生”悟出“知时”也。五、六拓开，自是定法。结语亦从悟得，乃是意其然也。通首下字，个个咀含而出。“喜”意都从罅缝里迸透。上四俱流水对。○写“雨”切夜易，切“春”难，此处着眼。——《读杜心解》

雨　（唐）杜　甫

峡云行清晓，烟雾相徘徊。风吹沧江去，雨洒石壁来。凄凄生余寒，殷殷兼出雷。白谷变气候，朱炎安在哉！高鸟湿不下，居人门未开。楚宫久已灭，幽佩为谁哀。侍臣书王梦，赋有冠古才。冥冥翠龙架，多自巫山台。借巫山行雨写本地风光，写得飘渺。

雨不绝　（唐）杜　甫

鸣雨既过渐细微，映空摇扬如丝飞。阶前短草泥不乱，院里长条风乍稀。舞石旋应将乳子，行云莫自湿仙衣。眼边江舸何匆促，未待安流逆浪归。

秋雨叹三首　（唐）杜　甫

雨中百草秋烂死，阶下决明颜色鲜。着叶满枝翠羽盖，开花无数黄金钱。凉风萧萧吹汝急，恐汝后时难独立。堂上书生空白头，临风三嗅馨香泣。

阑风伏雨秋纷纷，四海八荒同一云。去马来牛不复辨，浊泾清渭何当分。禾头生耳黍穗黑，农夫田妇无消息。城中斗米换衾裯，相许宁论两相直。赵子标曰："阑如谢灵运所谓阑暑之阑，伏如《左传》夏天伏阴之伏。"〇《朝野佥载》俚谚云："春雨甲子，赤地千里；夏雨甲子，行船入市；秋雨甲子，禾头生耳。"

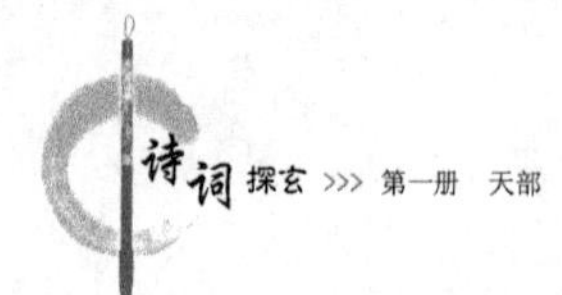

长安布衣谁比数，反锁衡门守环堵。老夫不出长蓬蒿，稚子无忧走风雨。雨声飕飕催早寒，胡雁翅湿高飞难。秋来未曾见白日，泥污后土何时干。《九辩》："皇天淫溢而秋霖兮，后土何时而得乾。"

夏日对雨　　（唐）裴 度

登楼逃盛夏，万象正埃尘。对面雷嗔树，当街雨趁人。檐疏蛛网重，地湿燕泥新。吟罢清风起，荷香满四邻。

雨中寄张博士籍、侯主簿喜　　（唐）韩 愈

放朝还不报，半路蹋泥归。雨惯曾无节，雷频自失威。见墙生菌遍，忧麦作蛾飞。岁晚偏萧索，谁当救晋饥。

（元）方回：昌黎大手笔。仅有此晴雨诗二首。前诗三、四高古（指《郴州祈雨》"庙开鼯鼠叫，神降越正言"二句），后诗三、四有议论。雷失威尤奇。——《瀛奎律髓汇评》

（清）冯班：大诗。——同上

（清）查慎行：第四句似讽时事。——同上

梅　雨　　（唐）柳宗元

梅实迎时雨，苍茫值晚春。愁深楚猿夜，梦断越鸡《庄

子》:“越鸡不能伏鹄卵。”越鸡,小鸡也。晨。海雾连南极,江云暗北津。素衣今尽化,非为帝京尘。陆仕衡诗:“京洛多风尘,素衣化为缁。”谢朓诗:“谁能久京洛,缁尘染素衣。”

(宋)陈岩肖:江南五月梅熟时,霖雨连旬,谓之“黄梅雨”。然少陵曰“南京犀浦道,四月熟黄梅。”盖唐人以成都为南京,则蜀中梅雨,乃在四月也。及读子厚诗曰“梅实迎时雨,苍茫入晚春”。此子厚在岭外诗,则南越梅雨又在春末。是知梅雨时候,所至早晚不同。——《庚溪诗话》

(清)黄生:尾联寓意格。“楚”己地,“越”家所在之地。此二句虽属正意,于题却是开一步。梅雨能坏衣,故七句云翻古语,以寓谪之怨,然语意却浑。——《唐诗矩》

江上雨寄崔碣　(唐)杜 牧

春半平江雨,圆文破蜀罗。声眠篷底客,寒湿钓来蓑。暗澹遮山远,空蒙着柳多。此时怀旧恨,相望意如何。

雨　(唐)杜 牧

连云接塞添迢递,洒幕侵灯送寂寥。一夜不眠孤客耳,主人窗外有芭蕉。

长安夜雨　(唐)薛 逢

滞雨通宵又彻明,百忧如草雨中生。心关桂玉桂玉,喻昂贵的柴米。天难晓，运落风波梦亦惊。压树早鸦飞不散，到窗寒鼓湿无声。当年志气俱消尽，白发新添四五茎。

（清）金人瑞：写滞雨，既云“通宵”再云“又彻明”者，通宵是从初更至五更，又彻明是从五更到天明。此自是窗中一人，从初更至五更，又从五更至天明，求睡更不得睡，因而写雨，遂不自觉，亦便成二句也。“如草雨中生”五字，写忧已最确，然写此夜忧又最确。三、四承之，言忧之绪甚多，至于更不得睡；忧之来甚重，至于才睡又即醒也（首四句下）。〇鸦飞不散，写出“压树”二字，鼓湿无声，写出“到窗”二字，妙！妙！便画尽一片昏沉，无数钝置，梦生醉死，抬头不起，异样荒忽神理。更不必销尽，而先已了无生气已（末四句下）。——《贯华堂选批唐才子诗》

（清）何焯：“通宵彻明”四字，乃一篇之主。“天难晓”、“梦亦惊”是通宵；“鸦不散”、“湿无声”是彻明也。末二句是“百忧”意。——《唐诗鼓吹评注》

细　雨　　（唐）李商隐

帷飘白玉堂，簟读垫，上声。竹编的席。卷碧牙床。楚女当时意，萧萧发彩凉。此亦一格也。〇一、二写新秋，三、四写细雨。“当时意”，暮为行雨之意也。〇叶葱奇《疏注》：彩指光彩。《南史·后主张贵妃列传》：“发长七尺，鬒黑如漆，其光可鉴。”《唐音统签》：着“彩”字方是瑶姬。赵氏万首绝句误改为发影，公然一婆矣。按：王安石《次韵张子野秋中久雨晚晓》诗云“想见阳台路，神归发彩凉”，用商隐此诗语也。〇又《疏》云：李商隐此诗，通首不见“雨”字，而微凉雨意洒于纸上，极饶情致。唐人绝句往往并无深寄而妙语天然，令人咀嚼不尽。

微　雨　　（唐）李商隐

初随林霭动，形容雨的初起。稍共夜凉分。稍大一点后才知雨的凉气与夜的凉气有分别。窗迥侵灯冷，庭虚近水闻。

雨　(唐)李商隐

摵摵读瑟,入声。陨落,萎谢貌。义同瑟瑟。语出潘岳《秋兴赋》。度瓜园,依依傍竹轩。秋池不自冷,风叶共成喧。窗迥读炯,上声。高貌。鲍照诗:"树迥雾萦集,山寒野风急。"有时见,簷高相续翻。侵宵送书雁,应为稻粱恩。叶葱奇《疏注》云:"起二句凌空描写入神。"三句反说,"不自冷",意思是说因"雨"而冷,四句描写雨的声势,也精妙入微。结二句借雁来寄慨,寓意深婉。纪昀:"结雨字有不粘不脱之妙。"

细　雨　(唐)李商隐

萧洒傍回汀,依微过短亭。气凉先动竹,点细未开萍。稍促高高燕,微疏的的明貌。萤。故园烟草色,仍近五门《礼记》注:"天子五门,皋、库、雉、应、路。"此借指京师。青。叶葱奇《疏注》云:"一、二细雨初起,三、四写雨气和雨点,五、六写雨的影响所及。"这六句刻画"细雨",细腻熨贴,中晚唐一般名家大致能做到。至于结二句的情思悠然,传神空际,则是作者独到的胜境。不直接说雨,而一片空蒙自然摇漾心目,乡思客情也自溢于言外。纪昀:若近若远,不粘不脱,确是细雨思乡,作寻常思乡不得,作猛雨思乡亦不得。

春　雨　(唐)李商隐

怅卧新春白袷衣,白门指白门城楼,在徐州。寥落意多违。红楼隔雨相望冷,珠箔读魄,入声。帘也。飘灯独自归。远路应悲春晼晚,春晼晚,言春深,春暮也。残宵犹得梦依稀。玉珰缄札书信。何由达,万里云罗一雁飞。鲍照《舞鹤赋》:"掩云罗而见羁。"指如云般罗网。

(清)姚培谦:此借春雨怀人,而寓君门万程之感也……此等诗,字字有意,概以闺帏之语读之,负义山极矣。——《李义山诗集笺注》

(清)朱鹤龄:程梦星曰,"此亦应辟无聊,望人吸引之作,盖入藩幕未出长安之时也"。——《重订李义山诗集笺注》

(清)纪昀:宛转有味。平山笺以为有寓意,亦属有见。然如此诗即无寓意,亦自佳。——《玉溪生诗说》

春雨即事寄袭美 (唐)陆龟蒙

小谢轻埃日日飞,谢朓咏雨诗有"散漫似轻埃"句。城边江上阻春晖。虽愁野岸花房冻,还得山家药笋肥。双屐着频看齿折,败裘披苦见毛稀。比邻钓叟无尘事,洒笠鸣蓑夜半归。

新秋雨后 (唐)僧齐己

夜雨洗河汉,诗怀觉有灵。篱声新蟋蟀,草影老蜻蜓。静引闲机发,凉吹远思读去声。醒。逍遥向谁说,时注漆园经。

(元)方回:此诗起句自然,第六句尤好。——《瀛奎律髓汇评》

(清)纪昀:唐诗僧以齐己为第一。——同上

(清)许印芳:此诗次句即老杜"诗成觉有神"意,语虽不佳,却无疵颣。三、四佳在"新"字、"老"字,若用"闻"、"见"等字,便是小儿语。五、六亦颇细致,六句暗藏"风"字,措语亦较五句有味,故虚谷以为尤好。尾联原本云"逍遥向谁说,时泥漆园经"。上句太空,下句太滞,故为易之"逍遥吾自得,不假漆园经"。按昼公乃盛唐人,尝著《杼山诗式》,鉴裁颇精,所作诗格高气清。然高而近空滑,清而多薄弱,非王、孟精深华妙之比。齐己虽唐末人,其诗颇

有盛唐人气骨。如《秋夜听业上人弹琴》云“万物都寂寂，堪闻弹正声。人心尽如此，天下自和平。湘水泻寒碧，古风吹太清。往年庐岳奏，今夕更分明”。沈归愚谓三、四写出太和元气，从来咏琴者俱未写到。且谓其诗渊灏之气在李颀、常建之间。非过许也。然亦有豪而近粗者，如《剑客》诗云：“拔剑绕残樽，歌终便出门。西风满天雪，何处报人恩。勇死寻常事，轻仇不足论。翻嫌易水上，细碎动离魂。”三、四及结句极佳，起句及五、六则粗矣。二诗皆以气胜，不甚拘对偶，而有情思贯注其间，非若昼公徒标高格，全无意味也。晓岚谓齐己第一，真笃论哉！——同上

谒金门　(五代)韦　庄

春雨足，染就一溪新绿。柳外飞来双羽玉，弄晴相对浴。　　楼外翠帘高轴，倚遍阑干几曲。云淡水平烟树簇，寸心千里目。一场春雨之后，生机勃勃。词人主要抓住最典型的四项：一，一溪春水；二，溪边新柳；三，双双白鸥；四，晴和天气。此词特点有三：一，善于着色。绿的水，白的鸥，此是明写；蓝色的天和嫩黄色的杨柳，此是暗写。二，环环相扣，宛转相生。由于春雨足而引起的样样物象，环环相扣。三，巧妙地运用动词。如染就、弄晴、对浴等。

(明)沈际飞：“染就”句丽。说得双羽有情。〇上文布景，找一“目”字，意思完全，韵脚警策。——《草堂诗余》

(明)周珽：卷帘依阑，睹溪鸟双飞对浴，因起闺人之想，心目之间何能自堪，写情委婉。——《删补唐诗选脉会通评林》

赋得秋雨　(北宋)晏　殊

点滴行云覆苑墙，飘萧微影度回塘。秦声未觉朱弦润，楚梦先知薤读械，去声。叶凉。野水有波增淡碧，霜林无韵湿疏黄。萤稀燕寂高窗暮，正是西风玉漏长。

(元)方回:此亦“昆体”。盖当时相尚如此。——《瀛奎律髓汇评》

(清)冯班:“昆体”。——同上

(清)陆贻典:如此宋诗,犹见先代典型。——同上

(清)查慎行:“疏黄”二字太生。——同上

(清)纪昀:通首学义山逼真。结句虽太迫义山“秋霖腹疾俱难遣,万里西风夜正长”意,而意境自佳。○“昆体”有意味者原佳,惟一种厚粉浓朱但砌典故者可厌。——同上

新秋雨夜西斋文会　(北宋)梅尧臣

夜色际阴霾,霾读埋,平声。灯青谢客斋。梧桐生静思,思读去声。络纬虫名,纺织娘也。动秋怀。小酌宁辞醉,清言不厌谐。谁怜何水部,吟苦怨空阶。

(元)方回:此圣俞西京诗。妙年细密,初学者不可不知。——《瀛奎律髓汇评》

(清)查慎行:“夜雨滴空阶,晓灯暗离室”,何记室佳句也。——同上

(清)纪昀:不失雅则。○既用谢客,不应复用水部,却用得恰好。——同上

(清)许印芳:凡四韵律诗,于地名、人名、鸟兽、草木之类,但可一联两用。若前后叠用,则为犯复,为夹杂。然亦看用来何如。若情事相称,前后融洽,叠用亦可,此诗是也(指前有“谢客”后有“水部”)。——同上

和小雨　(北宋)梅尧臣

蛟龙噀读逊,去声。含在口中而喷出。白雾,天外细蒙蒙。沾土曾无迹,昏林似有风。卷旗妨酒舍,湿翅下洲鸿。稍见

斜阳透，西云一半红。

(元)方回：当是和晏相国。——《瀛奎律髓汇评》
(清)冯舒：工密。——同上
(清)冯班：落句妙。——同上
(清)纪昀：与韦苏州诗互看，唐、宋人相去远矣。——同上

西　楼　(北宋)曾　巩

海浪如云去却回，北风吹起数声雷。朱楼四面钩疏箔，卧看千山急雨来。

宿　雨　(北宋)王安石

绿搅寒芜出，红争暖树归。鱼吹塘水动，雁拂塞垣飞。宿雨惊沙尽，晴云昼漏稀。却愁春梦短，灯火着征衣。此荆公使辽时作也。

(元)方回：未有名为好诗而句中无眼者，请以此观。(按方回在“搅”、“争”、“吹”、“拂”、“惊”、“漏”等字旁皆加圈)。——《瀛奎律髓汇评》

(清)纪昀：好诗无句眼者不知其几。此论偏甚，亦陋甚。——同上

(清)冯班：唐人用事，全句活现；宋人用事，欲新反骀，全句似死。唐在意，宋在字，相去远矣。——同上

(清)纪昀：“搅”字险而纤，不及“绿稍还幽草，红应动故林”二句自然。——同上

江　雨　　(北宋)王安石

冥冥江雨湿黄昏，天入沧州漫不分。北涧欲通南涧水，南山正绕北山云。

舒州七月十七日雨　　(北宋)王安石

行看野气来方勇，卧听秋声落竟悭。悭读歼，平声。吝啬也。淅沥未生罗豆水，《九域志》："舒州有罗豆镇水。"苍茫空失皖公山。《舆地志》："皖公山，谓周大夫皖伯之神。"火耕又见无遗种，肉食何妨有厚颜。巫祝万端曾不救，只疑天赐雨工闲。

苦　雨　　(北宋)王安石

灵场祭祀神灵的坛场。语出扬雄《法言》。奔走尚无功，去马来牛道不通。风助乱云阴更密，水争高岸气尤雄。平时沟洫沟洫，田间水道。左思《蜀都赋》："沟洫脉散，疆里绮错。黍稷油油，粳稻莫莫。"今多废，下户指贫民，语出《史记》。京囷读逡，平声。粮仓也。大曰京。久已空。肉食自嗟何所报，古人忧国愿年丰。

次韵朱光庭喜雨　　(北宋)苏　轼

久苦赵盾日，《左传》："赵衰冬日之日也，赵盾夏日之日也。"注："冬日可爱，夏日可畏。"欣逢傅说霖。《书·说命》："真宗谓说曰：'若岁大旱，用汝作霖雨。'"坐知千里足，初觉两河深。《读述征记》："汴，沙到浚仪而分也。汴东注，沙南流。"《水经注》："沙，音蔡。"破屋常持伞，无薪欲爨读窜，去声。烧火做饭。琴。清诗似庭燎，虽美未忘箴。《诗·庭燎》序："美王室也，因以箴之。"

六月二十七日望湖楼醉书二首

(北宋)苏　轼

黑云翻墨未遮山，白雨跳珠乱入船。卷地风来忽吹散，望湖楼下水如天。

放生鱼鳖逐人来，无主荷花到处开。水枕能令山俯仰，风船解与月徘徊。

有美堂暴雨　(北宋)苏　轼

游人脚底一声雷，俗说高雷无雨，故脚底有雷则暴雨。满座顽云陆龟蒙《苦雨》诗：顽云猛雨更相欺。拨不开。天外黑风吹海立，浙东飞雨过江来。谢玄晖诗："朔风吹飞雨，萧条江上来。"十分潋滟金尊凸，杜牧《羊栏夜宴》："酒凸觥心潋滟光。"又《寄李起居》："云罍心凸知难捧。"千杖敲铿羯鼓催。《唐语林》："李龟年善打羯鼓，明皇问：'卿打多少杖？'对曰：'臣打五千杖讫。'"唤起谪仙泉洒面，用李白故事。《李白传》："召入，而白已醉，左右以水颒面，稍解。"倒倾鲛室泻琼瑰。泛指珠玉。按：有美堂在杭州城内吴山最高处，为宋嘉裕初杭州知州梅公仪所建。其名取自宋仁宗赐梅公仪诗"地有吴山美，东南第一州"。

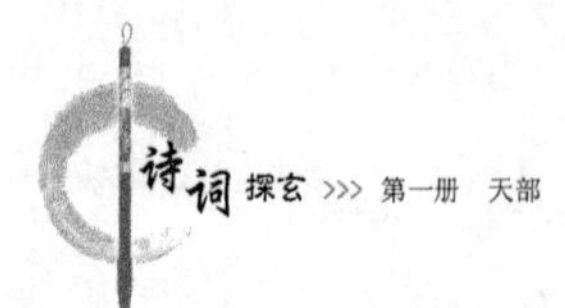

(元)方回:老杜《朝献太清宫赋》"九天之云下垂,四海之水皆立",本是奇语。摘"海立"二字用之,自东坡始。此联壮哉!——《瀛奎律髓汇评》

(清)冯班:大手。如此才力,何必唐诗。——同上

(清)查慎行:通首都是摹写暴雨,章法亦奇。——同上

(清)何焯:写雨势之暴,不嫌其险。——同上

(清)纪昀:纯以气胜。——同上

九月八日夜大风雨寄王定国　(北宋)秦 观

长年身外事都捐,节序惊心一怅然。正是山川秋入梦,可堪风雨夜连天。桐梢摵摵读瑟,入声。意同瑟瑟。增凄断,灯烬飞飞落小圆。湔读煎,平声。洗涤也。洗此情须痛饮,明朝试访酒中仙。

(元)方回:少游诗文自谓秤停轻重,铢两不差。故其古诗多学三谢,而流丽之中有澹泊。律诗亦敲点匀净,无偏枯突兀生涩之态。然以其善作词也,多有句近乎词。此诗下"凄断"、"小圆"字,亦三谢余味。别有《秋日》绝句三首,尾句云"菰蒲深处疑无地,忽有人家笑语声"、"风定小轩无落叶,青虫相对吐秋丝"、"安得万妆相向舞,酒酣聊把作缠头"。此谓虹霓,皆极怪丽。——《瀛奎律髓汇评》

(清)纪昀:亦是词家字,非三谢也。——同上

(清)冯舒:结句宋。——同上

(清)纪昀:六句用字太纤,然通体却一气鼓荡。——同上

青玉案　(北宋)贺 铸

凌波不过横塘路。但目送、芳尘去。锦瑟华年谁与度?月桥花院,琐窗朱户。只有春知处。　碧云冉冉

蘅皋暮，彩笔新题断肠句。若问闲情都几许？一川烟草，满城风絮，梅子黄时雨。

(宋)胡仔：世推方回所作“梅子黄时雨”为绝唱，盖用寇莱公语也。寇诗云“杜鹃啼处血成花，梅子黄时雨如雾”。——《苕溪渔隐丛话》

(宋)罗大经：诗家有以山喻愁者，杜少陵云“忧端如山来，澒洞不可掇”，赵嘏云“夕阳楼上山重叠，未抵闲愁一倍多”，是也。有以水喻愁者，李欣云“请量东海水，看取浅深愁”；李后主云“问君能有几多愁，恰似一江春水向东流”；秦少游云“落红万点愁如海”，是也。贺方回云“试问闲愁都几许？一川烟草，满城风絮，梅子黄时雨”。盖以三者比愁之多也，尤为新奇，兼兴中有比，意味更长。——《鹤林玉露》

(清)吴衡照：词有袭前人语而得名者，虽大家不免。如方回“梅子黄时雨”，耆卿“杨柳岸，晓风残月”，少游“寒鸦数点，流水绕孤村”，幼安“是他春带愁来，春归何处？却不解，带将愁去”等句，惟善于调度，正不以有蓝本为嫌。——《莲子居词话》

(清)黄苏：按方回有小筑在姑苏盘门内，地名横塘，时往来其间，故有此作。方回以孝惠皇后族孙，元祐中通判泗州，又倅太平州，退居吴下，是此词作于退休之后也。自有一番不得意，难以显言处。言斯所居横塘断无宓妃到，然波光清幽，亦常目送芳尘，等孤寂自守，无与为欢，惟有春风相慰藉而已。次阕言幽居肠断，不尽穷愁，惟见烟草风絮，梅雨如雾，共此旦晚耳。无非写其景之郁勃岑寂也。——《蓼园词选》

(清)郑放坤：贺家梅子句通灵，学士屯田比尹邢。只字单词足千古，不将画壁羡旗亭。——《论词绝句》

暑　雨　(北宋)陈师道

密雨吹不断，贫居常闭门。东溟容有限，西极更能存。束湿炊悬釜，翻床补坏垣。倒身无着处，呵手不成温。

(清)冯舒:第三句不可解。——《瀛奎律髓汇评》

(清)冯班:效杜之极,然未肖也。○杜诗对结,是南北朝格法,须声文俱尽始妙。后山自杜以上都不解,往往结不住。以为学杜,正在皮膜之外也。——同上

(清)查慎行:第三出语难对。——同上

(清)纪昀:语皆过火。——同上

和寇十一同游城南,阻雨还登寺山

(北宋)陈师道

雨阻游南步,泥留逐北情。稍看飞雾断,复作远山横。野润膏新泽,楼明纳晚晴。归宜有佳思,纱帽压香英。

(元)方回:"膏"字、"纳"字,诗眼极矣。——《瀛奎律髓汇评》

(清)纪昀:"膏"字习字,且腐语,不及"纳"字。——同上

(清)查慎行:第五句"阔"字似不如"润"字与"膏新泽"有关会。——同上

(清)纪昀:起二句拙。——同上

夜　雨　(北宋)陈师道

十月天犹雨,三更月失明。溟蒙才洒润,点滴不成声。辟户风烟入,投林鸟雀轻。旅怀终易感,倏起别离情。

(清)冯班:妙。○"轻"字未稳。——《瀛奎律髓汇评》

(清)纪昀:“轻”字不妥。——同上

和黄预久雨　(北宋)陈师道

甲子仍逢夏,连朝雨脚垂。黑云玄甲驻,铁骑冷官驰。映日还蒙雾,悬麻郤散丝。颓墙通犬豕,破柱出蛟螭。螭读痴,平声。古代传说中无角之龙。野润风光秀,凉生枕簟宜。拨云开日月,噀读逊,去声。从口中喷出。水见虹霓。贫可留须捷,恩当记扊扅。扊扅读演移,上平声。门闩也。《古乐府歌》:“百里奚,五羊皮,烹伏雌,吹扊扅,今日富贵忘我为。”吹即炊,言贫困时将门闩作薪炊饭。苍头行冒雨,赤脚出冲泥。诗好声生吻,书工手着胝。胝读之,平声。皮厚成茧。衰年得佳句,怀抱顿能移。

(元)方回:“扊扅”一句,言雨中妇以门为炊。攻苦食淡,异时不可忘也。扬雄《方言》:“南楚凡人贫衣被醜弊,谓之‘须捷’,或曰‘褛裂’。”此引用,言雨中解衣以供薪米之费也。——《瀛奎律髓汇评》

(清)冯舒:“贫可”句太僻。——同上

(清)冯班:“须捷”太僻。“扊扅”太牵强。——同上

(清)查慎行:炊“扊扅”用事费解,与“雨”无关。——同上

(清)纪昀:通体皆俗,后山不应至此。○“悬麻”句拙而杂,“颓墙”句俚,“野润”二句不似久雨。——同上

雨中二首　(北宋)张　耒

手种阶前树,今朝亦有花。春阴寒食节,陋卷逐臣家。欲酌消愁酒,先浇破睡茶。游人归踏雨,里巷晚喧哗。

(元)方回:肥仙诗自然,杨诚斋之评不虚也。——《瀛奎律髓汇评》
(清)纪昀:三、四好。〇此首落到雨,次首乃说雨,章法不苟。——同上
(清)许印芳:"巷"字复。——同上

节物即自好,客心何落然。早寒清野市,夜雨暗江天。破屋疏茅滴,空厨湿苇烟。政通"正"。须一杯酒,相与度流年。

(元)方回:第四句"夜雨暗江天"待别本检补。——《瀛奎律髓汇评》
(清)纪昀:大薄。——同上

夜闻风雨有感　(北宋)张　耒

留滞招提未是归,卧闻秋雨响疏篱。何当粗息飘萍恨,却诵僧窗听雨诗。

大酺·春雨　(北宋)周邦彦

对宿烟收,春禽静,飞雨时鸣高屋。墙头青玉旆,旆音同佩。比喻新竹。洗铅霜都尽,嫩梢相触。词人舍弃了雨打落花的陈腐题材,去吟咏与风雨搏斗的墙头新竹,表明主人公身处野村孤馆而不是在庭院之中。润逼琴丝,寒侵枕障,虫网吹粘帘竹。琴丝受潮后,音色不佳;枕幛被寒气侵袭,一片冰凉;沾满雨珠的虫网,被风吹得软绵绵地粘附在竹帘上。这些景象,在百无聊赖中所感所见。邮亭无人处,听檐声不断,困眠初熟。奈愁极顿惊,梦轻难记,自怜幽独。　行人归意速。最先念、流潦妨车毂。毂读谷,入声。车轮,借指车。怎奈向、兰成庾信

小字。**憔悴，卫玠**晋名士，有羸疾。**清羸，**羸读雷，平声。瘦弱困惫。**等闲时、易伤心目。未怪平阳客，**指马融。性好音乐，一日在平阳客舍听洛阳人吹笛，触动其京都之思，于是写了《长笛赋》。**双泪落、笛中哀曲。况萧索、青芜国**。温庭筠《春江花月夜》："花庭忽作青芜国。"即萧瑟的杂草丛生世界。**红糁**指落花。糁，米粒也。**铺地，门外荆桃如菽。夜游共谁秉烛**。"共谁"四字与上片末句"自怜幽独"遥相呼应。

(宋)王灼：前辈云"《离骚》寂寞千载后，《戚氏》凄凉一曲终"。《戚氏》柳永所作也。柳何敢知，世间有《离骚》。惟贺方回、周美成时时得之。贺《六州歌头》、《望湘人》、《吴音子》诸曲，周《大酺》、《兰陵王》诸曲，最奇崛。或谓深劲乏韵，此遭柳氏野狐涎吐不出者也。歌曲自唐虞三代以前，秦汉以后皆有，造语险易则无定法。今必以"斜阳芳草"、"淡烟细雨"绳墨后来作者，愚甚矣。故曰不知书者，尤好耆卿。——《碧鸡漫志》

(宋)沈义父：词中用事，使人姓名，须委曲，得不用出最好。清真词多要两人名对使，亦不可学也。如《宴清都》云"庾信愁多，江淹恨极"，《西平乐》云"平陵晦迹，彭泽归来"，《大酺》云"兰成憔悴，卫玠清羸"，《过秦楼》云"才减江淹，情伤荀倩"之类是也。——《乐府指迷》

(明)潘游龙："梦轻难记"，"轻"字妙。——《古今词余醉》

(清)许昂霄：通首俱写雨中情景。——《词综偶评》

(清)黄苏：观"平阳客"句，用马融去京事，知为由待制出知顺昌后作。写得凄清落寞，令人恻恻。——《蓼园词选》

(清)周济："怎奈向"，宋人词。"向"作"一向"二字解，今语"向来"也。——《宋四家词选》

(清)谭献：周美成云"流潦妨车毂"，又云"花润费炉烟"。辛幼安云"不知筋力衰多少，只觉新来懒上楼"。填词者试于此消息之。——《复堂词·自序》

(清)陈锐：清真词《大酺》云"墙头青玉旆"。"玉"字以入代平。下文云"邮亭无人处"。句法皆四平一仄。梦窗此句第四字亦用入声，守律之严如此。——《袍碧斋词话》

悯雨 (北宋)唐庚

老楚能令畏垒丰,此身翻累越人穷。至今无奈曾孙稼,几度虚占少女风。兹事会须星有好,他时曾厌雨其蒙。山中赖是茱粮足,不向诸侯托寓公。

(元)方回:《庄子·庚桑楚》"老聃之后有庚桑楚者,北居畏垒之山。居三年,畏垒大穰",《广雅》云"丰也"。子西(作者唐庚,字子西)时谪惠州,谓庚桑楚居畏垒之山,能令丰穰。惠州人以我之故,而至于不雨以穷耶?善用事。"曾孙稼"、"少女风"、"星有好"、"雨其蒙"又用四事。如此加以斡旋为句,而委曲妥帖,不止工而已也。尾句尤高妙。——《瀛奎律髓汇评》

(清)冯班:古人用事之法不如此,但读便解,不烦更仆。〇用事无六朝、唐人规格,愈平愈新,诗调愈下。——同上

(清)冯舒:亦"江西"语,虽巧对,吾不爱。——同上

(清)冯班:宋人恶四六气。〇此晚宋恶诗。〇五句宋句,可厌。六句恶凑。〇"雨"字犯讳,中联不得以题中字对别字。——同上

(清)纪昀:又是一种。偶然见之亦可,专工此种则细碎。又出"昆体"下。〇"老楚"二字生造。——同上

仲夏细雨 (北宋)曾 幾

霡霂读麦木,皆入声。小雨。语出《诗·小雅》。无人见,芭蕉报客闻。润能添砚滴,细欲乱炉薰。竹树惊秋半,衾裯惬夜分。何当一倾倒,趁取未归云。

(元)方回:三、四已工。第六句"惬"字当屡锻改,乃得此字。——《瀛奎律髓汇评》

(清)纪昀:此字微妙,此评亦得其甘苦。——同上

（清）纪昀：反结“细”字。——同上

苏秀道中自七月二十五日夜大雨三日，秋苗以苏，喜而有作苏州至嘉兴道中。　（北宋）曾　幾

一夕骄阳转作霖，梦回凉冷润衣襟。不愁屋漏床床湿，且喜溪流岸岸深。千里稻花应秀色，五更桐叶最佳音。无田似我犹欣舞，何况田间望岁心。

（元）方回：三、四已佳。五、六又下得“应”字，“最”字，有精神。——《瀛奎律髓汇评》

（清）冯舒：腹联流便。——同上

（清）冯班：第二句好。——同上

（清）查慎行：三、四俱用杜诗作对。——同上

（清）纪昀：精神饱满，一结尤完足酣畅。——同上

雨　（南宋）陈与义

潇潇十日雨，稳送祝融归。燕子今年别，梧桐昨梦非。一凉恩到骨，四壁事多违。衮衮繁华地，西风吹客衣。

（元）方回：简斋五言律为雨而作者，诗律精妙，上迫老杜，仰高钻坚。世之斯文自命者，皆当在下风。后山之后，有此一人耳。——《瀛奎律髓汇评》

（清）冯班：吾宁简斋。——同上

（清）冯舒：第五亦宋句。——同上

（清）查慎行：诗学杜，中又自出手眼，言浅而意深。集中登选者甚多，无出此上者矣。——同上

（清）纪昀：“稳”字不佳，三、四妙在即离之间，“恩”字似新而俚。——同上

连雨书事四首 （北宋）陈与义

九月逢连雨，萧萧稳送秋。龙公无乃倦，客子不胜愁。云气昏城壁，钟声咽寺楼。年年授衣节，牢落向他州。

（清）纪昀："稳送"二字究不佳，六句从工部"钟鼓报新晴"意对面化出。"年年"二字不接五、六。——《瀛奎律髓汇评》

风伯方安卧，云师亦少饕。饕读叨，平声。极贪婪。气连河汉润，声到竹松高。老雁犹贪去，寒蝉遂不号。相悲更相失，满眼楚人骚。

（清）纪昀：起二句太狰狞。四句胜三句。后四句悲壮。五句"贪"字不稳，而此联句法亦复起二句。——同上

寒入新篘读抽，平声。滤酒的器具。此泛指酒。价，连天两眼愁。生涯赤藤杖，契分黑貂裘。乌鹊无言暮，蓬蒿满意秋。同时不同味，世事剧悠悠。

（清）冯舒：下言秋，"貂裘"句觉太冷些。——同上

（清）纪昀：起句费解。五、六句有寄托。惜末句说破，较少味，浑之则更佳。○冯氏讥"貂裘"太早，然此不过借言客况耳。不必如此泥。——同上

白菊生新紫，黄芜失旧青。俱含岁晚怅，并入夜深听。梦寐连萧瑟，更筹乱晦冥。云移过吴越，应为洗

余腥。

(元)方回:当是宣和庚子时。——同上
(清)纪昀:起四句沉着,结亦切实,亦阔远。——同上
(清)许印芳:起二句新而不纤,且有寄托,故佳。——同上

雨 (南宋)陈与义

沙岸残春雨,茅檐古镇官。一时花带泪,万里客凭栏。日晚蔷薇重,楼高燕子寒。惜无陶谢手,尽日破忧端。

(清)纪昀:深稳而清切,简斋完美之篇。——《瀛奎律髓汇评》

雨 (南宋)陈与义

忽忽忘年老,悠悠负日长。小诗妨学道,微雨好烧香。檐鹊移时立,庭梧满意凉。此身南复北,仿佛是他乡。

(清)纪昀:诗亦闲淡有味。惟结处别化一意,与前六句不甚兜结。——《瀛奎律髓汇评》

雨 (南宋)陈与义

云起谷全暗,雨晴山复明。青春望中色,白涧晚来

声。远树鸟群集,高原人独耕。老夫逃世日,坚坐听阴晴。

(清)纪昀:语不必奇,而清迥无甜熟之味。——《瀛奎律髓汇评》

(清)许印芳:"晴"字复。——同上

雨 中　(南宋)陈与义

北客霜侵鬓,南州雨送年。未闻兵革定,从使岁时迁。古泽生春霭,高空落暮鸢。山川含万古,郁郁在樽前。

(清)纪昀:此首近杜。意境深阔。妙是自运本色,不似古人。——《瀛奎律髓汇评》

(清)许印芳:评语精妙。——同上

(清)许印芳:"古"字复。——同上

春 雨　(南宋)陈与义

花尽春犹冷,羁心只自惊。孤莺啼永昼,细雨湿高城。扰扰成何事,悠悠送此生。蛛丝闪夕霁,随处有诗情。

(清)纪昀:三、四不减随州"柳色孤城里,莺声细雨中"句。○结有闲致。若再承感慨说下,便入窠臼。——《瀛奎律髓汇评》

岸帻　(南宋)陈与义

岸帻立清晓，山头生薄阴。乱云交翠壁，细雨湿青林。时改客心动，鸟啼春意深。穷乡百不理，时得一闲吟。

(清)纪昀：此有杜意。〇五、六有味。——《瀛奎律髓汇评》

(清)许印芳："时"字复。——同上

细雨　(南宋)陈与义

避寇烦三老，川峡呼梢工，篙手为长年三老。杜《拨闷》诗："长年三老遥怜汝。"那知是胜游。平湖受细雨，远岸送轻舟。天地悲深阻，山川慰久留。参差发邻舫，未觉壮心休。

(清)纪昀：亦近杜。——《瀛奎律髓汇评》

(清)许印芳：此诗非咏细雨，盖诗成之后，指诗中"细雨"二字为题耳。——同上

雨中对酒，庭下海棠经雨不谢

(南宋)陈与义

巴陵二月客添衣，草草杯觞恨醉迟。燕子不禁连夜雨，海棠犹待老夫诗。天翻地覆伤春色，齿豁头童祝圣时。白竹篱前湖水阔，茫茫身世两堪悲。

(清)冯舒:第四句不好。——《瀛奎律髓汇评》

(清)纪昀:意境深阔。○题外"燕子",对题内"海棠",不觉添出,用笔灵妙。○此南渡后诗,故有"天翻地覆"四字。——同上

(清)无名氏(甲):巴陵即岳州。——同上

(清)许印芳:旁及"燕子",而措语撇得开,只算请一陪客,故不觉其添出。○"禁",平声,耐也。首句借韵。——同上

观　雨　　(南宋)陈与义

山客龙钟不解耕,开轩危坐看阴晴。前江后岭通云气,万壑千林送雨声。海压竹枝低复举,风吹山角晦还明。不嫌屋漏无干处,正要群龙洗甲兵。

(清)纪昀:前六句犹是常语,结二句自见身份。——《瀛奎律髓汇评》

(清)许印芳:结语用老杜"床头屋漏无干处"及《洗兵马》诗意。大处落笔,固见作家身分。中四句笔力雄健,五、六尤新。晓岚以为常语,何其刻也?○首联叫起后文,次联承上"阴"字,写雨来是从宽处写。三联承上"晴"字,写雨止,是从窄处写。而第五句跟四句"千林"来,第六句跟三句"后岭"来,此两联写雨十分酣足。尾联恰好结出"洗兵",而屋漏句应起句坐轩。洗兵句应起处不解耕,言意不在灌田,而在"洗兵"也。"群龙"二字收三、四句,连五、六句包在内。前三联归宿在结句中,滴水不漏。全诗法脉大概如此,其余炼字、炼句、炼气、炼笔又当别论。凡名家好诗,处处藏机法,字字有着落。学者细心寻绎,自能领悟。举一诗而他诗可以隅反矣。○"山"字、"不"字、"龙"字俱复。——同上

十一月四日风雨大作　　(南宋)陆　游

僵卧孤村不自哀,尚思为国戍轮台。轮台,地名,在新疆。

夜阑卧听风吹雨，铁马冰河入梦来。

秋雨初晴有感　(南宋)陆　游

炎曦赫赫尚余威，冷雨萧萧故解围。号野百虫如自诉，辞柯万叶竟安归？芼羹菰菜珍无价，芼羹，用菜和肉做成羹。见《礼记·内则》及《齐民要术》。芼，读帽，去声。上钓鲂鱼健欲飞。散吏何功沾一饱，高眠仍听捣秋衣。

(元)方回：三、四哀感，五、六响。——《瀛奎律髓汇评》

(清)冯舒：只是圆熟。——同上

(清)纪昀："余威"、"解围"，皆宋人字法。不必效之。——同上

临安春雨初霁　(南宋)陆　游

世味年来薄似纱，谁令骑马客京华。小楼一夜听春雨，深巷明朝卖杏花。矮纸即短纸。斜行闲作草，晴窗细乳戏分茶。素衣莫起风尘叹，犹及清明可到家。

(元)方回：据《剑南集》编在严州朝辞时所作，翁年六十二岁。刘后村《诗话》乃谓妙年行都所赋，思陵赏音，恐误，当考。——《瀛奎律髓汇评》

(清)冯舒：光景气韵，必非少年作。——同上

(清)查慎行：五、六凑泊，与前后不称。——同上

(清)纪昀：格调殊卑，人以谐俗而诵。——同上

邛郝驿大雨

邛郝读十放，入去声。县名，属四川德阳市。

（南宋）范成大

暮雨连朝雨，长亭又短亭。今朝骑马怯，平日系船听。竹叶垂头碧，秧苗满意青。农畴方可望，客路敢遑宁。遑宁，安逸也。

听　雨

（南宋）杨万里

归舟昔岁宿严陵，雨打孤篷听到明。昨夜茅檐疏雨作，梦中唤作打篷声。此诗受义山《巴山夜雨》影响。

昭君怨·咏荷上雨

（南宋）杨万里

午梦扁舟花底。香满西湖烟水。急雨打篷声。梦初惊。　　却是池荷跳雨。散了真珠还聚。聚作水银窝。泛清波。

鹧鸪天·棋败，罚赋梅雨

（南宋）辛弃疾

漠漠轻阴拨不开，江南细雨熟黄梅。有情无意东边日，已怒重惊忽地雷。　　云柱础，水楼台。罗衣费尽博山灰。当时一识和羹味，便道为霖消息来。《尚书·说命上》："若岁大旱，用汝作霖雨。"《说命下》："若作和羹，尔惟盐梅。"

绮罗香·咏春雨　　(南宋)史达祖

做冷欺花，将烟困柳，千里偷催春暮。尽日冥迷，愁里欲飞还住。惊粉重、蝶宿西园，喜泥润、燕归南浦。最妨他、佳约风流，钿车不到杜陵路。　沉沉江上望极，还被春潮晚急，难寻官渡。隐约遥峰，和泪谢娘眉妩。临断岸、新绿生时，是落红、带愁流处。记当日、门掩梨花，剪灯深夜语。在咏物词中，此首属于着意雕绘之类，不仅穷形尽相，而且为事物传神，以工丽见长。〇词中之蒙蒙细雨为适当其时，而闇闇情怀则郁积已久，以此适时之雨，遇此凄迷之情，乃作成此满纸春愁。春雨欺花困柳，所谓风流罪过，明是怨春，实是惜春情怀。体物而不在形骸上落笔，而确认无生物有其思想感情，为南宋咏物词中大量采用之表现手法，这就是所谓传神，这是咏物词最见工力的地方之一。说"冷"说"烟"说"偷催"，都使人感到这是春天特有的那种毛毛细雨，也即"沾衣欲湿杏花雨"。秦观《浣溪沙》"自在飞花轻似梦，无边丝雨细如愁"，虽各说各的春雨，各具各的神态，却同借春雨，表现出同样的惜春情怀。对仗工而精，用事稳而切。〇这种手法，正如姚铉所说的："赋水不当仅言水，而言水之前后左右也。"〇咏物词之用典，贵在融化无迹，这就需要作者刻意锻炼，但用典即使浑化无迹，因是被动，难免死板，不如自铸新词，使之淋漓尽致，两者在咏物词中更是缺一不可。〇此词使用方法，在文字上句句不离春雨，在结构上以春愁作为情感的主线。写春雨则穷形尽相，写情感则随处点染。下片的"沉沉"、"和泪"、"落红"、"带愁"，以及下的"门掩梨花"，都是在织成这一片凄清景色和暗暗春愁的因素。

(宋)黄昇："临断岸"以下数语，最为姜尧章称赏。——《中兴以来绝妙词选》

(宋)张炎：如史邦卿《春雨》云"临断岸新绿生时，是落红带愁流处"。……此皆平易中有句法。〇《绮罗香·咏春雨》云(略)。……此皆全章精粹，所咏了然在目，且不留滞于物。——《词源》

(明)杨慎："做冷欺花"一联，将春雨神色拈出。——《词品》

(明)李攀龙：语语淋漓，在在润泽，读此将"诗声彻夜雨声寒"，非笔能兴云乎！〇又《古今词统》云，收纵联密，事事合题。——《草堂诗余隽》

(明)王世贞：王元泽"恨被榆钱买断，两眉长斗"可谓巧而费力矣！史邦

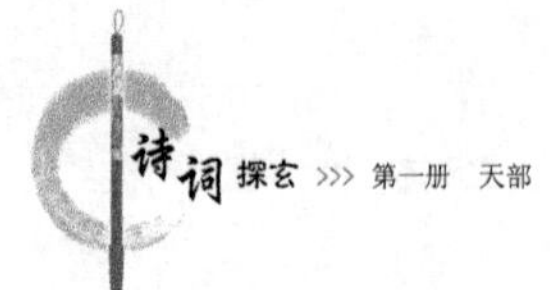

卿“作冷欺花，将烟困柳”，殆尤甚焉。然……俱为险丽。——《弇州山人词评》

（清）先著、程洪：无一字不与题相依，而结尾始出“雨”字。中边皆有前后两段七字句，于正面尤著到，如意宝珠，玩弄难于释手。——《左庵词话》

（清）许昂霄：绮合绣联，波属云委。（“尽日冥迷”二句）摹写入神。（“记当日”二句）如此运用，实处皆虚。——《词综偶评》

（清）沈祥龙：词中对句、贵精炼工巧，流动脱化，而不类于诗赋。史梅溪之“做冷欺花，将烟困柳”，非赋句也；晏叔原之“落花人独立，微雨燕双飞”，晏元献之“无可奈何花落去，似曾相识燕归来”，非诗句也，然不工诗赋，亦不能为绝妙好词。——《论词随笔》

（清）黄苏：愁雨耶？怨雨耶？多少淑偶佳期，尽为所误，而伊乃浸淫渐渍，连绵不已。小人情态如是，句句清隽可思。好在结二句写得幽闲贞静，自有身份，怨而不怒。——《蓼园词选》

（清）孙麟趾：词中四字对句，最要凝炼，如史梅溪云“做冷欺花，将烟困柳”，只八个字，已将春雨画出。——《词径》

虞美人·听雨　（南宋）蒋　捷

少年听雨歌楼上。红烛昏罗帐。壮年听雨客舟中。江阔云低、断雁叫西风。　　而今听雨僧庐下。鬓已星星也。星星，头发花白。左思《白发赋》：“星星白发、生于鬓垂。”悲欢离合总无情。一任阶前、点滴到天明。

（明）卓人月：全学东坡。——《古今词统》

（清）许昂霄：《虞美人》“悲欢离合总无情”，此种情怀，固不易到，然亦不愿到也。又“几度和云，飞去觅归舟”，（按：系作者另一首《虞美人》词）较“天际识归舟”更进一步。——《词综偶评》

张主簿草堂赋大雨　（金）元好问

淅树蛙鸣告雨期，忽惊银箭四山飞。长江大浪欲横溃，厚地高天如合围。万里风云开伟观，百年毛发凛余威。长虹一出林光动，寂历村墟空落晖。

点绛唇　（元）刘敏中

短梦惊回，北窗一阵芭蕉雨。雨声还住。斜日鸣高树。一“鸣”字中有蝉声，有鸟声。上片从听觉写。　　起看行云，送雨前山去。山如雾。断虹犹怒。直入山深处。下片从视觉写出。

点绛唇　（明）陈子龙

满眼韶华，东风惯是吹红去。几番烟雾。只有花难护。　　梦里相思，故国王孙路。春无主！杜鹃啼处。泪染胭脂雨。

续哀雨诗三首　（清）王夫之

寒烟扑地湿云飞，犹记余生雪窖归。泥浊水深天险道，北罗南鸟地危机。同心双骨埋荒草，有约三春就夕晖。檐溜渐疏鸡唱急，残灯炷读注，去声。灯芯也。落损征衣。

晴月岚平北斗移，挑灯长话桂山时。峒云侵夜偏飞雨，宿鸟惊寒不拣枝。天吝孤臣唯一死，人拼病骨付三尸。道家称，在人体内作祟的神有三，叫三尸。阴晴旦暮寻常极，努力溯洄秋水湄。

羊肠虎穴屡经过，老向孤峰对梦婆。他日凭收柴市骨，此生已厌漆园歌。藤花夜落寒塘影，雁字云低野水波。樾馆无人苔砌冷，桂山相较未愁多。

喜雨口号　（清）蒲松龄

一夜松风撼远潮。满庭疏雨响潇潇。陇头禾黍知何似？槛外新抽几叶蕉。

采桑子·咏春雨　（清）纳兰性德

嫩烟分染鹅儿柳，一样风丝。似整如欹，才着春寒瘦不支。　凉侵晓梦轻蝉腻，约略红肥。不惜葳蕤，碾取名香作地衣。

夜雨与友人感赋　（清）沈元沧

江村归去见闲田，屡遇尧汤水旱年。秋气萧条连井邑，烟光惨淡自山川。虚疑世有桃源路，共笑人忧杞国天。多事刘琨空起舞，鸡声误却半宵眠。

雨　　(清)符　曾

雨约轻尘几点飘，朝来也说润如膏。谁知竟长蘼芜草，绿过春田一尺高。

秋雨次陶篁村韵　　(清)王又曾

如丝风外扬纤纤，早晚丁皖响画檐。芸饼衾裯春梦扰，杏花楼阁晓寒严。时窥吹沫鱼浮沼，不放衔泥燕入帘。除却缊袍无可典，寻常酒债任频添。

山行遇雨　　(清)杨潮观

广厦千万间，不免炎暑热。盖头一把茅，亦避风雨雪。

雨　过　　(清)蒋士铨

雨过帆腰重，滩回桨力柔。云衣随去鸟，风幔落闲鸥。酒趁轻航买，鱼看细网收。江南杨柳岸，翻欲小淹留。

潇潇江上雨　（清）黎　简

潇潇江上雨，日夜送残春。草绿清明节，家无祭扫人。古今为客地，多少负恩身。泪寄西来水，迢迢东去津。

雨后同子培、子封对月怀苏龛兼寄琴南

（清）陈　衍

此雨宜封万户侯，能将全暑一时收。未知太华此读去声。如何碧，想见洞庭无限秋。词客晚来偏隔水，故人天末又登楼。土风莫奏诗休咏，守分安心作楚囚。

题潘兰史山塘听雨图　（清）徐　鋆

七里山塘一叶舟，有垂杨处便停留。春来雨是才人泪，不待听残已白头。

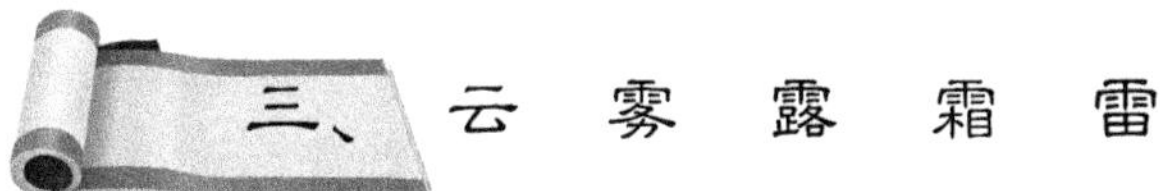

三、云雾露霜雷

露　（唐）李　峤

滴沥明花苑，葳蕤泫竹丛。玉垂丹棘上，珠湛绿荷中。夜警千年鹤，朝零七月风。愿凝仙掌内，用汉武帝承露盘故事。见《汉书》。长奉未央宫。

雷　（唐）杜　甫

巫峡中宵动，沧江十月雷。龙蛇不成蛰，天地划争回。邵注："'划'倏忽、震荡之貌。'争回'，十月反行夏令也。"却碾空山过，深蟠绝壁来。何须妒云雨，《镜铨》："结意带谑，雷鸣则云收雨散。"霹雳楚王台。李子德以划色写雷光，何等简括、渊妙。妙在单写雷，入他手必兼写雨矣。又云，题云则有秀蔚之色，咏雷如闻霹雳之声。

云　（唐）杜　甫

龙似瞿唐会，江依白帝深。终年常起峡，每夜必通林。浦注："龙是致云之物，此间白帝、瞿塘乃其窟宅，故常见其起峡而通林也。"收获辞霜渚，分明在夕岑。仇注：秋尽收成，则龙蛰水落，故江渚云辞，而夕岑犹挂。高斋非一处，秀气豁烦襟。《镜铨》："秋云轻明，故见其秀色。"又云："通首不见云字。"

闻春雷　（唐）司空曙

水国春雷早，阗阗读田，平声。形容声音洪大。《楚辞》："属雷师之阗阗兮，通飞廉之衙衙。"若众车。自怜迁逐意，犹滞蛰藏余。

凌雾行　（唐）韦应物

秋城海雾重，职事凌晨出。浩浩合元天，溶溶迷朗日。才看含鬓白，稍视沾衣密。道骑全不分，郊树都如失。霏微误嘘吸，肤腠生寒栗。归当饮一杯，庶用蠲读娟。此处意为除去、免除。斯疾。此首虽是歌行，然似排律故收。

咏　云　（唐）姚　合

霭霭纷纷不可穷，戛读夹，入声。轻轻地敲打。笙歌处尽随龙。来依银汉一千里，归傍巫山十二峰。呈瑞每闻开丽色，避风仍见挂乔松。怜君翠染双蝉鬓，镜里朝朝近玉容。

咏　露　（唐）李正封

霏霏灵液重，云表无声落。沾树急玄蝉，洒地栖皓鹤。流尘清远陌，飞月澄高阁。宵润玉堂帘，曙寒金井索。佳人比珠泪，坐感红绡薄。

云　　(唐)杜　牧

东西那有碍，出处岂虚心。晓入洞庭阔，暮归巫峡深。渡江随鸟影，拥树隔猿吟。莫隐高唐去，枯苗待作霖。

咏　云　　(唐)李商隐

捧月三更断，藏星七夕明。才闻飘迥路，旋见隔重城。潭暮随龙起，河秋压雁声。只应唯宋玉，知是楚神名。

云　　(唐)来　鹄

千形万象竟还空，映水藏山片复重。无限旱苗枯欲尽，悠悠闲处作奇峰。刘永济："此借云以讽不恤民劳者之词。"

孤　云　　(唐)张　乔

舒卷因风何所之，碧天孤影势迟迟。莫言长是无心物，还有随龙作雨时。

雷 公 （唐）韩 偓

闲人倚柱笑雷公，又向深山霹怪松。必若有苏天下意，何如惊起武侯龙。

云 （唐）郑 准

片片飞来静又闲，楼头江上复山前。飘零尽日不归去，点破清光万里天。

巫山一段云 （五代）毛文锡

雨霁巫山上，云轻映碧天。远风吹散又相连。十二晚峰前。　　暗湿啼猿树，高笼过客船。朝朝暮暮楚江边。几度降神仙。

露 （五代）成彦雄

银河昨夜降醍醐，醍醐读提胡，皆平声。从酥酪中提炼出的油。佛教用以比喻佛性。洒遍坤维万象苏。疑是鲛人曾泣处，鲛人，传说中的人鱼，能泣泪成珠。典出《洞冥记》。满池荷叶捧真珠。

秋 露 （北宋）王安石

日月跳何急，荒庭露送秋。初疑宿雨泫，稍怪晓霜稠。旷野将驰猎,华堂已御裘。空令半夜鹤,抱此一端愁。

(元)方回:周处《风土记》曰:"白鹤性警,至八月繁露降,流草叶上,滴滴有声,即鸣也。"《春秋繁露》:"白鹤知夜半。"此诗三、四已切于秋露,五、六似若言秋,而未及露,却着结句引"半夜鹤"以终之,亦妙。——《瀛奎律髓汇评》

(清)纪昀:五、六以得意之境,逼出警露作对照。如以为言秋而不及露,则画断读之,似转以末二句救上二句之廓落,失作者之旨矣。——同上

(清)纪昀:"跳"字从"日月如跳丸"句生出,然有"丸"字,"跳"字乃有意;去"丸"字而用"跳"字,便不雅驯。——同上

望云楼 (北宋)苏 轼

阴晴朝暮几回新,已向虚空付此身。《华严经》:"处世界如虚空,如莲花不着水。"出本无心归亦好,白云还似望云人。

玉楼春·戏赋云山 (南宋)辛弃疾

何人半夜推山去?四面浮云猜是汝。常时相对两三峰,走遍溪头无觅处。 西风瞥起云横度。忽见东南天一柱。邓《笺》疑指铅山县东旌孝乡之天柱峰。老僧拍手笑相夸,且喜青山依旧住。

(明)卓人月:一气呵成,无穷转折。——《古今词统》

烟 （明）孟洋

湘流落日外，沙迴暮生烟。杳杳千峰失，霏霏万壑连。鹊翻知浦树，人语辨江船。暗里猿声起，愁深夜不眠。

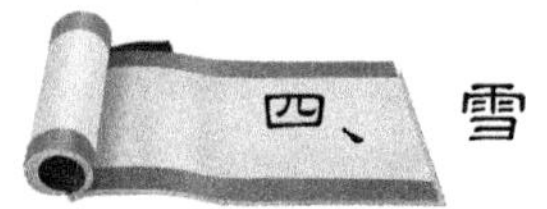

四、雪

春 雪 （唐）东方虬

春雪满空来，触处似花开。不知园里树，若个是真梅。

和张丞相春朝对雪 （唐）孟浩然

迎气当春至，承恩喜雪来。润从河汉下，花逼艳阳开。不睹丰年瑞，焉知燮读摄，入声。协和之意。理协和治理，指宰相的政务。才。撒盐如可拟，用谢道韫故事。见《晋书·列女传》。愿糁读伞，上声。杂，混和也。和羹梅。

（元）方回：此必为张九龄也。善用事者化死事为活事。“撒盐”本非俊

语，却引为宰相和羹糁梅之事，则新矣。——《瀛奎律髓汇评》

(清)纪昀：此亦关合小巧。在试帖则可，入诗非大方家数，后人勿藉口于盛唐。——同上

(清)纪昀：襄阳诗格清逸，而合观全集，俗浅处实不能免。渔洋深致不满，颇骇俗听。然实确论，世人但见选本流传诸作耳。○五、六句太浅俗。——同上

(清)屈复：前半春朝对雪，后半和丞相，法亦犹人。惟结自用典切甚，又化俗为雅。"盐"、"梅"既切丞相、切雪，梅又切春朝。切雪、切丞相易，并切春难矣。——《唐诗成法》

赴京途中遇雪　(唐)孟浩然

迢递秦京道，苍茫岁暮天。穷阴连晦朔，积雪满山川。落雁迷沙渚，饥乌噪野田。客愁空伫立，不见有人烟。

(元)方回：规模好。——《瀛奎律髓汇评》

(清)纪昀：此所谓唐人矩度。古格存焉，不可废也。然效之易入空腔，虚谷评此三字最斟酌。——同上

(清)何焯：后半的是"途中遇雪"。○何等大方！——同上

(清)无名氏(甲)：浩然不及李、杜之神勇，而自具淡雅之姿；亦无郊、岛之刻苦，而自具幽闲之韵，真能拔俗千寻。——同上

(清)朱之荆：点"雪"只第四一句，前具雪意，后借雪中人物衬托，真能写雪之神者。——《增订唐诗摘钞》

冬晚对雪忆胡居士家　(唐)王　维

寒更传晓箭，晓箭指漏壶上标示时间的浮箭。清镜览衰颜。隔

牖读友，上声。窗也。风惊竹，开门雪满山。洒空深巷静，积素广庭闲。借问袁安袁安事见《后汉书·袁安传》。此以袁安借指胡居士也。舍，翛然翛读消，平声。翛然，自然超脱。尚闭关。

(宋)曾季狸：东湖言王维雪诗不可学，平生喜此诗。其诗云“寒更(略)”。——《艇斋诗话》

(清)王士禛：或问余古人雪诗何句最佳。余曰，莫逾羊孚赞云“资清以化，乘气以霏；值象能鲜，即洁成辉”。陶渊明诗云“倾耳无希声，在目皓已洁”。王摩诘云“隔牖风惊竹，开门雪满山”。……此为上乘。又曰，余论古今雪诗，唯羊孚一赞，及渊明“倾耳无希声……”及祖咏“终南阴岭秀”一篇，右丞“洒空深巷静，积素广庭闲”、韦左司“门对寒流雪满山”句最佳。——《带经堂诗话》

(清)张谦宜：(“隔牖”二句)得蓦见之神，却又不费造作。——《茧斋诗谈》

(清)沈德潜：写对雪意，不削而合，不绘而工，忆胡居士，只末一见。——《唐诗别裁集》

(清)洪亮吉：古今咏雪月诗，高超者多，咏正面者殊少。王右丞“洒空深巷静，积素广庭闲”可云咏正面矣。——《江北诗话》

(清)潘德舆：诗之妙，全在先天神运，不在后天迹象。……王摩诘“隔牖风惊竹，开门雪满山”咏雪之妙，全在上句“隔牖”五字，不言雪而全是雪声之神，不至“开门”句矣。……大抵能诗者无不知此妙，低手遇题，乃写实迹，故极求清脱，而终欠浑成。——《养一斋诗话》

(清)朱庭珍：咏雪诗最难出色，古人非不刻划，而超脱大雅，绝不粘滞，后人着力求之，转失妙谛。如……右丞“洒空深巷静，积素广庭闲”，工部“烛斜初近见，舟重竟无闻”一写城市晓雪，一写江湖夜雪，亦工传神。——《筱园诗话》

终南望余雪　(唐)祖　咏

终南阴岭秀，积雪浮云端。林表明霁色，城中增暮寒。

(明)袁宏道:已霁犹寒,越见积雪。——《唐诗训解》

(清)杨逢春:庸手必刻画残雪正面矣,作者三、四只用托笔写意,体格高浑。——《唐诗绎》

(清)焦袁熹:如此不拘,诗安得不高?意尽即不须续,更难在举场中作如此事。——《此木轩论诗汇编》

(清)徐增:此首须看其安放词面次第,如月吐层云,光明渐现,闭目犹觉宛然也。○此诗处处针线细密,真绣鸳鸯手也。……此外真更不能添一语也。——《而庵说唐诗》

(近代)俞陛云:咏高山积雪,若从正面着笔,不过言山之高,雪之色及空翠与皓素相映发耳。此诗从侧面着想,言遥望雪后南山,如开霁色,而长安万户,便觉生寒,则终南之高可想,用流水对句,弥见诗心灵活。且以霁色为喻,确是积雪,而非飞雪,取喻殊工。——《诗境浅说续编》

舟中夜雪,有怀卢十四侍御弟　(唐)杜　甫

朔风吹桂水,大雪夜纷纷。暗度南楼月,寒深北渚云。二句写意高绝。烛斜初近见,舟重竟无闻。不识山阴道,听鸡更忆君。

(元)方回:"舟重竟无闻"可谓善言舟中听雪之状。"不识山阴道",熟事翻用便新。——《瀛奎律髓汇评》

(清)黄生:三、四不摹雪之状而写雪之神。五、六画工所不能绘,直是化工矣。烛因风斜乃近见,有雪之始集也。舟亦雪厚,则不闻有打篷之声,此雪之积多也。此雪景人所不能道也。——同上

对 雪 （唐）杜 甫

战哭多新鬼，时方在陈陶败后。愁吟独老翁。乱云低薄暮，急雪舞回风。瓢弃尊无绿，炉存火似红。数州消息断，愁坐正书空。《世说》："殷浩坐废，终日书空，作咄咄怪事四字。"

（清）浦起龙：上四自时事至雪景，下四自雪景至时事。中间咏雪虽似隔断两头，然雪中苦况，正是绾住两头也。——《读杜心解》

对 雪 （唐）杜 甫

北雪犯长沙，胡云冷万家。随风且间叶，带雨不成花。金错囊垂罄，银壶酒易赊。无人竭浮蚁，有待至昏鸦。

（元）方回：诗家善用事者，藏一字句中。"银壶酒易赊"，非易也，乃不易也。钱囊已空矣，酒可以易赊乎？但吟此者，着些断续轻重，即见意矣。以尾句验之，盖无人肯赊酒，直待至昏黑也。——《瀛奎律髓汇评》

（清）冯舒：五、六本直下语，言囊虽垂竭，酒尚可赊也。"有待"，乃待共饮之人，非待酒也。注全误。——同上

（清）冯班：此言无人共饮耳。——同上

（清）纪昀：此亦曲说。五、六乃一开一合，七句乃言无饮伴耳。——同上

（清）纪昀：古人尚不专以雪为难题，故佳什较少。杜此作尤平平，虚谷以名取之耳。○"金错"、"银壶"，颇嫌装点。——同上

（清）无名氏（乙）：发端紧挺。——同上

长安喜雪　　(唐)朱　湾

千门万户雪花浮,点点无声落瓦沟。全似玉尘消更积,半成冰片结还流。光含晓色清天苑,轻逐微风绕御楼。平地已沾盈尺润,年丰须荷富人侯。

和祠部王员外雪后早朝即事　　(唐)岑　参

长安雪后似春归,积素凝华连曙晖。色借玉珂迷晓骑,光添银烛晃朝衣。西山落月临天仗,北阙晴云捧禁闱。闻道仙郎唐人习惯对尚书省各部郎中、员外郎的美称。歌白雪,由来此曲和人稀。

(清)金人瑞:从来雪后最不似春归,而此言长安雪后独似春归者,长安有早朝盛事。如下三、四之所极写雪得早朝而借色,早朝又得雪而添光,色既因光而剑佩愈华,光又映色而素姿转耀。于是更无别语可以赏叹,因便快拟之曰:"似春归"也。"积素"七字者,细写"雪后"之"后"字,言始雪则积素,雪甚则凝华,至于雪后,已连曙辉也。前解,写雪后早朝(前四句下)。○后解写即事属和。言正当落月晴云,雪方新霁,天仗禁闱,朝犹未终,而仙郎丽才,已成高唱,因而便巧借"白雪"、"和稀"字以盛赞之也。——《贯华堂选批唐才子诗》

(清)赵臣瑗:长安雪后起得极老,故带出"似春归"三字,以蹙波澜,便见手法。"积素凝华"四字单画一"雪"字,"连曙晖"三字,却总画"雪后似春归"五字,真奇绝之笔也。次联写早朝另有一番气色,将多少紫陌红尘都不知销归何处。三联忽借落月晴雪作衬,似是闲笔,殊不知将"雪"字、"春"、"晖"字一一映得有情有趣,更觉分外生姿。结处引用故实巧合全题,纤不伤雅,稳不嫌熟,真为奇绝之笔也。——《山满楼笺注唐诗七言律》

霁雪 （唐）戎昱

风卷寒云暮雪晴，江烟洗尽柳条轻。檐前数片无人扫，又得书窗一夜明。熟事虚用。

（明）杨慎：（末句）暗用孙康事，妙。——《升庵诗话》

春雪 （唐）刘方平

飞雪带春风，徘徊乱绕空。君看似花处，偏在洛阳东。

（近代）刘永济：此诗三、四两句，意存讥讽。洛阳东皆富贵第宅所在，春雪至此等处，非但不寒，而且似花，故用一"偏"字，以见与他处之雪不同。——《唐人绝句精华》

会稽郡楼雪霁 （唐）张继

江城昨夜雪如花，郢客登楼望霁华。夏禹坛前仍聚玉，西施浦上更飞沙。帘栊向晚寒风度，睥睨初晴落景斜。数处微明消不尽，湖山青映越人家。

（清）赵臣瑗：欲写今朝，先写昨夜，自是问水导源之法。三、四承一，夏禹、西施，配偶甚奇。"坛前聚玉"何其高华！"浦上飞沙"，何等娟洁！如此咏雪，谢道蕴不当退避三舍乎！下半首俱承二，而五、六止及"登楼"，七、八才是"望霁华"也。"寒风度"、"落景斜"，不言雪霁，正妙在意在言外。"数处微明”是“消不尽”之处，“湖山青映”是已消尽之处，一起一伏，想其弄笔之姿，真不啻蝶影低回，花桂摇曳也。——《山满楼笺注唐诗七言律》

天津桥望洛阳残雪　(唐)阎济美

新霁洛阳端，千家积雪寒。未收清禁色，偏向上阳残。

和少府崔卿微雪早朝　(唐)王　建

蓬莱春雪晓犹残，点地成花绕百官。已傍祥鸾祥鸾即翔鸾，阙名。迷殿角，还穿瑞草入袍襴。无多白玉阶前湿，积渐青松叶上干。粉画南山棱郭出，初晴一半隔云看。三、四“殿角”、“袍襴”从上写至下，五、六“阶前”、“松上”从下写至上。上写至下者飞雪也，下写至上者消雪也。此诗从“微”字立言。

春　雪　(唐)韩　愈

看雪乘清旦，无人坐独谣。拂花轻尚起，落地暖初销。已讶凌歌扇，还来伴舞腰。洒篁留密节，着柳送长条。入镜鸾窥沼，行天马度桥。遍阶怜可掬，满树戏成摇。江浪迎涛日，风毛毛羽随风飞散。纵猎朝。弄闲时细转，争急忽惊飘。城险疑悬布，砧寒未捣绡。莫愁阴景促，夜色自相饶。

(元)方回：昌黎雪诗三大篇——《春雪》、《赠张籍来字四十韵》、《献裴尚书篗字二十韵》。“坳中初盖底、垤处遂成堆。片片匀如剪，纷纷碎若挼。随车翻缟带，逐马散银杯。隐匿瑕疵尽，包罗委琐该。误鸡宵呃喔，惊鹊暗徘徊。鲸鲵陆死骨，玉石火炎灰。日轮埋欲侧，坤轴压将颓。龙鱼冷蛰苦，虎豹饿号哀。巧借奢华便，专绳困约灾。”此“来”字韵警句也。“宿云寒不卷，春雪堕如篗。喜深将策试，惊密仰簷窥。妒舞时飘袖，欺梅并压枝。气严当酒换，洒急听窗知。履弊行偏冷，门扃卧更羸。拟盐吟旧句，授简慕前规。”此“篗”字韵警句也。此一首十韵，“行天马度桥”一句绝唱。——《瀛奎律髓汇评》

（清）冯舒：如此体物，又何怪近人之“天医”切“获苓”也！然总不如“白狗身上肿”一“肿”字。——同上

（清）纪昀：此种皆非正声，勿为盛名所慑。——同上

（清）冯班：万钧之力。——同上

（清）陆贻典：力大如山。——同上

（清）查慎行：“拂花”一联扣定“春”字。——同上

（清）纪昀：律体非韩公当行。“入镜”一联，向来推为名句。然亦小有思致，巧于妆点耳，非咏雪之绝唱也。〇“砧寒”句滞。——同上

夜　雪　（唐）白居易

已讶衾枕冷，复见窗户明。夜深知雪重，时闻折竹声。

问刘十九　（唐）白居易

绿蚁新醅酒，红泥小火炉。晚来天欲雪，能饮一杯无？信手拈来，都成妙谛，诗家三昧，如是如是。

（清）黄周星：岂非天下第一快活人也。——《唐诗快》

（近代）俞陛云：寻常之事，从意中所有，而笔不能达者，得生花江管写

之,便成绝唱,此等诗是也。〇末句之“无”字,妙作问语,千载下如闻声口也。——《诗境浅说》

终南秋雪 (唐)刘禹锡

南岭见秋雪,千门生早寒。闲时驻马望,高处卷帘看。雾散琼枝出,日斜铅粉残。偏宜曲江上,倒影入清澜。

早春对雪奉寄澧州元郎中 (唐)刘禹锡

新赐鱼书墨未干,贤人暂出远人安。朝驱旌旆行时令,夜见星辰忆旧官。《后汉书·李国传》:今陛下之有尚书,犹天之有北斗也。梅蕊覆阶铃阁《晋书·羊祜传》:“铃阁之下侍御者不过十数人。”汉魏以后,长官治事之处皆称铃阁,侍应之人,则称铃下。暖,雪峰当户戟枝寒。宁知楚客思公子,北望长吟澧有兰。《楚辞》:“沅有芷兮澧有兰,思公子兮未敢言。”瞿蜕园《笺证》:“按元郎中尚未能考出何名,王闿运评此诗云‘反用谪居意更深于慰’。似未足以窥其隐。禹锡之意盖谓元以郎官出守澧州为远谪,已则求稍向北至澧州已足为慰矣。”

雪晴晚望 (唐)贾 岛

倚杖望晴雪,溪云几万重。樵人归白屋,寒日下危峰。野火烧岗草,断烟生石松。却回山寺路,闻打暮天钟。

(元)方回:晚唐诗多先锻颈联、颔联,乃成首尾以足之。此作似乎一句唱起,直说至底者。“烧”字读作去声,乃与下句斗。——《瀛奎律髓汇评》

(清)纪昀:此言双拗法也。不知此乃单拗,以“生”字救“断”字耳。——同上

(清)冯班:“松”字重。(按:瀛奎本首句为“倚仗望雪松”。今据《全唐诗》更正之。)——同上

(清)纪昀:起四句有气力,后半稍弱。五句亦未雅。——同上

汴河阻冻　(唐)杜 牧

千里长河初冻时,玉珂瑶佩响参差。浮生却似冰底水,日夜东流人不知。

对雪二首 自注:时欲之东。　(唐)李商隐

寒气先侵玉女扉,清光旋透省郎闱。以闺中、郎署对起,先说雪的寒气与寒光。梅花大庾岭头发,柳絮章台街里飞。用“梅花”、“柳絮”来形容雪的渐盛。欲舞定随曹植马,有远行之意。有情应湿谢庄衣。《宋书》:“大明五年正月戊午元日,雪花降殿庭,时右卫将军谢庄下殿,雪集其衣,还白上以为瑞。于是公卿并作雪花诗。”龙山万里无多远,留待行人二月归。暗用何逊“昔去雪如花,今来花如雪”意,希望不久还朝。

旋扑珠帘过粉墙,轻于柳絮重于霜。一、二写雪的飞舞。已随江令夸琼树,宫殿。江总与陈后主等宴乐,江总诗云:“璧月夜夜满,琼树朝朝新。”又入卢家妒玉堂。人间。三、四言雪沾在树上,飘入堂中。侵夜可能争桂魄,入夜以后的雪光。桂魄,月也。忍寒应欲试梅妆。说雪形态

妍美。用南朝宋武帝女寿阳公主事,见《宋书》。**关河冻合东西路,肠断斑骓送陆郎**。七应“寒”字,八以自注之东收。《古乐府·神弦歌》:“渚白陆郎乘斑骓。”综合离家远行。

忆　雪　（唐）李商隐

四年冬以退居蒲之永乐,渴然有农夫望岁之志,遂作忆雪,又作残雪各一百言以寄情于旧游。

爱景人方乐,同云候稍愆。徒闻周雅什,愿赋朔风篇。欲俟千箱庆,须资六出妍。咏留飞絮后,歌唱落梅前。庭树思琼蕊,妆楼认粉绵。瑞邀盈尺日,丰待两岐年。预约延枚酒,虚乘访戴船。映书孤志业,披氅阻神仙。几向霜阶步,频将月幌褰。玉京应已足,白屋但颙然。

残　雪　（唐）李商隐

旭日开晴色,寒空失素尘。绕墙全剥粉,傍井渐消银。刻兽摧盐虎,为山倒玉人。珠还犹照魏,璧碎尚留秦。落日惊侵昼,余光误惜春。檐冰滴鹅管,屋瓦镂鱼鳞。岭霁岚光坼,松暄翠粒新。拥床愁拂尽,著砌恐行频。焦寝忻无患,梁园去有因。莫能知帝力,空此荷平均。

喜雪 （唐）李商隐

朔雪自龙沙，呈祥势可嘉。有田皆种玉，无树不开花。班扇慵裁素，班婕妤《怨歌行》："新裂齐纨素，皎洁如霜雪。"曹衣讵比麻。《诗·曹风》："麻衣如雪。"鹅归逸少宅，王羲之，字逸少，性爱鹅。鹤满令威家。丁令威化鹤，事见《搜神记》。寂寞门扉掩，袁安卧雪，事见《后汉书·袁安传》。依稀履迹斜。东郭先生行雪中，履有上无下，足尽践地。事见《史记·滑稽列传》。人疑游面市，白居易诗："北市风生飘散面。"马似困盐车。骥服盐车出《战国策》。洛水妃虚妒，曹植《洛神赋》："飘飘兮若流风之回雪。"姑山客漫夸。《庄子·逍遥游》："藐姑射之山有神人焉，肌肤若冰雪。"联辞虽许谢，用谢道韫咏雪事，见《世说新语》。和曲本惭巴。阳春白雪，下里巴人。事见宋玉《对楚王问》。粉署闱全隔，省中皆傅粉涂壁，故曰粉署。霜台路正赊。《通典》："御史为风霜之任，故曰霜台。"此时倾贺酒，相望在京华。结言粉署全隔，霜台正远，从而遥想旧游在京互倾贺酒，徒有怆然怅望而已。

春雪 （唐）秦韬玉

云重寒空思寂寥，玉尘如糁读伞，上声。米粒也。满春朝。片才着地轻轻陷，力不禁风旋旋销。惹砌任他香粉妒，萦丛自学小梅娇。谁家醉卷珠帘看，弦管堂深暖易调。

（宋）吴开：韩退之《春雪》诗"拂花轻尚起，落地暖初消"，秦韬玉《雪诗》"片才着地轻轻陷，力不禁风旋旋消"，王定民诗"天边密势来犹湿，地上微和积易消"。——《优古堂诗话》

（元）方回：三、四颇切于春雪，但诗格稍弱。——《瀛奎律髓汇评》

（清）纪昀：此论是。——同上

(清)何焯：首句反呼结。〇深刺童騃无识，以灾为瑞，非徒致叹于苦乐不均也。——同上

(清)纪昀：五、六俗格。——同上

(清)贺裳：《春雪》诗"惹砌任教香粉妒，萦丛自学小梅娇"，弄姿处亦有小翮试风之态。——《载酒园诗话》

雪中偶题　(唐)郑　谷

乱飘僧舍茶烟湿，密洒歌楼酒力微。江上晚来堪画处，渔人披得一蓑归。

(宋)李颀：郑谷《雪诗》云"乱飘僧舍茶烟湿……"有段赞善者善画，因采其诗意为图，曲尽潇洒之意，持以赠谷。谷为诗谢之云："赞善贤相后，家藏名画多。留心于绘素，得意在风波。属与同吟咏，功成更琢磨。爱余风雨句，幽绝写渔蓑。"——《古今诗话》

(清)王士禛：余论古今雪诗，唯羊孚一赞，及陶渊明"倾耳无希声，在目皓已洁"，及祖咏"终南阴岭秀"一篇。右丞"洒空深巷静，积素广庭闲"，韦左司"门对寒流雪满山"句最佳。若柳子厚"千山鸟飞绝"，已不免俗；降而郑谷之"乱飘僧舍"、"密洒歌楼"，益俗下欲呕。韩退之"银杯"、"缟带"亦成笑柄，世人怵于盛名，不敢议耳。——《带经堂诗话》

(清)吴景旭：东坡再用韵(按指《雪后书北台壁》)，二首云："……渔蓑句好真堪画，柳絮才高不道盐。"方(回)云："郑谷"、"渔蓑"、道韫"柳絮"，赖此增光。——《历代诗话》

夜雪泛舟　(五代)韦　庄

两岸严风严风，即寒风。语出袁淑诗。吹玉树，一滩明月洒银砂。因寻野渡逢渔舍，更泊前溪近酒家。

望远行　（北宋）柳　永

长空降瑞，寒风翦，淅淅瑶花初下。乱飘僧舍，密洒歌楼，迤逦渐迷鸳瓦。好是渔人，披得一蓑归去，江上晚来堪画。满长安，高却旗亭酒价。　　幽雅。乘兴最宜访戴，泛小棹、越溪潇洒。皓鹤夺鲜，白鹇失素，千里广铺寒野。须信幽兰歌断，彤云收尽，别有瑶台琼榭。放一轮明月，交光清夜。

（清）许昂霄：此词掩袭太多，"皓鹤"二语出惠连《雪赋》。——《词综偶评》

（清）黄苏：郑谷诗"江上晚来堪画处，渔人披得一蓑归"，又"长安酒价高"。越溪，剡溪也，戴安道所居。写雪，通首清雅不俗。第以用前人意思多，总觉少独得之妙句耳。——《蓼园词选》

猎日雪　（北宋）梅尧臣

风毛随校猎，韩愈《雪诗》"江浪迎涛日，风毛纵猎朝"，风毛谓毛羽随风飞散。班固《西都赋》："飑飑纷纷，矰缴相缠，风毛雨血，洒野蔽天。"张铣注："风毛雨血，言毛血杂下如风雨。"浩浩古原沙。寒入弓声健，阴藏兔经赊。马头迷玉勒，鹰背落梅花。少壮心空在，悠然感岁华。

欲　雪　（北宋）王安石

天上云骄未肯同，晚来雪意已填空。欲开旨酒旨酒，美酒也。《诗・小雅・鹿鸣》："我有旨酒，以燕乐嘉宾之心。"邀嘉客，更待天花落座中。

次韵和甫咏雪　(北宋)王安石

奔走风云四面来，坐看山垄玉崔嵬。平治险秽非无德，润泽焦枯是有才。势合便疑包地尽，功成终欲放春回。寒乡不念丰年瑞，只忆青天万里开。

读眉山集次韵雪诗五首　(北宋)王安石

古木昏昏未有鸦，李壁注本作"若木昏昏未有鸦"。注曰："《淮南子》'若木在建木西，末有十日，其光照地。'若木日也。鸦，日中三足乌也。"虽有注，终觉生硬。冻雷深闭阿香车。抟云忽散簁即筛，作动词用。为屑，剪水如分缀作花。拥帚尚怜南北巷，持杯能喜两三家。戏挼乱掬输儿女，羔袖龙钟手独叉。

神女青腰《淮南子》："至秋三月，青女乃出，降以霜雪。"注："青女天神。青腰，玉女也，主霜雪。"宝髻鸦，独藏云气委飞车。夜光往往多联璧，小白纷纷每散花。珠网缅连拘翼座，瑶池淼漫阿环家。银为宫阙寻常见，岂即诸天守夜叉。

惠施文字黑如鸦，于此机缄漫五车。皭读叫，去声，清白、洁净。若易缁终不染，纷然能幻本无花。观空白足后秦鸠摩罗什弟子昙始足白，虽涉泥淖而不污，时称"白足和尚"。后遂用以指高僧。宁知处，疑有青腰岂作家。慧可忍寒真觉晚，为谁将手少林叉？慧可大师初事祖师达摩，师尝于少林寺面壁，慧可侍立不动，迟明，积雪过膝。后继达摩为

二祖，见《传灯录》。

寄声三足阿环传说中的神仙，上元夫人名阿环。鸦，问讯青腰小驻车。一一照肌宁有种，纷纷迷眼为谁花？争妍恐落江妃手，言雪入水而消也。郭璞《江赋》："江妃含嚬而绵眇。"耐冷疑连月姊读旨，上声。女兄称姊。家。长恨玉颜春不久，画图时展为君叉。

戏珠微缟女鬟鸦，试咀流苏已颊车。颊车，针灸穴位名。《医宗金鉴》注：颊车者，下牙床骨也。总载诸齿，能咀食物，故名颊车。历乱稍埋冰揉粟，消沉时点水圆花。岂能舴艋真寻我，且与蜗牛独卧家。欲挑青腰还不敢，直待诗胆付刘叉。刘叉，唐代诗人，曾作《冰柱》、《雪车》二诗。

(元)方回：和险韵，赋难题，此一诗已未易看矣。第一句谓日晦，第二句谓雷蛰，皆所以形容寒天也。三、四谓抟云而筛为屑；剪水而缀为花，所以形容雪之融结也。"拥帚"、"持杯"，则谓以雪为苦者多，以雪为乐者少。末两句最佳，"戏挼乱掬"者，儿女曹不畏雪也，老人则叉手于袖中耳。第二首"夜光往往多联璧，小白纷纷每散花"，形容雪之积、雪之飞。"珠网缅连拘翼座"，此一句用佛书事。拘翼者，天帝之名也。《增益阿含经》有绎提桓与菩萨论天帝拘翼治病药事。"瑶池淼漫阿环家"，此一句用西王母事，阿环亦王母之名也。珠网之座，瑶池之家，以形容雪耳。然晦僻，不及坡之自然。末句"银为宫阙寻常见，岂即诸天守夜叉"，言邂逅于雪天，见银宫阙，无夜叉以守之，亦牵强矣。〇第三首前联"曠若易缁终不染，纷然能幻本无花"亦佳，但颇装点。"观空白足宁知处，疑有青腰岂作家"，亦捏合。"慧可忍寒真觉晚，为谁将手少林叉"，用立雪事，亦平平。第四首"长恨玉颜春不久，画图时展为君叉"，谓雪不长存，当画为图，时时叉而观之。暗用薛媛寄夫诗"恐君浑忘却，时展画图看"。第五首"岂能舴艋真寻我，且与蜗牛独卧家"亦佳。末句"欲挑青腰还不敢，直须诗胆付刘叉"，即坡已用之韵。刘叉有"诗胆大于天"之句，亦不为不善用也。——《瀛奎律髓汇评》

(清)冯舒：苏公偶作，荆公偶和，古人绝唱，后人正不劳著笔。我尝谓世

人诗集中如有拟《铙歌》，和江淹《杂拟》及“尖”、“叉”韵者，此人必不知诗。悠悠此世，解我语者，毕竟几人？——同上

(清)冯班：方君云“阿环亦王母名也”，按：是上元夫人。——同上

(清)纪昀：宋南渡后，苏学盛行，而王氏之党已尽。故虚谷不敢议东坡，而屡议荆公。此数首指摘尤力。所指皆切中其病，亦不以人而废言。——同上

(清)冯舒：“持杯能喜两三家”，按：此韵未得。——同上

(清)冯班：“叉”字此独好。——同上

(清)查慎行：苏诗四首，并“叉”韵，佳，故荆公六和亦止用此韵。——同上

(清)张载华：《补注》按，陆放翁云苏文忠雪诗用“尖”、“叉”二韵，王文公有次韵诗，议者谓非二公莫能为也。吕成叔乃顿和至百篇，字字工妙，无牵强凑泊之病。据此，则“尖”、“叉”二韵，介甫当时，皆有和章。今集中所载，止“叉”字韵六首耳。至吕成叔百篇，世无一传者。古人名作，湮没者何可道哉！可发一叹！——同上

(清)纪昀：“未有鸦”三字笨。——同上

读眉山集，爱其雪诗能用韵，复次韵一首

(北宋)王安石

靓读净，去声，打扮也。妆严饰曜读耀，去声。眩惑。《淮南子》：“察于辞者不可曜以名。”金鸦，比兴难工漫百车。水种所传清有骨，天机能织皦读缴，上声，光亮洁白。非花。蝉娟一色明千里，绰约无心熟万家。长此赏怀甘独卧，袁安交戟岂须叉。

(元)方回：荆公和坡公“叉”字韵，至此为六。“水种所传清有骨。”李雁湖注：“水种，未详。《逸雅释名》：‘雪，绥也，水下遇寒而凝，绥绥然下也。’观此则雪本水为之。”予谓深僻难晓。并下句“天机能织皦非花”亦不可晓。若曰用天孙织女事，与雪无关涉也。但五、六极佳，“婵娟一色明千里”，似谓雪

之色与月无异。"绰约无心熟万家",即《庄子》"姑射神人,其神凝,年谷熟,出处有绰约若冰雪"语,意仅工也。末句亦奇。汉三公领兵入见,交戟叉颈。袁安以卧雪得举孝廉,后为三公。意为叉颈而入朝,而不如闭门而独卧也。然则亦勉强矣。——《瀛奎律髓汇评》

(清)查慎行:荆公诗斗博则可。——同上

(清)纪昀:总牵掣不自然。○首二句赞坡诗之工,亦突兀,亦勉强。三句言雪凝而成形,虽清虚,然似有骨矣。四句如织女之机,织成匹素,而皦然一色,并无花纹。用意非不可解,但生硬迂曲,不为佳句耳。雁湖、虚谷所解皆近是而未分晓。○如此用姑射事,殊欠通。○此首指摘亦允。——同上

(清)冯班:欠自然。此韵不易和。——同上

(清)查慎行:第六句虽有出处,句晦费解。"无心"二字亦杜撰,非庄子本来。——同上

和钱学士喜雪　　(北宋)王安石

手把诗翁忆雪诗,坐愁穷海瘴烟霏。谁令天上苍茫合,忽见空中散漫飞。阊阖与风生气势,姮娥交月借光辉。山鸦瑟缩相依立,邑犬跳梁未肯归。点缀丘园荣树木,埋藏沟壑乱封圻。高歌业已传都市,逸兴何当叩隐扉。颇欲携樽邀使骑,几忘温席荐亲闱。公今早晚班春去,强劝滂田补岁饥。

正月一日,雪中过淮谒客回,作二首

(北宋)苏　轼

十里清淮上,长堤转雪龙。冰崖落屐齿,风叶乱裘茸。万顷穿银海,千寻渡玉峰。从来修月手,合在广

寒宫。

攒眉有底恨,得句不妨清。霁雾开寒谷,饥鸦舞雪城。桥声春市散,塔影暮淮平。不用残灯火,船窗夜自明。

次韵参寥咏雪 (北宋)苏 轼

朝来处处白毡铺,楼阁山川尽一如。总是烂银并白玉,不知奇货有谁居。

雪后书北台壁二首 (北宋)苏 轼

黄昏犹作雨纤纤,夜静无风势转严。但觉衾裯如泼水,不知庭院已堆盐。五更晓色来书幌,半夜寒声落画檐。试扫北台看马耳,未随埋没有双尖。

(元)方回:"马耳"山名,与"台"相对。坡知密州时作。年三十九岁。偶然用韵甚险,而再和尤佳。或谓坡诗律不及古人,然才高气雄,下笔前无古人也。观此雪诗,亦冠绝古今矣。虽王荆公亦心服,屡和不已,终不能压倒。——《瀛奎律髓汇评》

(清)纪昀:"泼水"、"堆盐"字皆不雅。○诗话因"五更"字碍"半夜"字,遂改为半月,而以雪后檐溜为之说。不知此"五更"、"半夜"亦是互文,不必泥定。——同上

城头初日始翻鸦,陌上晴泥已没车。冻合玉楼寒起粟,光摇银海眩生花。遗蝗入地应千尺,宿麦连云有几

家。老病自嗟诗力退，空吟《冰柱》忆刘叉。

（元）方回：雪宜麦而辟蝗，蝗生子入地，雪深一尺，蝗子入地一丈。"玉楼"为肩，"银海"为眼，用道家语，然竟不知出道家何书。盖《黄庭》一种书相传有此说。——同上

（清）纪昀："玉楼"、"银海"之说，疑出诗话之附会。"银海"为目，义尚可通。"冻合"两肩，更成何语？且自宋迄今，亦无确指出何道书者，不如依文解之为是。〇此因"玉楼"、"银海"太涉体物，故造为荆公此说，以周旋东坡。其实只是地如"银海"，屋如"玉楼"耳，不必曲为之说也。——同上

（清）冯舒：次联去唐远甚。——同上

（清）冯班：自然雄健。〇三、四予意所不取，正以其"银"、"玉"影射可厌耳。试请知诗者论之。〇"玉楼"、"银海"正是病处。——同上

（清）何焯："冻合"二句若赋雪便无余味，妙在是雪后耳。两诗次第极工，冯先生似未细看也。——同上

谢人见和二首　（北宋）苏　轼

已分酒杯欺浅懦，敢将诗律斗深严。渔蓑句好应须画，柳絮才高不道盐。败履尚存东郭足，飞花又舞谪仙檐。书生事业真堪笑，忍冻孤吟笔退尖。

九陌凄风战齿牙，银杯逐马带随车。也知不作坚牢玉，无奈能开顷刻花。得酒强欢愁底事，闭门高卧定谁家。台前日暖君须爱，冰下寒鱼渐可叉。

雪后至乾明寺,遂宿　(北宋)苏　轼

门外山光马亦惊,阶前屐齿我先行。风花误入长春苑,云月长临不夜城。未许牛羊伤至洁,且看鸦鹊弄新晴。更须携被留僧榻,待听催檐泻竹声。

十二月十四日夜微雪,明日早,往南溪小酌至晚

(北宋)苏　轼

南溪得雪真无价,走马来看及未消。独自披榛寻履迹,用东郭先生雪中履迹事。最先犯晓过朱桥。谁怜破屋眠无处,坐觉村饥语不嚣。惟有暮鸦知客意,惊飞千片落寒条。

和子瞻北台书壁二首　(北宋)苏　辙

麦苗出土正纤纤,春早寒宫令尚严。云覆南山初半岭,风干东海尽成盐。来时瞬息平吞野,积久欹危欲败檐。强付酒樽判醉熟,更寻诗句斗新尖。

点缀偏工乱鹊鸦,淹留亦解恼船车。乘春已觉矜余力,骋巧时能作细花。僵雁堕鸥谁得罪,败墙破屋若为家。天公爱物遥怜汝,应是门前守夜叉。

咏雪奉呈广平公原注:宋盈祖。 (北宋)黄庭坚

春寒晴碧来飞雪,忽忆江清水见沙。夜听疏疏还密密,晓看整整复斜斜。风回共作婆娑舞,天巧能开顷刻花。政使尽情寒至骨,不妨桃李用年华。

(元)方回:"夜听"、"晓看"一联,徐师川有异论。东坡家子弟亦疑之,以问坡,谓黄诗好在何处?坡却独称许之。以余味之,亦无不可。元祐诗人诗,既不为杨、刘"昆体",亦不为"九僧"晚唐体,又不为白乐天体,各以才力雄为诗。山谷之奇,有"昆体"之变,而不袭其组织。其巧者如作谜然,此一联亦雪谜也,学者未可遽非之。下一联"婆娑舞"、"顷刻花",则妙矣。○《外集》又有《次韵张秘校喜雪》,有四联可观:"学子已占秋食麦,广文无憾客无毡。""巷深朋友稀来往,日晏儿童不扫除。""寒生短棹谁乘兴,光入疏棂我读书。""润到竹根肥腊笋,暖开蔬甲助春盘。"乃北京教授时诗。——《瀛奎律髓汇评》

(清)冯班:俱好。——同上

(清)冯舒:次联毕竟好。"婆娑"颇无意致。——同上

(清)冯班:自是大家。——同上

(清)查慎行:五、六切雪。——同上

(清)纪昀:三、四偶见亦有致,但不得标作句法耳。——同上

(清)许印芳:按次句接法不测,盖以沙喻雪也。三、四虽不可标作句法,却是独创一格,此等最见本领。虚谷以五、六为妙,真儿童之见。所引诸联,晓岚密点"巷深"、"润到"两联,亦取其清新也。(按:纪昀在《次韵张秘校喜雪》"巷深朋友稀来往,日晏儿童不扫除"、"润到竹根肥腊笋,暖开蔬甲助春盘"四句旁皆加密点。)——同上

春雪呈张仲谋 (北宋)黄庭坚

暮雪霏霏若撒盐,须知千陇麦纤纤。梦闲半枕听飘

瓦,睡起高堂看入帘。剩与月明分夜砌,即成春漏滴晴檐。万金一醉张公子,莫道街头酒价添。

(元)方回:苏、黄名出同时。山谷此二诗适亦用“花”字、“檐”字韵,此乃山谷少作耳。视坡诗高下如何?细味之,“梦闲”、“睡起”、“疏密”、“整斜”二联,与坡“泼水”、“堆盐”之句,亦只是一意,但有浅深工拙。而“庭院已堆盐”之句,却有顿挫。坡诗天才高妙,谷诗学力精严;坡律宽而活,谷律刻而切云。——《瀛奎律髓汇评》

(清)纪昀:四语评苏黄恰当。——同上

(清)纪昀:二诗皆可观,虚谷所评亦皆允惬。○此首较胜“花”字韵诗。○“万金”句,犹曰一醉抵万金耳,非以万金沽一醉也。——同上

(清)许印芳:此章三、四即前章三、四意,而不及前章之生造。晓岚谓胜前章,非也。○张仲谋名询。——同上

次韵张秘校喜雪三首(其二)　　(北宋)黄庭坚

巷深朋友稀来往,日晏儿童不扫除。雪里正当梅腊尽,民饥可待麦秋无。寒生短棹谁乘兴,光入疏棂我读书。官冷无人供美酒,何时却得步兵厨。

雪中寄魏衍　　(北宋)陈师道

薄薄初经眼,辉辉已映空。融泥还结冻,落木复沾丛。意在千年表,情生一念中。遥知吟榻上,不道絮因风。

(元)方回:魏衍,后山门人。“遥知吟榻上,不道絮因风”,此教人作诗之

法也。“撒盐空中差可拟”，此固谢氏子弟之拙。“未若柳絮因风起”，未可谓谢夫人此句冠古也。想魏衍此时作诗，必不用此等陈言，乃后山意也。然则诗家有翻法，又在乎人。《晋书》郭文曰：“情由忆生。不忆，故无情。”——《瀛奎律髓汇评》

（清）冯舒：落句道好亦得，道不好亦得。在唐人毕竟不好，在宋人且说好。古人佳事、佳句，用之本无不宜，其病只恨熟耳。陆士衡已谓朝华可谢矣，必求新异，谓之翻案，此宋人膏肓之疾，翻案句多不韵。——同上

（清）冯班：陆机云“谢朝华于已披”，谢句难工，避之可也。然自是古人佳事，必以为讳，非文人风流胜概。且雪诗禁体，不始后山，此落句亦陈言耳。余谓此等诗题。若能绝无禁忌，直接古人，上也；才大思雄，自然不袭不犯，次也；巧避常辞，洗出新意，又次也；翻案求奇，下也。平熟有规格，犹胜于丑俗而求新者。“江西”诗不韵，古人佳句，如名花、香草，年年在眼，千古如新，直用之不过失于熟耳，其害小。如后山语便是倒却诗人架子，其俗甚矣，其害诗更大。如坡云：“柳絮道盐，何尝不新好耶？”必欲作此语，下句亦应有回互，不应如后山之戆也。〇柳絮因风，用之则陈熟，然著以为戒，则又伤俗。“江西派”用事欠韵，正坐此等识见。〇 落句若在唐以前，堪作笑端矣。宋人诗愈苦愈不韵，亦缘读书少功夫。——同上

（清）纪昀：前四句纯用禁体，妙于写照。五、六全不着题，而确是雪天独坐神理。此可意会，而不可言传。〇结亦两层俱到。——同上

雪　（北宋）陈师道

初雪已覆地，晚风仍积威。木鸣端自语，鸟起不成飞。寒巷闻惊犬，邻家有夜归。不无惭败絮，未易泣牛衣。

（元）方回：句句如瘦铁屈蟠。——《瀛奎律髓汇评》

（清）冯舒：“犬”不惊，归是何物？“归”不对“犬”。——同上

（清）冯班：起好，第四句妙。结句弱。——同上

（清）查慎行：六句，敛两句为一句，不嫌蹈袭。——同上

（清）纪昀："仍积威"三字腐。三句拙涩。五、六是十字倒装句，见闻犬吠，乃邻家有人夜归耳。本流水而下，冯氏以"归"字不对"犬"字为病，非也。○不及寄魏衍诗。——同上

次韵无斁雪后二首　（北宋）陈师道

闭阁春云薄，开门夜雪深。江梅犹故意，湖雁起归心。草润留余泽，窗明度积阴。殷勤报春信，屋角有来禽。

（清）冯舒：结宽。——《瀛奎律髓汇评》

（清）纪昀：中四句细腻风光，后山极有情致之作。——同上

（清）许印芳："春"字复。——同上

取信无通介，谓有操守。随时有异同。雪余盖地白，春浅着梢红。寄食虚长算，论诗缺近功。相看不相弃，赖有古人风。

（元）方回：凡与晁无斁唱和，皆在曹州，后山依其妇翁郭概于曹，无斁时为学官。——《瀛奎律髓汇评》

（清）纪昀：三、四自比意，然上文亦太不贯。——同上

雪后黄楼寄眉山居士　（北宋）陈师道

林庐烟不起，城郭岁将穷。云日明松雪，溪山进晚风。人行图画里，鸟度醉吟中。不尽山阴兴，天留忆戴公。

(元)方回:“明”字、“进”字皆诗眼。——《瀛奎律髓汇评》

(清)纪昀:“明”字果好,“进”字未工。——同上

(清)冯班:忆戴事何如絮因风耶?即吟榻上何以用此?——同上

(清)纪昀:五、六浅率,不类后山。结亦太熟。——同上

雪意二首　(北宋)陈师道

睡眼拭朦胧,开门雪已浓。客来迷旧径,虎过失新踪。浦远浑无鹤,林疏只有松。借琴如不解,酒兴若为工。

(元)方回:雪之浦惟其远,故鹤不可见,谓之“浑无鹤”可也。雪之林惟其疏,故松独可见,谓之“只有松”可也。全在“远”、“疏”字上见工。更得前联不用虎迹一句,则不冗矣。此二句尹穑得其余工,有诗曰:“草黄眠失犊,石白动知鸥。”亦佳,并记诸此。——《瀛奎律髓汇评》

(清)纪昀:诗全是雪,并非雪意,“意”字恐误,再校。——同上

(清)冯班:尹诗满身斧痕,不足学。——同上

(清)查慎行:尹诗意俚。——同上

(清)纪昀:虚谷云:“更得前联不用虎迹一句,则不冗矣。”此论是极。——同上

(清)冯舒:既已大雪,如何题是“意”?〇第三句随过已落没,差有景。——同上

(清)冯班:“新”字晦,取巧之过。——同上

(清)查慎行:“工”字出韵。——同上。

榆关书不到,雪又满平芜。指冷频呵玉,胸寒屡掩酥。绿尝冬至酒,红拥夜深炉。塞上风沙恶,征衣也到无。

(元)方回：此篇似闺人念征夫咏雪，“呵玉”、“掩酥”一联亦流丽。——《瀛奎律髓汇评》

(清)冯舒：古人不如此下语。无论方君不知，后山亦不知。——同上

(清)冯班：平烂。○落句陈言也，后山尚不许用谢夫人事，乃用此何耶？——同上

(清)查慎行：老杜“炉存火似红”，只一“似”字便寒意可掬。此云“红拥夜深炉”，何等暖热，乃云“指冷”、“胸寒”耶？——同上

(清)纪昀：三、四俗艳。——同上

雪　作　　(南宋)曾　幾

卧闻霰集却无声，起看阶前又不能。一夜纸窗明似月，多年布被冷如冰。履穿过我柴门客，笠重归来竹院僧。三白此指酒。《天香楼偶得》：“造酒家以白面为面，并捣白秫和以洁白之水，久酿即成，极其珍重，谓之‘三白酒’。”自佳情亦好，诸山粉黛见层层。

(元)方回：此可为南渡雪诗之冠。——《瀛奎律髓汇评》

(清)纪昀：浅语，却极自然。熟语，却不陈腐，此为老境。○不甚作意，比苏、黄诸作却自然。——同上

(清)许印芳：首句借韵。——同上

次韵雪中　　(南宋)曾　幾

积雪何所待，冻云终未开。有时闻泻竹，无路去寻梅。只欲关门卧，谁能荡桨来？辟寒须底物，正乏麯生才。

(元)方回:亦用袁安、子猷事,但诗律稳熟可法。——《瀛奎律髓汇评》

(清)纪昀:用得有意便不妨,只调太平耳。——同上

雪 (南宋)尤袤

睡觉不知雪,但惊窗户明。飞花厚一尺,和月照三更。草木浅深白,丘塍读承,平声,田埂。高下平。饥民莫咨怨,第一念边兵。

(元)方回:见雪而念民之饥,常事也。今不止民饥,又有边兵可念。欧阳诗:"可怜铁甲冷彻骨,四十余万屯边兵。"以此忤晏相意,而晏相亦坐此罢相。然则凡赋咏者,又岂但描写物色而已乎?——《瀛奎律髓汇评》

(清)纪昀:此论正大,能见诗之本原。○描写物色,便是晚唐小家。处处着论又落宋人习径。宛转相关,寄托无迹,故应别有道理在。——同上

(清)许印芳:诗须善学风体。风人之诗,深于比兴。兴则宛转相关,景中即有情在。比则寄托无迹。赋物即是写人。晓岚所言,道在是耳。——同上

(清)纪昀:起得超脱。○有为之作,便觉深厚。——同上

小雪 (南宋)陆游

夜卧风号野,晨兴雪拥篱。未言能压瘴,要是欲催诗。跨蹇读剪,上声。劣马或驴。虽堪喜,呼舟似更奇。元知剡溪剡读赏,上声。剡溪水名,曹娥江上游,在浙江嵊州市南。路,不减灞桥时。

(元)方回:此诗五、六善斡旋。——《瀛奎律髓汇评》

(清)纪昀:后四句以剡溪、灞桥二事串合点逗,却有致。虚谷以为斡旋非是。——同上

(清)查慎行:四句用两事,化旧为新。——同上

雪　(南宋)陆　游

但苦祁寒祁读奇,平声。祁寒,严寒也。语出《书·君牙》。恼病翁,岂知上瑞报年丰。一庭不扫待新月,万壑尽平号断鸿。茧纸欲书先砚冻,羽觞才举已樽空。若耶溪在浙江绍兴。上梅千树,欠我今年系短篷。

(元)方回:起句奇峭,三、四壮浪。——《瀛奎律髓汇评》

(清)纪昀:四句尤佳。——同上

(清)纪昀:"觞"、"樽"复。——同上

雪中作　(南宋)陆　游

竹折松僵鸟雀愁,闭门我亦拥貂裘。已忘作赋游梁苑,但忆衔枚入蔡州。属国餐毡真强项,翰林煮茗自风流。明朝日暖君须记,更看青鸳玉半沟。

(元)方回:中四句皆用雪事,不妨工致。——《瀛奎律髓汇评》

(清)纪昀:有寓意,则用事不冗。——同上

(清)纪昀:五、六各有所指,而互衬出末二句。——同上

(清)许印芳:用事能按切身世,方无涂饰堆砌之病。又须语脉联贯,不可杂凑添设。此诗三、四于放翁身世虽不相涉,而"作赋游梁"与领史局之事暗合,"衔枚入蔡"与取中原之志暗合。五、六脱开说,而"属国"句与"入蔡"句相关照,"翰林"句与"游梁"句相关照,妥贴而细密,此等可为用事之法。末句"青鸳"谓屋瓦,"玉"谓雪。此诗通体精警,故晓岚全加密圈。——同上

大雪　（南宋）陆 游

大雪江南见未曾，今年方始是严凝。巧穿帘罅如相觅，重压林梢欲不胜。毡幄掷卢忘夜睡，金羁立马怯晨兴。此生自笑功名晚，空想黄河彻底冰。

（元）方回：中四句不用事，只虚募写。亦工。——《瀛奎律髓汇评》

（清）纪昀：后四句风骨崚嶒，意节悲壮，放翁所难。结得酣足。——同上

（清）许印芳：此种是放翁真面目，其才力富健，为之殊不费力，何足为难？但因篇什太多，圆稳者居十之六七。虚谷此书，识量浅陋，又多选其圆稳之作，故晓岚以此为难耳。——同上

雪夜感旧　（南宋）陆 游

江月亭前桦烛香，龙门阁上驮读驼，平声。声长。乱山古驿经三折，小市孤城宿两当。晚岁犹思事鞍马，当时那信老耕桑？绿沉金锁俱尘委，雪洒寒灯泪数行。

（清）陆贻典：两当、县名，属秦凤路。——《瀛奎律髓汇评》

（清）纪昀：后四句沉着慷慨。六句逆挽有力，“那信”二字尤佳，若作“谁料”便不及。○“两当”，地名，借对“三折”。——同上

（清）无名氏（乙）：颇昂藏崻屼。——同上

（清）许印芳：第六句逆挽，笔法固佳。第五句横插，笔法尤佳。盖前四句追叙旧事，笔势平衍。五句横空插入，写眼前心事，便觉陡峭。拘窘呆钝者不解如此用笔，亦不敢如此用笔也。六句挽到旧事一边，兜得最紧。晓岚谓“那信”若作“谁料”便不及，此论微妙。盖“料”字虚，“信”字实，“料”是事前揣度，“信”是经事之后追忆事前，较“料”字深而有力。“谁”字嫩而轻，

"那"字老而重,亦较"谁"字有力。凡诗中字眼,有讲义大概相似而用来顿分优劣者,此类是也。用之而优者,又有天然合拍之妙,其所以合拍之故,可以意会,可以神悟,而不可以言传。非于古人章句涵泳纯熟,于古人门径经历甘苦,亦不能意会神悟,此诗之所以难言也。七句"绿沉"、"金锁"是言旧物。"俱尘委",是言眼前光景。八句点题,收拾通篇。此等结法神力绝大,勿以寻常视之。○绿沉枪,金锁甲,语本杜诗。"雪"字复。——同上

雪霁独登南楼　(南宋)范成大

雪晴风劲晚来冰,楼上奇寒病骨惊。雀啄空檐银笋堕,鸦翻高树玉尘倾。青帘闪闪千家静,黄帽指船夫。亭亭一水横。坐久天容却温丽,一弯新月对长庚。

春后微雪一宿而晴　(南宋)范成大

彩胜金幡换物华,垂垂天意晚平沙。东君未破含春蕊,青女先飞剪水花。夜逐回风鸣瓦垅,晓成疏雨滴檐牙。朝暾不与同云便,烘作晴空万缕霞。

霰读线,去声,雪珠也。　(南宋)杨万里

雪花遣汝作前锋,势颇张皇欲暗空。筛瓦巧寻疏处漏,跳阶误到暖边融。寒声带雨山难白,冷气侵人火失红。方讶一冬暄较甚,今宵敢叹卧如弓。

(元)方回:霰诗前未之有。三、四工甚,尽霰之态。绍兴三十二年壬午,

永州零陵丞诗。——《瀛奎律髓汇评》

(清)查慎行:三、四确切。——同上

(清)纪昀:起二句粗,三、四巧密,然格不高。五句笨,六句凑。——同上

雪夜 (南宋)葛天民

冷蕊通幽信,孤山欠几遭。杯因寒更满,句到淡方高。雪滴晴檐雨,松翻夜壑涛。布衾虽似铁,犹念早趋朝。

(元)方回:五、六仅佳,三、四幽淡。——《瀛奎律髓汇评》

(清)冯班:第五句好。——同上

(清)查慎行:五、六字字得当。——同上

(清)纪昀:次句不醒豁,四句理自不错,而以之入诗。则宋气太重。五句纤小之甚,诗家最忌。——同上

鹧鸪天·用前韵和赵文鼎提举赋雪

(南宋)辛弃疾

莫上扁舟向剡溪,浅斟低唱正相宜。从教犬吠千家白,且与梅成一段奇。　　香暖处,酒醒时。画檐玉筋同箸。已偷垂。笑君解释春风恨,倩拂蛮笺只费时。

上西平·会稽秋风亭观雪 (南宋)辛弃疾

九衢中,杯逐马,带随车。韩愈《咏雪赠张籍》诗:“随车翻缟带,逐

马散银杯。”问谁解、爱惜琼华。何如竹外、静听窣窣读速，入声。窣窣，象声词。蟹行沙。自怜是，海山头、种玉人家。　纷如斗，娇如舞，才整整，又斜斜。要图画、还我渔蓑。郑谷《雪中偶题》诗："江上晚来堪画处，渔人披得一蓑归。"冻吟应笑，羔儿指羊羔美酒。无分漫煎茶。起来极目，向弥茫、数尽归鸦。

满江红·和廓之雪　(南宋)辛弃疾

天上飞琼，毕竟向、人间情薄。还又跨、玉龙归去，万花摇落。云破林梢添远岫，月临屋角分层阁。记少年、骏马走韩卢，韩卢，韩国俊犬，见《战国策》。掀东郭。东郭指东郭逡，海内之狡兔名。走韩卢、掀东郭，谓少年走马打猎。　吟冻雁，嘲饥鹊。人已老，欢犹昨。对琼瑶满地，与君酬酢。酢读作，入声。以酒回敬主人。最爱霏霏迷远近，却收扰扰还寥廓。待羔儿、酒罢又烹茶，扬州鹤。《殷芸小说》："有客相从，各言所志。或愿为扬州刺史，或愿多资财，或愿骑鹤上升。其中一人曰'腰缠十万贯，骑鹤上扬州'，欲兼三者。"

念奴娇·和韩南涧载酒见过雪楼观雪

(南宋)辛弃疾

兔园旧赏，怅遗踪、飞鸟千山都绝。缟带银杯江上路，惟有南枝香别。万事新奇，青山一夜，对我头先白。倚岩千树，玉龙飞上琼阙。　莫惜雾鬓风鬟，试教骑鹤，去约尊前月。自与诗翁磨冻砚，看扫幽兰新阕。便拟明年，人间挥汗，留取层冰洁。此君何事，晚来还易腰折。

东风第一枝·咏春雪 （南宋）史达祖

巧沁兰心，偷粘草甲，二句写的是在无风状况下静态的雪景。东风欲障新暖。谩凝碧瓦难留，信知暮寒轻浅。祖咏《终南望余雪》："林表明霁色，城中增暮寒。"日暮时分，又值下雪，理当寒冷，而暮寒"轻浅"，可见确乎是春天了。行天入镜，四字是全词中唯独正面描写春雪的。韩愈《春雪》诗："入镜鸾窥沼，行天马渡桥。"意谓雪后，鸾窥沼则如入镜，马渡桥则如行天。以镜喻天，喻池面、桥面积雪之明净，此即借以写雪。做弄出、轻松纤软。料故园、不卷重帘，误了乍来双燕。春社已过，燕当归来，而重帘却挡住传书之燕，睹物伤情，异乡沦落之感溢于言表。　青未了、柳回白眼。红欲断、杏开素面。旧游忆着山阴，用王徽之雪夜访戴之事。厚盟遂妨上苑。用司马相如雪天赴梁王兔园之宴迟到的故事。寒炉重熨，且放慢、春衫针线。恐凤靴，挑菜指挑菜节。唐代风俗，二月二日曲江拾菜，士民游观其间，谓之挑菜节。宋沿其习。归来，万一灞桥相见。

（宋）黄昇：结句（指"恐凤靴，挑菜归来，万一灞桥相见"）尤为姜尧章拈出。——《中兴以来绝妙词选》

（清）张德瀛：词有"内抱"、"外抱"二法。"内抱"如姜尧章《齐天乐》"曲曲屏山，夜深独自甚情绪"是也；"外抱"如史梅溪《东风第一枝》"恐凤鞋，挑菜归来，万一灞桥相见"是也。元代以后，鲜有通此理者。——《词征》

（清）陈廷焯：梅溪《东风第一枝》"立春"精妙处竟是清真高境。张玉田云："不独措辞精辟，又且见时节风物之感。"乃深知梅溪者。余尝谓白石、梅溪皆祖清真，白石化矣，梅溪或稍逊焉。然高者亦未尝不化，如此篇是也。——《白雨斋词话》

（近代）俞陛云：起五句咏题面，格局与《绮罗香·咏春雨》相似。"轻松纤软"四字写"春雪"入细。"重帘"、"双燕"二句因雪而从归燕着想，虽与咏春雨上阕"钿车"句人与物不同，而其从本题别开思路则同。转头处笔渐开拓，亦与咏春雨同。后段四句用"灞桥"以点缀"雪"字，而恐归人怯雪后余寒，为重温炉火，一往情深，忘其为咏雪余波矣。——《宋词选释》

春　雪　(金)史肃

丰年不救两河指黄河流域,河北、河东(今山东)地区。饥,腊尽才看小雪飞。谩说春来膏泽好,其如垄上麦苗稀。空花只解惊人眼,湿絮宁堪补败衣。湿絮谓雪花。颇笑西台喑读音,平声。嗓子哑。御史,作者自指,西台即御史台。日斜骑马踏泥归。

无闷·雪意　(南宋)王沂孙

阴积龙荒,寒度雁门,西北高楼独倚。怅短景谓白昼将尽。无多,乱山如此。欲唤飞琼起舞,怕搅碎、纷纷银河水。冻云一片,藏花护玉,未教轻坠。　　清致。悄无似。有照水一枝,已挽春意。误几度凭栏,莫愁凝睇。应是梨花梦指梦境。王建著有《梦看梨花云(指雪)歌》。好,未肯放、东风来人世。待翠管、吹破苍茫,看取玉壶天地。

(清)周济:何尝不峭拔,然略粗壮,其所以为碧山之清刚也。白石好处,无半点粗气矣。——《宋四家词选》

(清)陈廷焯:(碧山)《无闷·雪意》后半阕云"清致。悄无似。……看取玉壶天地"。无限怨情,出以浑厚之笔。惟"南枝"句中含讥刺,当指文溪松雪辈。又《云韶集》云,"笔致翩翩,音调和雅"。是雪意,不是落雪,写"意"字,描色取神,极尽能事。(按:文天祥号文山,其弟碧,号文溪。文山死宋,文溪降元。当时有诗讥之曰:"江南见说好溪山,兄也难时弟也难。可惜梅花各心事,南枝向暖北枝寒。"见《西山墨谈》。又《坚瓠集》云:"文山少时作新居,上梁文有'江上梅花都是好,莫分枝北与枝南'之句。")——《白雨斋词话》

雪 望 (清)洪 昇

寒色孤村暮,悲风四野闻。溪深难受雪,山冻不流云。鸥鹭飞难辨,汀沙望莫分。野桥梅几树,并是白纷纷。

采桑子·塞上咏雪花 (清)纳兰性德

非关癖爱轻模样,冷处偏佳。别有根芽。不是人间富贵花。 谢娘别后谁能惜,飘泊天涯。寒月悲笳。万里西风瀚海沙。

齐天乐·吴山望隔江霁雪 (清)厉 鹗

瘦筇如唤登临去,江平雪晴风小。粉湿楼台,酽寒犹严寒。城阙,不见春红吹到。微茫越峤。峤读轿,去声。但半沍读互,去声。冻结。云根,岩石。半销溶化。沙草。为问鸥边,而今可有晋时棹?棹读罩,去声。《世说新语》:"王徽之隐居山阴,夜雪初霁,忽忆戴逵,遂乘舟往访,至门前不见而还。人问其故,答曰:'乘兴而来,兴尽而返,何必见戴。'"清愁几番自遣。故人稀笑语,相忆多少!寂寂寥寥,朝朝暮暮,吟得梅花俱恼。将花插帽。向第一峰指吴山。金主完颜亮《吴山诗》:"移兵百万西湖上,立马吴山第一峰。"头,倚空长啸。忽展斜阳,玉龙天际绕。

霁雪晓行　（清）蒋士铨

冻云留晓日，孤寺不曾开。雪屋寒光定，山风虎力回。谷深群响合，筇健一僧来。争似茅檐底，呼儿索酒杯。

对　雪　（清）骆绮兰（女）

登楼对雪懒吟诗，闲倚栏杆有所思。莫怪世人容易老，青山也有白头时。

秋雪四首　（清）林则徐

一夕西风至万家，肃霜时节骤寒加。清威尽迫鱼龙夜，冷艳先欺芦荻花。瘦蝶梦迷衣上粉，征鸿泥印爪中沙。郢歌郢读影，上声。古代楚国的都城。“郢歌”，指高雅的诗文。欲和增萧瑟，白帝城头有暮笳。

河汉云罗冻不流，明珠仙掌露华收。骑驴踏去无黄叶，吹帽归来忽白头。别浦蒹葭森玉树，隔村砧杵捣银楼。授衣正听催刀尺，谁盖长城万丈裘。

似与高空破泬寥，泬读血，入声。泬寥，清朗空旷貌。见《楚辞·九辩》。故凭天女散琼瑶。轻犹带雨凌晨洒，弱不禁风坠地销。山寺远钟沉细细，江村落木杂萧萧。新词莫为悲秋赋，留

取诗情过灞桥。

画屏银烛敞书帷，净我聪明此最宜。衰柳也教飘絮起，早梅犹恨着花迟。骑来白凤惊先下，说与寒蝉恐不知。毕竟东篱存晚节，留香何止傲霜枝。结用苏轼“菊残犹有傲霜枝”诗意。

途中大雪 （清）林则徐

积素迷天路渺漫，蹒跚败履独禁寒。埋余马耳尖仍在，洒到乌头白恐难。空想奇军来李愬，有谁穷巷访袁安？松篁挫抑何从问，缟带银杯满眼看。

总宜山房晓起看雪 （清）翁心存

晓色光阴射窗纸，童子大叫先生起。空中谁洒水晶盐？一夜雪深三尺矣。

咏雪用坡公北台书壁韵 （清）陆以湉

园亭冻影噤啼鸦，门外沉沉少客车。大地湖山开净域，诸天色相幻空花。僵眠梦冷高人宅，禁体诗一种遵守特定禁例写作的诗。见赵翼《陔余丛考·禁体诗》。严学士家。试向梅枝问消息，满林香簇玉丫叉。

园居看微雪　（清）陈三立

初岁仍微雪，园亭意飒然。高枝噤鹊语，欹石活蜗涎。冻压千街静，愁明万象前。飘窗接梅蕊，零乱不成妍。

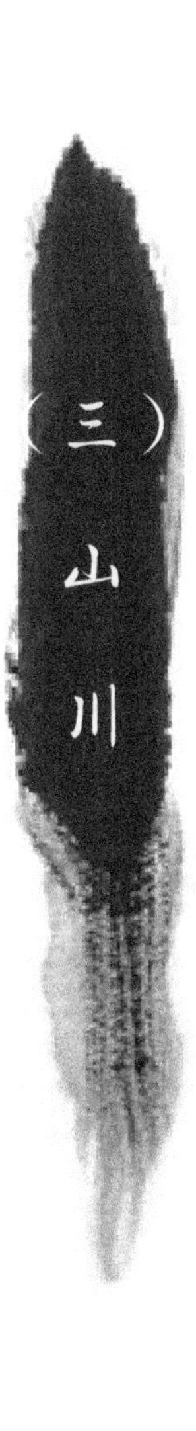
（三）
山
川

一、山(石)

山　中　(唐)王　勃

长江悲已滞，万里念将归。况属高风晚，山山黄叶飞。

(明)郭濬："况属"二字有情。——《增订评注唐诗正声》

(清)黄叔灿：上二句悲路远，下二句伤时晚，分两层写，更觉萦纡。——《唐诗笺注》

山行留客　(唐)张　旭

山光物态弄春晖，莫为轻阴便拟归。纵使晴明无雨色，入云深处亦沾衣。

(明)谭元春：极有趣语练语。——《唐诗归》

(清)黄生："入云深处亦沾衣"，非熟识游趣者不能道。——《唐诗摘钞》

(清)刘宏煦、李德举：恐客未谙山中事，误认将雨也。"留"字意雅甚。○身在云中，不见云也，湿气蒙蒙而已，结语信然。——《唐诗真趣篇》

山中　（唐）王维

荆溪即长水，又名荆谷水。《水经注·渭水》："长水出自杜县白鹿原，西北流，谓之荆溪。"约在蓝田西北。白石出，天寒红叶稀。山路元无雨，空翠湿人衣。

（宋）僧惠洪：吾弟超然喜论诗，其为人纯至有风味。尝曰："王摩诘《山中》诗曰：'荆溪白石出……'舒王《百家夜休》曰：'相看不忍发，惨淡暮潮平。欲别更携手，月明洲渚生。'此皆得于天趣。"——《冷斋夜话》

鹿柴柴通寨。　（唐）王维

空山不见人，但闻人语响。返景《初学记》："日西落，光反射于东，谓之反景。"入深林，复照青苔上。

（宋）刘须溪：无言而有画意。——《王孟诗评》

（明）李东阳：诗贵意，意贵远不贵近，贵淡不贵浓。浓而近者易识，淡而远者难知。如杜子美"钩帘宿鹭起，丸药流莺转"……王摩诘"返景入深林，复照青苔上"，皆淡而愈浓，近而愈远，可与知者道，难与俗人言。——《麓堂诗话》

（清）张谦宜：悟通微妙，笔足以达之。"不见人"之人，故能见返照青苔。——《茧斋诗谈》

（清）沈德潜：佳处不在语言，与陶公"采菊东篱下，悠然见南山"同。——《唐诗别裁集》

竹里馆　　（唐）王　维

独坐幽篁里，弹琴复长啸。深林人不知，明月来相照。

（明）顾璘：一时清兴，适与景会。——《息园存稿》

（明）顾可久：幽迥之思。——《王维集校注》

早秋山中作　　（唐）王　维

无才不敢累明时，思向东溪守故篱。岂厌尚平婚嫁早，《后汉书·逸民列传》：向长字子平……建武中，男女婚嫁既毕，敕断家事勿相关，“当如我死也”。于是遂肆意与同好北海禽庆俱游五岳名山，竟不知所终。却嫌陶令去官迟。草间蛩读穷，平声。蟋蟀。响临秋急，山里蝉声薄暮悲。寂寞柴门人不到，空林独与白云期。期，约会也。谓空林无人，独与白云为伴。

山中问答　　（唐）李　白

问余何意栖碧山，笑而不答心自闲。桃花流水窅读窈，上声。深远貌。然去，别有天地非人间。

（清）黄生：三、四只自“心自闲”注脚，究竟不曾答其所以。栖山原非本怀，然难为俗人道，故立言如此。——《唐诗摘钞》

（清）王尧衢：此诗信手拈来，字字入化，无段落可寻，特可会其意，而不可拘其辞也。——《古唐诗合解》

（清）徐增：此诗纯是化机。白作此诗，如世尊拈花；人读此诗，当如迦叶微笑。不可说，亦不必说。——《而庵说唐诗》

（清）王闿运："为政心闲物自闲，朝看飞鸟暮飞还。寄书河上神明宰，羡尔城头姑射山。"此篇超妙，为绝句上乘。所谓"羚羊挂角、不着一字"者也。欲知其超，但看太白诗"问余何事栖碧山"一首，世所谓仙才者，与此相比，觉李诗有意作态，不免村气。李选字皆妍丽，此则拉杂。如"神明宰"等字，比之"桃花流水"等字，雅俗相远，而俗者反雅，雅者反俗，何耶？——《湘绮楼说诗》

山　行　（唐）杜　牧

远上寒山石径斜，白云生处有人家。停车坐爱枫林晚，霜叶红于二月花。

（明）瞿佑：予为童子时，十月朝从诸上拜南岘垅，行石磴间，红叶交坠，先伯元范诵杜牧之"停车坐爱枫林晚，霜叶红于二月花"之句。又在荐桥旧居，春日新燕飞绕檐间，先姑诵刘梦得"旧时王谢堂前燕，飞入寻常百姓家"之句。至今每见红叶与飞燕，辄思之。不但二诗写景、咏物之妙，亦见先人之言为主也。——《归田诗话》

自阆州领妻子欲赴蜀山行三首

（唐）杜　甫

汩汩读郁，入声。汩汩，动荡不安貌。避群盗，悠悠经十年。不成向南国，复作游西川。物役水虚照，魂伤山寂然。我生无倚着，尽室畏途遥。

长林偃风色，回复意犹迷。衫裛读邑，入声。通浥，沾湿也。

翠微润，马衔青草嘶。栈悬斜避石，桥断却寻溪。何日干戈尽？飘飘愧老妻。

行色递隐见，人烟时有无。仆夫穿竹语，稚子入云呼。转石惊魑魅，魑魅读痴妹，平去声。抨弓落狖鼯。狖鼯读又梧，去平声。真供一笑乐，似欲慰穷途。始而伤，继而愧，至三首复欲破涕为笑，曲尽山行之乐。“物役水虚照”言身为物所役，水亦徒相照不得悠游观赏也。第一首魂伤句造语奇妙。

西山三首　（唐）杜　甫

夷界荒山顶，蕃州积雪边。筑城依白帝，转粟上青天。蜀将分旗鼓，羌兵助铠铤。西南背和好，杀气日相缠。

辛苦三城戍，长防万里秋。烟尘侵火井，雨雪闭松州。风动将军幕，天寒使者裘。漫山贼营垒，回首得无忧。

子弟犹深入，关城未解围。蚕崖铁马瘦，灌口米船稀。辩士安边策，元戎决胜威。今朝乌鹊喜，欲报凯歌归。吴星叟曰：“西山三首亦次第钩锁，首章言西山大势，次章言西山防戍之急，末章言将来之祸无穷也。”

宿石邑山中石邑县在今河北石家庄西南。　（唐）韩　翃

浮云不共此山齐，山霭苍苍望转迷。晓月暂飞高树

里，秋河秋天的银河。隔在数峰西。

(明)唐汝询：首言山之高，次言山之广。下联即首句意，“暂飞”、“隔在”四字奇绝。又云：“云”、“霭”、“月”、“河”并用觉重。——《唐诗解》

(清)何焯：月为高树所蔽，河为远峰所隔，两句借明处衬出暗处，非身在万山之中不见其妙。——《三体唐诗评》

孤　石　(唐)戴叔伦

迥若千仞峰，孤危不盈尺。早晚他山来，犹带烟雨迹。贞坚自有分，不乱和氏璧。

望夫石　(唐)刘禹锡

终日望夫夫不归，化为孤石苦相思。望来已是几千载，只似当时初望时。瞿蜕园《笺证》按：前人之评此诗者，吴曾《辨误录》云：“陈无己诗话：望夫石在处有之，古今诗人惟用一律，惟刘梦得云‘望来已是几千岁，只似当时初望时’，语虽拙而意工。”字句小异，盖记忆偶疏。又吴文溥《南野堂笔记》云：“古今题望夫山诗，如刘梦得‘望来已是几千岁，只似当年初望时’。顾况‘山头日日风和雨，行人归来应有语’，乃最好。”

山中寄友生　(唐)姚　合

独在山阿里，朝朝遂性情。晓泉和雨落，秋草上阶生。因客始沽酒，借书方到城。诗成聊自遣，不是趁声名。

(元)方回:五、六好。比贾岛斤两轻,一不逮;对偶切,二不逮;意思浅,三不逮。却有一可取,曰:清新。——《瀛奎律髓汇评》

(清)冯舒:说得是。——同上

(清)纪昀:亦是常语,未见清新。——同上

(清)纪昀:盛唐人诗语和平,而高逸身分,自于言外见之,无诡激清高之习。武功以后,始多撑眉努目之状,所谓外有余者中不足也。此诗四句自佳,末二句有多少火气在。——同上

山中述怀　(唐)姚　合

为客久未归,寒山独掩扉。晓来山鸟散,雨过杏花稀。天远云空积,溪深水自微。此情对春色,欲尽总忘机。

(元)方回:此诗相传为周贺作。检贺集无之,自是欧公诗话误。——《瀛奎律髓汇评》

(清)纪昀:此诗气韵闲雅,无撑眉努目之丑态,不类武功手笔,欧公则或有所据。〇三、四天然有韵。末句费解,或有讹。——同上

(清)许印芳:首句用古调,非拗调。六句亦佳,晓岚密圈之。——同上

题乌龙山禅居　(唐)方　干

曙后月华犹冷湿,自知坐卧逼天宫。晨鸡未暇鸣山底,早日先来照屋东。人世驱驰方丈内,海波摇动一杯中。伴师长住应难住,归去仍须入俗笼。一至四句拉拉杂杂亦非写月,亦非写日,总只写此山之高。五至八句,写俯瞰之大。

山 行 (唐)项 斯

青枥林深亦有人,一渠流水数家分。山当日午回峰影,草带泥痕过鹿群。蒸茗气从茅舍出,缫丝声隔竹篱闻。行逢卖药归来客,不惜相随入岛云。

(清)金人瑞:青枥林,看他出手下一"深"字,先写意中决道无人,则于林行尽处,忽见数家,便自然有一"亦"字跳脱而出。此所谓虽一句之中,必有沉郁顿挫之法也。三"回峰影"写伫看甚久;四"过鹿群"写更无行迹。看他只是四句诗,乃忽写无人,忽写有人,忽又写无人,真为清绝出奇之构也。○前解写山,后解写行。若将焙茗缫丝,解作山中清事,即随手再下数十余联,岂得遂毕。须知今是入山闲行之人,一路迤逦,无心所经,犹言焙茶一家也,缫丝又一家也。既而药客追随,行行遂深,写尽是日心头闲畅也。——《贯华堂选批唐才子诗》

(清)赵臣瑗:看他起手先作波折,全妙在"亦有人"之一"亦"字。盖"青枥林深",自外望之,初不意其中有人也;及行到深处,则见流水一渠,数家分汲,始知不是空林,故曰"亦有人"。若论文理,此三字本该在"回峰影"之下,今偏要插在"一渠水"之上,正是其笔势跳脱处,后人最所宜学。三、四"回峰影",写峰影未回之先,我已在此;"过鹿群",写鹿群已过之后,我方到此。至五、六之"蒸茗气"、"缫丝声",则又是已逢药客相随深入处之所见所闻,却先偷笔倒写在前,此乃唐人一定之法,后人所未知也。——《山满楼笺注唐诗七言律》

经麻姑山 (唐)刘 沧

麻姑此地炼神丹,寂寞烟霞古灶残。一自仙娥归碧落,几年春雨洗红兰。帆飞震泽秋江远,雨过陵阳晚树寒。山顶白云千万片,时闻鸾鹤下仙坛。

山中言事　　(唐)曹　松

岚霭润窗棂，吟诗得冷症。症读征，平声。腹中结块之病。见《医宗全鉴》。教餐有效药，多愧独行僧。云湿煎茶火，冰封汲井绳。片扉深着掩，经国自无能。

(元)方回："冷症"二字奇。第六句太奇，与"苔惹取泉瓶"同。——《瀛奎律髓汇评》

(清)冯班："苔惹"、"冰封"熟胜？予曰"冰封"胜矣，盖自然之奇也。若"苔惹"，则刻意做出。——同上

(清)纪昀：以此为奇，则无语不可入诗矣。六句小巧，非太奇也。——同上

(清)冯舒：入长江宅。——同上

(清)冯班：入长江之门户矣。"四灵"辈门外汉也。○言事结。——同上

(清)何焯：第五透出第二，"吟诗"与"经国"呼应，正以大业自负也。——同上

(清)纪昀："得冷症"三字粗鄙，三句亦俚，五、六句小有致。七、八和平深厚，非晚唐人所能。——同上

(清)贺裳：曹氏亦学贾氏诗，颇能为苦寒之句。"野火风吹阔，春冰鹤啄穿"，甚有野步；"云湿煎茶火，冰封吸井绳"，甚肖山中也。——《载酒园诗话》

分水岭　　(唐)吴　融

两派潺湲不暂停，岭头长泻别离情。南随去马通巴栈，北逐归人达渭城。澄处好窥双黛影，咽时堪寄断肠

声。紫溪旧隐还如此，清夜柴山月更明。

(元)方回：三、四言水之分而南北者如此。第五句巧，第六句亦佳。——《瀛奎律髓汇评》

(清)查慎行：结句顶紫溪。——同上

(清)纪昀：格亦未高。——同上

鲁山山行　　(北宋)梅尧臣

适与野情惬，千山高复低。好峰随处改，幽径独行迷。霜落熊升树，林空鹿饮溪。人家在何许，云外一声鸡。

度麾岭寄莘老　　(北宋)王安石

区区随传换冬春，夜半悬崖托此身。岂慕王尊能许国，直缘毛义欲私亲。王尊驭山行事见《汉书·王尊传》。庐江毛义奉府檄而喜，张奉心贱之。及母死，征辟一无所就，奉叹曰："贤者固不可测，往日之喜，乃为亲屈也。"施为已坏生平学，梦想犹归寂寞滨。风月一歌劳者事，能明吾意可无人。

(元)方回：麾岭在绩溪入歙县之界。公又有诗云"晓渡藤溪霜落后，夜过麾岭月明中"。——《瀛奎律髓汇评》

(清)查慎行：五、六先生自嘲，乃自誉也。〇半山殆有悔心。——同上

(清)纪昀：五句亦腐亦野。——同上

宿九仙山三首(录一首)九仙谓左元放、许迈、王谢之流。

(北宋)苏　轼

风流王谢古仙真，一去空山五百春。玉室金堂余汉士，桃花流水失秦人。困眠一榻香凝帐，梦绕千岩冷逼身。夜半老僧呼客起，云峰缺处涌冰轮。

始于文登海上得白石数升，如芡实，可作枕。闻梅丈嗜石，故以遗其子子明学士，子明有诗，次韵

(北宋)苏　轼

海隅荒怪有谁珍，零落珊瑚泣季伦。法供佛家语，谓对佛、法、僧三宝的供奉。坐令微物重，色难归致孝心纯。只疑薏苡来交趾，用马援事见《后汉书·马援传》。未信蠙珠蠙，蚌的别名。蠙珠即珍珠。出泗滨。愿子聚为江夏枕，不劳麾扇自宁亲。末二句，用孝子黄香故事，切题，暗指梅丈之子子明。

云涛石　(北宋)黄庭坚

造物成形妙化工，地形咫尺远连空。蛟鼍读脱，上声。蛟鼍指水中凶猛的鳄类动物。出没三万顷，云雨纵横十二峰。宴坐使人无俗气，闲来当暑起清风。诸山落木萧萧夜，醉梦江湖一叶中。

(清)方东树：起句言此石，点题。次句分两半，上四字“石”，下三字言

"云涛"。三、四一句"涛",一句"云"。五句"石",六句又"云涛"。七、八句以"云涛"言,如在舟中,值此时景。全是以实形虚,小题大做,极远大之势,可谓奇想高妙,小家但以刻画为工,安能梦见此境!——《昭昧詹言》

度 岭　　(南宋)陈与义

年律将穷天地温,两州风气此横分。已吟子美湖南句,杜甫末年入湖南,有诗百篇。王洙《杜诗叙》:"起太平时,终湖南所作。"更拟东坡岭外文。山谷云:"东坡岭外文字,读之使人耳目聪明,如清风自外来也。"隔水丛梅疑是雪,近人孤嶂欲生云。杜甫《兖州城楼》诗:"孤嶂秦碑在。"又《假山》诗:"幽处欲生云。"不愁去路三千里,少住林间看夕曛。

(元)方回:"欲生云"用老杜《假山诗》也。——《瀛奎律髓汇评》

(清)冯班:次句好。——同上

(清)纪昀:此首最浅俗,不似简斋之笔。○首句笨,结稍可。——同上

登东山　　(南宋)陆 游

老惯人间岁月催,强扶衰病上崔嵬。生为柱国细事尔!死画云台何有哉?熟计提军出青海,未如唤客倒金罍。明朝日出春风动,更看青天万里开。

(元)方回:放翁诗万首,佳句无数。少师曾茶山,或谓青出于蓝,然茶山格高,放翁律熟;茶山专祖山谷,放翁兼入盛唐。——《瀛奎律髓汇评》

(清)纪昀:此评确。——同上

(清)冯班:五、六乃放翁口舌语也。若石湖结句,最近人情。——同上

(清)无名氏(甲):韩擒虎将终,曰"生作上柱国,死为阎罗王"足

矣。——同上

生查子·山行,寄杨民瞻　（南宋）辛弃疾

昨宵醉里行,山吐三更月。不见可怜人,一夜头如雪。　　今宵醉里归,明月关山笛。收拾锦囊诗,要寄扬雄宅。左思《咏史》诗:"寂寂杨子宅,门无卿相舆。"

生查子·杨子见和复用前韵

（南宋）辛弃疾

谁倾沧海珠,簸弄千明月?唤取酒边来,软语裁春雪。　　人间无凤凰,空费穿云笛。醉里却归来,松菊陶潜宅。

鹧鸪天·石门道中　（南宋）辛弃疾

山上飞泉万斛珠。悬崖千丈落鼪鼯。已通樵径行还碍,似有人声听却无。　　闲略彴,彴读酌,入声,独木桥。远浮屠。佛家语,此指佛寺。溪南修竹有茅庐。莫嫌杖屦读协,入声。履也。频来往,此地偏宜着老夫。

绝　句　（南宋）赵师秀

数日秋风欺病夫,尽吹黄叶下庭芜。林疏放得遥山

出，又被云遮一片无。

浪淘沙·云藏鹅湖山鹅湖山在江西铅山县。

（南宋）章谦亨

台上凭栏干。犹怯春寒。被谁偷了最高山？将谓六丁移取去，不在人间。　　却是晓云闲。特地遮拦。与天一样白漫漫。喜得东风收卷尽，依旧追还。

少室南原　　（金）元好问

地僻人烟断，山深鸟语哗。清溪鸣石齿，暖日长藤芽。绿映高低树，红迷远近花。林间见鸡犬，直拟是仙家。

丙辰九月二十六日挈家游龙泉

（金）元好问

风色澄鲜称野情，居僧闻客喜相迎。藤垂石磴云添润，泉漱山根玉有声。庭树老于临济寺，霜林浑是汉家营。明年此日知何处，莫惜题诗记姓名。

近望牛头山　(清)王　铎

汉西郊野望牛头，滚滚寒云万顷流。钟磬不关兴败事，藤萝犹挂古今愁。树连山色低秦塞，水带军声别阆州。割据雄图忧后日，夕阳无语下寒丘。

东雾山诗　(清)陈鹏年

路自中峰上，泉从绝顶分。晓窗明海日，孤磬落松云。水木知先德，湖山话旧闻。桃源欣聚族，吾亦事春耘。

自题画石　(清)曹雪芹

爱此一拳石，玲珑出自然。朔源应太古，堕世又何年？有志归完璞，无才去补天。不求邀众赏，潇洒做顽仙。

题老莲浸骨芭蕉石　(清)法式善

画雨声完又画风，繁华刊落世缘空。谁知大叶粗枝处，多少秋心在此中。

己亥杂诗·别西山 (清)龚自珍

太行一脉走蝹蜿，莽莽畿西虎气蹲。送我摇鞭竟东去，此山不语看中原。戴熙《习苦斋画絮》："龚词部定庵尝语予曰：'西山有时渺然隔云汉外，有时苍然堕几榻前，不关风雨晴晦也。'其西山诗有云，'此山不语看中原'，是真能道出西山性情矣。"

冬日山行二首 (清)樊增祥

雪地敲门借火烘，松皮烧火芋魁红。行人争及田家乐，细布香秔读京，平声。稻谷名。过一冬。

牧儿生小住山家，冬学闲时乐事赊。雪后不知溪路断，倒骑牛背看梅花。

山 行 (清)宋伯鲁

客行无坦道，风雨出孤城。路险天逾窄，山多月不平。新袍消练色，征铎吐秋声。纵有神丁斧，无如世上情。

二、海　洋

赋得海边树　（唐）皇甫冉

历历缘荒岸，溟溟入远天。每同沙草发，长共水云连。摇落潮风早，离披海雨偏。故伤游子意，多在客舟前。

东　海　（唐）胡　曾

东巡玉辇委泉台，徐福楼船尚未回。自是祖龙先下世，不关无路到蓬莱。

望　海　（唐）周　繇

苍茫空泛日，四顾绝人烟。半浸中华岸，旁通异域船。岛间应有国，波外恐无天。欲作乘槎客，翻愁去隔年。

（明）周珽：宋之问《洞庭湖》云“地尽天水合”，又“滢荧心欲无”，写尽眼界浩荡、心境奇幻。若周繇《望海》云“半浸中华岸”，又“波外恐无天”，亦称作手。然宋诗古调，气象空洞雄浑；周诗律体，规模整饬精深。两美并举，不无初、晚之别。——《唐诗选脉会通评林》

（清）沈德潜：余谓咏海何难万言，惟简而赅为贵也。读“岛间应有国，波外恐无天”，爽然自失矣。——《唐诗别裁集》

送僧游南海　（唐）李洞

春往海南边，秋闻半路蝉。鲸吞洗钵水，犀触点灯船。岛屿分诸国，星河共一天。长安却回日，松偃旧房前。

六月二十日夜渡海　（北宋）苏轼

参横斗转欲三更，苦雨终风《诗·邶风·终风》：“终风且暴，顾我则笑。”毛传：“终日风为终风。”后多以指大风、暴风。也解晴。云散月明谁点缀，天容海色本澄清。空余鲁叟乘槎意，孔子云：“道不行则乘槎浮于海。”鲁叟，指孔子。粗识轩辕奏乐声。九死南荒吾不恨，兹游奇绝冠平生。

泛　海　（明）王守仁

险夷夷，平坦，与险相对。原不滞胸中，何异浮云过太空。夜静海涛三万里，月明飞锡下天风。

（现代）高原：记得郭沫若早年写过一篇关于王阳明的文章，记述王阳明如何越过一道道死亡线，逃脱了刘瑾追踪暗杀的事。明武宗利用宦官刘瑾等八虎，实行特务集权统治，朝政腐败不堪。大臣戴铣、薄彦征等上疏要求惩办刘瑾，反被逮捕下狱。群臣慑于宦官淫威，噤若寒蝉。独有王阳明挺身而出，仗义执言。结果，被杖责四十板，谪贬贵州龙场驿。在贬去贵阳途中，回故乡余姚辞别亲人。刘瑾派两个爪牙尾随，伺机加害。过钱塘江时，王阳明突然不见，爪牙四处搜寻，在江边发现一双鞋子，一首绝命诗，一顶斗笠漂浮在江上。两个爪牙以为他投江自杀了，才怏怏而去。原来，这是一出金蝉脱壳计，王阳明早已纵身跳上一艘商船出海了。不料船在海上遇到风暴，大海疯狂咆哮，船在劈天巨浪中漂流，生命在危殆中。王阳明却镇静自若，端坐舟中，吟出了上面这首诗。——《元明清诗鉴赏辞典》

通州望海通州，江苏南通市，狼山在南通。

(清)屈大均

狼山秋草满，鱼海暮云黄。日月相吞吐，乾坤自混茫。乘槎无汉使，鞭石有秦皇。万里扶桑客，何时返故乡？扶桑客指明末去日本之抗清志士朱舜水等。

浪淘沙·望海　　(清)纳兰性德

蜃阙半模糊。踏浪惊呼。任将蠡测笑江湖。沐日光华还浴月，我欲乘桴。桴读夫，平声。竹、木编成的筏子。乘桴，航行。

钓得六鳌无？竿拂珊瑚。桑田清浅问麻姑。事见葛洪《神仙传·麻姑》。水气浮天天接水，那是蓬壶？

渡海作 (清)郑孝胥

泱泱渤海意如何，腾碧翻金眼底过。出世只应亲日月，浮生从此藐读秒，上声。轻视也。山河。南归不用怀吾土，东去谁能挽逝波。爱煞滔天露孤岛，弃船聊欲上嵯峨。

澄台观海 (清)六十七

层台爽气豁双眸，远望沧溟万顷收。赤雾衔将红日暮，银涛拍破碧云秋。鲲鹏飞击三千水，岛屿平堆十二楼。极目神州渺无际，东南形胜此间浮。

题海外归槎图卷 (清)丘炜萲

持竿尽拂珊瑚树，举足谁翻鹦鹉洲。输与诗人成浪迹，竟从大地转圆球。雄心携剑诛蛟蜃，艳遇占星犯斗牛。生面如今开一代，果然天外得归舟。为光绪庚寅柏林归舟作。

黄海舟中感怀二首 (清)秋 瑾

片帆破浪渡沧溟，回首河山一发青。四壁波涛旋大地，一天星斗拱黄庭。千年劫烬灰全死，十载淘余水尚腥。海外神山渺何处，天涯涕泪一身零。

闻道当年鏖战地，只今犹带血痕流。驱驰戎马中原梦，破碎河山故国羞。领海无权悲索寞，磨刀有日快恩仇。天风吹面泠然过，十万云烟眼底收。

三、黄　河

与永乐诸公夜泛黄河作　（唐）阎　防

烟深载酒入，但觉暮川虚。映水见山火，鸣榔闻夜渔。爱兹山水趣，忽与人世疏。无暇然官烛，中流有望舒。望舒是神话中替月亮驾车的神，此指月。

黄　河　（唐）罗　隐

莫把阿胶向此倾，此中天意固难明。解通银汉应须曲，才出昆仑便不清。高祖誓功衣带小，仙人占斗客槎轻。三千年后知谁在？何必劳君报太平。据传说，黄河水清，天下太平。

黄　河　（北宋）苏　轼

浩浩何人见混茫，昆仑气脉本来黄。浊流若解污清济，惊浪应须动太行。帝假一源神禹迹，世流三患梗尧乡。灵槎果有仙家事，试问青天路短长。《庄子·天地篇》："华封人谓尧曰：'天下有道，则与物皆昌，无道则修德就闲。千岁厌世，去而上仙，乘彼白云，至于帝乡，三患莫至，身常无殃，何辱之有？'"

（清）何焯：次联以喻党人排窄。此必初贬英州时诗，落句排云叫阖之思。——《苏轼诗集合注》

壶中天·夜渡黄河，与沈尧道、曾子敬同赋

（南宋）张　炎

扬舲万里，笑当年底事，中分南北。须信平生无梦到，却向而今游历。老柳官河，斜阳古道，风定波犹直。野人惊问，泛槎何处狂客！"扬舲万里"，化用《楚辞》"乘舲船于上沅矣"。以前是做梦都梦不到这荒凉的地方来的，然而现实却偏偏迫他长途跋涉至此。所谓"游历"云云乃是遁词，世上哪有这种满怀凄凉的"游历"！原来，元朝统治者为了给徽仁皇后造福扬名，大兴写经之役，下诏征选能书善画之士赶赴大都写金字"藏经"，张炎亦在应召之列。　迎面落叶萧萧，水流沙共远，都无行迹。衰草凄迷秋更绿，惟有闲鸥独立。浪挟天浮，山邀云去，银浦横空碧。扣舷歌断，海蟾指月。飞上孤白。下片"浪挟天浮"三句写黄河一带壮阔气象。"海蟾"指月亮，古人认为月从海底出，故云。"飞上孤白"——一片孤零、凄白的光景。以海上飞月的下半夜奇绝光景来衬托出自己孤寂难禁的痛苦心情。○此词在写情写景上都有古黄河那种苍劲寂寥的风味。

临江仙·孟津河山亭同钦叔赋，因寄希颜兄

（金）元好问

试上古城城上望，水光天影相涵。都将形胜入高谈。

河山亭名,见题。君与我,独恨少髯参。《晋书·郗超传》:"郗超少卓荦不羁,有旷世之度……为桓温参军。府中语云:'髯参军,短主簿(指王珣),能令公喜,能令公怒。'以超多须王身矮故也。"此髯当指希颜。　造物戏人儿女剧,狙公暮四朝三。见《庄子·齐物论》。百年都合付薰酣。人家谁有酒,吾欲典春衫。

水调歌头·赋三门津　(金)元好问

黄河九天上,人鬼瞰重关。长风怒卷高浪,飞洒日光寒。峻似吕梁千仞,壮似钱塘八月,直下洗尘寰。万象入横溃,依旧一峰指砥柱山。闲。　仰危巢,双鹄过,杳难攀。人间此险何用,万古秘神奸。不用燃犀下照,未必佽佽读次,去声。飞强射,有力障狂澜。唤取骑鲸客,挝鼓过银山。"神奸"出《左传·宣公三年》,传说夏禹将百物的形象铸于鼎上,"使民知神奸"。就是辨识神物和恶物的模样。"秘",闭也。说这奇险的砥柱之下,是远古以来用以禁闭神异怪物的地方。"佽飞"春秋时楚国勇士名,曾仗剑入江刺杀两蛟。〇本词谋篇布局,上下回应,环环相扣,转折跌宕,曲尽情致。前数句极写黄河之险;河水自上游而来,犹如从天而下。一个"瞰"字,不仅赋予黄河人格化,而且回应上句"黄河九天上"。"直下洗尘寰"不仅是"峻似吕梁千仞,壮似钱塘八月"的进一步描述,且与首句意义相牵。词人以浓墨铺写黄河之"怒",更反衬、烘托了砥柱之闲,一动一静,相应生趣,展示了词人的襟抱。写景抒情,浑然一体,不露筋骨。舒写胸臆,发挥景物,境皆独得,意自天成。以奇横之笔势,写雄阔之壮景,抒博大之情怀。

水龙吟·过黄河　(元)许有壬

浊波浩浩东倾,今来古往无终极。经天亘地,滔滔流出,昆仑东北。神浪狂飙,奔腾触裂,轰雷沃日。沃读握,入

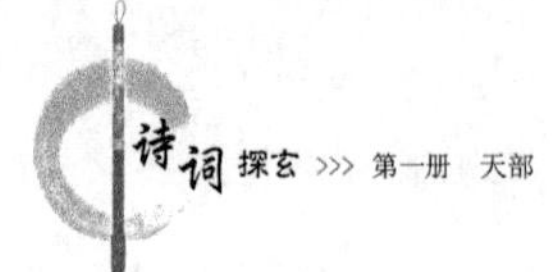

声。冲荡日头，形容波浪大。木华《海赋》："濯奔瀖渭，荡云沃日。"看中原形胜，千年王气，雄壮势，隆今昔。　　鼓枻读意，去声，船桨。茫茫万里，棹歌声、响凝空碧。壮游汗漫，广阔无边。山川绵邈，广远貌。飘飘吟迹。我欲乘槎，槎读查，平声。木筏。直穷银汉，问津深入。唤君平一笑，谁夸汉客，取支机石。《荆楚岁时记》载：汉武帝令张骞穷河源。他乘上木筏，来到一处，见城郭如官府，内有一女在织布，一男牵牛而饮。问是何处，答曰："可问严君平。"织女取支机石相赠。张骞返回到四川问严君平。君平说某年月日，客星犯牛斗，才知所到之处原是银河，所见者为牛郎织女星。

渡黄河二首　（清）宋琬

倒泻银河事有无？掀天浊浪只须臾。人间更有风涛险，翻说黄河是畏途。

久抛青简束行縢，縢读腾，平声。行囊也。白鸟《本草纲目》："蚊子，一名白鸟。"此前如《大戴礼》及南朝梁元帝《金楼子》皆谓。苍蝇甚可憎。身是蠹鱼酬夙债，黄河浪里读书灯。舟中读书。

河　塞　（清）李国宋

丹水神泉浴日华，板桐东注接流沙。千年过洛沉周璧，万里寻源阻汉槎。竹楗何须忧瓠子，斗泥无复泛桃花。冯夷震怒天吴恐，不敢凭陵到海涯。

黄　河　（清）童钰

一气直趋海，中含万古声。划开神禹甸，横压霸王

城。几见荣光出，刚逢彻底清。浮槎如可借，应犯斗牛行。

夜　济　（清）林则徐

苦热不成寐，中宵还渡河。棹移孤月破，灯闪一星过。吠犬知村近，鸣蛙隔水多。行行有幽意，莫问夜如何。

出潼关渡河　（清）谭嗣同

平原莽千里，到此忽嵯峨。关险山争势，途危石坠窝。崤函罗半壁，秦晋界长河。为趁斜阳渡，高吟击楫歌。

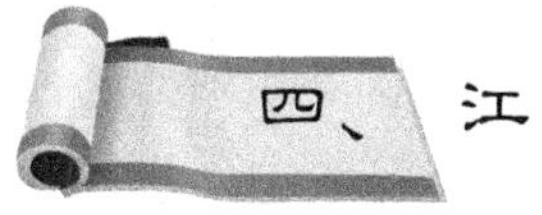

四、江

早寒江上有怀　（唐）孟浩然

木落雁南度，北风江上寒。我家襄水曲，遥隔楚云端。乡泪客中尽，孤帆天际看。迷津欲有问，平海夕

漫漫。

（清）卢麰、王溥：陈德公先生曰："逸笔故饶爽韵，前四纯以神胜。后半弥作生态，结语紧结五、六，亦复隐承三、四。"——《闻鹤轩初盛唐近体读本》

（清）胡本渊："早寒"起，"有怀"接，一气相承。——《唐诗近体》

（近代）高步瀛：纯是思乡之神，所谓超以象外也。——《唐宋诗举要》

长江二首　（唐）杜　甫

众水会涪读夫，平声。水名。万，浦注："涪州在岷江之南，万州在岷江之北，俱在夔之上流。"瞿塘争一门。《方舆胜览》："瞿塘峡乃三峡之门，两岸相对，中贯江，望之如门焉。"《镜铨》："笔力高古，直是水经。"朝宗人共挹，挹读邑，入声。推崇也。《北史·裴文举传》："为州里所推挹。"盗贼尔谁尊？《镜铨》："言水犹知朝宗，盗贼乃尔犯顺，尔将舍天子而谁尊乎？"孤石隐如马，《水经注》："江中有孤石为淫豫石。"《乐府》："淫豫大如马，瞿塘不可下。"高萝垂饮猿。《水经注》："瞿塘峡多猿，不生北岸。"《镜铨》："二句虚实借对。"归心异波浪，何事即飞翻。《镜铨》："此首江之源。"

浩浩终不息，乃知东极《镜铨》："东极指东海。"临。众流归海意，万国奉君心。色借潇湘阔，声驱滟滪深。未辞添雾雨，接上遇衣襟。王道俊曰："江流上接雾雨而过人衣襟之间，所谓波浪兼天者如此。四句亦寓出峡北归之意，言使归心得遂，即冒险有所不辞也。"《镜铨》："此首江之尾。"浦二田云："时崔旰杀郭英乂，公在云安闻蜀乱，思下峡以避之，故借长江写意，非咏江也。"

渡　江　（唐）杜　甫

春江不可渡，二月已风涛。舟楫欹斜疾，鱼龙偃卧高。渚花张素锦，汀草乱青袍。戏问垂纶客，悠悠见汝曹。

夜渡江　（唐）柳中庸

夜渚带浮烟，苍茫晦远天。舟轻不觉动，缆急始知牵。听笛遥寻岸，闻香暗识莲。唯看去帆影，常恐客心悬。

自巩洛舟行入黄河即事寄府县僚友

（唐）韦应物

夹水苍山路向东，东南山豁大河通。寒树依微远天外，夕阳明灭乱流中。孤村几岁临伊岸，一雁初晴下朔风。为报洛桥游宦侣，扁舟不系与心同。

（清）纪昀：三、四名句。归愚所谓上句画句，下句画亦画不出也。——《瀛奎律髓汇评》

（清）许印芳：第六句亦佳。〇次联与首联不粘。——同上

（清）金人瑞：读一、二，如读《水经注》相似，便将自洛入河一路心眼都写出来。又如读《庄子》外篇《秋水》相似，便将出于涯涘，乃知尔丑，向不至于子之门，实见笑于大方之家一段惭愧快活，都写出来也。三、四"寒树"、"远天"、"夕阳"、"乱流"，言山豁河通后，有如许眼界也（前四句下）。〇五、六正双写末句"不系"之心也。"伊岸"、"孤村"为时已久，"朔风"、"一雁"现见初下。然而今日扁舟适来相遇，我直以为村亦不故，雁亦不新。何则？若言村故，则我今寓目，本自崭新；若言雁新，则顷刻舟移，又成故迹。此真将何所

系心于其间也乎(后四句下)!——《贯华堂选批唐才子诗》

(清)赵臣瑗:一写自巩县之洛水,迤逦而来,不知几许道路,但俯而视水,水则绿也(一本首句作“绿水苍山”),仰而观山,山则苍也;及志其所向之路,路皆东也,一何潇洒乃尔!二忽然向南,忽然山豁,忽然路通,遂换出一极苍茫浩荡之境界来,只此二语已不是寻常笔墨。三、四但见远天之外有景依微,非寒树乎?乱流之中有光明灭,非夕阳乎?此真是乍出口时光景,固不得写向后边也。五、六久之而后乃遇孤村,又久之而后又见一雁,此真是岸转风回时光景,固不得写向前边也。要之皆从“扁舟不系”中,匆匆领略其一二者,如此而亦何尝有所粘滞眷恋于其间哉!七、八为报与游宦诸公,使之猛省,而却借扁舟之系,轻轻带出“心”字,立言之妙,一至于此。——《山满楼笺注唐诗七言律》

忆江上吴处士　　(唐)贾岛

闽国扬帆去,蟾蜍亏复团。秋风吹渭水,落叶满长安。此地聚会夕,当时雷雨寒。兰桡殊未返,消息海云端。

(五代)王定保:(贾岛)元和中尝跨驴张盖,横截天衢,时秋风正厉,黄叶可扫。岛忽吟曰“落叶满长安”。志重其冲口直致,求是一联,杳不可得,不知身之所从也。因之唐突大京兆刘栖楚,被系一夕而释之。——《唐摭言》

(元)方回:或问此诗何以谓之变体?岂“秋风吹渭水,落叶满长安”为壮乎?曰,不然。此即唐人“春还上林苑,花满洛阳城”也。其变处乃是“此地聚会夕,当时雷雨寒”,人所不敢言者。或曰,以“雷雨”对“聚会”,不偏枯乎?曰,两轻两重自相对,乃更有力。但谓之变体,则不可常尔。——《瀛奎律髓汇评》

(清)冯舒:方君云“两轻两重自相对,乃更有力”,不是,都不是。——同上

(清)冯班:只曰以重对轻,亦曰一变例,何必曰自相对乎。——同上

(清)纪昀:云“不能”犹可,有何“不敢”?末二句乃为通论。——同上

(明)周敬等:魏淳父《风骚句法》云,“秋风”一联为“洞庭摇橹”,谓双有声也。○王世贞曰:次二句置之盛唐,不复可别。○当秋风落叶之际,念故人久别不返,固追想当时聚首情景,浑古遒劲,深浅合度。——《唐诗选脉会通评林》

(清)屈复:格法老。……“秋风”是今日事,“雷雨”是当时事;雷雨寒时尚得相聚,秋雨摇落乃不得相聚,写“忆”字入骨。○三、四昔人称其盛唐佳句,不知五、六绝妙。——《唐诗成法》

(清)冯舒:次联直凌二谢。——《瀛奎律髓汇评》

(清)冯班:此诗高处只在次联,直敌过仲宣“灞陵”句矣。以区区对偶论之,去之千里。——同上

(清)纪昀:天骨开张,而行之以灏气。浪仙有数之作。而以五、六逆挽为佳处,浅矣。——同上

(清)许印芳:唐人诗,勿论古体、律体,皆有借押通韵之例。此诗用“寒”韵,而首联借押“先”韵,盖“寒”、“先”通用故也。或谓“圆”字乃“团”字之讹,然“圆”字较浑雅,不必改也(一本第二句作“亏复圆”)。——同上

送白舍人渡江　(唐)殷尧藩

晓发龙江第一程,诸公同济似登瀛。海门日上千峰出,桃叶波平一棹轻。横锁已沈王濬筏,投鞭难阻谢玄兵。片时喜得东风便,回首钟声隔凤城。

西江怀古　(唐)杜　牧

上吞巴汉控潇湘,怒似连山净镜光。魏帝缝囊魏帝,指曹操。《三国志·吴书·步骘传》注:《吴录》云,骘表言曰“北降人王潜等说,北相部伍,图以东向,多作布囊,欲以盛沙塞江,以大向荆州”。(孙)权曰“此曹衰弱,何能有图,必不敢来”。真戏剧,苻坚投箠读嘴,上声。马鞭也。公元383年前秦苻坚亲率步兵六十余万,骑兵二十七万,大举攻晋。自恃兵多,曰:“今以吾之众,投鞭于江,足断

其流。”更荒唐。其结果被东晋谢安等八万兵打败。此是历史上著名的淝水之战。千秋钓艇歌明月，万里沙鸥弄夕阳。范蠡清尘何寂寞，好风唯属往来商。

(清)金人瑞：前解写西江，后解写怀古。分别读之，始知先生乃怀范蠡，非怀魏帝、苻坚。不然，既已怀之，又切讥其“戏剧”、“荒唐”，岂有是哉！○吞汉控楚，写西江要害；“连山”、“镜光”，写西江不测；“魏帝”、“苻坚”，写江上当时头等英雄。四句四七二十八字，皆是写“西江”，并未写到“怀古”，再读之。○便从江上放宽眼界，竖看“千秋”，横看“万里”。言如此西江，彼魏帝、苻坚，真无奈之何也；乃如此明月钓舟、夕阳鸥鸟，西江又真无奈之何也。人诚莫妙于不生世间，人而不免或生世间，则我仪图古人，其惟范蠡实获我心！何则？世上事毕竟做不尽，莫如撒手一去，所益实多。○七、八语气，是切叹世无范蠡，可惜满江好风，总吹财奴耳！——《贯华堂选批唐才子诗》

楚江怀古三首长江中下游一带，古属楚国，故称楚江。

(唐)马　戴

露气寒光集，微阳下楚丘。猿啼洞庭树，人在木兰舟。《述异记》：“木兰洲在浔阳江中，多木兰树……七里洲中有鲁班刻木兰为舟。舟至今在洲中。”诗家云木兰舟出于此。广泽指洞庭湖。生明月，苍山夹乱流。云中君屈原《九歌·云中君》。不见，竟夕终夜也。自悲秋。

(明)钟惺：三、四二语以连续为情景。——《唐诗归》

(明)胡震亨：马虞臣“猿啼洞庭树，人在木兰舟”风致自绝。——《唐音癸签》

(清)瞿镛：皇甫子俊与弟子安等论诗，尝举虞臣“猿啼洞庭树，人在木兰舟”为五言三昧。——《铁琴铜剑楼藏书志》

(清)屈复：三、四王渔洋以为诗之极致。五、六作“梦泽”、“巫山”方切，

但与"楚丘"、"洞庭"用地名太多，故浑言"广泽"、"苍山"耳。有议其不切者，非。——《唐诗成法》

惊鸟去无际，寒蛩鸣我傍。芦洲生早雾，兰隰下微霜。列宿分穷野，空流注大荒。看山候明月，聊自整云装。以云为服装。《楚辞》："青云衣兮，白霓裳。"

野风吹蕙带，骤雨滴兰桡。屈宋屈原、宋玉。魂冥寞，江山思寂寥。钟惺、谭元春评曰："幽壮。"阴霓侵晚景，海树入回潮。欲折寒芳荐，明神《诗·大雅·云汉》："敬恭明神，宜无悔怒。"讵读巨，去声。岂，怎。可招！

惠崇春江晚景　(北宋)苏　轼

竹外桃花三两枝，春江水暖鸭先知。蒌蒿满地芦芽短，蒌蒿，植物名。生下田，初出可啖，江东用羹鱼。故坡诗云然，非泛咏景物也。正是河豚欲上时。

临江仙·夜归临皋　(北宋)苏　轼

夜饮东坡醒复醉，归来仿佛三更。家童鼻息已雷鸣。敲门都不应，倚杖听江声。　　长恨此身非我有，何时忘却营营？夜阑风静縠纹平。小舟从此逝，江海寄余生。上片实写，下片虚写。下片在"倚杖听江声"中引起的联想。

(宋)叶梦得：子瞻在黄州，病赤眼，逾月不愈，或疑有他疾，过客遂传以为死矣。有语范景文于许昌者，景文绝不置疑，即举袂大恸，召子弟景仁，当遣人周其家。子弟徐书言"此传闻未审得实否。若果真安否得实，吊之未晚"。乃走仆以往，子瞻哗然大笑。故后量移汝州谢表有云"疾病连年，人皆相传为已死"。未几，复与客饮江上，夜归，江面际天，风露浩然，有当其意，乃作歌词，所谓"夜阑风静縠纹平。小舟从此逝，江海寄余生"者，与客大歌数过而散。翌日，喧传子瞻作此词，挂官服江边，拏舟长啸去矣。郡守徐君猷闻之，惊且惧，以为州失罪人，急命驾往谒，则子瞻鼻鼾如雷，犹未醒也。然此语卒传至京师，虽裕陵亦闻而疑之。——《避暑录话》

江神子·江景　（北宋）苏轼

凤凰山下雨初晴。水风清。晚霞明。一朵芙蓉，开过尚盈盈。何处飞来双白鹭，如有意，慕娉婷。　忽闻江上弄哀筝。苦含情。遣谁听。烟敛云收，依约是湘灵。欲待曲终寻问取，人不见，数峰青。

发长平　（北宋）张耒

归舟川上渡，去翼望中迷。野水浸官道，春芜没断堤。川平双桨上，天阔一帆西。无酒消羁恨，诗成独自题。

（元）方回：虽自然，无不工处。——《瀛奎律髓汇评》

（清）纪昀：此评七字初看如不贯串，细玩乃甚精密。盖贪自然者，多涉率易粗俚。自然而工，乃真自然矣。——同上

（清）许印芳：晓岚此论当矣，而义有不尽。盖自然乃文字美名，实文字老境。功候未深，必不能到。初学宜用艰苦工夫，以洗练为主，久而精力弥满，出之裕如，渐近自然，方臻妙境。若入手即求自然，必有粗率病，且有油

滑病。人皆知粗率、油滑之为病，不知病根即在妄求自然。更有身受其病，迷而不悟，反笑他人用力难苦，引古人以自夸者。夫古人流传之作，大段自然，岂知其自然皆自艰苦来乎？不识本来之艰苦，但见眼前之自然，摹古益久，去古益远，终身无成就之日。如此者吾屡见其人矣。初学当以为戒。——同上

襄邑道中　（南宋）陈与义

飞花两岸照船红，百里榆堤半日风。卧看满天云不动，不知云与我俱东。

舟行遣兴　（南宋）陈与义

会稽尚隔三千里，临贺地名，三国吴置临贺郡，即今广东贺县。初盘一百滩。殊俗问津言语异，长年为客路歧难。背人山岭重重去，照鹧梅花树树残。酌酒柁楼今日意，题诗船壁后来看。

（清）纪昀：八句皆对，用宗楚客格，虽无深致，而不失朴老。○“照鹧”二字杂。——《瀛奎律髓汇评》

满江红·江行，简杨济翁、周显光
（南宋）辛弃疾

过眼溪山，怪都似、旧时曾识。还记得、梦中行遍，江南江北。佳处径须携杖去，能消几两平生屐。笑尘埃、三

十九年非，长为客。　　吴楚地，东南拆。英雄事，曹刘敌。被西风吹尽，了无陈迹。楼观才成人已去，旌旗未卷头先白。叹人间、哀乐转相寻，今犹昔。

（明）卓人月：长使英雄泪满襟。——《古今词统》

（清）陈廷焯：起数语便超绝。回头一击，鱼龙飞舞，淋漓痛快，悲壮苍凉，敲碎玉唾壶。〇又：稼轩词如“旧恨春江流不尽，新恨云山千叠”。又“前度刘郎今重到，问玄都千树花存否”，又“重阳节近多风雨”，又“佳处径须携杖去，能消几两平生屐。笑尘埃三十九年非，长为客。……”皆于悲壮中见浑厚。后之狂呼叫嚣者，动托苏辛，真苏辛之罪人也。——《云韶集》

（清）陈廷焯：悲壮苍凉，却不粗卤。改之，放翁辈终身求之不得也。——《词则·放歌集》

（近代）俞陛云：《满江红》词易于纵笔，以稼轩之才气，更如阵马风樯。但豪放则易近粗率，此作独疏爽而兼低回之思。“佳处”二句深表同情。余生平所历胜境，回味犹甘，而重游无望，知佳处径须携杖，不可使清景如追逋也。下阕非特俯仰兴亡，即寻常之丹艧未竟，已钟鼓全非者，不知凡几，真阅世之谈。“今犹昔”三字尤隽。后之感今，犹今之感昔耳。——《唐五代两宋词选释》

清平乐·丹阳舟中作　　（南宋）刘克庄

休弹别鹤。别鹤，琴操名。泪与弦俱落。欢事中年《世说新语》：“谢太傅语王右军曰：‘中年伤于哀乐，与亲友别，辄作数日恶。’”如水薄。怀抱那堪作恶。　　昨宵月露高楼。今朝烟雨孤舟。除是无身方了，有身长有闲愁。《老子》：“吾所以有大患者，为吾有身。及吾无身，吾有何患！”

（明）卓人月：“吾所大患，为吾有身。”古诗“深知身在情常在”。——《古今词统》

(近代)吴世昌：如此翻《道德经》亦妙。——《词林新话》

苏武慢·江亭远眺　(明)韩守益

地涌岷峨，天开巫峡，江势西来百折。击楫中流，投鞭思济，多少昔时豪杰。鹤渚沙鸣，鸥滩雪静，小艇鸣榔初歇。喜凭栏，握手危高也。亭，偏称诗心澄澈。　还记取，王粲楼前，王粲登楼作赋为荆州当阳城楼。吕岩矶外，吕岩矶为武昌黄鹄矶。别样水光山色。烟霞仙馆，泛指道观。金碧浮图，泛指佛宇寺庙。尽属楚南奇绝。紫云古代名箫。箫待，绿醑名酒。杯停，咫尺良宵明月。拼高歌，一曲清词，遍彻冯夷冯夷，水神名。宫阙。此词是对长江的赞歌。

江　宿　(明)汤显祖

寂历秋江渔火稀，起看残月映林微。波光水鸟惊犹宿，露冷流萤湿不飞。

晚　泊　(清)洪　昇

空江烟雨晚模糊，越峤吴峰定有无。宿鹭连拳鱼泼刺，刺读蜡，入声。泼刺，象声词。败芦深处一灯孤。

舟夜书所见　（清）查慎行

月黑见渔灯，孤光一点萤。微微风簇浪，散作满河星。

江　晴　（清）郑　燮

雾里山疑失，雷鸣雨未休。夕阳开一半，吐出望江楼。

江上杂诗　（清）王又曾

江上丈人语出《史记》及《吕氏春秋》，指帮伍子胥渡江的渔人。空复期，芦花如雪覆晴漪。江波流尽千年恨，明月白鸥都不知。此是一首怀古诗，慨叹世无伍子胥这样的仁人志士。所不同者，以议论为主，而把议论融铸在鲜明的物象之中：江上的老人，雪白的芦花，江水的涟漪，奔流，清朗的明月，以及飞翔的白鸥，都和议论融合为一体，甚至看不出议论，浑然无迹。但却最耐人寻味，不失为一首好诗。

渡　江　（清）赵　翼

又指瓜州渡，轻舟压暮涛。江山长不老，名利两空劳。稍喜张帆稳，宁夸击楫豪。前途有兰若，一访远公高。

江行杂诗五首嘉庆庚辰奉母东下。　　(清)魏　源

试登大别观荆鄂，何似君山俯洞庭。如束估帆三楚至，无穷征雁六朝听。大江东去风月白，春色南来天地青。何事悲歌更怀古，乾坤元气是吾形。

侧闻淫雨告荆邦，泽国元鼍读跎，平声。爬行动物。咨潦洚。平世务耕非务战，只今防汉胜防江。庾楼风月惟挥麈，麈读主，上声，麈尾的省称。楚国戈船漫拥幢。运甓读僻，入声。砖也。旧输团扇客，反骚空咏木兰艭。艭读双，平声。小船。

黄蕲楚尾即吴头，田集遥连道士洲。重锁长江无去路，翻疑巫峡在斯州。上游天堑供龙战，泽国涛声壮雁秋。名士英雄争赤壁，何如风月此横舟。自注：田家镇俗呼田家集，与道士洑皆在蕲州东百余里，乃全楚门户。

彭蠡湖滨十日风，石尤大风也，见《琅嬛记》。逆浪拥孤篷。云开庐岳横天出，日落孤山元气中。留滞每思千嶂陟，地形回忆六朝雄。九江禹贡谈经讼，试向浔阳访异同。

行尽东南万里川，全家无恙五湖船。范蠡罗裳天上坐，淮南鸡犬镜间仙。空中云水舟为界，水底鱼龙夜有天。来自潇湘清绝处，可曾楚树让吴烟。

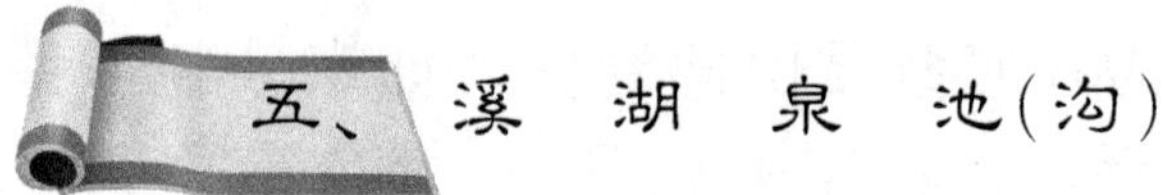

五、溪湖泉池(沟)

兴庆池侍宴 (唐)沈佺期

碧水澄潭映远空，紫云香驾御微风。汉家城阙疑天上，秦地山川似镜中。向浦回舟萍已绿，分林蔽殿槿初红。古来徒羡横汾赏，今日宸游圣藻雄。

(明)叶羲昂：音律调畅，骈丽精工，初唐压卷。——《唐诗直解》

(清)金人瑞：一，写池；二，写驾；三、四重又写池。其一写池也，妙于“映远空”字，便只写得池中碧水湛然。其三、四重又写池也，妙于“汉家城阙”、“秦地山川”字，便直写兴庆无数台殿高低俱于此池碧水湛然中空明影现。此为避实笔，取虚笔，非俗儒之所能与矣。后来读者，只叹“天上”、“镜中”字佳，岂足与语此哉！〇后解平压汉武，高颂当今。言昔者横汾一曲，相传秋风初起，今日萍绿槿红，亦正是其时矣，云云。——《贯华堂选批唐才子诗》

(清)毛张健：非徒写景韶丽，当玩其细腻入微处(“汉家城阙”二句下)。用横汾者多矣，不若此之切(“古来徒羡”句下)。——《唐体余编》

(清)方东树：起句破兴庆池，次句破宴，皆带兴象。中二联，两大景，两细景分写。收侍宴应制。气象高华浑罩，与右丞同工。——《昭昧詹言》

桃花溪 (唐)张 旭

隐隐飞桥隔野烟，石矶西畔问渔樵。桃花尽日随流水，洞在清溪何处边？

(清)黄生：长史不以诗名，然三绝恬雅秀润，盛唐高手无以过也。高适赠张诗云："世上谩相识，此翁殊不然。"又"白发老闲事，青云在目前"，必高闲静退之士。今观数诗，其襟次可想矣。——《唐诗摘钞》

(清)王士禛：诗中有画。——《唐贤三昧集笺注》

青　溪　　(唐)王　维

言入黄花川，每逐青溪水。随山将万转，趣途无百里。声喧乱石中，色静深松里。漾漾泛菱荇，澄澄映葭苇。苇读萎，上声。我心素已闲，清川澹如此。请留盘石上，垂钓将已矣。

(明)钟惺：亦是真境("随山"二句下)。——《唐诗归》

(明)谭元春："喧"、"静"俱极深妙("声喧"二句下)。〇"如此"二字奇("清川"句下)。——同上

(清)黄周星：右丞诗大抵无烟火气，故当于笔墨外求之。——《唐诗快》

和尹谏议史馆山池　　(唐)王　维

云馆指史馆。"云"喻其高也。接天居，霓裳侍玉除。玉阶。春池百子外，百子，汉宫池名。见《三辅黄图》。"百子外"谓优于百子。芳树万年余。洞有仙人箓，箓读鹿，入声。道教的秘文。山藏太史书。君恩深汉帝，且莫上空虚。天空。言不要弃官登仙而去也。

与鄠读户，上声。今陕西户县。县群官泛渼陂古湖名。

（唐）岑 参

万顷浸天色，千寻穷地根。舟移城入树，岸阔水浮村。闲鹭惊箫管，潜虬傍酒樽。暝来呼小吏，列火俨归轩。

温泉即事　（唐）皇甫冉

天仗星辰转，霜冬景气和。树含温液润，山入缭垣围墙也。张衡《西京赋》："缭垣系联，四百余里。"多。丞相金钱赐，平阳平阳公主。后泛指公主。玉辇过。鲁儒求一谒，谒读叶，入声。请入见。无路独如何。

龙昌寺荷池　（唐）白居易

冷碧新秋水，残红半破莲。从来寥落意，不似此池边。

题韦家泉池　（唐）白居易

泉落青山出白云，萦村绕郭几家分。自从引作池中水，深浅方圆一任君。

溪　居　（唐）柳宗元

久为簪组冠簪与冠带，泛指作官。累，幸此南夷谪。闲依农圃邻，偶似山林客。晓耕翻露草，夜榜此读傍，去声。船桨也，亦泛指船。响溪石。来往不逢人，长歌楚天碧。

（明）高棅：刘云：境与神会，不由思得，欲重见自难耳。——《唐诗品汇》

（明）周珽：因谪居，寻出乐趣来。与《雨后寻愚溪》、《晓行至愚溪》二诗点染，情兴欲飞。——《唐诗选脉会通评林》

（清）沈德潜：愚溪诸咏，处连蹇困厄之境，发清夷澹泊之音，不怨而怨，怨而不怨，行间言外，时或遇之。——《唐诗别裁集》

（清）陆蓥：昔人谓“诗中有画，画中有诗”，然亦有画手所不能到者。先广光尝言：……柳子厚《溪居》诗“晓耕翻露草，夜榜响溪石”，《田家》诗“鸡鸣村巷白，夜色归暮田”。此岂画手所能到耶？——《问花楼诗话》

夏初雨后寻愚溪　（唐）柳宗元

悠悠雨初霁，独绕清溪曲。引杖试荒泉，解带围新竹。沉吟亦何事？寂寞固所欲。幸此息营营，啸歌静炎燠。燠读育，入声。暖也，热也。

（清）贺裳：坡尤好陶诗，此则如身入虞罗，愈见冥鸿之可慕。然坡语曰，“所贵于枯淡者，谓外枯而中膏，似淡而实美，渊明、子厚之流是也。若中边皆枯，淡亦何足道”。自是至言。即如“晓耕翻露草，夜榜响溪石”、“引杖试流泉，解带围新竹”、“寒花疏寂历，幽泉微断续”、“风窗疏竹响，露井寒松滴”，孰非目前之景，而句字高洁，何尝不澹，何病于秾。——《载酒园诗话》

同沈驸马赋得御沟水　　（唐）李　贺

入苑白泱泱，宫人正靥黄。靥，读叶，入声。靥黄，古代妇女面部的一种妆饰。绕堤龙骨冷，拂岸鸭头香。李白诗："遥看春水鸭头绿。"别馆惊残梦，停杯泛小觞。幸因流浪处，暂得见何郎。何晏，尚金乡公主，有貌又有才，以比沈驸马。

盆　池　　（唐）杜　牧

凿破苍苔地，偷他一片天。白云生镜里，明月落阶前。

西　溪　　（唐）李商隐

近郭西溪好，谁堪共酒壶。苦吟防柳恽，多泪怯杨朱。野鹤随君子，寒松揖大夫。天涯常病意，岑寂胜欢娱。何焯云："自不欲人共，非无人共也。通体是傲。次联写出岑寂，应谁堪共也。随者鹤，无同察也；揖者松，非知己也。末句更傲。"

西　溪　　（唐）李商隐

怅望西溪水，潺湲奈尔何。不惊春物少，只觉夕阳多。色染妖韶犹妖娆。陆机《七微》："舒妍晖以妖韶。"柳，光含窈窕萝。人间从到海，天上莫为河。凤女弹瑶瑟，龙孙撼玉珂。京华他夜梦，好好寄云波。叶葱奇《疏注》云"起四句一气贯下"。首二句的

“怅望”与“奈尔何”即逗起下二句。“夕阳多”乃自寓迟暮之感。五、六二句形容水光、水色的韶丽，即上承第三句；七、八二句则暗承第四句，意思说此身已感迟暮，纵漂泊殊方，慎莫隔绝京华的遇合。诗人借牵牛织女来比喻君臣，着意实在第八句，而七句极力一掀，八句语意遂更沉着。这两句为全篇枢纽，末四句即承“莫为河”来。九、十两句即“京华”句梦魂萦绕的京华繁丽。末句意思说，想凭藉溪水把梦传递到京中，这正是求其“莫为河”的原因。托谕隐微，情思无限，是诗人后期的一篇情文深刻的作品。〇（清）纪昀云：寓意深微，言人间纵然到海，亦自不妨，但不可以天上为河隔牛女之会合耳。后四句言恋阙情深，中所以莫为河意。凤女二句即所谓京华梦也。

池　边　（唐）李商隐

玉管葭灰细细吹，流莺上下燕参差。日西千绕池边树，忆把枯条撼雪时。朱彝尊曰：“无限低徊只在‘千绕’二字中写出。”〇纪昀曰：“此写时光迅速之感。”

自缙云赴郡，溪流百里，轻棹一发，曾不崇朝，叙事四韵寄献段郎中　（唐）方　干

激箭溪湍势莫凭，飘然一叶若为乘。仰瞻青壁开天罅，斗转寒湾避石棱。巢鸟夜惊离岛树，啼猿昼怯下岩藤。此中明日寻知己，恐似龙门不易登。

题令狐处士溪居　（唐）项　斯

白发已过半，无心离此溪。病尝山药遍，贫起草堂低。为月窗从破，因诗壁重泥。近来常夜坐，寂寞与僧齐。

(元)方回:三、四妙甚。刘后村深喜之。——《瀛奎律髓汇评》

(清)纪昀:上句稍雅,下句俚。后村誉所可及耳。——同上

(清)无名氏(乙):四尤妙。人间省事法,此公窥得之。——同上

(清)纪昀:"武功"一派。——同上

和袭美重题后池　(唐)陆龟蒙

晓烟清露暗相和,浴雁浮鸥意绪多。却是陈王词赋错,枉将心事托微波。

泉　(唐)崔涂

远辞岩窦泻潺潺,静拂云根石也。别故山。可惜寒声留不得,旋添波浪向人间。

题豪家故池　(唐)吴融

岁久无泉引,春来仰雨流。萍枯黏朽槛,沙浅露沉舟。照影人何在?持竿客寄游。翛读萧,平声。然翛然,超脱貌。兴废外,回首谢眠鸥。

(元)方回:第五句最感慨,谓其家歌舞之美,今安在哉!——《瀛奎律髓汇评》

(清)纪昀:第五句亦套语。——同上

(清)冯班:落句妙。——同上

(清)陆贻典:首句出“故池”,妙甚。第五句一点“豪家”。——同上

(清)何焯:五、六有起伏。〇五醒“豪家”,六醒“故池”,味在酸咸之外。前半常语也。——同上

(清)纪昀:粗浅。——同上

听　泉　(唐)僧齐己

落石几万仞,冷声飘远空。高秋初雨后,半夜乱山中。只有照壁月,更无吹叶风。钟惺《唐诗归》云:“二语妙在不是说月与风,却是说泉。”昔曾庐岳听,到晓与僧同。

(宋)范晞文:齐己云“只有照壁月,更无吹叶风”,“湘水泻秋碧,古风吹太清”……亦足以见其清苦之致。——《对床夜话》

(明)唐汝询:起峻爽,结想头几穷。〇纵观唐人咏泉诗,多有入妙者,如储光羲、刘长卿、张籍、刘得仁、齐己等作,俱以静远幽厚,发为清响。若此诗五、六,结思沉细,即刘得仁《听夜泉》“寒助空山月,复畏有风生”,皆借神风月有味,犹不及此二语,一片真气在内。——《唐诗选脉会通评林》

(清)黄生:首二语已将本题尽情说透,以后只从题外层出,此前紧后松法也。——《唐诗摘钞》

御沟水　(五代)王贞白

一带御沟水,绿槐相荫清。此中涵帝泽,无处濯尘缨。鸟道来虽险,龙池到自平。朝宗心本切,愿向急流倾。《郡阁雅言》:王贞白,唐末大播诗名,《御沟水》为卷首,云“一带御沟水,绿槐相荫清。此波涵帝泽,……”自为冠绝无瑕,呈僧贯休。休公曰“此甚好,只是剩一字”。贞白扬袂而去。休公云“此公思敏”。取笔书“中”字掌中。逡巡贞自回,忻然曰“已得一字”,云“此中涵帝泽”。休公将掌中字示之。

夜雪泛舟游南溪　（五代）韦　庄

大江西面小溪斜，入竹穿松似若耶。若耶溪在浙江绍兴若耶山下。两岸严风吹玉树，一滩明月晒银砂。因寻野渡逢渔舍，更泊前湾上酒家。去去不知归路远，棹声烟里独呕哑。

（清）朱三锡：前四句写南溪雪夜，后四句写泛舟夜游。看他起手开笔曰“大江西面”，我骤读之，不知下文是何等风景，何等接落，却便轻轻一落，接出“似若耶”三字，直将大江西面无数风景俱收拾“似若耶”三字中，妙，妙！三、四皆写“似若耶”也。随手接一“因”字，写到泛舟夜游，何等便捷！“因寻野渡”，“更泊前溪”，便是“去去”也。“不知归路”正是泛雪胜情，去而忘远之意。——《东岩草堂评订唐诗鼓吹》

忆溪居　（五代）李　中

竹轩临水静无尘，别后凫鹥入梦频。杜若菰蒲烟雨歇，一溪春色属何人？

（清）黄周星：如此溪居，岂可轻别。——《唐诗快》

东　溪　（北宋）梅尧臣

行到东溪看水时，坐临孤屿发船迟。野凫眠岸有闲意，老树着花无丑枝。短短蒲茸齐似剪，平平沙石净于

筛。情虽不厌住不得，薄暮归来车马疲。

(元)方回：三、四为当世名句，众所脍炙。——《瀛奎律髓汇评》
(清)纪昀：此乃名下无虚。——同上
(清)冯舒：三、四亦好，然非唐音。——同上

仙游潭 (北宋)苏 轼

翠壁下无路，何年雷雨穿。光摇岩上寺，深到影中天。我欲燃犀燃犀见《晋书》。温峤至牛渚矶，燃犀角照水，中有奇形怪状。看，龙应抱宝抱宝见裴铏《传奇》。相州有八角井，夜有光如虹。周邯有奴名水精，善水，邯命水精入井，出曰：有一黄龙极大，抱数颗明珠熟寐。眠。谁能孤石上，危坐试僧禅。

六和寺冲师闸山溪为水轩 (北宋)苏 轼

欲放清溪自在流，忍教冰雪落沙洲。出山定被江潮浣，能为山僧更少留。

寿州李定少卿出饯城东龙潭上

(北宋)苏 轼

山鸦噪处古灵湫，乱沫浮涎绕客舟。未暇燃犀照奇鬼，欲将烧燕《北窗琐言》："李宣之子，钓于潭上，一旦龙见，盖以煎燕为饵，发龙之嗜欲也。"出潜虬。使君惜别催歌管，村巷惊呼聚玃读矍，入声。

大猿也。猴。此地他年颂遗爱，观鱼并记老庄周。

好事近·湖上 （北宋）苏 轼

湖上雨晴时，秋水半篙初没。朱槛俯窥寒鉴，照衰颜华发。　　醉中吹堕白纶此读关，平声。巾，溪风漾流月。独棹小舟归去，任烟波飘兀。

西江月并序 （北宋）苏 轼

顷在黄州，春夜行蕲水中，过酒家，饮酒醉。乘月至一溪桥上，解鞍，曲肱醉卧少休。及觉，已晓。乱山葱茏，流水锵然，疑非尘世也。书此语桥柱上。

照野弥弥浅浪，横空暧暧微霄。障泥未解玉骢骄。我欲醉眠芳草。　　可惜一溪风月，莫教踏破琼瑶。解鞍攲枕绿杨桥。明弘治《黄州府志》：绿杨桥在（蕲水县）治东三里，苏东坡夜醉乘月卧此桥，既觉，作《西江月》词。杜宇一声春晓。

（明）杨慎：苏公词"照野弥弥浅浪，横空暧暧微霄"，乃用陶渊明"山涤余霭，宇暧微霄"之语也。——《词品》

（明）卓人月：山谷词"老马章台，踏碎满街月"。坡公偏不忍踏碎，都妙。——《古今词统》

（清）陈廷焯：《西江月》一词，易入俚俗，稍不检点，则流为曲矣。此篇写得洒落有致。——《词则·放歌集》

春游湖　（北宋）徐　俯

双飞燕子几时回？夹岸桃花蘸水开。春雨断桥人不渡，小舟撑出柳阴来。张炎《南浦》词“荒桥断浦，柳阴撑出扁舟小”句，从此诗蜕化而出。赵鼎臣《和默庵喜雨述怀》云：“解送春江断桥句，旧时闻说徐师川。”

如梦令　（北宋）李清照（女）

常记溪亭日暮。沉醉不知归路。兴尽晚回舟，误入藕花深处。争渡。争渡。惊起一滩鸥鹭。

小　池　（南宋）杨万里

泉眼无声惜细流，树阴照水爱晴柔。小荷才露尖尖角，便有蜻蜓立上头。

观书有感二首（其一）　（南宋）朱　熹

半亩方塘一鉴开，天光云影共徘徊。问渠那得清如许，为有源头活水来。

南歌子·新开池戏作　（南宋）辛弃疾

散发披襟处，浮瓜沉李杯。涓涓流水细侵阶。凿个池儿，唤个月儿来。　　画栋频摇动，红蕖尽倒开。斗匀红粉照香腮。有个人人，把做镜儿猜。

（明）卓人月：四“个”，四“儿”，但见其雅，不见其稚（按：应是三“个”三“儿”）。——《古今词统》

鹧鸪天·席上再用韵　　（南宋）辛弃疾

水底明霞十顷光。天教铺锦衬鸳鸯。最怜杨柳如张绪，“杨柳风流可爱似张绪当年”，南朝宋明帝语。见《南史·张绪传》。却笑莲花似六郎。张宗昌小名六郎。莲花似六郎见《新唐书·杨再思传》。　　方竹簟，小胡床。晚风消得许多凉。背人白鸟温庭筠《渭上题》：“至今江鸟背人飞。”都飞去，落日残霞更断肠。

生查子·独游雨岩雨岩在江西永丰西。

（南宋）辛弃疾

溪边照影行，天在清溪底。天上有行云，人在行云里。　　高歌谁和余？空谷清音起。非鬼亦非仙，一曲桃花水。

满江红·淀山湖湖在上海与江苏之间，因淀山而名。

（南宋）吴文英

云气楼台，分一派、沧浪翠蓬。翠蓬谓蓬莱。开小景、玉盆寒浸，巧石盘松。风送流花时过岸，浪摇晴练欲飞空。算鲛宫、只隔一红尘，无路通。　　神女驾，凌晓风。明月佩，响丁东。对两蛾犹锁，怨绿烟中。秋色未教飞尽雁，夕阳长是坠疏钟。又一声、欸乃欸读哀、矮，平上声。象声词，桨声。柳宗元诗："欸乃一声山水绿。"过前岩，移钓篷。淀山湖有三姑庙，并传说有神女故事。见《闲窗括异志》。

(清)陈廷焯：平调《满江红》而魄力不减，既精练又清虚。——《词则·大雅集》

(近代)刘永济：起句总写湖山。"云气"四字即蜃楼海市之意。此三句，将湖山说成海上蓬莱一派，亦化实为虚之法。"开小景"三字又以"玉盆"、"巧石"比拟湖山，言其结构玲珑，如人造盆景。前以蓬莱相比，则从大者言之，此又以盆景相拟，则小言之，总之不着一实笔。"风送"二句正写湖景。上句湖风，下句湖水。换头从湖上神女庙另起。"明月"二句形容神女衣饰。"对两蛾"二句，写其容态。"秋色"一联，又从时序物色写湖景。其与上半"风送"一联不犯复者，彼写湖水湖风，此言秋声秋色也。——《微睇室说词》

水龙吟·惠山酌泉惠山在无锡市西郊，陆羽《茶经》称为"天下第二泉"。　　(南宋)吴文英

艳阳不到青山，古阴冷翠成秋苑。上句为因，此句为果。吴娃点黛，江妃拥髻，皆指远山。空蒙遮断。树密藏溪，草深迷市，峭读翘，去声。云一片。此指近景。峭云当指俊俏之云。二十年旧梦，轻鸥素约，二十年前曾来过，此回忆。轻鸥句化用《列子·黄帝》鸥鸟忘机典。朱熹《过盖竹》："浩荡鸥盟久未寒，征骖聊驻江干。"霜丝乱、朱颜变。

龙吻惠山泉头有龙头装饰。春霏玉溅。煮银瓶、羊肠车转。白居易《琵琶行》："银瓶乍破水浆迸。"黄庭坚《咏茶》："煎成车声绕羊肠。"临泉照影，清寒沁骨，客尘都浣。浣读缓，去声。鸿渐陆羽，作者自比。重来，

夜深华表，露零鹤怨。用丁令威典。把闲愁换与，楼前晚色，棹读罩，去声。船桨也，泛指船。沧波远。

(清)陈廷焯：梦窗词合观通篇，固多警策，即分摘数语，亦自入妙，何尝不成片段耶？总之，梦窗之妙，在超逸之中见沉郁。——《白雨斋词话》

(近代)俞陛云：发端二句笔妍而意邃。“吴娃”至“峭云”句，质言之，不过山被云遮耳。而先以吴娃、江妃为喻，更写以草树风景，峭云便有深厚之味。转头处咏烹茶。“龙吻”二句研炼而生峭。“华表”二句写重来之感。旋换开拓之笔，以闲谈作结，通首无一懈笔。——《唐五代两宋词选释》

龙潭夜坐　(明)王守仁

何处花香入夜清，石林茅屋隔溪声。幽人月出每孤往，栖鸟山空时一鸣。草露不辞芒屦读具，去声。鞋也。湿，松风偏与葛衣轻。临流欲写猗兰猗兰，琴操名。相传为孔子所作。孔子自卫返鲁，见到隐谷之中，香兰独茂，喟然叹曰：“兰为王者之香，今乃独茂，与众草为伍。”意，江北江南无限情。

夜　泉　(明)袁中道

山白鸟忽鸣，石冷霜如结。流泉得月光，化为一溪雪。

溪　上　(清)申涵光

微霜昨夜下庭槐，水畔闲登万里台。两岸芦花飞白

雪，午桥烟里一舟来。

游黄花谷　（清）申涵光

竹杖寻源入上方，满山槲叶晚苍苍。乱碑零落游人少，一道飞泉下夕阳。

法雨泉　（清）吴祖修

山巅高下势潆洄，时为琮琤听一回。世上浊波流不尽，此泉莫放出山来。

溪　声　（清）赵　俞

结庐何日住深山，竹月松风相对闲。却笑溪声忙底事，奔流偏欲到人间。

竹　屿　（清）吴　雯

竹屿弯环抱水亭，鲛珠不定芰荷青。阿谁轻拨兰桡入，打破春塘百子萍。

溪行杂咏　（清）潘　耒

溪船一例号清流，窄窄船身短短头。门小不容舒眺望，篷低裁足展衾帱。卧看书卷聊排闷，侧睇云山薄解愁。白舫青帘元不恶，问君何事客炎州？

题陈章侯莲鹭图　（清）查慎行

莲吾爱其洁，鹭吾爱其白。持将不染心，配此一拳石。

渡五里湖　（清）查慎行

湖面宽千顷，湖流浅半篙。远帆如不动，原树竞相高。岁已占秋旱，民犹望雨膏。涸鳞如可活，吾敢畏波涛。

引流泉过水西亭　（清）袁枚

水是悠悠者，招之入户流。近窗凉易得，穿竹韵偏幽。洗手弄明月，浮觞记小筹。濠梁真可乐，鱼影一庭秋。《随园诗话》："余引泉过水西亭，作五律，起句云：'水是悠悠者，招之入户流。'隔数年，改为'水澹真吾友，招之入户流'。孔南溪方伯见曰：'求工反拙，以实易虚，大不如原来矣。'余憬然自悔，仍用原句。因忆四十年来，将诗改好者固多，改坏者定复不少。"

湖上晚归　（清）蒋士铨

湿云鸦背重，野寺出新晴。败叶存秋气，寒钟过雨声。杜甫诗句:"晨钟云外湿。"半檐群鸟入,深树一灯明。紧扣晚归。猎猎西风劲,湖心月乍生。

湖　晓　（清）苏廷魁

水宿先鸥起,湖光欲晓天。残星近落月,远嶂划云悬。人辨荆吴路,帆分上下船。浪游凌浩荡,何似客幽燕。

翠微山第一高峰名虎头,灵光寺废池在其下,夜坐待月,忆竹坡先生　（清）陈　衍

寺后孤峰冠翠微,画师偏唤虎头痴。空山待吐三更月,净土唯存一亩池。萤火荷香深碧里,流泉石窦细鸣时。坡公百宿题诗处,桑海茫茫怆寤思。陈衍《石遗室诗话》:渔洋山人自喜其"萤火出深碧,池荷闻暗香"之句,谓可拟范德机"雨止修竹间,流萤夜深至"二语。渔洋最工摹拟,见古人名句,必唐临晋帖,曲肖之而后已。持斯术也,以之写景,时复逼真,以之言情,则往往非由衷出矣。

玄武湖　（清）徐　鋆

菱酥藕嫩饤村盘,湖上鸥盟想未寒。一棹迟来秋渐老,白芦花当白莲看。

六、水(舟行)

武陵泛舟 (唐)孟浩然

武陵川路狭,前棹入花林。莫测幽源里,仙家信几深。水回青嶂合,云渡绿溪阴。坐听闲猿啸,弥清尘外心。

(明)桂天祥:"回"字、"度"字俱眼。凡眼,有虚字眼,有实字眼,有半虚半实眼。"回"、"度"二字,半虚实也。全首写得浓至,无一字不佳。——《批点唐诗正声》

(明)周珽:律法清老,意境孤秀。〇"棹入花林",便得趣。次言已知仙境矣,却又不可穷测。"水回"、"云度"二语,正顶"幽"、"深"来。结谓到此尘念已息,更闻猿啸,此心弥清。总美武陵溪妙异也。〇大抵孟诗遇景入韵,浓淡自如,景物满眼,兴致却别。——《唐诗选脉会通评林》

舟中晓望 (唐)孟浩然

挂席东南望,青山水国遥。舳舻争利涉,顺利过渡,语出《易·需》。来往任风潮。问我今何适,天台访石桥。坐看霞色晓,疑是赤城标。

(清)王士禛:一气旋折,后来屈翁山喜学此格。——《唐贤三味集》

(清)卢𬘭、王溥:后半一笔下,即拈"天台"作趣语结,雅足成章。○徐中崖曰:前四一气自爽,后半复成别调,纯作散行,已开供奉津梁。摘经语"利涉"二字,法自六朝。——《闻鹤轩初盛唐近体读本》

(清)冒春荣:有两句中字法参差相对者,谓之犄角对。如"舳舻争利涉,来往任风潮","舳舻"与"风潮"对,"利涉"与"来往"对也。——《葚原诗说》

(清)胡本渊:前写舟中望,留"晚"字作结,篇法生动。后四句以古行律,不用对偶。——《唐诗近体》

放　船　(唐)杜　甫

送客苍溪县,山寒雨不开。直愁骑马滑,故作放船回。青惜峰峦过,黄知橘柚来。江流大自在,坐稳兴悠哉。

陪王使君晦日泛江就黄家亭子二首

(唐)杜　甫

山豁何时断,江平不肯流。稍知花改岸,始验鸟随舟。二句串看,言其流稳,舟行如不动,见花改方知岸改,乃觉鸟亦随行也。结束多红粉,欢娱恨白头!非君爱人客,晦日更添愁。李子德云:"江平不肯流"与"秋天不肯明"用两不肯字,皆有妙理。○张上若云:前"青惜峰峦"二句,写泛舟疾行入妙;此稍知二句,写泛舟徐行入妙。

有径金沙软,无人碧草芳。野畦读西,平声。连蛱蝶,江槛俯鸳鸯。日晚烟花乱,风生锦绣香。不须吹急管,衰老易悲伤。结语申欢娱恨白头意。上首陪使君泛江,此首就黄家亭子。

江上值水如海势聊短述吴瞻泰云："此公自负其平生有惊人句而伤老迈也，蓄意在未落笔之先，故值此奇景，不能长吟，聊为短述。"

（唐）杜 甫

为人性僻耽佳句，语不惊人死不休。老去诗篇浑漫与，《镜铨》："漫与，谓随意付与。"春来花鸟莫深愁。赵注："诗人形容刻露，即花鸟亦应愁怕。"新添水槛供垂钓，朱注："《说文》：'槛，栊也。'轩窗之下，为棂曰栏，以板曰槛。"故着浮槎替入舟。焉得思如陶谢手，令渠述作与同游。末句因己偶无佳句，而思及古人也。邵子湘云："首二句见此老苦心，今人轻易作诗何也？"杨伦《镜铨》："前半俱说'聊短述'处，五、六方入题。"

（元）方回：以"诗篇"对"花鸟"，此为变体。后来者又善于推广云。——《瀛奎律髓汇评》

（清）查慎行：此篇借题以寓作诗之法，观起结可见。——同上

（清）何焯："水如海势"，惊人之景。乃止"短述"、"漫与"云尔。——同上

（清）纪昀：此诗究不称题。论者曲为之说，殊属附会。——同上

（清）许印芳：诗于江水如海，全未着笔。五、六虽说水，却是常语，不称如海之势。故晓岚贬之。起二句立志甚高，然必说破，便嫌浅露。次句尤嫌火气太重，大非雅人吐属。此等皆不可学。——同上

水槛遣兴二首邵注："草堂水亭之槛，言凭槛眺望以遣兴也。"

（唐）杜 甫

去郭轩楹敞，无村眺望赊。澄江平少岸，幽树晚多花。细雨鱼儿出，微风燕子斜。城中十万户，此地两三家。

(宋)叶少蕴:诗语固忌用力太过,然缘情体物,自有天然工巧而不见其刻画之痕,如此诗“细雨”二句,殆无一字虚设。细雨着水面为沤,鱼常上浮而淰,若大雨则伏而不出。燕体轻弱,风猛则不胜,惟微风乃受以为势,故又有“轻燕受风斜”之句,精微至此。——《石林诗话》

(清)浦起龙:首章横写,从槛外之景,空阔纵目也。一、二以置槛处起,“无村”槛外即江也,恰接第三;江岸有树,恰接第四。五、六接江边写,七、八应转一、二,偏说有家,使“无村”益显。——《读杜心解》

蜀天常夜雨,江槛已朝晴。叶润林塘密,承雨。衣乾枕席清。承晴。不堪秖读支,平声。用作助词,只也但也。老病,何得尚浮名。浅把涓涓酒,深凭送此生。

(清)浦起龙:次章竖写。就槛内之身安排送老也。上四从外入内,从景及身引动下四。“浮名”不“尚”,则寄生于此间,不言槛而槛见矣。——《读杜心解》

水 (唐)张 籍

荡漾空沙际,虚明入远天。秋光照不极,鸟色去无边。势引长云阔,波轻片雪连。汀洲杳难测,万古覆苍烟。

流 水 (唐)罗 邺

漾漾悠悠几派分,中浮短艇与鸥群。天街带雨淹芳草,玉洞漂花下白云。静称一竿持处见,急宜孤馆觉来闻。隋家柳畔偏堪恨,东入长淮日又曛。

新安道中玩流水　（唐）吴融

一渠春碧弄潺潺，密竹繁花掩映间。看处便须终日住，算来争得此身闲。萦纡似接迷春洞，清冷应连有雪山。上却征车更回首，了然尘土不相关。

（元）方回：新安有此至清之水。沈休文创为诗，乃后相继不一。今歙、睦是。——《瀛奎律髓汇评》

（清）查慎行：五、六韵俗。——同上

（清）何焯：三、四是"玩"字情味。〇无穷悔恨，却不说尽。——同上

（清）纪昀：格调太靡。——同上

秋夜晚泊　（唐）杜荀鹤

一望一怆然，萧然起暮天。远山横落日，归鸟度平川。家是去秋别，月当今夕圆。渔翁似相伴，彻晓苇丛边。

（元）方回：三、四极宏阔，荀鹤诗所少也。——《瀛奎律髓汇评》

（清）纪昀：较荀鹤他诗宏整，云极宏阔，则太过。——同上

（清）查慎行：三、四"横"字好，对少逊。五、六有低徊俯仰之致。——同上

（清）纪昀："暮天"似当作"暮烟"。〇七句言渔翁之外，更无伴人。——同上

（清）许印芳：前四句颇有气格，后半写情亦含蓄有味，佳作也。——同上

水　　(唐)郑　谷

竹院松廊分数派,晴空清泚亦逶迤。落花相逐向何处,幽鹭独来无限时。洗钵老僧临岸久,钓鱼闲客卷纶迟。晚来一片连莎绿,悔与沧浪有旧期。

二十三日立秋夜行泊林里港　　(北宋)张　耒

淅淅晓风起,孤舟愁思生。蓬窗一萤过,苇岸数蛩鸣。老大畏为客,风波难计程。家人深夜语,应念客犹征。

(元)方回:宛丘诗大抵不事雕琢,自然有味。——《瀛奎律髓汇评》

(清)查慎行:《文潜集》有两本,一名《宛丘集》,一名《内史集》,余所见皆钞本,脱讹颇多。——同上

(清)纪昀:此诗不愧此评。——同上

(清)冯舒:亦似唐。——同上

(清)查慎行:"一萤"、"数蛩"少味。——同上

(清)纪昀:三、四天然清远。〇结句太犯香山"料得家中深夜坐,还应说着远游人"意。——同上

(清)许印芳:"客"字复。——同上

(清)无名氏(甲):文潜诗虽不入唐,然笔致清秀,犹与风雅相近。不若后山伪为苍老,而实则语言无味,面目可憎,去唐千里而远也。——同上

渔家傲　　(北宋)李清照(女)

天接云涛连晓雾。星河欲转千帆舞。仿佛梦魂归帝所。闻天语。殷勤问我归何处?　　我报路长嗟日暮。

学诗谩有惊人句。九万里风鹏正举。风休住。蓬舟吹取三山去。

(清)梁令娴:此绝似苏辛派,不类《漱玉集》中语。——《艺蘅馆词选》

南浦·春水　(南宋)王沂孙

柳下碧粼粼,认麹尘麹上所生之菌,嫩黄色,和春水相似。范成大《谒金门》:"塘水碧,仍带麹尘颜色。"乍生,色嫩如染。清溜用梁简文《和武帝宴》诗:"银塘泻清溜。"满银塘,东风细、参差縠纹蔡伸《醉落魄》:"波纹如縠,池塘雨后添新绿。"初遍。别君南浦,翠眉曾照波痕浅。再来涨绿迷旧处,添却残红几片。作者另一首词云:"弄波素袜知甚处,空把落红流尽。"意与此词句相近。上片是思念离别的妻子。　葡萄过雨新痕,宋词多用葡萄酒之色来形容水色的澄绿。叶梦得《贺新郎》:"浪粘天,葡萄涨绿,半空烟雨。"葛胜仲《水调歌头》:"影落葡萄涨绿。"正拍拍轻鸥,翩翩小燕。帘影蘸楼阴,芳流去、应有泪珠千点。沧浪一舸,断魂重唱蘋花怨。柳恽《江南曲》:"汀洲采白蘋,日暖江南春。"是采蘋时怨故人不归。晚唐徐夤读柳恽诗后写:"采尽江蘋怨别离,鸳鸯鸂鶒总双飞。月明南浦梦初断,花落洞庭人未归。"采香幽径鸳鸯睡,谁道湔裙六朝唐宋风俗,三月三日在水中洗裙裳,作祓除。简文帝《和人渡水》:"婉晚新上头,湔裙出乐游。带前结香草,鬓边插石榴。"人远。此词一字不提春水,却句句贴切春水。

(清)周济:碧山故国之思甚深,托意高,故能自尊其体。——《宋四家词选》

(清)许昂霄:"别君南浦"四句,点化文通《别赋》,却又转进一层,匪夷所思。"应有泪珠千点",用东坡词意。——《词综偶评》

(清)陈廷焯:题极清秀,却合碧山手法。寄慨处亦清丽闲雅,非蒋竹山,亦非周草窗也。——《云韶集》

(清)邓廷桢:《南浦》咏春水……皆态浓意远,如曳五铢。——《双砚斋词话》

(近代)俞陛云:咏春水不难于写景言情,而难于寓情于景,沉思入细。此作一往情深,且有托意。"南浦"以下四句及"帘影"至结句皆经意之语。如永叔之方夜读书,树树秋声,如司马之听琵琶,弦弦掩抑也。与玉田春水词,可称双美。——《唐五代两宋词选释》

南浦·春水　(南宋)张 炎

波暖绿粼粼,燕飞来、好是苏堤才晓。鱼没浪痕圆,流红去、翻笑东风难扫。荒桥断浦,柳荫撑出扁舟小。回首池塘青欲遍,绝似梦中芳草。　　和云流出空山,甚年年净洗,花香不了?新绿乍生时,孤村路、犹忆那回曾到。余情渺渺,茂林觞咏如今悄。前度刘郎归去后,溪上碧桃多少。杨海明云:"此词佳处不在于寄托什么深刻的情志,而在乎文辞优美,状物的工巧,以及词风的婉丽清雅等方面。"词分四层:第一层:先咏西湖之水。一"暖"一"绿"点出了"春水"二字。以"燕飞来"句引出"鱼没"之句,皆有异曲同工之妙。周密说"荒桥"二句,"赋春水入画"。○第二层:从湖水拓开,继咏池水。谢灵运"池塘生春草"得之于梦境。张炎借用旧典,翻出新意,变为"回首池塘青欲遍,绝似梦中芳草"。这种以实比虚的写法,把眼前所见的实境,引入梦幻所感的虚境,使词情增添了若干朦胧的气氛,也使读者借助于谢灵运的诗意引出了许多美丽的联想。可谓成语活用,空灵有致。○第三层:继续拓开词的空间,再写溪水。一方面从湖水、池水而上溯其源头;另方面由"湖光"引到了"山色",让湖光山色打成一片。在云、山、花、香等优美香蒨的意象群中,簇拥出一曲可爱的溪水来。又为下文睹景生情,回忆旧游打下了伏笔。"甚年年净洗",既云"年年"则今年之游已非往年之游,今年之水载流红,亦非往年之流水落花,由此生发出下一层的对景抒情,草蛇灰线、行笔细密。○在以上三层写足湖水、池水、溪水之状及春水之美的基础上,词情即转入第四层的感怀旧游上来。感慨之余,益发怀念起昔日相聚于其下的碧桃树了。"前度刘郎归去后,溪上碧桃多少?"此层从"新绿乍生"开始至"溪上碧桃"结束,又紧扣"春水"二字。○全词从咏西湖春水起,以返怀往日春游水滨之情结,处处绾合题目"春与水",写得不粘不脱,活灵活现,文辞既美,词风又雅。特别其观察之细致,下字之工巧,以及巧翻前人典故,都是令人称道。因而邓牧《山中白云自序》评曰:"《春水》一词,绝唱千古。"不过,从其抒情的内蕴来看,其实也只平常,并无太多的新意或挚情在内。而其末句,严格地说,似有"补凑"之嫌。从今天的眼光看,它主要向我们显示了在写景、体物、用典、运语等方面的深厚功力和高妙技巧而已。

(宋)周密:乐笑翁张炎词如"荒桥断浦,柳阴撑出渔舟小",赋春水入画。——《绝妙好词》

(清)王奕清:乐笑翁张炎词如"荒桥新浦,柳阴撑出渔舟小",赋春水入画。其《咏孤雁》云"自顾影欲下寒塘,正沙净草枯,水平天远,写不成书,只寄得相思一点"。如此等语,虽丹青难画矣。——《御制历代诗余》

(清)许昂霄:《南浦》亦空阔、亦微妙,非玉田先生不能。——《词综偶评》

(清)陈廷焯:玉田以《春水》一词得名,用冠词集之首。此词深情绵邈,意余于言,自是佳作。〇又《词则·大雅集》云:此词虽佳尚非玉田压卷,知音者审之。后半有所指而言,自觉深情绵邈。——《白雨斋词话》

次韵答牧斋冬日泛舟　（清）柳如是（女）

谁家乐府倡无愁,望断浮云西北楼。汉佩敢向神女赠,越歌聊载鄂君舟。春前柳欲窥青眼,雪里山应想白头。莫为卢家怨银汉,年年河水向东流。钮琇《觚賸》云:"方宗伯初遇柳时,黝颜鲐背,发已鬖鬖斑白,而柳则盛鬋堆鸦,凝脂竟体。燕婉之宵,钱曰:'我甚爱卿发如云之黑,肤如玉之白也。'柳曰:'我亦甚爱君发如妾之肤,肤如妾之发也。'因相与大笑。故当年酬赠有'风前柳欲窥青眼,雪里山应想白头'之句。"

灯　船　（清）查慎行

琉璃一片映珊瑚,上有青天下有湖。岸岸楼台开昼锦,船船弦索曳歌珠。二分明月收光避,千队骊龙逐伏趋。不为水嬉夸盛世,万人连夕乐康衢。

锦云川山东济南以北的一条小河。　　(清)毕　沅

月华霞彩映晴川，潋滟波光夺目妍。试唤乌篷乘兴去，一篙撑上水中天。

舟行杂诗　　(清)石韫玉

酒旗风飐杏花村，野店人稀掩筚门。鹍鸠一声山雨足，板桥绿到旧潮痕。

流　水　　(清)曾　燠

流水到今日，古时经几何。影留青嶂在，春送落花多。桥板年年换，舟人续续过。争如坐盘石，风雨一渔蓑。

（四）时序

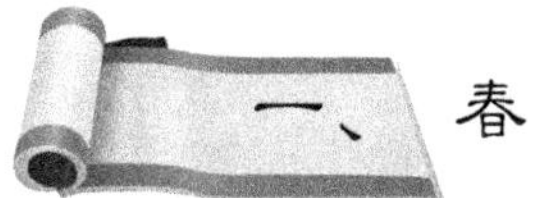

一、春

和晋陵今江苏常州。陆丞早春游望　　(唐)杜审言

独有宦游人，在外地作官。偏惊物候新。云霞出海曙，梅柳渡江春。淑气温和的春气。催黄鸟，黄鹂。晴光转绿苹。江淹《咏人春游》诗："江南二月春，东风转绿苹。"忽闻歌古调，指陆丞之诗。归思欲沾巾。

(元)方回：律诗初变，大率中四句言景，尾句乃以情缴之。起句为题目。审言于少陵为祖，至是始千变万化云。起句喝咄响亮。——《瀛奎律髓汇评》

(清)冯班：方君不知律诗首联是破题，何也？——同上

(明)胡应麟：初唐五言律，杜审言《早春游望》、《秋宴临津》、《登襄阳城》，陈子昂《次乐乡》，沈佺期《宿七盘》，宋之问《扈从登封》，李峤《侍宴甘露殿》，苏颋《骊山应制》，孙逖《宿云门诗》，皆气象冠裳，句格鸿丽。初学必从此入门，庶不落小家窠臼。——《诗薮》

(清)屈复：中四句合写"物候"二字，颠倒变化，可学其法。"物候新"居家者不觉，独宦游人偏要惊心。三、四写物候到处皆新，五、六写物候新得迅速，具文见意，不言"惊"而"惊"在语中。结和陆丞，以"归思"应"宦游"，以"欲沾巾"应"偏惊"。——《唐诗成法》

(清)冯班：真名作。〇次联做"游望"二字、无刻画痕。——《瀛奎律髓汇评》

(清)纪昀：起句警拔，入手即撇过一层，擒题乃紧，知此自无通套之病，

不但取调之响也。末收“和”字亦密。——同上

绝句二首 (唐)杜 甫

迟日《诗·豳风》“春日迟迟”，后遂以“迟日”指春日。江山丽，春风花草香。泥融飞燕子，沙暖睡鸳鸯。

江碧鸟逾白，山青花欲燃。今春看已过，何日是归年。

春日江村五首 (唐)杜 甫

农务村村急，春流岸岸深。乾坤万里眼，时序百年心。茅屋还堪赋，桃源自可寻。艰难昧生理，飘泊到如今。“乾坤”十字，纵横八极，俯仰千秋，有逝者如斯，鸢飞鱼跃之致。

(清)冯班：五诗万钧之力。——《瀛奎律髓汇评》

(清)何焯：“万里”、“百年”本王子安，用意在“心”、“眼”二字，分贴江村春日。○第一句“江村”起，第七句：贱。——同上

(清)纪昀：五诗实非高作。——同上

迢递来三蜀，蹉跎又六年。客身逢故旧，发兴自林泉。过懒从衣结，频游任履穿。藩篱颇无限，恣意向江天。

(清)何焯：首句顶“飘泊”。次句到今，后半极写“兴”字，暗寓“蹉跎”。○此篇“故旧”乃裴冕，下则严武。——《瀛奎律髓汇评》

种竹交加翠，栽桃烂熳红。经心石镜月，到面雪山风。赤管随王命，银章付老翁。岂知牙齿落，名玷荐贤中。

（清）何焯：林泉之兴可得而夺者，以屈在幕府，犹服王官，岂以生理艰难昧所从乎！——《瀛奎律髓汇评》

（清）无名氏（甲）：石镜、雪山，皆蜀地。——同上

扶病垂朱绂，归休步紫苔。郊扉存晚计，幕府愧群材。燕外晴丝卷，鸥边水叶开。邻家送鱼鳖，问我数能来。

（清）何焯：本依故旧，苦遭轻薄，仍以林泉为适志耳。"存晚计"犹言保晚节，故隐其词。〇末句"来"字反呼，怀去。——《瀛奎律髓汇评》

（清）纪昀："燕外"、"鸥边"亦是有意求新，从延清"宿云鹏际落，残月蚌中开"化出。前人未始不相师，但不似后人偷句耳。——同上

群盗哀王粲，中年召贾生。登楼初有作，前席竟为荣。宅入先贤传，才高处士名。异时怀二子，春日复含情。

（元）方回："此五诗成都草堂作，依严武为工部参谋时也。末篇引王粲登楼，贾谊'前席'事，盖谓信美而非吾土，如依刘表而非其心，犹有意贾生之召也。故他日诗曰：'白头趋幕府，深觉负平生。'或问老杜诗如此等篇，细观似亦平易。自山谷始学老杜，而后山继之。'山谷学老杜而不为'，此后山之言也，未知不为如何？后山诗步骤老杜，而深奥幽远，咀嚼讽咏，一看不可了，必再看，再看不可了，必至三看、四看，犹未深晓何如者耶？曰：'后山述山谷之言矣，譬之弈焉，弟子高师一着，始及其师。'老杜诗所以妙者，全在阃

辟顿挫耳，平易之中有艰苦。若但学其平易，而不从艰苦求之，则轻率下笔，不过如元、白之宽耳。学者当思之。”——《瀛奎律髓汇评》

（清）冯舒：一看已了，再看，三看愈不了，方是老杜妙处。若一看不可了，再看，三看犹未深晓，恐便入鬼道。〇反谓黄、陈高于老杜，冤哉！〇元、白何尝宽？——同上

（清）冯班：梦语可厌。此五首何尝平易？〇此论亦深，然谓元、白轻率，未知唐人之妙处也。学陈、黄易耳，元、白反难近也，元、白岂陈黄可及耶？〇白公妙在宽，元亦未尝宽。〇少陵本传及他书皆云至蜀依严武，未见云为武参谋，且“工部参谋 ”四字尤可异。——同上

（清）查慎行：不但知山谷，更深识老杜。——同上

（清）纪昀：此论深窥工部笔法，然又须知何以能阖辟顿挫。——同上

（清）何焯：虽存晚计，要非终焉之地，如王、贾已属不幸，犹愈今所处也。〇“处士”，言二子终显于王朝，不沦没于处士中也。〇末句“春日”结。——同上

酬刘员外见寄　（唐）严　维

苏耽佐郡时，近出白云司。药补清羸疾，窗吟绝妙词。柳塘春水漫，花坞夕阳迟。欲识怀君意，明朝访楫师。

（宋）欧阳修：若严维“柳塘春水漫，花坞夕阳迟”，则天容时态，融和骀荡，岂不如在目前乎？——《六一诗话》

（宋）刘攽：“人多取佳句为句图，特小巧美丽可喜，皆指咏风景，影似万物者尔，不得见雄材远思之人也。梅圣俞爱严维诗曰：‘柳塘春水漫，花坞夕阳迟。’因善矣，细较之，‘夕阳迟’则系花，‘春水漫’何须柳也。”——《中山诗话》

（元）方回：五、六全于“漫”字上、“迟”字上用工。——《瀛奎律髓汇评》

（清）冯舒：五、六名句。——同上

（清）查慎行：五、六全于第五字用意。——同上

（清）何焯：测水痕、候日影，五、六正含落句，不徒为体日景物语，故韵味

深。——同上

春日客舍晴原野望　（唐）陈　羽

东风吹暖气，消散入晴天。渐变池塘色，欲生杨柳烟。蒙茸犹朦胧。花向月，潦倒客经年。乡思盈愁望，江湖春水连。

（元）方回：三、四能言早春之意。五、六以景对情，不费力。——《瀛奎律髓汇评》

（清）冯班：次联常言耳，脱胎谢康乐，得起句妙，不厌其偷。一直四句，所以妙。——同上

（清）陆贻典：次联从康乐"池塘生春草"脱胎，却逊自然。——同上

（清）查慎行：次联对句动宕。——同上

（清）纪昀：起四句极有意象。五、六有物尚乘时人独失所之慨。对法甚活，但语弱耳。结尤少力。——同上

（清）许印芳：后半语意浑融，和缓中有骨力，正是唐人身分。此评未的。——同上

和大夫边春呈长安亲故　（唐）杨巨源

严城吹笛思寒梅，二月冰河一半开。紫陌诗情依旧在，黑山弓力畏春来。游人曲岸看花发，走马平沙猎雪回。旌旆朝天不知晚，将星高处近三台。"吹笛"是思春而不见春也，"冰开"言春动还不似春也。

早春呈水部张十八员外　（唐）韩 愈

天街小雨润如酥，草色遥看近却无。最是一年春好处，绝胜烟柳满皇都。

（宋）胡仔："天街小雨润如酥……"此退之《早春》诗也。"荷尽已无擎雨盖，菊残犹有傲霜枝。一年好景君须记，最是橙黄橘绿时"，此子瞻《初冬》诗也。二诗意思颇同而词殊，皆曲尽其妙。——《苕溪渔隐丛话》

（清）黄叔灿："草色遥看近却无"写照工甚。正如画家设色，在有意无意之间。"最是"二句，言春之好处，正在此时，绝胜于烟柳全盛时也。——《唐诗笺注》

春望词四首（录二首）　（唐）薛 涛（女）

（其一）

花开不同赏，花落不同悲。欲问相思处，花开花落时。

（其三）

风花日将老，佳期犹渺渺。不结同心人，空结同心草。

（清）黄周星：二诗皆以浅近而入情，故妙。——《唐诗快》

和乐天春词　（唐）刘禹锡

新妆宜面下朱楼，深锁春光一院愁。行到中庭数花朵，蜻蜓飞上玉搔头。

早春独游曲江　（唐）白居易

散职无拘束，羸骖少送迎。朝从直城出，春傍曲江行。风起池东暖，云开山北晴。冰销泉脉动，雪尽草芽生。露杏红初坼，烟杨绿未成。影迟新渡雁，声涩欲啼莺。闲地心俱静，韶光眼共明。酒狂怜性逸，药效喜身轻。慵慢疏人事，幽栖逐野情。回看芸阁笑，不似有浮名。

和乐天早春见寄　（唐）元稹

雨香云淡觉微和，谁送春声入棹歌？萱近北堂穿土早，柳偏东面受风多。湖添水色消残雪，江送潮头涌漫波。同入新年不同赏，无由缩地欲如何！写早春渐渐由微而著，真笔墨与元化为徒也。

游春二首　（唐）姚合

卑官还不恶，行止得逍遥。晴野花侵路，春波水上桥。尘埃生暖色，药草长新苗。看却烟光散，狂风处处飘。

（清）纪昀：武动诗欲求诡僻，故多琐屑之景，以避前人蹊径。佳处虽有，而小样处太多。如此诗三、四自好，五、六尚不伤雅。次首中四句下劣甚矣。学者不可不知。——《瀛奎律髓汇评》

身被春光引，经时更不归。嚼花香满口，书竹粉黏衣。弄日莺狂语，迎风蝶倒飞。自知疏懒性，得事亦应稀。

（元）方回：姚少监合，初为武功尉，有诗声，世称姚武功，与贾岛同时而稍后，似未登昌黎之门。白乐天送知杭州有诗。凡刘、白以后诗人集中皆有姓名，诗亦一时新体也。而格卑于岛，细巧则或过之。——《瀛奎律髓汇评》

（清）纪昀：格卑于岛，武功定评。谓细巧过之，则不然，过处正是不及处。——同上

（元）方回：武功有《官况》三十首，赵紫芝多选取配贾岛，以为《二妙集》，盖四灵之所宗也。武功《游春》诗十二首，今选取二。"晴野花侵路"一联不甚雕刻，"嚼花香满口"，一联即于良史"掬水月在手，弄花香满衣"也，即老杜"步壑风吹面，看松露满身"也，而浅深轻重亦可见矣。"迎风蝶倒飞"，即《春秋》"六鹢退飞"语耳。诗至于此，自是新美。——同上

（清）查慎行："步壑"、"看松"，乃韵事也，"嚼花"莫杀风景否？——同上

（清）纪昀：以此为新美，则魔障深矣。——同上

（元）方回：又如十首中有云"正月一日后，寻春更不眠"，如"看水闲依路，登山欲到天"，如"未晓冲寒起，迎春忍病行。树枝风掉软，菜甲土浮轻"，如"趁暖檐前坐，寻芳树底行。土融凝野色，水败满池声"，如"爱花林下饮，恋草野中眠"，如"向阳倾冷酒，看影试新衣"，皆可喜，而其病在乎矜夸无感慨。——同上

（清）纪昀：感慨而后为诗乎？——同上

（元）方回：沾沾自喜之所为，如"摘花盈手露"似佳，下句云"折竹满庭

烟”，则不称也。如《扬州春词》云“满郭是春光，街衢土亦香，竹风轻履舄，花露腻衣裳”。起句十字好，第四句亦好，第三句却是凑合成对，取春间意味也。予谓诗家有大判断，有小结裹。姚之诗专在小结裹，故“四灵”学之。五言八句皆得其趣，七言律及古体则衰落不振。又所用料，不过花、竹、鹤、僧、琴、药、茶、酒，于此几物，一步不可离，而气象小矣。是故学诗者必以老杜为祖，乃无偏僻之病云。——同上

(清)冯班：“四灵”气象小，更不及武功。评“四灵”确。——同上

(清)纪昀：精确之论。——同上

(清)无名氏(甲)：方公评语，讲究句法。在初学亦好籍此入门，但本原却未见到。盖少陵之所以独出者，以其性情之正，学问之深，发为诗章，自然工巧耳。今不于本原之地求之，而徒校量于字句之间，抑末矣。又如李太白诗，亦关国运。韩文公纯是文章经术之气。元、白虽可删者多，而其至处亦可考见盛衰得失。乃至晚唐，而此风绝响。则虽钵肾镂心，有何关系？此集良楛不别，美恶无分。毕竟诗之正鹄何在？益人甚少，而贻害实多，不可不辩也。——同上

(清)纪昀：“迎风”句太纤锁。——同上

感　春　(唐)李　贺

日暖自萧条，花悲北郭骚。《吕氏春秋》：“齐有北郭骚者，结罘网、捆蒲苇、织屦履以养其母。”庾信诗：“学异南宫敬，贫同北郭骚。”长吉有母而家贫故云。榆穿莱子钱名莱子见《宋书》，榆荚像钱，故云。眼，柳断舞儿腰。上幕迎神燕，飞丝送百劳。胡琴今日恨，急语向檀槽。

春日野步　(唐)温庭筠

日西塘水金堤斜，碧草芊芊晴吐芽。野岸明媚山芍药，水田叫噪官虾蟆。即蛙蟆。《晋书》：“惠帝在华林园闻虾蟆鸣，问曰：‘为

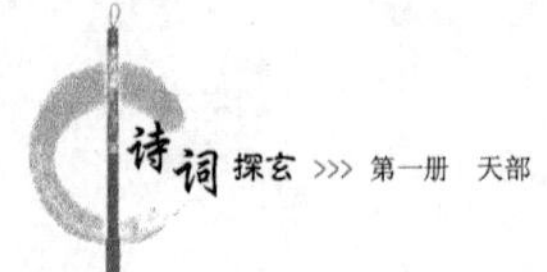

官乎,为私乎?'"镜中有浪动菱蔓,陌上无风飘柳花。何事轻桡句溪客,绿萍方好不归家。

江南春 (唐)杜 牧

千里莺啼绿映红,水村山郭酒旗风。南朝四百八十寺,多少楼台烟雨中。

(明)杨慎:"千里莺啼",谁人听得?千里"绿映红"谁人见得?若作十里,则莺啼绿红之景,村郭、楼台、僧寺、酒旗皆在其中矣。——《升庵诗话》

(明)胡震亨:杨用修欲改"千里"为"十里"。诗在意象耳,"千里"毕竟胜"十里"也。——《唐音戊签》

(清)黄生:曰"烟雨中"则非真有楼台矣,感南朝遗迹之湮灭而语,特不直说。许浑亦云"鸟下绿芜秦苑夕,蝉鸣黄叶汉宫秋"。窦牟云"满目山阳笛里人",言人已不存也……不曰楼台已毁,而曰"多少楼台烟雨中",皆见立言之妙。——《唐诗摘钞》

(清)王士禛:二十八字中写出江南春景,真有吴道子于大同殿画嘉陵山水手段,更恐画不能到此耳。——《万首唐人绝句选评》

春日题山家 (唐)李 郢

偶与樵人熟,春残日日来。依岗寻紫蕨,挽树得青梅。燕静衔泥起,蜂喧抱蕊回。嫩茶重搅绿,新酒略炊醅。漠漠蚕生纸,涓涓水弄苔。丁香政堪结,留步小庭隈。

(元)方回:六韵无句不工,惟圣俞《许发运寒食偶书六韵》足以敌

之。——《瀛奎律髓汇评》

(清)何焯:句句新。——同上

(清)纪昀:又是一种妙,无酸馅气。——同上

江亭春霁　(唐)李　郢

江蓠漠漠荇读杏,上声。多年生水生草木植物。田田,江上云亭霁景鲜。蜀客帆樯背归燕,楚山花木怨啼鹃。春风掩映千门柳,晓色凄凉万井烟。金磬读庆,去声,寺院中召集僧众的打击金属乐器。泠泠水南寺,上方台殿翠微连。写霁景却从江蓠江荇入手,是第一妙理。盖来自新晴之初,独有水滨与朝光相切,便得最先知觉,此因非睡梦烂熟之人所晓也。

春宵自遣　(唐)李商隐

地胜遗尘事,身闲念岁华。晚晴风过竹,深夜月当花。石乱知泉咽,苔荒任径斜。陶然持琴酒,忘却在山家。

春　日　(唐)李商隐

欲入卢家白玉堂,新春催破舞衣裳。蝶衔红蕊蜂衔粉,共助青楼一日忙。纪昀:"此似刺急于邀求新宠之人。"

早春池亭独游三首 (唐)刘 象

春意送残腊，春晴融小洲。蒲茸才簇岸，柳颊已遮楼。便有杯觞兴，可摅羁旅愁。凫鹥亦相狎，尽日戏清流。

清流环绿篠，清景媚虹桥。莺刷初迁羽，莎拳拟拆苗。细砂擢暖岸，淑景动和飙。倍忆同袍侣，相欢倒一瓢。

一瓢欢自足，一日兴偏多。幽意人先赏，疏丛蝶未过。知音新句苦，窥沼醉颜酡。万虑从相拟，今朝欲奈何。

早 春 (唐)司空图

伤心仍客处，病起却花朝。草嫩侵沙短，冰轻着雨消。风光知可爱，客鬓不相饶。早晚丹丘传说中神仙所居之地，见《楚辞·远游》。伴，飞书肯见招。

(元)方回：起句十字四折。此公有《一鸣集》，自夸其诗句之得意者五言，观此亦可知也。——《瀛奎律髓汇评》

(清)冯班：颔联名句。——同上

(清)何焯：发端所谓“人生天地间，忽如远行客”也，已呼起结句，除是神仙不悲老至耳。三、四固名句，破题于“早春”，则微远极矣，诗至此真近佛

心。○宋以后高手所以不如唐人,意味有限者,在有句无篇,苦心极力,只学得三、四,不知妙在首尾。——同上

(清)纪昀:刻画之至,不失自然。○固是苦吟有悟,亦由骨韵本清。姚武功搜尽枯肠,终是酸馅气。——同上

春　阴　(唐)唐彦谦

一寸回肠百虑侵,旅愁危涕两争禁。天涯已有消魂别,楼上宁无拥鼻吟。指用雅音曼声吟咏。用谢安事。见《晋书·谢安传》。感事不关河里笛,即山阳之笛也。见向秀《思旧赋序》。因向秀、吕安、嵇康旧居河内郡山阳县,故云。伤心应倍雍门琴。用雍门子周鼓琴、孟尝君落泪事。见刘向《说苑》。春云更觉愁于我,闲盖低村作暝阴。

(清)毛张健:倒出"春阴",手法甚别。"愁于我"三字以绾全篇。——《唐诗肤诠》

春　夕　(唐)崔涂

水流花谢两无情,送尽东风过楚城。胡蝶梦中家万里,子规枝上月三更。故园书动经年绝,华发春唯满镜生。自是不归归便得,五湖烟景有谁争。

(清)金人瑞:水流是水无情,花谢是花无情。何谓无情?明见客不得归,而尽送春不少住,是以曰无情也。何人胸中无春怨?如此却是怨得太无赖矣。三,是家,却不是家,却是梦;却又不是梦,却是床上客。四,是月,却不是月,却是鹃;却又不是鹃,却是一夜泪。自来写旅怀,更无有苦于此者矣!○五、六,一"动"字,一"唯"字,直是路绝心穷,更无法处。七、八,却于

更无法处之中，忽然易穷则变，变出如此十四字来，真令人一时读之，忽地通身跳脱也。——《贯华堂选批唐才子诗》

（清）黄生："水流花谢"，过楚城而去，人却羁系于此，寸步不能移动，然则有情之人何堪对此无情之物乎！妙在突然埋怨花水，而其所以怨之之故，则又轻轻只接第二句，不细读不知其意，此旅怀之最警策者也。三、四倒在后，有作法。连"蝴蝶梦"三熟字，却带好了五、六参差对：以"春"对"年"、"镜"对"书"。"满镜"有意，俗本作"两鬓"索然矣。——《唐诗摘钞》

（清）赵臣瑗：此诗之妙处在一起一结。——《山满楼笺注唐诗七言律》

（清）薛雪：崔礼山"自是不归归便得，五湖烟景有谁争"，与"相逢尽道休官去，林下何曾见一人"同一妙理。——《一瓢诗话》

春日山居寄友人　（唐）杜荀鹤

野吟何处最相宜，春景暄和好入诗。高下麦苗新雨后，浅深山色晚晴时。半岩云脚风牵断，平野花枝鸟踏垂。倒载干戈是何日，近来麋鹿欲相随。

春　日　（唐）李咸用

浩荡东风里，裴回无所亲。危城三面水，古树一边春。衰世难行道，花时不称贫。滔滔天下者，何处问通津。

（元）方回："古木一边春"绝好。"危城三面水"不知指何郡？盖多有之。"衰世难行道"，太浅露。以一句好，不容弃也。——《瀛奎律髓汇评》

（清）冯班：古人行道，只在立身行已。平常处衰世薄俗，古道自然难行，此妙句也。如宋朝道学先生正是衰世，好合朋党，倡议论，想方君于此句不解也。推官当唐亡之日，何须回护？"衰世难行道"正是妙句，方君不解，固

哉方叟之为诗也！——同上

(清)纪昀：晚唐诗往往露骨，然佳句不可没。○六句却好。——同上

春　日　(五代)韦　庄

忽觉东风景渐迟，野梅山杏暗芳菲。落星楼左思《吴都赋》："数军实乎桂林之苑，飨戎旅乎落星之楼。"刘渊林注："吴有桂林苑，落星楼。楼在建邺(今南京)东北十里。"上吹残角，偃月营半月形的阵营。《三国志・魏书・杨阜传》："(杨阜)使从弟岳于城上作偃月营，与马超接战。"中挂夕晖。旅梦乱随蝴蝶散，离魂渐逐杜鹃飞。红尘遮断长安陌，芳草王孙暮不归。

(清)朱三锡：一向潦倒风尘，昏昏懂懂，不知今日何日，瞥见野梅、红杏，知是春深时候，故起云"忽觉"也。言下有流落他乡，生意憔悴口吻。"吹残角"、"挂夕阳"，言所见所闻无非愁况。旅梦，还家之梦，曰乱随而散者是颠倒失序，梦不成梦也。离魂、思家之魂，曰潜逐而飞者，是飘忽无措，魂失其魄也。到此地步，惟以早赋归欤为第一要着耳。——《东岩草堂评订唐诗鼓吹》

(清)顾嗣立：诗家总染法，有以地名衬物色者，如韦端已"落星楼上吹残角，偃月营中挂夕晖"是也。——《寒厅诗话》

(清)纪昀：结两句暗寓乘舆播迁之意，非自谓也。——《墨评唐诗鼓吹》

春夕言怀　(五代)张　泌

风透疏帘月满庭，倚栏无事倍伤情。烟垂柳带纤腰软，露滴花房怨脸明。愁逐野云销不尽，情随春浪去难平。幽窗漫结相思梦，欲化西园蝶未成。

清平乐　（五代）欧阳炯

春来阶砌。言阶砌石缝中的春草，指早春。春雨如丝细。仲春。春地满飘红杏蒂。春深。春燕舞随风势。春暮。　春幡。幡读翻，平声。指立春日之彩船之类的东西。细缕读吕，上声。线也。春缯。缯读增，平声。丝织品。春闺一点春灯。自是春心缭乱，非干春梦无凭。全词共用了十八个“春”字，此体源于陶渊明《止酒》诗，因称之为《止酒诗体》。

春日野望　（五代）李　中

野外登临望，苍苍烟景昏。暖风医病草，甘雨洗荒村。云散天边影，潮回岛上痕。故人不可见，倚杖役吟魂。

（元）方回：第三句新异，第四句淡而有味。——《瀛奎律髓汇评》

（清）纪昀：情景俱佳，格亦不俗。〇末句不好！“役吟魂”三字劣。——同上

（清）许印芳：“野外登临望”下三字凑合，不成句法。尾句原本云“倚杖役吟魂”。纪批云“下三字劣”。今并易之，首句改为“野外闲登望”，尾句改为“倚杖暗销魂”。——同上

小圃春日　（北宋）林　逋

岸帻倚微风，柴篱春色中。草长团粉蝶，林暖坠青虫。载酒为谁子？移花独乃翁。于陵偕隐事，清尚未相同。

(元)方回：中四句工不可言。——《瀛奎律髓汇评》

(清)冯舒：神宗以前真不减唐。——同上

(清)纪昀："团"、"坠"二字有工夫。——同上

青门引·春思　(北宋)张　先

乍暖还轻冷。风雨晚来方定。庭轩寂寞近清明，残花中酒，又是去年病。　　楼头画角风吹醒。入夜重门静。那堪更被明月，隔墙送过秋千影。

(清)黄苏：落寞情怀，写来幽隽无匹。不得志于时者，往往借闺情以写其幽思。角声而曰"风吹醒"，"醒"字极尖刻。至末句"那堪送影"，真是描神之笔。极希杳渺之致。——《蓼园词选》

(清)陈廷焯：韵流弦外，神泣个中。耆卿而后，声调渐变，子野犹多古意。——《词则·大雅集》

破阵子·春景　(北宋)晏　殊

燕子来时新社，指春社，古代祭祀土地神的日子。立春后第五个戊日为春社。梨花落后清明。池上碧苔三四点，叶底黄鹂一两声。日长飞絮轻。　　巧笑《诗经》："巧笑倩兮，美目盼兮。"东邻女伴，采桑径里逢迎。疑怪昨宵春梦好，元是今朝斗草赢。笑从双脸生。

(清)陈廷焯：风情婉约。——《词则·闲情集》

(清)许昂霄：如闻香口，如见冶容。——《词综偶评》

(近代)刘永济：此乃纯用旁观者之言，描写春日游女戏乐之情景，因见

游女斗草得胜之笑，而代写其心情。言今朝斗草得胜，乃昨宵好梦之验，可谓能深入人物之心者。此种词虽无寄托，而描绘人情物态，极其新鲜生动，使读者如亲见其人其事，而与作者同感其乐，单就艺术性说来，亦有可采之处也。——《唐五代两宋词简析》

玉楼春·春景　　(北宋)宋 祁

东城渐觉风光好。縠读斛，入声。原是一种绉纱，此形容水之波纹。皱波纹迎客棹。棹读罩，去声。船桨，此指船。绿杨烟外晓寒轻，红杏枝头春意闹。　　浮生长恨欢娱少。肯爱千金轻一笑。为君持酒劝斜阳，且向花间留晚照。

(宋)胡仔："《遁斋闲笺》云：'张子野郎中以乐章擅名一时。宋子京尚书奇其才，先往见之。遣将命者，谓曰，尚书欲见云破月来花弄影郎中乎。子野屏后呼曰，得非红杏枝头春意闹尚书邪。遂出，置酒尽欢。'盖二人所举。皆其警策也。"——《苕溪渔隐丛话》

(明)沈雄：人谓"闹"字甚重，我觉全篇俱轻，所以成为"红杏尚书"。——《填词杂说》

(清)李渔：琢句炼字，虽贵新奇，亦须新而妥，奇而确。妥与确，总不越一理字，欲望句之惊人，先求理之服众。时贤勿论，吾论古人。古人多工于此技。有最服予心者，"云破月来花弄影"郎中是也。有蜚声千载上下，而不能服强项之笠翁者，"红杏枝头春意闹"尚书是也。"云破月来"句，词极尖新，而实为理之所有。若红杏之在枝头，忽然加一"闹"字，此语殊难着解。争斗之声有谓闹，桃李争春则有之，红杏闹春，予实未之见也。"闹"字可用，则"吵"字"斗"字、"打"字，皆可用矣。宋子京当日以此噪名，人不呼其姓氏，竟以此作尚书美号，岂由尚书二字起见耶？余谓"闹"字极粗极俗，且听不入耳，非但不可加于此句，并不当见之诗词。近日词中，争尚此字者，子京一人之流毒也。——《窥词管见》

(清)刘熙载：词中句与字有似触著者，所谓极炼如不炼也。……宋景文"红杏枝头春意闹"，闹字触着之字也。——《艺概》

(清)陈廷焯:红杏尚书,艳夺千古。为乐当及时,有心人语。——《词则·别调集》

(近代)王国维:"红杏枝头春意闹",着一"闹"字,而境界全出。——《人间词话》

春　寒　(北宋)梅尧臣

春昼自阴阴,云容薄更深。蝶寒方敛翅,花冷不开心。亚树青帘动,倚山片雨临。未尝辜景物,多病不能寻。

(元)方回:梅诗淡而实丽,虽用工而不力。——《瀛奎律髓汇评》

(清)冯班:艳而冗。——同上

(清)纪昀:诗未有不用工者,功深则兴象超妙,痕迹自融耳。酝酿不及古人,而剽其空调以自托,犹禅家所谓顽空也。——同上

(清)冯舒:此亦不减周贺辈。——同上

(清)纪昀:三、四托意深微,妙无痕迹,真诗人之笔,惟"寒"、"冷"字复。六句用庾子山"山根一片雨"句,然"临"字不稳。——同上

春　日　(北宋)王安石

冉冉春行暮,菲菲物竞华。莺犹求旧友,燕不背贫家。室有贤人酒,门无长者车。醉眠聊自适,归梦到天涯。

(元)方回:此唐人得意诗,恐误入半山集中,而雁湖亦为之注。姑存诸此,俟考。——《瀛奎律髓汇评》

(清)纪昀:半山诗境可以到此,何据而定为唐诗?——同上

(清)冯舒:“贤人酒”、“长者车”,直述老杜语,然杜题是《走邀许主簿》,故妙。此较宽。——同上

(清)冯班:五、六全用少陵诗。——同上

(清)查慎行:春日诗易作难工,如此诗三、四景中有意,乃为绝唱,老杜家法也。〇“座对贤人酒,门停长者车”,少陵成语也。半山熟于唐诗,往往有此病。他如“昔逢减劫坏,今遇胜缘修”,二句亦出乐天集,一时不及检点耳。——同上

(清)纪昀:第四句最警,并上句常语亦增色。六句全用杜句,太现成。——同上

春 寒 (北宋)王安石

春风满地月如霜,拂晓钟声到景阳。花底夹衣朝宿卫,柳边新火起严妆。冰残玉甃读皱,去声。井壁。泉初动,水涩铜壶漏更长。从此暄妍知几日,便应鶗鴂损年芳。

春 阴 (北宋)王安国

似雨非晴意思深,宿醒牵率卧春阴。苦怜燕子寒相并,生怕梨花晚不禁。薄薄帘帷欺欲透,遥遥歌管压来沉。北园南陌狂无数,只有芳菲会此心。

(元)方回:极能言春阴之味。——《瀛奎律髓汇评》

(清)陆贻典:起句出题好,三、四摹写虚神。——同上

(清)查慎行:稍近词调,而风致韶秀。——同上

(清)纪昀:极有情致,置中、晚唐人集中不可复辩,但格不甚高耳。——同上

正月二十一日病后，述古邀往城外寻春

(北宋)苏　轼

屋上山禽苦唤人，槛前冰沼忽生鳞。老来厌伴红裙醉，病起空惊白发新。卧听使君鸣鼓角，试呼稚子整冠巾。曲栏幽榭终寒窘，一看郊原浩荡春。

蝶恋花·春景　(北宋)苏　轼

花退残红青杏小。燕子飞时，绿水人家绕。枝上柳绵吹又少。天涯何处无芳草。　墙里秋千墙外道。墙外行人，墙里佳人笑。笑渐不闻声渐悄。多情却被无情恼。

(清)王士禛："枝上柳绵"，恐屯田缘情绮靡，未必能过。孰谓坡但解作"大江东去"耶？髯直是轶伦绝群。——《花草蒙拾》

(清)黄苏："《林下词谈》云：子瞻在惠州，与朝云闲坐。时青女初至，落木萧萧，凄然有悲秋之意。命朝云把大白，唱花褪残红。朝云歌喉将转，泪满衣襟。子瞻诘其故，答曰：'奴不能歌，是枝上柳绵吹又少，天涯何处无芳草也。'子瞻翻然大笑。曰：'是吾正悲秋，而汝又伤春矣。'遂罢。朝云不久抱病而亡。子瞻终身不复听此词。"——《蓼园词选》

清平乐　(北宋)黄庭坚

春归何处？寂寞无行路。若有人知春去处。唤取归来同住。　春无踪迹谁知？除非问取黄鹂。百啭无人

能解，因风飞过蔷薇。此词赋予抽象之春以具体的人的性格。用曲笔渲染，跌宕起伏，饶有变化。好像荡秋千，既跌得深、猛，又荡得高、远。○先是一转，希望有人知道春的去处，唤她回来，与她同住。这种奇想，表现出词人对美好事物的执着和追求。○下片再转。词人从幻想中回到现实世界，觉察到无人懂得春天的去向，春天不可能被唤回来。但仍有一线希望，希望黄鹂能知道春天的踪迹，因为黄鹂常与春天在一起。这样，词人又跌入幻觉的艺术境界之中了。词人从惜春到寻春，从希望到失望；从不断追寻到濒于绝望，终于怀着无可告慰的心情为美好事物的消逝而沉思。○"百转无人能解，因风飞过蔷薇。"与欧阳修《蝶恋花》"泪眼问花花不语，乱红飞过秋千去"意境重复。

(宋)胡仔："《复斋漫录》云，王逐客《送鲍浩然之浙东》长短句'水是眼波横，山是眉峰聚。欲问行人去那边，眉眼盈盈处。才始送春归，又送春归去。若到江南赶上春，千万和春住'。韩子苍在海陵送葛亚卿，用其意以为诗，断章云：'明日一杯愁送春，后日一杯愁送君。君应万里随春去，若到桃源记归路。'苕溪渔隐曰：'山谷词云，春归何处，寂寞无行路。若有人知春去处。唤取归来同住。王逐客云，若到江南赶上春，千万和春住。体山谷语也。'"——《苕溪渔隐丛话》

(明)沈际飞："赶上和春住"、"唤取归来同住"，千古一对情痴，可思而不可解。——《草堂诗余》

(清)吴衡照：山谷云"春归何处(略)，唤取归来同住"。通叟云"若到江南赶上春，千万和春住"。碧山云"怕此际春归，也过吴中路。君行到处。便快折河边千条翠柳，为我系春住"。三词同一意，山谷失之笨，通叟失之俗，碧山差胜，终不若梁贡父云"拼一醉留春，留春不住，醉里春归"。为洒脱有致。——《莲子居词话》

诉衷情 (北宋)黄庭坚

小桃灼灼读酌，入声。灼灼，明貌。柳鬖鬖。鬖读三，平声。毛发下垂貌。春色满江南。雨晴风暖烟淡，天气正醺酣。 山泼黛，水挼蓝。挼蓝为浸揉蓝草作染科。白居易《春池上戏赠李郎中》："直拟挼蓝新汁色，与君南宅染罗裙。"翠相搀。搀同掺。混杂。歌楼酒旆，故故招人，权典青衫。权，姑且、暂且。

春　日　(北宋)秦　观

一夕轻雷落万丝，霁光浮瓦碧参差。有情芍药含春泪，无力蔷薇卧晓枝。

满庭芳　(北宋)秦　观

晓色云开，春随人意，骤雨才过还晴。古台芳榭，飞燕蹴红英。舞困榆钱自落，秋千外、绿水桥平。东风里，朱门映柳，低按小秦筝。　　多情。行乐处，珠钿翠盖，玉辔红缨。渐酒空金榼，榼读咳，入声。花困蓬瀛。豆蔻梢头旧恨，十年梦。屈指堪惊。凭栏久，疏烟淡日，寂寞下芜城。

(明)王世贞："角声吹落梅花月"，又"地卑山近，衣润费炉烟"，又"满园落花春寂寂"，又"一钩淡月天如水"，又"秋千外，绿水桥平"，淡语之有景者。——《艺苑卮言》

(明)卓人月：敖陶孙评少游诗，"如时女步春，终伤婉弱"，其在一时正相宜耳。——《古今词统》

(明)沈际飞：悠淡语，不觉其妙而自妙。据诸本，首云"晚色"，末云"淡月"。《词选》首云"晓色"，末云"淡日"。细味词中"玉辔红缨"等，岂晚来事？悉从《词选》。——《草堂诗余》

(清)黄苏：此必少游被谪后作。雨过还晴，承恩未久也。"燕蹴红英"，喻小人之谗构也。"榆钱"自喻也。"绿水桥平"，喻随所适也。"朱门"、"秦筝"彼得意者自得意也。前一阕叙事也，后一阕则事后追忆之词。"行乐"三句,追从前也。“酒空”二句,言被谪也。“豆蔻”三句,言为日已久也。“凭栏”二句结。通首黯然自伤也。章法极绵密。——《蓼园词选》

早春 (北宋)陈师道

度腊不成雪,迎年遽得春。冰开还旧绿,鱼喜跃修鳞。柳及年年发,愁随日日新。老怀吾自异,不是故违人。

(元)方回:极瘦有骨,尽力无痕,细看之,句中有眼。(按,方回在“遽”、“还”、“跃”字旁加圈。)——《瀛奎律髓汇评》

(清)冯舒:八字批得妙。——同上

(清)冯舒:“冰乍开”水尚欠绿也。第六句凑甚。落句只结得“愁随日月新”,未稳足。〇二、三句一串下。——同上

(清)纪昀:冯云“冰乍开,水尚欠绿”。然“绿”字本唐人《东风解冻诗》。又云“凑甚,落句只结得‘愁随日日新’未稳足”。不知此以“柳发”引入“愁新”,十字流水,故单以“愁新”为结,正是唐人诗法,不得以《才调集》板对绳之。——同上

(清)陆贻典:起四句何减老杜?——同上

(清)纪昀:自然闲雅,良由气韵不同。——同上

(清)许印芳:“年”字、“不”字俱复。——同上

绝句 (北宋)吴涛

游子春衫已试单,桃花飞尽野梅酸。怪来一夜蛙声歇,又作东风十日寒。

眼儿媚　　(北宋)朱淑真(女)

迟迟春日弄轻柔。花径暗香流。清明过了，不堪回首，云锁朱楼。　　午窗睡起莺声巧，何处唤春愁？绿杨影里，海棠亭畔，红杏梢头。

谒金门·春半　　(北宋)朱淑真(女)

春已半。触目此情无限。十二阑干闲倚遍。愁来天不管。　　好是风和日暖。输与莺莺燕燕。满院落花帘不卷。断肠芳草远。

(清)陈廷焯：凄婉得五代人神髓。——《词则·大雅集》

又云：朱淑真词，才力不逮易安，然规模唐五代，不失分寸，如“年年玉镜台”及“春已半”等篇，殊不让和凝、李珣辈。惟骨韵不高，可称小品。——《白雨斋词话》

初春杂兴　　(南宋)陆　游

水长鸥初泛，山寒茗未芽。深林闻社鼓，落日照渔家。渡远呼船久，桥倾取路斜。客愁慵远眺，不是怯风沙。

(元)方回：八句皆佳，而三、四尤古远。——《瀛奎律髓汇评》

(清)纪昀：三、四天然有景，五、六新而不碎。——同上

(清)许印芳：“远”字复。——同上

春　日　　（南宋）朱　熹

胜日寻芳泗水滨，无边光景一时新。等闲识得东风面，万紫千红总是春。

卜算子・寻春作　　（南宋）辛弃疾

修竹翠罗寒，迟日江山暮。幽径无人独自芳，此恨知无数。　　只共梅花语。懒逐游丝去。着意寻春不肯香，香在无寻处。

踏莎行・春日有感　　（南宋）辛弃疾

萱草齐阶，芭蕉弄叶。乱红点点团香蝶。过墙一阵海棠风，隔帘几处梨花雪。　　愁满芳心，酒潮红颊。年年此际伤离别。不妨横管小楼中，夜阑吹断千山月。

春　夕　　（金）元好问

数枝残雪梅仍在，几日东风柳已娇。春酒价高无可典，小红灯影莫相撩。

醉桃源·春景　(南宋)严　仁

拍堤春水蘸垂杨。水流花片香。弄花噆读惨,上声。咬也叮也。柳小鸳鸯。一双随一双。　帘半卷,露新妆。春衫是柳黄。倚栏看处背斜阳。风流暗断肠。

(清)况周颐:宋严仁词《醉桃源》云,"拍堤春水蘸垂杨,(略)",描写芳春景物,极娟妍鲜翠之致,微特如画而已。政恐刺绣妙手,未必能到。——《蕙风词话》

踏莎行·初春　(清)徐　灿(女)

芳草才芽,梨花未雨。春魂已作天涯絮。晶帘宛转为谁垂?金衣指金莺。《开元天宝遗事》:"明皇每于禁苑中见黄莺,常呼之为金衣公子。"飞上樱桃树。　故国茫茫,扁舟何许?夕阳一片江流去。碧云犹叠旧山河,月痕月影。休到深深处。

卜算子·春愁　(清)徐　灿(女)

山雨做春愁,愁到眉边住。道是愁心春带来,春又来何处?　屈指算花期,转眼花归去。也拟花前学惜春,春去花无据。

春日绝句　(清)魏　禧

棕鞋藤杖笋皮冠,落日春风生暮寒。竹外桃花花外柳，一池新水浸阑干。

春日题邑城碧霞精舍　（清）孙郁

春满桐冈积翠浓，探芝何处觅仙踪？空林湿气千峰雨，远涧涛声万壑松。石磴铺纹苍藓合，玉炉歙影碧云封。幽深便欲观无始，忘却桃花尽落红。

春日漫兴绝句二首　（清）姚鼐

新蕉才展中心绿，芳杏将残半树红。门掩小庭无客到，呼儿相对立春风。

几榻尘生坐不知，一灯深夜照书帷。江边春尽潇潇雨，空馆花开又落时。

春　郊　（清）黎简

水满碧不动，春郊新雨晴。数行浓柳外，一桁晓山横。日薄滃读翁，上声。云气腾涌貌。花气，风恬软鸟声。病才蠲读娟，平声。清除。六七，虚白已全生。谓人能清虚无欲，则道心自生。语出《庄子》："虚室生白，吉祥止止。"

南西门外游春即事　（清）宋湘

好雨连番春已归，柳梢春浅绿成围。踏春天气晴三日,卖酒人家水半扉。春色尽迷公子马,花香都上美人衣。由他沙暖鸳鸯睡,莫打芦芽恼鸭飞。

春　闺　(清)骆绮兰(女)

春寒料峭乍晴时,睡起纱窗日影移。何处风筝吹断线?飘来落在杏花枝。

感春四首　(清)陈宝琛

一春无日可开眉,未及飞红已暗悲。雨甚犹思吹笛验,风来始悔树幡迟。蜂衙撩乱声无准,鸟使逡巡事可知。输却玉尘三万斛,天公不语对枯棋。陈衍《石遗室诗话》云:"沧趣有《感春》四律,作于乙未中日和议成时。其一云云。三、四略言冒昧主战,一败涂地,实毫无把握也。五言台谏及各衙门争和议,亦空言而已。六言初派张荫桓、邵日濂议和,日本人不接待。改派李鸿章以全权大臣赴马关媾和,迟迟不行。七、八则赔款二百兆,德宗与主战枢臣,坐视此局全输耳。"

阿母欢娱众女狂,十年养就满庭芳。谁知绿怨红啼景,便在莺歌燕舞场。处处凤楼劳剪彩,声声羯鼓促传觞。可怜买尽西园醉,赢得嘉辰一断肠。陈衍《石遗室诗话》云:"其二云云。此首言孝钦太后以海军经费浪用诸建筑颐和园与诸娱乐之事。是年适六旬寿辰,当大庆贺,以战事败衂而罢。"

倚天照海倏成空,脆薄原知不耐风。忍见化萍随柳絮,倘因集蓼毖桃虫。一场蝶梦谁真觉,满耳鹃声恐未终。若倚桔槔事浇灌,绿阴涕尺种花翁。陈衍《石遗室诗话》云:

"其三云云。此首言海事告熸。末联言北洋枉学许多机器制造,付诸一掷而已。六句言翁同和以南人作相也。"

北胜南强较去留,泪波直注海东头。槐柯梦短殊多事,花槛春移不自由。从此路迷渔父棹,可无人坠石家楼。故林好在烦珍护,莫再飘摇断送休。陈衍《石遗室诗话》云:"其四云云。首联言俄、德、法三国,代争已失之辽南,而移祸于割台也。三句言台抚唐景崧,自立民主国,仅数日而已。四句言李经方充割台使,在舰中定约签字。此四诗见之已久,作者秘而不欲宣,时世沧桑,又方有刻集之议,屡与余商定去留。余为删定六百首,因详此诗所指,以告观览者。"

和李亦元春寒四首　(清)曾习经

怀远伤离一往深,碧云回合自愔愔。他乡翠柳供愁断,别馆朱楼隔雨沉。歌舞渐阑闻酒恶,风幡微动恼禅心。衰迟亦有闲花草,未中思量且不任。

梦雨灵风尽日吹,义山哀怨有微词。相逢旅雁酬佳节,惆怅吴蚕失后期。颇念漳边新卧病,漫劳中禁费寻思。客嘲宾戏都无奈,半月苔痕断履綦。

渐乱春愁不可胜,萧条花叶共畦塍。酒醒车马迷踪迹,别后池台有废兴。前阁雨帘闻啄木,晓窗风幔暗飘灯。近旬无月临寒食,一饭斋糜冷似冰。

畹畹年芳一半休,嫩苔生阁坐端忧。宁知沉酒非荒宴,可惜逢春只远游。灵鞠才名随仕宦,嵇康懒性负山丘。白桐花发郊扉静，不遣东风放紫骝。

星坡春郊游眺　（清）丘炜萲

飞尘争不逐游鞭，落絮无由感逝川。铃塔丛荆喧练雀，棕榈薄荫卧乌犍。云垂旷野疑山绕，海涌惊波觉岸迁。孤愤何关鞍背客，寻春还问杖头钱。

春游杂诗四首　（清）胡怀琛

出门何所见，萋萋陌上草。含雨复含烟，做就愁多少？

为羡钓鱼乐，携竿过小溪。夜来春水涨，便觉石桥低。

离离墓上草，一岁一回青。如何墓中人，千年睡不醒。

菜叶如碧玉，菜花如黄金。不费一钱买，采来衣上簪。

二、春暮(惜春)

晚春严少尹与诸公见过　(唐)王 维

松菊荒三径,图书共五车。烹葵邀上客,宋玉赋:"逆旅之女谓之曰:'上客远来,无乃饥事。'乃炊雕胡之饭,烹露葵以食之。"按露葵即莼菜。看竹用王徽之事见《晋书》。到贫家。雀乳《说文》:"人及鸟生子曰乳。"先春草,莺啼过落花。自怜黄发老年人。暮,一倍惜年华。

(元)方回:三、四唐人不曾犯重,极新。第六句尤妙。——《瀛奎律髓汇评》

(清)黄生:五六起下意,言雀乳甫先春草,莺啼倏过落花,此年华之所以可惜也。分明有倏、甫二字在句内,名缩脉句。诸公皆有见过之作,诗中必有惜年华之语,故结处答其意,言诸公皆以年华为可惜,自怜暮景,故惜年华之心,比诸公更加一倍也。七、八二句,上仍有说话,谓之意在句前。——《增订唐诗摘钞》

(清)陆贻典:三、四用事,天然凑合。——《瀛奎律髓汇评》

(清)纪昀:句句清新而气韵天成,不见刻画之迹。五、六句赋中有比,末句从此过脉,浑化无痕。——同上

晚春闺思　(唐)王 维

新妆可怜色,落日卷罗帷。淑气清珍簟,墙阴上玉

墀。春虫飞网户，暮雀隐花枝。向晚多愁思，闲窗桃李时。

伤春五首《楚辞》:“极目千里兮伤春心。”题取此意。

(唐)杜　甫

天下兵虽满，春光日自浓。西京疲百战，北阙任群凶。关塞三千里，时公在阆州，言去长安之远也。烟花一万重。蒙尘清露急，御宿且谁供。广德六年，吐蕃陷京师，车驾至华州，官吏奔散。殷复前王道，周迁旧国容。蓬莱足云气，应合总从龙。浦起龙云:一领事，二领春。三、四点京陷。五、六带入自己。七、八悬想行在之惨。九、十冀幸反正之词。结言群情乐于反正也。

莺入新年语，花开满故枝。天清风卷幔，草碧水通池。牢落官军远，萧条万事危。鬓毛元自白，泪点向来垂。不是无兄弟，其如有别离！巴山春色静，北望转逶迤。一、二春意起，三、四有引领北望之慨。五、六带时事，七、八清还伤字意。九、十见我心之伤，不止是离别之悲。结乃点题旨。

日月还相斗，星辰屡合围。不成诛执法，焉得变危机？大角缠兵气，钩陈出帝畿。烟尘昏御道，耆旧把天衣。行在诸军阙，来朝大将稀。贤多隐屠钓，王肯载同归？一寇扰。二引起蒙蔽。三、四指出病根。五至八句正叙危机。九、十言诸道不至，结以进贤立论。

再有朝廷乱，难知消息真。近传王在洛，复道使归秦。夺马悲公主，登车泣贵嫔。萧关迷北上，沧海欲东巡。敢料安危体，犹多老大臣。岂无嵇绍血，见《晋书》。沾洒属车尘？前八句详传闻之不一，后四句又出议论。

闻说初东幸，孤儿却走多。难分太仓粟，竞弃鲁阳戈。鲁阳戈见《淮南子》。《通鉴》："帝幸陕，官吏六军奔散，扈从将士不免饥馁。"胡虏登前殿，王公出御河。得毋中夜舞，闻鸡起舞见《晋书》。谁忆大风歌？二句言岂无英雄思奋志在报仇雪耻者，恐朝廷信谗不复记忆耳。时郭子仪闲废、李光弼亦惧谗不至，故云。春色生烽燧，幽人泣薜萝。君臣重修德，犹足见时和。此为五首结局。上八隐括失国流离之感；下四重致还京兴治之望。而主意收到后幅，回合伤春，与一二章呼应。〇杨伦《杜诗镜铨》："激昂慷慨，亦复悱恻缠绵，与《有感五首》并见才识忠悃；此皆杜诗根本之大者，学者所宜着眼。"〇朱鹤龄曰："代宗致乱，皆因信任非人，老臣不见用，故一曰贤多隐屠钓，一曰犹多老大臣，一曰谁忆《大风歌》，篇中每三致意焉。"

春 归 （唐）杜 甫

苔径临江竹，茅檐覆地花。别来频甲子，倏忽又春华。倚杖看孤石，倾壶就浅沙。远鸥浮水静，轻燕受风斜。世路虽多梗，吾生亦有涯。此身醒复醉，乘兴即为家。

（宋）叶少蕴：诗语固忌用巧太过。然缘情体物，自有天然工妙，虽巧而不见刻削之痕。……燕体轻弱，风猛则不能胜，唯微风乃受以为势，故又有"轻燕受风斜"之语 。——《石林诗话》

（明）李攀龙：范元实曰，杜有喜用字，如"修竹不受暑"、"吹面受和风"及"轻燕受风斜"句，"受"字皆入妙。老坡尤爱"轻燕"句，以为燕迎风低飞，乍前乍却，非"受"字不能形容也。——《唐诗广选》

（清）杨伦：遭乱新归，感时最苦，旁拈景物妙以兴致语写之。末四句自

伤自解,不堪多读,亦有随遇而安之意。——《杜诗镜铨》

苏溪亭 (唐)戴叔伦

苏溪亭上草漫漫,谁倚东风十二阑。燕子不归春事晚,一汀烟雨杏花寒。

春晓曲 (唐)温庭筠

家临长信往来道,乳燕双双拂烟草。油壁车轻金犊肥,流苏帐晓春鸡早。笼中娇鸟暖犹睡,帘外落花闲不扫。衰桃一树近前池,似惜红颜镜中老。

即 日 (唐)李商隐

一岁林花即日休,江间亭下怅淹留。重吟细把真无奈,已落犹开未放愁。山色正来衔小苑,春阴只欲傍高楼。金鞍忽散银壶漏,更醉谁家白玉钩?

(清)金人瑞:言三春花事,是一岁大观;若此事一休,即了无余事。盖入夏徂秋,如风疾卷,特地开春,便成往事也。"江间",取长逝义;"亭下",取暂住义;"怅淹留"者,长逝无法教停,故不觉其怅然;然暂住且如不逝,故遂漫作淹留也。三、四"重吟细把",妙!已不必吟,而又"重吟";已不足把,而又"细把";此无奈,乃所谓"真无奈"也!"已落犹开",又妙!亲见已落,无止万片;便报犹开,岂能数朵?此欲故将如何可放也。前解写一春已尽。○后解写一日又尽也。山色衔苑,暮光自远而至也;春阴傍楼,日影只剩觚稜也。

倏忽马嘶人去，漏动更传，则不知后会之在何家也。哀哉，哀哉！——《贯华堂选评唐才子诗》

（清）何焯：学“一片花飞减却春”。一岁之花遽休，一日之景遽暮，排闷不得，其强裁此诗，真有歌与泣俱者矣。山色一联，言并不使我稍得淹留也。落句言风光忽过，不醉无以遣怀，然使我更醉谁家乎？无聊甚也。——《义门读书记》

春尽　（唐）韩偓

惜春连日醉昏昏，醒后衣裳见酒痕。细水浮花归别涧，断云含雨入孤村。人闲易得芳时恨，地迥难招自古魂。惭愧流莺相厚意，清晨犹为到西园。

（明）谢榛：武元衡曰“残云带雨过春城”，韩致尧曰“断云含雨入孤村”，二句巧思，不及子美“淡云疏雨过高城”自然。——《四溟诗话》

（清）金人瑞：惜春是春未尽前，醒后是春已尽后，见酒痕而不复见花事矣，可为浩叹也。水归别涧下，再加雨下孤村，写春尽真如扫涂灭迹。庸手亦解用雨，却用在花句前，妙手偏用在花句后，此其相去无算，不可不知也。○春尽又何足惜，两行泪实为“人闲”、“地迥”堕耳。流莺上用“相厚”字、“惭愧”字、“独为”字、“清晨”字，妙！怨甚而又不怒，其斯为诗人之言也。（相厚在清晨，惭愧在独为。）——《贯华堂选评唐才子诗》

（清）何焯：以春尽比国亡，王室鼎迁，天涯逃死，毕生所望，于此日已矣。○元遗山尝借次联而续以“惟余韩偓伤心句，留与累臣一断魂”，盖以第三比叛臣事敌，第四比弱主之迁国也。——《瀛奎律髓汇评》

（清）纪昀：后半极沉着，不类致尧他作之佻。○四句胜出句。六句言非惟今人无可语，并古人亦不可招，甚言其寥落耳。——同上

残春旅舍　(唐)韩偓

旅舍残春宿雨晴，恍然心地忆咸京。树头蜂抱花须落，池面鱼吹柳絮行。禅伏诗魔白居易诗："唯有诗魔降未得，每逢风月一闲吟。"归净域，酒冲愁阵出奇兵。《南史》："陈暄曰：江咨议有言，酒犹兵也。兵可千日而不用，不可一日而不备。酒可千日而不饮，不可一饮而不醉。"(晋)张协诗："何必操干戈，堂上有奇兵。"两梁蔡邕《独断》："避贤冠，文官服之，……公侯三梁，尚书博士两梁。"免被尘埃污，拂拭朝簪待眼明。

(宋)胡仔：丙戌之冬，余初病起，深居简出，终日曝背晴檐，万事不到，自以荆公所选《唐百家诗》反复味之，虽无豪放之气，而有修整之功；高为不及，卑复有余，适中而已。荆公谓"欲观唐人诗，观此足矣"。讵不然乎？集中佳句所已称道者，不复录出，唯余别所喜者，命儿辈笔之，以备遗忘。七言六联。韩偓《残春》云"树头蜂抱花须落，池面鱼吹柳絮行"。又云"细水流花归别涧，断云含雨入孤村"。又《访王同年村居》云"门庭野水褵褷鹭，邻里断墙咿喔鸡"。——《苕溪渔隐丛话》

(元)方回：致尧诗无句不工，唐季之冠也。——《瀛奎律髓汇评》

(明)谢榛：崔湜《题唐都尉山池》"雁翻蒲叶起，鱼拨荇花游"。联虽全美，但晚唐纤巧之渐，若与陪驾之作并论，譬诸艳姬从命妇升阶，气象自别。韩偓《晚春旅舍》"树头蜂抱花须落，池面鱼吹柳絮行"，祖于湜而敷演七言，斯又下矣。——《四溟诗话》

(清)纪昀：(方回云)"句无不工"，谈何容易！李、杜不能，况致尧乎？又云"恍然心地"四字不佳。五、六已逗宋格。唐季究以江东为冠。——《瀛奎律髓汇评》

鹊踏枝　(五代)冯延巳

几日行云指游子行踪不定。何处去？忘却归来，不道春将暮。百草千花寒食路。香车指游子华丽的车子。系在谁家树？

泪眼倚楼此指女子。频独语。双燕来时，陌上相逢否？撩乱春愁如柳絮。悠悠梦里无寻处。

（清）张惠言：忠爱缠绵，宛然《骚》、《辩》之义，延巳为人，专蔽嫉妒，又敢为大言，此词盖以排间异己者，其君之所以信而勿疑也。——《词辩》

（清）谭献：行云、百草、千花、香车、双燕，必有所托。——《谭评词辨》

（清）陈廷焯：遣词运笔如许松爽，情词并茂，我思其人。——《云韶集》

又云：低回曲折，蔼乎其言，可以群，可以怨，情词悱恻。“双燕”二语，映首章。——《词则·大雅集》

（清）况周颐：元好问《清平乐》云“飞去飞来双乳燕，消息知郎近远”，用冯延巳“双燕来时，陌上相逢否？”语意。彼未定其逢否，此则直以为知，唯消息近远未定耳，妙在能变化。——《蕙风词话》

浣溪沙　（五代）毛熙震

春暮黄莺下砌前。水精帘影露珠悬。绮霞低映晚晴天。　弱柳万条垂翠带，残红满地碎香钿。蕙风飘荡散轻烟。

踏莎行　（北宋）寇　准

春色将阑，莺声渐老。红英落尽春梅小。画堂人静雨蒙蒙，屏山半掩余香袅。　密约沉沉，离情杳杳。菱花尘满慵将照。倚楼无语欲销魂，长空黯淡连芳草。

（清）黄苏：郁纡之思，无所发泄，惟借闺情以抒写。古人用意多如是。

"春色"二句，喻年渐老也。"梅小"，喻职卑也。"屏山"、"香袅"，见香气徒郁结也。"密约"二句。比启纳之心也。"菱花"，喻心难照也。至末句则总而言，见离间者多也。文情郁勃，意致深沉。——《蓼园词选》

浣溪沙　（北宋）晏殊

一曲新词酒一杯，去年天气旧亭台，夕阳西下几时回？　无可奈何花落去，似曾相识燕归来，小园香径独徘徊。

（宋）胡仔：《复斋漫录》云："晏元献赴杭州，道过维扬，憩大明寺。瞑目徐行，使侍史读壁间诗板，戒其勿忘爵里姓氏，终篇者无几。又俾诵一诗云：'水调隋宫曲，当年亦九成。哀音已亡国，废沼尚留名。仪凤终陈迹，鸣蛙只沸声。凄凉不可问，落日下芜城。'徐问之，江都尉王淇诗也。召至同饭，饭已，又同步池上。时春晚，已有落花，晏云'每得句，书墙壁间，或弥年未尝强对，且如"无可奈何花落去"至今未能对也'。王应声曰'似曾相识燕归来'。自此辟置官职，遂跻侍从矣。"——《苕溪渔隐丛话》

（明）卓人月：实处易工，虚处难工，对法之妙无两。——《古今词统》

（清）张宗棣：元献尚有《示张寺丞王校勘》七律一首："元巳清明假未开，小园幽径独徘徊。春寒不定斑斑雨，宿醉难禁滟滟杯。无可奈何花落去，似曾相识燕归来。游梁赋客多风味，莫惜青钱万选才。"中三句与此词同，只易一字。细玩"无可奈何"一联，情致缠绵，音调谐婉，的是倚声家语。若作七律，未免软弱矣。并录于此，以谂知言之君子。——《词林纪事》

（清）纪昀：《浣溪沙·春恨》词"无可奈何花落去，似曾相识燕归来"二句，乃殊示张寺丞王校勘七言律中腹联，《复斋漫录》尝述之。今复填入词内，岂自爱其造语之工，故不嫌复用耶？考（唐）许浑集中"一尊酒尽青山暮，千里书回碧树秋"二句，亦前后两见，知古人原有此例矣。——《四库全书总目提要》

（清）刘熙载：词中句与字，有似触着者，所谓极炼如不炼也。晏元献"无可奈何花落去"二句，触着之句也。——《艺概》

（近代）刘逸生："无可奈何……"显得何其无情，"似曾相识……"又是何其有情？一无情，一有情，对照强烈、互相激射，这样也构成此联起伏跌宕的艺术美。——《宋词小札》

蝶恋花 （北宋）欧阳修

庭院深深深几许？杨柳堆烟，帘幕无重数。玉勒雕鞍游冶处。楼高不见章台长安街名。是当时歌伎的集中地。后来成为妓女住所的代称。路。　　雨横风狂三月暮。门掩黄昏，无计留春住。泪眼问花花不语，乱红飞过秋千去。

（清）王又华：毛先舒曰，"词家意欲层深，语欲浑成"。作词者大抵意层深者，语便刻画；语浑成者，意便肤浅。两难兼也。或欲举其似，偶拈永叔词曰"泪眼问花花不语，乱红飞过秋千去"。此可谓意深而浑成。何也？因花而有泪，此一层意也。因泪而问花，此一层意也。花竟不语，此一层意也。不但不语，且又乱落，飞过秋千，此一层意也。人愈伤心，花愈恼人，语愈浅，而意愈入，又绝无刻画费力之迹，谓非层深而浑成耶。——《古今词论》

（清）徐釚：杨升庵云："一句中连用三字者，如'夜夜夜深闻子规'，又'日日日斜空醉归'，又'更更更漏月明中'，又'树树树梢啼晓莺'，皆善用叠字也。"——《词苑丛谈》

（清）黄苏：首阕因杨柳烟多，若帘幕之重重者，庭院之深以此，即下句章台不见亦以此。总以见柳絮之迷人，加之雨横风狂，即拟闭门，而春已去矣，不见乱红之尽飞乎！语意如此。通首诋斥，看来必有所指。第词旨浓丽，即不明所指，自是一首好词。——《蓼园词评》

暮　春 （北宋）王安石

春期行晼晚，春意剩芳菲。曲水应修禊，披香未试衣。雨花红半堕，烟树碧相依。怅望梦中地，王孙底不归？

(元)方回：梦中之梦，当是用作平声。《左传》“楚云梦之地曰梦中”。——《瀛奎律髓汇评》

(清)冯舒：“王孙归兮不归”是用《楚辞》，自然是云梦之“梦”，况又云“梦中地”乎，何用疑也。——同上

(清)冯舒：直作唐人看。——同上

清平乐·春晚　(北宋)王安国

留春不住。费尽莺儿语。满地残红宫锦污。昨夜南园风雨。　小怜北齐后主高纬宠妃冯小怜。喜弹琵琶，后人尝用以借指歌女。李贺《冯小怜》：“湾头见小怜，请上琵琶弦。”初上琵琶。晓来思绕天涯。不肯画堂朱户，春风自在梨花。

(清)谭献：“满地”二句，倒装见笔力，末二句见其品格之高。——《谭评词辨》

送　春　(北宋)苏　轼

梦里青春可得追，欲将诗句绊余晖。酒阑病客惟思睡，蜜熟黄蜂亦懒飞。芍药樱桃俱扫地，鬓丝禅榻两忘机。凭君借取法界观，一洗人间万事非。

(元)方回：“酒阑病客惟思睡”，我也，情也。“蜜熟黄蜂亦懒飞”，物也，景也。“芍药樱桃俱扫地”，景也。“鬓丝禅榻两忘机”，情也。一轻一重，一

来一往，所谓四实四虚，前后虚实，又当何如下手？至此则知系风捕影，未易言矣。坡妙年诗律颇宽，至晚年乃神妙流动。——《瀛奎律髓汇评》

（清）冯舒：亦是才高，故可纵横如意，执变体二字拟之，千里万里。——同上

（清）冯班：大手自然不同，岂可以寻常蹊径束之乎？——同上

（清）纪昀：三、四两句是对面烘染法。好在"亦"字，上下镕成一片。——同上

（清）无名氏（乙）：四句一气挥斥、曲折、排宕。惟坡公沛然为之有余，是天才，不可及。——同上

（清）许印芳：纪昀批本集云："第四句对得奇变。此对面烘托法。末联上句用五仄落脚，下句'万'字宜用平声。此亦小疵。"按，七律平起式，上句第五字拗作仄，下句第五字宜拗作平以救之，若第五、第六皆拗作仄，尤不可不救，此正格也。有不救者，乃是变格，古人诗中亦多有之，却不得指为疵病。晓岚之言，殆未博考诗家变格耳。〇"观"去声。——同上

蝶恋花·暮春别李公择　（北宋）苏 轼

簌簌无风花自亸。亸读柁，上声。下垂也。寂寞园林，柳老樱桃过。落日多情还照坐。山青一点横云破。　路尽河回千转舵。系缆渔村，月暗孤灯火。凭仗飞魂招楚些。我思君处君思我。

（宋）邵博：东坡别公择长短句"凭仗飞魂招楚些，我思君处君思我"，退之《与孟东野书》"以余心思足下，知足下悬悬于余"之意也。——《邵氏闻见后录》

（明）沈际飞："落日"二句敲空有响。——《草堂诗余》

（清）陈廷焯：语浅情长，笔致亦超迈。——《词则·别调集》

（现代）顾随：发端高妙……夫写春而写暮春，写花而写落，诗人弄笔，成千累万，老苏于此有甚奇特？就参他第一句"簌簌无风花自亸"真将落花情理写出，再不为后人留些儿地步。尤妙在无风，便觉落花之落，乃是舒徐悠

扬，不同于风雨中之飘零狼藉。及至"弹"字，落花乃遂安闲自在地脚跟点地了也。——《东坡词说》

浣溪沙　(北宋)苏　轼

风压轻云贴水飞，乍晴池馆燕争泥。沈郎多病不胜衣。　沙上不闻鸿雁信，竹间时听鹧鸪啼。此情惟有落花知。首句连用三个动词，压、贴、飞，构成连动句式，振动起整个画面。次句把时空交互在一起写，时间是春天(由燕争泥可知)，天气是初晴，地点在池馆内外。第三句点出作者自己，顿时由明快变为阴郁。此一喜一忧，一扬一抑，产生了跌宕的审美效果。○下片，一句亲朋连信都没有，二句，引起对古旧的思念。"此情唯有落花知"，花本无知，此是移情作用，成为只有他知道。皎然《诗式》说："两重意以上，皆文外之旨。"此句之意有三，一、"惟有"二字说明除花之外，人们对作者的心情都不理解；二、落花为什么能理解，是否作者的命运有与落花相似之处吗？三、落花无言，即使理解作者的心情，必也无可劝慰……○全词开头两句写景，三句抒情，用的是先实后虚的手法。下片虚实结合，情中见景。王国维云："一切景语皆情语也。"

(清)黄苏：按此作其在被谪时乎。首尾自喻。"燕争泥"，喻别人得意，"沈郎"，自比。"未闻鸿雁"，无佳信息也。"鹧鸪啼"，声凄切也。通首婉恻。——《蓼园词选》

次韵刘敏殿丞送春　(北宋)苏　辙

春去堂堂不复追，空余草木弄清晖。交游归雁行将尽，踪迹鸣鸠懒不飞。老大未须惊节物，醉狂兼得避危机。东风虽有经旬在，芳意从今日日非。

倦寻芳慢　（北宋）王　雱

露晞向晚，帘幕风轻，小院闲昼。翠径莺来，惊下乱红铺绣。倚危墙，登高榭，海棠经雨胭脂透。算韶华，又因循过了，清明时候。　倦游燕、风光满目，好景良辰，谁共携手？恨被榆钱，买断两眉长斗。忆高阳，人散后。落花流水仍依旧。这情怀，对东风、尽成消瘦。

（明）杨慎：王雱，字元择，半山之子。或议其不能作小词，乃援笔作《倦寻芳慢》一首，《草堂词》所载“露晞向晚”是也。——《词品》

（明）卓人月：“海棠”句，永叔、子京皆有之，但以“着”为“经”耳。——《古今词统》

（明）沈际飞：遣句艳巧。“榆钱”二句，可谓费力。史邦卿“做冷欺花，将烟困柳”，殆尤甚焉。然俱险丽出俗。或议元择不能作小词，援笔为之，居然名流。后绝不作。——《草堂诗余·正集》

（清）沈雄：或议元译不能作小词，乃援笔作《倦寻芳》。“恨被榆钱，买断两眉长皱”人不能及也。——《古今词话·词评》

蝶恋花　（北宋）秦　观

晓日窥轩双燕语。似与佳人，共惜春将暮。屈指艳阳都几许。可无时霎闲风雨。　流水落花无问处。只有飞云，冉冉来还去。持酒劝云云且住。凭君碍断春归路。

（明）卓人月：（持酒二句）凿空奇语。因美成“凭断云留取，西楼残月”似之。——《古今词统》

（明）沈际飞：（起句）刻削。——《草堂诗余·续集》

（明）钱允治：闲风闲雨，固不如浮云之碍高楼也。——《类编笺释草堂诗余》

画堂春 （北宋）秦 观

落红铺径水平池，弄晴小雨霏霏。杏园憔悴杜鹃啼。无奈春归。　　柳外画楼独上，凭栏手撚花枝。放花无语对斜晖。此恨谁知。冯煦云："他人之词，词才也；少游词，词心也，得之于心，不可以传。"此是一首伤春之词。温庭筠《菩萨蛮》云："杨柳又如丝，驿桥春雨时。"韦庄《谒金门》云："满院落花春寂寂，断肠芳草碧。"晏殊《浣溪沙》云："满目山河空念远，落花风雨更伤春。"欧阳修《玉楼春》云："直须看尽洛阳花，始共春风容易别。"温、韦所写的乃是以男女之相思离别为主的伤春之情，而晏、欧所写，一则表现了圆融的观照，一则表现了豪宕的意兴，都隐然有个人的襟抱修养流露于其间。而秦观这一首所写的是由于春归的景色所引起的一片单纯锐感的柔情。〇开端三句从眼中、耳中所见、所闻之景色写起，全不用重笔，写"落花"只是"铺径"，写"水"，只是"平池"，"小雨"只是"霏霏"，第三句写"杏园"虽用了"憔悴"二字，明写出春色的"迟暮"，然而却也不是落花狼藉，风雨摧残的重笔，而是在"憔悴"也仍然有着含敛的意致。所以下一句明写"春归"二字，也只是一种"无奈"之情，而并没有断肠长恨的呼声。这种纤柔婉丽的风格，正是秦观词的一种特美。〇秦观词的佳处，不仅仅如此。其如结句"放花无语对斜晖"，才真是神来之笔。一般人写到对花的爱赏之情，不是"看花、插花、折花、簪花甚至写到葬花"也都是把对花的爱赏之情变成了某种目的性的一种理性的处理。可是秦观所写的从"手撚花技"到"放花无语"却是如此自然，如此无意，如此不自觉，更如此不自禁，而出于内心中敏锐深微的感动。当其"撚"着花枝时，是何等爱花的深情，当其"放"却花枝时，又是何等惜花的无奈。在这种对花之多情深惜的情意，我们可以体会到"花开堪折直须折"又是多么庸俗而鲁莽。所以"放花"之后继之以"无语"，便正是此种深微细致的爱花、惜花而引起的内心一种幽微的感动而不是粗糙的语言所可形容的。〇欧阳修《定风波》也有送春词，欧云："过尽韶华不可添，小楼红日下层檐。"秦观并不用"过尽，不可添，下层檐"等沉重的口吻，只有含蓄地"放花无语"轻微的动作，和"对斜晖"凝立的姿态，但却隐然有一缕深幽的哀感向人袭来！

（宋）胡仔：（秦观）小词云"落红铺径水平池，弄晴小雨霏霏。杏园憔悴

杜鹃啼。无奈春归"用小杜诗"莫怪杏园憔悴去,满园多少插花人"。——《苕溪渔隐丛话》

(清)沈谦:填词结句,或以动荡见奇,或以迷离称隽,着一实语,败矣。康伯可"正是销魂时候也,撩乱花飞",晏叔原"紫骝认得旧游踪,嘶过画桥东畔路",秦少游"放花无语对斜晖,此恨谁知"深得此法。——《填词杂说》

(清)黄苏:按一篇主意,只是时已过,而世少知己耳。说来自娟秀无匹。末二句犹为切挚。花之香,比君子德之芳也。所以"手撚"(一本作"手捻")者以此,所以"无语"而"对斜晖"者以此。既无人知,惟自爱自解而已。语意含蓄,清气远出。——《蓼园词选》

千秋岁　(北宋)秦　观

水边沙外,城郭春寒退。花影乱,莺声碎。飘零疏酒盏,离别宽衣带。人不见,碧云暮合空相对。　忆昔西池会,鹓鹭同飞盖。携手处,今谁在?日边清梦断,镜里朱颜改。春去也,飞红万点愁如海。浅浅春寒从溪水边、城郭旁悄悄地退却了。二月春尚带寒,"春寒退"即三月矣。○杜荀鹤《春宫怨》:"风暖鸟声碎,日高花影重",秦观将其缩成两个三字:"花影乱,鸟声碎。"其中"乱"字"碎"字尤工,几堪迷目。丘迟与陈伯之书云:"暮春三月,江南草长,杂花生树,群莺乱飞。"正是此景。○"碧云暮合",词人所待之人,迟迟不来。用江淹"日暮碧云合,佳人殊未来"。○"西池会"指元祐七年三月上巳,诏赐馆阁花酒,与会者二十有六人,此会在作者一生留下难忘的印象。曹植诗有"清夜游西园,飞盖相追随"句。

(宋)曾敏行:秦少游谪古藤,意忽忽不乐,过衡阳,孔毅甫为守,与之厚,延留待有加。一日饮于郡斋,少游作《千秋岁》词。毅甫看"镜里朱颜改"之句,遽惊曰:"少游盛年,何为言语悲怆如此?"遂赓其韵以解之。居数日别去。毅甫送之于郊,复相语终日,归谓所亲也:"秦少游气貌,大不类平时,殆不久于世矣。"未几,果卒。——《独醒杂志》

(宋)罗大经:诗家有以山为愁者。杜少陵云"忧端如山来,澒洞不可掇",赵嘏云"夕阳楼上山重叠,未抵春愁一倍多",是也。有以水为愁者,李颀云"请量东海水,看取浅深愁",李后主云"问君能有几多愁,恰似一江春水向东流",秦少游云"落红万点愁如海",是也。贺方回云"试问闲愁都几许?一川烟草,满城风絮,梅子黄时雨"。盖以三者比愁之多也,尤为新奇,兼兴中有比,意味更长。——《鹤林玉露》

(清)先著、程洪:"春去也"三字,要占胜。前面许多攒簇,在此收煞。"落红万点愁如海",此七字衔接得力,异样出精彩。——《词洁》

(清)黄苏:《冷斋夜话》云,"少游小词奇绝,咏歌之,想见其神情在绛阙道山之间"。按此乃少游谪虔州思京中友人而作也。起从虔州写起,自写情怀落寞也。"人不见"即指京中友。故下阕直接"忆昔"四句。"日边",京中友也。"梦断"、"颜改"、"愁如海",俱自叹也。——《蓼园词选》

清平乐　(北宋)赵令畤

春风依旧,着意隋堤柳。搓得蛾儿黄欲就,天气清明时候。　去年紫陌青门,今宵雨魄云魂。断送一生憔悴,能销几个黄昏。

(明)李攀龙:对景伤春,至"断送一生"语,最为悲切。——《草堂诗余隽》

(明)王世贞:"断送一生憔悴,能销几个黄昏"此恨语之有情者也。——《艺苑卮言》

(明)卓人月:韦庄云"春雨足,染就一溪新绿"。合作可成一联,"新雨染成溪水绿,旧风搓得柳条黄"。——《古今词统》

清平乐　(北宋)朱淑真(女)

风光紧急。三月俄三十。拟欲留连计无及。用贾岛《三月晦赠刘评事》"三月正当三十日,风光别我苦吟身。共君今夜不须睡,未到晓钟犹是

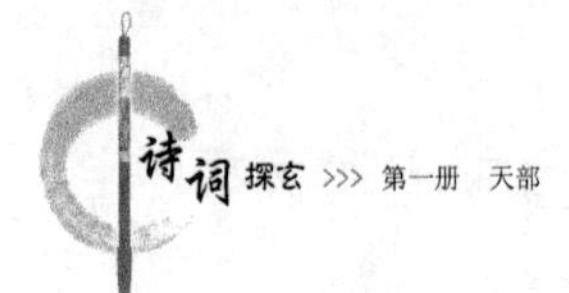

春”诗意。绿野烟愁露泣。　　倩谁寄语春宵？城头画鼓轻敲。缱绻临歧嘱付，来年早到梅梢。

(明)卓人月：“城头”以下与“笛声吹落梅花月”，不期而合。——《古今词统》

蝶恋花·送春　（北宋）朱淑真（女）

楼外垂杨千万缕。欲系青春，少住春还去。犹自风前飘柳絮。随春且看归何处。　　绿满山川闻杜宇。便作无情，莫也愁人意。把酒送春春不语。黄昏却下潇潇雨。

(明)田汝成：淑真词多柔媚，独《清昼》一绝，《送春》一词，颇疏俊可喜。——《西湖游览志余·香奁艳语》

(明)沈际飞：满怀妙趣，成片里出。体物无间之言，淡情深感。——《草堂诗余续集》

(清)许昂霄：“莫也愁人意”，“意”字借叶(一本作“莫也愁人苦”)。“把酒送春春不语”二句，与“庭院深深”作后结，“妾本钱塘”作前结相似。——《词综偶评》

(清)陈廷焯：香山《长相思》云“暮雨潇潇郎不归，空房独守时”。绝不费力，自然凄紧。若“黄昏却下潇潇雨”，便见痕迹。——《白雨斋词话》

如梦令　（北宋）李清照（女）

昨夜雨疏风骤，浓睡不消残酒。试问卷帘人，却道海棠依旧。知否？知否？应是绿肥红瘦。

(宋)胡仔:近时妇人能文词如李易安,颇多佳句。小词云“昨夜雨疏风骤(略)”,“绿肥红瘦”此语甚新。又九日词云,“帘卷西风,人比黄花瘦”,此语亦妇人所难到。——《苕溪渔隐丛话》

(宋)陈郁:李易安工造语,故《如梦令》“绿肥红瘦”之句,天下称之。余爱赵彦若《剪彩花》诗云“花随红意发,叶就绿情新”。“绿情”、“红意”,似尤胜于李云。——《藏一话腴》

(元)元淮:《读李易安文》“绿肥红瘦有新词,画扇文窗遣兴时。象管鼠须书草帖,就中几字胜羲之”。——《金囦集》

(明)张綖:韩偓诗云“昨夜三更雨,临明一阵寒。海棠花在否?侧卧卷帘看”。此词盖用其语点缀,结句尤为委曲精工,含蓄无穷之意焉,可谓女流之藻思者矣。——《草堂诗余别录》

(明)沈际飞:“知否”二字,叠得可味。“绿肥红瘦”创获自妇人,大奇。——《草堂诗余正集》

(明)卓人月:此词安顿二叠语最难。“知否,知否”,口气宛然。若他“人静,人静”,“无寐,无寐”便不浑成。——《古今词统》

(清)黄苏:按一问极有情,答以依旧,答得极淡,跌出“知否”二句来,而“绿肥红瘦”无限凄婉,却又妙在含蓄。短幅中藏无数曲折,自是胜于词者。——《蓼园词选》

(清)陈廷焯:只数语中层次曲折有味。世徒称其“绿肥红瘦”一语,犹是皮相。——《云韶集》

蝶恋花·河中作　　(南宋)赵　鼎

尽日东风吹绿树。向晚轻寒,数点催花雨。年少凄凉天付与。更堪春思萦离绪!　　临水高楼携酒处。曾倚哀弦,歌断黄金缕。楼下水流何处去。凭栏目送苍烟暮。“催花雨”在宋词中有用于春初催花开的,如晏几道《泛清波摘遍》“催花雨小,着柳风柔,都似去年时候好”,易祓《喜迁莺》“一霎儿晴,一霎儿雨,正是催花时候”。也有用于春末催花落的,如李清照《点绛唇》“惜春春去,几点催花雨”。〇“楼下水流何处去”一句乃用杜牧《题安州浮云寺楼寄湖州张郎中》诗“去夏疏雨余,同倚朱栏语。当时楼下

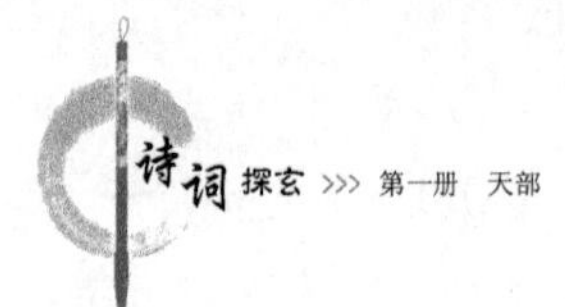

水，今日到何处？恨如春草多，事与孤鸿去。楚岸柳何穷，别愁纷若絮”。宋时将杜牧此诗谱作歌曲，一时传唱。晏幾道有《玉楼春》词：“吴姬十五语如弦，能唱当时楼下水。”

(清)况周颐：赵忠简词，王氏四印斋刻入《南宋四名家词》。清刚沉至，卓然名家。故君故国之思，流溢行间句里。……而卷端《蝶恋花》乃有句云“年少凄凉天付与。更堪春思萦离绪”。闲情绮语，安在为盛德之累耶。——《蕙风词话》

暮春二首(其二)　　(南宋)陆　游

绿叶枝头密，青芜陌上深。江山妨极目，天地入孤吟。身已双蓬鬓，家惟一素琴。世情君莫说，头痛欲岑岑。

(元)方回：并熟律。——《瀛奎律髓汇评》
(清)钱湘灵：稳贴，无俗气。——同上
(清)查慎行：三、四老劲。——同上
(清)纪昀：三、四沉着。结太激，亦太俚。——同上

桃源忆故人　　(南宋)陆　游

城南载酒行歌路，冶叶倡条无数。一朵鞓红鞓，读听，平声。鞓红，深红色。牡丹亦有名鞓红者。凝露，最是关心处。　　莺声无赖催春去，那更兼旬风雨。试问岁华何许？芳草连天暮。

暮春上塘道中　(南宋)范成大

店舍无烟野水寒，竞船人醉鼓阑珊。石门柳绿清明市，洞口桃红上巳山。飞絮着人春共老，片云将梦晚俱还。明朝遮日长安道，惭愧江湖钓手闲。

临江仙·暮春　(南宋)赵长卿

过尽征鸿来尽燕，故园消息茫然。一春憔悴有谁怜？怀家寒食夜，中酒落花天。　　见说江头春浪渺，殷勤欲送归船。别来此处最萦牵。短篷南浦雨，疏柳断桥烟。起二句用比兴手法，以征鸿比喻漂泊异乡的旅客，以归燕兴起思家的情感。同时，征鸿在南宋人的心目中，简直就是战乱年头流亡者的形象。李清照《声声慢》："雁过也，正伤心，却是旧时相识。"则是把鸿雁引为知己。朱敦儒《临江仙》："年年看塞雁，一十四番回。"则与此词表达了同样的心情。他们所以把感情寄托在鸿雁身上，是因为自己的遭遇也同鸿雁相似，然而鸿雁秋去春来，犹能回到塞北，而这些南来的词人却年复一年地远离故土，因而他们看到北归的鸿雁，总有自叹不如的感觉。首句两个"尽"字用得很好，不仅表现了生活中这一特定的横断面，而且把词人在很长一段时间内望眼欲穿的神态概括在内。可以想像，其中有多少希望和失望，有多少次翘首云天与茫然回顾……词笔致此，可称绝妙。○第三句表达了惆怅自怜的感情，让人想到宋玉《九辩》："廓落兮，羁旅而无友生，惆怅兮，而私自怜。"从章法上讲，它起着承上启下的作用。在这样凄苦的境遇中，竟然连一个同情他的人也没有，一种飘零之感，羁旅之愁，几欲渗透纸背。如果我们再进一步推想，其中不无对南宋投降派发出的委婉讥讽。是他们同金人签订了屈辱的"绍兴和议"，置广大离乡背井的人民于不顾。在这样的形势下，还有谁来怜惜像赵长卿这样的贵族弟子呢？寥寥七字，真是意蕴言中，韵流弦外。○"寒食夜"是承以上三句而来。古代清明寒食是给祖宗扫墓的时刻。赵氏先茔都在河南，此刻正在金人之手，欲祭扫而不能，更增长词人思家的情怀。二句一虚一实，前一句叙事，后一句说景。化质实为空灵，造成深邃悠远的意境。"中酒"从杜牧化来，杜牧《睦州四韵》："残春杜陵客，中酒落花前。"词人换了一字，显示了不同的艺术效果：一，对仗工整；二，"天"字境界广大，且与"过尽飞鸿来尽燕"相呼应。构成一个艺术整体，把思家情绪，中酒情怀，表现得迷离惝恍，奕奕动人。〇下片忽然听说江上春潮高涨，似乎感受到有家可归的讯息，情绪为之一振。这与上片起首两句恰好相反相成，遥为激射。前片说“故园消息茫然”是表示失望，在感情上是一跌；此处借江头春汛，激起一腔回乡的热望，是一扬。江水有情，正反映人之无情。词的最后以景语作结，寄情于景，饶有余味。〇贺铸《横塘路》咏愁云：“试问闲愁都几许？一川烟草，满城风絮，梅子黄时雨。”贺是闲愁，赵是离情，“短篷南浦雨”，词境似韦庄《菩萨蛮》“画船听雨眠”，更似蒋捷《虞美人》“壮年听雨客舟中，江阔云低，断雁叫西风”。南浦乃虚指，暗用江淹《别赋》；断桥为实指，其地在杭州白堤。

(近代)俞陛云：长卿以宗室之贵，而安心风雅，其词以春夏秋冬四景，编成六卷，为词家所希有。殆居高声远，较易流传。录其春景一首，上下阕结句，皆能情寓景中。《惜春集》中和雅之音也。——《唐五代两宋词选释》

满江红·饯郑衡州，厚卿席上再赋

(南宋)辛弃疾

莫折荼蘼，且留取、一分春色。还记得、青梅如豆，共伊同摘。少日对花浑醉梦，而今醒眼看风月。恨牡丹、笑我倚东风，头如雪。　　榆荚阵，菖蒲叶。时节换，繁华歇。　　算怎禁风雨，怎禁鹈鴂！老冉冉兮花共柳，是栖栖者蜂和蝶。也不因、春去有闲愁，因离别。苏轼《杜沂游武昌……》：“酴醾不争春，寂寞开最晚。”辛弃疾以“莫折荼蘼”企图留住最后一分春色，心愈痴而情愈真，也愈有感人肺腑的艺术魅力。而这，正是文学艺术和自然科学、社会科学不同的地方。〇冯延巳《醉桃源》：“南园春半踏青时……青梅如豆柳如眉。”可知青梅如豆，乃是“春半”之时，而同摘青梅之后又见牡丹盛开，榆钱纷落，菖蒲吐叶，时节不断变换，如今已繁华都歇，只剩下几朵荼蘼了！即使莫折，但风雨阵阵，鹈鴂声声，那“一分春色”看来也是留不住的。“鹈鴂”以初夏鸣。《离骚》云：“恐鹈鴂之先鸣兮，使夫百草为之不芳。”张先《千秋岁》：“数声鹈鴂，又报芳菲歇。”姜夔《琵琶仙》：“春渐远，汀洲自绿，更添了几声鹈鴂。”辛弃疾在这里于“时节换，繁华歇”之后继之以“算怎禁风雨，怎禁鹈鴂！”表现了对那仅存“一分春色”的无限担忧。在章法上与开端遥相呼应。〇上片写“看花”以“少日”的“醉梦”对比“而今”的“醒眼”。“而今”以“醒眼”看花，花却“笑我头如雪”，这是可恨的。下片写物换星移，“花”与“柳”也都老了，自然不再笑我，但“我”不用说也更加“老”了,又该“恨”谁呢?“老冉冉兮”两句属对精工,命意新警。花败柳老,蜂与蝶还忙忙碌碌,有什么用呢?春秋时期,孔子为兴复周室奔走忙碌,有个叫微生亩的很不理解,问道:“丘何为是栖栖者与?”辛弃疾在这里把描述孔子的词儿用在蜂与蝶上,是寓有深意的。

摸鱼儿·淳熙己亥,自湖北漕移湖南,同官王正之置酒小山亭,为赋　(南宋)辛弃疾

更能消、几番风雨。匆匆春又归去。惜春长恨花开早,何况落红无数。春且住。见说道、天涯芳草迷归路。怨春不语。算只有殷勤,画檐蛛网,尽日惹飞絮。　长门事,准拟佳期又误。蛾眉曾有人妒。千金纵买相如赋,脉脉此情谁诉?君莫舞。君不见、玉环飞燕皆尘土!闲愁最苦。休去倚危栏,斜阳正在,烟柳断肠处。

(宋)罗大经:辛幼安《晚春》词云“更能消,几番风雨……”词意殊怨。“斜阳”、“烟柳”之句,其与“未须愁日暮,天际乍轻阴”者异矣。使在汉唐时,宁不贾种豆、种桃之祸哉!愚闻寿皇见此词,颇不悦。然终不加罪,可谓盛德也已。(按:《朱子语类》明道诗“不须愁日暮,天际是轻阴”。《龟山语录》说是时事,《梅台诗絮》亦说时事。)——《鹤林玉露》

(宋)张侃:康可伯《曲游春》词头句云,“脸薄难藏泪,恨柳风不与,吹断行色”。惜别之意已尽。辛幼安《摸鱼儿》词头句云“更能消、几番风雨。匆匆春又归去”。惜春之意亦尽。二公才调绝人,不被腔律拘缚,至“但掩袖,转面啼红,无言应得”与“闲愁最苦。休去倚危栏,斜阳正在,烟柳断肠处”,其惜别惜春之意愈无穷。——《拙轩集》

(明)沈际飞:李涉诗“野寺寻花春已迟,背岩唯有两三枝。明朝携酒犹堪赏,为报春风且莫吹”,辛用其意。——《草堂诗余》

(清)许昂霄:“春且住”二句是留春之辞。结句即义山“夕阳无限好,只是近黄昏”之意。“斜阳”以喻君也。——《词综偶评》

（清）陈廷焯："更能消几番风雨"一章，词意殊怨，然姿态飞动，极沉郁顿挫之致。起句"更能消"三字，是从千回万转后倒折出来，真是有力如虎。又云："怨而怒矣！"然沉郁顿宕，笔势飞舞，千古所无。"春且住"三字一喝，怒甚。结得愈凄凉，愈悲郁。又云"稼轩词于雄莽中别饶隽味"。如"马上离愁三万里，望昭阳宫殿孤鸿没"，又"休去倚危栏，斜阳正在，烟柳断肠处"。多少曲折，惊雷怒涛中，时见和风暖日。所以独绝古今，不容人学步。——《白雨斋词话》

（清）谭献：权奇倜傥，纯用太白乐府诗法。"见说道"句是开，"君不见"句是合。——《谭评词辨》

（清）李佳：辛稼轩词，慷慨豪放，一时无两，为词家别调。集中多寓意作，如《摸鱼儿》云"更能消、几番风雨"……此类甚多，皆为北狩南渡而言。以是见词不徒作，岂仅批风咏月。——《左庵词话》

（清）王闿运："算只有"三句是指张俊、秦桧一流人。——《湘绮楼词选》

祝莫台令·晚春　（南宋）辛弃疾

宝钗分，桃叶渡。烟柳暗南浦。怕上层楼，十日九风雨。断肠片片飞红，都无人管，更谁唤，流莺声住。
鬓边觑。试把花卜心期，才簪又重数。罗帐灯昏，呜咽梦中语。是他春带愁来，春归何处？却不解、将愁归去？

（宋）刘克庄：雍陶《送春》云"今日已从愁里去，明年更莫共愁来"。稼轩词云"是他春带愁来，春归何处，却不解，将愁归去"。虽用前语，而反胜之。——《后村诗话》

（宋）魏庆之："宝钗分，桃叶渡，烟柳暗南浦（下略）"，此辛稼轩词也。风流妩媚，富于才情，若不类其为人矣。……盖其天才既高，如李白之圣于诗，无适而不宜，故能如此。——《诗人玉屑》

（宋）陈鹄：辛幼安词"是他春带愁来，春归何处，却不解带将愁去"，人皆以为佳，不知赵德庄《鹊桥仙》词云"春愁元自逐春来，却不肯随春归去"。盖德庄又体李汉老杨花词"蓦地便和春带将归去"。大抵后辈作词，无非道人

已道底句，特善能转换耳。——《耆旧续闻》

（明）沈际飞："烟"一作"杨"。"点点"一作"片片"。妖艳。唐诗"莫作商人妇，金钗当卜钱"，不能擅美。又云"怨春、问春，口快心灵，非关剿袭"。——《草堂诗余正集》

（清）沈谦：稼轩词以激扬奋厉为工，至"宝钗分，桃叶渡"一曲，昵狎温柔、魄销意尽。才人伎俩，真不可测。——《填词杂说》

（清）谭献：（"肠断"三句）一波三过折。（末三句）托兴深切，亦非全用直语。——《谭评词辨》

（清）黄苏：按此闺怨词也。史称稼轩人才，大类温峤、陶侃。周益公等抑之，为之惜。此必有所托，而借闺怨以抒其志乎！言自与良人分钗后，一片烟雨迷离，落红已尽，而莺声未止，将奈之何乎？次阕言问卜欲求会，而间阻实多，而忧愁之余，将不能自已矣。意致凄惋，其志可悯。史称叶衡入相，荐弃疾有大略，召见提刑江西、平剧盗，兼湖南安抚，盗起湖、湘，弃疾悉平之。后奏请于湖南设飞虎军，诏委以规画。时枢府有不乐者，数阻挠之。议者以聚敛闻，降御前金字牌停住。弃疾开陈本末，绘图缴进，上乃释然。词或作于此时乎？——《蓼园词选》

虞美人·春愁　（南宋）陈　亮

东风荡扬轻云缕。时送潇潇雨。水边台榭燕新归。一口香泥湿带、落花飞。　　海棠糁径铺香绣。依旧成春瘦。黄昏庭院柳啼鸦。记得那人和月、折梨花。"风"、"雨"二字是全词的词眼。"水边台榭"句从白居易"谁家新燕啄春泥"句化来，承第二句"潇潇雨"；"落花"句承第一句"东风荡扬"。杜甫云"一片花飞减却春，风飘万点正愁人"之意也。〇下片第一句承上片"落花"而来。"春瘦"二字是全词的主旨所在，春瘦，人亦憔悴。真是：千芳一哭，万艳同悲。〇月光是白色的，梨花也是白色的。两难分辨，折梨花的那人把梨花和月光一起折下来了，真是素艳绝尘的好句。

（清）王奕清："东风荡扬轻云缕……"盖《虞美人》词也。陈龙川好谈天下大略，以气节自居，而词亦疏宕有致。——《历代词话》

水龙吟·春恨　　(南宋)陈 亮

闹花深处层楼,画帘半卷东风软。春归翠陌,平莎茸嫩,垂杨金浅。迟日催花,淡云阁雨,轻寒轻暖。恨芳菲世界,游人未赏,都付与、莺和燕。　　寂寞凭高念远。向南楼、一声归雁。金钗斗草,青丝勒马,风流云散。罗绶分香,翠绡封泪,几多幽怨?正销魂,又是疏烟淡月,子规声断。"红杏枝头春意闹"加上东风软(和煦)——春色正宜人。用茸嫩形容初春的草,贴切恰当。○春天带来美好景色,然而游未赏,都付与莺和燕。则莺燕是能赏而不知者,游人是欲赏而不得者。鉴于世情人事如此,尚有何心踏青拾翠!○"罗绶分香"临别时以香罗带贻赠留念。"翠绡封泪"翠绡内裹着泪寄给对方,典出《丽情集》。○作者全力渲染春景的无比美好,而歇拍三句,却来了个大转跌,以人们不能游赏美景为大憾事。景色美好,愈令人惆怅,愈添人愁绪。刘熙载评此词云:"言近旨远,直有宗留守大呼渡河之意。"

(明)沈际飞:有能赏而不知者,有欲赏而不得者,有似赏而不真者,人不如莺也,人不如燕也。——《草堂诗余正集》

(明)李攀龙:春光如许,游赏无方,但愁恨难消,不无触景生情。——《草堂诗余隽》

(清)王奕清:《词苑》云:"陈同父开拓万古之心胸,推到一世之豪杰,而作词乃复幽秀。"其《水龙吟》云"闹花深处层楼……"——《历代词话》

(清)黄苏:同父,永康人。淳熙间诣阙上书,孝宗欲官之,亟渡江归。至光宗策进士,擢第一。史称其千言立就,气迈才雄,推倒智功,开拓心胸。授佥书建康府判官听事,未至官而卒。其策言恢复之事甚剀切,无如当事者,志图逸乐,狃于苟安,此《春恨》词所以作也。"闹花深处层楼"言不事事也。"东风软"即东风不竞之意也。"迟日"、"淡云"、"轻寒轻暖",一曝十寒之喻也。好"世界"不求贤共理,惟与小人游玩如莺燕也。"念远"者,念中原也。"一声归雁",谓边信至,乐者自乐,忧者徒忧也。——《蓼园词选》

(清)沈祥龙:感时之作,必借景以形之。如……同甫云"恨芳菲世界,游人未赏,都付与莺和燕"。不言正意,而言外有无穷感慨。——《论词随笔》

（清）刘熙载：同甫《水龙吟》云“恨芳菲世界，游人未赏，都付与莺和燕”。言近旨远，直有宗留守大呼渡河之意。——《艺概》

（清）陈廷焯：此词“念远”二字是主，故目中一片春光，触我愁肠，都成眼泪。——《白雨斋词话》

点绛唇·访牟存叟南漪钓隐牟子才字存叟，嘉定十六年进士，以忤贾似道而致仕。　（南宋）周　晋

午梦初回，卷帘尽放春愁去。昼长无侣。自对黄鹂语。　絮影苹香，春在无人处。移舟去。未成新句。一砚梨花雨。“卷帘尽放春愁去”妙语也。春愁乃无形之物，帘儿一卷，便像鸟儿一样被放出去。赋予抽象之物以形象的感觉，非工于词者不能到。“昼长无侣，自对黄鹂语”，虽写寂寞，却写得趣味悠然。〇下片“絮影苹香”，自然充满着春意。着意寻春春不见，原来春天却在这里。词人一腔喜悦，不禁溢于言表。至此，那无尽春愁，才真正被放了出去。词心之细，于此可见。黄庭坚《清平乐》：“若有人知春去处，唤取归来同住。春无踪迹谁知，除非问取黄鹂。”胡仔《苕溪渔隐丛话》评曰：“王逐客‘若到江南赶上春，千万和春住’体山谷语也。”其实周晋此词比起王逐客来，更像“体山谷语”，因为他既谈到黄鹂，也谈到春的去处。黄山谷寻找的春天，他给找到了，在词史上可谓有继承有发展。“移舟去，未成新句，一砚梨花雨。”结尾写出访牟氏花园。他只抓住一个景物——硕果轩旁的一株大梨树，在树下题诗。杜甫《丈八沟纳凉》：“片云头上黑，应是雨催诗。”辛弃疾“诗未成时雨早催”。周词则含而不露，雨洒梨花上，再由梨花落到砚上，墨亦带花香，诗句自然也有花香。说是“未成新句”，此即新句也。

喜迁莺　（南宋）许　棐

鸠雨细，燕风斜。春悄谢娘家。一重帘外即天涯。何必暮云遮？　钏金寒，钗玉冷。薄醉欲成还醒。一春梳洗不簪花，辜负几韶华。勃鸠亦称布谷鸟，布谷催耕常与喜雨连在一起，燕子飞翔又与春风连在一起。开头六字，准确而形象地点出暮春。同时，布谷在

细雨中鸣，燕子在微风中飞，场面自由而快乐，此与“春悄谢娘家”作一对比。谢娘，王凝之的妻子谢道韫，富贵人家的才女，“悄”幽静，寂寞也。试想，窗外一片生机勃勃的春天景象，而窗之内却静悄悄、闷沉沉，又深锁着一位年轻活泼的姑娘。这样，女主人爱慕大好风光，不甘寂寞的心情含蓄而丰满。可见作者用心之深，下笔之细。“何必暮云遮”是怨恨之语。它透露：一、有心上人的影子；二、不能直言埋怨父兄之情。李商隐诗“刘郎已恨蓬山远，更隔蓬山一万重”是重量级形容词；“一重帘外即天涯，何必暮云遮”是轻量级形容词。二者都有异曲同工之妙。〇下片摘下手上的金钏，拔下头上的玉钗。是《诗经》“岂无膏沐，谁适为容”之意。带有抗议，示威之意。最后还讲了一句真话，“辜负”白白浪费，丢弃掉。觉得心痛、可惜、舍不得。

点绛唇·长安中作　　(金)元好问

沙际春归，绿窗犹唱留春词牌有《留春令》。住。问春何处，花落莺无语。　　渺渺吟怀，漠漠烟中树。西楼暮，一帘疏雨，梦里寻春去。“沙际”犹言水边。为什么说春从水边归去呢？春来先遣柳条青，是春在柳梢头；而暮春时节，春色似乎和柳絮一道随着流水飘走了。“绿窗”句，词牌有《留春令》，绿窗中人或是歌妓之流。欧阳修《蝶恋花》“泪眼问花花不语，乱红飞过秋千去”，王安国《清平乐》“留春不住，费尽莺儿语”，黄庭坚《清平乐》“春无踪迹谁知，除非问取黄鹂，百转无人能解，因风飞过蔷薇”，以上诸作或问花，或问鸟，不论是落花还是莺啼，总还有点春天的影子。此词不仅是问而无答，乃更无可问讯。“花落莺无语”，春光老尽，连点声息都没有了。问而无答，则下片继之以远眺、寻觅。“漠漠烟中树”意象是从谢朓“远树暖阡阡，生烟纷漠漠”、李白“平林漠漠烟如织”化来，是高楼远眺之景，又仿佛“渺渺吟怀”的物化形态。〇 这是一种对美好事物的执着追求。

青玉案·次贺铸凌波不过横塘路原韵

(金)元好问

落红吹满沙头路。似总被、春将去。花落花开春几度？多情惟有、画梁双燕，知道春归处。　　镜中冉冉韶华暮。欲写幽怀恨无句。九十花期能几许？一卮芳酒，一襟清泪，寂寞西窗雨。

风入松·晚春感怀　　(南宋)吴文英

听风听雨过清明。愁草瘗读意，去声。掩埋也。花铭。楼前绿暗分携路，一丝柳、一寸柔情。料峭春寒中酒，交加晓梦啼莺。　西园日日扫林亭。依旧赏新晴。黄蜂频扑秋千索，有当时、纤手香凝。惆怅双鸳不到，幽阶一夜苔生。

(清)许昂霄：结句亦从古诗(庾肩吾《咏长信宫中草》)“全由履迹少，并欲上阶生”化出。——《词综偶评》

(清)谭献：此是梦窗极经意词，有五季遗响。“黄蜂”二句，是痴语，是深语。结处见温厚。——《谭评词辨》

(清)陈廷焯：情深而语极纯雅，词中高境也。——《白雨斋词话》

(近代)陈洵：思去妾也，此意集中屡见。《渡江云》题曰“西湖清明”是邂逅之始；此则别后第一个清明也。“楼前绿暗分携路”，此时觉翁当仍寓西湖。风雨新晴，非一日间事，除了风雨，即是新晴，盖云我只如此度日。“扫林亭”，犹望其还，赏则无聊消遣，见秋千而思纤手，因蜂扑而念香凝，纯是痴望神理。“双鸳不到”，犹望其到；“一夜苔生”，踪迹全无，则惟日日惆怅而已。——《海绡说词》

沁园春·送春　　(南宋)刘辰翁

春，汝归欤？风雨蔽江，烟尘暗天。况雁门厄塞，龙沙渺莽，东连吴会，西至秦川。芳草迷津，飞花拥道，小为蓬壶借百年。江南好，问夫君何事，不少留连。　江南正是堪怜！但满眼杨花化白毡。看兔葵燕麦，华清宫里；

蜂黄蝶粉，凝碧池边。我已无家，君归何里？中路徘徊七宝鞭。风回处，寄一声珍重，两地潸然！开头一句“春，汝归欤?”用提问语气领起了全词。这种散文句法，显然从辛词学来。辛弃疾《沁园春·将止酒，戒酒杯便勿近》：“杯，汝前来！”句式相似，两者不是偶然的。○“江南好”是反激法，此一激，逗出下片词意，是全词的主旨所在。○“满眼”句化用杜甫《绝句漫兴九首》“满眼杨花铺白毡”。意思是江南春天虽好，已是春残花谢，国破家残，不走何待呢？○“七宝鞭”借用晋明帝用七宝鞭迷惑敌人的典故。见《晋书·明帝纪》。

夏初临 (明)杨基

瘦绿添肥。病红催老，园林昨夜春归。深院东风，轻罗试着单衣。雨余门掩斜晖。看梅梁、即以楠木为梁。《说文》：“梅，枏也。”枏同楠。乳燕初飞。荷钱犹小，芭蕉渐长，新竹成围。　　何郎粉淡，三国魏人何晏美容仪，面如傅粉。荀令香消，三国魏人荀彧。《襄阳记》：“至人家，坐处三日香。”紫鸾梦远，青鸟书稀。新愁旧恨，在他红药栏西。记得当时，水晶帘、一架蔷薇。有谁知。千山杜鹃，无数莺啼。

偶　成 (清)舒瞻

芳草青青送马蹄，垂杨深处画桥西。流莺自惜春将去，衔住飞花不忍啼。

暮　春 (清)翁格

莫怨春归早，花余几点红。留将根蒂在，岁岁有东风。把希望寄托于未来。

惜　春　(清)席佩兰(女)

十树花开九树空，一番疏雨一番风。蜘蛛也解留春住，宛转抽丝网落红。

相见欢　(清)张惠言

年年负却花期。过春时。只合安排愁绪送春归。
梅花雪，梨花月，总相思。自是春来不觉去偏知。

(清)谭献：一片清空，略无滞相，谓之有寄托可，谓之无寄托亦可，故佳。——《箧中词》

卜算子　(清)蒋春霖

燕子不曾来，小院阴阴雨。一角阑干聚落花，此是春归处。　弹泪别东风，把酒浇飞絮。化了浮萍也是愁，莫向天涯去。

点绛唇·饯春　(清)王鹏运

抛尽榆钱，依然难买春光驻。饯春无语。肠断春归路。　春去能来，人去能来否？长亭暮。乱山无数。

只有鹃声苦。

春感二首 （清）吴庆坻

高冠长剑不言归，又见天涯燕子飞。太史文章牛马走，杜陵诗卷凤皇饥。山虽可买身难隐，海到能填才已微。斗酒欲沽沽未得，江头准拟典春衣。

垂柳朱楼大道边，怕看春气入歌筵。人间此日知何世，客里新愁似去年。绝塞寄书情婉转，广陵留曲恨缠绵。桃花点点枝头泪，细雨空山泣杜鹃。

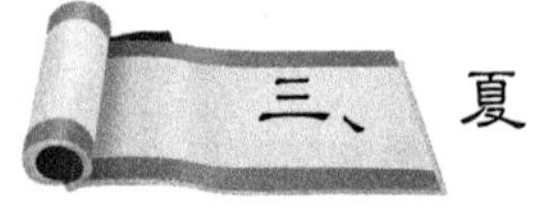

三、夏

夏日南亭怀辛大 （唐）孟浩然

山光忽西落，池月渐东上。散发乘夜凉，开轩卧闲敞。荷风送香气，竹露滴清响。欲取鸣琴弹，恨无知音赏。感此怀故人，中宵劳梦想。

（宋）刘辰翁：起处似陶，清景幽情，洒洒楮墨间。——《王孟诗评》

（明）周珽：此倒薤垂露书也。大小篆皆出其下，何况俗书。○陈继儒

曰：风入松而交响，月穿水而露痕，《兰山》、《南亭》二诗深静，真可水月齐辉，松风比籁。——《唐诗选脉会通评林》

(清)王士禛："卧闲敞"字甚新奇。"荷风"二句一读，使人神思清旷。——《唐贤三昧集》

(清)沈德潜："荷风"、"竹露"，佳景亦佳句也。外又有"微云淡河议，疏雨滴梧桐"句，一时叹为清绝。——《唐诗别裁集》

苦　热　(唐)王　维

赤日满天地，火云成山岳。草木尽焦卷，川泽皆竭涸。涸读合，入声。轻纨觉衣重，密树苦阴薄。莞簟蒲席与竹席，莞，此读官，平声，草席子。簟读上声"垫"，竹席。不可近，絺绤葛布，细者为絺，粗者为绤。絺读痴，平声。绤，读息，入声。再三濯。濯读浊，入声。洗涤。思出宇宙外，旷然在寥廓。长风万里来，陆机《前缓声歌》："长风万里举，庆云郁嵯峨。"江海荡烦浊。却顾身为患，始知心未觉。"觉"是梵语"菩提"的意译。指对佛教"真理"的觉悟。忽入甘露门，通向涅槃的门户，即佛之教法。出僧肇注《维摩诘经》。宛然清凉乐。

敕借岐王九成宫避暑应教　(唐)王　维

帝子指岐王。远辞丹凤阙，天书即敕。遥借翠微宫。隔窗云雾生衣上，卷幔山泉入镜中。林下水声喧笑语，岩间树色隐房栊。仙家未必能胜此，何事吹笙向碧空。用周灵王太子晋事。

(清)黄生：右丞诗中有画，如此一诗，更不逊李将军仙山楼阁也。"衣上"字，"镜中"字，"喧笑"字，更画出景中人来，尤非俗笔所办。——《增订唐

诗摘钞》

(清)黄培芳:鲜润清朗,手腕柔和,此盛唐之足贵也。——《翰墨园重刊》

(清)方东树:起二句破题甚细,不似鲁莽疏漏。帝子岐王也,先安此句,次句"借"字乃有根。中四句突写九成宫之景。收句乃合应制人之颂圣口吻。——《昭昧詹言》

热三首 (唐)杜 甫

雷霆空霹雳,云雨竟虚无。炎赫衣流汗,低垂气不苏。乞为寒水玉,愿作冷秋菰。何似儿童岁,风凉出舞雩。雩读余,平声。

瘴云终不灭,泸水复西来。闭户人高卧,归林鸟却回。峡中都似火,江上只空雷。想见阴宫雪,风门飒沓开。

朱李沉不冷,雕胡炊屡新。将衰骨尽痛,被暍味空频。欻翕读畜息,皆入声。炎蒸景,飘摇征戍人。十年可解甲,为尔一沾巾。

多病执热奉怀李尚书 (唐)杜 甫

衰年正苦病侵凌,首夏何须气郁蒸。大水淼茫炎海接,奇峰陶潜诗:"夏云多奇峰。"硉兀高貌。硉读陆,入声。火云升。思沾道暍黄梅雨,敢望宫恩玉井鱼豢《魏略》:"明帝九龙殿前为玉井绮栏,蟾蜍含受，神龙吐水。”冰。陆翙《邺中记》：“石季龙于冰井台藏冰，三伏日以赐大臣。”不是尚书期不顾，山阴夜雪兴难乘。用夜雪访戴事，借指李。其初必有简邀公而不赴，故云然。

刘驸马水亭避暑　　(唐)刘禹锡

千竿竹翠数莲红，水阁虚凉玉簟空。琥珀盏红疑漏酒，水精帘密更通风。赐冰满碗沉朱实，法馔盈盘覆碧笼。尽日消遥避烦暑，再三珍重主人翁。

仲夏斋居偶题八咏，寄微之及崔湖州

(唐)白居易

腥血与荤蔬，停来一月余。肌肤虽瘦损，方寸任清虚。体适通宵坐，头慵隔日梳。眼前无俗物，身外即僧居。水榭风来远，松廊雨过初。褰帘放巢燕，投食施池鱼。久别闲游伴，频劳问疾书。不知胡与越，吏隐兴何如？

(元)方回：有闲散之味。——《瀛奎律髓汇评》

(清)纪昀：闲散当在神思间，使萧然自远之意，于字句之外得之，非多填恬适话头即为闲散也。比如有富贵者不在用金玉锦绣字，有神味者不在用菩提般若等字，有仙意者不在用金丹瑶草等字。此诗尚是字句工夫，不得谓之有闲散之味。——同上

(清)查慎行：“眼前无俗物”少陵成句。——同上

(清)纪昀：白公习调。——同上

夏昼偶作　(唐)柳宗元

南州溽暑醉如酒，隐几熟眠开北牖。日午独觉无余声，山童隔竹敲茶臼。

(宋)范晞文：七言仄韵，尤难于五言。长孙佐辅有诗云“独访山家歇还涉，茅屋斜连隔松叶。主人闻语未开门，绕篱野菜飞黄蝶”。好事者或绘为图。柳子厚云“南州溽暑醉如酒……”言思爽脱，信不在前诗下。——《对床夜语》

(明)谢榛：李洞《赠曹郎中崇贤所居》“药杵声中捣残梦”，不如柳子厚“日午独觉无余声，山童隔竹敲茶臼”。——《四溟诗话》

(明)周敬：好一幅山居夏景图。周珽曰：暑窗熟眠，一茶臼之外无余声，心地何等清静！惟静生凉，溽暑无能困之矣。曰“独觉”，见一种凉思，有人所不及知者。——《唐诗选脉会通评林》

夏　夜　(唐)贾　岛

原寺偏邻近，开门物景澄。磬通多叶罅，月离片云稜。稜，田间之土垄也。寄宿山中鸟，相寻海畔僧。唯愁秋色至，乍可在炎蒸。

(元)方回：此诗前二韵特用生字，而奇涩工致。五、六亦故为此等句法，末句亦好奇之所为也。——《瀛奎律髓汇评》

(清)纪昀：末二句亦刻意造作，而转得浅近。虚谷以为好奇之过，良是。三句苦思得之，而极不佳。——同上

(清)查慎行：有意求新，一变唐贤风格。——同上

闲居晚夏　（唐）姚　合

闲居无事扰，旧病亦多痊。选字诗中老，看山屋外眠。片云侵落日，繁叶咽鸣蝉。对此心还乐，谁知乏酒钱。

（元）方回：姚合学贾岛为诗。虽贾之终穷，不及姚之终达，然姚之诗小巧而近乎弱，不能如贾之瘦硬高古也。当以此二公诗细味观之，又于其集中深考，斯可矣。三、四疑颇偏枯。“选字”者，殆于拣择诗眼耳。下句未称。——《瀛奎律髓汇评》

（清）纪昀：此评确。——同上

（清）冯班：后四句直下，妙。——同上

（清）纪昀：三句小样，不及对句。虚谷谓对句未称，非是。五、六稍有致，七、八浅率。——同上

夏日登信州北楼　（唐）李　郢

高楼上长望，百里见灵山。雨歇荷珠定，云开谷鸟还。田苗映林合，牛犊傍村闲。始得销忧处，蝉声催入关。

（元）方回：中四句尤佳，都是第七句一斡有力；谓高楼之望，正足销忧，而蝉已迫人入城矣，始见无穷之味。犹后山云“登临兴不尽，稚子故须还”也。游兴未已，而小儿童辈随行，但云欲归。非细味不见此二诗之妙。——《瀛奎律髓汇评》

（清）冯班：“入关”谓应举入京也。听蝉声知秋近矣，此时当求解也，即“槐花黄、举子忙”意。方公解误。——同上

（清）纪昀：前六句无好处，虚谷取中四句未是。结自好，虚谷解亦好。五句景真，而写来无味。——同上

南歌子 (五代)张 泌

柳色遮楼暗，桐花落砌香。画堂开处远风凉。高卷水晶帘额，衬斜阳。

(明)汤显祖：有韵致。——《评花间集》

(明)卓人月：徐士俊云，泌之“衬斜阳”，宪之“背斜阳”，争妍一字。——《古今词统》

(清)许昂霄：此初日芙蓉，非镂金错采也。——《词综偶评》

夏日即事 (北宋)林 逋

石枕凉生菌阁虚，已应梅润入图书。不辞齿发多衰疾，所喜林泉有隐居。粉竹亚梢垂宿露，翠荷差影聚游鱼。北窗人在羲皇上，时为渊明一起予。

(元)方回：隐君子之诗，其味自然不同。五、六下两双诗眼太工(指“亚”、“垂”、“差”、“聚”四字)。——《瀛奎律髓汇评》

(清)冯舒：以一字为诗眼，亦宋人盲说耳。——同上

(清)纪昀：此自虚谷看出，其实和靖诗不讲琢字。此种已纯是放翁意思，再下，即后人滑调矣。——同上

(清)冯班：结未妥。——同上

夏　日 (北宋)寇 准

离心杳杳思迟迟，深院无人柳自垂。日暮长廊闻燕

语，轻寒微雨麦秋时。麦秋不是秋天，是麦收成的日子，故称麦秋。应是初夏。

过涧歇近　（北宋）柳　永

淮楚。旷望极，千里火云烧空，尽日西郊无雨。厌行旅。数幅轻帆旋落，舣棹蒹葭浦。避畏景，两两舟人夜深语。　　此际争可，便恁恁，作如此解。奔名竞利去。九衢尘里，衣冠冒炎暑。回首江乡，月观风亭，水边石上，幸有散发披襟处。

（清）黄苏：趋炎附热，势利熏灼，狗苟蝇营之辈，可以"九衢尘里，衣冠冒炎暑"，二语尽之。耆卿好为词曲，未第时，已传播四方，西夏归朝官且曰"凡有井水饮处，即能歌柳词"。其重于时如此。尝有《鹤冲天》词云"忍把浮名，换了浅斟低唱"。及临轩放榜，时人语之曰"且去浅斟低唱，何要浮名"。是耆卿虽才士，想亦不喜奔竞者，故所言若此。此词实令触热者读之，如冷水浇背矣。意不过为"衣冠冒炎暑"五字下针砭，而凌空结撰，成一篇奇文。先从舟行苦热，深夜舟人之语，布一奇景。忽用"此际"二字，直接点入"衣冠炎暑"，令人不测。以后又用"江乡"倒缴，只一"幸"字缩住。语意含蓄，笔势奇矫绝伦。——《蓼园词选》

临江仙　（北宋）欧阳修

柳外轻雷池上雨，雨声滴碎荷声。小楼西角断虹明，阑干倚处，待得月华生。　　燕子飞来窥画栋，玉钩垂下帘旌。凉波不动簟纹平。水精双枕，傍有堕钗横。

(宋)王楙:欧公词“柳外轻雷池上雨”……云云,末曰“水晶双枕,旁有堕钗横”,此词甚脍炙人口。旧说谓欧公为郡幕日,因郡宴会,与一官妓荏苒,郡守得知,令妓求欧词以免过,公遂赋此词。仆观此词,正祖李商隐《偶题》诗云“小亭闲眠微醉消,石榴海柏枝相交。水纹簟上琥珀枕,旁有堕钗双翠翘”。又“柳外轻雷”亦用商隐“芙蓉塘外有轻雷”之语,“好风微动帘旌”,用唐《花间集》中语。欧词又曰“栏干敲遍不应人,分明窗下闻裁剪”。此语见韩偓《香奁集》。——《野客丛书》

(清)许昂霄:(煞拍三句)不借雕饰,自成绝唱。——《词综偶评》

(清)陈廷焯:遣词大雅,宜为文僖所赏。——《词则·闲情集》

夏　意　　(北宋)苏舜钦

别院深深夏席清,“别院”、“深深”、“清”三辞,层层深入。石榴开遍透帘明。化用韩愈《榴花》诗“五月榴花照眼明”之意。树阴满地日当午,梦觉流莺时一声。此诗在盛夏的炎热之时有微飔拂面之感。

苦　热　　(北宋)王安国

出门无路避飞沙,长夏那堪旱气加。永昼火云空烁石,华堂冰水未沉瓜。月明葱岭千秋雪,风静天河八月槎。终借羽翰乘兴往,烦冤谁此恋生涯。

(元)方回:“乞为寒水玉,愿作冷秋菰”,即此五、六句也,似有厌弃世缘之态。——《瀛奎律髓汇评》

(清)冯舒:“风静”句不着拍。〇次联亦不好。——同上

(清)纪昀:“未沉瓜”三字欠浑老,亦欠醒豁。〇后四句一气,五、六句只抵“寒水玉”、“冷秋菰”六字,七、八句乃是“乞为”、“愿作”四字,截断说则失诗意。——同上

中 夏 (北宋)王安国

朝晡广厦坐欹斜，稍觉炎天气象加。紫玉箫攒湘竹笋，赤霜袍烂海榴花。悠悠物外身无事，扰扰人间智有涯。五鼎一瓢何必问，且凭诗句度年华。

(元)方回：三、四乃倒装句法，夏诗之富艳者。——《瀛奎律髓汇评》

(清)冯舒：高不在此。——同上

(清)纪昀：是俗非艳。——同上

(清)冯舒：后四句百撒。——同上

(清)冯班：后四句何见是中夏？——同上

(清)纪昀：冯云："后四句何见是中夏？"其实此四句自不佳。不切"中夏"，则非其病，诗无句句抱定之理。——同上

首夏官舍即事 (北宋)苏 轼

安石榴花开最迟，绛裙深树出幽菲。吾庐想见无限好，客子倦游胡不归。座上一樽虽得满，古来四事巧相违。令人却忆湖边寺，垂柳阴阴昼掩扉。

(元)方回：此诗变体，他人殆难继也。首唱两句自说榴花，下面如何着语，似乎甚难。却自想吾庐之好，而恨此身之未归。第五、第六却又谓不是无酒，只是心事自不乐尔。至尾句却又摆脱，而归宿于湖上之寺。盖谓虽未可遽归，一出游僧舍亦可也。变体如此难学，姑书之以见苏公大手笔之异。如《初夏贺新郎》词后一段，全说榴花，亦他人所不能也。如老杜"即看燕子入山扉"以下四句说景，却将四句说情，则甚易尔。善变者将四句说景括作一句，又将四句说情括作一句，以成一联，斯谓之难。——《瀛奎律髓汇评》

(清)冯舒:何用许多闲讲? ——同上

(清)纪昀:说此诗意甚细确。——同上

(清)冯班:趁笔所之,自然如意。——同上

(清)何焯:时新自杭倅迁密守,故有落句。——同上

(清)无名氏(乙):纯于空处宕折。——同上

次韵朱光庭初夏　(北宋)苏轼

朝罢人人识郑崇,直声如在履声中。《汉书》:"郑崇字子游。哀帝擢为尚书仆射,数谏诤,上初纳用之。每见曳革履,上笑曰:'我识郑尚书履声。'"卧闻疏响梧桐雨,独咏微凉殿阁风。用柳公权"殿阁生微凉"语。谏苑君方续承业,《困学纪闻》:"隋乐运字承业,录夏殷以来谏诤事,名《谏苑》。"醉乡我欲访无功。用王绩事,王绩,字无功,著有《醉乡记》。陶然一枕谁呼觉,牛蚁初除病后聪。《世说新语·纰漏》:"殷仲堪父病虚悸,闻床下蚁动,谓是牛斗。"

阮郎归·初夏　(北宋)苏轼

绿槐高柳咽新蝉,薰风《吕氏春秋》:"东南曰薰风。"初入弦。碧纱窗下水沉烟,即水沉香。棋声惊昼眠。　微雨过,小荷翻,榴花开欲然。玉盆纤手弄清泉,琼珠碎却圆。

(明)杨慎:"咽"字下得妙。——《草堂诗余》

(明)陈耀文:《古今词话》云:观者叹服其八句状八声,音律一同,殊不散乱,人争宝之,刻之琬琰,挂于堂室间也。——《花草粹编》

(清)黄苏:此词清和婉丽中而风格自佳。——《蓼园词选》

贺新郎·夏景　　(北宋)苏　轼

乳燕飞华屋。悄无人、桐阴转午，晚凉新浴。手弄生绡白团扇，扇手一时似玉。渐困倚、孤眠清熟。熟睡。帘外谁来推绣户，枉教人、梦断瑶台曲。又却是，风敲竹。

石榴半吐红巾蹙。白居易诗："山榴花似结红巾，容艳新妍占断春。"待浮花、浪蕊都尽，伴君幽独。秾艳一枝细看取，芳心千重似束。又恐被、秋风惊绿。若待得君来向此，花前对酒不忍触。共粉泪，两簌簌。

(元)吴师道：东坡《贺新郎》词"乳燕飞华屋"云云，后段"石榴半吐红巾蹙"以下，皆咏榴……别一格也。——《吴礼部诗话》

(清)王又华：毛稚黄云"前半泛写，后半专叙，盖宋词人多此法"。如子瞻《贺新郎》后段只说榴花，《卜算子》后段只说鸿雁，周清真《寒食词》后段只说邂逅，乃更觉意长。——《古今词论》

(清)沈雄：刘体仁云："换头处不欲全脱，不欲明粘，能如画家开阖之法，一气而成，则神味自足，有意求之不得也。"宋人多于过变处言情，然其气已全于上段矣。另作头绪，便不成章。至如东坡《贺新郎》"乳燕飞华屋"，其换头"石榴半吐"，皆咏石榴；《卜算子》"缺月桂疏桐"其换头"综缈孤鸿影"，皆咏鸿，又一变也。——《古今词话》

(清)周济：北宋有无谓之词以应歌，南宋有无谓之词以应社。然美成《兰陵王》、东坡《贺新郎》，当筵命笔，冠绝一时。碧山《齐天乐》之咏蝉，玉潜《水龙吟》之咏白莲，又岂非社中作乎？故知雷雨郁蒸，是生芝菌；荆榛蔽芾，亦产蕙兰。——《介存斋论词杂著》

(清)谭献：颇欲与少陵《佳人》一篇互证。下阕别开异境，南宋唯稼轩有之，变而近正。——《谭评词辨》

(清)陈廷焯：情节相生，笔致婉曲。东坡笔墨自有东坡心事。又云：此中大有怨情，但怨而不怒，哀而不伤。词骨词品，高绝卓绝。——《云韶集》

(清)黄苏：前一阕是写所居之幽僻，次阕又惜榴花以比此心蕴结，未获

达于朝廷，又恐其年已老也。末四句是花是人，婉曲缠绵，耐人寻味不尽。——《蓼园词选》

夏日龙井书事四首 （北宋）僧道潜

翠树高萝结昼阴，骄阳无地迫吾身。石崖细听红泉落，林果初尝碧柰新。挥麈已欣从惠远，谈经终恨少遗民。何时暂着登山屐，来岸乌纱漉酒巾。

（元）方回：原注“呈辩才法师、兼寄吴兴苏太守并秦少游。少游时在越”。惠远谓辩才，遗民谓少游。——《瀛奎律髓汇评》

（清）冯舒：贴、贴。——同上

（清）冯班：好。——同上

（清）纪昀：四诗皆音节高爽，无龌龊酸馅之气。〇次句拙甚，后四句笔力开拓。——同上

雨气千岩爽气新，孤怀入夜与谁邻？风蝉故故频移树，山月时时自近人。礼乐汝其攻我短，形骸吾已付天真。露华渐冷飞蚊息，窗里吟灯亦可亲。

（清）冯舒：腹联宋。〇末句好。——《瀛奎律髓汇评》

（清）冯班：我却爱腹联。——同上

（清）纪昀：“我”、“吾”字复。——同上

自怜多病畏炎曦，长夏投踪此最宜。青石白沙含浅濑，碧桐苍竹聒凉飔。云中鸡犬听难辨，谷口渔樵问不知。斑杖芒鞋随步远，归来烟火认茅茨。

(元)方回:三、四用四个颜色字,而不艳不冗,大有幽寂之味。末句尤深淡可喜。——《瀛奎律髓汇评》

却来人外慰栖迟,谷远山长万事遗。好鸟未尝吟俗韵,白云还解弄奇姿。藤花冉冉青当户,竹色娟娟碧过篱。不羡故人探禹穴,短桡孤榜逐涟漪。

(元)方回:或问:"朱文公《语录》云'觉范诗如何及得参寥?'此语还可分别其然以诲后学否?"曰:"此甚易见,参寥诗句句平雅有味,做成山林道人真面目。"觉范诗虚骄之气可掬,因读山谷诗,欲变格以从之,而力量不及,业已晚矣。"槁项顶螺忘岁年"及"论诗得雉膏"二诗,皆伪为山谷所作,而人不能察。觉范佳句虽多,却自是士人诗,官员诗,参寥乃真高僧禅客诗也。二人皆不幸毁服,而觉范之祸尤酷。然觉范才高,亦一时人物云。——《瀛奎律髓汇评》

(清)查慎行:参寥诗却有士气,故佳。若止高僧禅客诗,亦无取焉。——同上

南乡子·夏日作　(北宋)李之仪

绿水满池塘,点水蜻蜓避燕忙。杏子压枝黄半熟,邻墙。风送荷花几阵香。　角簟衬牙床,汗透鲛绡昼影长。点滴芭蕉疏雨过,微凉。画角悠悠送夕阳。

纳　凉　(北宋)秦　观

携杖来追柳外凉,画桥南畔倚胡床。月明船笛参差起,风定池莲自在香。

夏日即事　(北宋)陈师道

花絮随风尽，欢娱过眼空。穷多诗有债，愁极酒无功。家在斜阳下，人归满月中。肝肠浑欲破，魂梦更无穷。

(元)方回：以"花絮"对"欢娱"，此等句法本老杜，而简斋尤深得之。三、四绝唱。——《瀛奎律髓汇评》

(清)冯舒：句中自对，此亦常事。诗不在此。——同上

(清)纪昀：到地宋格，未见其为绝唱也。——同上

(清)查慎行：第四句"乱来唯觉酒无功"，唐人已先有之。——同上

次韵夏日江村　(北宋)陈师道

漏屋檐生菌，临江树作门。卷帘通燕子，织竹护鸡孙。向夕微凉进，相逢故意存。何当加我岁，从子问乾坤。

(元)方回：三、四句中有眼。姜特立有云"扫梁迎燕子，插竹护龙孙"。四灵有云"开门迎燕子，汲水得鱼儿"。皆落此后。——《瀛奎律髓汇评》

(清)冯班："得鱼"句佳，"扫梁"句不及。——同上

(清)纪昀：三联工拙亦各相等，不必轩轾。——同上

(清)冯舒：只闻鸡婆，不闻"鸡孙"是何物。"乾坤"替不得"易"字。——同上

(清)纪昀：后半绾和意古法。——同上

(清)许印芳：后山语未袭前人，姜诗乃偷后山，"四灵"又偷老杜。晓岚视为同等，岂公论哉！〇"子"字复。——同上

夏日二首　(北宋)张　耒

细径依原僻，茅檐四五家。山田来雉兔，溪雨熟桑麻。竹笼晨收果，茅庵夜守瓜。颇知农事乐，从子问生涯。

(元)方回：两诗中四句皆景，而不觉其冗。——《瀛奎律髓汇评》
(清)纪昀：虽四句皆景，而两句写物，两句写人，故不复冗。——同上
(清)纪昀：桑麻如何云“熟”？——同上

蚓壤排晴圃，蜗涎印雨阶。花须娇带粉，树角老封苔。问字病多忘，过邻慵却回。晚凉还盥栉，对竹引清杯。

(元)方回：前四句皆景，后乃言情。唐人多此体。——《瀛奎律髓汇评》
(清)冯舒：“排”字怕人，第二联亦宽。——同上
(清)纪昀：竟不装头，直排四景句，格亦老辣。——同上
(清)无名氏(甲)：“阶”字出韵。——同上
(清)许印芳：“阶”押通韵。——同上

夏日杂兴　(北宋)张　耒

墙下溪流清且长，夹流乔木两苍苍。袅风翠果擎枝重，照水圆荷舞叶凉。蜗角已枯粘粉壁，燕泥时落污书床。南山野客闲相过，赠我能携药满筐。

(清)冯舒：比较贴。——《瀛奎律髓汇评》

(清)冯班：五、六好。“角”、“舞”字未妥。——同上

(清)纪昀：写景点缀，是杂兴体。——同上

夏日三首 (北宋)张 耒

长夏村墟风日清，檐牙燕雀已生成。蝶衣晒粉花枝午，蛛网添丝屋角晴。落落疏帘邀月影，嘈嘈虚枕纳溪声。久判两鬓如霜雪，直欲樵渔过此生。

(清)冯舒：第六句好。后二句亦撒。——《瀛奎律髓汇评》

(清)冯班：结宽。——同上

(清)查慎行：三、四对句更胜。——同上

(清)纪昀：三、四自是好句，然细味之，乃春暖诗，不见夏景。○通首皆昼景，“月”字无着。——同上

(清)许印芳：三、四语夏日亦有此景，但宜作初夏耳。原诗首句作“长夏”，愚为易作“初夏”。全诗皆屋舍中事。“吾庐”原本作“郊墟”，与后文相隔太远，亦为易之。中二联前言昼景，后言夜景。晓岚言“月”字无着，谬矣。结句写怀，是全诗归宿处。冯氏嫌宽，意谓不切夏日，岂知古人作诗重在写意，于天时地理皆无处处粘滞之死法也。○“生”字复。——同上

黄帘绿幕断飞蝇，午影当轩睡未兴。枕稳海鱼镌紫石，扇凉山雪画青缯。廊阴日转雕栏树，坐冷风生玉碗冰。满案诗书尘蠹甚，故应疏懒过炎蒸。

(清)冯舒：第四句转折多，却达。——《瀛奎律髓汇评》

(清)查慎行：三、四笔有余清。——同上

(清)纪昀：三、四碎而凑，最为小样。——同上

枣径瓜畦过雨香，白衫乌帽野人装。幽花避日房房敛，翠树含风叶叶凉。养拙久判藏姓氏，致身安事巧文章。汉庭卿相皆豪杰，不遇何妨白发郎。

(清)冯舒：后四句亦撒。——《瀛奎律髓汇评》

(清)纪昀：此首却流利可诵。——同上

满庭芳·夏日溧水无想山作无想山在江苏溧水县。

(北宋)周邦彦

风老莺雏，雨肥梅子，午阴嘉树清圆。地卑山近，衣润费炉烟。人静乌鸢自乐，小桥外、新绿溅溅。凭栏久，黄芦苦竹，拟泛九江船。　　年年。如社燕，飘流瀚海，来寄修椽。且莫思身外，长近尊前。憔悴江南倦客，不堪听、急管繁弦。歌筵畔，先安簟枕，容我醉时眠。

(宋)沈义父：词中多有句中韵，人多不晓。不惟读之可听，而歌时最叶韵应拍，不可以为闲字而不押。如《木兰花慢》云"倾城尽寻胜去"，"城"字是韵；又如《满庭芳》过处"年年如社燕"，"年"字是韵。不可不察也。——《乐府指迷》

(明)卓人月："老"字，"肥"字，"费"字，字法俱灵。——《古今词统》

(明)沈际飞："衣润费炉烟"，景语也，景在"费"字。——《草堂诗余正集》

(清)沈雄："费"，周美成"衣润费炉烟"，谢勉仲"心情费消遣"，晏小山"莫向花笺费泪行"，本于"学书费纸"之费。——《古今词话·词品》

(清)许昂霄：通首疏快，实开南宋诸公之先声。"人静乌鸢乐"，杜句也，"黄芦苦竹"出香山《琵琶行》。——《词综偶评》

(清)黄苏：此必其出知顺昌后作。前三句见春光已去。"地卑"至"九江

船”，言其地之僻也。“年年”三句，见宦情如逆旅。“且莫思”句至末，写其心之难遣也。末句妙于语言。——《蓼园词选》

(清)陈廷焯：美成词，有前后若不相蒙者，正是顿挫之妙。如《满庭芳》上半阕云：“人静乌鸢自乐，小桥外、新绿溅溅。凭栏久，黄芦苦竹，拟泛九江船。”正拟纵乐矣，下忽接云：“年年。如社燕，飘流瀚海，来寄修椽。且莫思身外，长近尊前。憔悴江南倦客，不堪听、急管繁弦。歌筵畔，先安簟枕，容我醉时眠。”是乌鸢虽乐，社燕自苦，九江之船，卒未尝泛。此中有多少说不出处，或是依人之苦，或有患失之心。但说得虽哀怨，却不激烈，沉郁顿挫中别饶蕴藉。后人为词，好作尽头语，令人一览无余，有何趣味。——《白雨斋词话》

(近代)俞平伯：此亦先景后情格。起首三句写夏景，便隐然有迟暮之感矣。梅子句用杜诗“红绽雨肥梅”。“嘉树清圆”，“清圆”两字是从刘梦得“日午树阴正”之“正”字化来。夏景于四时中吟咏独少，刻画最难。此阕起首三句，便如在薰风披拂，浓荫永昼之中也。“地卑”两句，最为诸家激赏。盖沦谪之恨，出之蕴藉。谭、周两评皆探得骊珠之论。下句将杜诗“人静乌鸢乐”，加一“自”字，不觉其赘，可谓用古入神。“乌鸢自乐”，见得正有不乐者在耳。“小桥流水溅溅”，生意活泼，无我之境，与乌鸢句互相映带。“黄芦苦竹”，见乐天诗，明写其地卑湿，似无可恋，故拟泛九江船矣。然上用“凭栏久”，下又着一“拟”字，想见回肠九曲，去住皆难。句法顿挫，恰为下半蓄势。“九江船”句，用杜诗：“闻道巴山里，春船正好行。都将百年事，一望九江城。”过片“年年”叶韵，“社燕”句，正面自喻，故用一“如”字。乌鸢自乐，社燕自苦也。夏闰庵评曰：“换头处直贯篇终。”“莫思身外”两句，亦用杜诗“莫思身外无穷事，且尽尊前有限杯”。何等沉郁，亦不觉其歇后。“憔悴”两句，似已放笔言情，而用“歌筵”三句兜转，神味悠然无尽。通篇用事，多系唐大家诗，意境沉雄，音调圆浑，此清真中年官溧水令着意之作也。结句注引陶潜语，实则乃借李白诗“我醉欲眠君且去”，不仅用原典也。——《清真词释·乙稿》

夏夜闻雨　(南宋)曾　几

凉风急雨夜萧萧，便恐江南草木雕。自为丰年喜无寐,不关窗外有芭蕉。

乌夜啼　(南宋)陆　游

纨扇婵娟素月,纱巾缥缈轻烟。高槐叶长阴初合,清润雨余天。　　弄笔斜行小草,钩帘浅醉闲眠。更无一点尘埃到,枕上听新蝉。

纳　凉　(南宋)范成大

雨洗新秋夜气清,悴肌无汗葛衣轻。画檐分月下西壁,络纬飞来庭树鸣。

初夏二首　(南宋)范成大

清晨出郭更登台,不是余春只么回。只么,禅宗口头语,就此罢休之意。〇黄庭坚又有"闲情欲被春将去,鸟唤花惊只么回"句。桑叶露枝蚕向老,菜花成荚蝶犹来。

晴丝千尺挽韶光,百舌鸟名。无声燕子忙。永日屋头槐影暗,微风扇里麦花香。

次韵耿时举苦热　(南宋)范成大

赤日才低又火云,巷南街北断知闻。荷风拂簟昭苏我，竹月筛窗慰藉君。避暑无奇那避谤，能觞便了莫能文。浮湛放荡从今始，悔把长裾强沐薰。

闲居初夏午睡起二首 （南宋）杨万里

梅子留酸软齿牙，芭蕉分绿上窗纱。日长睡起无情思，思读去声。闲看儿童捉柳花。

松阴一架半弓苔，偶欲看书又懒开。戏掬清泉洒蕉叶，儿童误认雨声来。

惜红衣 （南宋）姜 夔

簟枕邀凉，琴书换日，睡余无力。细洒冰泉，并刀破甘碧。墙头唤酒，谁问讯、城南诗客。岑寂。高柳晚蝉，说西风消息。　　虹梁水陌。鱼浪吹香，红衣半狼藉。维舟试望故国。眇天北。可惜渚边沙外，不共美人游历。问甚时同赋，三十六陂秋色。曹丕《与朝歌令吴质书》："浮甘瓜于清泉。"写夏日瓜果解暑之趣，趣在弄清水洗之。句法略同清真《少年游》："并刀如水，纤手破新橙。"但写出细洒冰泉之趣，及以甘碧之感觉代瓜果之名称，则又见出白石词生新斗硬的特色。〇虹梁形容水乡拱桥之美。第三句"红衣半狼藉"却将笔锋硬转，转写荷花半已凋零之凄凉景象，遂接起歇拍西风消息之意脉。邹祗漠《远志斋词衷》称白石词有草蛇灰线之妙，此正其例。

（清）张德瀛：前人词多喜用"三十六"字，欧阳炯《更漏子》"三十六宫秋水永"、孙孟文《谒金门》"却羡彩鸳三十六"、谭明之《浣溪沙》"藕花三十六湖香"、张于湖《蝶恋花》"过尽碧湾三十六"、史邦卿《西江月》"三十六宫月冷"、曾纯甫《金人捧露盘》"锦江三十六鳞寒"、王圣与《青房并蒂莲》"也羞照三十六宫秋"、吴梦窗《惜红衣》"三十六矶重到"、周公瑾《木兰花慢》"三十六鳞过却"、李秋崖《木兰花》"三十六梯树杪"、姜尧章《惜红衣》"三十六陂秋色",用算博士语,皆有致。——《词征》

(近代)俞陛云:此首与《念奴娇》词原题皆云吴兴荷花,但《念奴娇》词通首咏荷,惟"凌波"二句略见怀人。此调倚《惜红衣》,应赋本体,而词则前半阕但言避暑追凉,寂寥谁语!下阕始有"红衣狼藉"一句点题,余皆言望远怀人,与《念奴娇》同一咏荷,而情随事迁,此调则言情多于写景,下阕尤佳。其俊爽绵远处,正如词中之并刀破碧,方斯意境。——《唐五代两宋词选释》

夏夜怀友　(南宋)徐　玑

流水阶除静,孤眠得自由。月生林欲晓,雨过夜如秋。远忆荷花浦,谁吟杜若洲?良宵恐无梦,有梦即俱游。

(元)方回:第四句好,盖是夏夜诗。细味之十字皆好。——《瀛奎律髓汇评》

(清)冯舒:落句应"孤眠"。——同上

(清)纪昀:"欲"字作"似"字解。——同上

夏夜同灵晖有作,奉寄翁赵二丈　(南宋)徐　玑

斋居惟少睡,露坐得论文。凉夜如清水,明河似白云。宿禽翻树觉,幽磬度溪闻。欲识他乡思,斯时共忆君。

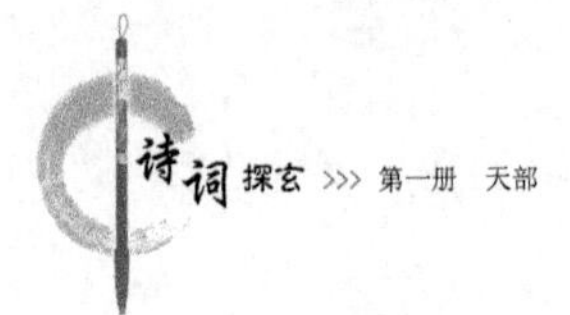

（元）方回：五、六工。——《瀛奎律髓汇评》

（清）纪昀：中唐风格。○“如清水”、“似白云”，未免太质，改为“清如水”、“白似云”则稍可。——同上

满江红　（明）文徵明

漠漠轻阴，正梅子、弄黄时节。最恼是、欲晴还雨，乍寒又热。燕子梨花都过也，小楼无那即无奈。伤春别。傍阑干、欲语更沉吟，终难说。　一点点，杨花雪；一片片，榆钱荚。渐西垣矮墙也，泛指墙。日隐，晚凉清绝。池面盈盈清浅水，柳梢淡淡黄昏月。是何人、吹彻玉参差，参差，指洞箫。情凄切。

金缕曲·初夏　（清）朱彝尊

谁在纱窗语？是梁间、双燕多愁，惜春归去。早有田田《汉乐府》：“江南可采莲，莲叶何田田。”青荷叶，占断板桥西路。听半部、新添蛙鼓。《南齐书·孔稚珪传》：“稚珪曾以院中蛙鸣说作两部鼓吹。”小白蔫读粘，又读焉，皆平声。花草枯萎。红都不见，但愔愔读音，平声。愔愔，幽深貌。门巷吹香絮。绿阴重，已如许。　花源岂是重来误？尚依然、倚杏雕栏，笑桃朱户。隔院秋千看尽拆，过了几番疏雨。知永日、簸读播，去声。钱掷钱为戏。王建《宫词》：“暂向玉花阶上坐，簸钱赢得两三筹。”何处？午梦初回人定倦，料无心肯到闲庭宇。空搔首，独延伫。伫读柱，上声。延伫，久立期待。

蝶恋花·夏夜　(清)纳兰性德

露下庭柯蝉响歇。纱碧如烟，李白《乌夜啼》诗："机中织锦秦川女，碧纱如烟隔窗语。"烟里玲珑月。李白《玉阶怨》诗："却下水晶帘，玲珑望秋月。"并着香肩无可说，樱桃暗吐丁香结。丁香结，丁香的花蕾，比喻愁思固结不解。李商隐《代赠》诗："芭蕉不展丁香结，同向春风各自愁。"　笑卷轻衫鱼子缬。鱼子缬，一种丝织品，上面染上霜粒似的花纹，如鱼子，故名。段成式《嘲飞卿》诗："醉袂几侵鱼子缬，飘缨长罥凤凰钗。"试扑流萤，惊起双栖蝶。瘦断玉腰玉腰，指蝴蝶。陶穀《清异录·虫》："温庭筠尝得一句云'蜜官金翼使'，偏干知识，无人可属。久之，自联其下曰：'花贼玉腰奴。'予以为道尽蜂蝶。"沾粉叶，人生那不相思绝。

夏日杂句十七首(录二首)　(清)杭世骏

维摩经院境清嘉，依旧红尘送岁华。夸道赐衣曾借紫，竹边留客晒袈裟。袁枚《随园诗话》：辛未，圣驾南巡，西湖僧某迎于圣因寺，上以手抚其左腕，其僧遂绣团龙于袈裟之左偏，客来相揖者，以右手答之，而左臂不动。杭堇浦嘲之。

溪风吹面蹙晴澜，苇路萧萧鸭满滩。六月陶然亭子上，葛衣先借早秋寒。李伯元《庄谐诗话》：(杭世骏)出京之日，行李萧条，依然寒素。士大夫惧召党祸，杭往话别，辄预戒阍者拒之。独刑部司狱某，相与徒步，登陶然亭，痛饮竟日而别。某钱塘人，亦贤才而屈于下僚者，对杭欷歔感喟，并索诗留别。杭笑占一绝云。

和樊山少朴治荄夏日杂兴 （清）左绍佐

宣南老屋伏魔指伏魔寺。东，虾菜虾菜，即海鲜。见仇兆鳌注《杜诗》。随时小市通。僧钵屡催归树鸟，书钉灯也。时引打窗虫。电飞遥识前山雨，月晕先知翌日风。世事茫茫都不问，此生真作信天翁。海鸟名，又名信天缘。洪迈《容斋五笔》："其一类鹄，色正苍而喙长，凝立水际不动，鱼过其下则取之，终日无鱼亦不移地，名曰'信天缘'。"

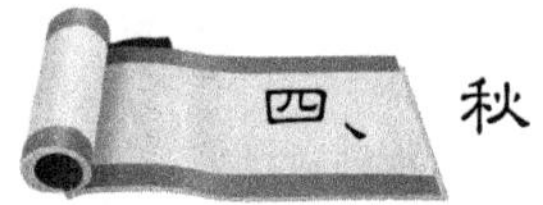

四、秋

秋宵月下有怀 （唐）孟浩然

秋空明月悬，光彩露沾湿。惊鹊栖不定，飞萤卷帘入。庭槐寒影疏，邻杵夜声急。佳期旷何许，望望空伫立。

（宋）刘辰翁：亦自纤丽，与"疏雨滴梧桐"相似。谓其诗枯淡，非也。——《王孟诗评》

秋夜独坐 （唐）王 维

独坐悲双鬓，空堂欲二更。雨中山果落，灯下草虫鸣。白发终难变，黄金不可成。江淹《从建平王游纪南城》："丹砂信难学，黄金不可成。"世传丹砂可化为黄金，此言长生无望。欲知除老病，唯有学无生。无生与涅槃法性合义。

(明)陆时雍：三、四轻便。——《唐诗镜》

(清)贺贻孙："枫落吴江冷"，"空梁落燕泥"与摩诘"雨中山果落"，老杜"叶里松子僧前落"，四"落"字俱以现成语为灵幻。——《诗筏》

(清)黄培芳：真意溢于楮墨，其气充足。——《唐贤三昧集笺注》

(清)冒春荣：写景之句，以工致为妙品，真境为神品，淡远为逸品。如"芳草平仲绿，清夜子规啼"(沈佺期)，"明月松间照，清泉石上流"(王维)，"雨中山果落，灯下草虫鸣"(王维)……皆逸品也。如"日落江湖白，潮来天地青"(王维)，"四更山吐月，残夜水明楼"(杜甫)……皆神品也。——《葚原诗说》

(清)潘德舆：一唱三叹，由于千锤百炼。今人都以平淡为易，知其未吃甘苦来也。右丞"雨中山果落，灯下草虫鸣"，其难有十倍于"草枯鹰眼疾，雪尽马蹄轻"者。到此境界，乃自领之，略早一步，则成口头语而非诗矣。——《养一斋诗话》

秋　尽　(唐)杜　甫

秋尽东行且未回，茅斋寄在少城隈。篱边老却陶潜菊，江上徒逢袁绍杯。雪岭独看西日落，剑门犹阻北人来。不辞万里长为客，怀抱何时得好开。

(元)方回：读老杜诗开口便觉不同。"独看西日落，犹阻北人来"一联，不胜悲壮，结句更有气力。——《瀛奎律髓汇评》

(清)何焯：后半意味已包蕴于"且未回"三字中，真有泪竭眼穿之痛也。○怀抱之恶，岂独为一身远客？公诗发源所以深远。——同上

(清)纪昀：前四句语殊平平，后四句自极沉郁顿挫之致。○"袁绍杯"不

切“秋尽”。——同上

(清)无名氏(甲):袁绍在河朔有避暑饮。今已秋尽,故云“徒逢”。——同上

(清)许印芳:前半平正,方衬得出后半之沉郁顿挫,此正章法之妙。诗作于秋尽时,即以首句“秋尽”二字为题,岂有句句要切“秋尽”之理?一联之中,上下皆要切题,此是咏物、咏古死法。此诗非咏物、非咏古,何得以死法相绳?晓岚此评苛且谬矣。——同上

秋夜泛舟　(唐)刘方平

林塘夜发舟,虫响荻飕飕。万影皆因月,千声各为秋。岁华空复晚,乡思不堪愁。西北浮云外,伊川何处流。

(宋)范晞文:刘方平有“万影皆因月,千声各为秋”,亦佳,但不题树。然起句云“林塘夜发舟,虫响荻飕飕”,引带而下,顿觉精彩。——《对床夜语》

(元)方回:中四句皆好,“各”字尤妙。——《瀛奎律髓汇评》

(清)冯舒:起好。——同上

(清)纪昀:有第二句则“千声”复矣,如曰申第二句,则第三句又不申第一句,此谓无法。——同上

秋夜寄丘二十二员外　(唐)韦应物

怀君属秋夜,散步咏连天。山空松子落,幽人应未眠。

(清)杨逢春:中唐五言绝,苏州最古。寄丘员外作,悠然有盛唐风格。○三、四想丘之思己,应念我未眠,妙在含蓄不尽。——《唐诗绎》

(清)朱之荆:妙在第三句宛是幽人,故末句脱口而出。——《增订唐诗

摘钞》

秋夜船行 (唐)严 维

扁舟时属暝,月上有余辉。海燕秋还去,渔人夜不归。中流何寂寂,孤棹也依依。一点前村火,谁家未掩扉。

长安卧病秋夜言怀 (唐)陈 羽

九重门锁禁城秋,月过南宫渐映楼。紫陌夜深槐露滴,碧空云尽火星流。风清刻漏传三殿,三殿者麟德殿也。以一殿而有三面,故称三殿。甲第歌钟乐五侯。楚客病来乡思苦,寂寥灯下不胜愁。

秋夕不寐寄乐天 (唐)刘禹锡

洞户夜帘卷,华堂秋簟清。萤飞过池影,蛩思绕阶声。老枕知将雨,高窗报欲明。何人谙此景,远问白先生。

秋中暑退赠白乐天 (唐)刘禹锡

暑服宜秋着,清琴入夜禅。人情皆向菊,风意欲摧

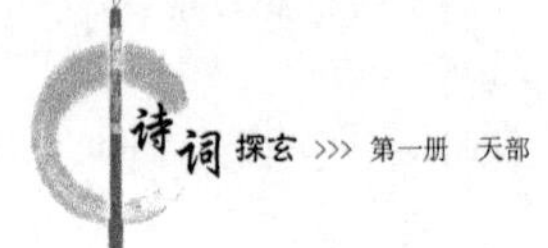

兰。岁稔贫心泰，天凉病体安。相逢取次第，却甚少年欢。

(元)方回：三、四已佳，五、六十分佳绝。——《瀛奎律髓汇评》

(清)纪昀：究是三、四比兴深微，五、六直宋人习语耳，虚谷誉所可及者。——同上

(清)冯舒：即如此四句，尚不分景与情也。——同上

(清)查慎行：三、四新颖可喜。——同上

秋词二首　(唐)刘禹锡

自古逢秋悲寂寥，我言秋日胜春朝。晴空一鹤排云上，便引诗情到碧霄。瞿蜕园按云：此诗有云“自古逢秋悲寂寥，我言秋日胜春朝”，一洗词人悲秋之滥调，具见禹锡之抱负。

山明水净夜来霜，数树深红出浅黄。试上高楼清入骨，岂如春色嗾读叟，上声。教唆也。人狂。“试上高楼清入骨，岂如春色嗾人狂”，语意较杜牧之“霜叶红于二月花”尤超妙。

酬娄秀才寓居开元寺，早秋月夜病中见寄

(唐)柳宗元

客有故园思，潇湘生夜愁。病依居士室，梦绕羽人丘。味道怜知止，遗名得自求。壁空残月曙，门掩候虫秋。谬委双金重，《文选·张孟阳〈拟四愁诗〉》：“佳人遗我绿绮琴，何以报之双南金。”难征杂佩酬。《诗·郑风·女曰鸡鸣》：“知子之好之，杂佩以报之。”碧霄无枉路，枉路犹言径路也。徒此助离忧。

(宋)叶少蕴:蔡天启云:“尝与张文潜论韩、柳五言警句,文潜举退之‘暖风抽宿麦,清雨卷归旗’,子厚‘壁空残月曙,门掩候虫秋’,皆为集中第一。”——《石林诗话》

(宋)曾季狸:柳子厚“壁空残月曙,门掩候虫秋”,语意极佳。东湖诗云“明月江山夜,候虫天地秋”,盖出于子厚。——《艇斋诗话》

(清)薛雪:贾长江“独行潭底影,数息树边身”只堪自爱。柳河东“壁空残月曙,门掩候虫秋”,怅少人知。——《一瓢诗话》

秋夜宿西林寄贾岛 (唐)僧无可

暗虫喧暮色,默思坐西林。听雨寒更尽,开门落叶深。昔因京邑病,并起洞庭心。亦是吾兄事,迟回共至今。

(宋)蔡居厚:唐僧多佳句,其琢句法有比物以意而不言物,谓之“象外句”。如无可上人诗曰“听雨寒更尽,开门落叶深”,是落叶比雨声也。又曰“微阳下乔木,远烧入秋山”,是微阳比远烧也。用事琢句,妙在言其用,而不言其名耳。此惟荆公、山谷、东坡知之。——《诗史》

(元)方回:听雨彻夜,既而开门,乃是落叶如雨,此体极少而绝佳。“微阳下乔木,远烧入秋山”,亦然。陈后山“辉辉垂重露,点点缀流萤”,谓柏枝垂露若缀萤。然一句指事,一句设譬,诗中之奇变者也。——《瀛奎律髓汇评》

(清)何焯:《冷斋夜话》亦如此解上、下、虚、实。借对固自有意,然即二句皆实,亦悲秋真景也。——同上

(清)纪昀:此说自通,然作雨后叶落,亦未尝不佳。——同上

(清)纪昀:格韵颇高。——同上

(清)许印芳:僧无可,贾岛从弟。——同上

(清)屈复:虽不及乃兄“落叶满长安”,亦自精采。——《唐诗成法》

长安秋望　（唐）杜 牧

楼依霜树外，镜天无一毫。南山与秋色，气势两相高。

（宋）陈师道：世称杜牧"南山与秋色，气势两相高"为警绝。而子美才用一句，语益工，曰"千崖秋气高"也。——《后山诗话》

（清）翁方纲：诗不但因时，抑且因地。如杜牧之云"南山与秋色，气势两相高"，此必是陕西之终南山。若以咏江西之庐山、广东之罗浮，便不是矣。——《石洲诗话》

早　秋　（唐）杜 牧

疏雨洗空旷，秋标惊意新。大热一作"大暑"。去酷吏，清风来故人。罇酒酌未酌，晓花颦不颦。铢秤铢秤为最小计量单位的秤。二十四铢为两，十六两为斤。与缕雪，谁觉老陈陈？

（元）方回：大暑如酷吏之去，清风如故人之来。倒装一字，便极高妙。晚唐无此句也。牧之才高，意欲异众，心鄙元白，良有以哉。尾句怪。——《瀛奎律髓汇评》

（清）纪昀：亦未见为高妙。——同上

（清）冯舒："铢秤"未解。——同上

（清）查慎行：三、四句，自牧之以前，不曾有此句法。——同上

（清）纪昀：次句生硬，"清风"句自好，"大暑"句终不雅，五、六句调劣，结亦不佳。——同上

江亭晚望　　(唐)李　郢

碧天凉冷雁来疏，闲望江云思有余。秋馆池亭荷叶后，野人篱落豆花初。无愁自得仙人术，多病能忘太史书。闻说故园香稻熟，片帆归去就鲈鱼。

(清)金人瑞：落手写一“碧”字，便知其是先看凉天，次看江亭。先看凉天次看江亭者，不凉当不看，不看当不见雁，不见雁当不心动晚秋，不心动晚秋则又何故而看江亭也？三、四，池台荷歇，篱落豆疏，是一片晚秋，是一片愁绪，先写成以待后解转出“无愁”二字也。〇五、六如此转岂不奇？言自从学道之后，颇复不被缘感。然一向病魔见侵，未免有意玄功。则值此稻熟鲈肥之际，何为而不片帆归去耶？看他满肚欲归，偏又作此闲闲之笔，所谓文人各自有其专家也。——《贯华堂选批唐才子诗》

凉　思　　(唐)李商隐

客去波平槛，蝉休露满枝。永怀当此节，倚立自移时。北斗兼春远，南陵寓使迟。天涯占梦数，疑误有新知。

(清)朱彝尊：首二句“凉”，下六句“思”。——《李义山诗集辑评》

(清)纪昀：起四句一气涌出，气格殊高，尤妙于倒转下笔。五句在可解不可解间，然其妙可思。结承“寓使迟”来，言家在天涯不知留滞之故，几疑别有新知也。——同上

(清)何焯：起联写水亭秋夜，读之亦凉气侵肌。落句衬出思字意足。——《义门读书记》

访　秋　　（唐）李商隐

酒薄吹还醒，楼危望已穷。江皋当落日，帆席见归风。烟带龙潭白，龙潭即白石潭，又名白石湫。作者《桂林》诗有“神护青枫岸，龙移白石湫”之句。霞分鸟道红。殷勤报秋意，只是有丹枫。叶葱奇《疏注》云：“这是在桂林思乡之作，因为思乡，连北方的秋色都觉得可念，所以题作《访秋》。桂林地暖，所谓‘地暖无秋色’（见《桂林路中作》），所以末二句说惟有变红了的枫叶使人约略感到点秋意而已。”○何焯曰：所以望归之切者以地暖无秋色也。只有丹枫又是伤心物色，此岂暂醉所能忘哉！

秋日晚思　　（唐）李商隐

桐槿日零落，雨余方寂寥。枕寒庄蝶去，窗冷胤萤销。取适琴将酒，忘名牧与樵。平生有游旧，一一在烟霄。

端　居　　（唐）李商隐

远书归梦两悠悠，只有空床敌素秋。阶下青苔与红树，雨中寥落月中愁。

到　秋　　（唐）李商隐

扇风淅沥簟流离，簟，竹席也。流离，簟文也。万里南云陆机赋“指南云以寄欵”。南云，南飞之云。常以寄托思亲、怀乡之情。滞所思。守到清秋还寂寞，叶丹苔碧闭门时。

宿骆氏亭寄怀崔雍崔衮　(唐)李商隐

竹坞无尘水槛清，相思迢递隔重城。秋阴不散霜飞晚，留得枯荷听雨声。

(清)何焯：寓情之意，全在言外。——《义门读书记》

又云：下二句暗藏永夜不眠，相思可以意得也。——《李义山诗集辑评》

(清)纪昀：不言秋夜无眠，只言枯荷聒耳，意味乃深。直说则尽于言下矣。○"相思"二字暗逗下句不眠的原因，只微露端倪而已，寄怀之意全在言外，所谓"中有许多话在"也。○分明自己无聊，却就枯荷雨声渲出，极有余味；若说破雨夜不眠，转尽于言下矣。"秋阴不散"起雨声，"霜飞晚"起"留得枯荷"，此是小处，然亦见得不苟。——《玉溪生诗说》

(清)屈复：一骆氏亭，二寄怀，三见时，四情景，写"宿"字之神。——《玉溪生诗意》

摊破浣溪沙　(五代)李　璟

菡萏读旱淡，均上声。荷花的别称。香销翠叶残。西风愁起绿波间。还与韶光共憔悴，不堪看。　　细雨梦回鸡塞即鹿鸡塞，在今内蒙古，此泛指边塞。远，小楼吹彻玉笙寒。多少泪珠何限恨，倚栏干。

(宋)胡仔：《雪浪斋日记》云"荆公问山谷云：'作小词曾看李后主词否？'云：'曾看。'荆公云：'何处最好？'山谷以'一江春水向东流'为对。荆公云未若'细雨梦回鸡塞远，小楼吹彻玉笙寒'，又'细雨湿流光'最好。"——《苕溪

渔隐丛话》

(明)沈际飞:“塞远”、“笙寒”二句,字字秋矣。——《草堂诗余正集》

(清)贺裳:南唐主语冯延巳曰:“风乍起,吹皱一池春水,何与卿事?”冯曰“未若细雨梦回鸡塞远,小楼吹彻玉笙寒也”。——《皱水轩词筌》

(清)许昂霄:“细雨”二句合看,乃愈见其妙。——《词综偶评》

(清)黄苏:按“细雨”、“梦回”二句,意兴清幽,自系名句。结末“倚栏干”三字,亦有说不尽之意。后主词自多佳制,第意兴凄凉惨憔,实为亡国之音,故少选之。(黄苏误以此词为李煜作,故有此语。)——《蓼园词话》

早秋闲寄宇昭　(北宋)僧保暹

窗虚枕簟明,微觉早凉生。深院无人语,长松滴雨声。诗来禅外得,愁入静中平。远念西林下,相思合慰情。

(清)纪昀:三、四不减王、孟,六句佳。——《瀛奎律髓汇评》

原上秋草　(北宋)僧古怀

秋来深径里,老病眼慵开。户外行人绝,林间朔吹回。乱蛩读穷,平声。同蛩,蟋蟀也。鸣古堑,残日照荒台。唯有他山约,相亲入望来。

(元)方回:第六句深得秋意。——《瀛奎律髓汇评》

(清)纪昀:五、六好。〇题目“草”字有误,疑是“原上早秋”。——同上

(清)许印芳:诗非咏秋草,亦不切早秋,当作“秋望”。“来”字复。——同上

秋夜二首　(北宋)王安石

客卧书颠倒,虫鸣坐寂寥。残灯生暗晕,重雾集寒条。真乐闲尤见,深禅静更超。此怀无与语,拥鼻即"拥鼻吟",指用雅音曼声吟咏。见《晋书·谢安传》。一长谣。

幔逗长风细,窗留半月斜。浮烟暝绿草,泫露冷黄花。独曳缘云缘云,言其高也。《鲁灵光殿赋》:"高径华盖,仰看天庭。飞陛揭孽,缘云上征。中坐垂景,頫视流星。"策,仍寻渡水槎。归时参夜半,邻犬静中哗。

千秋岁引　(北宋)王安石

别馆寒砧,孤城画角。一派秋声入寥廓。上三句是耳之所闻。东归燕从海上去,南来雁向沙头落。此二句是目之所见。楚台风,见宋玉《风赋》。庾楼月,用《世说新语》庾亮事。宛如昨。
无奈被些名利缚。无奈被他情担阁。可惜风流总闲却。当初谩留华表语,用《搜神记》丁令威事。而今误我秦楼约。汉乐府《陌上桑》:"日出东南隅,照我秦氏楼。"李白《忆秦娥》:"箫声咽,秦娥梦断秦楼月。"梦阑时,酒醒后,思量着。

(明)杨慎:荆公此词,大有感慨,大有见道语。既勘破乃尔,何执拗新法,铲灭正人哉?——《词品》

(明)李攀龙:不着一怒语,而寂寂景色,隐隐在目。洵一幅秋光图,最堪把玩。——《草堂诗余隽》

(明)卓人月:末句不言愁,使人自愁。——《古今词统》

(明)沈际飞:介甫有游仙之意,悟矣。必待"梦阑"、"酒醒"、"思量着"又何迟也。媚出于老,流动出于整齐,其笔墨自不可议。——《草堂诗余》

(清)先著、程洪:"无奈"数语鄙俚,然首尾实是词家法门。阅北宋词须放一道线,往往北宋人一二语,又是南渡以后丹头,故不可轻弃也。——《词法》

(清)黄苏:按,是必其退居金陵时作也。意致清迥,翛然有出尘之致。——《蓼园词选》

秋晚客兴　(北宋)苏 轼

草满池塘霜送梅,疏林野色近楼台。天围故越侵云尽,潮上孤城带月回。客梦冷随枫叶断,愁心低逐雁行来。流年又喜经重九,可意黄花是处开。

江上秋夜　(北宋)僧道潜

雨暗苍江晚未晴,井梧翻叶动秋声。楼头夜半风吹断,月在浮云浅处明。

秋日三首(录二首)　(北宋)秦 观

霜落邗沟积水清,寒星无数傍船明。菰蒲深处疑无地,忽有人家笑语声。

月团新碾瀹花瓷,饮罢呼儿课楚词。风定小轩无落叶,青虫相对吐秋丝。

风流子 (北宋)张 耒

木叶亭皋下,重阳近,又是捣衣秋。奈愁入庾肠,老侵潘鬓,谩簪黄菊,花也应羞。楚天晚,白苹烟尽处,红蓼水边头。芳草有情,夕阳无语,雁横南浦,人倚西楼。

玉容,知安否?香笺共锦字,两处悠悠。空恨碧云离合,青鸟沉浮。向风前懊恼,芳心一点,寸眉两叶,禁甚闲愁?情到不堪言处,分付东流。“芳草有情,夕阳无语,雁横南浦,人倚西楼。”十六字佳在何处?切莫只想“画境”、“化境”那些陈言,也切忌只讲“形象化”、“性格化”那些时兴的无补于艺术领悟力的俗套。须看他“有情”、“无语”是何等深致,“雁横”、“人倚”又是何等神态。○芳草何以有情?“凄凄芳草忆王孙”,“春草年年绿,王孙归不归”。方知芳草是怀人。再问芳草如何会引起念远怀人之情?则可细玩白香山“远芳侵古道,晴翠接荒城”之句,盖芳草绵延,连天无际,只有她通连天涯的可见的痕迹,最是触动人离情别绪的一种物色。明乎此,方晓“有情”二字之真谛。○夕阳何以无语?难道又是“拟人性格化”吗?词人所云,是指时至暮天,“楚天晚”,人对斜曛,当此之际,万感中来而又无由表达,相望无言,默然以对。相对夕阳者,即下句独倚西楼之人是也。“无语”者何?即下片“情到不堪言处”是也。○雁则横,人则立,又一动一静,相为衬映。一有情,一无语。盖愈无语,愈含情;愈有情,愈默默也。斜阳芳草,一红一绿,又复相为衬映。至于一个雁横南浦,上应楚天晚照,而早又遥引下片“香笺共锦字,两处悠悠”,尤为针线细密。○自“芳草有情”至“人倚西楼”十六字画所难到,何其美极!

(清)黄苏:曰“楚天晚”,必其监南狱时作也。所云“玉蓉,知安否”,忧主之心也。曰“分付东流”,愁且随流而去乎,亦与流俱长而已。——《蓼园词选》

(清)况周颐:张文潜《风流子》“芳草有情,夕阳无语,雁横南浦,人倚西楼”。景语亦复异常,惟用在过拍,即此顿住,便觉老当浑成。换头“玉容,知安否”,融景入情,力量甚大。此等句有力量,非深于词,不能知也。“香笺”至“沉浮”,微嫌近滑,幸“风前”四句,深婉入情,为之补救,而“芳心”、“翠眉”,又稍稍刷色。下云“情到不堪言处,分付东流”。甚至是不能不用质语为结束矣。虽古人用心，未必知我所云，要不失为知人之言也。“香笺共锦字，两处悠悠。”吾人填词，断不堪如此率意，势必绾两句为一句，下句更添一意，由情中，景中生出皆可，情景皆到，又尽善矣。虽然突过前人不易，或反不逮前人，视平昔之功力，临时之抒轴何如耳。——《餐樱庑词话》

四园竹　（北宋）周邦彦

浮云护月，未放满朱扉。鼠摇暗壁，萤度破窗，偷入书帏。秋意浓，闲伫立，庭柯影里。好风襟袖先知。
夜何其。江南路绕重山，心知谩与前期。奈向灯前堕泪，肠断萧娘，旧日书辞。犹在纸。雁信绝，清宵梦又稀。杜甫《季秋苏五弟缨江楼夜宴》“明月生长好，浮云薄渐遮”。美成翻出新意，说“浮云”为了“护月”轻轻将月亮遮住，没有让她照彻朱扉。起首透出黯然景色。○“鼠摇暗壁，萤度破窗”两句对仗，上句为耳闻之声，下句为目睹之景。“偷入书帏”紧接上句。齐己《萤》“夜深飞过读书帏”。

（近代）陈洵：“鼠摇”、“萤度”，于静夜怀人中见，有《东山》诗人之意。“犹在纸”一语惊人，是明明有“前期”矣，读结语则仍是“漫兴”。此等处皆千回百折出之，尤佳在拙朴。——《海绡说词》

次韵向君受感秋　（北宋）汪　藻

向侯拄笏意千里，肯为俗弹头上冠。何时盛之青琐闼，妙语付以乌丝栏。日边人去雁行断，江上秋高枫叶寒。向来叔度倘公是，一见使我穷愁宽。

（元）方回：翰林汪公彦章长于四六，中兴第一，存诗不多。此效“吴体”。——《瀛奎律髓汇评》

(清)纪昀:顺笔直走,亦落落有致。〇诗用虚字最难工,故论者以为厉禁。然"江西"拗体间入虚字,却不妨其格,本如是也。就诗论诗,言各有当。〇末有落落自喜之意。——同上

(清)许印芳:拗体用虚字,老杜已然,不独"江西",评见杜集。〇"向"字复。"盛"音成。——同上

秋　夜　(南宋)陈与义

中庭淡月照三更,白露洗空河汉明。莫遣西风吹叶尽,却愁无处着秋声。

秋夜纪怀　(南宋)陆　游

北斗垂苍莽,明河浮太清。风林一叶下,露草百虫鸣。病入新凉减,诗从半睡成。还思散关路,炬火驿前迎。

(元)方回:中四句皆工。——《瀛奎律髓汇评》

(清)纪昀:淡雅,有中唐气韵。——同上

西楼秋晚　(南宋)范成大

楼前处处长秋苔,俯仰璿杓读旋标,皆平声。北斗星的斗柄。又欲回。残暑已随梁燕去,小春应为海棠来。客愁天远诗无托,吏案山横睡有媒。晴日满窗凫鹜散,巴童来按鸭炉灰。

七月二日上沙夜泛　（南宋）范成大

困倚船窗看斗斜，起来风露满天涯。亭亭宿鹭明菰叶，闪闪凉萤入稻花。月下片云应夜雨，山根炬火忽人家。江湖处处无穷景，半世红尘老岁华。

声声慢·秋声　（南宋）蒋 捷

黄花深巷，红叶低窗，凄凉一片秋声。豆雨声来，中间夹带风声。疏疏二十五点，丽谯门、不锁更声。故人远，问谁摇玉佩，檐底铃声。　彩角声吹月堕，渐连营马动，四起笳声。闪烁邻灯，灯前尚有砧声。知他诉愁到晓，碎哝哝、多少蛩声！诉未了，把一半、分与雁声。一首词用同一个字作韵脚，在格律上称为“福堂独木桥体”。○用阴历八月豆子开花时节的“豆子雨”点出秋雨声夹杂风声率先而来。○古代把一夜分为五更，一更分为五点。二十五点谓一夜之中的更点声。○“故人远”三句，揭示了主人公听到铃声引起的心理活动：最初以为是老友来访时，身上的玉佩声，旋而怀疑，老友在远方，不可能来，那又是谁呢？○此词以“豆雨声”开始，以雁声收尾，以夜晚和黎明划分上下片，以凄凉为主线，再现了主人公在一个秋夜听到的十种秋声。

（明）卓人月：当合欧子之《秋声赋》诵之。——《古今词统》

（清）陈廷焯：结得不尽，并能使通篇震动。——《词则·别调集》

数　日　（南宋）赵师秀

数日秋风欺病夫，尽吹黄叶下庭芜。林疏放得遥山出，又被云遮一半无。

秋　日　(南宋)高　翥

庭草衔秋自短长，悲蛩传响答寒螀。豆花似解通邻好，引蔓殷勤远过墙。

天净沙·秋　(元)白　朴

孤村落日残霞，轻烟老树寒鸦。一点飞鸿影下，青山绿水，白草红叶黄花。

玉京秋　(南宋)周　密

烟水阔。高林弄残照，晚蜩凄切。碧砧度韵，银床飘叶。衣湿桐阴露冷，采凉花、时赋秋雪。叹轻别。一襟幽事，砌蛩能说。　　客思吟商还怯。怨歌长、琼壶暗缺。翠扇恩疏，红衣香褪，翻成消歇。玉骨西风，恨最恨、闲却新凉时节。楚箫咽。谁倚西楼淡月。一个“弄”字，画出动势。捣衣石着一“碧”字，青苔绿水，都在眼中，石井栏为银床见得洁净清朗。“度韵”是耳闻，“飘叶”是目见。桐阴久立，寒露沾衣。时已由暮入夜，更逗出词人心绪。“采凉花，时赋秋雪”颇似方岳《齐天乐》“黯西风，吹老满汀新雪”和张炎的“折芦花赠远，零落一身秋”，命意相近，却更精警。〇下片“客思”二句，极写孤怀郁结，激楚的秋声反复吟唱，不知不觉敲缺了唾壶(用王敦事)。翠扇三句，描写了荷叶疏稀，荷花零落的景象。恩疏、香褪、消歇，乃渐淡渐远，翻成消歇，是始料所不及。结句“楚箫咽”，袅袅飘来的箫声，更引来一腔愁绪，是谁在幽淡的月光下，倚着西楼吹奏呢？即景即情，笔力千钧。〇体会蝉声、蛩声、砧声、箫声所引起的愁绪，也就听出了“怨歌长，琼壶暗缺”的味儿了。

（清）陈廷焯：此词精金百炼，既雄秀，又婉雅，几欲空绝古今，一“暗”字，其恨在骨。——《白雨斋词话》

（清）谭献：南渡词境高处，往往出于清真，“玉骨”二句，髀肉之叹也。——《谭评词辨》

唐多令·秋暮有感　（南宋）陈允平

休去采芙蓉，秋江烟水空。带斜阳、一片征鸿。欲顿闲愁无顿处，顿，排遣也。杨万里《和昌英叔久雨》：“更着好风堕清句，不知何地顿闲愁。”都着在、两眉峰。　心事寄题红。即红叶题诗。事见《云溪友议》。画桥流水东。断肠人、无奈秋浓。回首层楼归去懒，早新月、挂梧桐。

（清）陈廷焯：疏快中情致绵邈。——《词则·别调集》

秋　尽　（元）戴表元

秋尽空山无处寻，西风吹入鬓华深。十年世事同纨扇，一夜交情到楮衾。纸帐。骨警如医知冷热，诗多当历记晴阴。无聊最苦梧桐树，搅动江湖万里心。

秋　日　（明）沈　彬

秋含砧杵捣斜阳，笛引西风颢气清新洁白盛大之气。见班固《西都赋》。颢读浩，去声。凉。薜荔惹烟笼蟋蟀，芰荷翻雨泼鸳鸯。当年酒贱何妨醉，今日时艰不易狂。肠断旧游从一别，潘安惆怅满头霜。

秋日杂感原注：客吴中作。　　(明)陈子龙

行吟坐啸独悲秋，海雾江云引暮愁。不信有天常似醉，春秋时代，秦穆公梦朝天帝，天帝醉了，于是以鹑首之地赐秦。见张衡《西京赋》。最怜无地可埋忧！仲长统《述志诗》："寄愁天上，埋忧地下。"荒荒葵井多新鬼，何逊《行经范仆射故宅》诗："旅葵应蔓井，荒藤已上扉。"寂寂瓜田识故侯。用东陵侯种瓜事，见《汉书》。见说五湖供饮马，沧浪何处着渔舟？按：吴中即苏州。当时苏州已被清兵占领。

初秋八首　　(明)陈子龙

池台独倚北风轻，水国苍茫浸碧城。菱芡自依秋露冷，梧楸不动夜云明。南皮旧侣鸾龙散，东序何人琬琰清？莫忆长安裘马地，常令湖海足生平。

万里清光迥不收，层霄极望此登楼。鱼龙水壮金河夜，鸩鹊风高银汉秋。云落严城星耿耿，月沉荒塞海悠悠。应怜天外三山近，虚拟乘槎事远游。

前岁重游铜马门，翻然策蹇宿荒村。关河浩荡书生拙，宫殿迢遥上帝尊。旷野枫林消白日，沧江草阁卧黄昏。三秋魑魅窥人笑，回首京华欲断魂。

东河亦是旧神京，不数南朝王气明。地倚蛟龙通贝阙，天分牛斗作金城。江湖葭荻当秋盛，楚蜀樯帆向晚行。最喜清虚夸鉴里，无烦千里寄蓴读破，去声。羹。

诸将纷纷尽佩刀，三秦消息梦魂劳。泾原画角秋风散，上郡旄头夜色高。北极朝廷飞虎节，西征幕府驻龙韬。嗟予憔悴浮沧海，翘首关山泣战袍。

天南碛北共秋河，万里长风动素波。绿芷烟江箫鼓会，白榆星寒甲兵多。当烦大计推安攘，坐惜浮名倚啸歌。欲问故人新奉使，朔云边月近如何？原注：时吴来之使山右初归。

清秋泛泛暮云开，惆怅烟波去不回。绕树虹霓临水出，隔江风雨傍人来。虎头寂寞麒麟阁，豹尾虚无鸾凤台。咫尺已违金马地，空怜曼倩有仙才。

托迹蓬篙有岁年，平皋小筑晚凉天。不逢公瑾能分宅，且学思光漫引船。莲子微风香月上，葡萄垂露冷秋前。茂陵留滞非人意，可著《凌云》第几篇？

初秋八首　　（清）柳如是（女）

云联远秀正秋明，野落晴晖直视轻。水气相从烟未集，枫林虚极色难盈。平郊秔稻朝新沐，大泽凫鹭夜自鸣。莫谓茂陵愁足理，龙堂新月涤江城。陈寅恪按：此首结句云

“莫谓茂陵愁足理，龙堂新月涤江城”，与卧子(即陈子龙)第八首结语“茂陵留滞非人意，可著《凌云》第几篇”相互印证。

银河泛泛动云凉，荒荻苍茫道阻长。已有星芒横上郡，犹无清角儆渔阳。遥分静色愁难制，向晚凋菰气独伤。自是清晖堪倚恨，故园鹈鹕旧能妨。陈寅恪按：“已有星芒横上郡，犹无清角儆渔阳”之句，可与卧子第五首“泾原画角秋风散，上郡旄头夜色高”相印证。“自是清晖堪倚恨，故园鹈鹕旧能妨”之句，当出《诗经·曹风·候人篇》“维鹈在梁，不濡其翼，彼其之子，不称其服。维鹈在梁，不濡其咮，彼其之子，不遂其媾”。《毛诗小序》云：“刺近小人也。”河东君此诗必有本事，究何所指，殊难确言。

苍然万木白苹烟，摇落鱼龙有岁年。人似许玄登望怯，客如平子学愁偏。空怀神女虚无宅，近有秋风缥渺篇。自注：时作《秋思赋》。日暮飘零更何所，翩翩雁翅独超前。陈寅恪按：卧子诗云“托迹蓬蒿有岁年，平皋小筑晚凉天。不逢公瑾能分宅，且学思光漫引船。莲子微风香月上，葡萄垂露冷秋前。茂陵留滞非人意，可著《凌云》第几篇？”卧子此诗主旨实自伤不能具金屋以伫阿云。“不逢公瑾能分宅”用三国周瑜事。“且学思光漫引船”者，用《南齐书·张融传》：“融，字思光。融假东出，(齐)武帝问融在何处？答曰：‘臣陆处无屋，舟居无水’。后上问其从兄绪，绪曰‘融近东出，未有居止，权牵小船于岸上住，上大笑’。”河东君能知此意，故有“空怀神女虚无宅”之句，其所感恨者深矣！此句本杜甫《热之一》“雷霆空霹雳，云雨竟虚无。炎赫衣流汗，低垂气不苏。乞为寒水玉，愿作冷秋菰。何似儿童岁，风凉出舞雩”。杜诗希望秋凉之意。河东君赋此诗在初秋，正气候炎热之际，下句“近有秋风缥渺篇”亦是希望秋凉之意，与少陵之旨符合。故河东君此一联虽出旧诗，别具新感，其措辞之精妙，于此可见一斑也。

轻成游鹤下吟风，夜半青霜拂作容。偃蹇恣为云物态，嶙峋先降隐沦丛。五原落日交相掩，三辅新秋度不同。矫首只愁多战伐，应知浩荡亦时逢。陈寅恪按：“五原落日交相掩，三辅新秋度不同”一联，上句疑与卧子诗第六首“欲问故人新奉使，朔云边月近如何”之句有关。下句疑与卧子第五首“三秦消息梦魂劳”及“泾原画角秋风散”之句有关。

胧胧暝色杂平河，秋物深迷下草须。不辨暗云驱木落，惟看鲛室浴凫孤。南通水府樯乌盛，北照高原树影枯。同向秋风摇白羽，愁闻战马待单于。陈寅恪按："南通水府樯乌盛"可与卧子诗第四首"楚蜀樯帆向晚行"参读。"同向秋风摇白羽，愁闻战马待单于"之结语，则疑与卧子诗第六首"欲问故人新奉使，朔云边月近如何"句下自注有关。盖与吴昌时共谈当日边事也。

幽漫飞鸟视平原，露过浮沉漠漠屯。此日风烟给泗左，无劳弓矢荡乌孙。波翻鱼雁寻新气，水冷葡萄似故园。惆怅乱云还极上，不堪晻暖肆金樽。陈寅恪按：河东君诗"此日风烟给泗左，无劳弓矢荡乌孙"一联，与卧子诗第六首"当烦大计推安攘"之语有关。至河东君之意，则谓不能安内，何能攘外。其语深中明末朝廷举措之失矣。"水冷葡萄似故园"又与卧子诗第八首"葡萄垂露冷秋前"参证。此"故园"或即指南园。

长风疏集未曾韬，矫雉翻然谋上皋。葭菼横秋投废浦，风烟当夜接虚涛。云妍翳景萦时急，红逖烦滋杂与高。回首鸾龙今不守，崔巍真欲失戎刀。陈寅恪按："葭菼横秋投废浦"可与卧子诗第四首"江湖葭菼当秋盛"之句参证。河东君此诗结语"回首鸾龙今不守，崔巍真欲失戎刀"当谓风翔失守事。与卧子诗第一首"南皮旧侣鸾龙散"之句，虽同有"鸾龙"字，而所指不同。盖陈诗用魏文帝《与吴质书》语，卧子初秋八首前第七题为《送周勒卣游南雍》，第六首为《送徐闇公游南雍》。崇祯八年春间周、徐二人与卧子、舒章、文孙及河东君等，同读书游宴于南园。至是年初夏，河东君离去，卧子婴疾，其他诸人亦皆星散。"南皮"之"南"亦兼指南园及南楼而言，与河东君词之《梦江南》，卧子词之《双调望江南》俱有取于"南"字，即南园、南楼之意。世人未明此点，读柳、陈作品，不能深达其微旨矣。

鱼波喽喽水新周，高柳风通雾亦勾。晓雨掠成凉鹤去，晚烟栖密荻花收。苍苍前艆鹰轻甚，湿湿河房星渐赒。我道未舒采药可，清霜飞尽碛天掔。陈寅恪按："湿湿河房星渐赒"及"清霜飞尽碛天掔"可与卧子诗第六首"天南碛北共秋河"之句参证。"我道未舒采药可”之句，检《晋书·王羲之传》附《许迈传》，云：“初采药于桐庐道之桓山。饵术涉三年，时欲断谷。以此山近人，不得专一，四面藩之。好道之徒欲相见者，登楼与语，以此为乐。”可知河东君以许玄自比。但此首有“采药”之语，据《许迈传》之文，采药下即接以登楼见好道之徒一事。然则第三首“人似许玄登望怯”之意，恐是自谓怯于见客，与许氏同，非关体羸足小。其与汪然明尺牍第五通云“弟所汲汲者，亡过于避迹一事”。亦是此意，可取互参。

和张昊东秋圃闲吟　(清)吴　骐

暮云收尽楚天青，银汉高寒玉露零。谁伴孤臣双泪落，夜深残叶下空庭。

秋日西郊宴集　(清)陈恭尹

黍苗无际雁高飞，对酒心知此日稀。珠海寺边游子合，玉门关外故人归。半生岁月看流水，百战山河见落晖。欲洒新亭数行泪，南朝风景已全非。

秋暮吟望　(清)赵执信

小阁高栖老一枝，《庄子·逍遥游》：“鹪鹩巢于深林，不过一枝。”闲吟了不为秋悲。寒山常带斜阳色，新月偏明落叶时。烟水极天鸿有影，霜风卷地菊无姿。二更短烛三升酒，北斗低横天快亮了。未拟窥。善于造景抒情。

野 步 (清)赵 翼

峭寒催换木棉裘，倚仗郊原作近游。最是秋风管闲事，红他枫叶白人头。

秋 夜 (清)吴文溥

角枕粲如此，罗衣寒自知。更无人到处，只有月来时。花气侵虚幌，桐阴占小池。姮娥不解语，谁与诉相思。

秋 夕 (清)黄景仁

桂堂寂寂漏声迟，一种秋怀两地知。羡尔女牛逢隔岁，为谁风露立多时？心如莲子常含苦，愁似春蚕未断丝。判逐幽兰共颓化，与幽兰一起凋落，化为泥土。此生无份了相思。

秋夜作 (清)钱 泳

十年落魄未成归，心事如云澹不飞。一个秋蚊缠客梦，半窗残月冷宵衣。拟留诗卷才难副，欲薄功名计亦非。惟有一封凭去雁，为传亲故莫相讥。

五、秋兴(秋怀)

秋兴八首　(唐)杜　甫

玉露凋伤枫树林,巫山巫峡气萧森。江间波浪兼天涌,塞上风云接地阴。丛菊两开他日泪,孤舟一系故园心。寒衣处处催刀尺,白帝城高急暮砧。

(明)周甸:江涛在地而曰“兼天”,风云在天而曰“接地”,见汹涌阴晦,触目天地间,无不可感兴也。——《唐诗选脉会通评林》

(清)吴乔:《秋兴》首篇之前四句,叙时与景之萧索也,泪落于“丛菊”,心系于“归舟”,不能安处夔州,必为无贤地主也。结不过在秋景上说,觉得淋漓悲戚,惊心动魄,通篇笔情之妙也。——《围炉诗话》

(清)浦起龙:首章,八诗之纲领也,明写秋景,虚合兴意,实拈“夔府”,暗提“京华”,……五、六则贴身起下,……“他日”、“故园”四字,包举无遗,言他日,则后七首所云“香炉”、“抗疏”、“弈棋”、“世事”、“青琐”、“珠帘”、“旌旗”、“彩笔”,无不举矣;言“故园”,则后七首所云“北斗”、“五陵”、“长安”、“第宅”、“蓬莱”、“曲江”、“渼陂”,无不举矣。发兴之端,情见乎此。第七仍收“秋”,第八仍收“夔”,而曰“处处催”,则旅泊经寒之况,亦吞吐句中,真乃无一剩字。——《读杜心解》

(清)杨伦:“江间”、“塞上”,状其悲壮;“丛菊”、“孤舟”,写其凄紧。末二句结上生下,故以“夔府孤城”次之。——《杜诗镜铨》

夔府孤城落日斜,每依北斗望京华。听猿实下三声泪,奉使虚随八月槎。画省香炉违伏枕,山楼粉堞隐悲笳。请看石上藤萝月,已映洲前芦荻花。

(明)王嗣奭:"望京华"正故园所在也。望而不得,奚能不悲?……公虽不奉使,然朝廷授以省郎,……公不赴任,实以病故,是"画省香炉",因"伏枕"而违也。——《杜臆》

(清)金人瑞:三,应云"听猿三声实下泪",今云然者,句法倒装,与第七首三、四一样奇妙。……"请看"二字妙,意不在月也。"已"字妙,月上山头,已穿过藤萝,照此洲前久矣,我适才得见也。先生唯有望京华过日子,见此月色,方知又是一日了也。——《杜诗解》

(清)何焯:后此皆"望京华"之事,三字所谓诗眼也。○以"夔府"、"京华"蹉对……上承"日斜",下起"月映",忽晦忽明,曲折变化。——《义门读书记》

(清)浦起龙:二章,乃是八首提掇处。提"望京华"本旨,以申明"他日泪"之所由,正所谓"故园心"也。……首句,点明"夔府"。次句,所谓点眼也。三、四申上"望京华",起下"违伏枕"。……五、六长去"京华",远羁"夔府"也。……"藤萝月"应"落日","芦荻花"含"秋"字。此章大意,言留南望北,身远无依,当此高秋,讵堪回首!正为前后筋脉。旧谓夔州暮景,是隔壁话。——《读杜心解》

千家山郭静朝晖,日日江楼坐翠微。信宿渔人还泛泛,清秋燕子故飞飞。匡衡抗疏功名薄,刘向传经心事违。同学少年多不贱,五陵衣马自轻肥。

(明)胡震亨:诗家虽刺讥中,要带一分含蓄,庶不失忠厚之旨。杜甫《秋兴》"同学少年多不贱,五陵衣马自轻肥",着一"自"字,以为怨之,可也;以为羡之,亦可也。何等不露!——《唐音癸签》

(明)王嗣奭:公在江流,暮亦坐,朝亦坐。前章言暮,此章言朝,承上言光阴迅速,而日坐江楼,对翠微,良可叹也。故渔舟之泛,燕子之飞,此人情、物情之各适,而以愁人观之,反觉可厌,曰"还",曰"故",厌之也。——《杜

臆》

(清)金人瑞:“千家山郭”下加一“静”字,又加一“朝晖”字,写得何等有趣,何等可爱。“江楼坐翠微”亦是绝妙好致。但轻轻只用得“日日”二字,便不但使江楼翠微生憎可厌,而山郭朝晖俱触目恼人。——《杜诗解》

(清)何焯:“五陵”起下“长安”(“五陵衣马”句下)。——《义门读书记》

(清)沈德潜:以上就“夔府”言,以下就“长安”言。此八诗分界处也。二句喻己之漂泊(“信宿渔人”二句下)。二句慨己之不遇(“匡衡抗疏”二句下)。——《唐诗别裁集》

(清)浦起龙:三章申明“望京华”之故,主意在五、六逗出。文章家原题法也。……前二首“故园”、“京华”,虽已提出,尚未明言其所以。至是,说出事与愿违衷曲来,是吾所谓“望”之故,钱氏所谓“文之心”也。——《读杜心解》

(清)屈复:此伤马齿渐长,而功名不立于天壤也。……有言此首首尾全不关合者。一、二即含“京华”,五、六言“京华”事,七、八正接五、六,非不关合也。——《唐诗成法》

闻道长安似弈棋,百年世事不胜悲。王侯第宅皆新主,文武衣冠异昔时。直北关山金鼓振,征西车马羽书驰。鱼龙寂寞秋江冷,故国平居有所思。

(明)王嗣奭:遂及国家之变。则长安一破于禄山,再乱于朱泚,三陷于吐蕃,如弈棋之迭为胜负,而百年世事,有不胜悲者。——《杜臆》

(清)王夫之:至若“故国平居有所思”,“有所”二字虚笼喝起,以下曲江、蓬莱、昆明、紫阁,皆所思者,此自《大雅》来。——《姜斋诗话》

(清)王夫之:末句连下四首,为作提纲,章法奇绝。——《唐诗评选》

(清)金人瑞:“闻道”妙。不忍直言之也,也不敢遽信之也。二字贯全解。世事可悲,加“百年”二字妙。正见先生满肚真才实学,非腐儒响吁腹诽迂论(“闻道长安”二句下)。〇“故国”下用“平居”二字妙。我自思我之平居尔,岂敢于故国有所怨讪哉(“故国平居”句下)!——《唐诗评选》

(清)浦起龙:四章正写“望京华”,又是总领。为前后大关键。“弈棋”、“世事”,不专指京师屡陷,观三、四,单以“第宅”、“衣冠”言可见……“故国

思”缴本首之“长安”，应前首之“望京”，起前后之分写，通身锁钥。——《读杜心解》

（清）杨伦：三、四言朝局之变更，五、六言边境之多事。当此时而穷老荒江，了无施其变化飞腾之术，此所以回忆故国，追念平居而不胜感慨也。——《杜诗镜铨》

（清）方东树：第四首思长安。自此以下，皆思长安。“弈棋”言迭盛迭衰，即鲍明远《升天行》意，而此首又总冒。……五、六远，忽纵开，大波澜起，既振又换。结“秋”字陡入，悲壮勒转，收足五、六句意。而“思”字又起下四章，章法入妙无痕。〇此诗浑浩流转，龙跳虎卧。——《昭昧詹言》

蓬莱宫阙对南山，承露金茎霄汉间。西望瑶池降王母，东来紫气满函关。云移雉尾开宫扇，日绕龙鳞识圣颜。一卧沧江惊岁晚，几回青琐点朝班。

（明）徐常吉：以下几诗，但追忆秦中之事，而故宫离黍之感，因寓其中。“蓬莱宫阙”，言明皇之事神仙；“瞿塘峡口”（见“其六”），言明皇之事游乐；“昆明池水”（见“其七”），言明皇之事边功，而末但寓感慨之意。——《唐诗选脉会通评林》

（清）王嗣奭：极言玄宗当年丰亨豫大之时，享安富尊荣之盛。不言致乱，而乱萌于此。语若赞颂，而刺在言外。——《杜臆》

（清）钱谦益：此诗追思长安全盛，叙述其宫阙崇丽，朝省尊严，而伤感则见于末句。——《钱注杜诗》

（清）仇兆鳌：此章下六句，俱有一虚字，二实字于句尾，如“降王母”、“满函关”、“开宫扇”、“识圣颜”、“惊岁晚”、“点朝班”，句法相似，未免犯“上尾叠足”之病矣。——《杜诗详注》

瞿塘峡口曲江头，万里风烟接素秋。花萼夹城通御气，芙蓉小苑入边愁。珠帘绣柱围黄鹄，锦缆牙樯起白鸥。回首可怜歌舞地，秦中自古帝王州。

(清)何焯:倒起,变化。言我凝望之久,虽万里而遥,不啻与京华风烟相接。亦从"一卧沧江"来("瞿塘峡口"二句下)。——《义门读书记》

(清)陈廷敬:此承上章,先宫殿而后池苑也;下继"昆明"二章,先内苑而及城外也。上下四章,皆前六句长安,后两句夔州,此章在中间,首句从"瞿塘"引端,下六句则专言长安事。俱见章法变化。○"帝王州",又起下"汉武帝"。——《杜诗详注》

(清)吴乔:"瞿塘峡口曲江头,万里风烟接素秋",言两地极远,而秋怀是同,不忘魏阙也。故即叙长安事,而曰"花萼夹城通御气",言此二地是圣驾所常游幸。而又曰"芙蓉小苑入边愁",则转出兵乱矣。又曰"珠帘绣柱"不围人而"围黄鹄","锦缆牙樯"无人迹而"起白鸥",则荒凉之极也,是以"可怜"。又叹关中自秦、汉至唐皆为帝都,而今乃至于此也。——《围炉诗话》

(清)沈德潜:此追叙长安失陷之由。城通御气,指敦伦勤政时;苑入边愁,即所云"渔阳鼙鼓动地来"。上言治,下言乱也。下追叙游幸之时,见盛衰无常,言外无穷猛省。——《唐诗别裁集》

昆明池水汉时功,武帝旌旗在眼中。织女机丝虚夜月,石鲸鳞甲动秋风。波漂菰米沉云黑,露冷莲房坠粉红。关塞极天惟鸟道,江湖满地一渔翁。

(明)杨慎:《西京杂记》载"太液池中有雕菰,紫箨绿节,凫雏雁子,唼喋其间"。……便见人物游嬉,宫沼富贵。今一变云"波漂菰米沉云黑,露冷莲房坠粉红"。读之,则菰米不收而任其沉,莲房不采而任其坠,则兵戈乱离之状俱见矣。杜诗之妙,在翻古语;《千家注》无有引此者,虽万家注何用哉?因悟杜诗之妙。——《词品》

(清)金人瑞:"在眼中"妙。汉武之功,固灿然耳目,百代一日者也。三、四即承上昆明池景,而寓言所以不能比汉之意。织女机丝既虚,则杼柚已空;石鲸鳞甲方动,则强梁日炽。觉夜月空悬,秋风可畏,真是画影描风好手,不肯作唐突语磕时事也。——《杜诗解》

昆吾御宿自逶迤,紫阁峰阴入渼陂。香稻啄余鹦鹉粒，碧梧栖老凤凰枝。佳人拾翠春相问，仙侣同舟晚更移。彩笔昔曾干气象，白头吟望苦低垂。

(明)周珽：次联撰句巧致，装点得法，《诗话》(指《古今诗话》)谓语反而意奇。退之"舞镜鸾窥沼，行天马渡桥"效此体。要知此句法，必熟练始得，否则不无伤雕病雅之累也。故王元美有曰"倒插句非老杜不能"。正谓不易臻化耳。此妙在"啄余"、"栖老"二字。——《唐诗选脉会通评林》

(清)徐增："佳人"句娟秀明媚，不知其为少陵笔，如千年老树挺一新枝。……吾尝论文人之笔，到苍老之境，必有一种秀嫩之色，如百岁老人有婴儿之致，又如商彝周鼎，丹翠烂然也。今于公益信("佳人拾翠"二句下)。——《而庵说唐诗》

(清)浦起龙：卒章之在"京华"，无专指，于前三章外，别为一例。此则明收入自身游赏诸处，所谓"向之所欣，已为陈迹，……情随事迁，感慨系之"。此《秋兴》之所为作也，为八诗大结局。……"彩笔"句，七字承转，通体灵动。——《读杜心解》

(清)屈复：此思昆吾诸处之游也。○一、二出诸处地名，三、四诸处所见之景物，五、六诸处之游人，七昔游，结后四首，八"吟望"，结前四首，章法井然。——《唐诗成法》

(清)金人瑞：此诗八首。才真是才，法真是法，哭真是哭，笑真是笑。道他是连，却每首都断；道他是断，却每首都连。倒置一个不得，增减一首不得。分明八首诗，直可作一首诗读，盖其前一首结句，与后一首起句相通。后来董解元《西厢》善用此法。○题是《秋兴》，诗却是无兴。作诗者，满肚皮无兴，而又偏要作"秋兴"，故不特诗是的的妙诗，而题亦是的的妙题，而先生是的的妙人也。○试看此诗第一首纯是写秋，第八首纯是写兴，便知其八首是一首也。——《杜诗解》

(清)张谦宜：《秋兴八首》"秋兴"二字，或在首尾，或藏腰脊，钩连甚密。……其一，秋起秋结，"丛菊"二句兴也。其二，兴起秋结。其三，秋起兴结。其四，兴起秋结。其五，兴起秋结。其六，秋起兴结。其七，兴起兴结，中四句带入秋字。其八，兴起兴结，"香稻"二句，暗藏"秋"字。○其四，上二句冒下六句格。其六，后二句擎上六句格。其七，起结各二句格，中四句妙在以壮丽语写荒凉景。——《茧斋诗谈》

感　秋　（唐）姚　伦

试向疏林望，方知节候殊。乱声千叶下，寒影一巢孤。不蔽秋天雁，惊飞夜月乌。霜风与春日，几度遣荣枯。

秋　思　（唐）杜　牧

热去解钳钛，钛读地，去声。钳钛是古代的两种刑具。飘萧秋半时。微雨池塘见，好风襟袖知。发短梳未足，枕凉闲且欹。平生分过此，何事不参差！

灞上秋居　（唐）马　戴

灞原风雨定，晚见雁行频。落叶他乡树，寒灯独夜人。空园白露滴，孤壁野僧邻。寄卧郊扉久，何门致此身？献出此身，指出仕。杜甫《乾元中寓居通谷县作歌》："长安卿相多少年，富贵应需致身早。"

（近代）俞陛云：此诗纯写闭门寥落之感。首句即言灞原风雨，秋气可悲。迨雨过而见雁不断，唯其无聊，久望长天，故雁飞频见，明人诗所谓"不是关山万里客，那识此声能断肠"也。三、四言落叶而在他乡，寒灯而在独夜，愈见凄寂之况，与"乱山残雪夜，孤灯异乡人"之句相似；凡用两层夹写法，则气厚而力透，不仅用之写客感也。五句言露滴似闻微响，以见其园之空寂；六句言为邻仅有野僧，以见其壁之孤峙。末句言士不遇本意，叹期望之虚悬，岂诗人例合穷耶！——《诗境浅说》

秋 怀 （北宋）欧阳修

节物岂不好，秋怀何黯然。西风酒旗市，细雨菊花天。感事悲双鬓，包羞《易·否》：六三，包羞。孔颖达疏："位不当所包承之事，惟羞辱已。"食万钱。鹿车用佛家语欲遁世也。终自驾？归去颍东田。

（元）方回：欧阳公于自然之中或壮健，或流丽，或全雅淡。有德者之言自不同也。三、四全不吃力，俗间有云"香橙螃蟹月，新酒菊花天"。本此。——《瀛奎律髓汇评》

（清）纪昀：六句意是而格未浑雅。——同上

秋兴和冲卿 （北宋）王安石

云浮朝惨淡，风起夜飕飗。飗读留，平声。飕飗指寒气。欲作冰霜地，先回草树秋。征人倚笛怨，思妇向砧愁。为问随阳雁，哀鸣岂有求。

秋兴三首 （北宋）苏 轼

野鸟游鱼信往还，此身同寄水云间。谁家晚吹残红叶，一夜归心满旧山。可慰摧颓仍健食，比来通脱屡酡颜。年华岂是催人老，双鬓无端只自斑。

故里依然一梦前，相携重上钓鱼船。尝陪大幙大帐幙。

郑玄注《周礼》云:"公卿以下即往所祭祀之门外以待事,为之张大幙。"今陈迹,谬忝承明愧昔年。报国无成空白首,退耕何处有名田。《汉书·食货志》:"限民名田。"黄鸡白酒李白《南陵别儿童入京》诗:"白酒新熟山中归,黄鸡啄黍秋正肥。"云山约,此计当时已浩然。

浴凤池《晋书》:"荀勖自中书监为尚书令。或有贺之者,曰:'夺我凤皇池,诸君何贺耶?'"温庭筠诗:"凤池已传春水浴。"边星斗光,宴余香满上书囊。楼前夜月低韦曲,云里车声出未央。去国何年双鬓雪,黄花重见一枝霜。伤心无限厌厌梦,长似秋宵一倍长。

拜星月慢·秋思　(北宋)周邦彦

夜色催更,清尘收露,小曲幽坊月暗。竹槛灯窗,识秋娘庭院。笑相遇,似觉琼枝玉树相倚,暖日明霞光烂。水眄兰情,总平生稀见。　　画图中、旧识春风面。谁知道、自到瑶台畔。眷恋雨润云温,苦惊风吹散。念荒寒、寄宿无人馆。重门闭、败壁秋虫叹。怎奈向、一缕相思,隔溪山不断。

(明)吴从先:李攀龙批云:上相遇间,如琼玉生光,下相思处,浑如溪山隔断。——《草堂诗余隽》

(明)卓人月:虫曰叹,奇。实甫草桥店许多铺写,当为此一字屈首。——《古今词统》

(明)潘游龙:前"一晌留情",此"一缕相思",无限伤感。——《古今诗余醉》

(清)黄苏:美成以内庭供奉出守顺昌,道中寂寞,旅况凄清,自所不免。而依依恋主之情,"隔溪山不断",饶有敦厚之致。"凉风吹散"句,怨自有所归

也，可以怨矣。——《蓼园词选》

（清）周济：全是追思，却纯用实写。但读前阕，几疑是赋也。换头再为加倍跌宕之，他人万万无此力量。——《宋四家词选》

（清）陈廷焯：迤逦写来，入微尽致。当年画中曾见，今日重逢，其情愈深。旅馆凄凉，相思情况，一一如见。——《云韶集》

（清）陈廷焯：曲折恣肆，笔情酣畅。——《词则·别调集》

次韵周教授秋怀　（南宋）陈与义

一官不办作生涯，几见秋风卷岸沙。宋玉有文悲落木，陶潜无酒对黄花。天机衮衮山新瘦，世事悠悠日自斜。误矣载书三十乘，《晋书·张华传》："尝徙居，载书三十乘。身死之日，家无余财，唯有文史而已。"东门何地不宜瓜。用汉邵平事，见《汉书》。

（元）方回：格高。——《瀛奎律髓汇评》

（清）纪昀：惟"天机衮衮"四字恶，余诚如虚谷所评。——同上

（清）陆贻典："天机"句不成语。——同上

（清）许印芳："不"字复。——同上

郁　郁　（金）元好问

郁郁羁怀不易开，更堪寥落动凄哀。华胥梦破青山在，梁甫吟成白发催。秋意渐随林影薄，晓寒都逐雁声来。并州近日风尘恶，怅望乡书早晚回。

秋　怀原注：崧山中作。　　(金)元好问

凉叶萧萧散雨声，虚堂淅淅掩霜清。黄华自与西风约，白发先从远客生。吟似候虫秋更苦，梦和寒鹊夜频惊。何时石岭关山路，一望家山眼暂明。

和姚子敬秋怀　　(元)赵孟𫖯

搔首风尘双短鬓，侧身天地一儒冠。中原人物思王猛，江左功名愧谢安。苜蓿秋高戎马健，江湖日短白鸥寒。金樽绿酒无钱共，安得愁中得暂欢。

(现代)沈维藩：首联二句的顺序，均是动作在前，背景在次，人则在最末。如此处理，佳处大约有二。起笔即有动荡徘徊之感，先声夺人，"搔首"、"侧身"是也；继而使此动荡感推而广之，乃在滚滚风尘、浩浩天地的背景下生成，益感令人震惊；最后以风尘、天地之广，衬出"搔首"直至双鬓之短，"侧身"之原因只为是区区一无用书生的诗人，更可见其忧思之广，亦可叹其身形渺小，虽忧而无补于事。此其一。不循正常顺序，亦可令读者先惊异，次思索，复咀嚼，较之平铺而下为优，此其二。人论杜甫笔法多"顿挫"，本联即此类，但并非学步，实是诗情需要之故，亦可谓善学矣，非止学其法，更学得其法之用。末句"安得愁中得暂欢"，意凡三转。"愁"一也；欲觅酒图醉，暂偷一次，二也；但无钱沽酒，此欢亦不可得，三也。悲惨之情，愈转愈深，其作法直追老杜"潦倒新停浊酒杯"(《登高》)。——《元明清诗鉴赏辞典》

新秋感兴　　(清)王崇简

忆昔谁人秉国成，甘泉烽火岁频惊。盈庭聚讼惟钩

党，钩党谓相牵引为同党。《后汉书·灵帝记》："中常侍侯览讽有司，奏前司空虞放、太仆杜密……皆为钩党，下狱，死者百余人。"李贤注："钩为相牵引也。"伏阙求官藉论兵。坐使威权归北寺，大理寺的别称，是掌管刑狱的官署。遂令盗贼躏西京。五陵豪贵皆尘土，日暮青磷遍野横。

秋　怀　　(清)李长祥

江上烽烟正暮秋，石城凉雨入高楼。金山云暗天方醉，沧海星飞水自流。白下露催园菊老，红桥风送井梧愁。老夫起舞恒通夕，不待荒鸡已白头。

秋心三首　　(清)龚自珍

秋心如海复如潮，但有秋魂不可招。漠漠郁金香在臂，亭亭古玉佩当腰。气寒西北何人剑，声满东南几处箫。斗大明星烂无数，长天一月坠林梢。刘逸生、周锡韨按：这首诗悼念亡友，慨叹沦落。这一年，作者和魏源参加丙戌科会试，一同落第，正如长天一月落在林梢，反观那些斗筲之徒，无非是"斗大明星"，却灿然空中，志得意满。作者满胸悲愤，真有无从诉说之感。

忽筮读逝，去声。用蓍草占卦。一官来阙下，众中俯仰不材身。新知触眼春云过，老辈填胸夜雨沦。《天问》有灵难置对，《阴符》无效勿虚陈。晓来客籍差夸富，无数湘南剑外民。刘、周按："此首是自述当前的处境：做一个毫无作为的小官，整天面对庸俗不堪的官场人物，不能不使自己强烈怀念已逝的前辈。在官场混了六七年，一无所得，唯一值得安慰的有不少穷朋友远道而来，使客厅不致显得寂寞而已。"

我所思兮在何处？胸中灵气欲成云。槎通碧汉无多路，浮槎通天上星河典故，见张华《博物志》。土蚀寒花寒花比喻逝去的朋友。又此坟。某水某山迷姓氏，迷姓氏谓逐渐被人遗忘。一钗一佩断知闻。起看历历楼台外，窈窕秋星或是君。刘、周按：满胸抱负，原想“嘘气成云”建功立业，但“上天”的路子既不多，而人生的寿命也有限，倒不如回到无名山水之间，沉埋姓氏，断绝知闻，化成窈窕的秋星，远离闹市楼台，也就完了。诗中透露的情绪悲凉惨淡。

秋感二首 (清)吴庆坻

薄寒天气雨潇潇，酒浅愁深未可浇。倚枕但工谐竟病，书空常自诧无聊。难回日驭黄麈远，会泛星槎碧海遥。孤馆秋灯头易白，五更心事涌如潮。

春明旧梦认模糊，摇落时芳客思孤。珠箔飘灯归独夜，玉钗沽酒泥当炉。人间绝少堆忧地，海上应多逐臭夫。种豆南山亦何恨，不须击缶唱呜呜。

秋怀八首 (清)丘逢甲

万古兴亡闪雷过，百年人事几蹉跎。海枯石烂英雄尽，木落江空涕泪多。入梦人间无白日，洗愁天上有黄河。茫茫四野穹庐底，来唱阴山敕勒歌。

蓬莱沦没阻东归，看惯年年海水飞。剩有壶公教地缩，更无苌叔与天违。篨篨竹名，戴凯元《竹谱》：“篨篨，叶薄而广，越女试剑竹是也。”落日神猿哭，苜蓿秋风虏马肥。今日秦庭非复昔，休将九顿拜无衣。

王母云旗缥渺间，冥冥龙去枉髯攀。海中仙蚌流珠泪，天上寒鸦怨玉颜。往事已沦开宝史，故宫曾唱纥干山。剧怜未殉西陵葬，定策归来国老闲。

满目洪流治已迟，谁教天展九年期。玄黄大化无今古，风雨神山有合离。四海毕消蛟蜃气，九天同拜虎龙姿。书生自作华胥梦，千载何妨此一时。

休讹舜死与尧囚，环海居然更九州。日月不随天左转，江河还向海西流。蛟螭国土黄金界，雕鹗旌旗白帝秋。画革旁行新史笔，未妨荒外纪飞头。

秋城吹角夕阳斜，浪迹频年寄海涯。拔后枯葹葹读施，平声。植物名。即枲耳，诗人谓之卷耳。心未死，劫中残局着全差。无聊身世文为戏，有例神州裔乱华。不信东篱仍故节，岛夷章绂玷黄花。

东海求仙撰怪文，西园谐价策高勋。眼中鸡鹜方争食，意外蛟龙未得云。左纛岂跨蛮大长，短衣休叱故将军。秦王梦里钧天奏，此曲人间本不闻。

浮云落木共飘萧，动地商音起素飚。雷雨神龙双剑化，关河戎马一身遥。黄天讹立多新说，赤道回流有热潮。

穷海高秋无限感，雄心依旧借诗销。作者丘逢甲，别号仓海君，台湾彰化县人。清光绪十五年进士。甲午战争期间，清廷割弃台湾，逢甲与台地绅民数为之争，无效。遂组织义军护台抗日，浴血奋斗，屡创日寇。后兵败内渡，寄籍广东嘉应(今梅州市)。有《书赠义军旧书记》"宰相有权能割地，孤臣无力可回天"之句，盛为中原人士所传。柳亚子《论诗绝句》云："时流竞说黄公度(黄遵宪字公度)，英气终输仓海君。血战台、澎心未死，寒笳残角海东云。"

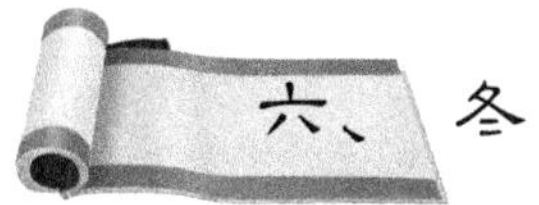

六、冬

酬乐天初冬早寒见寄　(唐)刘禹锡

乍起衣犹冷，微吟帽半欹。霜凝南屋瓦，鸡唱后园枝。洛水碧云晓，吴宫黄叶时。两传千里意，书札不如诗。白居易原作："起戴乌纱帽，行披白布裘。炉温先暖酒，手冷未梳头。早起烟霜白，初寒鸟雀愁。诗成遣谁和？还是寄苏州。"

小雪后书事　(唐)陆龟蒙

时候频过小雪天，江南寒色未曾偏。枫汀尚忆逢人别，麦陇唯应欠雉眠。更拟结茅临水次，偶因行药到村前。邻翁意绪相安慰，多说明年是稔年。丰年，稔读葚，上声。庄稼成熟。

山村冬暮　(北宋)林 逋

衡茅林麓下,春气已微茫。雪竹低寒翠,风梅落晚香。樵期多独往,茶事不全忙。双鹭有时起,横飞过野塘。

(元)方回:第六句尤佳。——《瀛奎律髓汇评》

(清)纪昀:惟此句野气太重。——同上

岁　晚　(北宋)王安石

月映林塘澹,风含笑语凉。俯窥怜绿净,小立伫久立。幽香。携幼寻新药,药读的,入声。莲子。扶衰上野航。延缘缓慢移行。《庄子·渔父》:"(客)乃刺船而去,延缘苇间。"久未已,岁晚惜流光。

(元)方回:《漫叟诗话》谓荆公定林后诗律精深华妙。此作自以比灵运,予以为一唱三叹之音也。——《瀛奎律髓汇评》

(清)冯班:极思尽力,正未及唐人之下者。自比谢客,可谓刻画无盐,唐突西子也。——同上

(清)查慎行:"笑语"与"含"字欠融。○"药",莲子。"岁晚"安得有新?第二句亦非"岁晚"景。——同上

(清)纪昀:此"岁晚"是秋非冬,昌黎《雨中》诗用"岁晚"字可证。○前六句实指秋景。——同上

(清)无名氏(甲):一句"笑"字有误。——同上

次韵昌叔岁暮　(北宋)王安石

城云漏日晚,树冻裹春深。槮读伞,上声。捕鱼用。若形容树木长

大则读森,平声。密鱼虽暖,巢危鹤更阴。横风高彍弩,彍弩,拉满弓弩。彍读郭,入声。残溜细鸣琴。岁换儿童喜,还伤老大心。

(元)方回:"漏"字、"裹"字,诗眼,突如其光也。"深"字尤好。积柴水中取鱼曰椮。所感切。——《瀛奎律髓汇评》

(清)冯舒:"裹"字不好。——同上

(清)冯班:不妙正在二眼,太用力而晦涩。——同上

(清)纪昀:故作奇语,然不伤雅。○刻意求新,愈于滑调。——同上

(清)许印芳:晓岚此评乃至当不易之论,学者皆宜书绅。大凡搦管为文,须举头天外,扫除一切,然后下笔。最忌因循苟且,袭用古人滑调。盖滑调在古人初创时,本是新调,后人袭之,则为旧调矣。久而袭者益众,旧调且成滑调。如优孟衣冠,全是假像;如涂羹尘饭,全无滋味。欲除此病,舍"求新"二字,更无良方。求新则有真面目,出语有味,耐人咀嚼,岂复有滑调之病?且求新非但除滑调之病也。古人云"文章须自出机杼,成一家风骨"。又云"若无新变,不能代雄"。又云"文章如日月,终古常见,而光景常新"。既能新矣,始能变而成家,与古今作者争雄竞爽,历千万年终不泯灭,所谓"李杜文章在,光焰万丈长"也。故文章不望传则已,望传则求新为第一义谛。初年用工甚艰苦,未免有着迹吃力处。精进不已,自有浑化之日,不可半途而废。而求新有求新之病,亦不可不知。或病纤巧,或病棘涩,或病隐僻,或病荒诞,诸病不除,则求新反堕魔道中,又不如袭用滑调者之人云亦云,足以欺世而盗名也。噫,嘻!慎之。——同上

赠刘景文　(北宋)苏　轼

荷尽已无擎雨盖,菊残犹有傲霜枝。一年好景君须记,正是橙黄橘绿时。王文诰案:此是名篇,非景文不足以当之。景文忠臣之后,有兄弟六人皆亡,故赠此诗。

(宋)胡仔:"天街小雨润如酥",退之早春诗也。"荷尽已无擎雨盖",子瞻初冬诗也。二诗意同而辞殊,皆曲尽其妙。——《苕溪渔隐丛话》

十 月 (南宋)陈与义

十月天公作诗悲,负霜鸿雁不停飞。莽连万里云一去,红尽千林秋径归。病夫搜句了节序,小斋焚香无是非。睡过三冬莫开户,北风不贷芰荷衣。

(元)方回:简斋诗独是格高,可及子美。——《瀛奎律髓汇评》

(清)冯舒:只将几个字拗了平仄,便道可及子美,冤哉!——同上

(清)冯班:子美高处岂在此?——同上

(清)纪昀:简斋风骨高出宋人之上,此评是。五、六便嫌习气太重。——同上

(清)许印芳:"不"字复。首句借韵。○全诗苍老,真似少陵。五、六虽是习气,然尚不恶。末句淡语而意极沉着,故晓岚密圈之。前半平调,上下相粘,五、六变为"吴体"。七、八平调作收,与五、六相粘,却与前半不粘,在律体中另是一格。○"许"如许也。"径",直也,遂也。——同上

石州慢 (南宋)张元幹

寒水依痕,杜甫《冬深》:"花叶惟天意,江溪共石根。早霞随类影,寒水各依痕。"春意渐回,沙际烟阔。溪梅晴照生香,冷蕊数枝争发。天涯旧恨,试看几许消魂,长亭门外山重叠。不尽眼中青,是愁来时节。 情切。画楼深闭,想见东风,暗消肌雪。辜负枕前云雨,尊前花月。心期切处,更有多少凄凉,殷勤留与归时说。到得却相逢,恰经年离别。

(明)卓人月:"沙际烟阔"与"博山烟瘦"争奇。又云:杜诗"春从沙际归"。

寇平仲词"塞草烟光阔"。——《古今词统》

(清)黄苏:仲宗于绍兴中,坐胡铨及李纲词除名。起三句是望天意之回。寒枝竞发,是望谪者复用也。"天涯旧恨"至"时节",是目断中原,又恐不明也。"想见东风消肌雪",是念远同心者应亦瘦损也。"负枕前云雨",是借夫妇以喻朋友也。因送友而除名,不得已而托于思家,意亦苦矣。——《蓼园词选》

舍北摇落景物殊佳偶作五首　(南宋)陆　游

今年冬候晚,仲月始微霜。野日明枫叶,江风断雁行。穷途多籍躏,躏读栏,平声。意越过、践踏。老景易悲伤。自笑诗情懒,萧然旧锦囊。

(清)查慎行:五、六深透世情之言。——《瀛奎律髓汇评》

路拥新霜叶,溪余旧涨沙。栖乌初满树,归鸭各知家。世事元堪笑,吾生固有涯。南村闻酒熟,试遣小僮赊。

小聚鸥沙北,横林蟹舍指渔家,亦指渔村水乡。东。船头眠醉叟,牛背立村童。日落云全碧,霜余叶半红。穷鳞与倦翼,终胜在池笼。

屋角成金字,溪流作縠纹。斜通小桥路,半掩夕阳门。孤艇冲烟过,疏钟隔坞闻。杜门非独病,实自厌纷纷。

草径人稀到,柴扉手自开。林疏鸦小泊,溪浅鹭频来。檐角除瓜蔓,墙隅斸读烛,入声。斫也。芋魁。东邻膰读烦,平声。古代祭祀用的熟肉。肉至,一笑举新醅。

(元)方回:放翁所谓笔端有口。新冬野景,搜抉无遗。"屋角成金字",本出《北史·斛律金传》以对"溪流作縠纹",亦奇。——《瀛奎律髓汇评》

(清)冯舒:直说"屋角"耳,不用斛律事也。然亦是用字一法。——同上

(清)冯班:亦是用字一法。——同上

(清)查慎行:《北史》:"斛律金不识文字。本名敦,苦其难署。改名为'金',从其便易,犹以为难。司马子如教为'金'字,作屋况之,其字乃就。"——同上

(清)纪昀:此句究不甚妥。——同上

(清)纪昀:五首俱佳,绰有杜意。——同上

(清)无名氏(甲):放翁体格完浑,无他人破散支离之病,故称大家。但此集所选(指《瀛奎律髓》所选),多非其至者,此在品评家识见之浅深也。——同上

冬日感兴十韵　(南宋)陆 游

雨雾天昏曀,曀读意,去声。天阴有风,天色阴暗。陂湖地阻深。蔽空鸦作阵,暗路棘成林。有客风埃里,频年老病侵。梦魂来二竖,相法欠三壬。旧愤开孤剑,新愁感断砧。唐衢惟痛哭,庄舄正悲吟。瘦跨秋门马,寒生夜店衾。但思全旧璧,敢冀访遗簪。楼上苍茫眼,灯前破碎心。长谣倾浊酒,慷慨压层阴。

(元)方回:"三壬"、"二竖"、"秋门"、"夜店"、"旧璧"、"遗簪",皆工之又工。——《瀛奎律髓汇评》

(清)纪昀:此诗佳在沉郁悲壮。徒以字句之工求之,失之千里矣。——同上

(清)冯舒:妥贴。——同上

(清)陆贻典:"秋门"未知何出,候查。——同上

（清）查慎行："三壬"出《三国志·管辂传》"背无三甲，腹无三壬，皆不寿之验"。刘宾客诗"鉴容称四皓，扪腹有三壬"，已先用之矣。——同上

（清）纪昀：起四句比也。五、六此种入法，非老笔不能。○结亦比也。○收得满足之至。——同上

（清）许印芳：结亦比，谓第八联。——同上

南乡子·冬夜　（南宋）黄　昇

万籁寂无声。衾铁稜稜近五更。香断灯昏吟未稳，凄清。只有霜华伴月明。　　应是夜寒凝。恼得梅花睡不成。我念梅花花念我，关情。起看清冰满玉瓶。"衾铁稜稜"从杜甫《茅屋为秋风所破》"布衾多年冷似铁"来。又魏了翁诗："衾铁稜稜梦不成。"鲍照《芜城赋》："稜稜霜气，蔌蔌风威。"更砭人肌骨。○"吟未稳"三字为此词之眼。由于"吟未稳"故觉夜静衾寒，香断灯昏；由于"吟未稳"，故觉霜华伴月，碧空无际，而"凄清"则是通篇气氛所在，笼罩上下片，随处都可感到。

乙巳九月二十八日作　（金）元好问

关山小雪后，絮帽北风前。残月如新月，今年老去年。

冬日感怀四首　（清）陈鹏年

尘中空羡大丹还，虎豹何须扼九关。日对道书眠石室，时闻仙客下蓬山。金焦自足容鸥没，海岳犹能伴鹤闲。墨瀋酒痕犹在眼，旧题应满翠微间。查为仁《莲坡诗话》云："陈恪勤（即鹏年）手书《冬日感怀》赠余。叙述生平，悲歌感慨。今录其一云云。"

平生梦落五湖边，竹马重来事黯然。蠲赐欢声方动地，滞淫秋水又浮天。东南财赋无筹策，士女嬉游有岁年。春树万家烟雾里，白公堤上每流连。杨际昌《国朝诗话》云："陈恪勤公为国朝伟人，偶见其《冬日感怀》诗一首云云。怀抱溢于楮墨矣。"

河淮重寄宠旌旄，方略频传霄汉高。中夜扁舟偕畚锸，经年匹马狎波涛。庙堂正切宣防计，簿领仍悬抚字劳。渐看海疆今沃壤，桑田儿女献春醪。沈德潜《国朝诗别裁集》云："此为从事河工而作，乃当日事也。"

清时稽古独优崇，诏许诸儒集禁中。花发上林春窈窕，雪晴阿阁日曈昽。直庐夜检青藜照，讲幄朝呈《白虎通》。痛定湘累惭报国，皂囊无补但雕虫。沈德潜《国朝诗别裁集》云："此怀武英殿修书而作。"

（五）节序

一、元　日

新年作此诗又见《全唐诗》刘长卿作。　（唐）宋之问

乡心新岁切，天畔独潸然。老至居人下，春归在客先。岭猿同旦暮，江柳共风烟。已似长沙傅，从今又几年。

（元）方回：三、四费无限思索乃得之，否则有感而自得。——《瀛奎律髓汇评》

（清）纪昀：此甘苦之言。——同上

（清）冯班：此是刘长卿诗。○次联即如严介云“风云落时后，岁月度人前”。——同上

（清）纪昀：三、四乃初唐之晚唐，似从薛道衡《人日思归》诗化出。三、四二句，渐以心思相胜，非复从前堆垛之习矣。妙于巧密而浑成，故为大雅。——同上

（清）许印芳：三、四细炼，初唐无此巧密。——同上

（清）顾安：句句从切字说出，便觉沉着。五、六以“同”、“共”二字形容出“独”字来，甚妙。——《唐律消夏录》

（近代）朱宝莹：发句上句出“新岁”二字点题面，冠以“乡心”二字，题意亦已点明。下句承上句写足题面，题意俱到。领联上句承发句下句，以写其不得志。下句承发句上句，以写其不得归。领联写景兼写情，所谓情景兼到者。落句上句点在南巴，下句归到新岁，词尽而意不尽，言从今兹新岁起，不知还有若干年在此也，与上“乡心”二字有回应之意。通首尤以领联下句为

得神。——《诗式》

元 日 （北宋）王安石

爆竹声中一岁除，春风送暖入屠苏。屠苏，草名。王褒《日出东南行》："飞甍雕翡翠，绣桷画屠苏。"杨慎云："屠苏本草名，画于屋上，因草名以名屋。"千门万户曈曈日，总把新桃换旧符。

次韵秦少游、王仲至元日立春三首

（北宋）苏 轼

省事天公厌两回，新年春日并相催。殷勤更下山阴雪，要与梅花作伴来。

己卯嘉辰寿阿同，己卯元日，苏辙之生日也，辙字同叔。愿渠无过亦无功。明年春日江湖上，回首觚棱觚读孤，平声。觚棱是宫阙上棱瓣之形，亦借指宫阙。一梦中。

词锋虽作楚骚寒，德意还同汉诏宽。好遣秦郎指秦少游。供帖子，自注：立春日，翰林学士供诗帖子。尽驱春色入毫端。

次韵曾仲锡元日见寄 （北宋）苏 轼

萧索东风两鬓华，年年幡胜剪宫花。愁闻塞曲吹芦管，喜见春盘得蓼芽。《摭遗》：东晋李鄂，立春日，命以芦菔芹芽为菜盆。

吾国旧供云泽米，君家能致雪坑茶。燕南异事真堪纪，三寸黄柑擘永嘉。温州永嘉郡岁贡黄柑。

元日过丹阳，明日立春寄鲁元翰

(北宋)苏　轼

堆盘《风土记》："元日作五辛盘。"红缕细茵陈，巧与椒花《晋书》："正旦献《椒花颂》。"两斗新。竹马异时宁信老，土牛《汉礼仪志》："立春之日，京都百官，皆衣青衣，立青幡，施土牛于门外。"明日莫辞春。西湖弄水犹应早，北寺观灯欲及辰。白发苍颜谁肯记，晓来频嚏《诗·邶风·终风》："愿言则嚏。"按：频嚏，犹吾乡所谓耳痒也。嚏读涕，去声。为何人？

(元)方回："西湖"、"北寺"，皆指杭州事，元翰在杭，故于元日作此诗寄之也。——《瀛奎律髓汇评》

(清)纪昀：东坡七律非胜场，然自有一种老健之气。○结入鲁有致，含蓄其人，又是一格。——同上

(清)许印芳：纪昀批本集云："三、四沉着，结点寄鲁意，转从对面写出，用笔灵活。"——同上

正月三日点灯会客　(北宋)苏　轼

江上东风浪接天，苦寒无赖破春妍。试开云梦羔儿酒，今之羊羔美酒也。快泻钱塘药玉船。酒杯也。蚕市光阴非故国，《成都记》："蚕丛氏每年春，劝民农桑，但鬻蚕具，谓之蚕市。"马行读航，平声。灯火记当年。施元之注："马行，在汴京旧城之东北隅，盖鬻马之区，百贾之所会

也。”冷烟湿雪梅花在，留得新春作上元。

元　日　(北宋)陈师道

老境难为节，寒梢未得春。一官兼利害，百虑孰疏亲？积雪无归路，扶行有醉人。望乡仍受岁，回首向松筠。

(元)方回：读后山诗，若以色见，以声音求，是行邪道，不见如来。全是骨，全是味，不可与拈花簇叶者相较量也。——《瀛奎律髓汇评》

(清)冯班：此“江西派”中紧要语，放翁以此不及黄、陈也。大略放翁骨不如肉。——同上

(清)纪昀：虽未免推重太过，然后山诗境实高。惟“江西”习气太重，反落偏锋耳。——同上

(清)冯班：何见是“元日”？——同上

(清)查慎行：通首是杜。〇七月十五是受岁之日，佛告阿难语。后山精于内典，于此诗见之。——同上

(清)纪昀：字字镵刻，却自浑成。〇六句对面写法，如此乃活而有味。——同上

宜章元日 宜章，地名，在江西。　(南宋)吕本中

东风初解冻，桃李已经春。避地逢鸡日，伤时感雁臣。湖南驰贼骑，江外践胡尘。憔悴成无用，虚烦泪湿巾。

(元)方回：“鸡日”、“雁臣”之句甚工。北夷酋长遣子入侍者，常秋来春

去,避中国之热,号曰“雁臣”。——《瀛奎律髓汇评》

(清)纪昀:此元魏事,宜注明。〇“鸡日”、“雁臣”非即“尧时韭”、“禹余粮”乎?虚谷讥彼之太工,而于此又许其工,盖以吕为“江西诗派”,故隐忍牵就耳。门户之弊如此!后四句浅直。——同上

元　日　(南宋)陈与义

五年元日只流离,楚俗今年事事非。后饮屠苏此屠苏为药酒名。据《荆楚岁时记》载:正月一日饮屠苏酒,次第从小起。故云。惊已老,长乘舴艋竟安归。携家作客真无策,学道刳心却自违。汀草岸花知节序,一身千恨独沾衣。

(元)方回:此绍兴元年辛亥元日也。——《瀛奎律髓汇评》

(清)纪昀:简斋诗格,高于宋人。措语亦修整,结句稍弱。——同上

(清)许印芳:六句对法变化,次句亦然,盖首句是赋,次句是比也。——同上

新年书感　(南宋)陆　游

早岁西游赋《子虚》,暮年负耒返乡闾。残躯未死敢忘国?病眼欲盲犹爱书。朋旧何劳记车笠,子孙幸不废菑畬。菑畬,读兹余,皆平声。耕耘也。语出《易经》。新年冷落如常日,白发萧萧闷自梳。

(元)方回:嘉定二年己巳放翁年八十六。此诗全未觉老耄,数日前自注谓“大儿新年六十二,仲子六十,季子亦近六十”,亦可谓稀有矣。是年放翁卒。——《瀛奎律髓汇评》

(清)纪昀：三、四意自沉着。——同上

(清)无名氏(甲)：古诗“子乘车，我戴笠，他日相逢下车辑”。“菑畲”耕读俱可用，即昌黎所云“经训乃菑畲”也。——同上

(清)许印芳：“子”字，“年”字俱复。——同上

乙未元日用前韵书怀，今年五十矣

(南宋)范成大

浮生四十九俱非，楼上行藏与愿违。纵有百年今过半，别无三策用苏秦事。见《史记·苏秦传》。但当归。定中久已安心竟，饱外何须食肉飞。“食肉飞”见《三国志·陈登传》。若使一丘并一壑，丘壑语出《北史·魏收传》，谓乡村、幽僻之地。后亦作胸中抱负深远的意境。还乡曲调尽依稀。

(元)方回：石湖靖康丙午生，乾道己酉年四十四，充泛使入燕，淳熙甲午、乙卯帅桂林，时被命帅蜀，年五十。——《瀛奎律髓汇评》

(清)查慎行：五、六恬退，语却气概飞扬。——同上

(清)纪昀：纯作宋调，语自清圆。虽不免于薄，而胜吕居仁、曾茶山辈多矣。——同上

丁酉正月二日东郊故事　(南宋)范成大

椒盘宿酒未全醒，扰扰金鞍逐画軿。麦雨一犁随处绿，柳烟千缕几时青。客愁旧岁连新岁，归路长亭间短亭。万里松楸双泪堕，风前安得讳飘零。

探春令·早春　（南宋）赵长卿

笙歌间错华筵启。喜新春新岁。菜传纤手青丝细，和气入、东风里。　　幡儿胜儿都姑嬣。姑嬣，大约是整齐、济楚之意。戴得更忔戏。可爱，美满之意。愿新春已后，吉吉利利，百事都如意。唐宋时，每年吃年夜饭，或新年吃春酒，都要吃春盘，类似现代酒席上的冷盘或大拼盘。盘子里的菜，有萝卜、韭菜、芹菜，或者切细，或者做成春饼（春卷）。杜甫《立春》诗云："春日春盘细生菜，忽忆西京梅发时。盘出高门行白玉，菜传纤手送青丝。"此词上片，正化用了杜甫之诗。幡是一种旗帜，胜是方胜、花胜，都是剪缕彩帛制成各种花鸟，大的插在窗前屋角，或挂在树上，小的戴在姑娘们的头上。现在北方人家过年的剪纸，或如意，或双鱼吉庆，或五谷丰登，大约就是幡、胜的遗风。

辛巳元日　（清）柳如是（女）

麋芜新叶报芬芳，彩凤和鸾戏紫房。已觉绮窗回淑气，还凭青镜绾流光。参差旅鬓从花妒，错莫春风为柳狂。料理香车并画楫，翻莺度燕信他忙。

甘州·甲寅元日，赵敬甫见过

（清）蒋春霖

又东风唤醒一分春，吹愁上眉山。甲寅为咸丰四年(1854)。是年正月，太平军自武昌东下，二月十一日，攻破南京。趁晴梢剩雪，斜阳小立，人影珊珊。避地依然沧海，险梦逐潮还。作者江苏江阴人，其时身居北地，而对家乡一带的战火表示忧虑。一样貂裘冷，不似长安。

多少悲笳声里，认匆匆过客，草草辛盘。辛盘又称五辛盘。

古时习俗，元日常用葱、韭、蒜、薤、姜等辛味杂和为食，以发五脏祛内邪。引吴钩李贺《南园》诗："男儿何不带吴钩。"不语，酒罢玉犀酒杯。寒。总休问、杜鹃桥上，化用邵雍在天津桥上闻杜鹃啼而知天下将乱的典故，借喻清王朝的颓败和国事日非。有梅花、且向醉中看。南云暗、任征鸿去，莫倚栏干。结三句谓来客又将南去之意。

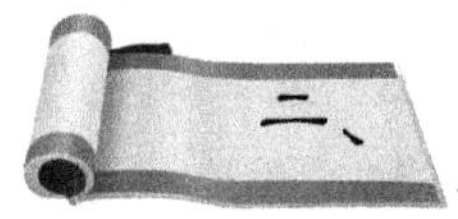

二、立　春

《后汉书·礼仪志》："立春之日，夜漏未尽五刻，京师百官皆衣青衣，郡国县道官下至斗食令史皆服青帻，立青幡，施土中耕于门外，以示兆民……立春之日，下宽大书曰：'制诏三公，方春东作，敬始慎微，动作从之。罪非殊死，且勿案验，皆须麦秋。'"《东京梦华录》："立春日，宰执亲王百官，皆赐金银，幡胜。人贺讫，戴归私第。"

立春日晨起对积雪　（唐）张九龄

忽对林亭雪，瑶花处处开。今年迎气始，昨夜伴春回。玉润窗前竹，花繁院里梅。东郊斋祭所，应见五神来。

立　春　（唐）杜　甫

春日春盘细生菜，忽忆两京梅发时。盘出高门行白玉，菜传纤手送青丝。巫峡寒江那对眼，杜陵远客不胜悲。此身未知归定处，呼儿觅纸一题诗。

(元)方回:老杜如此赋诗,可谓自我作古也。第一句自为题目,曰"春日春盘细生菜"。第二句下"忽忆"二字已顿挫矣。三、四应盘、应菜,加以"白玉"、"青丝"之想,亦所谓"忽忆"者也。巫峡江,杜陵客不见此物,又只如此大片缴去,自有无穷之味。晚唐之弊既不敢望此,"江西"之弊又或有太粗疏而失邯郸之步,亦足以发文章与时高下之叹也。——《瀛奎律髓汇评》

(清)冯班:此"江西"祖派也。——同上

(清)纪昀:此诗本不佳,此评却公。——同上

(清)冯舒:律诗本贵乎整,老杜晚年以古文法为律,下笔如神,为不可及矣。然须读破万卷,人与文俱老,乃能作此雅笔。浅学效颦学步,吾见其蹶也。"江西"不学沈、宋,直从杜入,细腻处太少,所以不入杜诗堂奥也。——同上

(清)纪昀:所选少陵七言六首(指方回《瀛奎律髓》所选),多颓唐之作。盖宋人以此种为老境耳。——同上

(清)许印芳:首联皆拗调。首尾拗而中间平,其不相粘处皆用变体,在七律中另是一格。——同上

立春日,内出彩花树应制　(唐)武平一

銮辂青旂下帝台,东郊上苑望春来。黄莺未解林间啭,红蕊先从殿里开。画阁条风初变柳,银塘曲水半含苔。欣逢睿藻光韶律,更促霞觞畏景催。

立　春　(五代)韦　庄

青帝东来日驭迟,暖烟轻逐晓风吹。罽读祭,去声。毛织品。袍公子樽前觉,锦帐佳人梦里知。雪圃乍开红菜甲,菜甲指菜芽。彩幡新翦绿杨丝。殷勤为作宜春曲,题向花笺

帖绣楣。

次韵仲卿除日立春　(北宋)王安石

犹残一日腊,并见两年春。物以终为始,人从故得新。迎阳朝剪彩,守岁夜倾银。恩赐随嘉节,无功只自尘。

(元)方回:五、六切题。——《瀛奎律髓汇评》

(清)查慎行:前六句俱切题,不但五、六。——同上

(清)冯班:毕竟大样。——同上

(清)纪昀:三、四乃试帖,刻画小样,入诗碍格。此诗毫无意味,冯氏以中有"剪彩"、"倾银"字,批曰"毕竟大样",则誉所可及,未为通论。——同上

(清)查慎行:第六句"夜倾银","银凿落"杯名,非即杯也。——同上

立春谢赐幡胜口号呈子瞻、冲元内翰、子开、器资舍人　(北宋)刘攽

立春幡胜紫辰朝,正以金铛插右貂。便觉阳和生暖律,俱承庆泽下层霄。奇零雪片依楼角,容易风威转柳条。七十无能不归去,强将衰白向颜韶。

次韵刘贡父春日赐幡胜　(北宋)苏轼

宽诏《后汉书·侯霸传》:"春下宽大之诏,奉四十之令。"随春出内朝,三军喜气挟狐貂。镂银错落翻斜月,剪彩缤纷舞庆霄。

腊雪强飞才到地，晓风偷转不惊条。《盐铁论》："周公之时，风不鸣条，雨不破块。"脱冠径醉应归卧，便腹从人笑老韶。用东汉边韶事。见《后汉书·边韶传》。

立春次刘贡父韵　(北宋)孔武仲

镂幡剪胜喜倾朝，不问纡蓝与珥貂。群玉参差排晚日，万花琐碎动春霄。蕙风已转东郊绿，柳雪犹低北苑条。从此恩波与温律，并随歌颂入咸韶。

木兰花·立春日作　(南宋)陆　游

三年流落巴山道，破尽青衫尘满帽。身如西瀼渡头云，愁抵瞿塘关上草。　　春盘春酒年年好，试戴银幡判醉倒。今朝一岁大家添，不是人间偏我老。

(明)卓人月：此老倔强如此。——《古今词统》

汉宫春·立春日　(南宋)辛弃疾

春已归来，看美人头上，袅袅春幡。无端风雨，未肯收尽余寒。年时燕子，料今宵、梦到西园。浑未办、黄柑荐酒，更传青韭堆盘。　　却笑东风从此，便薰梅染柳，更没些闲。闲时又来镜里，转变朱颜。清愁不断，问何人、会解连环？生怕见、花开花落，朝来塞雁先还。

(明)卓人月:"燕梦"奇。无迹有象,无象有思,精于观化者。——《古今词统》

(明)潘游龙:"却笑"至"变朱颜"等句妙。——《古今诗余醉》

(清)周济:"春幡"九字,情景已极不堪。燕子犹记年时好梦。黄柑青韭,极写燕安鸠毒。换头又提动党祸,结用雁与燕激射,却捎带五国城归根。辛词之怨,未有甚于此者。——《宋四家词选》

(清)谭献:以古文长篇法行之。——《谭评词辨》

(清)张德瀛:稼轩寄吴子似词云"酌酒援北斗,我亦虱其间"。用韩退之诗"得无虱其间",不武亦不文。又《汉宫春》"却笑东风、从此便薰梅染柳,更没些闲",案李昌谷《瑶华乐》"薰梅染柳将赠君",本指仙药,盖与辛词异诂。——《词征》

蝶恋花·戊申元日立春席间作

(南宋)辛弃疾

谁向椒盘簪彩胜?整整韶华,争上春风鬓。往日不堪重记省。为花长把新春恨。　　春未来时先借问。晚恨开迟,早又飘零近。今岁花期消息定。只愁风雨无凭准。此词婉转曲折地表达了对理想中的事物又盼望,又怀疑,又担忧,最终还是热切盼望的矛盾复杂心情。

(明)潘游龙:妙在不纯用时事。——《古今诗余醉》

(明)沈际飞:椒盘彩胜之外,不纯用时事,甚脱。为花恨春,为春惜花,说开一步,所以脱俗。——《草堂诗余正集》

(清)陈廷焯:稼轩《蝶恋花·元日立春》云"今岁花期消息定。只愁风雨无凭准"。盖言荣辱不定,迁谪无常,言外有多少哀怨,多少疑惧!——《白雨斋词话》

又云:只是惜春,却写得姿态如许!笔致伸缩,真神品也。——《云

韶集》

(清)谭献:结处旋撇旋挽。——《谭评词辨》

喜迁莺　(南宋)胡浩然

谯门残月。听画角晓寒,梅花吹彻。瑞日祥云,和风解冻,青帝乍临东阙。暖向土牛箫鼓,天路珠帘高揭。最好是,戴彩幡春胜,披头双结。　奇绝。开宴处,珠履玳簪,俎豆争罗列。舞袖翩翩,歌喉缥缈,压倒柳腰莺舌。劝我应时纳祐,纳祐即纳福。还把金炉香爇。爇读弱,去声。意为烧。愿岁岁,这一卮春酒,长陪佳节。

(清)沈雄:杨慎曰:"冯双溪之评胡浩然词,立春《喜迁莺》,先纪节序,次述宴会,末归应时纳祐,要有感慨思致。"——《古今词话》

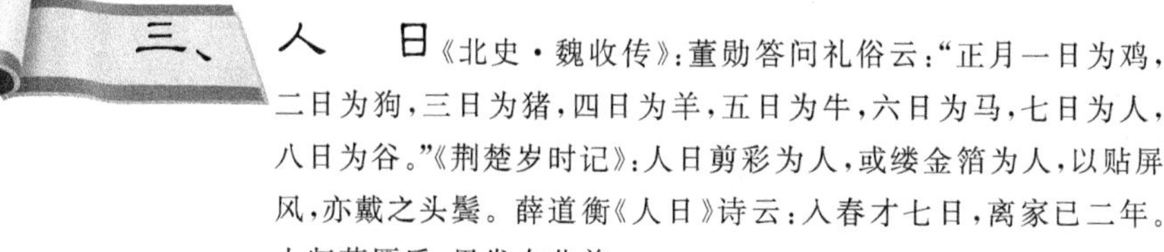

三、人　日《北史·魏收传》:董勛答问礼俗云:"正月一日为鸡,二日为狗,三日为猪,四日为羊,五日为牛,六日为马,七日为人,八日为谷。"《荆楚岁时记》:人日剪彩为人,或缕金箔为人,以贴屏风,亦戴之头鬓。薛道衡《人日》诗云:入春才七日,离家已二年。人归落雁后,思发在花前。

奉和人日宴大明宫,恩赐彩胜、人胜应制

(唐)马怀素

日宇千门平旦开,天容万象列昭回。三阳候节金为

胜，百福迎祥玉作杯。就暖风光偏着柳，辞寒雪影半藏梅。何幸得参词赋职，自怜终乏马卿才。风光着柳，雪影藏梅，写人日春色恰在浅深之间。○未写天容辰象而光写万宇千门者，是暗用孟子“民贵君轻”也。题中“人日”二字，不如此写便不得畅也。

人日登南阳驿门亭子，怀汉川诸友

（唐）孟浩然

朝来登陟读织，入声。从低处往高处走。处，不似艳阳时。异县殊风物，羁怀多所思。剪花惊岁早，看柳讶春迟。未有南飞雁，裁书欲寄谁。

人日二首　　（唐）杜　甫

元日至人日，未有不阴时。《西清诗话》：都人刘克曰：“东方朔《占书》一日至八日，其日晴，主所生之物育，阴则灾。”少陵谓天宝乱后，人物岁岁俱灾，此《春秋》书法耶？冰雪莺难至，春寒花较迟。云随白水落，风振紫山悲。蓬鬓稀疏久，无劳比素丝。首章感人日阴寒而作。

此日此时人共得，言遇节相乐。一谈一笑俗相看。言与我无与。尊前柏叶休随酒，胜里金花巧耐寒。仇注：“休随酒”，谓元日已过；“巧耐寒”，言人日尚阴。唯金花不畏寒，即春阴花较迟意。佩剑冲星聊暂拔，浦注：冲星用剑气射斗事，兼取侵星出行意。匣琴流水自须弹。《吕氏春秋》“伯牙鼓琴，志在流水”。此亦映下峡。早春重引江湖兴，直道直道，有浩然一往意。无忧行路难。此章当人日而思出峡也。

和汴州李相公勉人日喜春

(唐)戴叔伦

年来日日春光好，今日春光好更新。独献菜羹怜应节，遍传金胜喜逢人。烟添柳色看犹浅，鸟踏梅花落已频。东阁此时闻一曲，翻令和者不胜春。

(清)金人瑞：东方岁占，正月一日为鸡，二日为狗，三日为羊，四日为豕，五日为牛，六日为马，七日为人，八日为谷。其日晴好，则其物丰熟，阴则有灾。故工部写忧诗曰"元日至人日，无有不阴时"。此又正反之以和相公曰"年来日日春光好，今日春光好更新"。盖切望阁臣，自不得不作尔语也。三借立春恰写自己，四借人日恰写相公，独献好，喜逢好，犹言何意良时成此奇遇。(后解)此深言得和之为幸也。五、六，妙！妙！才说柳看犹浅，早说梅落已频，此即《论语》"日月逝矣，岁不我与"之意，其所望于相公特有至亟，不止是写立春景物而已。——《贯华堂选评唐才子诗》

人日即事　(唐)李商隐

文王喻复《周易·复》："反复其道，七日来复。"今朝是，子晋吹笙此日同。周灵王太子晋好吹笙作凤鸣……曰："告吾家，七月七日待我于缑氏山巅。"舜格有苗旬太远，《尚书·大禹谟》：七旬有苗格(苗来归顺)。周称流火月难穷。《诗·国风·七月》："七月流火，九月授衣。"镂金作胜传荆俗，翦彩为人起晋风。《初学记·人日》：华胜，起于晋代。独想道衡诗思苦，离家恨得二年中。薛道衡《人日思归》诗："入春才七日，离家已二年。人归落雁后，思发在花前。"

人日立春 （唐）陆龟蒙

人日兼春日，长怀复短怀。遥知双彩胜，并在一金钗。

庚辰人日作二首原注：时闻黄河已复北流，老臣旧数论此，今斯言乃验。 （北宋）苏 轼

老去仍栖隔海村，梦中时见作诗孙。苏符。天涯已惯逢人日，归路犹欣过鬼门。容牢二州界有鬼门关。谚曰：若度鬼门关，十去九不还。言多炎瘴也。三策已应思贾让，孤忠终未赦虞翻。《三国志》：虞翻性疏直，数有酒失，孙权积怒，放之交州，在南十多年，卒。典衣剩买河源米，海南无秔秫。河源属惠州。屈指新篘读抽，平声。滤酒器具。作上元。

（清）纪昀：虽非极笔，究是老将登坛，謦欬自别。题下之注，宜在三策句下。本集误连为题目，大书之，更误。——《瀛奎律髓汇评》

不用长愁挂月村，杜甫《东屯月夜》诗："月挂客愁树。"槟榔生子竹生孙。新巢语燕还窥砚，旧雨来人不到门。春水芦根看鹤立，夕阳枫叶见鸦翻。此生念念随泡影，莫认家山作本元。《楞严经》："徒获此心，未敢认为本元心地。"纪昀曰："末亦无聊自宽之语，勿以禅悦视之。"

（元）方回：前辈论诗文，谓子美夔州后诗，东坡岭外文，老笔愈胜少作，而中年亦未若晚年也。此诗元符三年，东坡年六十五，谪居儋耳所作。"人日"、"鬼门"之对固工，两篇首尾雄浑，不敢删落。存此则知选诗之意，不拘

节序也。明年建中靖国元年辛巳七月，东坡北还，卒于常州云。○海南人日，燕已来巢，亦异事。——《瀛奎律髓汇评》

（清）纪昀：未尝不拘节序，此语无着，且无谓。此种诗只看其老健处，不以字字句句求之。——同上

人　日　（北宋）唐　庚

人日伤心极，天时触目新。残梅诗兴晚，细草梦魂春。挑菜年年俗，飞蓬处处身。蟆颐蟆颐津，地名。频语及，仿佛见东津。

（元）方回：以"人日"对"天时"，虽近在目前，仔细看甚工。东坡以"人日"对"鬼门"亦佳。——《瀛奎律髓汇评》

（清）冯班：诗太工则伤格。专作巧对，亦是一病。——同上

（清）许印芳：专作巧对，直是大病。此等诗意境必不真切，章法必不完善，谓之不成诗可也。或曰："然则巧对皆当屏绝乎？"曰："否。"事理相合，妙句天成。对仗之巧，出于自然。既非有意凑泊，前后必有融贯，高手亦常用之，何必屏绝。惟专以此作生活者，其巧对皆出于捏造，徒以青红子午之属取悦流俗，诗道为之扫地，若不屏绝，何由振兴风雅耶？——同上

（清）纪昀：通体圆润，四句尤微妙。——同上

（清）无名氏（甲）：蟆颐津即田令孜沉孟昭图处。——同上

人日雪　（南宋）陆　游

病卧江村不厌深，貂裘无奈晓寒侵。非贤那畏蛇年至，岁逢蛇年不利，郑康成卒。贤者，指郑康成。多难却愁人日阴。嫋嫋孤云生翠壁，霏霏急雪洒青林。一盂饭罢无余事，坐看生台下冻禽。

一萼红 （南宋）姜 夔

古城阴。有官梅几许，红萼未宜簪。池面冰胶，墙腰雪老，以胶状冰，以老状雪，写出凝难化，积雪不融。云意还又沉沉。彤云沉沉，欲雪天时，加倍写出寒意。翠藤共、闲穿径竹，渐笑语、惊起卧沙禽。野老林泉，故王台榭，呼唤登临。　南去北来何事，荡湘云楚水，目极伤心。朱户黏鸡，朱户贴出画鸡，写人生风俗。《荆楚岁时记》云："人日贴画鸡于户，悬苇索其上，插符于旁，百鬼畏之。"金盘簇燕，《武林旧事》云："春前一日，后苑办造春盘，翠缕红丝，金鸡玉燕，备极工巧。"空叹时序侵寻。记曾共、西楼雅集，想垂杨、还袅万丝金。待得归鞍到时，只怕春深。结笔语极含婉。如作者《淡黄柳》云："恐梨花落尽成秋色。"《点绛唇》："淮南好，甚时重到，陌上青青草。"《隔溪梅令》："又恐春风归去绿成阴，玉钿何处寻？"与此词同一结意，其心悲伤，无可奈何之情，可以言外体会。

（清）沈雄：侵寻，白石词"空叹时序侵寻"，竹屋词"故园归计，休更侵寻"。粘，山谷"远水粘天吞钓舟"，次山"粘云江影伤千古"，太虚"天粘衰草"，白石"朱户粘鸡"，俱本《避暑录》。——《古今词话·词品》

（清）陈锐：换头处六字句有挺接者，如"南去北来何事"之类；有添字承接者，如"因甚"、"回想"之类，亦各有所宜，若美成之《塞翁吟》换头"忡忡"二字，赋此者亦只能叠韵以和琴声，学者熟思之即得矣。——《裹碧斋词话》

（清）周尔墉：石帚词换头处，多不放过，最宜深味。——《周评绝妙好词》

（清）陈廷焯：白石词清虚骚雅，前无古人，后无来者，真词中之圣也。"野老林泉，故王台谢，呼唤登临"，只三语，胜人吊古千百言。——《词则·大雅集》

人日有怀愚斋张兄纬文　（金）元好问

书来聊得慰怀思，清镜平明见白髭。明月高楼燕市酒，梅花人日草堂诗。风光流转何多态，儿女青红青红，代指颜料胭脂粉黛等。又一时。涧底孤松二千尺，殷勤留看岁寒枝。

南歌子　（金）元好问

人日过三日，元宵便五宵。共言今日好生朝。皓月光辉，香动玉梅梢。　谢女工飞絮，周郎待小乔。年年灯下醉金蕉。鬓影苍毬，毬通裘。刘克庄《忆秦娥·暮春》："春醒薄，梦中毬马豪如昨。"金缕细鹅毛。

寅严寺人日雨雪　（清）李国宋

重阴漠漠净禅居，雪压孤松暮影疏。灯火昼寒深殿闭，龙蛇春远寺门虚。闲身日向江湖老，人事空悲水旱余。南亩只今忧更切，来朝风景欲何如。

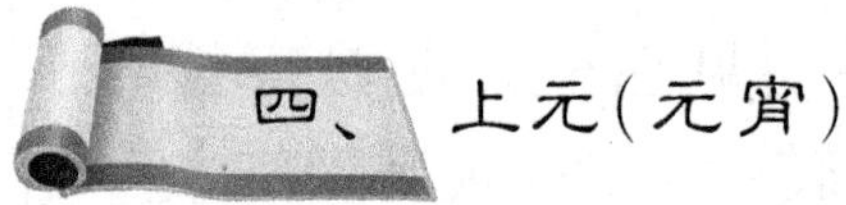

四、上元(元宵)

正月十五夜 (唐)苏味道

火树银花合,星桥铁锁开。暗尘随马去,明月逐人来。游伎皆秾李,行歌尽落梅。金吾不禁夜,玉漏莫相催。

(元)方回:味道,武后时人。诗律已如此健快。古今元宵诗少,五言好者殆无出此篇矣。——《瀛奎律髓汇评》

(清)冯舒:真正盛唐。品汇所分,谬也。——同上

(清)纪昀:三、四自然有味,确是元夜真景,不可移之他处。夜游得神处尤在出句,出句得神处尤在"暗"字。——同上

(清)许印芳:八句皆时,唐律多如此。——同上

(清)屈复:此诗人传诵已久,他作莫及者。元夜情景,包括已尽,笔致流动。天下游人,今古同情,结句遂成绝调。——《唐诗成法》

上 元 (唐)郭利贞

九陌连灯影,千门度月华。倾城出宝骑,匝路转香车。烂熳惟愁晓,周游不问家。更逢清管发,处处落梅花。《大唐新语》云:"神龙之际,京城正月望日,盛饰灯影之会,车马骈阗、士女云集。

文士皆赋诗一章，以纪其事。作者数百人，惟中书侍郎苏味道、吏部员外郎郭利贞、殿中侍御史崔液三人为绝唱。”

上元夜六首　（唐）崔　液

玉漏银壶且莫催，铁关金锁彻明开。谁家见月能闲坐，何处闻灯不看来？

神灯佛火百轮张，刻像图形七宝装。影里如闻金口说，空中似散玉毫光。

今年春色胜常年，此夜风光最可怜。可怜，可爱也。鳷鹊楼前新月满，凤凰台上宝灯燃。

金勒银鞍控紫骝，玉轮珠幰施有帘幔的华丽车子。驾青牛。骖驔骖驔读参点，平上声，马奔跑貌。始散东城曲，倏忽还来南陌头。

公子王孙意气骄，不论相识也相邀。最怜长袖风前弱，更赏新弦暗里调。

星移汉转月将微，露洒烟飘灯渐稀。犹惜路傍歌舞处，踌躇相顾不能归。

观　灯　（唐）张萧远

十万人家火烛光，门门开处见红妆。歌钟喧夜更漏

暗，罗绮满街尘土香。星宿别从天畔出，莲花不向水中芳。宝钗骤马多遗落，依旧明朝在路傍。

生查子·元夕　（北宋）欧阳修

去年元夜时，花市卖花的集市。灯如昼。月上柳梢头，人约黄昏后。　今年元夜时，月与灯依旧。不见去年人，泪湿春衫袖。

（明）卓人月：元曲之称绝者，不过得此法。——《古今词统》

（清）金人瑞：看他又说“去年”，又说“今年”；又追叙旧欢，又告诉“新怨”。中间凡叙两“元夜”，两番“灯”，两番“月”；又衬许多“花市”字，“如昼”字，“树梢”字，“黄昏”字，“泪”字，“衫袖”字；而读之者只谓其清空一气如话。盖其笔法高妙，非人之所及也。——《金圣叹全集》

上　元道家以正月十五日为上元。　（北宋）曾　巩

金鞍驰骋属儿曹，夜半喧阗意气豪。明月满街流水远，华灯入望众星高。风吹玉漏穿花急，人倚朱栏送目劳。自笑低心逐年少，只寻前事捻霜毛。杜牧《长安杂题》：“天下一家无个事，将军携镜泣霜毛。”

（元）方回：洪觉范妄诞，著其兄彭渊才之说，以为曾子固不能诗。学者不察，随声附和。今渊才之诗无传，而子固诗与文终不朽。两《上元》诗止是一意。“金地夜寒消美酒，玉人春困倚东风”，岂不能诗者乎？非精于诗者，不到此也。“人倚朱栏送目劳”，并上句看，乃见其妙：谓游冶属意者，不胜其注想，而恨夫夜之短也。大抵文名重，足以压诗名。犹张子野，贺方回以长

短句尤有声,故世人或不知其诗。然二人诗,极天下之工也。子固诗一扫“昆体”,所谓饾饤刻画咸无之。平实清健,自为一家。后山未见山谷时,不惟文学南丰,诗亦学南丰。既见山谷,然后诗变而文不变耳。——《瀛奎律髓汇评》

(清)纪昀:南丰究不以诗见长。此因后山之故,而党及南丰。纯是门户之见。——同上

(清)冯班:第二句宋气。——同上

(清)纪昀:三句拙。——同上

上元戏呈刘贡父　(北宋)王安石

车马纷纷白昼同,万家灯火暖春风。别开阊阖壶天外,特起蓬莱陆海中。尽取繁华供侠少,只分牢落与衰翁。不知太乙游何处,定把青藜独照公。用刘向事切姓与上元。

上元侍饮楼上三首呈同列　(北宋)苏 轼

澹月疏星绕建章,仙风吹下御炉香。侍臣鹄立通明殿,一朵红云捧玉皇。

薄雪初消野未耕,卖薪买酒看升平。吾君勤俭倡优拙,《史记·范雎传》:楚之铁剑利而倡优拙。夫铁剑利则士勇,倡优拙则思虑远。自是丰年有笑声。

老病行穿万马群,九衢人散月纷纷。归来一盏残灯在,犹有传柑王文诰注:“故事,上元灯夕,上御端门,以温州进柑分赐从臣,谓之传柑。”遗细君。古称诸侯之妻为细君,后为妻的通称。《汉书·东方朔传》:“归遗

细君,又何仁也。"颜师古注曰:"朔自比于诸侯,谓其妻曰细君。"

上元夜过赴儋守召,独坐有感

(北宋)苏 轼

使君置酒莫相违,守舍何妨独掩扉。静看月窗盘蜥蜴,卧闻风幔落蛜蝛。灯花结尽吾犹梦,香篆消时汝欲归。搔首凄凉十年事,传柑归遗满朝衣。

(元)方回:此诗元符元年戊寅作,坡年六十三矣。在儋亦半年余,以去年绍圣丁丑六月渡海也。十年前事,当是元祐二年丁卯,以翰林学士侍宴端门,戊辰知贡举,皆在朝。至五十九岁时,绍圣元年甲戌,自中山谪惠州。乙亥年赋《上元》古诗有云"前年侍玉辇,端门万枝灯"。即元祐八年癸酉正月也。"去年中山府,老病亦宵兴",即甲戌正月也。"今年江海上,云房寄山僧",即乙亥正月也。人生能几何年?如上元一节物耳,出处去来,岁岁不同,当是时又焉知渡海而逢上元耶?坡甲戌之贬至元符三年庚辰徽庙立,乃得北归。建中靖国元年辛巳卒于常州。学者睹此,则知身如浮云外物,如雌风,如雄风,皆不足计较也。——《瀛奎律髓汇评》

(清)纪昀:借以抒慨,语殊支蔓。——同上

(清)何焯:"传柑"何足荣?唯君恩未报,不免恋恋耳。——同上

(清)纪昀:不见警拔。〇"莫"字是嘱词,不宜用之去后。——同上

(清)无名氏(甲):上元故事,京师戚里有传柑宴,亦出于上赐也。——同上

解语花·上元　(北宋)周邦彦

风销绛蜡,露浥红莲,花市光相射。桂华流瓦。纤云散,耿耿素娥欲下。衣裳淡雅。看楚女、纤腰一把。箫鼓

喧,人影参差,满路飘香麝。　　因念都城放夜。望千门如昼,嬉笑游冶。钿车罗帕。相逢处,自有暗尘随马。年光是也。唯只见、旧情衰谢。清漏移,飞盖归来,从舞休歌罢。周汝昌云:词人用笔,全在一个“复”字。看他处处用复笔,笔笔相射——其精神命脉在第一韵“花市光相射”句。○上是月,下是灯,灯月交辉,是一层“相射”。亿万花灯,攒辉列彩,此映彼照,交互生光,是第二层“相射”。还有一层更紧要的“相射”是万人空巷,倾城出游,举国欢腾的看灯人。○游人赏灯,怎么说是一层相射呢?古代此夕,“金吾放夜”允许游人彻夜欢游。平时妇女是不得随意外出的,唯独此夜,家家户户特许她们自由地看灯赏景。因此,在此夜人们不但看灯,而且可以看人。○此夜妇女是如何打扮呢?我们这个艺术的民族最懂得什么是美,此夜的妇女不是艳装浓抹而是一色的缟衣淡服。《武林旧事·元夕》:“妇人……衣多尚白,盖月下所宜也。”○“风销绛蜡,露浥红莲。”绛蜡即红烛,红莲,彩灯也。“风销”、“露浥”四字将彻夜欢腾之意味烘染满纸。当此之际,人面灯辉,容光焕发,人看灯,灯亦看人,男看女,女亦看男——一片交辉相映,无限风光,只一句“花市光相射”五字包含了一切。○“桂华流瓦”初圆之月,下照人间房屋,一个“流”字从《汉书》“月穆穆以金波”,谢庄赋“素月流天”脱化而出。“桂华”二字,引出天上仙娥居处,伏下人间倩女梳妆,总为今宵此景设色。○“欲下”二字写尽神情,真有踽踽欲动之态,呼之欲出之神。此一笔不独加一倍烘染人间之美,且引出无数游女,极为巧妙的手法。盖以上写灯写月,至此方写出游观灯月之人。“衣裳淡雅”正写游女,其淡而雅,早为上句“素”字伏妥。“纤腰”句加重“看”字神情,切而不俗,允称高手。万千游赏之人,为灯光月彩所映射,交互浮动,眼花缭乱——能体此境,而后方识“参差”二字为妙。○“满路飘香麝”似疏而实密。盖光也,影也,音也,色也,一一写尽,至此方知尚有味也。此味交会于仙境之间,遥遥与上文“桂华”相应,其用笔有钩互回连之妙,真是“花市光相射”。○下片始出钿车宝马,始出香巾罗帕。“暗尘随马去,明月逐人来”又用唐贤苏味道上元诗句,暗写少年情事。马逐香车,人拾罗帕,即是当时男女略无结识机会下而表示倾慕之唯一方式,唯一时机。此义又须十分晓解,方能领略其中意味。○“旧情”二字是一篇主眼,须知词人费许多心血笔墨,只为此二字而发耳。○无限感慨,无限怀思,只为“因念”一挽一提,“唯只见”一唱一叹,不觉已是歌音收煞处。“清漏移”三字,遥与“风销”“露浥”相为呼应,针线之密依然首尾如一。○结句说出一番心事:旧情难觅,驱车归来,一任他人仍复歌舞狂欢——盖我心所索者,只在旧情,若歌若舞,皆与我何干哉!○读古人词,即须赏其笔墨之妙,更须领其心性之美。如此等词,全是情深意笃,一片痴心——亦即诗心之所在。

(宋)张炎:昔人咏节序,不为不多,付之歌喉者,类是率俗,不过应时纳祜之声耳。所谓清明“折桐花烂漫”,端午“梅霖初歇”,七夕“炎光谢”,若律

以词家调度，则皆未然。岂如美成《解语花》赋元夕云（略）。如此等妙词颇多，不独措辞精粹，又且见时序风物之胜，人家宴乐之同。——《词源》

（明）吴从先：李攀龙批："上是佳人游玩，下是灯下相逢，一气呵成。"——《草堂诗余隽》

（清）刘体仁：词起结最难，而结尤难于起，盖不欲转入别调也。"呼翠袖，为君舞"、"倩盈盈翠袖，揾英雄泪"，正是一法。然又须结得有"不愁明月尽，自有夜珠来"之妙，乃得。美成《元宵》云"任舞休歌罢"。则何以称焉。——《七颂堂词绎》

（清）周济：此美成在荆南作，当与《齐天乐》同时。到处歌舞太平，京师尤为绝盛。——《宋四家词选》

（清）陈廷焯：美成《解语花》后半阕云（略）。纵笔挥洒，有水逝云卷、风驰电掣之感。——《白雨斋词话》

又云：因元宵而念禁城放夜，屈指年光，已成往事。此种着笔，何等姿态，何等情味。若泛写元宵衣香灯影如何艳冶，便写得工丽百二十分，终觉看来不俊。——《云韶集》

又云：后半阕念及禁城放夜时，有水逝云卷、风驰电掣之感。——《词则·大雅集》

临江仙·都城元夕　　（北宋）毛 滂

闻道长安灯夜好，雕轮宝马如云。蓬莱清浅对觚棱。玉皇开碧落，银界失黄昏。　　谁见江南憔悴客，端忧懒步芳尘。小屏风畔冷香凝。酒浓春入梦，窗破月寻人。

（清）贺裳：毛泽民"酒浓春入梦，窗破月寻人"，此晚唐五律佳境也。——《皱水轩词筌》

永遇乐　(北宋)李清照(女)

落日熔金，暮云合璧，谓连成一片。人在何处？染柳烟浓，吹梅笛怨，谓笛子吹出《梅花落》幽怨的曲子。春意知几许？元宵佳节，融和天气，次第岂无风雨？来相召、香车宝马，谢他酒朋诗侣。一杨一柳，饱含物是人非的无限感慨。　中州指北宋都城汴京(今河南开封)。盛日，闺门多暇，记得偏重三五。三五指正月十五元宵节。铺翠冠儿，有羽毛装饰的帽子。捻金雪柳，宋代妇女的一种装饰品。簇带宋时俗语犹穿戴。争济楚。整齐漂亮。如今憔悴，风鬟霜鬓，形容鬓发散乱。怕见夜间出去。不如向、帘儿底下，听人笑语。全词由今到昔，又由昔到今，以鲜明的对比形成强烈的感染力。

(明)杨慎：辛稼轩词“泛菊杯深，吹梅角暖”盖用易安“染柳烟轻，吹梅笛怨”也。然稼轩改数字更工，不妨袭用，不然，岂盗狐白裘手邪？(按所引辛词乃刘过作，杨慎误引。)——《升庵诗话》

(清)谢章铤：《张鉴拟姜白石传》论曰：“……若夫学士微云，郎中三影。尚书红杏之篇，处士春草之什。柳屯田晓风残月，文洁而体清；李易安落日暮云，虑周而藻密。综述性灵，敷写气象，盖骎骎乎大雅之林矣。”——《赌棋山庄词话》

(近代)刘永济：此建炎三年春清照南下时与赵明诚同居建康作。元宵节同居建康，惟此一年。清照因明诚病于健康，再来，乃七月间。八月，明诚病亡。柳、梅皆初春之物，见景物依然好也。“香车宝马”即“酒朋诗侣”、“来相召”出游也。下半阕因今日之元宵，追忆汴京之元宵，两两比较，自有今昔盛衰之感。而“听人笑语”，又有人已苦乐不同之意。——《唐五代两宋词简析》

鹧鸪天·建康上元作　(南宋)赵　鼎

客路那知岁序移。忽惊春到小桃小桃，上元前后开花。见陆游《老学庵笔记》。枝。天涯海角悲凉地，记得当年全盛时。

花弄影，月流辉。水精宫殿五云飞。分明一觉华胥梦，回首东风泪满衣。

（清）况周颐：赵忠简词，王氏四印斋刻入《南宋四名家词》。清刚沉至，卓然名家。故君故国之思，流溢行间句里。如《鹧鸪天·建康上元作》云（略）。其他断句尤多，促节哀音，不堪卒读。——《蕙风词话》

青玉案·元夕　（南宋）辛弃疾

东风夜放花千树，更吹落、星如雨。宝马雕车香满路。凤箫声动，玉壶光转，一夜鱼龙舞。　蛾儿雪柳黄金缕，笑语盈盈暗香去。众里寻他千百度，蓦然回首，那人却在，灯火阑珊处。周汝昌云：是东风还未催开百花，却先吹放了元宵的火树银花。它不但吹开地上的灯花，而且还又从天上吹落了如雨的彩星——燃放烟火，先冲上云霄，复自空而落，真似陨星雨。结尾三句，发现那人的一瞬间，是人生精神的凝结和升华，是悲喜莫名的感激铭篆，词人有如此本领，竟把它变成了笔痕墨彩，永志弗灭！——读到末幅煞拍，才恍然彻悟：那上片的灯、月、烟火、笙笛、社舞、交织成的元夕欢腾，那下片的惹人眼花缭乱的一队队丽人群女，原来都只是为了那一个意中人而设，而写。倘无此人在，那一切又有何意义与趣味呢！〇上片结句“一夜”二字何故？盖早已为寻他千百度说明了多少时光的苦心痴意，所以到得下片而出“灯火阑珊”，方才前早呼而后遥应，笔墨之细，文心之苦，至矣尽矣。可叹世之评者，动辄谓稼轩“豪放”，好像看作粗人壮士之流，岂不误人乎！

（明）卓人月：星中织女，亦复吹落人世。——《古今词统》

（清）彭孙遹：辛稼轩“蓦然回首，那人却在，灯火阑珊处”。秦、周之佳境也。——《金粟词话》

（清）沈雄：《金粟词话》柳耆卿“却傍金笼教鹦鹉，念粉郎言语”，《花间》之丽句也。辛稼轩“蓦然回首，那人却在，灯火阑珊处”，周、秦之妙境也。两公平生无此等词，直是竿头进步，若近似俳体，则流为秽亵矣。——《古今词

话·词品》

(清)陈廷焯:题甚秀丽,措辞亦工绝,而其气是雄劲飞舞,绝大手段。——《云韶集》

(清)谭献:稼轩心胸,发其才气,改之而下则犷。起二句,赋色瑰异,收处和婉。——《谭评词辨》

(近代)王国维:古今之成大事业、大学问者,必经过三种之境界——"昨夜西风凋碧树,独上高楼,望尽天涯路"(晏殊《蝶恋花》),此第一境也。"衣带渐宽终不悔,为伊消得人憔悴"(柳永《凤栖梧》),此第二境也。"众里寻他千百度,蓦然回首,那人却在,灯火阑珊处"(辛弃疾《青玉案》),此第三境也。然遽以此意解释诸词,恐为晏欧诸公所不许也。——《人间词话》

鹧鸪天·元夕有所梦　(南宋)姜　夔

肥水东流无尽期。当初不合种相思。梦中未比丹青见,暗里忽惊山鸟啼。　春未绿,鬓先丝。人间别久不成悲。谁教岁岁红莲夜,两处沉吟各自知。相思子是相思树的果实,故由相思而联想到相思树,又由树引出"种"字。它不但赋予抽象的相思以形象感,而且暗透出它的与时俱增、坚牢不消,在心田中种下刻骨铭心的长恨。○换头"春未绿"起元夕,开春换岁,又过一年,而春郊绿遍之时犹有所待。○"红莲"指元宵灯节。欧阳修《蓦山溪·元夕》:"剪红莲满城开遍。"周邦彦《解语花·元夕》:"露浥红莲,花市光相射。"○说"沉吟"而不说"相思",不仅为避复,更因"沉吟"带有低头沉思默想的感性形象。

浣溪沙·别纬文张兄　(金)元好问

欹枕寒鸦处处听。花前雁后数归程。小红灯影闹春城。　两地相望今夜月,一尊不尽故人情。老怀牢落牢落,孤寂无所寄托也。陆机《文赋》:"心牢落而无偶。"李贺《京城》:"驱马出门意,牢落长安心。"向谁倾?此上元留别友人之词也。张纬字纬文,号愚斋,太原人。

传言玉女·钱塘元夕　　(南宋)汪元量

一片风流,今夕与谁同乐?月台花馆,慨尘埃漠漠。豪华荡尽,只有青山如洛。许浑《金陵怀古》诗:"英雄一去豪华尽,惟有青山似洛中。"钱塘依旧,潮生潮落。　　万点灯光,羞照舞钿歌箔。玉梅消瘦,恨东皇命薄。昭君泪流,手捻琵琶弦索。离愁聊寄,画楼哀角。上片室外之景,下片转写室内。先分别在灯光、玉梅、昭君三层落笔。"羞"字用得好,谓"灯光"也以神州陆沉而仍沉溺歌舞为羞。"玉梅"两句谓梅花凋残,怨恨春光不久。东皇指春神。《尚书》:"春为东皇,又称青帝。"陆游《朝中措·梅》"任是春风不管,也曾先识东皇"亦谓梅花虽不至浓春而凋谢,但先识春天,也就胜过百花了。苏轼《次韵杨公济奉议梅花》:"月地云阶漫一樽,玉奴终不负东昏。"据《南史·王茂传》:"王茂助梁武帝攻占建康,时东昏(齐明帝)妃潘玉儿有国色……帝乃出之,军主田安启求为妇,玉儿泣曰……乃见缢,洁美如玉。"苏轼诗以玉儿比梅花。此词"玉梅"实亦暗寓宋朝后妃当此国祚将终之时的怨恨之情。"昭君"句当指宫嫔。作者有《北师驻皋亭山》诗云:"若说和亲能治国,婵娟剩遣嫁呼韩。"在北方作《幽州秋山听王昭仪琴》"雪深沙碛王嫱怨,月满关山蔡琰悲"之句,指王昭仪和宫嫔郑惠真。从后妃(玉梅)至宫嫔(昭君)都预感到末日之来临。

看灯词　　(清)沈大成

华灯万户影交枝,月上黄昏也不知。郎爱看灯侬爱月,到无灯处立多时。

踏莎行·元夕　　(近代)王国维

绰约衣裳,凄迷香麝。华灯素面光交射。天公倍放月婵娟,人间解与春游冶。乌鹊无声,鱼龙不夜。九衢忙杀闲车马。归来落月挂西窗,邻鸡四起兰釭灺。灺读写,平声。灯烛余烬。

五、上　巳

汉以前以农历三月上旬巳日为"上巳",魏晋以后定为三月三日。

上巳洛中寄王九迥　(唐)孟浩然

卜洛成周地,《续齐谐》:"昔周公成洛邑,因流水以泛酒,故逸诗曰:'羽觞随流波。'"浮杯上巳筵。斗鸡寒食下,走马射堂前。垂柳金堤合,平沙翠幕连。不知王逸少,何处会群贤?

(元)方回:浩然作此诗时,其体未甚刻画,但细看亦自用工。第二句下"浮杯"字便着题;"平沙翠幕连"一句,初看似未见工,久之乃见,祓禊而游者甚盛也。尾句用逸少事,所寄之人适又姓王,切矣。——《瀛奎律髓汇评》

(清)冯舒:首句亦是上巳事实,方君不知耶?○看惯晚唐以后诗,看天宝以前诗便不解他用工处。——同上

(清)纪昀:虚谷说六句甚是。然此句乃呼起七、八,见他人携侣嬉游,因忽忆故人,非泛言修禊之盛,虚谷犹未尽详也。——同上

(清)冯班:破,天然。——同上

(清)纪昀:格不必高,而气韵自然雅令。○二句未的似,浩然后来之作,有甚刻画者矣。——同上

上巳日徐司录林园宴集 (唐)杜 甫

鬓毛垂领白，花蕊亚枝红。二句鬓白花红，相形见致。欹倒谓醉也。衰年废，承一。招寻令节同。承二。薄衣临积水，吹面受老人畏风，受字妙。和风。二句言上巳祓除之乐。有喜留攀桂，无劳问转蓬。恐问及转增怅然也。

三月十日流杯亭 (唐)李商隐

身属中军少得归，木兰花尽失春期。偷随柳絮到城外，行过水西闻子规。纪昀曰："语不必深，凡调自异。子规声曰'不如归去'。隐含此意，妙。不说破。"

海南人不作寒食，而以上巳上冢。余携一瓢酒，寻诸生，皆出矣。独老符秀才在，因与饮，至醉。符盖儋人之安贫守静者也

原注：秀才符林。 (北宋)苏 轼

老鸦衔肉纸飞灰，万里家山安在哉！苍耳林中太白过，鹿门山下德公回。管宁投老终归去，王式当年本不来。记取城南上巳日，木棉花落刺桐开。

(元)方回：昌黎不谪潮州，后世岂知有赵德。东坡不落海南，后世岂知有符林。○《李太白集·寻城北范居士落苍耳道中》，坡用以譬寻符林也。○司马德操诣庞德公，值其上冢。坡用此以譬所寻诸生皆已上冢不值也。○管宁避地辽东，后还中国。坡用此以譬己终当北归也。王式为博士，悔为

江公所辱，曰"我本不欲来"。坡用此以譬己元祐进用，亦本无富贵心也。○坡诗间架宏大，不可步骤，岂许用晦四句装景所可及欤！此诗首尾四句言景，中四句用事，又未若移易中间四句两用事、两言景为佳也。——《瀛奎律髓汇评》

(清)冯舒：诗本随人作，只要文理通耳，何尝有情景硬局耶？○第二句亦不专景。第四句未妥。——同上

(清)冯班：方君谓"第三句譬所寻诸生皆已上冢，不值也"，"回"字拍不上。○东坡无所不可，如此便板煞。——同上

(清)纪昀：方君谓"东坡不落海南，后世岂知有符林"，此语固是，然亦微露攀附之本怀。○前后景而中言情，正是变化。此以板法律东坡，与前后所说自相矛盾。——同上

(清)冯班：自然大样。——同上

(清)纪昀：起句不雅，次句亦平易。○四句古人名碍格。——同上

上巳晚泊龟山作原注：元祐辛未赋　　(北宋)贺　铸

薄暮东风不满帆，迟迟未忍去淮南。故园犹在北山北，佳节可怜三月三。兰叶自供游女佩，芸编聊对故人谈。洛桥车骑相望客，曾为吴儿几许惭。

(元)方回：三、四好。——《瀛奎律髓汇评》

(清)纪昀：方回(作者贺铸字方回)是南渡时人，故北山"北"字用得好。虽是凑来，却无牵合之迹。——同上

(清)许印芳：首句借韵。"故"字复。○方回与东坡同时，晓岚以为南渡时人，误矣。此诗题下明注元祐年号，岂不是据乎？○"故园"二句，别本一作王铚诗，题是《别张自强》。——同上

上巳 （南宋）刘克庄

樱笋登盘节物新，一筇踏遍九州春。似曾山阴访修竹，不记水边观丽人。豪饮自怜非少日，俊游亦恐是前身。暮归尚有清狂态，乱插山花满角巾。

（元）方回："山阴修竹、水边丽人"一联，亚于赵昌父。绍定五年壬辰诗。后村年四十六，闲居莆中，所以言"俊游亦恐是前身"，皆思旧事也。——《瀛奎律髓汇评》

（清）纪昀：胜于赵句。——同上

（清）冯舒：次联虽宋气，亦得。——同上

（清）冯班："丽人行"不可乱用。——同上

（清）查慎行：三、四一联胜赵，虚字较圆。——同上

（清）纪昀：此诗深警，胜后村他作。——同上

（清）许印芳：此诗前有赵昌父《上巳》诗，五、六句云"不见山阴兰亭集，况乃长安丽人行"。虚谷以为天生此对，而晓岚不取，盖诗本恶劣也。此诗亦用此两事，而情致流动，故晓岚取之。上句是古调，下句是拗调，乃变格也。〇"山"字复。——同上

癸巳春日禊饮，社集虎丘，即事四首

（清）吴伟业

杨柳丝丝逼禁烟，笔床书卷五湖船。青溪胜集仍遗老，白帢高谈尽少年。笋屐莺花看士女，羽觞冠盖会神仙。茂先往事风流在，重过兰亭意惘然。

兰台家世本贻谋，高会南皮话昔游。执友沦亡惊岁

月，诸郎才调擅风流。十年故国伤青史，四海新知笑白头。修禊只今添俯仰，北风杯酒酹营丘。

访友扁舟挂席轻，梨花吹雨五茸城。文章兴废关时代，兄弟飘零为甲兵。茂苑听莺春社饮，华亭闻鹤故园情。众中谁识陈惊座，顾陆相看是老成。

绛帷当日重长杨，都讲还开旧草堂。少第诗篇标赤帜，故人才笔继青箱。抽毫共集梁园制，布席争飞曲水觞。近得庐陵书信否？寄怀子美在沧浪。徐珂《清稗类钞》云："明季士大夫特重声气，故复社废兴，几与国运相始终。顺治癸巳上巳，吴闻宋既庭实颖，章素文在兹复举社事，飞笺订客，大会于虎阜。江、浙两省及自远赴者，几二千人。先一日，布席山顶。次夕，联巨舰数十，飞觞赋诗，歌舞达曙。翼日，各挟一小册，汇书籍贯姓名而散。吴梅村祭酒以诗记之云云。梅村当时尚未入仕本朝，未几，即为海宁相国陈之遴所荐矣。"

上巳雨中看花作　(清)余　怀

棠花开尽又梨花，燕子春波蹴尾斜。何处绣帘弹锦瑟，美人寒食又天涯。

六、寒 食

寒食汜上作汜读巳，去声，水名，汜水发源于河南巩县，流经荥阳，北注入黄河。 （唐）王 维

广武城边逢暮春，汶阳归客泪沾巾。落花寂寂啼山鸟，杨柳青青渡水人。

（宋）顾璘：此对结体也，最要意尽，否则半截诗矣。——《王孟诗评》

（明）谢榛：绝句如王摩诘“广武城边逢暮春”云云，与“渭城朝雨”一篇，韦应物“雨中禁火空斋冷”云云，皆风人之绝响也。——《四溟诗话》

（明）桂天祥：感时伤远，末意只如此，彼自足尽。——《批点唐诗正声》

（明）唐汝询：景亦佳，通篇细读必有不堪者。——《唐诗解》

（清）黄叔灿：此暮春归途感时之作，落花寂寂，杨柳青青，伤春事之已阑，而归人之尚滞。末二句神志黯然。——《唐诗笺注》

小寒食舟中作 （唐）杜 甫

佳辰强饮食犹寒，隐几萧条戴鹖冠。鹖冠以鹖为饰，隐士之冠。古有隐士鹖冠子。春水船如天上坐，老年花似雾中看。娟娟戏蝶过闲幔，片片轻鸥下急湍。云白山青万余里，愁看直北是长安。

(宋)范温:古人学问必有师友渊源。汉杨恽一书,迥出当时流辈,则司马迁外孙故也。自杜审言已自工诗,当时沈佺期、宋之问等,同在儒馆为交游,故老杜律诗布置法度,全学沈佺期,更推广集大成耳。沈云:"雪白山青千万里,几时重谒圣明君?"杜云:"云白山青万余里,愁看直北是长安"……是皆不免蹈袭前辈,然前后杰句,亦未易优劣也。——《潜溪诗眼》

(宋)胡仔:山谷云"船如天上坐,人似镜中行"。"人如天上坐,鱼似镜中悬",沈云卿诗也。云卿得意于此,故屡用之,老杜"春水船如天上坐"祖述佺期之语也;继之以"老年花似雾中看",盖触类而长之。——《苕溪渔隐丛话》

(元)方回:沈佺期《钓竿篇》云"人如天上坐,鱼似镜中悬",公加以斤斧,一变而妙矣。"小寒食",前一日也。黄本注谓:"大历五年潭州作。"是年庚戌,公年五十有九矣。是夏卒于衡之耒阳,吕汲公谓卒于岳阳,未知孰是?此子美老笔也。又有《清明》二长句,云大历四年作,恐即是此诗之后二日。前云"绣羽衔花他自得,红颜骑马我无缘"。后云"秦城楼阁烟花里,汉主山河锦绣中"。皆壮丽悲慨,诗至老杜,万古之准则哉!——《瀛奎律髓汇评》

(清)纪昀:二联皆非杜之佳处,"绣羽"一联尤颓唐。——同上

(明)杨慎:陈僧慧标《咏水》诗"舟如空里泛,人似镜中行"。沈佺期《钓竿篇》"人如天上坐,鱼似镜中悬",杜诗"春水船如天上坐,老年花似雾中看"。虽用二人之句,而壮丽倍之,可谓得夺胎之妙矣。——《升庵诗话》

(清)纪昀:"前一日"何以曰"犹寒"未详。○五、六言物皆自得,以反照下文。——《瀛奎律髓汇评》

(清)许印芳:此解亦本之沈归愚。归愚云"五、六语以往来自在,反照欲归长安而不得也"。——同上

(清)许印芳:沈归愚《别裁集》此题下注云"寒食次日为小寒食,看诗之首句自明"。——同上

(清)仇兆鳌:时逢寒食,故春水盈江;老景萧条,故看花目暗,须于了无蹊径处,寻其草蛇灰线之妙。——《杜诗评注》

(清)毛奇龄:杜甫《小寒食舟中作》船如天上,花似雾中,娟娟戏蝶,片片轻鸥,极其闲适。忽望及长安,蓦然生愁,故结云"愁看直北是长安"。此即事生感也。然人第知前七句皆即事,惟此句拔转,而不知此句之上,先有"云白山青万余里"七字说得世界开扩尽情,而后接是句,则目极神伤、遍体生动,言想望如许地也。——《西河诗话》

(清)浦起龙:"小寒食",只开头一点,余俱就舟中泛写春况,不粘着。

(朱)瀚又云"蝶鸥自在,而云山空望,所以对景生愁,首尾又暗相照应"。——《读杜心解》

(清)施补华:少陵七律有最拙者,如"桃花细逐杨花落,黄鸟时兼白鸟飞"之类是也;有最纤者,如"春水船如天上坐,老年花似雾中看"之类是也。皆开后人习气,学者不必震于少陵之名,随声附和。——《岘佣说诗》

寒食 (唐)韩翃

春城无处不飞花,寒食东风御柳斜。日暮汉宫传蜡烛,轻烟散入五侯家。汉桓帝时因诛梁冀及其亲党有功,五人同日封侯,故世谓之五侯。

(清)贺裳:君平以寒食诗得名,宋亡而天下不复禁烟,今人不知钻燧,又不深习唐事,因不解此诗立言之妙。如"春城无处不飞花,寒食东风御柳斜"二语,犹只淡写。至"日暮汉宫传蜡烛,轻烟散入五侯家",上句言新火,下句言赐火也。此诗作于天宝中,其时杨氏擅宠,国忠、铦与秦、虢、韩三姨号为五家,豪贵荣盛,莫之能比,故借汉王氏五侯喻之。即赐火一事,而恩泽先沾于戚畹,非他人可望,其余赐予之滥,又不待言矣。寄意远,托兴微,真得风人之遗。——《载酒园诗话》

(清)吴乔:唐之亡国,由于宦官握兵,实代宗授之以柄。此诗在德宗建中初,只"五侯"二字是意,唐诗之通于《春秋》者也。——《围炉诗话》

(清)徐增:"不飞花","飞"字窥作者之意,初欲用"开"字,"开"字不妙,故用"飞"字;"开"字呆,"飞"字灵,与下句"风"字有情。"东"字与"春"字有情,"柳"字与"花"字有情,"御"字与"宫"字有情,"斜"字与"飞"字有情,"蜡烛"字与"日暮"字有情,"烟"字与"风"字有情,"青"字与"柳"字有情,"五侯"字与"汉"字有情,"散"字与"传"字有情,"寒食"二字又装叠得妙。其用心细密,如一匹蜀锦,无一丝跳梭,真正能手。——《而庵说唐诗》

寒　食　(唐)孟云卿

二月江南花满枝，他乡寒食远堪悲。贫居往往无烟火，不独明朝为子推。介子推隐居绵山，今山西介休县。

寒食行次冷泉驿冷泉驿在今山西孝义县西南二十公里。
(唐)李商隐

归途仍近节，旅宿倍思家。独夜三更月，空庭一树花。三、四景中写孤寒和惆怅。前半写夜宿。介山介山在山西介休县。《明史·地理志》："介休，府东有介山，亦曰绵山，有汾水……东南有关子岭。"介山系介子推隐退之地，故名。当驿秀，汾水绕关斜。自怯春寒苦，那堪禁火赊。"春寒"已令人畏怯，何说又逢禁火。

寒食山馆书情　(唐)来　鹄

独把一杯山馆中，每经时节恨飘蓬。年年寒食无以自遣，必把一杯，不独今日把一杯在此山馆中也。侵阶草色连朝雨，满地梨花昨夜风。画时节，画飘蓬，尽在此十四字中。蜀魄啼来春寂寞，楚魂吟后月朦胧。此二句为第七句"还家梦"服务。分明记得还家梦，徐孺宅前湖水东。"徐孺宅前湖水"是路之所经，将到家下。"东"一字即其家下也。

寒食二首(其一)　(唐)李山甫

柳带东风一向斜，春阴澹澹蔽人家。有时三点两点雨，到处十枝五枝花。万井楼台疑绣画，九原珠翠似烟霞。年年今日谁相问，独卧长安泣岁华。

（明）周敬：唐人寒食诗多矣，余最爱李山甫"有时三点两点雨，到处十枝五枝花"与来鹄"侵阶草色连朝雨，满地梨花昨夜风"为寒食时景传神。○周珽云"澹澹"二字韵。《诗旨》云"诗有喜怒哀乐"，四时之词，喜而得之，其词丽，如"有时"、"到处"一联是也。盖时至寒食，天色乍晴乍雨，花枝或疏或密，城市繁华如织，丘陵树木郁然，风景物候原与四时不同。此诗妙境在"有时"、"到处"与"疑"字、"似"字。曰"疑"曰"似"，见目前荣华，倏成空寂，何等含蓄！结叹已无知己慰问，年年独有年华之泣。旅思无聊，感慨中情，可谓怨而不怒者也。——《唐诗选脉会通评林》

（清）钱朝鼐、王俊臣："有时三点两点"非写雨也，是写暮春乍雨乍晴时候。"到处十枝五枝"，非写花也，是写暮春绿暗红稀景象。——《唐诗鼓吹笺注》

（近代）俞陛云：此二句以轻活之笔，写眼前之景。全以不着力处见工。此诗因寒食而作，上句以清明为多雨之际，故时有数点沾衣；下句言其时春花已放，而未繁盛，故时见数枝逗色，皆切寒食时令而发。其次联云"九原珠翠似烟霞"，语不可解。或因寒食上冢，谓九原之下视人间珠翠等烟霞之过眼，然语意亦不明了。凡作律诗者，须通体匀称，若此诗之瑜瑕互见，非上选也。——《诗境浅说》

寒食都门作　　（唐）胡曾

二年寒食住京华，寓目春风万万家。金络马衔原上草，玉颜人折路傍花。轩车竞出红尘合，冠盖争回白日斜。谁念都门两行泪，故园寥落在长沙。

（清）金人瑞：前解"寓目"字苦，"寓目"之为言，身立道旁，谗眼饱看，而与我全无分也。"万万家"，妙！便是万万金络马，万万玉颜人。再加"春风”,妙!人亦春风,马亦春风,便是万万春风。此自是写今年寒食,然于初动笔,便写“二年”字者,盖去年初至都门,或是挨插不入,今既遥遥又经三百有六十日,而再一寒食矣,犹然只得寓目,此为失路之至苦也。○此“轩车”、“冠盖”,即七句之“谁念”也。朝列竞出,不见人面上有两行泪也;暮则争回,又不见人面上有两行泪也。“红尘合”,写其“竞出”之势,“白日斜”写其“争回”之势。末句,妙妙!设不得此语,几谓两行泪是切望其残羹冷炙矣!(两行泪乃为故园落,然则二年前一段高兴,岂堪复问哉?)——《贯华堂选批唐才子诗》

寒食夜　(唐)韩　偓

恻恻轻寒剪剪风,小梅飘雪杏花红。夜深斜搭秋千索,楼阁朦胧细雨中。

旅寓洛南村舍　(唐)郑　谷

村落清明近,秋千稚女夸。春阴妨柳絮,月黑见梨花。白鸟窥鱼网,青帘认酒家。幽栖虽自适,交友在京华。

(宋)周紫芝:郑谷诗,如“江上晚来堪画处,渔人披得一蓑归”之句,人皆以为奇绝,而不知其气象之浅俗也。东坡以谓此小学中教童蒙诗,可谓知言矣。然谷亦不可谓无好语,如“春阴妨柳絮,月黑见梨花”,风味固似不浅,惜乎其不见赏于苏公,遂不为人所称耳。——《竹坡诗话》

(宋)李怀民:记自十四五时爱此诗,以为得寒食天气、心情,今三十余年矣。每一讽之,仍不能全去。后来周清真词“正是夜堂无月,沉沉暗寒食”,仿佛此意,而逊其工妙远矣。——《重订中晚唐诗主客图》

丙辰年鄜读夫，平声。州遇寒食，城外醉吟七言五首

（五代）韦 庄

满街杨柳绿丝烟，画出清明二月天。好是隔帘花树动，女郎撩乱送秋千。

（清）黄叔灿："画出"二字妙。下二句玩"隔帘"及"撩乱"字意，还是跟"杨柳绿丝烟"写照。分明于柳丝荡漾中形出。可知古人用笔，实景中皆用虚情描绘，上下必相关动也。——《唐诗笺注》

雕阴雕阴，地名。属鄜州。寒食足游人，金凤罗衣湿麝薰。肠断入城芳草路，淡红香白一群群。

开元地名，在鄜州城北。坡下日初斜，拜扫归来走钿车。《搜神记》：杜兰香数诣张硕，有婢子二人，大者萱枝，小者松枝，钿车青牛，车上饮食皆备。可惜数枝红艳好，不知今夜落谁家？

马骄风疾玉鞭长，过去唯留一阵香。闲客不须烧破眼，好花皆属富家郎。感慨之甚。后端已到蜀才得一美姬，又被王建夺去，何才人薄福至此。

雨丝烟柳欲清明，金屋人闲暖古人笙簧焙而后可用。陆天随诗云："妾思冷如簧，时时望君暖。"乐府亦有簧暖笙清之语。凤笙。永日迢迢无一事，隔街闻筑古人打球用马、用杖故曰筑。杨巨源诗："欲令四海氛烟静，杖底纤尘不敢生。"气球声。

寒食寄郑起侍郎　（北宋）杨徽之

清明时节出郊原，寂寂山城柳映门。水隔淡烟修竹寺，路经疏雨落花村。天寒酒薄难成醉，地迥楼高易断魂。回首故山千里外，别离心绪向谁言？

（元）方回：中四句皆美，而下联世人尤传。——《瀛奎律髓汇评》
（清）纪昀：此种别无深味，纯以风韵取之。——同上
（清）纪昀：情韵并佳，一望黄茅白苇之中，见此如疏花独笑。——同上
（清）许印芳："山"字复。——同上

寒　食　（北宋）王禹偁

今年寒食在商山，淳化二年(991)，作者得罪宋太宗，被贬为商州团练副使。山里风光亦可怜。稚子就花拈蛱蝶，人家依树系秋千。郊原晓绿初经雨，巷陌春阴乍禁烟。副使官闲莫惆怅，酒钱犹为撰碑钱。

木兰花·乙卯吴兴寒食　（北宋）张　先

龙头舴艋吴儿竞，笋柱竹柱。秋千游女并。芳洲拾翠暮忘归，秀野踏青来不定。　　行云去后遥山暝，已放笙歌池院静。中庭月色正清明，无数杨花过无影。

（清）朱彝尊：张子野吴兴寒食词"中庭月色正清明，无数杨花过无影"。余尝叹其工绝，在世所传"三影"之上。——《静志居诗话》

(清)李调元:“张三影”已胜称人口矣,尚有一词云“无数杨花过无影”。合之应名“四影”。(按:三影者,“云破月来花弄影”,“浮云断处见山影”,“隔墙送过秋千影”也。)——《雨村词话》

寒食假去声。中作　(北宋)宋祁

九门烟树蔽春廛,廛读禅,平声。民居,民宅。小雨初晴泼火前。草色引开盘马地,萧声催暖卖饧饧,古糖字。天。萦丝早絮轻无着,弄袖和风细可怜。鳌署翰林学士院称鳌署。侍臣贪出沐,珉麋珠馅愧颁宣。

(元)方回:景文宋公尝知寿州,再入翰苑,又诏知杭州,才出国门,追还本职,此所谓“鳌署侍臣贪出沐”者,殆庆历五年乙酉、六年丙戌间事。诗二、四风味特甚,足见升平。五、六尤润,末句宣赐事俟考。——《瀛奎律髓汇评》

(清)纪昀:究竟三、四胜五、六。“昆体”而不碍气骨之雄浑,诗亦安可以一格拘。——同上

壬辰寒食　(北宋)王安石

客思似杨柳,春风千万条。更倾寒食泪,欲涨冶城冶城在上元县西,今并入江宁县为南京首县。荆公之父名益,字损之,为江宁府通判。仁宗宝元二年卒于官,葬于江宁牛首山,今江宁县南。此诗殆皇祐四年省墓而作也。潮。巾发雪争出,镜颜朱早凋。未知轩冕乐,但欲老渔樵。

(元)方回:半山诗步骤老杜,有工致而无悲壮,读之久则令人笔拘而格退。——《瀛奎律髓汇评》

(清)冯班:半山自玉溪生入手,故细致有余。——同上

(清)纪昀:此评着之此诗,却不合。——同上

(清)许印芳:此评不但于此诗不合,即以之评半山他诗亦不合。盖半山诗未尝无悲壮,亦看题目何如耳。岂有不顾题目,动作悲壮语以求合老杜者?且老杜之可学,不但悲壮而已也。此评本宜删去,以其言颇能指出世俗学杜之病,故录之。——同上

(清)冯舒:"雪"、"朱"二字并非方君所称诗眼。○如此结却不撒。若谓荆公不如黄、陈,不服。——同上

(清)查慎行:前四句一气转折。——同上

(清)纪昀:起四句奇逸,结嫌径直。——同上

(清)许印芳:前半缒幽凿险而出,既有精思,又行以灏气,大有盛唐人风味。五、六句法变化,尾联平淡。纪批未免太刻。——同上

寒食夜　(北宋)苏 轼

漏声透入碧窗纱,人静秋千影半斜。沉麝不烧金鸭冷,淡云笼月照梨花。

寒食日答李公择三绝次韵　(北宋)苏 轼

从来苏李得名双,只恐全齐《后汉书·耿弇传论》:"魁技全齐。"笑陋邦。诗似悬河供不办,故欺张籍陇头泷。泷读双,平声。李陵、苏武世称苏李。唐时苏颋、李乂时掌文诰,明皇谓颋曰:"前此李峤、苏味道文擅当时,是谓苏李,今卿及乂何愧前人哉!"韩愈《病中赠张十八》诗:"君乃昆仑渠,籍乃陇头泷。"

簿书鼛鼓鼛读高,平声。鼛鼓,大鼓也。不知春,佳句相呼赖故人。寒食德公方上冢,归来谁主复谁宾。末二句用的是三国

时典故。据《襄阳记》云:“德操尝造德公,直其渡沔。德操径入其室,呼德公妻子,使速作黍。其妻子皆罗列拜于堂下,奔走供役。须臾,德公至,直入相就,不知何者是客也。”

巡城已困尘埃眯,《庄子,天运篇》:“播糠眯目,则天地四方易位。”杜甫《狄明府》诗:“黄土污人眼易眯。”眯读米,上声。执朴《左传·襄公十七年》:“宋平公筑台,子罕执扑,而抶其不勉者。”仍遭虮虱缘。虮虱比喻卑贱或微小之人。欲脱布衫作者自注云:“来诗谓仆布衫督役。”携素手,试开病眼点黄连。黄连,药名,可治眼疾。

诉衷情·寒食 (北宋)僧仲殊

涌金门外小瀛州,寒食更风流。红船妓船也。满湖歌吹,花外有高楼。　　晴日暖,淡烟浮,恣嬉游。三千粉黛,十二阑干,一片云头。春花、红船、画楼,湖光、山色,织成一幅美妙图画。伴奏着萧管歌吹,深得“恣嬉游”的意趣。○结尾三句用了鼎足对形式,精整而凝炼。

(清)黄苏:宋之南渡,西湖号为销金窝。一时繁华游冶之盛,有心者能不忧之。不谓物外缁流,已放冷眼中觑之。“一片云头”四字,真力弥满,杰句也。——《蓼园词选》

寒食赠游客 (北宋)张耒

阴阴画幕映雕栏,一缕微香宝篆残。寒食园林三月近,落花风雨五更寒。筝调宝柱弦初稳,酒满金壶饮未干。明日踏青郊外去,绿杨门巷系雕鞍。

（元）方回：平熟圆妥，视之似易。能作诗到此地，亦难也。——《瀛奎律髓汇评》

（清）纪昀：此亦公道语。似韦庄笔意。“寒”字、“宝”字复。——同上

应天长·寒食　（北宋）周邦彦

条风布暖，霏雾弄晴，池塘遍满春色。正是夜堂无月，沉沉暗寒食。梁间燕，前社客。似笑我、闭门愁寂。乱花过，隔院芸香，满地狼藉。　长记那回时，邂逅相逢，郊外驻油壁。又见汉宫传烛，飞烟五侯宅。青青草，迷路陌。强载酒、细寻前迹。市桥远，柳下人家，犹自相识。市桥三句，真景明白如画，在他人眼中看出，不肯下直笔。〇前半泛写，后半专叙，盛宋人多用此法。〇“布暖弄晴”已将后阕游兴之神摄起。“夜堂无月”从“闭门”中见。梁燕笑人，乱花过院，一有情，一无情，全为“愁寂”二字出力。后阕全是闭门中设想，“强载酒，细寻前迹”，言意欲如此也。

（明）吴从先：不用介子推典实，但意俱是不求名，不邀功，似有埋光铲采之卓识。——《草堂诗余隽》

（清）毛先舒：前半泛写，后半专叙，盛宋人多此法。如子瞻《贺新凉》后段只说榴花，《卜算子》后段只说鸣雁；周清真寒食词，后段只说邂逅，乃更觉意长。——《诗辨坻》

（清）先著、程洪：空淡深远，较之石帚作，字复有异。石帚专得此种笔意。——《词洁》

（近代）俞陛云：写寒食寂寥情况，以“梁间燕”、“隔院香”衬托出之，不使一平笔。下阕，强寻前迹，而紫陌人遥，虽门巷依依，不异蓬山远隔。辞意之清永，如嚼水精盐，无尘羹俗味也。——《宋词选释》

生查子 (北宋)周紫芝

春寒入翠帷,月淡云来去。院落半晴天,风撼梨花树。　　人醉掩金铺,闲倚秋千柱。满眼是相思,无说相思处。室内是写的气氛,室外是写的景象。而"风"则是把室内的情和室外的景连接在一起的纽带。是"风"把室外的寒气吹进"翠帷",是"风"吹着"云来去",使月乍明乍暗;是"风"驱云掩月,使"院落半晴天";是"风撼梨花树"从而见到院落中的诸种景象。从抒情的重点来看,室内是被春寒所困的翠帷人,室外是被春风所撼的梨花树。当翠帷人怜惜梨花树被风摇撼,落英缤纷的时候,何尝没有"一朝春尽红颜老"的自伤之情呢?春寒入帷是室内气氛的描写,也是翠帷人心理活动的描写。因春寒的袭人,使翠帷人芳心自警,惹起春愁。〇由"风撼梨花树"到"人醉掩金铺",一是翠帷人的活动场所改变了,二是翠帷人的情态改变了,三是写景重点改变了。为什么这样?原来是因为"满眼是相思,无说相思处"也。〇当寒食清明之时,梨花又复飘零,人则深闺独醉,一任秋千闲挂,种种情景、行动,都表现出触处皆愁,愁因相思而起,相思又无处诉说,则其愁愈甚。

(清)陈廷焯:语浅情深,不着力而自胜。——《词则·别调集》

道中寒食二首 (南宋)陈与义

飞絮春犹冷,离家食更寒。能供几岁月,不办了悲欢。刺史蒲萄酒,先生苜蓿盘。一官违壮节,百虑集征鞍。

(清)纪昀:此诗逼近后山。〇冯抹"食更寒"三字,七言中老杜"佳辰强饭食犹寒"句又不敢抹,此全以人之唐、宋为诗之工拙。〇五、六用葡萄酒换凉州事。——《瀛奎律髓汇评》

斗粟淹吾驾,浮云笑此生。有诗酬岁月,无梦到功名。客里逢归雁,愁边有乱莺。杨花不解事,更作倚风轻。

(元)方回:简斋诗即老杜诗也。予平生持所见:以老杜为祖,老杜同时诸人皆可伯仲。宋以后山谷一也,后山二也,简斋为三,吕居仁为四,曾茶山为五。其他与茶山伯仲亦有之,此诗之正派也。余皆傍支别流,得斯文之一体者也。孙真人《千金方》三十六卷,每一卷藏一仙方。予所选唐、宋"节序"五言律凡五十首,藏仙方于其中不知几也。卷卷有之,在人自求。——《瀛奎律髓汇评》

(清)冯舒:此诗之恶派也,在老杜亦尧舜之朱均耳。——同上

(清)冯班:此书大例如此。若我家诗法则不然,欧、梅一也,次则坡公兄弟,次则半山,次则范陆,不得已则"四灵",所谓硁硁小人哉!如山谷出于杜,而杜以前不窥尺寸,有父无祖,何得为正派?放翁出于山谷,却于杜有会处,又善用山谷所长处。○方君云"有仙方于其中",有何仙方?——同上

(清)纪昀:"皆"字有病。○自以为正派,是其偏驳到底之根语,太自矜转形其陋。——同上

(清)许印芳:虚谷语中两"皆"字皆有病,所论亦皆纰缪。简斋学杜,何得遽称其诗?即杜工部同时人,惟王、孟、高、岑、供奉、龙标、盱眙、东川、司勋九家可相伯仲,余子无能为役。宋人学杜,有一祖三宗之说。祖杜而宗山谷、二陈,此说犹有见地。紫微、茶山皆非黄陈敌手,何得相提并论?江西诗自是诗家一派,不能废绝。若谓此是正派,余皆别派,此入主出奴之见,安能服人?北宋大家有东坡,南宋大家有放翁,其本领出二陈、吕、曾之上,惟山谷可相伯仲。虚谷乃谓此五人外皆旁支别派,真瞽谈也。自来论诗,未有如虚谷之固执偏见,好为大言以欺人者。故详辩之,以示初学。——同上

(清)冯舒:甚好。后山犹可,黄则千里。——同上

(清)纪昀:后四句意境笔路皆佳。绰有工部神味,而又非相袭。——同上

(清)许印芳:诗学杜而能近杜妙矣。然近而相袭犹是伪杜,惟近而非相袭,乃真杜也。五、六是折腰句,情景交融,意味深厚。惟"有"字与三句复,三句"岁月"字,又与前章三句复,亦是微瑕。——同上

寒食郊行书事二首 (南宋)范成大

野店垂杨步，荒祠苦竹丛。鹭窥芦箔水，鸟啄纸钱风。媪读袄，上声。老妇人的通称。引浓妆女，儿扶烂醉翁。深村时节好，应为去年丰。

陇麦欣欣绿，山桃寂寂红。帆边渔蕝读决，入声。又读醉，去声，标示的意思。浪，木末酒旗风。信步随芳草，迷途问小童。赏心添脚力，呼渡过溪东。

临江仙·即席和韩南涧韵 (南宋)辛弃疾

风雨催春寒食近，平原一片丹青。溪边唤渡柳边行。花飞蝴蝶乱，桑嫩野蚕生。　绿野先生闲袖手，却寻诗酒功名。未知明日定阴晴。今宵成独醉，却笑众人醒。

淡黄柳 (南宋)姜夔

客居合肥南城赤阑桥之西，巷陌凄凉，与江左(江南)异，惟柳色夹道，依依可怜。因度此阕，以纾客怀。

空城晓角，吹入垂杨陌。马上单衣寒恻恻。看尽鹅黄嫩绿，都是江南旧相识。　正岑寂，明朝又寒食。强携酒、小桥宅，怕梨花落尽成秋色。燕燕飞来，问春何在，唯有池塘自碧。客居空城，“岑寂”难耐，唯柳色可亲，借柳以抒怀也。

(清)谭献：白石、稼轩，同音笙磬，但清脆与镗鞳异响，此事自关性分。——《谭评词辨》

(清)王闿远：亦以眼前语妙。——《湘绮楼选绝妙好词》

(清)陈匪石：调、属引、近一类，为小令入慢曲之关键。但南宋人令、近多参慢曲作法，时有腾挪之笔耳。起二句，一片凄凉景色。“马上”句则人在陌上所感者。细嚼此中神味，“恻恻”之“寒”是从身外来，抑是从心中出？是人是天？是虚是实？虽自身亦不能辨之，此五代作法也。“看尽”句拍到柳色。“都是”句一转，则无异江左，差足解嘲者耳。过变“正岑寂”三字，承上起下，然如置前遍之末，则语气未了，不独与下句“又”字呼应也。“明朝又寒食”，转入时令。八字二句，共分四层。如此凄凉，何心携酒？何心访艳？故下一“强”字为转语——“小桥”借指所眷之人。盖于荒凉寂寞中强遣客怀者。然心境不同，终觉凄异。故“怕”字又一转。下即放笔为之，“梨花落尽”，虽春犹秋。“燕燕飞来”，“池塘自碧”。淡淡说景，而寥落无人之感见于言外。就合肥之地归时视为边城者观之，其寓意极深，神味隽永，意境超妙耐人三日思。此与《扬州慢》、《凄凉犯》两词同一怅触，而作法不同者，慢与近之界也。——《宋词举》

丁未寒食归自三泉　(金)元好问

青山晴暖紫生烟，山下分流百汊读创，去声。小河分支。泉。未放小桃装野景，已看茅屋映秋千。饥乌得食争相唤，醉叟行歌只自颠。寒食明年定何许，故人尊酒且留连。

沁园春·寒食郓州道中　(宋)谢枋得

十五年来，逢寒食节，皆在天涯。叹雨濡露润，还思宰柏；风柔日媚，羞看飞花。麦饭纸钱，只鸡斗酒，几误林间噪喜鸦。天笑道：此不由乎我，也不由他。　　鼎中炼熟丹砂。把紫府清都作一家。想前人鹤驭，常游绛阙；浮生蝉蜕，岂恋黄沙？帝命守坟，王令修墓，男子正当如是耶。又何必，待过家上家，昼锦荣华！此词字面是说寒食，实际上暗含对国破家亡的回忆，"雨濡"四句有两层意思：1. 在"雨濡"天气里，思念墓上柏树（宰柏），也即祭扫祖坟；2. 在"风柔"时羞见飞花，国破家亡，自己无力挽救故而羞对也。上片结句，我—天，他—蒙古贵族。○此词用笔精彩之处，在于心理刻画。层层转折，都是由"想"而出，一想再想，而思想境界亦步步升华。末三句是其思想之高峰，发聋振聩，声裂竹帛；且又多以诘问句出之，一诘再诘，逼人深思，不容回避。鼓舞力、感染力亦随之而出。

寒食诗话楼感怀四首　（清）周亮工

高楼独拥万山前，风展牙旗草色芊。药裹羞随刀共佩，乡书不与燧俱连。天涯作客逢寒食，马上看花见杜鹃。遗令未须频禁火，孤城此际半无烟。

到来风雨半周星，开遍桐华涕自零。病榻惟临乞米帖，荒城早废种鱼经。羽书夜报溪云黑，铁骑朝驰碛草青。不见当年作赋客，遥闻新鬼泣郊坰。

令节空传旧彩球，词人踪迹此高楼。药房难觅青棠种，蕙亩徒看丹棘抽。幕府健儿犹白打，蹴鞠名。古代踢球游戏。上河士女几千秋。飡盘宁为绵山客，此指介子推。币地币同匝，入声。币地，遍地也。韩愈《咏雪赠张籍》诗："浩浩过三暮，悠悠币九垓。"风烟不肯休。

更向中宵抚剑镡，镡读寻，平声。剑柄的顶端部分。峦回嶂叠故园心。突生葶苈读亭历，植物名，其子可供药用。须人刈，刈读意，去声。割取。难觅酴醾酒名。共客斟。一夜滩声争海大，万山雨势起秋深。不知时节何从变，匆匆闲情自莫禁。

寒食二首　（清）李　因

月落池塘野水澄，桃花雨岸挂鱼罾。冷淘寒食无烟火，古刹深山何处灯？

野岸蛙鸣隔浦听，小池春涨漾新萍。潇潇不断黄昏雨，寒食烟消鬼火青。

寒食途次　（清）许廷鑅

粤江水碧粤山低，客路孤舟日易西。又对梨花作寒食，满天芳草鹧鸪啼。

七、清明

阊门即事　（唐）张继

耕夫召募逐楼船，春草青青万顷田。试上吴门窥郡郭，清明几处有新烟？

（近代）刘永济：此诗因登楼眺望，见田野荒芜，“清明”句言人民流散，皆因募农民为水兵也。“春草”句言田园荒芜，“清明”言人民流散。……唐自天宝乱后，兵源缺乏，募民为兵，以至人民逃亡者多，故当清明之际，举火之户甚少，故曰：“清明几处有新烟。”——《唐人绝句精华》

长安清明　（五代）韦庄

早是伤春梦雨天，可堪芳草更芊芊。内官初赐清明火，《唐会要》：“唐朝清明取榆柳之火以赐近臣，顺阳气。”杨巨源《清明》诗：“榆柳清明火，梧桐今日花。”贾岛诗：“晴风吹柳絮，新火起厨烟。”上相闲分白打钱。白打，蹴鞠名，见《蹴鞠谱》。紫陌乱嘶红叱拨，红叱拨，大宛汗血马名。元稹诗：“平地须饶红叱拨。”绿杨高映画秋千。游人记得承平事，暗喜风光似昔年。

(清)朱三锡:曰“早是”,曰“可堪”,皆触景感怀口吻也。“内官”、“上相”皆追忆昔年升平之事;“叱拨”、“秋千”,皆追忆昔年升平之景。独是升平虽异,而风光不改。曰“暗喜”者,乃游人暗喜耳。——《东岩草堂评订唐诗鼓吹》

(清)周咏棠:一起宕漾有神(首句下)。——《唐贤小三昧集续集》

蝶恋花　(五代)冯延巳

六曲阑干偎碧树。杨柳风轻,展尽黄金缕。谁把钿筝移玉柱。穿帘海燕惊飞去。　满眼游丝兼落絮。红杏开时,一霎清明雨。浓醉觉来慵不语,惊残好梦无寻处。

(清)谭献:金碧山水,一片空蒙。此正周氏所谓“有寄托入,无寄托出”也。——《谭评词辨》

(清)陈廷焯:正中《蝶恋花》一词,最为古雅,“六曲栏干”唱后,几成绝句。——《白雨斋词话》

又云:雅秀工丽,是欧公之祖。字字和雅,字字秀丽,词中正格也。——《云韶集》

(近代)吴梅:《蝶恋花》诸作,情词悱恻,可群可怨。张皋文云“忠爱缠绵,宛然《骚》、《辩》之义”。余最爱诵之。如“日日花前带病酒,不辞镜里朱颜瘦”;“泪眼倚楼频独语,双燕来时,陌上相逢否”;“浓睡觉头来莺乱语,惊残好梦无寻处”。思深意苦,又复忠厚恻怛,词到此则一切叫嚣纤冶之失,自无从犯其笔端矣。——《词学通论》

醉桃源　(五代)冯延巳

南园春半踏青时。风和闻马嘶。青梅如豆柳如眉。

日长蝴蝶飞。　　花露重，草烟低。人家帘幕垂。秋千慵困解罗衣。画梁双燕栖。

(明)沈际飞：景物闲远。○帘垂则燕栖，栖则在梁，妥甚。——《草堂诗余别集》

(清)黄苏：是人是物，无非化日舒长之景，望而知为治世之音，词家胜象。——《蓼园词选》

蝶恋花　　(五代)李　煜

遥夜亭皋水边的平地。《汉书·司马相如传》："亭皋千里，靡不被筑。"王先谦补注："亭皋千里，犹言平皋千里。亭当训平，皋水旁地。"闲信步。乍过清明，早觉伤春暮。数点雨声风约住。朦胧淡月云来去。

桃李依依春暗度，谁在秋千，笑里低低语。一片芳心千万绪。人间没个安排处。

(明)沈际飞：(评"数点雨声"二句)片时佳景，两语留之。——《草堂诗余正集》

(明)沈谦："红杏枝头春意闹"、"云破月来花弄影"，俱不及"数点雨声风约住，朦胧淡月云来去"。予尝谓李后主拙于治国，在词中犹不失为南面王。——《填词杂说》

(近代)俞陛云：上半首工于写景，风收残雨，以"约住"二字状之，殊妙。雨后残云，惟映以淡月，始见其长空来往，写风景宛然。结句言寸心之愁，而宇宙虽宽，竟无容处，其愁宁有际耶！唐人诗"此心方寸地，容得许多愁"。愁之为物，可谓放之则弥六合，卷之则退藏于密，惟能手得写出之。——《唐五代两宋词选释》

清明辇下怀金陵　(北宋)王安石

春阴天气草如烟,时有飞花舞道边。院落日长人寂寂,池塘风慢鸟翩翩。故园回首三千里,新火伤心六七年。青盖皂衫无复禁,《宋史·舆服志》:"伞,人臣通用,以青绢为之。宋初,京城内独亲王得用。太宗太平兴国中,宰相、枢密使始用之。"可能乘兴酒家眠。

庆清朝慢·踏青　(北宋)王　观

调雨为酥,催冰做水,东君分付春还。何人便将轻暖,点破残寒?结伴踏青去好,平头鞋子小双鸾。烟郊外,望中秀色,如有无间。　晴则个,阴则个,饾饤将食品堆叠在器皿中摆设出来。读豆订,皆去声。得天气,有许多般。须教镂花拨柳,争要先看。不道吴绫绣袜,香泥斜沁几行斑。东风巧,尽收翠绿,吹在眉山。

(宋)黄昇:(王)观有《冠柳集》,序者称其高于柳词,故曰"冠柳"。至于《踏青》一词,又不独冠柳词之上也。踏青词即《庆清朝慢》,今载于首。风流楚楚,词林中之佳公子也。世谓柳耆卿工为浮艳之词,方之此作,蔑矣。词名"冠柳",岂偶然哉!——《唐宋诸贤绝妙词选》

(清)贺裳:词之最丑者,为酸腐,为怪诞,为粗莽。然险丽贵矣,须泯其镂划之痕乃佳。如蒋捷"灯摇缥晕茸窗冷",可谓工矣,觉斧迹犹在。如王通叟春游曰"晴则个,阴则个(略)",则痕迹都无,真犹石尉香尘,汉皇掌上也。两"个"字,尤弄姿无限。——《皱水轩词筌》

(清)先著、程洪:玉林云"风流楚楚,词林中之佳公子也"。然不可无一,不可有二,学步则非。韶美轻俊,恐一转便入流俗,故词先辨品。——《词

洁》

(清)黄苏：此词系最著名之作，黄叔旸亟称赏之。然总未免纤巧，少真意，第语多清隽耳。——《蓼园词选》

清 明 (北宋)黄庭坚

佳节清明桃李笑，野田荒垅只生愁。雷惊天地龙蛇蛰，雨足郊原草木柔。人乞祭余骄妾妇，齐人乞播间之祭，归而骄其妻妾。事见《孟子》。士甘焚死不公侯。用介子推事。贤愚千载知谁是，满眼蓬蒿共一丘。

清 明 (南宋)陈与义

雨晴闲步涧边沙，行入荒林闻乱鸦。寒食清明惊客意，暖风迟日醉梨花。书生投老即告老。王羲之《十七帖》："实望投老，得尽田里骨肉之欢。"王官谷，司空图隐居中条山王官谷。壮士偷生漂母家。用韩信事。不用秋千与蹴踘，只将诗句答年华。

(元)方回：三、四变体，又颇新异。呜呼古今诗人当以老杜、山谷、后山、简斋四家为一祖三宗，余可预配飨者有数焉。——《瀛奎律髓汇评》

(清)冯班：山谷着他看门，后山着他扫地，简斋姑用捧茶。看门者虽入其门户，然实门外汉。主人行住坐卧颇亦知之，而堂奥中事实则茫然也。扫地者，尘垢多也。捧茶颇近人，童子事耳，然颇得主人意。茶山、昌父则又从阍人问主人起居者，未必不是，实则不是也。〇呜呼，此专论七言律！——同上

(清)无名氏(乙)：三家固自佳，遽定为一祖三宗，亦方氏一家说也。——同上

（清）冯舒："偷生"句，史只言进食，不曾说到"漂母家"。子美有此漏逗否？——同上

（清）冯班："偷生"句全不妥，不惟"家"字也。——同上

（清）陆贻典："家"字凑。——同上

（清）许印芳：律诗前半用叠笔者，词语不为犯复。此词非用叠笔，而首句清明与三句犯复，太失检点，学者戒之。〇诗家变体，非一端可尽。虚谷诗学，只于字句上用功夫，故所选《律髓》一书，专取字句。其讲变体，但取对法活变。又但取虚实相对之一法。全卷选诗二十九首（谓变体），批词二千余言，凡言一轻一重，一物一我，一景一情，不出虚实二字。此二字不能尽律诗之变，并不能悉对法之变。学者欲穷其变，取古大家诸名篇熟读深思，又取列代名家诸名篇参观互勘，庶几悉其变态耳。——同上

清　明　（南宋）陆 游

气候三吴异，清明乃尔寒。老增丘墓感，贫苦道途难。燕子家家入，梨花树树残。一春回首尽，怀抱若为宽。

（元）方回：三、四凄怆，第七句最好，颈联亦平熟。——《瀛奎律髓汇评》

（清）纪昀：三、四极佳，然太袭香山"齐云楼"句。——同上

行香子·三山作 三山在福州。　（南宋）辛弃疾

好雨当春。要趁归耕。况而今、已是清明。小窗坐地，侧听檐声。恨夜来风，夜来月，夜来云。　花絮飘零。莺燕丁宁。怕妨侬、湖上闲行。天心肯后，费甚心情。放霎时阴，霎时雨，霎时晴。

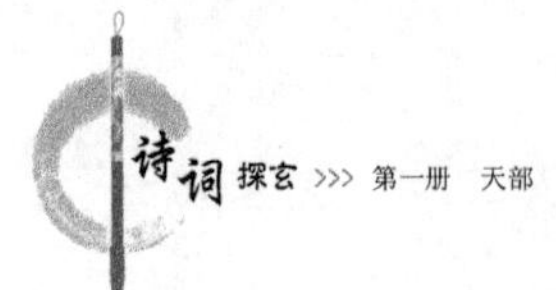

（清）梁启超：此告归未得请时作也。发端云“好雨当春，要趁归耕。况而今、已是清明”。直出本意，文义甚明。次云“小窗坐地，侧听檐声。恨夜来风，夜来月，夜来云”。谓受谗谤迫扰，不能堪忍也。下半阕云“花絮飘零。莺燕丁宁。怕妨侬、湖上闲行”。尚虑有种种牵制，不得自由归去也。次云“天心肯后，费甚心情。放霎时阴，霎时雨，霎时晴”。谓只要俞旨一允，万事便了；却是君意难测，然疑间作，令人闷杀也。此诗人比兴之旨，意内言外，细绎自见。先生虽功名之士，然其惓惓者，在雪大耻，复大仇，既不得所藉手，则区区专阃虚荣，殊非所愿。……盖已知报国夙愿，不复能偿，而厌弃此官抑甚矣。——《辛稼轩先生年谱》

庚辰西域清明　（辽）耶律楚材

清明时节过边城，远客临风几许情。野鸟间关难解语，山花烂熳不知名。蒲萄酒熟愁肠乱，玛瑙杯寒醉眼明。遥想故园今好在，梨花深院鹧鸪声。

风入松　（南宋）吴文英

听风听雨过清明。愁草瘗花铭。楼前绿暗分携路，一丝柳、一寸柔情。料峭春寒中酒，交加晓梦啼莺。
西园日日扫林亭。依旧赏新晴。黄蜂频扑秋千索，有当时、纤手香凝。惆怅双鸳不到，幽阶一夜苔生。万云骏云：首二句伤春，三、四伤别，五、六则是伤春又伤别交织交融，形象丰满，意蕴深厚。李煜《相见欢》“林花谢了春红，太匆匆，无奈朝来寒雨晚来风”，这是白天。孟浩然“夜来风雨声，花落知多少”，这是晚上。白天对风雨中落花，不忍见，但不能不听到；晚上则为花无眠，以听风听雨为常。首句四字写出词人在清明节前后听风听雨，愁风愁雨的惜花伤春情绪。“愁草瘗花铭”五字千锤百炼。满地落花，应加收拾，给以埋葬，是一层意思；埋葬已毕，仍不惬于心，想草一篇《瘗花铭》，此二层意思；草铭为花伤心，为花落泪，愁绪横生，此三层意思。“绿暗”,由于红稀。“料峭”、“交加”用得好。病酒往往畏寒,而“料峭”的春寒又复侵袭之,真是“残寒正欺病酒”。“交加”杂多重沓貌,此指梦境,亦指莺声,人迷困在杂沓的梦境之中,莺啼声声,时醒时梦,写出愁梦困扰情况。上片是愁风雨,惜年华,伤离别,意象集中精炼而又感人至深。○下片清明已过,风雨已止,天气放晴了。但分别的情人,何能忘怀。有两种写法,一种是不忍去曾一起游赏之处,以免触景生悲;一种是不忍不去。“依旧”者,不忍去但又不忍不去也。黄蜂因秋千索上有纤手香凝而频频扑去,黄蜂如此,则人可知矣。谭献《谭评词辨》云:“此是梦窗极经意词,有五季遗响。‘黄蜂’二句是痴语,是深语。结处见温厚。”“日日扫林亭”,就是毫无希望而仍望着她来。○陈洵《海绡说词》云:“见秋千而思纤手,因蜂扑而念香凝,纯是痴望神理。”这也可说是诗的真实和生活真实的区别吧!结句“双鸯不到”(双鸯是一双绣有鸳鸯的鞋子),明写其不再来而生出惆怅。而这惆怅之情仍不抽象地说出,即用形象来表达。“幽阶一夜苔生”,语含夸张。庾肩吾《咏长信宫中草》“全由履迹少,亦欲上阶生”。李白《长干行》“前门迟行迹,一一生绿苔”,梦窗诗自此化来。不怨其不来,而只说“苔生”,这就是谭献所说的温厚。

(清)许昂霄:结句亦从古诗“全由履迹少,并欲上阶生”化出。——《词综偶评》

(清)谭献:此是梦窗极经意词,有五季遗响。“黄蜂”二句是痴语,是深语。结处见温厚。——《谭评词辨》

(清)陈廷焯:情深而语极纯雅,词中高境也。——《白雨斋词话》

(近代)陈洵:思去妾也,此意集中屡见。《渡江云》题曰“西湖清明”,题邂逅之始;此则别后第一个清明也。“楼前绿暗分携路”,此时觉翁当仍寓西湖。风雨新晴,非一日间事,除了风雨,即是新晴,盖云我只如此度日。“扫林亭”,犹望其还,赏则无聊消遣,见秋千而思纤手,因蜂扑而念香凝,纯是痴望神理。“双鸯不到”犹望其到;“一夜苔生”踪迹全无,则惟日日惆怅而已。——《海绡说词》

清　明　(清)王　岱

忽忽春光过半时,浴蚕是古代育蚕选种的方法。天气雨如丝。无端柳色侵书幌,忆着河桥折处枝。指当时分别之处也。

石桥扫墓　(清)鄂尔泰

石桥西下白杨堆,宿草初从暖气回。一陌祭奠用的纸钱又称陌钱。陌相当于叠。纸钱三滴酒,几家坟上子孙来?

传言玉女　(清)张惠言

多谢东风,吹送故园春色。低晴浅雨,做清明时节。昨夜花影,认得江南新月。一枝枝、漾春魂春魂指梨花。如雪。　却问东风,怎都来、伴阒寂?阒读曲,入声。阒寂,宁静也。卢照邻《病梨花赋》:"余独病卧兹邑,阒寂无人,伏枕十旬,闭门三月。"绣屏绮陌,有春人浓觅。闲庭闭门,拼锁一丝愁绝。梦儿无奈,又随春出。

春日杂感　(清)杨圻

故山春暖胜天涯,湖上春来遍是花。半世清明都为客,在家犹自梦还家。

八、端　午

端午赐衣　(唐)杜　甫

宫衣亦有名，端午被恩荣。细葛含风软，香罗叠雪轻。自天题处湿，承首联。当暑着来清。承次联。意内称长短，终身荷圣情。《镜铨》："结语善致感恩意。"钟伯敬云："是近臣谢表。"

端　午　(唐)僧文秀

节分端午自谁言？万古传闻为屈原。堪笑楚江空渺渺，不能洗得直臣冤。

南歌子・钱塘端午　(北宋)苏　轼

山与歌眉敛，波同醉眼流。此倒装句也。即"歌与眉山敛，醉同眼波流"也。游人都上十三楼，地名。杭州西湖北山有十三间楼，故称。不羡竹西歌吹、古扬州。杜牧《题扬州禅智寺》诗："斜阳竹西路，歌吹是扬州。"又有杜牧"婷婷袅袅十三余"之意。　　菰黍粽也。连昌歜，歜此读斩，上声。菖蒲也。琼彝倒玉舟。皆酒器。谁家《水调》唱歌头，声绕碧山飞去，晚云留。用《列子》秦青故事："声振林木，响遏行云。"

(明)杨慎：端午词多用汨罗事，此独绝不涉，所谓善脱套者。又《词品》云"《汉书》五城十二楼，仙人居也"。诗家多用之。东坡词"游人多上十三楼，不羡竹西歌吹，古扬州"。用杜牧诗"娉娉袅袅十三余"之句也。——《草堂诗余》

(明)潘游龙：此词妙在援引古事，不为古用，非直写景物而已。——《精选古今诗余醉》

(清)张宗橚：《西湖志》云："大佛寺畔，旧有相严院，晋天福二年建，有十三间楼。楼上贮三才佛一尊。苏子瞻治郡时，常判事于此，殆即此词所云十三楼耶。"——《词林纪事》

喜迁莺·端午泛湖　(北宋)黄裳

梅霖初歇。乍绛蕊海榴，争开时节。角黍包金，香蒲切玉，是处玳筵罗列。斗巧尽输年少，玉腕彩丝双结。舣彩舫，看龙舟两两，波心齐发。　奇绝。难画处，激起浪花，飞作湖间雪。画鼓喧雷，红旗闪电，夺罢锦标方彻。望中水天日暮，犹见朱帘高揭。归棹晚，载荷花十里，一钩新月。

(宋)张炎：昔人咏节序，不惟不多，附之歌喉者，类是率俗，不过为应时、纳祜之声耳。所谓清明"折桐花烂漫"，端午"梅霖初歇"，七夕"炎光谢"，若律以词家调度，则皆未然。——《词源》

临江仙　(南宋)陈与义

高咏楚词酬午日，天涯节序匆匆。榴花不似舞裙红。

无人知此意，歌罢满帘风。　　万事一身伤老矣，戎葵凝笑墙东。酒杯深浅去年同。试浇桥下水，今夕到湘中。从“高咏”到“歌罢”，在一曲楚词的时空之中，以一“酬”字交代了时间的过渡。酬即对付、打发，此处有度过之意，如杜牧“但将酩酊酬佳节”。〇“万事一身伤老矣”一声长叹，包涵了对国家离乱，个人身世的多少怆恨！人老了，一切欢娱都成过去。“戎葵”与“榴花”都是五月的象征。“酒杯深浅”是以今日之酒与去年之酒作比较，特写时间的流逝。酒杯深浅相同，而时事日非，不可同日而语，感喟遥深。〇结句对屈原凭吊，其强烈的怀旧之思和爱国之情，已付托于这“试浇”的动作及“桥下水”、“今夕到湘中”的遐想之中。

(金)元好问：世所传乐府多矣，如山谷《渔父词》“青箬笠前无限事，绿蓑衣底一时休。斜风细雨转船头”，陈去非怀旧云“忆者午桥桥下饮，坐中都是豪英。长沟流月去无声。杏花疏影里，吹笛到天明。三十年来成一梦，此身虽在堪惊。闲登高阁赏新晴。古今多少事，渔唱起三更”，又云“高咏楚词酬午日，(下略)”如此等类，诗家谓之言外句，含咀之久，不传之妙，隐然眉睫间。惟具眼者乃能赏之。古有之，人莫不饮食，鲜能知味，譬之羸牸老羝，千煮百炼，椒桂之香逆于人鼻，然一吮之后，败絮满口，或厌而吐之矣。必若金头大鹅，盐养之再宿，使一老奚知火候者烹之，肤黄肪白，愈嚼而味愈出，乃可言其隽永耳。——《自题乐府引》

(金)佚名：“试浇桥下水”，盖反独醒意，以吊灵均也。——《简斋集增注》

(金)刘辰翁：婉约纶至，诗人之词也。——《须溪评点简斋诗集》

忆秦娥·五日移舟明山下作

(南宋)陈与义

鱼龙舞。湘君欲下潇湘浦。潇湘浦。兴亡离合，乱波平楚。犹平野。《南齐书》谢朓《宣城郡内登望》诗：“寒城一以眺，平楚正苍然。”

独无樽酒酬端午。移舟来听明山雨。明山雨。白头孤客，洞庭怀古。《嘉庆一统志》：明山在湖南岳州府平江县南五十里，一名奉国山。

贺新郎·端午　　(南宋)刘克庄

深院榴花吐。画帘开、綀读疏,平声。粗麻织物。衣纨扇,午风清暑。儿女纷纷夸结束,打扮也。新样钗符艾虎。早已有、游人观渡。竞渡,龙舟比赛。老大逢场慵作戏,任陌头、年少争旗鼓。溪雨急,浪花舞。　灵均标致高如许。忆生平、既纫兰佩,更怀椒糈。糈读许,上声。椒糈是以椒香拌精米制成的祭神食物。《楚词·离骚》:"巫咸将夕降兮,怀椒糈而要之。"谁信骚魂千载后,波底垂涎角黍。又说是、蛟馋龙怒。把似而今醒到了,料当年、醉死差无苦。聊一笑,吊千古。《续齐谐记》云:"屈原五月五日自投汨罗而死。楚人哀之,每至此日,以竹筒贮米投而祭之。汉建武中,白日忽见一人,自称三闾大夫,云:'当年所遗,并为蛟龙所窃,今若有遗,可以楝树叶塞其上,以五色丝缚之,此物蛟龙所惮也。'"

(明)杨慎:此一段议论,足为三闾千古知己。非为灵均雪耻,实为无识者下一针砭,思理超超,意在笔墨之外。〇又云:就竞渡者及沉角黍者落想,是从实处落想。——《草堂诗余》

澡兰香·淮安重午　　(南宋)吴文英

盘丝指盘曲的五色丝。端午节古人有以五色丝系臂的风俗,认为这样可以驱鬼祛邪。系腕,巧篆指书写咒语的小笺,古人以为佩符篆可以避灾。垂簪,玉隐绀纱睡觉。银瓶露井,彩箑云窗,往事少年依约。为当时、曾写榴裙,伤心红绡褪萼。黍梦即黄粱梦,见沈既济《枕中记》。光阴渐老,汀洲烟蒻。蒻读弱,入声。嫩的香蒲。　莫唱江南古调,怨抑难招,楚江沉魄。沉魄指屈原。薰风燕乳,暗雨梅黄,午镜澡兰帘幕。念秦楼、也拟人归,应剪菖蒲自酌。

但怅望、一缕新蟾，随人天角。

(清)先著、程洪：亦是午日情事，但笔端幽艳，如古锦灿然。——《词洁》

(近代)陈洵：此怀归之赋也。起五句全叙往事，至第六句点出写“裙”，是睡中事。“榴”字融人事入风景，“褪萼”见人事都非，却以风景不殊作结。后片纯是空中设景，主意在“秦楼也拟人归”一句，“归”字紧与“招”字相应，言家人望已归，如宋玉之招屈原也。既欲归不得，故曰“难招”，曰“莫唱”，曰“但怅望”，则“也拟”亦徒然耳。击首则尾应，击尾则首应，击中间则首尾皆应，阵势奇变极矣。金针度人，全在数虚字，屈原事不过借古以陈今。“薰风”三句，是家中节物，秦楼倒影。秦楼用弄玉事，谓家所在。——《海绡说词》

午日观竞渡，寄怀家兄兼答辟疆感旧之作

(清)王士禛

风景芜城画扇时，轻荫漠漠柳丝丝。三年京洛无消息，五日乡关有梦思。空对鱼龙怀楚俗，谁将蘅芷荐湘累？故人不见东皋子，骚些吟成但益悲。

他乡七夕　(唐)孟浩然

他乡逢七夕，旅馆益羁愁。不见穿针妇，空怀故国

楼。绪风即秋风。初减热,新月始临秋。谁忍窥河汉,迢迢问斗牛。

七 夕 (唐)祖 咏

闺女求天女,更阑意未阑。玉庭开粉席。《风土记》:"七月七日其夜洒扫于庭露,施几筵,设酒脯时果,散香粉于河鼓织女。"罗袖捧金盘。向月穿针易,临风整线难。不知谁得巧?《天宝遗事》:"七月七日夜,宫女各捉蜘蛛于小盒中,至晓开视蛛网疏密以为得巧多少,民间效之。"明旦试相看。

七 夕 (唐)李 贺

别浦天河也。以其为二星隔绝之地,故名别浦。今朝暗,罗帷午夜愁。鹊辞穿线月,花入曝衣楼。《景龙记》:太液池西有汉武帝曝衣楼。常至七月七日,宫女出后衣登楼曝之。天上分金镜,月如半镜也。亦暗影牛女暂合复别如镜之分也。人间望玉钩。喻新月。鲍照《玩月城西门廨中》:"蛾眉蔽珠栊,玉钩隔琐窗。"李白《挂席江上待月有怀》:"倏忽城西郭,青天悬玉钩。"钱塘苏小小,借指所怀念之人。更值一年秋。

池塘七夕 (唐)温庭筠

月出西南露气秋,绮寮寮,窗也。绮寮谓雕绘装饰得美丽的窗户。河汉在斜沟。杨家绣作鸳鸯幔,张氏金为翡翠钩。香烛有花妨宿燕,画屏无睡待牵牛。万家砧杵三篙水,一夕横塘似旧游。

七夕偶题　（唐）李商隐

宝婺《左传》注："婺女为已嫁之女，织女为处女。"徐陵《玉台新咏序》："金星与婺女争华。"摇珠佩，常娥照玉轮。灵归天上匹，谢惠连《牛女》诗："云汉有灵匹。"巧遗世间人。花果香千户，笙竽滥四邻。明朝晒犊鼻，方信阮家贫。《竹林七贤论》："阮咸好酒而贫，旧俗七月七日晒衣，诸阮庭中灿然莫非绨锦，咸乃竖长竿以大布犊鼻裈，曝于庭中曰：'未能免俗，聊复尔尔。'"〇此是李商隐早期之作。前四句咏牛女相会，后四句则叹人家富饶而自己贫穷而已。

壬申七夕　（唐）李商隐

已驾七香车，心心待晓霞。风轻惟响佩，日薄不嫣读焉，平声。美好貌。花。桂嫩传香远，榆高送影斜。成都过卜肆，曾妒识灵槎。末二句用张骞事，见《荆楚岁时记》。

海　客　（唐）李商隐

海客乘槎上紫氛，星娥罢织一相闻。只应不惮牵牛妒，聊用支机石赠君。《荆楚岁时记》及《博物志·杂说》皆有织女支机石赠海客之事。此诗借此为喻。叶葱奇《疏注》云："首句比喻新登机要，次句'星娥'自比。三句'牵牛'比上司，末句'支机石'比自己的诗文。"

壬申闰秋赠乌鹊 (唐)李商隐

绕树无依月正高，邺城新泪溅云袍。云袍指饰有彩云图案的官服。几年始得逢秋闰，两度填河莫告劳。

七 夕 (唐)李商隐

鸾扇斜分凤幄开，星桥庚信《七夕》诗："星桥通汉使。"横过鹊飞回。争犹怎也。白居易《题峡中石上》："诚知老去风情少，见此争无一句诗！"将世上无期别，换得年年一度来。此为李商隐丧偶之后作。语意悲切。

辛未七夕 (唐)李商隐

恐是仙家好别离，故教迢递作佳期。由来碧落银河畔，可要金风玉露时。清漏渐移相望久，微云未接过来迟。岂能无意酬乌鹊，惟与蜘蛛乞巧丝。

银河吹笙 (唐)李商隐

怅望银河吹玉笙，《列仙传》：王子晋善吹笙，七月七日乘白鹤于缑氏山头举手谢时人而去。楼寒院冷接平明。重衾幽梦他年断，别树羁雌枚乘《七发》："暮则羁雌，迷鸟宿焉。"昨夜惊。月榭故香因雨发，风帘残烛隔霜清。不须浪作缑读钩，平声。山意，湘瑟秦箫自有情。颔联承怅望，腹联承寒冷。吹笙者不须猛浪作意，登仙远离。情爱如湘灵之瑟，弄玉之箫，皆成匹偶。另有一种情思耳。

（清）胡以梅：此诗全以艳情，谓所欢之辞，然曰“重衾”、曰“羁雌”、曰“湘瑟秦箫”，其意太泄，乃是托言谓当路者不接引，空羡其声闻耳。——《唐诗贯珠》

（清）姚培谦：此悼亡之词，故以银河吹笙托意。——《李义山诗集笺注》

（清）程梦星：此亦为女冠而作。银河为织女聚合之期，吹笙为子晋得仙之事，故以“银河吹笙”命题。起句揣其情也。次句思其地也。三、四承起句，叙其怅望之事也。五、六承次句，叙其寒冷之景也。七、八谓其入道不如适人，浪作缑山驾鹤之思，何似湘灵之为虞妃，秦楼之嫁萧史耶？——《重订李义山诗集笺注》

（清）屈复：一、二怅望至晓，三、四相思，五、六楼寒院冷景况，七、八决绝之词，即“子不思我，岂无他人”意。——《玉溪生诗意》

（清）冯浩：上四句言重衾幽梦，徒隔他年，羁绪离情，难禁昨夜，是以未及平明而起，望银河吹笙遣闷也。总因不肯直叙，易令人迷。缑山专言仙境，湘瑟秦箫则兼有夫妻之缘者，与银河应。此必咏女冠，非悼亡矣。——《玉溪生诗集笺注》

（近代）张采田：此种诗语浅意深，全在神味。——《李义山诗辨正》

织女怀牵牛　（唐）曹唐

北斗佳人双泪流，眼穿肠断为牵牛。封题锦字凝新恨，抛掷金梭织旧愁。桂树三春烟漠漠，银河一水夜悠悠。欲将心向仙郎说，借问榆花早晚秋。郝天挺云：《古乐府》“天上何所有，历历种白榆”，谓星也。廖文炳云：“榆星初秋乃见。”

鹊桥仙　（北宋）欧阳修

月波清霁，烟容明淡，灵汉旧期还至。鹊迎桥路接天津，映夹岸、星榆点缀。　　云屏未卷，仙鸡催晓，肠断去年情味。多应天意不教长，恁恐把、欢娱容易。

鹊桥仙·七夕送陈令举　（北宋）苏 轼

缑山仙子，高情云渺，不学痴牛骙读矮，上声。愚也。女。凤箫声断月明中，举手谢、时人欲去。　　客槎曾犯，银河微浪，尚带天风海雨。相逢一醉是前缘，风雨散、飘然何处。陆游《渭南文集·跋东坡七夕词》云："昔人作七夕诗，率不免有珠栊绮疏惜别之意；惟东坡此篇，居然是星汉上语。歌之曲终，觉天风海雨逼人。学诗者当以是求之。"

乞 巧　（北宋）李 朴

处处香筵拂绮罗，为传神女渡天河。休嫌天上佳期少，已恨人间巧态多。齰舌齰读责，入声。齰舌，不说话。自应工妩媚，方心方正之心。《管子·霸言》："先王之争天下也以方心，其立之也以整齐，其治之也以平易。"柳宗元《乞巧文》："凿臣方心，规以大圆，拔去呐舌，约以工言。"谁更苦镌磨。独收至拙为吾事，笑指双针一缕过。

（元）方回：李朴，字先之，章贡人。早从程伊川游，坐为陈莹中所荐，流落三十年。靖康初除给事中，不及拜。七夕无好律诗，以此备数。其人能践言，不愧此诗。——《瀛奎律髓汇评》

（清）冯班：李长吉"鹊辞穿线月"一联，非好句乎？〇子厚《乞巧文》后《七夕》诗自宜作此语。——同上

（清）冯班：亦好。——同上

（清）纪昀：亦有意翻案，而太直、太激，非风人之旨。〇五、六堆垛而成，

乏兴象玲珑之妙。——同上

鹊桥仙　(北宋)秦　观

纤云弄巧，飞星传恨，银汉迢迢暗度。金风玉露一相逢，便胜却、人间无数。　　柔情似水，佳期如梦，忍顾鹊桥归路。两情若是久长时，又岂在、朝朝暮暮！“金风玉露”用李商隐《辛未七夕》诗：“恐是仙家好别离，故教迢递作佳期。由来碧落银河畔，可要金风玉露时。”○“柔情似水”照应“银汉迢迢”，即景设喻，十分自然。○不说不忍离去，却说不忍看鹊桥归路，婉转语意中，含有无限惜别之情，含有无限辛酸眼泪。沈际飞评曰：世人咏七夕，往往以双星会少离多为恨，独此词谓情长不在朝朝暮暮，化朽腐为神奇也。○此词句句是天上，句句写双星，而又句句写人间，句句写人情；天人合一，成为千古抒情绝唱。其抒情，悲哀中有欢乐，欢乐中有悲哀，悲欢离合，起伏跌宕。词中有抒情，有写景，有议论，虚实兼顾，融情景于一炉。婉约词家常以议论为病，作婉约派的大师，在此篇中发抒议论：“金风玉露一相逢，便胜却人间无数”，“两情若是久长时，又岂在朝朝暮暮”。只要运用得好，又有何害？

(明)李攀龙：相逢胜人间，会心之语。两情不在朝暮，破格之谈。七夕歌以双星会少别多为恨，独少游此词谓“两情若是久长”二句，最能醒人心目。——《草堂诗余隽》

(明)卓人月：数见不鲜，说得极是。欧阳公《七夕》诗“莫云天上稀相见，犹胜人间去不归”。——《古今词统》

(明)沈际飞：七夕以双星会少别多为恨，独谓情长不在朝暮，化臭腐为神奇。——同上

(清)黄苏：按七夕歌以双星会少别多为恨，少游此词谓两情若是久长，不在朝朝暮暮，所谓化臭腐为神奇。凡咏古题，须独出心裁，此固一定之论。少游以坐党被谪，思君臣际会之难，因托双星以寄意，而慕君之念，婉恻缠绵，令人意远矣。——《蓼园词选》

和黄预七夕　　（北宋）陈师道

盈盈一水不斯须，经岁相过自作疏。坐待翔禽报佳会，径须飞雨洗香车。超腾水部陈篇上，收拾愚溪作赋余。信有神仙足官府，我宁辛苦守残书。

（元）方回：七夕诗七言律无可选，仅此而已。何逊《七夕》诗："仙车驻七襄，凤驾出天潢。月映九微火，风吹百和香。逢欢暂巧笑，还泪已啼妆。别离不得语，河汉渐汤汤。"后山以为陈篇，吾侪当会意也。——《瀛奎律髓汇评》

（清）纪昀：此却有理。——同上

（清）冯舒：第二句成何理？〇第七句抄昌黎，丑甚。〇后山全不解齐梁诗，所以讥何水部也。七夕好诗多矣，方云无之，正坐"陈篇"二字在胸中，见其作古语便谓不佳耳，故所收者皆拙劣。——同上

（清）冯班：不陈熟否？神仙官府何与牛、女嘉会？——同上

（清）纪昀：刻意洗刷，不免有吃力之痕。——同上

鹊桥仙·七夕　　（南宋）范成大

双星良夜，耕慵织懒，应被群仙相妒。娟娟月姊读子，上声。女兄。满眉颦，更无奈、风姨吹雨。　　相逢草草，争如休见，重搅别离心绪。新欢不抵旧愁多，倒添了、新愁归去。七夕词其中佼佼者，前有欧阳修，中有秦少游，后有范成大。欧词主旨在"多应天意不教长"，秦词旨在"两情若是久长时，又岂在朝朝暮暮"。成大此词则旨在"新欢不抵旧愁多，倒添了、新愁归去"。可见欧词所写，本是人之常情。秦词所写乃"破格之谈"，是对欧词的翻案、异化，亦可说是指出向上一格。而成大此词则是对欧词的复归、深化。牛女爱情，纵然有不在朝暮之高致，但人心总得是人心，无限漫长的别离，生生无已的悲剧，决非人心所应堪受，亦比高致来得更为广大。

感皇恩 （金）党怀英

一叶下梧桐，一叶落知天下秋。新凉风露。喜鹊桥成渺云步。旧家机杼，杼读柱，上声。织布的梭子。巧织紫绡如雾。新愁还织就，无重数。　　天上何年，人间朝暮。回首星津银河。又空渡。盈盈别泪，散作半空疏雨。离魂都付与，秋将读平声，挟带也。去。

绿头鸭·七夕 （南宋）辛弃疾

叹飘零。离多会少堪惊。又争如、天人有信，不同浮世难凭。占秋初、桂花散采，向夜久、银汉无声。凤驾催云，红帷卷月，泠泠一水会双星。素杼冷，临风休织，深诉隔年诚。飞光浅，青童语款，丹鹊桥平。　　看人间、争求新巧，纷纷女伴欢迎。避灯时、彩丝未整，拜月处、蛛网先成。谁念监州，萧条官舍，烛摇秋扇坐中庭。笑此夕、金钗无据，遗恨满蓬瀛。欹高枕，梧桐听雨，如是天明。

西江月·新秋写兴 （南宋）刘辰翁

天上低昂似旧，人间儿女成狂。夜来处处试新妆。却是人间天上。　　不觉新凉似水，相思两鬓如霜。梦从海底跨枯桑。阅尽银河风浪。“似旧”二字，意在言外，暗示自然界的景象虽然没有什么变化，但人事却发生了沧桑巨变，暗逗结尾两句。下句说人间儿女也像从前一样，如痴如狂地欢度七夕。“成狂”即包“似旧”之意，言外有无限感慨。“却是"二字，言外有刺，不露声色。〇结拍写七夕之梦。上句暗用《神仙传》沧海变为桑田的故实，下句以"银河"切题目"新秋"。这里明为纪梦，实际上是借梦来表达对于世事的巨变和人间的风浪的感受。〇刘熙载《艺概·词曲概》说："眼乃神光所聚，故有通体之眼，有数句之眼，前前后后无不待眼光照映。"结末二句正是通体之眼。有此二句，不但上片"儿女成狂"情景讽慨自深，就连过片的"新凉"、"相思"也都获得了特殊的含义。

七夕二首　（明）陈子龙

夜来凉雨散，秋至绪风《楚辞》："乘鄂渚而反顾兮，欸秋冬之绪风。"王逸注："绪，余也。"多。渺渺云澄树，峨峨人近河。金钿烟外落，玉佩暗中过。闻说天孙巧，虚无奈尔何。

清影何时隐，神光迥澹浮。龙鸾虚伫月，乌鹊静临秋。风落花间露，星明池上楼。汉宫谁更宠，此夕拜牵牛。

浪淘沙·七夕　（清）董元恺

新月一弓弯。乌鹊桥环。喻乌鹊桥形如拱环。云骈云中行驶有帷幕的车。缥缈度银湾。天上恐无莲漏莲花形的计时器。滴，忘却更残。　莫为见时难。锦泪潸潸。潸读珊，平声。潸潸，流泪不止。有人犹自独凭栏。若果一年真一度，还胜人间。

七　夕　（清）马朴臣

何关人事说年年，此夕银河分外妍。闲时半弯无主月，痴看一片有情天。别离隔岁仙难免，飘泊经秋客可怜。忙煞邻家小儿女，喁喁乞巧不成眠。

七　夕　(清)徐暎玉(女)

银汉横斜玉漏催，穿针瓜果饤读订，去声。将食品堆放于器上。妆台。一宵要话经年别，那得功夫送巧来。

沪上味莼园晚坐，时为七夕

(清)陈三立

回廊绕尽马蹄声，茗坐看人若有情。浅草楼香莺馆在，灵风引佩鹊桥成。一家四海余闲地，隔世孤吟见此伧。自注："不到此园已七年。"此借用王献之故事。《晋书·王献之传》："(献之)尝往吴郡，闻顾辟彊有名园，先不相识，乘平肩舆径入……辟彊勃然数之曰：'傲主人，非礼也，以贵骄士，非道也，失是二者，不足齿之伧耳。'"且趁残阳数飞蝶，乱云槛外正纵横。

七月七夕在谢秋云妆阁有感，诗以谢之

(近代)李叔同

风风雨雨忆前尘，悔煞欢场色相因。十日黄花愁见影，一弯眉月懒窥人。冰蚕丝尽心先死，故国天寒梦不春。眼界一千皆泪海，为谁惆怅为谁颦？

十、中 秋

八月十五夜月二首 (唐)杜 甫

满目飞明镜，归心折大刀。《古乐府》:“藁砧今何在，山上复有山。何当大刀头，破镜飞上天。”吴兢《解题》:“藁砧，趺也。重山，出也。大刀头，刀头有环，问夫何时当还也。破镜飞上天，言月半缺当还也。折谓归心摧折。”转蓬行地远，攀桂仰天高。三、四承归心、亦寓君门万里意。水路疑霜雪，林栖见羽毛。此时瞻白兔，直欲数秋毫。下半承明镜。○查慎行曰:“后半只极力摹写明月，不必说及中秋，自移动他夜不得。古今绝唱也。”○浦起龙曰:“此咏当空之月，先情后景。”○李子德曰:“下四句只写极明意，恰是八月十五夜月。次首就将晓说，则公爱此空明，永夜无眠可知。”

稍下巫山峡，犹衔白帝城。气沈全浦暗，承一。轮仄半楼明。承二。刁斗皆催晓，蟾蜍且自倾。《镜铨》:“言蟾蜍亦若畏刁斗而倾也。”张弓倚残魄，不独汉家营。见竟夜防守非止一处也。杨伦《镜铨》云:“此又咏将落之月，先景后情，以思归起，以伤乱结。”

十六夜玩月 (唐)杜 甫

旧挹金波爽，皆传玉露秋。《镜铨》:言月至秋倍明自昔而然。关山随地阔，李云:关山以月之明，故无不见，是随地而阔。河汉近人流。

《镜铨》:河汉亦以月之明,上下一色,故如近人而流也。**谷口樵归唱,孤城笛起愁**。仇注:樵归而唱,笛起而愁,用上四下一读。**巴童浑不寝,半夜有行舟**。下半言因月明,故人人忘寝也。

(宋)刘克庄:"河汉近人流",绝佳。——《后村诗话》

(明)胡应麟:咏物起自六朝,唐初沿袭,虽风华竞爽,而独造未闻。唯杜公诸作,自开堂奥,尽削前规,如题咏月,则"关山随地阔,河汉近人流"……皆精深奇邃,前无古人,后无来者。然格则瘦,劲太过,意则寄寓太深。——《诗薮》

(明)王嗣奭:中秋前白露,后寒露,故有是(玉露)名。此时两间游气俱敛,故关山随地而阔,河汉近人而流,金波之爽,无如此时。后四句一时闻见,亦月明故。——《杜臆》

(清)何焯:下语皆切"玩"字。……"旧挹金波爽"切十六夜……"关山随地阔",当空正圆,高下深阻一片皆明,故曰"随地阔"。——《义门读书记》

(清)查慎行:结语似闲,细味殊觉其妙。——《初白庵诗评》

(清)纪昀:"金波"、"玉露"之类,在当日犹非滥套,今则触目生厌矣。不得以此诋古人,亦不得以此藉口。——《瀛奎律髓汇评》

十七夜对月　(唐)杜　甫

秋月仍圆夜,江村独老身。卷帘还照客,倚杖更随人。光射潜虬动,明翻宿鸟频。《镜铨》:"二句言月光彻于上下。动虬翻鸟,亦见对月者已无人矣。"**茅斋依橘柚,清切露华新**。一、二从十七夜落想,"仍圆"已不甚圆也。三、四,"还照"、"更随"连宵得月而喜也,与"身"连在一起。五、六单就"月"所照说。七、八"月"与"身"再连一起,了无尘气。

八月十五夜玩月　(唐)刘禹锡

天将今夜月,一遍洗寰瀛。暑退九霄净,秋澄万景

清。星辰让光彩，风露发晶英。能变人间世，倏然超脱，无拘束貌。倏读箫，平声。是玉京。

(元)方回：绝妙无敌。——《瀛奎律髓汇评》

(清)纪昀：着语甚笨，未见绝妙。——同上

(清)冯舒：首二句压倒一世。——同上

(清)冯班：破无迹，妙。〇首句冠古，第二日用不得，却不说出中秋。——同上

(清)查慎行：与少陵别是一调，亦见精彩。——同上

(清)何焯：不减休文《咏月》。〇正面不写一句。——同上

八月十五日夜半云开，然后玩月，因咏一时之景寄呈乐天 (唐)刘禹锡

半夜碧云收，中天素月流。开城邀好客，置酒赏新秋。影透衣香润，光凝歌黛愁。斜晖犹可玩，移宴上西楼。

鹤林寺中秋夜玩月 (唐)许 浑

待月东林月正圆，广庭无树草无烟。中秋云尽出沧海，半夜露寒当碧天。轮彩渐移金殿外，镜光犹挂玉楼前。莫辞达曙殷勤望，一堕西岩又隔年。

(清)金人瑞：前后二解，皆写当天宝月。然前解是写“待”，后解是写“惜”，待在未当天前，惜在正当天后。此理本自面前，而并无一人猛省，偶因读此，不胜太息。〇二句七字，写尽“待月中庭”四字神理。三、四十四字，写

尽“月正圆”三字神理。唐人每用先唱七字,而后以三句了之,此其法也。〇“端挂”(应是“犹挂”,一本作“端挂”)前,遽写渐移,使人心惊。“渐移”下,仍写“端挂”,使人心慰。若在俗笔,必将换转,写“端挂”在前,“渐移”在后,便是满纸衰飒,灭尽无限神理。一将“渐移”字换转在“端挂”字下,便心笔都竭矣。偏将“端挂”字换转“渐转”字下,而反觉心头眼底有事忽忽,恐失信知;“一堕西岩”,正是天生妙结。——《贯华堂选批唐才子诗》

(清)朱三锡:题是《中秋玩月》,通首只写“月正圆”三字……五、六须看其换笔之妙,如先写“犹挂”,后写“渐移”,顺笔也;先写“渐移”,后写“犹挂”,倒笔也。一经转换,便觉生气灵动,意味无穷,于此可分雅俗之别。——《东岩草堂评订唐诗鼓吹》

(清)赵臣瑗:题是玩月,诗却从月未出以前写起,故光着一“待”字。既言“东林”,又补出东林之“广庭”,言此寺中最好玩月也。三,月初出;四,月已中。此二句只写中秋夜月。以下方是写“玩”。五,影渐移,惜之;六,光端挂,幸之。一捺一抬,恰好翻起。七之“莫辞”,八之“一堕”,回翔婉转,最为有情有趣之笔也。——《山满楼笺注唐诗七言律》

八月十五夜玩月　(唐)僧栖白

寻常三五夜,不是不婵娟。及至中秋满,还胜别夜圆。清光凝有露,皓魄爽无烟。自古人皆望,年来又一年。

中秋待月　(唐)陆龟蒙

转缺霜轮上转迟,好风偏似送佳期。帘斜树隔情无限,烛暗香残坐不辞。最爱笙调闻北里,渐看星澹失南箕。何人为校清凉力,未似初圆欲午时。金雍补注:日以一日经天,故日中为午;月以一月经天,故月半为午。

(清)金人瑞:“转缺”是意思已坏;“转迟”,是意思初好。人生年过五十,偏是意思已坏,偏是意思初好,便果然有如此痴事也。好风送佳期,又妙!风之与月,曾有何与?乃为待月不到,且借风来自解。人生在不得意中,便又真有之也。“帘斜树隔”妙,妙!不是月来被遮,乃是月未来时先自为之清宫除道。“烛暗香残”妙,妙!不是真到黑暗,乃是未曾黑暗前先自发愿终身勿谖也。真是世间异样笔墨。〇五、六,又妙,又妙!言极意待月却不到,才分念月却已来也。七、八忽作微言,言今夜是十六,前夜是十四,昨夜是十五。十六是欲减,十四是初圆,十五是及午。此三夜相去至微,粗心人万万不觉。然而但差一分气候,必差一分斤两,由辨之不早,辨此,胡可以不校耶?五、六真出神入化妙笔,七、八,真茧丝牛毛妙理,并非笔墨之家之恒睹也。——《贯华堂选评唐才子诗》

(清)朱三锡:此于望后待月,故首曰“转缺”,惜之也。又曰“转迟”,望之也。二曰“送佳期”,而先言好风者,是待月不至,反借好风自解,故曰“偏似”也。三曰“帘斜树隔”,是从月未来时设想,四曰“烛暗香残”,是从未曾暗前坐守。五、六言专意待月,月偏来迟,偶然分念,却已月来,皆极写“待”字意也。七、八结得极细。盖日以一日经天,故日中为午,月以一月经天,故月半为午。“欲减”是望后,“初圆”是望前,三夜相去甚微,必待相较而始知。此真至精至微之妙理也。——《东岩草堂评订唐诗鼓吹》

(清)赵臣瑗:“转缺”是后,“转迟”是待也。二忽引出“好风”,而曰“偏似送佳期”,妙。未见月,先得风,正如小姐未离香阁,红娘先敛衾携枕而报曰“至矣,至矣”也者。三、四故作曲折,然俱是预拟之词。“帘斜树隔”,言虽上犹未易相亲,然正妙于掩映也,故曰“情无限”。“烛暗香残”言欲待势必甚久,然誓弗忍抛弃也,故曰“坐不辞”。……一结,其言至微,其义至显。“清凉力”,“力”字妙。犹是清,犹是凉,而以既阙之月校之初圆之月、及午之月,其力减矣。——《山满楼笺注唐诗七言律》

中秋月　(唐)僧齐己

空碧无云露湿衣,群星光外涌清规。东林莫碍渐高势,四海待看当午时。还许分明吟皓魄,肯教幽暗取丹枝。可怜半夜婵娟影,正对五侯残酒池。

中秋月　(五代)成彦雄

王母妆成镜未收,倚栏人在水精楼。笙歌莫占清光尽,留与溪翁一钓舟。

中秋月　(五代)廖　凝

九十日秋色,今宵已半分。孤光含列宿,四面绝纤云。众木排疏影,寒流叠细纹。遥遥望丹桂,心绪正纷纷。

中秋月　(北宋)王禹偁

何处见清辉,登楼正午时。莫辞终夕看,动是隔年期。冷湿流萤草,光凝睡鹤枝。不禁读金,平声。鸡唱晓,轻别下天涯。

(元)方回:三、四天下之所共知。——《瀛奎律髓汇评》

(清)纪昀:此即唐人"一坠西岩是隔年"意,衍为十字耳。不审何以独得名?人固有幸有不幸也。——同上

(清)冯舒:此亦不辨为宋。——同上

(清)冯班:首句亦可。第三句紧补。落句妙。——同上

和永叔中秋月夜会不见月酬王舍人

（北宋）梅尧臣

主人待月敞南楼，淮雨西来陡变秋。自有婵娟侍宾榻，不须迢递望刀头。池鱼暗听歌声跃，莲药明传酒令优。更爱西垣旧词客，共将诗兴压曹刘。

（元）方回：宋初诗人惟学“白体”及晚唐。杨大年一变而学李义山，谓之“昆体”，有《西昆酬唱集》行于世。其组织故事有绝佳者，有形完而味浅者。尚以流丽对偶，岂肯如此淡净委蛇，而无一语不近人情耶？梅公之诗为宋第一，欧公之文为宋第一，诗不减梅。苏子美不早卒，其诗入老杜之域矣。一传而苏长公之门得四学士，黄、陈特以诗格高，为宋第一。而张文潜足继圣俞，盛哉，盛哉！——《瀛奎律髓汇评》

（清）冯班：宋诗必以欧、梅为冠。余意欧在梅上，四学士皆不及坡公。元遗山亦谓欧、梅胜坡、谷。——同上

（清）纪昀：以梅为第一，恐未允，有三第一矣。——同上

（清）纪昀：三句细思殊不雅，六句不了了。——同上

酬王君玉中秋席上待月值雨　　（北宋）欧阳修

池上虽然无皓魄，樽前殊未减清欢。绿醅自有寒中力，红粉尤宜烛下看。罗绮尘随歌扇动，管弦声杂“雨荷干”。客舟闲卧王夫子，诗阵教谁主将坛？

（元）方回：圣俞和云“自有婵娟待宾榻”，谓人足以代月也。永叔答王君玉云“红粉尤宜烛下看”，谓烛下见美人胜于月下，固一时滑稽之言，然亦近人情而奇。上一句亦佳。——《瀛奎律髓汇评》

（清）冯班：宋结。——同上

（清）纪昀：格力未高。“雨荷干”三字自相矛盾。结亦散漫。——同上

中秋题诗　（北宋）孔周翰

屈指从来十七年，交亲零落一潸然。婵娟再见中秋月，依旧清辉照客眠。

中秋月 熙宁十年在徐州作。　（北宋）苏　轼

暮云收尽溢清寒，银汉无声转玉盘。此生此夜不长好，明月明年何处看。

和鲁人孔周翰题诗二首 并引　（北宋）苏　轼

孔周翰尝为仙源令，中秋夜以事留于东武官舍中。时陈君宗古、任君建中皆在郡。其后十七年中秋，周翰持节过郡，而二君已亡，感时怀旧，留诗于壁。又其后五年中秋，轼与客饮于超然台上，闻周翰乞此郡。客有诵其诗者，乃次其韵二篇，以为他日一笑。

坏壁题诗已五年，故人风物两依然。定知来岁中秋月，又照先生枕曲眠。

更邀明月说明年，记取孤吟孟浩然。孟浩然《秋宵月下有怀》诗：“秋空明月悬，惊鹊栖未定。”此去宦游如传舍，古时候供行人休息、住宿的

场所称传舍。语出《战国策》。拣枝惊鹊几时眠。

水调歌头·明月几时有　（北宋）苏 轼

丙辰中秋，欢饮达旦，大醉。作此篇兼怀子由

明月几时有，把酒问青天。不知天上宫阙，今夕是何年？我欲乘风归去，又恐琼楼玉宇，高处不胜寒。起舞弄清影，何似在人间。　转朱阁，低绮户，照无眠。不应有恨，何事长向别时圆？人有悲欢离合，月有阴晴圆缺，此事古难全。但愿人长久，千里共婵娟。

（宋）胡仔：中秋词，自东坡《水调歌头》一出，余词尽废。——《苕溪渔隐丛话》

（宋）蔡絛：歌者袁绹，乃天宝之李龟年也。宣和间，供奉九重，尝为吾言：东坡公昔与客游金山，适中秋夕，天宇四垂，一碧无际，加江流澒涌，俄月色如昼。遂共登金山山顶之妙高台，命绹歌其《水调歌头》曰“明月几时有，把酒问青天”。歌罢，坡为起舞，而顾问曰“此便是神仙矣”。吾谓文章人物，诚千载一时，后世安所得乎？——《铁围山丛谈》

（宋）陈元靓：是词乃东坡居士以丙辰中秋欢饮达旦，大醉，作《水调歌头》兼怀子由。时熙宁九年也。元丰七年，都下传唱此词。神宗问内侍外面新行小词，内侍录此进呈，读至“又恐琼楼玉宇，高处不胜寒”，上曰“苏轼终是爱君”，乃命量移汝州。——《岁时广记》

（元）李冶：东坡《水调歌头》“我欲乘风归去，只恐琼楼玉宇，高处不胜寒。起舞弄清影，何似在人间”，一时词手，多用此格。如鲁直云“我欲穿花寻路，直入白云深处，浩气展虹蜺。只恐花深里，红露湿人衣”，盖效东坡语也。近世闲闲老人（赵秉文）亦云“我欲骑鲸归去，只恐神仙官府，嫌我醉时真，笑拍群仙手，几度梦中身”。——《敬斋古今黈》

（明）杨慎：此等词翩翩羽化而仙，岂是烟火人道得只字。又云：中秋词，

古今绝唱。——《草堂诗余》

（清）江顺诒："明月几时有"词而仙者也。"吹皱一池春水"，词而禅者也。仙不易学，而禅可学。——《词学集成》

（清）黄苏：按通首只是咏月耳。前阕是见月思君，言天上宫阙，高不胜寒，但仿佛神魂归去，几不知身在人间也。次阕言月何不照人欢洽，何似有恨，偏于人离索之时而圆乎？复又自解，人有离合，月有圆缺，皆是常事，惟望长久，共婵娟耳。缠绵惋恻之思，愈转愈曲，愈曲愈深。忠爱之思，令人玩味不尽。——《蓼园词选》

（清）先著、程洪：凡兴象高，即不为字面碍。此词前半自是天仙化人之笔。惟后半"悲欢离合"、"阴晴圆缺"等字，苛求者未免指此为累。然再三读去，抟捖运动，何损其佳？少陵《咏怀古迹》诗云"支离东北风尘际，漂泊西南天地间"，未尝以"风尘"、"天地"、"西南"、"东北"等字窒塞，有伤是诗之妙？诗家最上一乘，固有以神行者矣，于词何独不然。——《词洁》

（清）刘熙载：词以不犯本位为高。东坡《满庭芳》"老去君恩未报，空回首弹铗悲歌"。语诚慷慨，然不若《水调歌头》"我欲乘风归去，又恐琼楼玉宇，高处不胜寒"，尤觉空灵蕴藉。——《艺概》

（清）陈廷焯：落笔高超，飘飘有凌云之气。谪仙而后，定以髯苏为巨擘矣。——《云韶集》

临江仙　（北宋）郑无党

不比寻常三五夜，万家齐望清辉。烂银盘透碧琉璃。莫辞终夕看，动是隔年期。　试问嫦娥还记否，玉人曾折高枝。明年此夜再圆时。阁开东府宴，身在凤凰池。

（宋）陈元靓：（许将）后帅成都，值中秋府会，令官妓献词送酒，乃别歌《临江仙》曰"不比寻常三五夜（略）"。许问谁作词，妓白以西州士人郑无党词。后会相见，欲荐其才于廊庙。无党辞以无意进取，惟投牒理逋欠数千缗。无党为人不羁，长于词，盖知许公《临江仙》最喜，歌者投其所好也。——《岁时广记》

水调歌头·中秋　（北宋）米　芾

砧声送风急，蟋蟀思高秋。我来对景，不学宋玉解悲愁。收拾凄凉兴况，分付尊中醽醁，倍觉不胜幽。自有多情处，明月挂南楼。　怅襟怀，横玉笛，韵悠悠。清时良夜，借我此地倒金瓯。可爱一天风物，遍倚阑干十二，宇宙若萍浮。醉困不知醒，欹枕卧江流。

洞仙歌·泗州在今江苏泗洪东南。中秋作

（北宋）晁补之

青烟幂读觅，入声。覆盖。处，碧海飞金镜。永夜闲阶卧桂影。露凉时、零乱多少寒螀，螀读姜，平声。寒螀即寒蝉。神京首都称神京。此指汴梁。远，惟有蓝桥在陕西蓝田县蓝溪上。相传为裴航遇仙女云英之处。因月兔曾夜助裴航捣药，故此以蓝桥代指月宫。路近。官场失意，惟有月宫可亲近。　水晶帘不下，云母屏开，冷浸佳人淡脂粉。明月佳人满室生辉。待都将许多明，付与金樽，将明月的所有清辉，聚集起来注入酒杯。投晓共、流霞神话传说中的仙酒。见《抱朴子·祛惑》。倾尽。更携取、胡床一种可以折叠的坐具。杜甫《树间》诗："几回沾叶露，乘月坐胡床。"上南楼，用《世说新语》晋人庾亮在武昌与同僚上南楼赏月事。看玉做人间，素秋千顷。

癸未八月十四至十六夜月色皆佳

(北宋)曾　幾

年年岁岁望中秋,岁岁年年雾雨愁。凉月风光三夜好,老夫怀抱一生休。明时谅费银河洗,缺处应须玉斧修。京洛胡尘满人眼,不知能似浙江不?

(元)方回:隆兴元年癸未,茶山年八十。——《瀛奎律髓汇评》

(清)纪昀:纯以气胜,意境亦阔。——同上

(清)许印芳:前半老而健,故无颓唐之病。浅人学之,则有率易之病,空滑之病,俚俗之病。好诗亦有不可妄学者,此类是也。五、六亦是熟料,一再袭用,便成臭腐。结意沉着,妙在从容不迫,举重若轻,此最宜学。——同上

壶中天慢·中秋应制

(南宋)曾　觌读迪,平声。

素飚漾碧,看天衢稳送、一轮明月。翠水瀛壶人不到,比似世间秋别。玉手瑶笙,一时同色,时上皇召小刘妃,独吹白玉笙《霓裳中序》故云。小按霓裳叠。天津桥上,有人偷记新阕。　　当日谁幻银桥,阿瞒儿戏,一笑成痴绝。肯信群仙高宴处,移下水晶宫阙。云海尘清,山河影满,桂冷吹香雪。何劳玉斧,金瓯千古无缺。

(明)卓人月:玉斧修成玉宇,居求其安。金瓯酌取金波,食求其饱。——《古今词统》

(清)沈雄:淳熙三年,孝宗起居上皇赏月,命小刘妃取白玉笙,吹《霓裳中序第一》。曾觌进《壶中天》,卒章云"金瓯千古无缺"。上皇喜曰"从来月词,不曾用金瓯事",赐赉无算。——《古今词话·词辨》

水调歌头　（南宋）范成大

细数十年事，十处过中秋。今年新梦，忽到黄鹤旧山头。老子个中不浅，此会天教重见，今古一南楼。星汉淡无色，玉镜独空浮。　敛秦烟，收楚雾，熨江流。关河离合、南北依旧照清愁。想见姮娥冷眼，应笑归来霜鬓，空敝黑貂裘。酾酒酾读晒，平声。滤酒或斟酒。问蟾兔，肯去伴沧洲。

菩萨蛮　（南宋）高观国

何须急管吹云暝，高寒滟滟开金饼。今夕不登楼，一年空过秋。　桂花香雾冷，梧叶西风影。客醉倚河桥，清光愁玉箫。苏舜钦《中秋新桥对月》："云头滟滟开金饼。"滟滟，光摇动貌，写月的动人姿态。"金饼"形容满月的光彩。《古今词统》云："金饼"不避俗，自不俗。〇不言月光而言树影，便将月光的亮度具体可感地写出来了，因为西风，能使梧叶发出响声，又能使影动，还能使人仿佛感到凉意。因此"西风"二字不只再点季节。〇"客醉"二字耐人寻思。若只言醉，有可能是中秋团聚，加上"客"字，中秋为客，一醉之后，对着团团的月，便会因离别而伤心了。所以落句"清光愁玉箫"的"愁"字才有着落。

齐天乐·中秋宿真定驿　（南宋）史达祖

西风来劝凉云去，天东放开金镜。照野霜凝，入河桂湿，一一冰壶相映。殊方路永。更分破秋光，尽成悲境。有客踌躇，古庭空自吊孤影。　江南朋旧在许，也能怜天际，诗思谁领？梦断刀头，书开虿尾，别有相思随定。忧心耿耿，对风鹊残枝，露蛩荒井。斟酌姮娥，九秋宫殿冷。杨海明云：一、二两句中有四个意象：西风、凉云、天东、金镜。它们共同组成一幅“中秋之夜”的图像。而其妙处尤在于“来劝”、“放开”这两组动词的运用，把这幅静态的图象变换成动态的“电影镜头”。这两句句子既写出了景，又包含了作者自己的情愫。接下去“照野凝霜”三句，紧承上文，天上的圆月，和大河中的月影相辉映，其中流露了作者的乡思客愁。其词语从李白“床前明月光”、苏轼《永遇乐》“明月如霜”中化出。“殊方路永”语似突兀，实从题中“真定驿”生出。从临安出发，过淮河，入金境，便是殊方异国。到这真定，已走过漫长的途程，但再到目的地燕京，还有相当长的路要走，故云“路永”。中秋为秋季之中，故曰“分破秋光”，而“分破”字面又分明有故土分破之意。于是，自己在“殊方”的故土，见中秋月色，还有什么欢意，所以便“尽成悲境”了。下面两句，顺着此意，把“真定驿”与“中秋”合在一起写，“有客踌躇，古庭空自吊孤影”。月于“影”字见出。驿站古庭的枯寂气氛与中秋冷月的凄寒色调，使作者中夜不眠，踌躇徘徊的形象，衬托得更加孤单忧郁，其心情也更加凄凉悲切。王国维《人间词话》十分强调要写“真景物”和“真感情”谓之“有境界”，即此之谓也。〇下片共有两层，一层对于江南朋旧的相思之情，这是明说的；另一层则抒其对于北宋故国的亡国之悲，此是暗说的。第一层“江南朋旧”三句，与上片之末，暗有勾连。上片“孤影”引出下片的“朋旧”，换头有自然之妙。“在许”者，在何许也，不在身边。“也能怜天际”说他们也在对着中秋圆月，肯定会想起在“天际”的我。尽管他们遥怜故人，但他们身在故乡，对于异乡绝域体验和领受只好叹一声“诗思谁领”了。这里把客愁化为诗思，词人此时的愁绪，他人是无法领受的。其感情之深之浓可想而知了。《汉书·李陵传》载李陵降匈奴后，故人任立政出使匈奴，意欲暗地里劝说李陵还汉，以手摸刀环示意，环者还也，又以刀环在刀头，后人以刀头作为“还”的隐语。吴兢《乐府古题要解》中“何日大刀头”一句云“刀头有环，问夫何时当还也”，即此意。“梦断刀头”即思乡之梦难成也。王僧度《论书》称索靖笔势曰“银钩虿尾”。“书开虿尾”谓归梦难成于是便开笔写信给江南朋旧也。第二层则把思乡之情进而扩展。“风鹊残枝，露蛩荒井”，从曹操“月明星稀”诗和姜夔《齐天乐》“露湿铜铺，苔侵石井，都是曾听伊处”化出，于此作者暗伤北宋沦亡的情感，隐隐欲出。杜甫说“斟酌姮娥寡，天寒奈九秋”（月），结句从此化出，其中“宫殿”二字，亡国之痛，便豁然醒目。

婆罗门引·望月 （金）元好问

素蟾散彩，九秋风露发清妍。嫦娥尽有情缘。留着

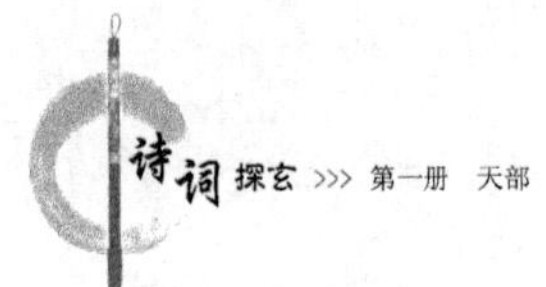

三五盈盈，永夜照凭肩。凭肩，轿也。《晋书·王献之传》："尝住吴郡，闻顾辟彊有名园，先不相识，乘平肩舆径入。"看晚妆临镜，若个婵娟？晚妆指妻子。　寻常月圆，恨都向、别时偏。几度邮亭枕上，野店尊前。明珠玉秀，算一日、相看一日仙，人共月、长似今年。

水龙吟·中秋　（金）元好问

素丸何处飞来，照人只是承平旧。兵尘万里，家书三月，杜甫诗："烽火连三月，家书抵万金。"无言搔首。几许光阴，几回欢聚，长教分手。料婆娑桂树，多应笑我，憔悴似，金城柳。《世说新语·言语》："桓公北征，经金城，见前为琅邪时所种柳，皆已十围，慨然曰：'木犹如此，人何以堪。'攀枝执条，泫然流泪。"　不爱竹西歌吹，杜牧《题禅智寺》诗："谁知竹西路，歌吹是扬州。"竹西在扬州城北。爱空山、玉壶清昼。寻常梦里，膏车盘谷，韩愈《送李愿归盘谷序》："膏吾车兮秣吾马，从子于盘谷兮，终吾生以徜徉。"挐此读桡，船桨也。《庄子·渔父》："至于泽畔，方将杖挐而引其船。"舟枋口。不负人生，古来惟有，中秋重九。愿年年此夕，团栾儿女，醉山中酒。

八月十五夜二首　（明）陈子龙

明雯凉动桂悠悠，迢递星河万里秋。素魄有人常不见，碧虚无路迴含愁。九天鸾鹤声何近，五夜楼台影自浮。犹说紫微宫女事，焚香时待月西流。

微风摇曳拂金河，斗迴天高出素娥。万井鸳鸯秋露冷，三江蚌蛤夜潮多。云能入梦婵娟子，月解伤人宛转歌。应有桓伊吹玉笛，倚栏人静奈愁何。

壬寅伊江中秋　(清)邓廷桢

今年绝域看冰轮，往事追思一怆神。天半悲风波万里，杯中明月影三人。英雄竟污游魂血，枯朽空余死后身。独念高阳旧徒侣，单车正逐玉关尘。

中秋夜无月　(清)樊增祥

亘古清光彻九州，只因烟雾锁琼楼。莫愁遮断山河影，照彻山河影更愁。

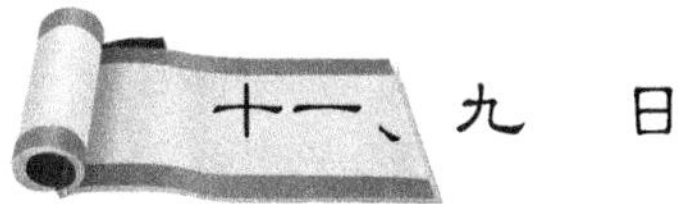

十一、九　日

蜀中九日　(唐)王　勃

九月九日望乡台，他席他乡送客杯。人情已厌南中苦，鸿雁那从北地来！

(明)李攀龙：王元美云，首二句与李于鳞“黄鸟一声酒一杯”一法，而各自有风致。崔敏童“一年又过一年春”二句，亦此法也，调稍卑，情稍浓。——《唐诗广选》

(明)叶羲昂：两“他”字好对，不板。——《唐诗直解》

(明)唐汝询：唐人绝句类于无情处生情，此联(指下二句)是其鼻祖。——《唐诗解》

(明)周敬：写登高旅况，情中想情，境中构境，不求刻画，自觉深微，当与杜审言《渡湘江》诗并美。彼以南窜，欲反无期，觉北流之可羡；此以南留，日久怀归，惊北飞之搅思。○“已厌”、“那从”四字，无聊客况毕露。唐人绝句，类似无情处生情，如此诗呼唤转仄，巧妙尽法。——《唐诗选脉会通评林》

九日龙沙作，寄刘大慎虚　(唐)孟浩然

龙沙豫章北，九日挂帆过。风俗因时见，湖山发兴多。客中谁送酒，棹里自成歌。歌竟乘流去，滔滔任夕波。

秋登兰山寄张五　(唐)孟浩然

北山白云里，隐者自怡悦。相望试登高，心飞逐鸟灭。愁因薄暮起，兴是清秋发。时见归村人，沙行渡头歇。天边树若荠，江畔舟如月。何当载酒来，共醉重阳节。

(宋)胡仔：《罗浮山记》“望平地树如荠”，故戴暠诗“长安树如荠”，有人《咏树》诗“遥望长安荠”，此耳学之过也。余因读浩然《秋登万(兰)山》诗：“天边树若荠，江畔舟如月。”乃知孟真得暠意。——《苕溪渔隐丛话》

(清)张文荪：超旷中独饶劲健，神味与右丞稍异，高妙则一也。○结出

主意，通首方着实。——《唐贤清雅集》

九月九日忆山东兄弟　(唐)王　维

独在异乡为异客，每逢佳节倍思亲。遥知兄弟登高处，遍插茱萸少一人。

(宋)胡仔：子美《九日蓝田崔氏庄》云“明年此会知谁健，醉把茱萸仔细看”。王摩诘《九日忆山东兄弟》云“遥知兄弟登高处，遍插茱萸少一人”。朱放《九日与杨凝、崔淑期登江上山有故不往》云“那得更将头上发，学他年少插茱萸?”此三人类各有所感而作，用事则一，命意不同，后人用此为九日诗，自当随事分别用之，方得为善用故实也。——《苕溪渔隐丛话》

(明)叶羲昂：诗不深苦，情自蔼然。叙得真率，不用雕琢。——《唐诗直解》

(明)周敬：自有一种至情，言外可想。○徐充曰：“倍”字佳。“少一人”正应“独”字。——《唐诗选脉会通评林》

(清)吴瑞荣：右丞七绝，飘逸处如释仙仗履，古藻处如轩昊衣冠，其所养者深矣。——《唐诗笺要》

(清)张谦宜：不说我想他，却说他想我，加一倍凄凉。——《茧斋诗谈》

九月九日作　(唐)王　缙

莫将边地比京都，八月严霜草已枯。今日登高樽酒里，不知能有菊花无?

九日登望仙台台在河南陕县，汉文帝筑以望河上公。呈刘明府容

（唐）崔 曙

汉文皇帝有高台，此日登临曙色开。三晋云山皆北向，二陵《左传》："殽有二陵焉，其南陵夏后皋之墓也，其北陵，文王之避风雨也。"风雨自东来。关门令尹谁能识，河上仙翁去不回。且欲近寻彭泽宰，方曰：因九日及菊花，因菊花及陶，非泛及也。陶然共醉菊花杯。

（清）王闿运：玉遮曰三、四即境用事，甚切。——《唐诗选》

（清）金人瑞：登高台，乃斗然发唱，却是汉文皇帝。嗟乎！高台固自岿然，汉文皇帝即奚在乎？急接"此日"二字，虽出题中九日，然其意思，实有无数慷慨，特是蕴藉，遂不觉也。"曙色开"，妙！一是高台久受湮没，气象忽得一开；一是登高台人久抱抑郁，情思忽得一畅。如三、四之"云山""风雨"，昔为汉文皇帝眼中好景，今为某甲眼中好景是也。〇五、六承上转笔，自言此段慷慨意思，真是索解人殊未易也。"谁能识"，言无人识得；"去不回"，言识得人又不在也。特请关门尹与河上翁者，为题中仙台之"仙"字刷色也。唐人凡撰五、六，俱为顿出。七、八如言既是索解未易，则且与刘明府共醉。而又称之曰"彭泽宰"者，为"九日"二字刷色也。此诗前解九日登台，后解寄呈明府。——《贯华堂选批唐才子诗》

（清）朱之荆：起联见题，次联写景，中联叙事，末联寓意。格法严正，风调高古，兴象玲珑，悉备此作。昔人取七言律压卷者，或以沈佺期《独不见》，或出崔颢《黄鹤楼》，然沈中二联微重，崔起四句非律诗正格，必求尽善，恐无过此篇也。〇一气舒卷，毫无痕迹。——《增订唐诗摘钞》

九日杨奉先会白水崔明府 （唐）杜 甫

今日潘怀县，潘岳栖迟十年出为河阳令转怀令。同时陆浚仪。陆云以公府掾为太子舍人，出补浚仪令。坐开桑落酒，桑落，酒名。庾信诗："蒲城桑叶落，灞岸菊花秋。"来把菊花枝。天宇清霜净，公堂宿雾披。晚来留客醉，凫舄舄读西，去声。凫舄喻指仙术。共差池。

九日曲江　(唐)杜　甫

缀席茱萸好，浮舟菡萏衰。百年秋已半，九日意兼悲。江水清源曲，荆门此路疑。晚来高兴尽，摇荡菊花期。上四括"九日"，下四括"曲江"。括"九日"处着"浮舟"仍带"曲江"，括"曲江"处着"菊花"仍带"九日"。

九日登梓州城　(唐)杜　甫

伊昔黄花酒，如今白发翁。追欢筋力异，望远岁时同。弟妹悲歌里，乾坤醉眼中。兵戈与关塞，指徐知道以兵守剑阁也。此日意无穷。三、四多少含蕴，与"乾坤万里眼，时序百年心"之句别有感寓。朝廷醉眼亦看不过之意。

登　高　(唐)杜　甫

风急天高猿啸哀，登高所见。渚清沙白鸟飞回。无边落木萧萧下，不尽长江滚滚来。《镜铨》："四句俱分俯仰说。"万里悲秋常作客，百年多病独登台。《镜铨》："登高所感，两句中包无限意。"艰难苦恨繁霜鬓，潦倒新停浊酒杯。久客则艰苦备尝，病多则潦倒日甚。下二句亦用分承，时公以肺病断饮。沈归愚云："八句皆对，起首二句，对举之中又复用韵，格法奇变。"又云："结句意尽语竭，不必曲为之讳。"(按：此评见于《杜诗镜铨》，杨伦所引。)杨伦又云:“高浑一气,古今独步,当为杜集七言律诗第一。”

(宋)罗大经:杜陵诗云“万里悲秋常作客,百年多病独登台”。万里,地之远也;悲秋,时之惨凄也;作客,羁旅也;常作客,久旅也;百年,暮齿也;多病,衰疾也;台,高迥处也;独登台,无亲朋也。十四字之间含有八意,而对偶又极精确。——《鹤林玉露》

(元)方回:此诗已去成都分晓,旧以为在梓州作,恐亦未然,当考公病而止酒在何年也。长江滚滚,必临大江耳。——《瀛奎律髓汇评》

(清)查慎行:结句亦偶然云尔,未必病而止酒也。七律八句皆属对,创自老杜。前四句写景,何等魄力。——同上

(清)何焯:千端万绪,无首无尾,使人无处捉摸。此等诗如何可学!——同上

(清)纪昀:此是名篇,无用复赞。归愚谓“落句词意并竭”其言良是。——同上

(清)许印芳:七言律八句皆对,首句仍复用韵,初唐人已创此格,至老杜始为精密耳。此诗前人有褒无贬,胡元端尤极口称赞,未免过夸,然亦可见此诗本无疵颣也。至于沈归愚评语,今按所选《别裁集》评此诗云“格奇而变,每句中有三层,中四句好在‘无边’、‘不尽’、‘万里’、‘百年’。或谓两联俱可截去上二字,试思‘落木萧萧下,长江滚滚来’成何语耶?”归愚之言止此。晓岚称其贬落句为词意并竭,所引未审出于何书?果有是言,勿论所评的当与否,而一口两舌,沈之胸无学识,亦是虚谷一流耳。〇落句即结句。——同上

九日蓝田崔氏庄　　(唐)杜　甫

老去悲秋强自宽,兴来今日尽君欢。《镜铨》:二句直下中具几许曲折。羞将短发还吹帽,笑倩旁人为正冠。王隐《晋书》:孟嘉为桓温参军,九日温游龙山寺,风至,吹嘉帽落,温命孙盛为文嘲之。蓝水远从千涧落,玉山蓝田山也。高并两峰寒。明年此会知谁健?醉把茱萸仔细看。

(宋)陈师道:孟嘉落帽,前世以为胜绝。杜子美《九日诗》云:"羞将短发还吹帽,笑倩旁人为正冠。"其文雅旷达,不减昔人。故谓诗非力学可致,正须胸肚中泄耳。——《后山诗话》

(宋)杨万里:唐诗七言八句,一篇之中,句句皆奇。一句之中,字字皆奇,古今作者皆难之。……(林谦之曰)如老杜《九日》诗云"老去悲秋强自宽,兴来今日尽君欢",不徒入句便字字对属。又第一句顷刻变化,才说悲秋,忽又自宽,以"自"对"君"甚切,……"羞将短发还吹帽,笑倩旁人为正冠"。将一事翻腾作一联,又孟嘉以落帽为风流,少陵以不落为风流,翻尽古人公案,最为妙法。——《诚斋诗话》

(元)方回:杨诚斋大爱此诗。以予观之,诗必有顿挫起伏。又谓起句以"自"对"君",亦是对句。殊不知"强自"二字与"尽君"二字,正是着力下此,以为诗句之骨,之眼也,但低声抑之读,五字却高声扬之读,二字则见意矣。三、四融化落帽事甚新。〇此诗在未入蜀以前。终篇不言兵革,又难定在禄山已反之后。注家说不可信。——《瀛奎律髓汇评》

(清)冯舒:诗论词与志,不闻吟诗有高低之法,可笑极矣。——同上

(清)纪昀:此亦强作解事。——同上

(清)何焯:前半跌宕曲折,体势最佳。此贼中作,故尤悲凉,非独叹老而已。——同上

(清)许印芳:"为",去声。"正",上声。"把",持也。〇老杜五、七律常有对起对结者,七律尤惯用之,此诗但起句对耳。三、四语一事化为两句,此律诗用事之一法。惟"冠"、"帽"犯复,诚如前人所议,此不可学。五、六写现景,造句警拔,通篇俱振得起,此最宜学。结句收拾全题,词气和缓有力,而且有味。解"看"字,晓岚之说为长,如虚谷解,则少味矣。——同上

九日五首(原缺一首)　　(唐)杜　甫

重阳独酌杯中酒,抱病起登江上台。竹叶于人既无分,菊花从此不须开。殊方日落玄猿哭,故国霜前白雁来。《梦溪笔谈》:"北方有白雁,似雁而差小,秋深乃来,来则霜降,河北人谓之霜信。"

弟妹萧条各何在，干戈衰谢两相催。

(宋)杨万里：渊明、子美、无己三人作《九日》诗，大概相似。子美云“竹叶于人已无分，菊花从此不须开”。渊明所谓“尘爵耻虚垒，寒花徒自容”也。无己云“人事自生今日意，寒花只作去年香”。此渊明所谓“日月依辰至，举俗爱其名”也。——《诚斋诗话》

(元)方回：此“竹叶”酒也，以对“菊花”，是为真对假，亦变体。“于人已无分”，“从此不须开”，于虚字上十分着力。——《瀛奎律髓汇评》

(清)纪昀：此常格。○真对假乃常格，不得谓之变体。前四句笔笔峭健，后四句以哀曼收之，声情俱佳。——同上

(明)王嗣奭：“竹叶”一联反言，以见佳节不可不饮也。“雁来”恒事，加一“旧国”便异，以起下句，雁来而旧国之弟妹不来也。——《杜臆》

(清)查慎行：牧之七律，得法于此三、四句。——《瀛奎律髓汇评》

(清)何焯：首联“衰谢”，腹联“干戈”。——同上

又云：“抱病起登江上台”伏“衰谢”。“殊方日落玄猿哭”伏“干戈”。——《义门读书记》

(清)无名氏(乙)：八句对，清空一气如活。○次联十四字磊落伉健，挥洒极笔，又接以颈联之陡振，千古一人而已。○如此大手笔，何屑屑以变体论。——《瀛奎律髓汇评》

旧日重阳酒，传杯不放杯。即今蓬鬓改，但愧菊花开。北阙心常恋，西江首独回。茱萸赐朝士，难得一枝来。仇注：“九日赐宴及茱萸。二章思朝事也。”

旧与苏司业，兼随郑广文。采花香泛泛，坐客醉纷纷。野树欹还倚，秋砧醒却闻。欢娱两冥漠，西北有孤云。三章思故友也。

故里樊川菊，登高素浐源。他时一笑后，今日几人

存。巫峡蟠江路，终南对国门。系舟身万里，伏枕泪双痕。为客裁乌帽，从儿具绿尊。佳辰对群盗，愁绝更堪论。四章思故里也。题为五首，实者四首。吴若本题下注云："缺一首。"赵次公以"风急天高"一首足之，云"未尝缺"。

九日齐安登高　（唐）杜　牧

江涵秋影雁初飞，与客携壶上翠微。尘世难逢开口笑，菊花须插满头归。但将酩酊酬佳节，不用登临叹落晖。古往今来只如此，牛山何必泪沾衣。

(元)方回：此以"尘世"对"菊花"，开阖抑扬，殊无斧凿痕，又变体之俊者。后人得其法，则诗如禅家散圣矣。——《瀛奎律髓汇评》

(清)冯舒：牧之才大，对偶收拾不住，何变之有！——同上

(清)金人瑞：一句七字，写出当时一俯一仰无限神理。异日东坡《后赤壁赋》"人影在地，仰见明月"，便是一副印板也。也只为此句起得好时，下便随意随手，任从承接。或说是悲愤，或说是放达，或说是傲岸，或说是无赖，无所不可。东坡《后赤壁赋》通篇奇快疏妙文字，亦只是八个字起得好也。○(后解)得醉即醉，又何怨乎？"只如此"三字妙绝！醉亦"只如此"，不醉亦"只如此"；怨亦"只如此"，不怨亦"只如此"。——《贯华堂选批唐才子诗》

(清)查慎行：第四句少陵成语。——《瀛奎律髓汇评》

(清)何焯：此诗变幻不测，体自浑成。——同上

(清)纪昀：前四句自好，后四句却似乐天。"不用"、"何必"，字与意并复，尤为碍格。——同上

(清)无名氏(乙)：次联名句不磨，胸次豁然。——同上

(清)胡以梅：起赋景，次写事，下六句议论，另一格局。格亦俊朗松灵。——《唐诗贯珠》

重阳日寄浙东诸从事 （唐）李郢

野人多病门常掩，荒圃重阳菊自开。愁里又闻清笛怨，望中难见白衣来。元瑜正及从军乐，宁戚谁怜扣角哀。红旆纷纷碧江暮，知君醉下望乡台。重阳本是苦节，而又重病；无酒已是苦事，但又闻笛。此是出格重阳诗。〇"门常掩"本意不拟人来，"菊自开"本意不作重阳想也。无端又闻笛，因而触起愁绪，于是久掩之门，忽然又望有人来矣。

九　日 （唐）李商隐

曾共山翁山简称山翁，此用来比令狐楚。把酒时，霜天白菊令狐楚最喜爱白菊。刘禹锡有和令狐相公白菊诗"家家菊尽黄，梁国独如霜"句。绕阶墀。十年泉下无人问，令狐楚殁已十余年。九日尊前有所思。不学汉臣栽苜蓿，空教楚客咏江蓠。二句指令狐绹不学其父扶植才俊，空教词客愁思潦倒。郎中此指令狐楚之子令狐绹。官贵施行马，行马为阻拦人马通行的木架，即路障，亦称鹿角，古代官署及大第宅可设此。东阁无因再得窥。东坡《九日》云："闻道郎中闭东阁，且容老子上南楼。"又云："南屏老子闲相过，东阁郎中懒重寻。"皆用商隐此诗也。

（清）张谦宜："曾共山翁把酒时，霜天白菊绕阶墀"，触物思人，已成隔世。十年泉下虽无消息，九日樽前却有所思，一开一合，总说伤心。"不学汉臣栽苜蓿"，既未曾施恩；"空教楚客咏江蓠"，但责其思慕。"郎中官贵施行马"，彼先拒我；"东阁无因再得窥"，我岂无情？通篇如诉如泣，妙不可言。——《茧斋诗谈》

（清）屈复：一、二昔。三结一、二，四起。五指绹，六自己。七结五、六，八结前四。〇苜蓿以秣宛马者，喻不以禄荣才士也。汉臣比楚，楚客自比也。——《玉溪生诗意》

十日菊　(唐)郑　谷

节去蜂愁蝶不知，晓庭还绕折残枝。自缘今日人心别，未必秋香一夜衰。

九日水阁　(北宋)韩　琦

池馆隳读挥，平声。毁坏、崩毁。摧古榭荒，此延嘉客会重阳。虽惭老圃秋容淡，且看黄花晚节香。酒味已醇新过熟，蟹黄先实不须霜。年来饮兴衰难强，谩有高吟力尚狂。

(元)方回：此神宗熙宁二年己酉公判相州时九日诗也。“黄花晚节”句与“老枝擘重雪”诗，并见强至所撰《遗事》，书于《续鉴》，实为天下名言。至熙宁四年辛亥《相州九日》诗，凡四首，有句云“坐上半非前岁客，杯中无改旧花香”，“铜钵一声诗已就，金铃千朵菊争开”。凡三判相州，九日诗亦不止此。——《瀛奎律髓汇评》

(清)冯舒：不妨自作贤宰相声口，诗实宋气。——同上

(清)纪昀：此在魏公诗中为老健之作，不止三、四为诗话所称。——同上

(清)无名氏(甲)：此等甚是卑庸，不及宋初多矣。——同上

九日和韩魏公韩琦。　(北宋)苏　洵

晚岁此诗作于英宗治平二年，时作者四十八岁，作后半年病逝。登门最不才，萧萧华发映金罍。酒器。不堪丞相延东阁，西汉公孙弘，

自举贤良，数年后至宰相，于是起客馆，开东阁以延贤人。见《汉书·公孙弘传》。闲伴诸儒老曲台。曲台为秦汉时宫殿名，是著书、校书之所。佳节已从愁里过，壮心偶傍醉中来。暮归冲雨寒无睡，自把新诗指韩琦原作。百遍开。

（元）方回：诗话谓韩魏公九日饮执政，老泉以布衣为坐。今味“闲伴诸儒老曲台”之句，即是修太常礼之时，非布衣也。盖英宗治平二年乙巳，韩公首唱，见《安阳集》。是日有雨，所和诗非席上所赋，其曰“暮归冲雨寒无睡”乃是饮归而和此诗耳。五、六要是佳句。朱文公《语录》颇不以为然，恐门人传录，未必的也。——《瀛奎律髓汇评》

（清）纪昀：文公以伊川之故，极不喜苏氏父子，往往有意排斥。此明知其论之失平，而委其过于记录者，其实不然。——同上

（清）纪昀：老泉不以诗名，此诗极老健。——同上

九日登东山寄昌叔　（北宋）王安石

城上啼乌破寂寥，思君何处坐岧峣。应须绿酒酬黄菊，何必红裙弄紫箫。落木云连秋水渡，乱山烟入夕阳桥。渊明久负东篱醉，犹分低心事折腰。

和晁同年九日见寄　（北宋）苏 轼

仰看鸾鹄刺天飞，富贵功名老不思。病马已无千里志，骚人长负一秋悲。古来重九皆如此，别后西湖付与谁。遣子穷愁《史记·虞卿传》：太史公曰，虞卿非穷愁，亦不能著书以自见于后世。天有意，吴中山水要清诗。

次韵张十七九日赠子由　(北宋)苏　轼

千戈万槊拥篦篱，篦篱读皮离，皆平声。古代城墙上的防御设施。九日清樽岂复持。自注：是日，南都敕使按兵。官事无穷何日了，菊花有信不吾欺。逍遥琼馆王文诰注：“此言张十七之宫祠。”真堪羡，取次尘缨未可縻。迨此暇时须痛饮，《诗》：“迨我暇矣，饮此醑矣。”他年长剑拄君颐。《战国策》：“田单攻狄不能下。齐儿谣曰：‘大冠若箕，修剑拄颐，攻狄不能，下垒梧丘。’”李白诗：“严陵高揖汉天子，何必长剑拄颐事玉阶。”

九日次韵王巩　(北宋)苏　轼

我醉欲眠君罢休，已教从事到青州。鬓霜饶我三千丈，诗律输君一百筹。闻道郎君闭东阁，且容老子上南楼。相逢不用忙归去，明日黄花蝶也愁。

明日重九，亦以病不赴述古会，再用前韵
(北宋)苏　轼

月入秋帷病枕凉，霜飞夜簟故衾香。可怜吹帽狂司马，用桓温事，见《谢奕传》。空对亲春老孟光。梁鸿孟光事见《后汉书》。不作雍容倾坐上，见《汉书・司马相如传》。翻成肮脏倚门傍。赵壹诗曰：“伊优北堂上，肮脏倚门边。”人间此会论今古，细看茱萸感叹长。处处切重九与病，无一句空话。

九日邀仲屯田，为大水所隔，以诗见寄，次其韵

（北宋）苏 轼

无复龙山对孟嘉，西来河伯意雄夸。霜风可使吹黄帽，自注：舟人黄帽，土胜水也。樽酒那能泛浪花。漫遣鲤鱼传尺素，指屯田寄诗来也。却将燕石报琼华。宋之愚人，得燕石以为玉。周人曰："此燕石也，瓦砾不殊。"见《荀子》。此作者自指。何时得见悲秋老，杜甫《九日》诗："老去悲秋强自宽，兴来今日尽君欢。"醉里题诗字半斜。

南乡子·重九涵辉楼呈徐君猷

（北宋）苏 轼

霜降水痕收。谓水位降低。浅碧鳞鳞露远洲。酒力渐消风力软，飕飕。破帽多情却恋头。　　佳节若为酬。但把清尊断送秋。万事到头都是梦，休休。明日黄花蝶也愁。

（宋）僧惠洪：山谷云："诗意无穷，而人之才有限；以有限之才，追无穷之意，虽渊明、少陵不得工也。然不易其意而造其语，谓之换骨法；窥入其意而形容之，谓之夺胎法。"如郑谷《十日菊》曰"自缘今日人心别，未必秋香一夜衰"，此意甚佳，而病在气不长。西汉文章雄深雅健者，其气长故也。曾子固曰"诗当使人一览语尽而意有余，乃古人用心处"。所以荆公菊诗曰"千花万卉凋零后，始见闲人把一枝"。东坡则曰"万事到头终是梦，休休。明日黄花蝶也愁"。……皆换骨法也。——《冷斋夜话》

（宋）陈知柔：唐人尝咏《十日菊》"自缘今日人心别，未必秋香一夜衰"。世以为工，盖不随物而尽。如"酒盏此时须在手，菊花明日使愁人"自觉气不长耳。东坡亦云"休休，明日黄花蝶也愁"也。然虽变其语，终有此过，岂在

谪所，遇时感慨，不觉发是语乎？——《休斋诗话》

(明)张綖：《南乡子》尾句"休休，明日黄花蝶也愁"翻案郑谷诗句，而意殊衰飒。——《草堂诗余后集别录》

(明)沈际飞："自来九日多用落帽，东坡不落帽，醒目。"又云："东坡升沉去住，一生莫定，故开口说梦。"如云"人生如梦"、"世事一场大梦"、"未转头时皆梦"、"古今如梦，何曾梦觉"、"君臣一梦、古今虚名"，屡读之，胸中鄙吝自然消去。——《草堂诗余正集》

(清)陈廷焯：用龙山落帽事，却用得风雅疏狂，此翻用成曲法。——《云韶集》

(清)黄苏："破帽恋头"语奇而稳；"明日黄花"句，自属达观。凡过去未来皆几非在我，安可学蜂蝶之恋香乎？——《蓼园词选》

满庭芳·重阳前席上次元直韵

(北宋)舒　亶

寒日穿帘，澄江凭槛，练光浮动余霞。蓼汀芦岸，黄叶衬孤花。天外征帆隐隐，残云共、流水无涯。登临处，琼枝潋滟，风帽醉攲斜。　　丰年，时节好，玉香田舍，酒满渔家。算浮世劳生，事事输他。便恁从今酩酊，休更问、白雪笼纱。还须仗，神仙妙手，传向画图夸。

满庭芳·后一日再置酒次冯通直韵

(北宋)舒　亶

红叶飘零，寒烟疏淡，楼台半在云间。望中风景，图画也应难。又是重阳过了，东篱下、黄菊阑珊。陶潜病，风流载酒，秋意与人闲。　　霞冠，攲倒处，瑶台唱罢，如梦中还。但醉里赢得，满眼青山。华发看看满也，留不住、当日朱颜。平生事，从头话了，独自却凭栏。

定风波·次高佐藏使君韵

(北宋)黄庭坚

万里黔中一漏天。唐置黔中郡，后改为黔州，治所在今四川彭水。作者绍圣二年贬为涪州别驾，黔州安置。屋居终日似乘船。及至重阳天也霁。催醉。鬼门关外即石门关。在四川奉节县东。陆游《入蜀记》："天下之至险也。"蜀江前。　　莫笑老翁犹气岸。君看。几人黄菊上华颠？戏马台南追两谢。戏马台在今江苏，铜山县南，项羽所筑。晋时刘裕北征至彭城，九月九日会将佐群僚于戏马台，赋诗为乐。当时名人谢瞻、谢灵运各赋诗一首。两谢即指此二人。驰射。风流犹拍古人肩。郭璞《游仙诗》："右拍洪崖肩。"

满庭芳　　(北宋)秦 观

碧水惊秋，黄云凝暮，败叶零乱空阶。洞房人静，斜月照徘徊。又是重阳近也，几处处、砧杵声催。西窗下，风摇翠竹，疑是故人来。　　伤怀。增怅望，新欢易失，往事难猜。问篱边黄菊，知为谁开？漫道愁须殢酒，殢读剃，去声。殢酒，沉湎于酒也。酒未醒、愁已先回。凭栏久，金波渐转，白露点苍苔。

(明)李攀龙：托意高远，措词洒脱；而一种秋思，都为故人。辗转诵者，当领之言先。——《草堂诗余隽》

(明)沈际飞:经少游手随分铺写,定尔闲雅高适。——《草堂诗余四集·正集》

(清)陈廷焯:《满庭芳》诸阕,大半被放后作。恋恋故国,不胜热中。其用心不逮东坡之忠厚,而寄情之远,措词之工,则各有千古也。——《词则·大雅集》

(清)黄苏:亦应是在谪时作。"风摇"二句,写得蕴藉。非故人也,风也,能弗黯然?酒未醒、愁已先回,意亦曲而能达。结句清远。——《蓼园词选》

次韵李节推九日登山　(北宋)陈师道

平林广野骑台荒,山寺鸣钟报夕阳。人事自生今日意,寒花只作去年香。巾欹更觉霜侵鬓,语妙何妨石作肠。落木无边江不尽,此身此日更须忙。

(元)方回:重九诗自老杜之外,便当以杜牧之《齐山》诗为亚,已入"变体"诗中。陈简斋一首亦然。陈后山二首,诗律瘦劲,一字不轻易下,非深于诗者不知,亦当以亚老杜可也。——《瀛奎律髓汇评》

(清)冯班:用宋广平事,不妥。——同上

(清)纪昀:虽未深厚,然自清挺。——同上

(清)无名氏(甲):广平铁石心肠,而有《梅花》一赋。吴儿木石心肠,谓夏统语。——同上(按张邦基《墨庄漫录》:"无咎叹曰:'人疑宋开府铁石心肠,及为梅花赋,清艳殆不类其为人。'"张镃《寻梅》诗:"要知愁结吹香晚,铁石心肠欠我诗。")

九日寄秦观　(北宋)陈师道

疾风回雨水明霞,沙步丛祠欲暮鸦。九日清樽欺白发,十年为客负黄花。登高怀远心如在,向老逢辰意有

加。淮海少年天下士，独能无地落乌纱。

(元)方回："无地落乌纱"，极佳。孟嘉犹有一桓温客之，秦并无之也。——《瀛奎律髓汇评》

(清)纪昀：后四句言己已老，兴尚不浅，况以秦之豪俊，岂有不结伴登高者乎？乃因此以寄相忆耳，解谬。诗不必奇，自然老健。——同上

(清)许印芳："年"字复。——同上

九日怀舍弟　　(北宋)唐 庚

重阳陶令节，单阏读蝉谒，卯岁别称。《尔雅·释天》："岁在卯曰单阏。"贾生年。贾谊《鹏鸟赋》："单阏之岁兮，四月孟夏，庚子日斜兮，鹏集予舍。"秋色苍梧外，衰颜紫菊前。登高知地尽，引满觉天旋。言酒醉。此句未雅，可惜。去岁京城雨，茱萸对惠连。惠连，谢灵运之弟。用王维诗意。

(元)方回：唐子西诗无往不工。此政和辛卯年谪居惠州时。用"单阏贾生"对"重阳陶令"，工矣。"苍梧"、"紫菊"又工。"登高"、"引满"、"地尽"、"天旋"之联，又愈工。末句用"茱萸"事思弟，尤工也。——《瀛奎律髓汇评》

(清)纪昀：五句自佳，六句写醉态未雅。虚谷以为愈工，非是。〇三、四借对法，末二句一点便佳，笔墨高绝。——同上

醉花阴　　(北宋)李清照(女)

薄雾浓云愁永昼，瑞脑香科，又名龙瑞脑。消金兽。佳节又重阳，玉枕纱厨，蒙有薄纱的屏帐。半夜凉初透。　东篱陶渊明《饮酒》诗："采菊东篱下，悠然见南山。"把酒黄昏后，有暗香盈袖。

莫道不销魂，指不胜感伤。帘卷西风，人似黄花瘦。

(明)瞿佑：九日词“帘卷西风，人似黄花瘦”，亦妇人所难到。——《香台集》

(明)茅映：但知传诵结语，不知妙处全在“莫道不销魂”。——《词的》

(明)王世贞：词内“人瘦也，比梅花、瘦几分”，又“天还知道，和天也瘦”，又“莫道不销魂，帘卷西风，人似黄花瘦”。三“瘦”字俱妙。——《艺苑卮言》

(清)毛先舒：柴虎臣云，“指取温柔，词归蕴藉。昵而闺帷，勿浸而巷曲，浸而巷曲，勿堕而村鄙”。又云，语境则“咸阳古道”、“汴水长流”，语事则“赤壁周郎”、“江州司马”，语景则“岸草平沙”、“晓风残月”，语情则“红雨飞愁”、“黄花比瘦”，可谓雅畅。——《诗辨坻》

(清)许昂霄：结句亦从“人与绿杨俱瘦”脱出，但语意较工妙耳。——《词综偶评》

(清)沈祥龙：写景贵淡远有神，勿堕而奇情；言情贵蕴藉，勿浸而淫亵。“晓风残月”、“衰草微云”，写景之善者也；“红雨飞愁”、“黄花比瘦”，言情之善者也。〇又：词之用字，务在精择。腐者，哑者，笨者，弱者，粗俗者，生硬者，词中所未经见者，皆不可用，而叶韵字尤宜留意。古人名句，末字必清隽响亮，如“人比黄花瘦”之“瘦”字，“红杏枝头春意闹”之“闹”字皆是，然有同此字而用之善不善，则存乎其人之意与笔。——《论词随笔》

(清)陈廷焯：无一字不秀雅。深情苦调，元人词曲往往宗之。——《云韶集》

重　阳　(北宋)陈与义

去岁重阳已百忧，今年依旧叹羁游。篱底菊花惟解笑，镜中头发不禁秋。凉风又落宫南木，老雁孤鸣汉北洲。如许行年那可记，漫排诗句写新愁。

(元)方回：“菊花”对“头发”，即老杜“蓬鬓”、“菊花”一联定例。——《瀛

奎律髓汇评》

(清)冯舒:有何定例?——同上

(清)纪昀:"定"字固甚。——同上

(清)纪昀:"头发"二字不雅,此避"黄花"、"白发"耳。——同上

(清)无名氏(乙):次联粗朴,却妍细。——同上

九日登天湖,以"菊花须插满头归"分韵赋诗,得归字　(南宋)朱 熹

去岁潇湘重九时,满城风雨客思归。故山此日还佳节,黄菊清樽更晚晖。短发无多休落帽,长风不断且吹衣。相看下视人寰小,只合从今老翠微。

(元)方回:此乾道四年戊子也。文公去年访南轩于长沙,故有此起句。予尝谓文公诗深得后山三昧,而世人不识。且如"故山此日还佳节,黄菊清樽更晚晖",上八字各自为对,一瘦对一肥,愈更觉好。盖法度如此,虚实互换,非信口、信手之比也。山谷,简斋皆有此格。此诗后四句尤意气阔远。时以去年冬除枢密院编修官,犹待阙于家。——《瀛奎律髓汇评》

(清)冯舒:若谓晦翁学黄、陈,晦翁必不服。——同上

(清)纪昀:一气涌出,神来兴来,宋五子中惟文公诗学功候为深。○"落帽"是九日典,"吹衣"不用九日典,而用来铢两恰称,此由笔妙。——同上

蓦山溪·寄宝学　(南宋)刘子翚

浮烟冷雨,今日还重九。秋去又秋来,但黄花、年年如旧。平台戏马,无处问英雄;茅舍底,竹篱东,伫立时搔首。　客来何有?草草三杯酒。一醉万缘空,莫贪伊、金印如斗。病翁老矣,谁共赋归来?芟垅麦,网溪鱼,未

落他人后。“浮烟冷雨”形容重九，勾画出一个寒冷阴霾的气氛。“但黄花，年年如旧”则除黄花以外，什么都不如旧了。○“茅舍底，竹篱东”是重阳赏菊的地方。○“草草三杯酒”不为赏菊助兴，不为登高催诗，只为“一醉万缘空”。○作者心绪不佳，重九美景全都改变了颜色。

丁酉重九药市呈坐客　（南宋）范成大

莫向登临怨落晖，自缘羁宦阻归期。年来厌把三边酒，此去休哦万里诗。乌帽不辞欹短发，黄花终是欠东篱。若无合坐挥毫健，谁解西风楚客悲。

踏莎行·庚戌中秋后二夕，带湖篆冈小酌

（南宋）辛弃疾

夜月楼台，秋香院宇。笑吟吟地人来去。是谁秋到便凄凉？当年宋玉悲如许。　　随分杯盘，等闲歌舞。问他有甚堪悲处？思量却也有悲时，重阳节近多风雨。

（清）陈廷焯：稼轩词如……“重阳节近多风雨”……皆于悲壮中见浑厚。——《白雨斋词话》

又云：笔致疏宕，独有千古。合拍处妙不可思议。——《云韶集》

又云：郁勃以蕴藉出之。——《词则·放歌集》

风雨中诵潘邠老诗　（南宋）韩　淲

满城风雨近重阳，独上吴山看大江。老眼昏花忘远

近,壮心轩豁任行藏。从来野色供吟兴,是处秋光合断肠。今古骚人乃如许,暮潮声卷入苍茫。

(元)方回:此诗悲壮激烈。第一句用潘邠老句,若第二句押不倒则馁矣。此第二句虽是借韵,轩豁痛快,不可言喻。三、四非后生晚进胸次,至第六句则入神矣,至第八句则感极而无遗矣。世称韩涧泉名下无虚士。乃庆元戊午诗也。——《瀛奎律髓汇评》

(清)冯舒:"江"字走韵,何也?〇不着题。〇第七句接不上。——同上

(清)冯班:第二亦未佳。——同上

(清)查慎行:"江"字出韵。"从来"、"是处"四字悬空,与"吟兴"、"断肠"无关,觉少意味。——同上

(清)纪昀:次句借韵,究不是。——同上

(清)许印芳:江阳通韵。律诗借押通韵,唐人已有此例,未可斥为不是。但不得藉口古人,动辄借用耳。——同上

(清)许印芳:次句雄阔,足与首句相称,恰似天生此语配合潘诗者。能续潘诗,全在此句接得好。虚谷谓若押不倒则馁,可谓切中肯綮。中四句只从空虚写意,盖实景已包入起二句中。此处若再实写,必至叠床架屋。而且挂一漏万,故换笔写意,只用"野色"、"秋光"映带实景,便与前后消息相通。七句束住中四句,八句回应起二句,将全诗收入景中,有宕往不尽之致。得此一结,中四句虚处皆实,枯处皆润。且措词壮浪,仍与起句相称,故佳。——同上

贺新郎·九日　　(南宋)刘克庄

湛湛长空黑,更那堪、斜风细雨,乱愁如织。老眼平生空四海,赖有高楼百尺。看浩荡、千崖秋色。白发书生神州泪,尽凄凉、不向牛山滴。追往事,去无迹。　　少年自负凌云笔。到而今、春华落尽,满怀萧瑟。常恨世人新意少,爱说南朝狂客。把破帽、年年拈出。若对黄花孤

负酒，怕黄花、也笑人岑寂。鸿去北，日西匿。首句如奇峰突起，很有分量。“湛湛长空”是登上高楼放眼天际展现开阔的空间，而用“黑”字描绘黄昏的阴暗，来表现心情的沉重。紧接着，以“更那堪”为枢纽，转出“斜风细雨”，笔调忽然变得细腻起来。“乱愁如织”是说雨丝风片织成了烦乱的愁绪，连接得紧，比喻得切，充满了低沉的情调。而接下来的几句又以磅礴的气势扫荡了这种低沉。“老眼平生空四海，赖有高楼百尺，看浩荡千崖秋色。”“浩荡”二字既写千崖秋色，也抒开阔胸襟，妙在一语双关。接下来，由“浩荡”转为“凄凉”的同时，立即用齐景公牛山滴泪的典故，通过反衬，说明自己由于感慨神州陆沉而滴下的忧国之泪，其性质与程度是难以比况的。于是这凄凉又立即转成了悲壮。(牛山见《晏子春秋·内篇谏上》，“南朝狂客”指孟嘉落帽事。)○结句言如何破除岑寂呢？只有赏花饮酒，聊自宽解。其实，萧瑟、岑寂之感是破除不了的，仔细体味起来，这放达的词句之中仍然含有悲凉的情调。“鸿北去，日西匿”的结尾，写天际广漠的景物，与首句相呼应。江淹《恨赋》“白日西匿，陇雁少飞”为此句之本。

(明)潘游龙：破帽事，东坡翻招，潜夫歇案。——《古今诗余醉》

(清)陈廷焯：悲而壮。南宋有如此将才，如此官方，如此士气，而卒不能恢复，谁之过也？——《词则·放歌集》

蝶恋花·九日和吴见山韵

(南宋)吴文英

明月枝头谓桂花。香满路。几日西风，落尽花如雨。倒照秦眉谓秦望山，在绍兴城南。以秦始皇尝登此以望南海，故名。天镜古。宋之问《游禹穴回出若邪》诗：“石帆摇海上，天镜落湖中。”秋明白鹭双飞处。

自摘霜葱美人之手。宜荐俎。指歌女奉献食品。可惜重阳，不把黄花与。帽堕笑凭纤手取，清歌莫送秋声去。

扫花游·九日怀归　(南宋)周　密

江蓠香草名，见《离骚》。李商隐《九日》诗：“空教楚客咏江蓠。”怨碧，早

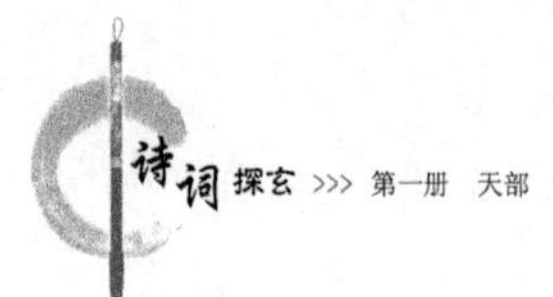

过了霜花，锦空洲渚。孤蛩自语。正长安乱叶，万家砧杵。尘染秋衣，谁念西风倦旅！恨无据。怅望极归舟，天际烟树。　　心事曾细数。怕水叶沉红，梦云离去。“沉红”言红荷凋落。翁元龙《隔浦莲近》：“沉红入水，渐做小莲离藕。”语意相近。情丝恨缕。倩回纹为织，那时愁句。雁字无多，写得相思几许？暗凝伫。近重阳、满城风雨。

（近代）俞陛云：起三句赋秋色，已含有凄凉思归之意。“孤蛩”句借蛩以自况，以下皆自述也。“长安”七句写深秋物态，气象开展，即承以“秋衣”、“归舟”五句，章法开合，便耐揽撷。下阕皆写怀，无限心头往事，恐归梦如云，随波流去。“情丝织愁”数句，申足上文之“心事细数”，言有无穷积感。而传写更无“雁字”，极表其寂寞谁语之怀。结句归到九日本题。且风雨满城，客心更劣矣。——《唐五代两宋词选释》

九日作　　（清）柳如是（女）

离离鹤渚常悲此，因迥含霞夕树平。不有霸陵横意气，何人戏马阅高清。崚风落叶翻翔婉，菊影东篱欲娈萦。寂寞文园事屡至，海云秋日正相明。陈寅恪按：“知卧子崇祯十一年戊寅九月九日实在大涤山。今据此诗知河东君是日适在西湖也。两地违隔，倍深思旧之情，故此诗末二句及之。文园自是以司马相如指卧子。”

津门九日　　（清）沈用济

何处登高把一尊，晚来潮落见津门。不知柏叶兼枫叶，红到江南第几村？

十二、至　日

冬至　(唐)杜　甫

年年至日长为客，忽忽穷愁泥顾注："泥，滞也。言滞于客而不能归也。"杀人。江上形容吾独老，天涯风俗自相亲。即古诗"入门各自媚，谁背相为言"意。杖藜雪后临丹壑，鸣玉朝来散紫宸。《镜铨》："因冬至而思朝觐也。"心折此时无一寸，路迷何处是三秦。《史记》：项羽分秦地为三，章邯为雍王，都废丘，司马欣为塞王，都栎阳，董翳为翟王，都高奴，谓之三秦。

(明)许学夷：律诗诣极者，以圆紧为正，骀荡为变。《黄鹤》前四句虽歌行语，而后四句则其圆紧，《雁门》则语语圆紧矣，"年年"(按指《冬至》)一篇，虽通体对偶，而淋漓骀荡，遂入小变。机趣虽同，而体制则异也。——《诗源辩体》

(明)王嗣奭："泥杀"二字，发自苦衷。"穷愁"，故形容"独老"，"长为客"故风俗相亲。——《杜臆》

(清)浦起龙："长为客"三字，一诗纲领。——《读杜心解》

(清)纪昀：三、四自老健，七句太纤，不类杜之笔墨，遂为全篇之累。——《瀛奎律髓汇评》

(清)许印芳："泥"去声。〇此亦八句皆对，但首句不用韵耳。一寸心，诗家常用语。此诗七句拆开用，晓岚便斥为纤，亦苛论也。——同上

小　至浦注：玩诗意当指至后一日，以后《小寒食》诗证之益信。

（唐）杜　甫

天时人事日相催，冬至阳生春又来。刺绣五纹添弱线，《史记》：“刺绣文不如倚市门。”线有五色，故云“五纹”。《唐杂录》：“宫中以女工揆日之长短，冬至后日晷渐长，比常日增一线之功。”吹葭芦也。六琯动飞灰。《后汉书·律历志》：“以葭莩灰抑其内端，按律候之，气至灰去。”岸容待腊将舒将舒承容。柳，此句承“春又来”。山意冲寒欲放欲放承意。梅。此句承“冬至阳生”。云物不殊乡国异，教儿且覆掌中杯。覆杯为尽饮之义。

邯郸冬至夜思家　（唐）白居易

邯郸驿里逢冬至，抱膝灯前影伴身。想得家中夜深坐，还应说着远行人。

和王子安至日　（北宋）陈师道

晨起公私迫，昏归鸟雀催。百年忙里尽，万事醉间来。竹雨深宜晚，江梅半欲开。风灯挑不焰，寒火拨成灰。

（元）方回：三、四妙。本三诗，今取一。第一首云“近节翻多事，为家不亦难”，第二首云“阴阳消长际，老疾去留间”，皆好。——《瀛奎律髓汇评》

（清）纪昀：“不亦难”三字不佳。——同上

（清）冯舒：此篇都无至日意。若移次联入《丁卯集》不知若何排抵

矣。——同上

(清)纪昀:冯云"此篇不见至日意",不知此本三诗,删取其一,不能一首自为首尾,全然见题也。杜公《秋兴》第八首并"秋"字亦不见矣。——同上

(清)冯班:首句不破冬至,尚有第一首也。落句似除夜。第四句可商。○极规子美矣,然都不及至日,何也?落句子美有此体,然后山不知齐、梁诗,便自煞不住。——同上

(清)纪昀:末二句重见《寒夜》诗,盖一时不检之故。古人诗亦往往有之。——同上

(清)许印芳:《寒夜》诗作"寒灯"、"残火",不同者一字,重句病古人常有,陆渭南最多,而老杜最少。愚尝细检全集,惟"骅骝开道路"二句,与他诗犯复,足见此老诗律之细。即一首中有重字者亦少。如后山前诗之四字犯复,不但杜集无此病,他人集中亦无此病。后山虽善学杜,不及杜处正多,此犹其小者耳。又按虚谷此书"闲适类"中,选入白香山《闲坐》诗。三、四云"百年慵里过,万事醉中休"。虚谷批云"二语妙,陈后山偶然相犯"。愚按香山诗语颓唐,意兴萧索,有何妙处?后山明用其语,原非偶然。高在用其语而翻其意,更易四字,便觉气味深厚,此点石成金手段也。又如隋人尹式诗云"秋鬓含霜白,衰颜倚酒红"。老杜袭之为"发短何须白,颜衰肯再红",后山袭之"发短愁催白,颜衰酒借红"。同一袭用旧诗,而后山较胜老杜,以能加意炼句也。然自后山袭用之后,尹、白二诗不可再用。再有用者,不能高于后山,徒作偷语钝贼耳。○虚谷选此一首,深厚高老。晓岚全取之,尾联重出,故未加密圈。○"至"谓冬至。——同上

冬至后　(北宋)张　耒

水国过冬至,风光春已生。梅如相见喜,雁有欲归声。老去书全懒,闲中酒愈倾。穷通付吾道,不复问君平。

(元)方回:张文潜诗,予所师也。杨诚斋谓肥仙诗自然,不事雕镌,得之矣。文潜两谪黄州,此殆黄州时诗。三、四绝佳。大概文潜诗中四句多一串

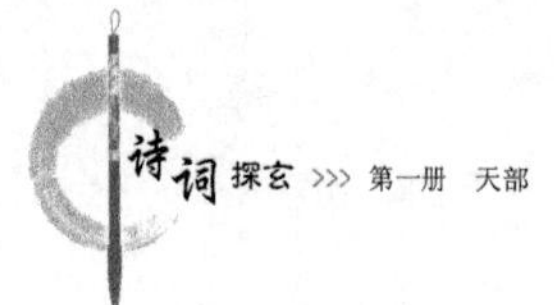

用景,似此一联景,一联情,尤净洁可观。周伯弜定四实、四虚,前后虚实为法。要之,本亦无定法也。——《瀛奎律髓汇评》

(清)纪昀:此乃通论。——同上

(清)纪昀:末二句太袭青莲。青莲因送人入蜀,故用君平事。今泛押君平,似君平有卜穷通之典,更因李诗而失之矣。——同上

长至日述怀兼寄十七兄　(南宋)曾 幾

老来愈觉白驹忙,眼见重阳又一阳。心似死灰飞不起,枝如寒日短中长。厌看宾客空投谒,强对妻孥略举觞。回首山阴酬劝地,应怜鸿雁不成行。

(元)方回:原注"辛未年长至日在绍兴府侍兄宴会"。〇予按绍兴元年辛亥,十一年辛酉,二十一年辛未,此又在其后,未知何年?"重阳又一阳"已新异矣。用"死灰"、"寒日"事,穿入自家身上来,尤为新也。"厌"字、"空"字、"强"字、"略"字皆诗眼。读茶山诗如冠冕佩玉,有司马立朝之意。用"江西"格,参老杜法,而未尝粗做大卖。陆放翁出其门,而其诗自在中唐,晚唐之间。不主"江西",间或用一、二格,富也、豪也、对偶也、哀感也,皆茶山之所无。而茶山要为独高,未可及也。——《瀛奎律髓汇评》

(清)冯舒:无"厌"、"空"等字,如何得成句?——同上

(清)查慎行:粗做大卖,皆非善学老杜。——同上

(清)纪昀:诗眼之说,亦是附会。茶山诗纯是粗作大卖。放翁诗固不甚高,然以茶山为高,则纯是"江西"门户之见。此种偏论,似高而谬。是此书(指《瀛奎律髓》)第一病痛处。——同上

(清)冯舒:"枝如寒日短中长",何枝?——同上

(清)冯班:赵仲白《题茶山集》绝句云:"清于月出初三夜,淡似汤烹第一泉。咄咄逼人门弟子,剑南已见一灯传。"

(清)纪昀:次句鄙俚。〇借事关合点缀,古人有之。三、四却点缀得不好,转成纤体。——同上

辛酉冬至　　(南宋)陆 游

今日日南至,吾门方寂然。家贫轻过节,身老怯增年。原注:"乡俗谓吃尽至饭,即添一岁。"毕祭皆扶拜,分盘独早眠。惟应探春梦,已绕镜湖边。

(元)方回:放翁宣和乙巳生,嘉泰元年辛酉年七十七矣。三、四平稳有味。——《瀛奎律髓汇评》

(清)冯舒:次联毕竟除夕,稳。——同上

(清)冯班:次联以下只是岁旦诗。——同上

(清)纪昀:五句欠炼。——同上

十三、除夕　岁暮

岁暮海上作　　(唐)孟浩然

仲尼既云殁,《儒林传》:仲尼既没,七十子之徒,散游诸侯。余亦浮于海。《论语》:"道不行,乘桴浮于海。"昏见斗柄回,方知岁星岁星即木星,绕日一周为十二年。改。虚舟任所适,垂钓非有待。暗用姜太公故事。为问乘槎人,沧洲复谁在?有归隐之意。

(宋)刘辰翁:奇壮淡荡,少许自足。——《王孟诗评》

(清)王士禛:一笔挥成,气格迈往。余年友张南山不喜王、孟家数,大约

嫌其孤淡，千篇一律，其实王、孟非无气概，抑且无体不有也。——《唐贤三昧集笺注》

岁暮归南山 (唐)孟浩然

北阙休上书，南山归敝庐。不才明主弃，多病故人疏。白发催年老，青阳逼岁除。永怀愁不寐，松月夜窗虚。《新唐书·文艺传》："(王)维私邀(孟浩然)入内署，俄而玄宗至，浩然匿床下。维以实对，帝喜曰：'朕闻其人而未见也，何惧而匿？'诏浩然出。帝问其诗，浩然再拜，自诵所为，至'不才明主弃'之句，帝曰：'卿不求仕，而朕未尝弃卿，奈何诬我？'因放还。"

(宋)刘辰翁：他人有此起，无此结，每见短气。〇又云：是其最得意之诗，亦其最失意之日，故为明皇诵之。——《王孟诗评》

(元)方回：八句皆超绝尘表。——《瀛奎律髓汇评》

(明)钟惺：五字恕("北阙"句下)。〇浩然在明皇前诵此二句，自是山人草野气("不才"一联下)。——《唐诗归》

(明)周珽：三、四二语不朽，识力名言，真投之天地劫火中，亦可历劫不变。——《唐诗选脉会通评林》

(清)朱之荆：结句是寂寥之甚，然只写景，不说寂寥，含蓄有味。——《增订唐诗摘抄》

(清)黄生：写景结，隽永。此诗未免怨，然语言尚温厚。卢纶亦有《下第归终南别业》诗，与此相较，便见盛唐人身份。——《唐诗矩》

(清)冯舒：一生失意之诗，千古得意之作。——《瀛奎律髓汇评》

(清)纪昀：三、四亦尽和平，不幸而遇明皇尔。或以为怨怒太甚，不及老杜"官因老病休"句之温厚，则是以成败论人也。〇结句亦前人所称，意境殊为深妙。然"永怀愁不寐"句尤见缠绵笃挚，得诗人风旨。——同上

(清)许印芳："不"字复。——同上

岁除夜会乐城张少府宅　(唐)孟浩然

畴昔通家好，相知无间然。续明催画烛，守岁接长筵。旧曲梅花唱，新正柏酒传。客行随处乐，不见度年年。

除夜有怀　(唐)孟浩然

五更钟漏欲相催，四气推迁往复回。帐里残灯才去焰，炉中香气尽成灰。渐看春逼芙蓉枕，顿觉寒销竹叶杯。守岁家家应未卧，相思那得梦魂来。作者自相思，彼何曾在意？以未卧，故无梦来，怨而不怒，真忠厚之言也。

除夜作　(唐)高适

旅馆寒灯独不眠，客心何事转凄然。故乡今夜思千里，霜鬓明朝又一年。

(明)敖英："独"者，他人不然；"转"者，比常尤甚。二字为诗眼。——《唐诗绝句类选》

(明)李攀龙：敖子发曰："首句已自凄然，后二句又说出'转凄然'之情，客边除夜怕诵此诗。"〇胡济鼎曰："转"字唤起后二句。唐绝谨严，一字不乱下如此。——《唐诗广选》

(清)黄叔灿："故乡今夜"承首句，"霜鬓明朝"承次句，意有两层，故用"独"字、"转"字，诗律甚细。——《唐诗笺注》

除夜 （唐）王諲

今岁今宵尽，明年明日催。寒随一夜去，春逐五更来。气色空中改，容颜暗里回。风光人不觉，已着后园梅。

杜位宅守岁 （唐）杜甫

守岁阿戎仇兆鳌注："谢惠连初不为人所知，族兄灵运曰：阿戎才悟如此，何作常儿遇之？"《通鉴》注："晋宋间多呼弟为阿戎。"家，椒盘已颂花。崔实《四民月令》："正月一日以盘进椒饮酒。"《晋书》：刘臻妻陈氏，元旦献《椒花颂》。盍簪盍读合，入声。《易·豫》："勿疑，朋盍簪。"后指士人聚会。喧枥马，列炬散林鸦。四十明朝过，《年谱》谓："天宝十载，林甫方在相位，盍簪列炬，其炙手之徒欤。"飞腾暮景斜。谁能更拘束，烂醉是生涯。

（元）方回："阿戎当作阿咸"，盖杜位者，少陵之侄也。以"四十"对"飞腾"字，谓"四"与"十"对，"飞"与"腾"对，诗家通例也。唐子西诗"四十缁成素，清明绿胜红"祖此。——《瀛奎律髓汇评》

（清）冯舒：方君云"四"与"十"对，正不必。——同上

（清）何焯：六朝人多呼从弟为"阿戎"。——同上

（清）纪昀：此自流水写下，不甚拘对偶，非就句对之谓。"四十"二字相连为义，不得拆开平对也。况双字就句对，自古有之，单字就句对则虚谷凿出，千古未闻。"四十"、"清明"皆是双字，与此不同。——同上

（清）何焯：杜位谓李林甫之婿，第二句有为言之。〇位亦势利之徒，不足与语者。——同上

（清）纪昀：杜之极不佳者。——同上

除夜宿石头驿石头驿在江西南昌府。　　(唐)戴叔伦

旅馆谁相问，寒灯独可亲。一年将尽夜，万里未归人。寥落悲前事，支离见《庄子·人间世》："支离其形者犹足以养其身，终其天年，又况支离其德乎。"笑此身。愁颜与衰鬓，明日又逢春。一句开，二句合。七句抑，八句扬。方回云："此诗全不说景，意足辞洁。"

(明)谢榛：观此体轻气薄，如叶子金，非锭子金也。凡五言律，两联若纲目四条，辞不必详，意不必贯，此皆上句生下句之意，八句意相连属，中无罅隙，何以含蓄？颔联虽曲尽旅况，然两句一意，合则味长，离则味短。晚唐人多此句法。——《四溟诗话》

(明)胡应麟：司空曙"乍见翻疑梦，相悲各问年"，戴叔伦"一年将尽夜，万里未归人"，一则久别乍逢，一则客中除夜之绝唱也。——《诗薮》

(清)贺裳：首联写客舍萧条之景，次联呜咽自不待言，第三联不胜俯仰盛衰之感，恰与"衰鬓"、"逢春"紧相呼应，可谓深得性情之分。——《载酒园诗话》

(清)屈复：三联不开一笔，仍写愁语，此所以不及诸大家。若写石头驿景，可称合作。古诗"一年夜将尽，万里人未归"，此唯倒一字，精神意思顿尔不同，如李光弼将郭子仪之军也。——《唐诗成法》

岁夜咏怀　　(唐)刘禹锡

弥年不得意，新岁又如何？念昔同游者，而今有几多？以闲为自在，将寿补蹉跎。春色无情故，幽居亦见过。

客中守岁 （唐）白居易

守岁樽无酒，思乡泪满巾。始知为客苦，不及在家贫。畏老偏惊节，防愁预恶春。故园今夜里，应念未归人。

和刘梦得岁夜怀友 （唐）卢 贞

文翰走天下，琴樽卧洛阳。贞元朝士尽，新岁一悲凉。名早缘才大，官迟为寿长。时来知病已，莫叹步趋妨。

乐天梦得有岁夜诗聊以奉和

（唐）牛僧孺

惜岁岁今尽，少年应不知。凄凉数流辈，欢喜见孙儿。暗减一身力，潜添满鬓丝。莫叹花笑老，花自几多时。

隋宫守岁 （唐）李商隐

消息东郊木帝回，宫中行乐有新梅。沉香甲煎为庭燎，沉香、甲煎皆香名。煎读箭，去声。玉液琼苏唐人将酥作“苏”。作寿杯。遥望露盘疑是月，远闻鼍读陀，平声。鼓欲惊雷。昭阳第一倾城色,不踏金莲不肯来。叶葱奇《疏注》云:这是除夕在京听到宫中宴乐声喧,有感而作。因为这一积习是沿袭隋代而来,所以题作《隋宫守岁》,借资隐讳。……三、四极言其奢侈浪费,五、六点明自己从冷静处"遥望"和"远闻"。

(元)方回:此以"隋宫除夜"命题。第三句足见其侈,末句用潘妃事,亦讥炀帝耳。以为对作,即是为也。亦诗家一泛例,可戒。——《瀛奎律髓汇评》

(清)冯班:方君云"第三句足见其侈"。是实事。——同上

(清)冯班:只第三句是隋宫。○隋宫用金莲事可怪也。——同上

(清)钱湘灵:落句何以用潘妃事?——同上

(清)何焯:字字妙。首联破"岁"事。"踏金莲",犹言蹈覆辙。○穷极奢侈,以悦妇人,岂知他年流落,止属他人耶?末句含包萧后末路,却不洁。——同上

(清)纪昀:此是咏古。○义山诗感事托讽,运意深曲,佳处往往逼杜,非飞卿所可比肩。细阅全集自见,若专以此种推义山,宜以组织见讥矣。——同上

巴山道中除夜书怀　(唐)崔　涂

迢递三巴路,羁危万里身。乱山残雪夜,孤烛异乡春。渐与骨肉远,转于僮仆亲。那堪正飘泊,明日岁华新。

(明)杨慎:崔涂《旅中》诗"渐与骨肉远,转于僮仆亲",诗话亟称之。然王维《郑州》诗"他乡绝俦侣,孤客亲僮仆",已先道之矣,但王语浑含胜崔。——《升庵诗话》

(明)胡应麟:司空曙"乍见翻疑梦,相悲各问年",戴叔伦"一年将尽夜,万里未归人",一则久别乍逢,一则客中除夜之绝唱也。李益"问姓惊初见,称名忆旧容",绝类司空;崔涂"乱山残雪夜,孤烛异乡春",绝类戴作,皆可亚之。——《诗薮》

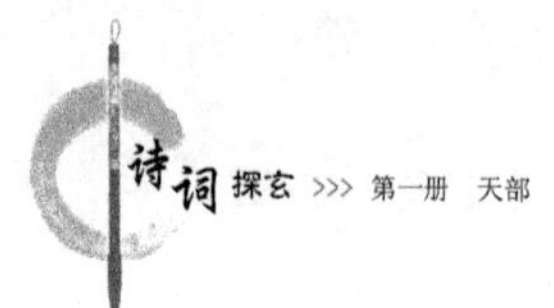

（清）屈复：自一、二直贯至五、六，一气呵成。三、四景中有情，五、六“迢递”、“羁危”合写，七总收，八方出“除夜”。觉一篇无非“除夜”，与张睢阳“闻笛”同法。——《唐诗成法》

（清）徐增：“渐与骨肉远，转于僮仆亲”二句写尽在外真境。○今夕漂泊，幸得将完，明日又要漂泊起了，此所以感也。转得好，合得好。——《而庵说唐诗》

旅舍除夜 （唐）皮日休

永夜谁能守？羁心不放眠。挑灯犹故岁，听角已新年。出谷空嗟晚，衔杯尚愧先。晓来辞逆旅，雪涕野槐天。

除夜野宿常州城外二首 （北宋）苏 轼

行歌野哭两堪悲，远火低星渐向微。病眼不眠非守岁，乡音无伴苦思归。重衾脚冷知霜重，新沐头轻感发稀。多谢残灯不嫌客，孤舟一夜许相依。

南来三见岁云徂，徂读刍，平声。往也，去也。直恐终身走道途。老去怕看新历日，退归拟学旧桃符。烟花已作青春意，霜雪偏寻病客须。但把穷愁博长健，不辞最后饮屠苏。

阮郎归 （北宋）秦 观

湘天风雨破寒初，深沉庭院虚。丽谯华丽的高楼，语出《庄子·徐无鬼》。吹罢《小单于》，迢迢清夜徂。杜甫《倦夜》："万事干戈里，空悲清夜徂。"　乡梦断，旅魂孤。峥嵘岁又除。衡阳犹有雁传书，郴读瞋，平声。阳和雁无。

(明)卓人月：杜诗"旅食岁峥嵘"。《埤雅》"鸿雁南翔，不过衡山"。盖南地极燠，雁望衡山而止，恶热故也。——《古今词统》

(明)沈际飞：衡、郴皆是楚湘地，故曰湘。伤心。——《草堂诗余》

(近代)唐圭璋：此首述旅况，亦极凄惋。上片言风雨生愁，次言孤馆空虚。"丽谯"两句，言角声吹彻，人亦不能寐。下片"乡梦"三句，抒怀乡、怀人之情。"岁又除"，叹旅外之久，不得便归也。"衡阳"两句，更伤无雁传书，愁愈难解。小山云"梦魂纵有也成虚，那堪和梦无"。与此各极其妙。——《唐宋词简释》

除　夜　(北宋)陈师道

七十已强半，所余能几何？悬知暮景促，更觉后生多。遁世名为累，留年指守岁。睡作魔。西归端着便，老子不婆娑。

(元)方回：前四句即"四十明朝过，飞腾暮景斜"之意。乐天亦云："行年三十九，岁暮日斜时。"前辈竞辰如此，晚辈可不勉哉！"留年睡作魔"绝佳，谓不寐以守岁，而不耐困也。——《瀛奎律髓汇评》

(清)查慎行："竞辰"二字出杨子《法言》。——同上

(清)冯舒：起句太衰飒，岂如杜诗之雄浑？——同上

(清)纪昀：六句迂曲，八句尤不成语。——同上

除夜对酒赠少章　　(北宋)陈师道

岁晚身何托，灯前客未空。半生忧患里，一梦有无中。发短愁催白，颜衰酒借红。我歌君起舞，潦倒略相同。

(元)方回：五、六一联，当时盛称其工。见《渔隐丛话》。——《瀛奎律髓汇评》

(清)纪昀：神力完足，斐然高唱，不但五、六佳也。——同上

岁晚有感　　(北宋)张　耒

疏梅点点柳毵毵，残腊新春气候参。天静秋鸿来塞北，云收片月出江南。青霄雨露将回律，白首江湖尚避谗。未信世途无倚伏，有时清镜理朝簪。

(元)方回：文潜两谪黄州，其诗每和平而不怨。——《瀛奎律髓汇评》

(清)纪昀："天静"二字细思有病，似秋雁不似春雁，且月出必待云收，鸿来却不必天静，此二字亦为装点凑对也。〇三、四深至生动，亦最和平。七、八两句，有一毫芥蒂，不肯如此道。——同上

除　夕　　(北宋)唐　庚

患难思年改，龙钟惜岁徂。关河先垅远，天地小臣孤。吾道凭温酒，时情付拥炉。南荒足妖怪，此日谩桃符。

(元)方回:唐庚字子西,眉山人。年十七见知东坡,为张天觉丞相牵连,谪居惠州。此诗三、四似老杜,故取之。然子西诗大率精致。——《瀛奎律髓汇评》

(清)冯舒:起句妙,第五句套。——同上

(清)冯班:学杜。——同上

(清)查慎行:不善学杜,必流为此等诗。○东坡《黄州寒食》诗云:"君门深九重,坟墓在万里。"后人读之,尚有余悲。三、四全是此意。诗可以怨,其君臣父子之际乎?——同上

(清)纪昀:三、四真切而深厚。云似老杜,信然。——同上

壬戌岁除作,明朝六十岁矣

(南宋)曾　幾

禅榻萧然丈室空,薰销火冷闭门中。光阴大似烛见跋,学问只如船逆风。一岁临分惊老大,五更相守笑儿童。休言四十明朝过,看取霜髯六十翁。

(元)方回:以诗推之,知曾文清公元丰七年甲子生,此乃绍兴十二年壬戌也。公年八十二,当是乾道元年乙酉卒。茶山清名满世,年且六十,犹曰"问学只如船逆风",后生可不勉诸!——《瀛奎律髓汇评》

(清)纪昀:三、四是宋人习气,不必苦诋,亦不必效。五、六不失为高唱,不似他作之粗拙。○"四十明朝过",工部《杜位宅守岁》诗。——同上

(清)许印芳:"大"字复。——同上

除　夜　(南宋)陈与义

畴昔追欢事,如今病不能。等闲生白发,耐久是青

灯。海内春还满,江南砚不冰。题诗饯残岁,钟鼓报晨兴。

(元)方回:"海内春还满",此一句壮甚。——《瀛奎律髓汇评》

(清)纪昀:此句有偏安之感,非壮语也。——同上

(清)许印芳:此句用意在"满"字,晓岚得其旨矣。——同上

(清)何焯:崔涂《除夕》诗甚佳。何弃之不录,而乃多选宋人诗也。——同上

(清)纪昀:四句沉着有味,六句偏枯。——同上

(清)许印芳:六句对法活变,惟意境稍狭,措辞稍滞,故偏枯耳。○"不"字复。——同上

除　夜　　(南宋)陈与义

城中爆竹已残更,朔吹翻江意未平。多事鬓毛随节换,尽情灯火向人明。比量旧岁聊堪喜,流转殊方又可惊。明日岳阳楼上去,岛烟湖雾看春生。

(清)冯舒:落句好。——《瀛奎律髓汇评》

(清)纪昀:气机生动,语亦清老,结有神致。○末二句闲淡有味。——同上

(清)许印芳:"明"字复。"吹"去声。"量"平声。○律诗为排偶所拘,最易板滞。欲求生动,贵用抑扬顿挫之笔。此诗中四句可以为法。凡高手律诗亦多用此法,学者细心体会,当自知之。——同上

除夜书怀　　(南宋)范成大

运斗寅杓转,周天日御回。夜从冬后短,春逐雨中

来。鬓绿看看雪，心丹念念灰。有怀怜断雁，无思惜疏梅。絮厚眼生缬，蔬寒肠转雷。烛光红琐碎，香雾碧徘徊。昨梦书三箧，平生酒一杯。床头新历日，衣上旧尘埃。摇落何堪柳，纷纭各梦槐。隙光能几许，世事剧悠哉。歧路东西变，羲娥日夜催。头颅元自觉，怀抱故应开。踊跃金何意，青黄木自灾。身谋同斥鷃，政尔愿蒿莱。

浣溪沙·丙辰岁不尽五日，吴松作

(南宋)姜　夔

雁怯重云不肯啼，画船愁过石塘西。打头风浪恶禁持。　　春浦渐生迎棹绿，小梅应长亚门枝。一年灯火要人归。第二句下一“愁”字，似乎此一画船是载了满船的清愁而行。然而愁从何来？人间有风浪猛打船头，天上有重云遮拦归雁。天地间事，多么不如意。但南飞之雁，又岂是重云所能遮断，归家之人，又岂是风浪所能阻挡。此时此地，词人之心果真是载满清愁吗？于是下片意境便焕然一新。〇作者又有除夕诗云：“千门列炬散林鸦，儿女相思未到家。应是不眠非守岁，小窗春意入灯花。”〇灯火催人快回家欢欢喜喜过个年。一笔写出家人盼归之殷切，亦写出作者归意之切，归兴之浓郁。

送　穷旧时有驱送穷鬼的习俗。　　(金)元好问

送君君去欲何之，暂去还来也不辞。但愧苦无相赠物，柳船轻似去年时。韩愈有《送穷文》。

除　夜　　(金)元好问

一灯明暗夜如何？梦寐衡门在涧阿。物外烟霞玉华玉华，指道家谓服之可长生之玉屑，见段成式《酉阳杂俎》。又玉华宫，指仙境。苏舜钦诗："仙家多住玉华宫。"远，花时车马洛阳多。折腰真有陶潜兴，扣角空传宁戚宁戚饭牛扣牛角而歌，见《吕氏春秋》及刘向《说苑》。歌。三十七年今日过，可怜出处两蹉跎。

汴梁除夜　　(金)元好问

六街歌鼓待晨钟，四壁寒斋只病翁。鬓雪得年应更白，灯花何喜也能红。养生有论人空老，祖道无诗鬼亦穷。数日西园看车马，一番桃李又春风。

沁园春·除夕　　(金)元好问

再见新正，去岁逐贫，今年送穷。算公田二顷，谁如元亮；吴牛十角，未比龟蒙。面目甚憎，语言无味，五鬼行来此病同。齑读齐，平声。切成碎末的菜和肉。盐里，似扬雄寂寞，韩愈龙钟。　何人炮凤烹龙？且莫笑、先生饭甑空。便来朝看镜，都无勋业；拈将诗笔，犹有神通。花柳横陈，江山呈露，尽入经营惨淡中。闲身在，看薄批明月，细切清风。扬雄有《逐贫赋》，韩愈有《送穷文》。作者"公田二顷"之后加"谁如"，在"吴牛十角"之后加"未比"，则自己之贫比陶渊明、陆龟蒙更甚。"齑盐"出《送穷文》。"烹龙炮凤"出李贺《将进酒》，"甑空"用范丹事。"便"字领起两组四句：第一组化用杜甫"勋业频看镜"句，是陪笔；第二组用苏轼出狱后诗"试拈诗笔已如神"句，是主笔。下面进一步铺写笔如神种种。“花柳”两句暗用杜甫《后游》“江山如有待，花柳更无私”。此几句就贫富之间“有、无”之事随宜抑扬，极占身份。薄切为批，细切为抹。苏轼《和何官六言》：“清风初号地籁，明月自写天容，贫家何以娱客，但知抹月批风。”词的最后数语，再就富家的烹龙炮凤，再申抗衡之意。

高阳台·除夜　(南宋)韩　嘐

频听银签，重燃绛蜡，年华衮衮惊心。饯旧迎新，能消几刻光阴。老来可惯通宵饮，待不眠、还怕寒侵。掩清樽、多谢梅花，伴我微吟。　　邻娃已试春妆了，更蜂腰簇翠，燕股横金。勾引东风，也知芳思难禁。朱颜那有年年好，逞艳游、赢取如今。恣登临，残雪楼台，迟日园林。

除夕七绝　(清)吴祖修

牢落从他岁序迁，绝无人怨与人怜。平生受尽痴呆益，论价应须十万钱。

馈岁赠殷彦来　(清)田　雯

玉版指玉版笋。见李时珍《本草纲目》。熟参嫌味涩，木奴指甘橘。用李衡故事，见习凿齿《襄阳记》。冷擘带酸尝。何如殷子新诗美，馈岁敲门十五年。苏轼《岁晚思归寄子由》诗序：“岁晚相与馈问，为馈岁。”馈，读愧，去声。

除夕泊舟北郭 （清）洪 昇

漫道从亲乐，承颜泪暗流。明灯双白发，寒雨一孤舟。故国仍羁客，新年入旧愁。鸡鸣催解缆，从此别杭州。时其父被诬遣戍，作者奉侍北行。

癸巳除夕偶成二首 （清）黄景仁

千家笑语漏迟迟，忧患潜从物外知。悄立市桥人不识，一星如月看多时。

年年此夕费吟呻，儿女灯前窃笑频。汝辈何知吾自悔，枉抛心力作诗人！

伊江除夕书怀三首 （清）林则徐

腊雪频添鬓影皤，皤读婆，平声。白色。春醪暂借病颜酡。三年飘泊居无定，自注：庚子在岭南度岁，辛丑在中州河干，今又在伊江。百岁光阴去已多。漫祭诗篇思贾岛，贾岛于每年除夕，自祭其当年诗作。事见《唐才子传》。畏挝更鼓似东坡。苏轼《守岁》诗云："晨鸡且勿唱，更鼓畏添挝。"边氓也唱迎年曲，到耳都成劳苦歌。

新韶明日逐人来，迁客何时结伴回。空有灯光照虚耗，竟无神诀卖痴呆。荒陬荒远的角落。陬读邹，平声。幸少争春馆，远道翻为避债台。骨肉天涯三对影，自注：时挈两儿在戍。

思家奚益且衔杯。

谪居本与世缘暌，青鸟东飞客向西。宦味真随残腊尽，病株敢望及春荑。朝元旧忆趋丹阙，赐福频叨湿紫泥。新岁倘闻宽大诏，玉关走马报金鸡。

和仙槎除夕感怀四篇　(清)谭嗣同

断送古今惟岁月，昏昏腊酒又迎年。谁知羲仲寅宾日，已是共工缺陷天。桐待凤鸣心不死，泽因龙起腹难坚。寒灰自分终销歇，赖有诗兵斗火田。

我辈虫吟真碌碌，高歌商颂彼何人。十年醉梦天难醒，一寸芳心镜不尘。挥洒琴尊辞旧岁，安排险阻着孤身。乾坤剑气双龙啸，唤起幽潜共好春。

内顾何曾足肝胆，论交晚乃得髯翁。不观器识才终隐，即较文词势已雄。逃酒人随霜阵北，谈兵心逐海潮东。飞光自抚将三十，山简生来忧患中。

年华世事两迷离，敢道中原鹿死谁。自向冰天炼奇骨，暂教佳句属通眉。无端歌哭因长夜，婪尾阴阳剩此时。有约闻鸡同起舞，灯前转恨漏声迟。